LA VIE MODE D'EMPLOI

Georges Perec est né à Paris en 1936. Sociologue de formation, documenta-
liste au Centre National de la Recherche Scientifique, il collabore épisodi-
quement à diverses revues « Lettres nouvelles, N.R.F., Partisans, Cause
commune » *et publie en 1965* Les Choses, *son premier récit pour lequel il*
obtient le Prix Renaudot. Des lettres il passe au cinéma en co-réalisant
d'après son troisième récit, Un Homme qui dort *(1973), un film pour lequel*
il reçoit le Prix Jean Vigo. Il sera aussi co-réalisateur de Les Lieux d'une
fugue *(1976).*
Essayiste (Espèces d'espaces, Oulipo), *traducteur (de l'écrivain américain*
Harry Mathews), dramaturge, cruciverbiste (créateur de grilles de mots
croisés pour « Le Point *»), Georges Perec est aussi lipogrammiste, le lipo-*
gramme étant un exercice qui consiste à s'abstenir d'employer une lettre
de l'alphabet : e *pour* La Disparition, a-i-o-u *pour* Les Revenentes *(sic).*
*Poètes d'*Alphabets *et de* La Clôture, *narrateur de rêves de* La Boutique
obscure, *Rassembleur de souvenirs de* W ou le souvenir d'enfance *ou de* Je
me souviens, Lieux *où j'ai dormi,* Notes de chevet, Tentatives de description de quelques lieux parisiens, *Georges Perec donne une illustration de*
ses dons et de sa culture dans la monumentale somme de La Vie mode
d'empoi *(Prix Médicis 1978).*
Georges Perec est décédé en mars 1982.

Tout le monde connaît le jeu de patience dénommé puzzle, reconstitution
d'une image à partir de pièces s'emboîtant avec précision mais d'un
assemblage rendu difficile par leur découpe. Les pièces du pourtour et
parfois une précision de dessin constituent l'armature et les repères faci-
litant l'appareillage de l'image entière.
Supposez que chaque chapitre de ce livre est un fragment de puzzle. Pour
vous aider à recomposer l'image, sachez que le « pourtour » est l'immeuble parisien de la rue Simon-Crubellier, que ses quatre-vingt-dix-neuf
morceaux apportent chacun une indication sur ses habitants de jadis ou
d'aujourd'hui. Retenez enfin que le peintre Serge Valène a projeté de mettre sur la toile ce qu'il a emmagasiné de souvenirs, sensations, rêveries,
etc., symbolisant le tout par un plan en coupe de cette maison où il a vécu
plus de cinquante-cinq ans avec, dedans, ceux qui y logent ou y sont logé...
Munis de ces repères, entrez faire connaissance avec les Gratiolet, les
Beaumont, les Marcia, les Altamont, avec Gaspar Winckler et Bartlebooth, pour ne citer que quelques-uns. Les plus importants ? En ce qui
concerne Valène et les deux derniers, certainement. Ils détiennent une
partie des clefs de *La Vie mode d'emploi.*
Pour qui suit patiemment les brins filés par Georges Perec, un dessin se
tisse, un microcosme apparaît et avec lui les réponses aux énigmes que
posent les « romans » de ce roman — de ce prodigieux enchaînement,
côtoiement, entrelacement d'existences, de souvenirs vécus ou rêvés, fondus et recomposés avec une minutie et une virtuosité fascinantes qui ont
séduit à juste titre le jury du Prix Médicis 1978.

Paru dans Le Livre de Poche :

UN CABINET D'AMATEUR.

GEORGES PEREC

La Vie
mode d'emploi

ROMANS

HACHETTE

à la mémoire de Raymond Queneau

Regarde de tous tes yeux, regarde

(Jules Verne,
Michel Strogoff)

PRÉAMBULE

L'œil suit les chemins qui lui ont été
ménagés dans l'œuvre

(Paul Klee,
Pädagogisches Skizzenbuch)

Au départ, l'art du puzzle semble un art bref, un art
mince, tout entier contenu dans un maigre enseignement de la
Gestalttheorie : l'objet visé — qu'il s'agisse d'un acte perceptif, d'un apprentissage, d'un système physiologique ou, dans
le cas qui nous occupe, d'un puzzle de bois — n'est pas une
somme d'éléments qu'il faudrait d'abord isoler et analyser,
mais un ensemble, c'est-à-dire une forme, une structure : l'élément ne préexiste pas à l'ensemble, il n'est ni plus immédiat
ni plus ancien, ce ne sont pas les éléments qui déterminent
l'ensemble, mais l'ensemble qui détermine les éléments : la
connaissance du tout et de ses lois, de l'ensemble et de sa
structure, ne saurait être déduite de la connaissance séparée
des parties qui le composent : cela veut dire qu'on peut regarder une pièce d'un puzzle pendant trois jours et croire tout
savoir de sa configuration et de sa couleur sans avoir le moins
du monde avancé : seule compte la possibilité de relier cette
pièce à d'autres pièces, et en ce sens il y a quelque chose de
commun entre l'art du puzzle et l'art du go ; seules les pièces
rassemblées prendront un caractère lisible, prendront un sens :
considérée isolément une pièce d'un puzzle ne veut rien
dire ; elle est seulement question impossible, défi opaque ;
mais à peine a-t-on réussi, au terme de plusieurs minutes
d'essais et d'erreurs, ou en une demi-seconde prodigieusement
inspirée, à la connecter à l'une de ses voisines, que la pièce
disparaît, cesse d'exister en tant que pièce : l'intense difficulté

qui a précédé ce rapprochement, et que le mot *puzzle* — énigme — désigne si bien en anglais, non seulement n'a plus de raison d'être, mais semble n'en avoir jamais eu, tant elle est devenue évidence : les deux pièces miraculeusement réunies n'en font plus qu'une, à son tour source d'erreur, d'hésitation, de désarroi et d'attente.

Le rôle du faiseur de puzzle est difficile à définir. Dans la plupart des cas — pour tous les puzzles en carton en particulier — les puzzles sont fabriqués à la machine et leur découpage n'obéit à aucune nécessité : une presse coupante réglée selon un dessin immuable tranche les plaques de carton d'une façon toujours identique ; le véritable amateur rejette ces puzzles, pas seulement parce qu'ils sont en carton au lieu d'être en bois, ni parce qu'un modèle est reproduit sur la boîte d'emballage, mais parce que ce mode de découpage supprime la spécificité même du puzzle ; il importe peu en l'occurrence, contrairement à une idée fortement ancrée dans l'esprit du public, que l'image de départ soit réputée facile (une scène de genre à la manière de Vermeer par exemple, ou une photographie en couleurs d'un château autrichien) ou difficile (un Jackson Pollock, un Pissarro ou — paradoxe misérable — un puzzle blanc) : ce n'est pas le sujet du tableau ni la technique du peintre qui fait la difficulté du puzzle, mais la subtilité de la découpe, et une découpe aléatoire produira nécessairement une difficulté aléatoire, oscillant entre une facilité extrême pour les bords, les détails, les taches de lumière, les objets bien cernés, les traits, les transitions, et une difficulté fastidieuse pour le reste : le ciel sans nuages, le sable, la prairie, les labours, les zones d'ombre, etc.

Dans de tels puzzles les pièces se divisent en quelques grandes classes dont les plus connues sont :

les bonshommes

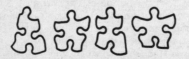

les croix de Lorraine

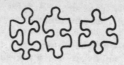

et les croix

et une fois les bords reconstitués, les détails mis en place — la table avec son tapis rouge à franges jaunes très claires, presque blanches, supportant un pupitre avec un livre ouvert, la riche bordure de la glace, le luth, la robe rouge de la femme — et les grandes masses des arrière-plans séparées en paquets selon leur tonalité de gris, de brun, de blanc ou de bleu ciel — la résolution du puzzle consistera simplement à essayer à tour de rôle toutes les combinaisons plausibles.

L'art du puzzle commence avec les puzzles de bois découpés à la main lorsque celui qui les fabrique entreprend de se poser toutes les questions que le joueur devra résoudre, lorsque, au lieu de laisser le hasard brouiller les pistes, il entend lui substituer la ruse, le piège, l'illusion : d'une façon préméditée, tous les éléments figurant sur l'image à reconstruire — tel fauteuil de brocart d'or, tel chapeau noir à trois cornes garni d'une plume noire un peu délabrée, telle livrée jonquille toute couverte de galons d'argent — serviront de départ à une information trompeuse : l'espace organisé, cohérent, structuré, signifiant, du tableau sera découpé non seulement en éléments inertes, amorphes, pauvres de signification et d'information, mais en éléments falsifiés, porteurs d'informations fausses : deux fragments de corniches s'emboîtant exactement alors qu'ils appartiennent en fait à deux portions très éloignées du plafond, la boucle de la ceinture d'un uniforme qui se révèle in extremis être une pièce de métal retenant une torchère, plusieurs pièces découpées de façon presque identique appartenant, les unes à un oranger nain posé sur une cheminée, les autres à son reflet à peine terni dans un miroir, sont des exemples classiques des embûches rencontrées par les amateurs.

On en déduira quelque chose qui est sans doute l'ultime vérité du puzzle : en dépit des apparences, ce n'est pas un jeu solitaire : chaque geste que fait le poseur de puzzle, le faiseur de puzzles l'a fait avant lui ; chaque pièce qu'il prend et reprend, qu'il examine, qu'il caresse, chaque combinaison qu'il essaye et essaye encore, chaque tâtonnement, chaque intuition, chaque espoir, chaque découragement, ont été décidés, calculés, étudiés par l'autre.

PREMIÈRE PARTIE

CHAPITRE I

Dans l'escalier, 1

Oui, cela pourrait commencer ainsi, ici, comme ça, d'une manière un peu lourde et lente, dans cet endroit neutre qui est à tous et à personne, où les gens se croisent presque sans se voir, où la vie de l'immeuble se répercute, lointaine et régulière. De ce qui se passe derrière les lourdes portes des appartements, on ne perçoit le plus souvent que ces échos éclatés, ces bribes, ces débris, ces esquisses, ces amorces, ces incidents ou accidents qui se déroulent dans ce que l'on appelle les « parties communes », ces petits bruits feutrés que le tapis de laine rouge passé étouffe, ces embryons de vie communautaire qui s'arrêtent toujours aux paliers. Les habitants d'un même immeuble vivent à quelques centimètres les uns des autres, une simple cloison les sépare, ils se partagent les mêmes espaces répétés le long des étages, ils font les mêmes gestes en même temps, ouvrir le robinet, tirer la chasse d'eau, allumer la lumière, mettre la table, quelques dizaines d'existences simultanées qui se répètent d'étage en étage, et d'immeuble en immeuble, et de rue en rue. Ils se barricadent dans leurs parties privatives — puisque c'est comme ça que ça s'appelle — et ils aimeraient bien que rien n'en sorte, mais si peu qu'ils en laissent sortir, le chien en laisse, l'enfant qui va au pain, le reconduit ou l'éconduit, c'est par l'escalier que ça sort. Car tout ce qui se passe passe par l'escalier, tout ce qui arrive arrive par l'escalier, les lettres, les faire-part, les meubles que les déménageurs apportent ou emportent, le médecin appelé en urgence, le voyageur qui revient d'un long voyage. C'est à cause de cela que l'escalier reste un lieu anonyme, froid, presque hostile. Dans les anciennes maisons, il y avait encore des marches de pierre, des rampes en fer forgé, des sculptures, des torchères, une banquette parfois pour permettre aux gens âgés de se reposer entre deux étages. Dans les immeubles modernes, il y a des ascenseurs aux parois couvertes de graffiti qui se voudraient obscènes et des escaliers dits « de secours », en béton brut, sales et sonores. Dans cet immeuble-ci, où il y a un vieil ascenseur presque toujours en panne, l'escalier est un lieu vétuste, d'une propreté douteuse, qui d'étage en étage se dégrade selon les conventions de la respectabilité bourgeoise : deux épaisseurs de tapis jusqu'au troisième, une seule ensuite, et plus du tout pour les deux étages de combles.

Oui, ça commencera ici : entre le troisième et le quatrième étage, 11 rue Simon-Crubellier. Une femme d'une quarantaine d'années est en train de monter l'escalier ; elle est vêtue d'un long imperméable de skaï et porte sur la tête une sorte de bonnet de feutre, en forme de pain de sucre, un peu l'idée que l'on se fait d'un chapeau de lutin, et qui est divisé en carreaux rouges et gris. Un grand fourre-tout de toile bise, un de ces sacs que l'on appelle vulgairement un baise-en-ville, pend à son épaule droite. Un petit mouchoir de batiste est noué autour d'un des anneaux de métal chromé rattachant le sac à sa bretelle. Trois motifs imprimés comme au pochoir se répètent régulièrement sur toute la surface du sac : une grosse horloge à balancier, un pain de campagne coupé en son milieu, et une sorte de récipient en cuivre sans anses.

La femme regarde un plan qu'elle tient dans la main gauche. C'est une simple feuille de papier dont les cassures encore visibles attestent qu'elle fut pliée en quatre, et qui est fixée au moyen d'un trombone sur un épais volume multigraphié : le règlement de copropriété concernant l'appartement que cette femme va visiter. Sur la feuille ont été en fait esquissés non pas un, mais trois plans : le premier, en haut et à droite, permet de localiser l'immeuble, à peu près au milieu de la rue Simon-Crubellier qui partage obliquement le quadrilatère que forment entre elles, dans le quartier de la Plaine Monceau, XVIIᵉ arrondissement, les rues Médéric, Jadin, De Chazelles et Léon Jost ; le second, en haut et à gauche, est un plan en coupe de l'immeuble indiquant schématiquement la disposition des appartements, précisant le nom de quelques occupants : Madame Nochère, concierge ; Madame de Beaumont, deuxième droite ; Bartlebooth, troisième gauche ; Rémi Rorschash, producteur de télévision, quatrième gauche ; Docteur Dinteville, sixième gauche, ainsi que l'appartement vacant, au sixième droite, qu'occupa jusqu'à sa mort Gaspard Winckler, artisan ; le troisième plan, sur la moitié inférieure de la feuille, est celui de l'appartement de Winckler : trois pièces en façade sur la rue, une cuisine et un cabinet de toilette donnant sur la cour, un débarras sans fenêtre.

La femme tient dans sa main droite un volumineux trousseau de clés, celles, sans doute, de tous les appartements qu'elle a visités dans la journée ; plusieurs sont pendues à des porte-clés fantaisie : une bouteille miniature de Marie Brizard, un tee de golf et une guêpe, un domino représentant un double-six, et un jeton de plastique, octogonal, dans lequel a été enchâssée une fleur de tubéreuse.

Il y a presque deux ans que Gaspard Winckler est mort. Il n'avait pas d'enfant. On ne lui connaissait plus de famille. Bartlebooth chargea un notaire de retrouver ses héritiers éventuels. Son unique sœur, Madame Anne Voltimand, était morte en 1942. Son neveu, Grégoire Voltimand avait été tué sur le Garigliano en mai 1944, lors de la percée de la ligne Gustav. Il fallut plusieurs mois au notaire pour dénicher un arrière-petit-cousin de Winckler ; il s'appelait Antoine Rameau et travaillait chez un fabricant de canapés modulables. Les droits de succession auxquels s'ajoutaient les frais occasionnés par l'établissement des successibles, se révélèrent si élevés qu'Antoine Rameau dut tout vendre aux enchères. Il y a quelques mois déjà que les meubles ont été dispersés en Salle des Ventes et quelques semaines que l'appartement a été racheté par une agence.

La femme qui monte les escaliers n'est pas la directrice de l'agence, mais son adjointe ; elle ne s'occupe pas des questions commerciales, ni des relations avec les clients, mais seulement des problèmes techniques. Du point de vue immobilier, l'affaire est saine, le quartier valable, la façade en pierres de taille, l'escalier est correct malgré la vétusté de l'ascenseur, et la femme vient maintenant inspecter avec davantage de soin l'état des lieux, dresser un plan plus précis des locaux avec, par exemple, des traits plus épais pour distinguer les murs des cloisons et des demi-cercles fléchés pour indiquer dans quel sens s'ouvrent les portes, et prévoir les travaux, préparer un premier devis chiffré de la remise à neuf : la cloison séparant le cabinet de toilette du débarras sera abattue, permettant l'aménagement d'une salle d'eau avec baignoire sabot et w.-c. ; le carrelage de la cuisine sera remplacé ; une chaudière murale à gaz de ville, mixte (chauffage central, eau chaude) prendra la place de la vieille chaudière à charbon ; le parquet à bâtons rompus des trois pièces sera déposé et remplacé par une chape de ciment que viendront recouvrir une thibaude et une moquette.

De ces trois petites chambres dans lesquelles pendant presque quarante ans a vécu et travaillé Gaspard Winckler, il ne reste plus grand-chose. Ses quelques meubles, son petit établi, sa scie sauteuse, ses minuscules limes sont partis. Il n'y a plus sur le mur de la chambre, en face de son lit, à côté de la fenêtre, ce tableau carré qu'il aimait tant : il représentait une antichambre dans laquelle se tenaient trois hommes. Deux étaient debout, en redingote, pâles et gras, et surmontés de hauts-de-forme qui semblaient vissés sur leur crâne. Le troisième, vêtu de noir lui aussi, était assis près de la porte dans l'attitude d'un monsieur qui attend quelqu'un et s'occupait à enfiler des gants neufs dont les doigts se moulaient sur les siens.

La femme monte les escaliers. Bientôt, le vieil appartement deviendra un coquet logement, double liv. + ch., cft., vue, calme. Gaspard Winckler est mort, mais la longue vengeance qu'il a si patiemment, si minutieusement ourdie, n'a pas encore fini de s'assouvir.

CHAPITRE II

Beaumont, 1

Le salon de Madame de Beaumont est presque entièrement occupé par un grand piano de concert sur le pupitre duquel est posée la partition fermée d'une célèbre rengaine américaine, *Gertrude of Wyoming*, par Arthur Stanley Jefferson. Un vieil homme, la tête couverte d'un foulard de nylon orange, est assis devant le piano et s'apprête à l'accorder.

Dans le coin gauche de la pièce, il y a un grand fauteuil moderne, fait d'une gigantesque demi-sphère d'altuglas cerclée d'acier, posée sur un piétement de métal chromé. A côté, un bloc de marbre de section octogonale fait office de table basse ; un briquet d'acier est posé dessus ainsi qu'un cache-pot cylindrique d'où émerge un chêne nain, un de ces *bonzaï* japonais dont la croissance a été à ce point contrôlée, ralentie, modifiée, qu'ils offrent tous les signes de la maturité, voire de la sénescence, en n'ayant pratiquement pas grandi, et dont ceux qui les cultivent disent que leur perfection dépend moins du soin matériel qu'on leur apporte que de la concentration méditative que leur éleveur leur consacre.

Posé directement sur le parquet de bois clair, un peu en avant du fauteuil, se trouve un puzzle de bois dont pratiquement toute la bordure a été reconstituée. Dans le tiers inférieur droit du puzzle, quelques pièces supplémentaires ont été réunies : elles représentent le visage ovale d'une jeune fille endormie ; ses cheveux blonds relevés en torsade au-dessus de son front sont maintenus par un double bandeau d'étoffe tressée ; sa joue s'appuie sur sa main droite repliée en conque comme si, en songe, elle était en train d'écouter.

A gauche du puzzle, un plateau décoré supporte une

verseuse à café, une tasse et sa soucoupe, et un sucrier en métal anglais. La scène peinte sur le plateau est partiellement masquée par ces trois objets ; on en distingue cependant deux détails : à droite, un petit garçon en pantalon brodé est penché au bord d'une rivière ; au centre, une carpe sortie de l'eau gigote au bout d'une ligne ; le pêcheur et les autres personnages restent invisibles.

En avant du puzzle et du plateau, plusieurs livres, cahiers et classeurs sont étalés sur le parquet. Le titre de l'un des livres est visible : *Règlement concernant la sécurité dans les mines et carrières*. Un des classeurs est ouvert sur une page en partie couverte d'équations transcrites d'une écriture fine et serrée :

Si $f \in$ Hom (ν, μ) (resp. $g \in$ Hom (ξ, ν)) est un morphisme homogène dont le degré est la matrice α (resp. β), $f \circ g$ est homogène et son degré est matrice produit $\alpha \beta$.
Soient $\alpha = (\alpha_{ij})$, $l \leq i \leq m$, $l \leq j \leq n$; $\beta = (\beta_{kl})$, $l \leq k \leq n$, $l \leq l \leq p$ $(|\xi| = p)$, les matrices considérées. Nous supposons que l'on a $f = (f_i, \ldots, f_m)$ $g = (g_l, \ldots, g_n)$, et soit $h \sqcap \rightarrow \xi$ un morphisme $(h = h_i, \ldots h_p)$.
Soit enfin $(a) = (a_l \ldots, a_p)$ un élément de A^p. Évaluons, pour tout indice i entre l et m $(|\mu| = m)$ le morphisme
$$x_i = f_i \circ g \circ (a_l h_l, \ldots, a_p h_p).$$ On a d'abord
$$x_i = f_i \circ (a_l^{\beta_{ll}} \ldots a_p^{\beta_{lp}} g_l, \ldots, a_l^{\beta_{nl}} \ldots a_p^{\beta_{np}} g_n, \ldots, a_l^{\beta_{pl}} \ldots a_p^{\beta_{pp}} g_p) \circ h$$
ensuite $x_i = a_l^{\alpha_{il}\beta_{ll} + \ldots + \alpha_{il}\beta_{ll} + \alpha_{in}\beta_{nl}} \ldots a_j^{\alpha_{ji}\beta_{jl} + \ldots + \alpha_{jn}\beta_{jl}} \ldots a_p^{\alpha_{il}\beta_{lp} + \ldots} f_i \circ g \circ h$
$f \circ g$ vérifie donc l'égalité d'homogénéité de degré $\alpha \beta$ ([1.2.2.])

Les murs de la pièce sont laqués de blanc. Plusieurs affiches encadrées y sont accrochées. L'une d'entre elles représente quatre moines à la mine gourmande attablés autour d'un camembert sur l'étiquette duquel quatre moines à la mine gourmande — les mêmes — sont de nouveau attablés. La scène se répète, distinctement, jusqu'à la quatrième fois.

Fernand de Beaumont fut un archéologue dont l'ambition égala celle de Schliemann. Il entreprit de retrouver les traces de cette cité légendaire que les Arabes appelaient Lebtit et qui aurait été leur capitale en Espagne. Personne ne contestait l'existence de cette ville, mais la plupart des spécialistes, qu'ils fussent hispanisants ou islamisants, s'accordaient pour l'assimiler, soit à Ceuta, en terre africaine, en face de Gibraltar, soit à Jaen, en Andalousie, au pied de la Sierra de Magina. Beaumont refusait ces identifications en s'appuyant sur le fait qu'aucune des fouilles pratiquées à Ceuta ou à Jaen n'avait mis en évidence certaines des caractéristiques que les récits attribuaient à Lebtit. On y parlait en particulier d'un château « dont la porte à deux battants ne servait ni pour entrer ni pour sortir. Elle était destinée à rester fermée. Chaque fois qu'un roi mourait et qu'un autre roi héritait de son auguste trône, il ajoutait de ses mains une nouvelle serrure à la porte. A la fin il y eut vingt-quatre serrures, une pour chaque roi ». Il y avait sept salles dans ce château. La septième « était si longue que le plus habile archer tirant du seuil n'aurait pu planter sa flèche dans le mur du fond ». Dans la première, il y avait des « figures parfaites » représentant des Arabes « sur leurs rapides montures, chevaux ou chameaux, avec leurs turbans flottant sur l'épaule, le cimeterre accroché par des courroies et la lance en arrêt dans la main droite ».

Beaumont appartenait à cette école de médiévistes qui s'est elle-même qualifiée de « matérialiste » et qui amena, par exemple, un professeur d'histoire religieuse à éplucher les comptabilités de la chancellerie papale à seule fin de prouver que la consommation, dans la première moitié du XIIᵉ siècle, de parchemin, de plomb et de ruban sigillaire, avait à ce point dépassé la quantité correspondant au nombre de bulles officiellement déclarées et enregistrées que, même en tenant compte d'un éventuel coulage et d'un vraisemblable gâchis, il fallait en déduire qu'un nombre relativement important de bulles (il s'agissait bien de bulles, et non de brefs, car seules les bulles sont scellées avec du plomb, les brefs étant fermés à la cire) étaient restées confidentielles, sinon même clandestines. D'où cette thèse, justement célèbre en son temps, sur *Les Bulles secrètes et la question des antipapes*, qui éclaira d'un jour nouveau les rapports d'Innocent II, d'Anaclet II et de Victor IV.

D'une manière à peu près analogue, Beaumont démontra qu'en prenant comme référence, non le record du monde de 888 mètres établi par le sultan Selim III en 1798, mais les performances remarquables certes mais non exceptionnelles réalisées par les archers anglais à Crécy, la septième pièce du château de Lebtit se devait d'avoir une longueur d'au moins deux cents mètres et, compte tenu de l'inclinaison du tir, une hauteur qui pouvait difficilement être inférieure à trente mètres. Ni les fouilles de Ceuta, ni les fouilles de Jaen, ni aucune autre, n'avaient décelé de salle ayant les dimensions requises, ce qui permit à Beaumont d'affirmer que « si cette cité légendaire puise ses sources dans quelque forteresse probable, ce n'est pas en tout cas dans l'une de celles dont nous connaissons aujourd'hui les vestiges ».

Au-delà de cet argument purement négatif, un autre fragment de la légende de Lebtit parut devoir fournir à Beaumont une indication sur l'emplacement de la citadelle. Sur le mur inaccessible de la salle des archers était, dit-on, gravée une inscription qui disait : « Si un Roi ouvre jamais la porte de ce Château, ses guerriers se pétrifieront tels les guerriers de la première salle et les ennemis dévasteront ses royaumes. » Beaumont vit dans cette métaphore une transcription des secousses qui disloquèrent les *Reyes de taifas* et déclenchèrent la *Reconquista*. Plus précisément selon lui, la légende de Lebtit décrivait ce qu'il appelait « la débâcle cantabrique des Maures » c'est-à-dire la bataille de Covadonga au cours de laquelle Pelage défit l'émir Alkhamah avant de se faire couronner, sur le champ de bataille, roi des Asturies. Et c'est à Oviedo même, au centre des Asturies, qu'avec un enthousiasme qui lui valut l'admiration de ses pires détracteurs, Fernand de Beaumont décida d'aller chercher les restes de la forteresse légendaire.

Les origines d'Oviedo étaient confuses. Pour les uns c'était un monastère que deux moines avaient bâti afin d'échapper aux Maures ; pour d'autres, une citadelle wisigothique ; pour d'autres encore, un ancien oppidum hispano-romain appelé tantôt Lucus asturum, tantôt Ovetum ; pour d'autres enfin, c'était Pelage lui-même, que les Espagnols appellent Don Pelayo et dont ils font l'ancien porte-lance du roi Rodrigue à Jerez, tandis que les Arabes l'appellent Belaï el-Roumi parce qu'il serait de descendance romaine, qui aurait fondé la ville. Ces hypothèses contradictoires favorisaient les arguments de Beaumont : pour lui, Oviedo était cette Lebtit fabuleuse, la plus septentrionale des places fortes maures en Espagne, et par là même le symbole de leur domination sur toute la péninsule. Sa perte aurait marqué la fin de l'hégémonie islamique en Europe occidentale et c'est pour affirmer cette défaite que Pelage victorieux s'y serait installé.

Les fouilles commencèrent en 1930 et durèrent plus de cinq ans. La dernière année, Beaumont reçut la visite de Bartlebooth qui était venu non loin de là, à Gijon, elle aussi ancienne capitale du roi des Asturies, pour y peindre la première de ses marines.

Quelques mois plus tard Beaumont revint en France. Il rédigea un rapport technique de 78 pages concernant l'organisation des fouilles, proposant notamment pour l'exploitation des résultats un système de dépouillement fondé sur la classification décimale universelle qui reste un modèle du genre. Puis, le 12 novembre 1935, il se suicida.

CHAPITRE III

Troisième droite, 1

Ce sera un salon, une pièce presque nue, parquetée à l'anglaise. Les murs seront recouverts de panneaux de métal.

Quatre hommes seront accroupis au centre de la pièce, pratiquement assis sur leurs talons, les genoux largement écartés, les coudes prenant appui sur les genoux, les mains jointes, les médius croisés, les autres doigts tendus. Trois des hommes seront sur une même ligne et feront face au quatrième. Tous seront torse nu et pieds nus, vêtus seulement d'un pantalon de soie noire sur lequel se répétera un même motif imprimé représentant un éléphant. Un anneau de métal dans lequel sera enchassée une obsidienne de forme circulaire sera passé dans l'auriculaire de leur main droite.

Le seul meuble de la pièce est un fauteuil Louis XIII, aux jambes torsadées, aux bras et au dossier garnis de cuir clouté. Une longue chaussette noire est accrochée à l'un des bras.

L'homme qui fait face aux trois autres est Japonais. Il se nomme Ashikage Yoshimitsu. Il appartient à une secte fondée à Manille en 1960 par un marin-pêcheur, un employé des postes et un commis de boucherie. Le nom japonais de la secte est « Shira nami », « La Vague Blanche » ; son nom anglais « The Three Free Men », « Les Trois Hommes Libres ».

Dans les trois années qui suivirent la fondation de la secte, chacun de ces « trois hommes libres » parvint à en convertir trois autres. Les neuf hommes de la seconde génération en initièrent vingt-sept au cours des trois années suivantes. La sixième promotion compta, en 1975, sept cent vingt-neuf membres dont Ashikage Yoshimitsu qui fut chargé, avec quelques autres, d'aller répandre la foi nouvelle en Occident. L'initiation à la secte des Trois Hommes Libres est longue, difficile et extrêmement coûteuse, mais c'est apparemment sans difficultés majeures que Yoshimitsu trouva trois prosélytes suffisamment riches pour pouvoir disposer du temps et de l'argent indispensables à une telle entreprise.

Les novices en sont au tout début de leur initiation et doivent triompher d'épreuves préliminaires au cours desquelles ils doivent apprendre à s'absorber dans la contemplation d'un objet — matériel ou mental — parfaitement trivial, au point d'en oublier toute sensation, fût-elle la plus douloureuse : à cet effet, les talons des néophytes accroupis ne reposent pas directement sur le sol, mais sur de gros dés de métal aux arêtes particulièrement acérées, maintenus en équilibre sur deux de leurs faces opposées l'une touchant le sol et l'autre le talon : le plus petit redressement du pied entraîne instantanément la chute du dé, ce qui provoque l'exclusion immédiate et définitive, non seulement de l'élève fautif, mais de ses deux compagnons ; le plus petit relâchement de la position fait pénétrer la pointe du dé dans la chair, déclenchant une douleur rapidement intolérable. Les trois hommes doivent rester dans cette posture désagréable pendant six heures ; il est toléré qu'ils se lèvent deux minutes tous les trois quarts d'heure, encore qu'il soit mal vu de se servir plus de trois fois par séance de cette permission.

Quant à l'objet de leur méditation, il diffère pour chacun des trois. Le premier, qui est le représentant exclusif pour la France d'une fabrique suédoise de dossiers suspendus, doit résoudre une énigme qui se présente à lui sous la forme d'un bristol blanc sur lequel a été calligraphiée à l'encre violette la question suivante

Quelle est la menthe qui est devenue tilleul ?

que surmonte le chiffe 6 dessiné artistiquement.

Le second élève est un Allemand, propriétaire d'une usine de layettes à Stuttgart. Il a devant lui, posé sur un cube d'acier, un morceau de bois flotté dont la forme évoque assez précisément une racine de ginseng.

Le troisième, qui est une vedette — française — de la chanson, est en face d'un volumineux ouvrage traitant de l'art culinaire, un de ces livres que l'on a coutume de mettre en vente au moment des fêtes de fin d'année. Le livre est posé sur un pupitre à musique. Il est ouvert sur une illustration représentant une réception donnée en 1890 par Lord Radnor dans les salons de Longford Castle. Sur la page de gauche, encadrée de fleurons modern-style et d'ornements en guirlande, est donnée une recette de

MOUSSELINE
AUX FRAISES

Prendre trois cents grammes de fraises des bois ou des quatre-saisons. Les passer au tamis de Venise. Mélanger avec deux cents grammes de sucre en glace. Mélanger et incorporer à l'appareil un demi-litre de crème fouettée très ferme. Remplir de cet appareil de petites caisses rondes en papier et mettre à rafraîchir deux heures dans une cave à glace légèrement sanglée. Au moment de servir, placer une grosse fraise sur chaque mousseline.

Yoshimitsu lui-même est assis sur ses talons, sans être gêné par les dés. Il tient entre ses paumes une petite bouteille de jus d'orange de laquelle émergent plusieurs pailles enfilées les unes aux autres de manière à arriver jusque dans sa bouche.

Smautf a calculé qu'il y aurait en 1978 deux mille cent quatre-vingt-sept nouveaux adeptes de la secte des Trois Hommes Libres et, en supposant qu'aucun des anciens disciples ne soit mort, un total de trois mille deux cent soixante-dix-sept fidèles. Ensuite cela ira beaucoup plus vite : en 2017, la dix-neuvième génération comptera plus d'un milliard d'individus. En 2020, la totalité de la planète, et même largement au-delà, aura été initiée.

Il n'y a personne au troisième droite. Le propriétaire est un certain Monsieur Foureau qui vivrait à Chavignolles, entre Caen et Falaise dans une manière de château et une ferme de trente-huit hectares. Il y a quelques années une dramatique intitulée *La seizième lame de ce cube* y fut tournée par la télévision ; Rémi Rorschash assista au tournage mais n'y rencontra pas ce propriétaire.

Personne ne semble l'avoir jamais vu. Aucun nom n'est écrit sur la porte palière, ni sur la liste affichée sur la porte vitrée de la loge. Les volets sont toujours fermés.

CHAPITRE IV

Marquiseaux, 1

Un salon vide au quatrième droite.

Sur le sol il y a un tapis de sisal tressé dont les fibres s'entrelacent de manière à former des motifs en forme d'étoile.

Sur le mur un papier peint imitant la toile de Jouy représente de grands navires à voiles, des quatre-mâts de type portugais, armés de canons et de couleuvrines, se préparant à rentrer au port ; le grand foc et la brigantine sont gonflés par le vent ; des marins, grimpés dans les cordages, carguent les autres voiles.

Il y a quatre tableaux sur les murs.

Le premier est une nature morte qui, malgré sa facture moderne, évoque assez bien ces compositions ordonnées autour du thème des cinq sens, si répandues dans toute l'Europe de la Renaissance à la fin du XVIII' siècle : sur une table sont disposés un cendrier dans lequel fume un havane, un livre dont on peut lire le titre et le sous-titre — La Symphonie inachevée, roman — mais dont le nom de l'auteur reste caché, une bouteille de rhum, un bilboquet et, dans une coupe, un amoncellement de fruits séchés, noix, amandes, oreillons d'abricots, pruneaux, etc.

Le second représente une rue de banlieue, la nuit, entre des terrains vagues. A droite, un pylône métallique dont les traverses portent sur chacun de leurs points d'intersection une grosse lampe électrique allumée. A gauche, une constellation reproduit, renversée (base au ciel et pointe vers la terre), la forme exacte du pylône. Le ciel est couvert de floraisons (bleu foncé sur fond plus clair) identiques à celles du givre sur une vitre.

Le troisième représente un animal fabuleux, le tarande, dont la première description fut donnée par Gélon le Sarmate :

« Tarande est un animal grand comme un jeune taureau, portant teste comme est d'un cerf, peu plus grande, avecques cornes insignes largement ramées, les piedz fourchuz, le poil long comme d'un grand ours, la peau peu moins dure qu'un corps de cuirasse. Peu en estre trouvé parmi la Scytie, par ce qu'il change de couleur selon la variété des lieux ès quelz il paist et demoure, et représente la couleur des herbes, arbres, arbrisseaulx, fleurs, lieux, pastiz, rochiers, généralement de toutes choses qu'il approche. Cela lui est commun avecques le poulpe marin, c'est le polype ; avecques les thoës, avecques les lycaons de Indie, avecques le chameleon, qui est une espèce de lizart tant admirable que Democritus a faict un livre entier de sa figure, anatomie, vertus et propriété en magie. Si est ce que je l'ay veu couleur changer, non à l'approche seulement des choses colorées, mais de soy mesmes, selon la paour et affections qu'il avoit : comme sus un tapiz verd je l'ay veu certainement verdoyer ; mais, y restant quelque espace de temps, devenir jaulne, bleu, tanné, violet par succès, en la façon que voiez la creste des coqs d'Inde couleur scelon leurs passions changer. Ce que sus tout trouvasmes en cestuy tarande admirable, est que non seulement sa face et peau, mais aussi tout son poil, telle couleur prenoit qu'elle estoit ès choses voisines. »

Le quatrième est la reproduction en noir et blanc d'un tableau de Forbes intitulé *Un rat derrière la tenture*. Ce tableau s'inspire d'une histoire réelle qui arriva à Newcastle-upon-Tyne au cours de l'hiver 1858.

La vieille Lady Forthright avait une collection de montres et d'automates dont elle était très fière et dont le joyau était une montre minuscule insérée dans un fragile œuf d'albâtre. Elle avait confié la garde de sa collection au plus vieux de ses domestiques. C'était un cocher qui la servait depuis plus de soixante ans et qui était éperdument amoureux d'elle depuis la première fois qu'il avait eu le privilège de la conduire. Il avait reporté sa passion muette sur la collection de sa maîtresse et, particulièrement adroit de ses mains, l'entretenait avec un soin furieux, passant ses jours et ses nuits à maintenir ou à remettre en état ces délicates mécaniques dont certaines avaient plus de deux siècles.

Les plus belles pièces de la collection étaient conservées dans une petite chambre réservée à ce seul usage. Certaines étaient enfermées dans des vitrines, mais la plupart étaient accrochées au mur et protégées de la poussière par une mince tenture de mousseline. Le cocher dormait dans un réduit attenant, car, depuis quelques mois, un savant solitaire s'était installé non loin du château, dans un laboratoire où, à l'instar de Martin Magron et du Turinois Vella, il étudiait chez les rats les effets antagonistes de la strychnine et du curare, alors que la vieille femme et son cocher étaient persuadés que c'était un brigand que la seule convoitise avait attiré dans ces parages et qui manigançait quelque diabolique stratagème pour s'emparer de ces précieux bijoux.

Une nuit, le vieux cocher fut réveillé par de minuscules couinements qui semblaient provenir de la chambre. Il s'imagina que le savant démoniaque avait apprivoisé un de ses rats et lui avait appris à aller chercher les montres. Il se leva, prit dans la trousse à outils qui ne le quittait jamais un petit marteau, pénétra dans la chambre, s'approcha le plus doucement possible de la tenture et frappa violemment à l'endroit d'où le bruit semblait lui parvenir. Ce n'était pas un rat, hélas, mais seulement cette montre magnifique sertie dans son œuf d'albâtre, dont le mécanisme s'était légèrement déréglé, produisant un presque imperceptible crissement. Lady Forthright, réveillée en sursaut par le coup de marteau, accourut sur ces entrefaites et trouva le vieux domestique hébété, la bouche ouverte, tenant d'une main le marteau et de l'autre le bijou brisé. Sans lui laisser le temps d'expliquer ce qui s'était passé, elle appela ses autres domestiques et fit enfermer son cocher comme fou furieux. Elle mourut deux ans plus tard. Le vieux cocher l'apprit, parvint à s'échapper de son lointain asile, revint au château et se pendit dans la chambre même où le drame avait eu lieu.

Forbes, dont c'est une œuvre de jeunesse encore mal dégagée de l'influence de Bonnat, s'est inspiré très librement dé ce fait divers. Il nous montre la pièce aux murs couverts de montres. Le vieux cocher est vêtu d'un uniforme de cuir blanc ; il est monté sur une chaise chinoise laquée de rouge sombre, aux formes contournées. Il accroche à une poutre du plafond une longue écharpe de soie. La vieille Lady Forthright se tient dans l'embrasure de la porte ; elle regarde son domestique avec un air d'extrême colère ; dans sa main droite elle tient, à bout de bras, la chaînette d'argent au bout de laquelle pend un fragment de l'œuf d'albâtre.

Il y a plusieurs collectionneurs dans cet immeuble, et souvent plus maniaques encore que les personnages de ce tableau. Valène lui-même a longtemps conservé les cartes postales que Smautf lui envoyait à chaque fois qu'il faisait escale. Il en avait une de Newcastle-upon-Tyne, justement, et une autre de la Newcastle australienne, en Nouvelle-Galles du Sud.

CHAPITRE V

Foulerot, 1

Au cinquième droite, tout au fond : c'est juste au-dessus que Gaspard Winckler avait son atelier. Valène se souvenait du paquet qu'il avait reçu chaque quinzaine, pendant vingt ans : même au plus fort de la guerre, ils avaient continué à arriver régulièrement, identiques, absolument identiques ; évidemment, il y avait les timbres qui étaient différents, cela permettait à la concierge, qui n'était pas encore Madame Nochère, mais Madame Claveau, de les réclamer pour son fils Michel ; mais à part les timbres, il n'y avait rien qui distinguait un paquet de l'autre : le même papier kraft, la même ficelle, le même cachet de cire, la même étiquette ; c'est à croire qu'avant de partir, Bartlebooth avait demandé à Smautf de prévoir la quantité de papier de soie, de kraft, de ficelle, de cire à cacheter, qu'il faudrait pour les cinq cents paquets ! Il ne devait même pas avoir eu besoin de le demander, Smautf l'avait certainement compris tout seul ! Et ils n'en étaient pas à une malle près.

Ici, au cinquième droite, la pièce est vide. C'est une salle de bains, peinte en orange mat. Sur le bord de la baignoire, une grande coquille de nacre, provenant d'une huître per-lière, contient un savon et une pierre ponce. Au-dessus du lavabo, il y a un miroir octogonal encadré de marbre veiné. Entre la baignoire et le lavabo, un cardigan de cashmere écossais et une jupe à bretelles sont jetés sur un fauteuil pliant.

La porte du fond est ouverte et donne sur un long corri-dor. Une jeune fille d'à peine dix-huit ans se dirige vers la salle de bains. Elle est nue. Elle tient dans la main droite un œuf qu'elle utilisera pour se laver les cheveux, et dans la main gauche le n° 40 de la revue *Les Lettres Nouvelles* (juillet-août 1956) dans lequel se trouve, outre une note de Jacques Lederer sur *Le Journal d'un Prêtre*, de Paul Jury (Gallimard), une nouvelle de Luigi Pirandello, datée de 1913, intitulée *Dans le gouffre*, qui raconte comment Romeo Daddi devint fou.

CHAPITRE VI

Chambres de bonne, 1

C'est une chambre de bonne au septième, à gauche de celle qu'occupe, tout au fond du couloir, le vieux peintre Valène. La chambre dépend du grand appartement du deuxième droite, celui que Madame de Beaumont, la veuve de l'archéologue, habite avec ses deux petites-filles, Anne et Béatrice Breidel. Béatrice, la plus jeune, a dix-sept ans. Elève douée, et même brillante, elle prépare le concours d'entrée à l'Ecole Normale Supérieure de Sèvres. Elle a obtenu de sa sévère grand-mère le droit, sinon d'habiter, du moins de venir travailler dans cette chambre indépendante.

Il y a des tommettes rouges sur le sol et sur les murs un papier peint représentant divers arbustes. Malgré l'exiguïté de la chambrette, Béatrice y a reçu cinq de ses camarades de classe. Elle-même est assise près de sa table de travail sur une chaise à haut dossier dont les pieds sont sculptés en os de mouton ; elle est vêtue d'une jupe à bretelles et d'un corsage rouge à manchettes légèrement bouffantes ; elle porte un bracelet d'argent au poignet droit et tient entre le pouce et l'index de sa main gauche une longue cigarette qu'elle regarde se consumer.

Une de ses camarades, vêtue d'un long manteau de lin blanc, se tient debout contre la porte et semble examiner attentivement un plan du métro parisien. Les quatre autres, uniformément habillées de jeans et de chemises à rayures, sont assises par terre, entourant un service à thé posé sur un plateau, à côté d'une lampe dont le pied est fait d'un petit tonnelet comme on peut supposer qu'en portaient les saint-bernard. Une des jeunes filles verse le thé. Une autre ouvre une boîte de petits fromages en cubes. La troisième lit un roman de Thomas Hardy sur la couverture duquel on voit un personnage barbu, assis dans une barque au milieu d'une rivière, pêcher à la ligne, cependant que sur la berge un chevalier en armure semble le héler. La quatrième regarde avec un air de profonde indifférence une gravure qui représente un évêque penché au-dessus d'une table sur laquelle est posé un de ces jeux appelé *solitaire*. Il est fait d'une plaque de bois, dont la forme trapézoïdale évoque assez bien celle d'un presse-raquette, dans laquelle sont ménagées vingt-cinq cuvettes disposées en losange, susceptibles de recevoir des billes qui sont ici des perles de belle grosseur posées à droite de la plaque sur un petit coussin de soie noire. La gravure qui imite manifestement le célèbre tableau de Bosch intitulé *L'Escamoteur*, conservé au Musée municipal de Saint-Germain-en-Laye, porte un titre plaisant — bien qu'apparemment peu explicatif — calligraphié en lettres gothiques

Qui boit en mangeant sa soupe
Quand il est mort il n'y boit goutte

Le suicide de Fernand de Beaumont laissa Véra sa veuve, seule avec une petite fille de six ans, Elizabeth, qui n'avait jamais vu son père, éloigné de Paris par ses fouilles cantabriques, et guère davantage sa mère qui poursuivait dans l'ancien et le nouveau monde une carrière de cantatrice que son bref mariage avec l'archéologue n'avait pratiquement pas interrompue.

Née en Russie aux débuts du siècle, Véra Orlova — c'est sous ce nom qu'elle demeure connue des mélomanes — s'en enfuit au printemps dix-huit et s'installa d'abord à Vienne où elle fut l'élève de Schönberg au *Verein für musikalische Privataufführung*. Ayant suivi Schönberg à Amsterdam, elle se sépara de lui quand il retourna à Berlin, vint à Paris et y donna à la Salle Érard une série de récitals. Malgré l'hostilité sarcastique ou houleuse d'un public manifestement peu habitué à la technique du *Sprechgesang*, et avec le seul soutien d'une petite poignée de fanatiques, elle parvint à faire figurer dans ses programmes, principalement composés d'airs d'opéras, de lieder de Schumann et d'Hugo Wolf et de mélodies de Moussorgsky, quelques-unes des pièces vocales de l'Ecole de Vienne qu'elle fit ainsi découvrir aux Parisiens. C'est lors d'une réception donnée par le comte Orfanik à la demande de qui elle était venue chanter l'air final d'Angelica dans l'*Orlando* d'Arconati

> *Innamorata, mio cuore tremante,*
> *Voglio morire...*

qu'elle rencontra celui qui devait devenir son mari. Mais réclamée partout avec de plus en plus d'insistance, entraînée dans des tournées triomphales qui duraient parfois une année entière, elle vécut à peine avec Fernand de Beaumont qui, de son côté, ne quittait son cabinet de travail que pour aller vérifier sur le terrain ses hasardeuses hypothèses.

Née en 1929, Elizabeth fut donc élevée par sa grand-mère paternelle, la vieille comtesse de Beaumont, ne voyant guère sa mère que quelques semaines par an, lorsque la chanteuse consentait à échapper aux exigences toujours plus grandes de son imprésario pour venir se reposer quelque temps dans le château des Beaumont à Lédignan. Ce n'est que vers la fin de la guerre, alors qu'Elizabeth venait d'avoir quinze ans, que sa mère, ayant renoncé aux concerts et aux tournées pour se consacrer à l'enseignement du chant, la fit venir à Paris auprès d'elle. Mais la jeune fille refusa très vite la tutelle d'une femme qui, privée du chatoiement des loges et des galas, et des jonchées de roses qui clôturaient ses récitals, devenait acariâtre et autoritaire. Elle s'enfuit de chez elle un an après. Sa mère ne devait plus la revoir et toutes les recherches qu'elle entreprit pour retrouver sa trace demeurèrent sans résultat. C'est seulement en septembre 1959 que Véra Orlova apprit en même temps ce qu'avaient été la vie et la mort de sa fille. Elizabeth s'était mariée deux ans auparavant avec un maçon belge, François Breidel. Ils vivaient dans les Ardennes, à Chaumont-Porcien. Ils avaient deux petites filles, Anne, qui avait un an, et Béatrice, dont Elizabeth venait juste d'accoucher. Le lundi 14 septembre, une voisine, entendant des pleurs dans la maison, essaya d'y pénétrer. N'y parvenant pas, elle alla chercher le garde-champêtre. Ils appelèrent, sans obtenir d'autre réponse que les cris de plus en plus stridents des bébés, puis, aidés de quelques autres habitants du village, ils enfoncèrent la porte de la cuisine, se ruèrent vers la chambre des parents, et les découvrirent, couchés, nus, dans leur lit, la gorge tranchée, baignant dans leur sang.

Véra de Beaumont apprit la nouvelle le soir même. Le hurlement qu'elle poussa résonna dans la maison entière. Le lendemain matin, conduite pendant toute la nuit par Kléber, le chauffeur de Bartlebooth qui, prévenu par la concierge, avait spontanément offert ses services, elle arriva à Chaumont-Porcien pour en repartir presque aussitôt avec les deux enfants.

CHAPITRE VII

Chambres de bonne, 2
Morellet

Morellet avait une chambre sous les toits, au huitième. Sur sa porte on voyait encore, peint en vert, le numéro 17.

Après avoir exercé divers métiers dont il se plaisait à débiter la liste sur un rythme de plus en plus accéléré, ajusteur, chansonnier, soutier, marin, professeur d'équitation, artiste de variétés, chef d'orchestre, nettoyeur de jambons, saint, clown, soldat pendant cinq minutes, bedeau dans une église spiritualiste, et même figurant dans un des premiers courts métrages de Laurel et Hardy, Morellet était devenu, à vingt-neuf ans, préparateur de chimie à l'Ecole Polytechnique, et le serait sans doute resté jusqu'à sa retraite si, comme pour tant d'autres, Bartlebooth ne s'était un jour trouvé sur son chemin.

Quand il revint de ses voyages, en décembre mille neuf cent cinquante-quatre, Bartlebooth chercha un procédé qui lui permettrait, une fois reconstitués les puzzles, de récupérer les marines initiales ; pour cela il fallait d'abord recoller les morceaux de bois, trouver un moyen de faire disparaître toutes les traces de coups de scie et redonner au papier sa texture première. Séparant ensuite avec une lame les deux parties collées, on retrouverait l'aquarelle intacte, telle qu'elle était le jour où, vingt ans auparavant, Bartlebooth l'avait peinte. Le problème était difficile, car s'il existait dès cette époque, sur le marché, diverses résines et enduits synthétiques employés par les marchands de jouets pour exposer dans leurs vitrines des puzzles modèles, la trace des coupures y était toujours trop manifeste.

Selon son habitude, Bartlebooth voulait que la personne qui l'aiderait dans ses recherches habitât dans l'immeuble même, ou le plus près possible. C'est ainsi que par l'intermédiaire de son fidèle Smautf, qui avait sa chambre au même étage que le préparateur, il rencontra Morellet. Morellet ne possédait aucune des connaissances théoriques requises pour la solution d'un tel problème, mais il adressa Bartlebooth à son patron, un chimiste d'origine allemande, nommé Kusser, qui se disait un lointain descendant du compositeur

KUSSER OU COUSSER (Johann Sigismond), compositeur allemand d'origine hongroise (Pozsony, 1660 - Dublin, 1727). Il travailla avec Lully lors d'un séjour en France (1674-1682). Maître de chapelle au service de plusieurs cours princières d'Allemagne, il fut chef d'orchestre à Hambourg, où il fit représenter plusieurs opéras : *Erindo* (1693), *Porus* (1694), *Pyrame et Thisbé* (1694), *Scipion l'Africain* (1695), *Jason* (1697). En 1710 il devint maître de chapelle de la cathédrale de Dublin et le resta jusqu'à sa mort. Il fut l'un des créateurs de l'opéra hambourgeois où il introduisit « l'ouverture à la française » et l'un des précurseurs de Haendel dans le domaine de l'oratorio. On a conservé de cet artiste six ouvertures et diverses autres compositions.

Après plusieurs essais infructueux, réalisés à partir de toutes sortes de colles animales ou végétales et divers acryliques de synthèse, Kusser aborda le problème d'une façon complètement différente. Comprenant qu'il lui fallait trouver une substance susceptible de coaguler intimement les fibres du papier sans affecter les pigments colorés dont il était le support, il se souvint opportunément d'une technique dont, dans sa jeunesse, il avait vu certains médailleurs italiens se servir : ils tapissaient l'intérieur de leurs coins d'une très fine couche de poussière d'albâtre, obtenant dès lors des pièces démoulées d'un lisse presque parfait, qui rendait pratiquement inutile tout travail d'ébarbage et de finition. Poursuivant ses recherches dans ce sens, Kusser découvrit une espèce de gypse qui se révéla satisfaisante. Réduit en une poudre presque impalpable mélangée à un colloïde gélatineux, injecté à une température donnée et sous une forte pression, à l'aide d'une microseringue que l'on pouvait manœuvrer de manière à ce qu'elle pût suivre parfaitement la forme complexe des découpes initialement pratiquées par Winckler, le gypse réagglomérait les filaments du papier, lui restituant sa structure de départ. Redevenant parfaitement translucide au fur et à mesure qu'elle se refroidissait, la fine poudre n'avait aucun effet apparent sur les couleurs de l'aquarelle.

Le processus était simple et ne demandait que patience et minutie. Des appareils adéquats furent construits spécialement et installés dans la chambre de Morellet qui, généreusement rétribué par Bartlebooth, négligea de plus en plus ses fonctions à l'Ecole Polytechnique pour se consacrer au riche amateur.

Morellet, à vrai dire, n'avait pas grand-chose à faire. Tous les quinze jours Smautf lui montait le puzzle dont Bartlebooth, une fois de plus, venait d'achever la difficile reconstitution. Morellet l'insérait dans un cadre de métal et l'introduisait sous une presse spéciale, obtenant une empreinte des découpes. A partir de cette empreinte, il fabriquait par électrolyse un châssis ajouré, une rigide et féerique dentelle de métal reproduisant fidèlement tous les délinéaments du puzzle sur lequel cette matrice était alors finement ajustée. Après avoir préparé sa suspension gypseuse chauffée à la température voulue, Morellet en remplissait la microseringue et la fixait sur un bras articulé de telle manière que la pointe de l'aiguille, dont l'épaisseur ne dépassait pas quelques microns, vienne s'appliquer exactement contre les ajours de la grille. Le reste de la manœuvre était automatique, l'éjection du gypse et le déplacement de la seringue étant commandés par un dispositif électronique à partir d'une table X-Y, ce qui assurait un dépôt lent, mais régulier, de la substance.

La dernière partie de l'opération n'était pas du ressort du préparateur : le puzzle ressoudé, redevenu aquarelle collée sur une mince plaque de peuplier, était apporté au restaurateur Guyomard, qui détachait à la lame la feuille de papier Whatman et en éliminait toute trace de colle au verso, opérations délicates, mais routinières, pour cet expert qui s'était rendu célèbre en déposant des fresques couvertes de plusieurs couches de plâtre et de peinture, et en coupant en deux, dans

44

le sens de l'épaisseur, une feuille de papier sur laquelle Hans Bellmer avait dessiné recto verso.

En fin de compte, Morellet devait donc simplement, une fois tous les quinze jours, préparer et surveiller une série de manœuvres qui durait en tout, nettoyage et rangement compris, un peu moins d'une journée.

Cette oisiveté forcée eut de fâcheuses conséquences. Débarrassé de tout souci financier, mais saisi par le démon de la recherche, Morellet mit à profit son temps libre pour se livrer, chez lui, à des expériences de physique et de chimie dont ses longues années de préparateur semblaient l'avoir particulièrement frustré. Distribuant dans tous les cafés du quartier des cartes de visite le qualifiant pompeusement de « Chef de Travaux Pratiques à l'Ecole Pyrotechnique », il offrit généreusement ses services et reçut d'innombrables commandes pour des shampooings super-actifs, à cheveux ou à moquette, des détachants, des économiseurs d'énergie, des filtres pour cigarettes, des martingales de 421, des tisanes antitussives et autres produits miracle.

Un soir de février mille neuf cent soixante, alors qu'il faisait chauffer dans une cocotte-minute un mélange de colophane et de carbure diterpénique destiné à l'obtention d'un savon dentifrice à goût de citron, l'appareil explosa. Morellet eut la main gauche déchiquetée et perdit trois doigts.

Cet accident lui coûta son travail — la préparation du treillis métallique exigeait une dextérité minimale — et il n'eut plus pour vivre qu'une retraite incomplète mesquinement versée par l'Ecole Polytechnique et une petite pension que lui fit Bartlebooth. Mais sa vocation de chercheur ne se découragea pas ; au contraire, elle s'exacerba. Bien que sévèrement sermonné par Smautf, par Winckler et par Valène, il persévéra dans des expériences qui pour la plupart se révélèrent inefficaces, mais inoffensives, sauf pour une certaine Madame Schwann qui perdit tous ses cheveux après les avoir lavés avec la teinture spéciale que Morellet avait préparée à son exclusif usage ; deux ou trois fois cependant, ces manipulations se terminèrent par des explosions plus spectaculaires que dangereuses, et des débuts d'incendie vite maîtrisés.

Ces incidents faisaient deux heureux, ses voisins de droite, le couple Plassaert, jeunes marchands d'indienneries qui avaient déjà aménagé en un ingénieux pied-à-terre (pour autant qu'on puisse appeler ainsi un logement précisément situé sous les toits) trois anciennes chambres de bonne, et qui comptaient sur celle de Morellet pour s'agrandir encore un peu. A chaque explosion ils portaient plainte, faisaient circuler dans l'immeuble des pétitions exigeant l'expulsion de l'ancien préparateur. La chambre appartenait au gérant de l'immeuble qui, lorsque la maison était passée en co-propriété, avait racheté à titre personnel la quasi totalité des deux étages de combles. Pendant plusieurs années, le gérant hésita à mettre à la porte le vieillard, qui avait de nombreux amis dans l'immeuble, à commencer par Madame Nochère elle-même pour qui Monsieur Morellet était un vrai savant, un cerveau, un détenteur de secrets, et qui tirait un profit personnel des petites catastrophes qui secouaient de temps à autre le dernier étage de l'immeuble, non pas tant à cause des pourboires qu'il lui arrivait de recevoir à ces occasions, que par les récits épiques, attendris et mystérieux qu'elle pouvait en faire dans tout le quartier.

Puis, il y a quelques mois, il y eut deux accidents dans la même semaine. Le premier priva l'immeuble de lumière pendant quelques minutes ; le second cassa six carreaux. Mais les Plassaert réussirent à obtenir gain de cause et Morellet fut interné.

Sur le tableau la chambre est comme elle est aujourd'hui ; le marchand d'indienneries l'a rachetée au gérant et il a commencé les travaux. Il y a sur les murs une peinture marron clair, terne et vieillotte, et sur le sol un tapis brosse presque partout rongé jusqu'à la corde. Le voisin a déjà mis en place deux meubles : une table basse, faite d'une plaque de verre fumé posé sur un polyèdre de section hexagonale, et un coffre Renaissance. Sur la table est posée une boîte de munster sur le couvercle de laquelle est représentée une licorne, un sachet de cumin presque vide, et un couteau.

Trois ouvriers sont en train de sortir de la pièce. Ils ont déjà commencé les travaux nécessaires à la réunification des deux logements. Ils ont fixé sur le mur du fond, à côté de la porte, un grand plan sur papier calque indiquant le futur emplacement du radiateur, le passage des tuyauteries et des lignes électriques, la portion de la cloison qui sera abattue.

L'un des ouvriers porte des gros gants semblables à ceux que mettent les électriciens poseurs de lignes. Le second a un gilet de daim brodé et effrangé. Le troisième lit une lettre.

CHAPITRE VIII

Winckler, 1

Maintenant nous sommes dans la pièce que Gaspard Winckler appelait le salon. Des trois pièces de son logement, c'est la plus proche de l'escalier, la plus à gauche par rapport à notre regard.

C'est une pièce plutôt petite, presque carrée, dont la porte donne directement sur le palier. Les murs sont tendus d'une toile de jute jadis bleue, redevenue à peu près incolore, sauf aux quelques endroits où meubles et tableaux l'ont protégée de la lumière.

Il y avait peu de meubles dans le salon. C'est une pièce où Winckler n'avait pas l'habitude de se tenir. Toute la journée il travaillait dans la troisième pièce, celle où il avait installé son atelier. Il ne prenait plus jamais ses repas chez lui ; il n'avait jamais appris à faire la cuisine et il détestait cela. Depuis mille neuf cent quarante-trois, même son petit déjeuner, il préférait aller le prendre chez Riri, le tabac du coin de la rue Jadin et de la rue de Chazelles. C'est seulement quand il avait la visite de gens qu'il ne connaissait pas très bien qu'il les recevait dans son salon. Il avait une table ronde avec des rallonges qu'il n'avait pas dû utiliser bien souvent, six chaises paillées et un bahut qu'il avait sculpté lui-même et dont les motifs illustraient les scènes capitales de *L'Ile mystérieuse* : la chute du ballon évadé de Richmond, la miraculeuse retrouvaille de Cyrus Smith, l'ultime allumette récupérée dans une poche du gilet de Gédéon Spilett, la découverte de la malle, et jusqu'aux confessions déchirantes d'Ayrton et de Nemo qui concluent ces aventures en les reliant magnifiquement aux *Enfants du Capitaine Grant* et à

Vingt mille lieues sous les mers. On mettait très longtemps à voir ce bahut, à le regarder vraiment. De loin, il ressemblait à n'importe quel bahut breton-rustique-Henri II. C'est seulement en s'approchant, presque en touchant du doigt les incrustations, qu'on découvrait ce que ces minuscules scènes représentaient et qu'on se rendait compte de la patience, de la minutie, et même du génie qu'il avait fallu pour les sculpter. Valène connaissait Winckler depuis mille neuf cent trente-deux, mais c'est seulement au début des années soixante qu'il s'était aperçu que ce n'était pas un buffet comme les autres, et que cela valait la peine de le regarder de près. C'était l'époque où Winckler s'était mis à fabriquer des bagues et Valène lui avait amené la petite parfumeuse de la rue Logelbach qui avait envie d'aménager un rayon de bimbeloterie dans son magasin au moment de Noël. Ils s'étaient tous les trois assis autour de la table et Winckler y avait étalé toutes ses bagues ; il devait y en avoir une petite trentaine à l'époque, toutes bien alignées sur des présentoirs capitonnés de satin noir. Winckler s'était excusé de la mauvaise lumière qui tombait du plafonnier, puis il avait ouvert son bahut et en avait sorti trois petits verres et un carafon de cognac 1938 ; il buvait très rarement, mais tous les ans Bartlebooth lui faisait envoyer plusieurs bouteilles millésimées de vins et d'alcools qu'il redistribuait généreusement dans l'immeuble et dans le quartier en en gardant seulement une ou deux pour lui. Valène, était assis à côté du bahut et pendant que la parfumeuse prenait timidement les bagues une à une, il sirotait son cognac en regardant les sculptures ; ce qui l'étonna, avant même qu'il en prenne clairement conscience, c'est qu'il s'attendait à voir des têtes de cerfs, des guirlandes, des feuillages ou des angelots joufflus, alors qu'il était en train de découvrir des petits personnages, la mer, l'horizon, et l'île tout entière, pas encore baptisée Lincoln, telle que les naufragés de l'espace la découvrirent, avec une consternation mêlée de défi, quand ils eurent atteint le plus haut sommet. Il demanda à Winckler si c'était lui qui avait sculpté ce bahut, et Winckler lui répondit que oui, dans sa jeunesse, précisa-t-il, mais sans donner davantage de détails.

Tout est parti aujourd'hui, évidemment : le bahut, les chaises, la table, le plafonnier, les trois reproductions encadrées. Valène ne se souvient avec précision que de l'une d'entre elles : elle représentait *Le Grand Défilé de la Fête du*

Carrousel, Winckler l'avait trouvée dans un numéro de Noël de *L'Illustration* ; des années plus tard, il y a seulement quelques mois en fait, Valène apprit, en feuilletant le *Petit Robert*, qu'elle était d'Israël Silvestre.

C'est parti comme ça, du jour au lendemain : les déménageurs sont venus, le lointain cousin a tout mis en Salle des Ventes, mais pas à Drouot, à Levallois ; quand ils l'apprirent, il était trop tard, sinon ils auraient peut-être essayé, Smautf, Morellet ou Valène, d'y aller, et peut-être même de racheter un objet auquel Winckler tenait particulièrement ; pas le bahut, ils n'auraient jamais trouvé de place pour le mettre, mais cette gravure justement, ou celle qui était accrochée dans la chambre et qui représentait les trois hommes en habits, ou bien quelques-uns de ses outils ou de ses livres d'images. Ils en parlèrent entre eux, et ils se dirent qu'après tout il valait peut-être mieux qu'ils n'y soient pas allés, que la seule personne qui aurait dû le faire était Bartlebooth mais que ni Valène, ni Smautf, ni Morellet ne se seraient permis de le lui faire remarquer.

Maintenant, dans le petit salon, il reste ce qui reste quand il ne reste rien : des mouches par exemple, ou bien des prospectus que des étudiants ont glissé sous toutes les portes de l'immeuble et qui vantent un nouveau dentifrice ou offrent une réduction de vingt-cinq centimes à tout acheteur de trois paquets de lessive, ou bien des vieux numéros du *Jouet français*, la revue qu'il a reçue toute sa vie et dont l'abonnement a continué à courir quelques mois après sa mort, ou bien de ces choses insignifiantes qui traînent sur les parquets ou dans des coins de placard et dont on ne sait pas comment elles sont venues là ni pourquoi elles y sont restées : trois fleurs des champs fanées, des tiges molles à l'extrémité desquelles s'étiolent des filaments qu'on dirait calcinés, une bouteille vide de coca-cola, un carton à gâteaux, ouvert, encore accompagné de sa ficelle de faux raphia et sur lequel les mots « Aux délices de Louis XV, Pâtissiers-Confiseurs depuis 1742 » dessinent un bel ovale entouré d'une guirlande flanquée de quatre petits amours joufflus, ou, derrière la porte palière, une sorte de porte-manteau en fer forgé avec un miroir fêlé en trois portions de surfaces inégales esquissant vaguement la forme d'un Y dans l'encadrement duquel est encore glissée une carte postale représentant une jeune athlète manifestement japonaise tenant à bout de bras une torche enflammée.

Il y a vingt ans, en mille neuf cent cinquante-cinq, Winckler acheva, comme prévu, le dernier des puzzles que Bartlebooth lui avait commandés. On a tout lieu de supposer que le contrat qu'il avait signé avec le milliardaire contenait une clause explicite stipulant qu'il n'en fabriquerait jamais d'autres, mais, de toute façon, il est vraisemblable qu'il n'en avait plus envie.

Il se mit à faire des petits jouets en bois, des cubes pour les enfants, très simples, avec des dessins qu'il recopiait dans ses albums d'images d'Epinal et qu'il coloriait avec des encres de couleur.

C'est un peu plus tard qu'il commença à faire des bagues : il prenait des petites pierres, des agates, des cornalines, des pierres de Ptyx, des cailloux du Rhin, des aventurines, et il les montait sur de délicats anneaux faits de fils d'argent minutieusement tressés. Un jour il expliqua à Valène que c'étaient aussi des espèces de puzzles, et parmi les plus difficiles qui soient : les Turcs les appellent des « anneaux du Diable » : ils sont faits de sept, onze ou dix-sept cercles d'or ou d'argent enchaînés les uns aux autres, et dont l'imbrication complexe aboutit à une torsade fermée, compacte, et d'une régularité parfaite : dans les cafés d'Ankara, les marchands accostent les étrangers en leur montrant la bague fermée, puis en libérant d'un geste les anneaux enchaînés ; le plus souvent c'est un modèle simplifié avec seulement cinq cercles qu'ils entrelacent en quelques gestes impalpables, puis qu'ils ouvrent à nouveau, laissant alors le touriste peiner vainement pendant quelques longues minutes, jusqu'à ce qu'un comparse, qui est le plus souvent un des serveurs du café, consente à reconstituer la bague en quelques tours de main négligents, ou révèle avec complaisance le truc, quelque chose comme une fois par en-dessus, une fois par en-dessous, renverser le tout quand il ne reste plus qu'un anneau de libre.

L'admirable, dans les bagues de Winckler, était que les anneaux, une fois entrelacés, ménageaient, sans rien perdre de leur stricte régularité, un minuscule espace circulaire dans lequel venait s'enchâsser la pierre semi-précieuse qui, une fois sertie, serrée de deux minuscules coups de pince, fermait pour toujours les anneaux. « C'est seulement pour moi, dit-il un jour à Valène, qu'ils sont diaboliques. Bartlebooth lui-même n'y trouverait pas à redire. » Ce fut la seule fois que

Valène entendit Winckler prononcer le nom de l'Anglais.

Il mit une dizaine d'années à fabriquer une centaine de bagues. Chacune lui demandait plusieurs semaines de travail. Au début il chercha à les écouler en les proposant à des bijoutiers du quartier. Ensuite il commença à s'en désintéresser ; il en mit quelques-unes en dépôt chez la parfumeuse, il en confia quelques autres à Madame Marcia, l'antiquaire qui avait son magasin et son appartement au rez-de-chaussée de l'immeuble. Puis bientôt il se mit à les distribuer. Il en donna à Madame Riri et à ses filles, à Madame Nochère, à Martine, à Madame Orlowska et à ses deux voisines, aux deux petites Breidel, à Caroline Echard, à Isabelle Gratiolet et à Véronique Altamont et même, à la fin, à des gens qui n'habitaient pas dans l'immeuble et qu'il ne connaissait pratiquement pas.

Quelque temps après, il trouva au Marché aux Puces de Saint-Ouen tout un lot de petits miroirs convexes, et il se mit à fabriquer ce que l'on appelle des « miroirs de sorcières » en les insérant dans des moulures de bois inlassablement travaillées. Il était prodigieusement adroit de ses mains, et jusqu'à sa mort il garda intacts une précision, une sûreté, un coup d'œil tout à fait exceptionnels, mais dès cette époque il semble bien qu'il commença à ne plus trop avoir envie de travailler. Il fignolait chaque cadre pendant des jours et des jours, les découpant, les ajourant sans cesse jusqu'à ce qu'ils deviennent d'impalpables dentelles de bois au centre desquelles le petit miroir poli semblait un regard métallique, un œil froid, grand ouvert, chargé d'ironie et de malveillance. Le contraste entre cette auréole irréelle travaillée comme un vitrail flamboyant, et l'éclat gris et strict du miroir créait une impression de malaise comme si cet encadrement disproportionné, en quantité comme en qualité, n'avait été là que pour souligner cette vertu maléfique de la convexité qui semblait vouloir concentrer en un seul point tout l'espace disponible. Les gens auxquels il les montrait ne les aimaient pas : ils en prenaient un dans leurs mains, le retournaient deux ou trois fois, admiraient le travail du bois et le reposaient vite, presque gênés. On avait envie de lui demander pourquoi il y consacrait tellement de temps. Il n'essaya jamais de les vendre et il n'en fit jamais cadeau à personne ; il ne les accrochait même pas chez lui ; dès qu'il en avait fini un, il le rangeait à plat dans une armoire et il en commençait un autre.

Ce fut pratiquement son dernier travail. Quand il eut

épuisé son stock de miroirs, il fit encore quelques babioles, des petits jouets que Madame Nochère venait lui supplier de fabriquer pour tel ou tel de ses innombrables petits-neveux ou pour un des enfants de l'immeuble ou du quartier qui venait d'attraper la coqueluche, la rougeole ou les oreillons. Il commençait toujours par dire non, puis il finissait par faire, exceptionnellement, un lapin en bois découpé avec des oreilles qui bougeaient, une marionnette de carton, une poupée de chiffons, ou un petit paysage à manivelle où l'on voyait apparaître successivement une barque, un bateau à voiles et un canot en forme de cygne tirant un homme faisant du ski nautique.

Puis, il y a quatre ans, deux ans avant sa mort, il s'est arrêté tout à fait, a rangé soigneusement tous ses outils et démonté son établi.

Au début il sortait encore volontiers de chez lui. Il allait se promener au parc Monceau, ou descendait la rue de Courcelles et l'avenue Franklin-Roosevelt jusqu'aux jardins Marigny, en bas des Champs-Elysées. Il s'asseyait sur un banc, les pieds joints, le menton appuyé sur le pommeau de sa canne qu'il agrippait à deux mains et restait là, pendant une heure ou deux, sans bouger, regardant devant lui les enfants qui jouaient au sable ou bien le vieux manège à la tente orange et bleue, avec ses chevaux aux crinières stylisées et ses deux nacelles décorées d'un soleil orange, ou bien les balançoires ou le petit théâtre de Guignol.

Bientôt ses promenades se firent plus rares. Un jour il demanda à Valène s'il voulait bien l'accompagner au cinéma. Ils allèrent à la Cinémathèque du Palais de Chaillot, dans l'après-midi, voir *Les Verts Pâturages*, une mouture mièvre et laide de *La Case de l'oncle Tom*. En sortant, Valène lui demanda pourquoi il avait voulu voir ce film ; il lui répondit que c'était seulement à cause du titre, à cause de ce mot « pâturage » et que s'il avait su que ce serait ce qu'ils venaient de voir, il n'y serait jamais allé.

Ensuite, il ne descendit plus que pour prendre ses repas chez Riri. Il arrivait vers onze heures du matin. Il s'asseyait à une petite table ronde, entre le comptoir et la terrasse et Madame Riri ou une de ses filles lui apportait un grand bol de chocolat et deux belles tartines beurrées. Ce n'était pas son petit déjeuner, mais son déjeuner, c'était la nourriture qu'il préférait, la seule qu'il mangeait avec un réel plaisir.

Ensuite, il lisait les journaux, tous les journaux que Riri recevait — *Le Courrier arverne, L'Echo des Limonadiers* — et ceux que les clients du matin avaient laissés : *L'Aurore, Le Parisien libéré* ou, plus rarement, *Le Figaro, L'Humanité* ou *Libération*. Il ne les feuilletait pas, il les lisait consciencieusement, ligne à ligne, sans faire de commentaires attendris, perspicaces ou indignés, mais posément, calmement, sans lever les yeux, indifférent au coup de feu de midi qui emplissait le café de son tumulte de machines à sous et de juke-box, de verres, d'assiettes, de bruits de voix, de chaises repoussées. A deux heures, quand toute l'effervescence du déjeuner retombait, que Madame Riri montait se reposer à l'appartement, que les deux filles faisaient la vaisselle dans le minuscule office au fond du café et que Monsieur Riri somnolait sur ses comptes, il était encore là, entre la page des sports et le marché de l'automobile d'occasion. Parfois il restait attablé tout l'après-midi mais le plus souvent il remontait chez lui vers trois heures et redescendait à six : c'était le grand moment de sa journée, l'heure de sa partie de jacquet avec Morellet. Ils y jouaient tous les deux avec une excitation acharnée ponctuée d'exclamations, de jurons, d'insultes et de fâcheries, qui n'avait rien d'étonnant de la part de Morellet mais qui semblait chez Winckler tout à fait incompréhensible : lui qui était d'un calme à la limite de l'apathie, d'une patience, d'une douceur, d'une résignation à toute épreuve, lui que personne n'avait jamais vu se mettre en colère, il était capable, lorsque, par exemple, Morellet avait la pose et tirait un double-cinq, ce qui lui permettait de rentrer du premier coup son postillon (qu'il s'obstinait d'ailleurs à appeler « jockey » au nom d'une prétendue rigueur étymologique puisée à des sources douteuses du genre de l'almanach Vermot ou des « Enrichissez votre vocabulaire » du *Reader's Digest*), était capable, donc, de prendre le jeu à deux mains et de l'envoyer dinguer en traitant le pauvre Morellet de tricheur, déclenchant ainsi une brouille que les clients du café mettaient parfois longtemps à arranger. La plupart du temps, cela se calmait tout de même assez vite pour que la partie puisse recommencer avant que, de nouveau amis, ils ne mangent ensemble la côte de veau coquillettes ou le foie purée que Madame Riri leur préparait spécialement. Mais plusieurs fois l'un ou l'autre sortit en claquant la porte, se privant en même temps de jeu et de dîner.

La dernière année, il ne sortit plus du tout de chez lui. Smautf prit l'habitude de lui monter à manger deux fois par jour et de s'occuper de son ménage et de son linge. Morellet, Valène ou Madame Nochère lui faisaient les petites courses dont il pouvait avoir besoin. Il restait toute la journée vêtu de son pantalon de pyjama et d'un tricot de corps sans manche, en coton rouge, sur lequel il enfilait, quand il avait froid, une espèce de veste d'intérieur en molleton et un cache-col à pois. Plusieurs fois Valène alla lui rendre visite dans l'après-midi. Il le trouvait assis à sa table en train de regarder les étiquettes d'hôtel que Smautf avait ajoutées pour lui à chacun de ses envois d'aquarelles : Hôtel Hilo Honolulu, Villa Carmona Granada, Hôtel Theba Algésiras, Hôtel Peninsula Gibraltar, Hôtel Nazareth Galilée, Hôtel Cosmo Londres, Paquebot Ile-de-France, Hôtel Régis, Hôtel Canada Mexico DF, Hôtel Astor New York, Town House Los Angeles, Paquebot Pennsylvania, Hôtel Mirador Acapulco, la Compana Mejicana de Aviación, etc. Il avait envie, expliquait-il, de classer ces étiquettes, mais c'était très difficile : évidemment, il y avait l'ordre chronologique, mais il le trouvait pauvre, plus pauvre encore que l'ordre alphabétique. Il avait essayé par continents, puis par pays, mais cela ne le satisfaisait pas. Ce qu'il aurait voulu c'est que chaque étiquette soit reliée à la suivante, mais chaque fois pour une raison différente ; par exemple, elles pourraient posséder un détail commun, une montagne ou un volcan, une baie illuminée, telle fleur particulière, un même liséré rouge et or, la face épanouie d'un groom, ou bien avoir un même format, une même graphie, deux slogans proches (« La Perle de l'Océan », « Le Diamant de la Côte »), ou bien une relation fondée, non sur une ressemblance, mais sur une opposition, ou sur une association fragile, presque arbitraire : un minuscule village au bord d'un lac italien suivi par les gratte-ciel de Manhattan, des skieurs succédant à des nageurs, un feu d'artifice à un dîner aux chandelles, un chemin de fer à un avion, une table de baccara à un chemin de fer, etc. Ce n'est pas seulement difficile, ajoutait Winckler, c'est surtout inutile : en laissant les étiquettes en vrac et en en choisissant deux au hasard, on peut être sûr qu'elles auront toujours au moins trois points communs.

Au bout de quelques semaines il remit les étiquettes dans la boîte à chaussures où il les conservait et rangea la boîte au fond de son armoire. Il n'entreprit plus rien de spécial. Toute la journée, il restait dans sa chambre, assis dans son fauteuil près de la fenêtre, regardant dans la rue, ou peut-être même pas, regardant dans le vide. Sur sa table de nuit, il y avait un poste de radio qui marchait sans arrêt, tout bas ; personne ne savait vraiment s'il l'entendait, bien qu'un jour il ait empêché Madame Nochère de l'éteindre en lui disant que tous les soirs il écoutait le pop-club.

Valène avait sa chambre juste au-dessus de l'atelier de Winckler, et pendant presque quarante ans ses journées avaient été accompagnées par le frêle bruit des limes minuscules de l'artisan, le vrombissement presque imperceptible de sa scie sauteuse, le craquement de son plancher, le sifflement de sa bouilloire lorsque, non pour se préparer du thé, mais pour la fabrication de telle ou telle colle ou enduit nécessaire à ses puzzles, il faisait bouillir de l'eau. Désormais, depuis qu'il avait démonté son établi et rangé ses outils, il ne pénétrait plus jamais dans cette pièce. Il ne disait à personne comment il passait ses journées et ses nuits. On savait seulement qu'il ne dormait presque plus. Quand Valène venait le voir, il le recevait dans sa chambre, il lui offrait le fauteuil près de la fenêtre et s'asseyait au bord du lit. Ils ne parlaient pas beaucoup. Une fois il lui dit qu'il était né à La Ferté-Milon, aux bords du canal de l'Ourcq. Une autre fois, avec une chaleur soudaine, il parla à Valène de celui qui lui avait appris à travailler.

Il s'appelait Monsieur Gouttman et il fabriquait des articles de piété qu'il vendait lui-même dans les églises et les procures : des croix, des médailles et des chapelets de toutes dimensions, des candélabres pour oratoires, des autels portatifs, des bouquets de clinquant, des sacrés-cœurs en carton bleu, des saint Joseph à barbe rouge, des calvaires de porcelaine. Gouttman l'avait pris comme apprenti alors qu'il venait d'avoir douze ans ; il l'emmena chez lui — une espèce de cabane aux environs de Charny, dans la Meuse —, l'installa dans le réduit qui lui servait d'atelier et avec une patience étonnante, car il avait par ailleurs très mauvais caractère, il entreprit de lui apprendre ce qu'il savait faire. Cela dura plusieurs années car il savait tout faire. Mais Gouttman, en dépit de ses innombrables talents, n'était pas un très bon homme d'affaires. Quand il avait écoulé son stock il allait à la ville et dilapidait tout son argent en deux ou trois jours. Il revenait alors chez lui et recommençait à sculpter, tisser, tresser, enfiler, broder, coudre, pétrir, colorier, vernir, découper, assembler, jusqu'à ce qu'il ait reconstitué son stock, et à nouveau partait sur les chemins pour le vendre. Un jour, il ne revint pas. Winckler apprit plus tard qu'il était mort de froid, au bord de la route, en forêt d'Argonne, entre les Islettes et Clermont.

Ce jour-là Valène demanda à Winckler comment il était venu à Paris et comment il avait rencontré Bartlebooth. Mais Winckler lui répondit seulement que c'était parce qu'il était jeune.

CHAPITRE IX

Chambres de bonne, 3

C'est la chambre où le peintre Hutting loge ses deux domestiques, Joseph et Ethel.

Joseph Nieto est chauffeur et homme de peine. C'est un Paraguayen d'une quarantaine d'années, ancien quartier-maître dans la marine marchande

Ethel Rogers, une Hollandaise de vingt-six ans, fait office de cuisinière et de lingère.

La chambre est presque entièrement occupée par un grand lit de style Empire dont les montants se terminent par des boules de cuivre soigneusement astiquées. Ethel Rogers fait sa toilette, à demi dissimulée par un paravent en papier de riz décoré de motifs floraux, sur lequel est jeté un grand châle à impression cachemire. Nieto, vêtu d'une chemise blanche brodée · et d'un pantalon noir à large ceinture, est étendu sur le lit ; il tient dans sa main gauche levée à la hauteur de ses yeux une lettre dont le timbre en forme de losange représente l'effigie de Simon Bolivar, et dans sa main droite, dont le médius s'orne d'une grosse chevalière, un briquet allumé, comme s'il s'apprêtait à brûler cette lettre qu'il vient de recevoir.

Entre le lit et la porte, il y a une petite commode en bois fruitier sur laquelle est posée une bouteille de whisky Black and White, reconnaissable à ses deux chiens, et une assiette contenant un assortiment de biscuits salés.

La chambre est peinte en vert clair. Le sol est recouvert d'un tapis à carreaux jaunes et roses. Une coiffeuse, une unique chaise paillée sur laquelle est posé un livre défraîchi : *Le Français par les textes. Cours moyen. Deuxième année*, complètent le mobilier.

Au-dessus du lit, est épinglée une reproduction intitulée *Arminius et Sigimer* : elle représente deux colosses en casaque grise, au cou de taureau, aux biceps herculéens, aux faces rouges embroussaillées de moustaches épaisses et de favoris buissonnants.

Sur la porte d'entrée est punaisée une carte postale : elle représente une sculpture monumentale de Hutting — *Les Bêtes de la Nuit* — qui décore la cour d'honneur de la Préfecture de Pontarlier : c'est un enchevêtrement de blocs de scories dont l'ensemble évoque assez confusément quelque animal préhistorique.

La bouteille de whisky et les biscuits salés sont un cadeau, ou plus exactement un pourboire que, d'avance, leur a fait monter Madame Altamont. Hutting et les Altamont sont très liés et le peintre leur à prêté ses domestiques qui serviront ce soir comme extras à la réception annuelle qu'ils donnent dans leur grand appartement du deuxième droite, au-dessous de chez Bartlebooth. Il en va ainsi chaque année, et les Altamont lui rendent la pareille pour les fêtes souvent somptueuses que le peintre donne, presque chaque trimestre, dans son atelier.

SI VOUS VOULEZ EN SAVOIR DAVANTAGE :

Bosseur, J. — *Les Sculptures de Franz Hutting*. Paris, Galerie Maillard, 1965.

Jacquet, B. — *Hutting ou de l'Angoisse*. Forum, 1967, 7.

Hutting, F. — *Manifeste du Mineral Art*. Bruxelles, Galerie 9 + 3, 1968.

Hutting, F. — *Of Stones and Men*. Urbana Museum of Fine Arts, 1970.

Nahum, E. — *Towards a Planetary Consciousness : Grillner, Hagiwara, Hutting*. In : S. Gogolak (Ed.), *An Anthology of Neo-creative Painting*. Los Angeles, Markham and Coolidge, 1974.

Nahum, E. — *Les Brumes de l'Etant. Essai sur la Peinture de Franz Hutting*. Paris, XYZ, 1974.

Xertigny, A. de — *Hutting portraitiste*. Cahiers de l'art nouveau, Montréal, 1975, 3.

CHAPITRE X

Chambres de bonne, 4

Au dernier étage, sous les toits, une toute petite chambre occupée par une jeune Anglaise de seize ans, Jane Sutton, qui travaille comme fille au pair chez les Rorschash.

La jeune fille est debout près de la fenêtre. Le visage illuminé de joie, elle lit — ou peut-être même relit pour la vingtième fois — une lettre, tout en grignotant un quignon de pain. Une cage est accrochée à la fenêtre ; elle contient un oiseau au plumage gris dont la patte gauche est cerclée d'une bague de métal.

Le lit est très étroit : c'est en fait un matelas de mousse posé sur trois cubes de bois faisant office de tiroirs, recouvert d'un édredon en patchwork. Fixée au mur au-dessus du lit, une plaque de liège, d'environ soixante centimètres sur un mètre, sur laquelle sont épinglés plusieurs papiers — le mode d'emploi d'un grille-pain électrique, un ticket de laverie, un calendrier, les horaires des cours à l'Alliance française et trois photos montrant la jeune fille — de deux ou trois ans plus jeune — dans des pièces de théâtre données par son école en Angleterre , à Greenhill, tout près de Harrow, où, quelque soixante-cinq ans auparavant, Bartlebooth, à la suite de Byron, de Sir Robert Peel, de Sheridan, de Spencer, de John Perceval, de Lord Palmerston et d'une foule d'hommes tout aussi éminents, était allé au collège.

Sur la première photographie, Jane Sutton apparaît en page, debout, avec une culotte de brocart rouge à parements d'or, bas rouge clair, une chemise blanche, et un pourpoint court, sans col, de couleur rouge, à manches légèrement bouffantes, à rebords de soie jaune effrangée.

Sur la seconde, elle est la princesse Béryl, agenouillée au chevet de son grand-père, le roi Utherpandragon (« *Quand le roi Utherpandragon se trouva atteint du mal de la mort il fit venir auprès de lui la princesse... »*).

La troisième photo montre quatorze jeunes filles alignées. Jane est la quatrième en partant de la gauche (une croix au-dessus de sa tête la désigne, sinon il serait difficile de la reconnaître). C'est la scène finale du *Comte de Gleichen*, de Yorick :

Le comte de Gleichen fut fait prisonnier dans un combat contre les Sarrasins, et condamné à l'esclavage. Comme il fut employé aux travaux des jardins du sérail, la fille du sultan le remarqua. Elle jugea qu'il était homme de qualité, conçut de l'amour pour lui, et lui offrit de favoriser son évasion s'il voulait l'épouser. Il lui fit répondre qu'il était marié ; ce qui ne donna pas le moindre scrupule à la princesse accoutumée au rite de la pluralité des femmes. Ils furent bientôt d'accord, cinglèrent, et abordèrent à Venise. Le comte alla à Rome et raconta à Grégoire IX chaque particularité de son histoire. Le pape, sur la promesse qu'il lui fit de convertir la Sarrasine, lui donna des dispenses pour garder ses deux femmes.

La première fut si transportée de joie à l'arrivée de son mari, sous quelque condition qu'il lui fût rendu, qu'elle acquiesça à tout, et témoigna à sa bienfaitrice l'excès de sa reconnaissance. L'histoire nous apprend que la Sarrasine n'eut point d'enfants, et qu'elle aima d'amour maternel ceux de sa rivale. Quel dommage qu'elle ne donnât pas le jour à un être qui lui ressemblât !

On montre à Gleichen le lit où ces trois rares individus dormaient ensemble. Ils furent enterrés dans le même tombeau chez les Bénédictins de Petersbourg ; et le comte, qui survécut à ses deux femmes, ordonna qu'on mît sur le sépulcre, qui fut ensuite le sien, cette épitaphe qu'il avait composée :

« Ci-gisent deux femmes rivales, qui s'aimèrent comme des sœurs, et qui m'aimèrent également. L'une abandonna Mahomet pour suivre son époux, et l'autre courut se jeter dans les bras de la rivale qui le lui rendait. Unis par les liens de l'amour et du mariage, nous n'avions qu'un lit nuptial pendant notre vie ; et la même pierre nous couvre après notre mort. » Un chêne et deux tilleuls furent, comme il se doit, plantés près de la tombe.

Le seul autre meuble de la chambre est une mince table basse occupant le maigre espace disponible entre le lit et la fenêtre et sur laquelle sont posés un électrophone — un de ces tout petits appareils appelés mange-disques —, une bouteille de pepsi-cola au quart pleine, un jeu de cartes et un cactus en pot agrémenté de quelques graviers multicolores, d'un petit pont de matière plastique et d'une minuscule ombrelle.

Quelques disques sont empilés sous la table basse. L'un d'eux, sorti de sa pochette, est posé presque verticalement contre le bord du lit : c'est un disque de jazz — *Gerry Mulligan Far East Tour* — et la pochette représente les temples d'Angkor Vat noyés dans un brouillard matinal.

Accrochés à un porte-manteau fixé sur la porte, pendent un imperméable et une longue écharpe de cachemire.

Une quatrième photographie, carrée, de grand format, est fixée avec des punaises sur le mur de droite, non loin de l'endroit où se tient la jeune fille ; elle représente un grand salon parqueté à la Versailles, entièrement vide de meubles à l'exception d'un gigantesque fauteuil sculpté de style Napoléon III, à la droite duquel se tient, debout, une main posée sur le haut du dossier, l'autre sur la hanche, le menton en avant, un homme tout petit déguisé en mousquetaire.

CHAPITRE XI

L'atelier de Hutting, 1

A l'extrême droite des deux derniers étages de l'immeuble, le peintre Hutting a réuni huit chambres de bonne, un morceau de couloir et les faux greniers correspondants pour en faire un immense atelier qu'une vaste loggia menant à plusieurs chambres ceinture sur trois de ses côtés. Autour de l'escalier en colimaçon qui mène à cette loggia, il a fait aménager une sorte de petit salon où il aime se reposer entre deux séances de travail et recevoir dans la journée ses amis ou ses clients, et qui est séparé de l'atelier proprement dit par un meuble en L, une bibliothèque sans fond, de style vaguement chinois, c'est-à-dire laquée de noir avec des incrustations imitant la nacre et des ferrures de cuivre travaillées, haute, large et longue — la branche la plus longue faisant un peu plus de deux mètres, la plus courte un mètre et demi. Sur le sommet de ce meuble s'alignent quelques moulages, une vieille Marianne de mairie, de grands vases, trois belles pyramides d'albâtre, tandis que les cinq étagères croulent sous un amoncellement de bibelots, de curiosités et de gadgets : des objets *kitsch* venus d'un concours Lépine des années trente : un épluche-patates, un fouet à mayonnaise avec un petit entonnoir laissant tomber l'huile goutte à goutte, un instrument pour couper les œufs durs en tranches minces, un autre pour faire des coquilles de beurre, une sorte de vilebrequin horriblement compliqué n'étant sans doute qu'un tire-bouchon perfectionné ; des ready-made d'inspiration surréaliste — une baguette de pain complètement argentée — ou pop : une boîte de seven-up ; des fleurs séchées mises sous verre dans des petits décors romantiques ou rococo en carton peint et en tissu, charmants trompe-l'œil dont chaque détail est minutieusement reproduit, aussi bien un napperon de dentelle sur un guéridon haut de deux centimètres qu'un parquet à bâtons rompus dont chaque latte ne mesure pas plus de deux ou trois millimètres ; tout un assortiment de vieilles cartes postales représentant Pompéi au début du siècle : Der Triumphbogen des Nero (Arco di Nerone, Arc de Néron, Nero's Arch), la Casa dei Vetti (« *un des meilleurs exemples d'une noble villa romaine, les belles peintures et les décorations de marbre ont été laissées telles quelles dans le péristyle qui était orné de plantes...* »), Casa di Cavio rufo, Vico de Lupanare, etc. Les plus belles pièces de ces collections sont de délicates boîtes à musique ; l'une d'entre elles, réputée ancienne, est une petite église dont le carillon joue, quand on soulève légèrement le clocher, le célèbre *Smanie implacabili che m'agitate* de *Cosi fan tutte* ; une autre est une précieuse pendulette dont le mouvement anime un petit rat en tutu.

Dans le rectangle défini par ce meuble en L dont chaque branche se termine sur des ouvertures que des tentures de cuir peuvent venir masquer, Hutting a disposé un divan bas, quelques poufs, et un petit bar roulant garni de bouteilles, de verres et d'un seau à glace provenant d'un célèbre night-club de Beyrouth, The Star : il représente un moine, gros et court, assis, tenant dans sa main droite un gobelet ; il est vêtu d'une longue robe grise, avec une cordelière ; sa tête et ses épaules sont pris dans un capuchon noir qui constitue le couvercle du seau.

Le mur de gauche, qui fait face à la plus longue branche du L, est recouvert de papier liège. Sur un rail fixé à peu près à deux mètres cinquante du sol, coulissent plusieurs tringles métalliques sur lesquelles le peintre a accroché une vingtaine de ses toiles, la plupart de petits formats : elles appartiennent presque toutes à une ancienne manière de l'artiste, celle qu'il appelle lui-même sa « *période brouillard* » et avec laquelle il conquit la notoriété : il s'agit généralement de copies finement exécutées de tableaux réputés — *La Joconde, L'Angélus, La Retraite de Russie, Le Déjeuner sur l'herbe, La Leçon d'Anatomie*, etc. — sur lesquelles il a ensuite peint des effets plus ou moins prononcés de brume, aboutissant à une grisaille imprécise dont émergent à peine les silhouettes de ses prestigieux modèles. Le vernissage de l'exposition parisienne, Galerie 22, en mai 1960, s'accompagna d'un brouillard artificiel que l'affluence d'invités fumeurs de cigares ou de cigarettes rendit plus opaque encore, pour la plus grande joie des échotiers. Le succès fut immédiat. Deux ou trois critiques se gaussèrent, dont le Suisse Beyssandre qui écrivit : « Ce n'est pas au *Carré blanc sur fond blanc* de Malevitch que les gris de Hutting font penser mais plutôt au combat de nègres dans un tunnel cher à Pierre Dac et au général Vermot. » Mais la plupart s'enthousiasmèrent pour ce que l'un deux appela ce *lyrisme météorologique* qui, disait-il, plaçait Hutting à l'égal de son célèbre et presque homonyme, Huffing, le champion new-yorkais de *l'Arte brutta*. Habilement conseillé, Hutting conserva près de la moitié de ses toiles et il ne consent aujourd'hui à s'en défaire qu'à d'exorbitantes conditions.

Il y a dans ce petit salon trois personnes. L'une d'entre elles est une femme d'une quarantaine d'années ; elle est en train de descendre l'escalier qui mène à la loggia ; elle est vêtue d'une combinaison de cuir noir et tient dans les mains un poignard oriental, délicatement ouvragé, qu'elle nettoie à l'aide d'une peau de chamois. La tradition veut que ce poignard soit celui dont se serait servi le fanatique Suleyman el-Halébi pour assassiner le général Jean-Baptiste Kléber, au Caire, le 14 juin mille huit cent, alors que ce génial stratège, laissé sur place par Bonaparte après le demi-succès de la Campagne d'Egypte, venait de répondre à l'ultimatum de l'amiral Keith en remportant la victoire d'Héliopolis.

Les deux autres occupants sont assis sur des poufs. C'est un couple d'une soixantaine d'années. La femme est vêtue d'une jupe patchwork qui lui arrive au ras des genoux, et de bas résille noirs à mailles très larges ; elle écrase sa cigarette tachée de rouge dans un cendrier de cristal dont la forme évoque une étoile de mer ; l'homme est vêtu d'un costume sombre à très fines rayures rouges, chemise bleu pâle, cravate et pochette assorties bleues à diagonales rouges ; cheveux poivre et sel coiffés en brosse ; lunettes à monture d'écaille. Il a sur les genoux un petit opuscule à couverture rouge intitulé *Le Code des Impôts*.

La jeune femme en combinaison de cuir est la secrétaire de Hutting. L'homme et la femme sont des clients autrichiens. Ils sont venus exprès de Salzbourg pour négocier l'achat d'un des plus cotés *brouillards* de Hutting, celui dont l'œuvre de départ ne fut rien moins que *Le Bain turc*, pourvu par le traitement que le Hutting lui a fait subir d'une surabondance de vapeur. De loin, l'œuvre ressemble curieusement à une aquarelle de Turner, *Harbour near Tintagel*, qu'à plusieurs reprises, à l'époque où il lui donnait des leçons, Valène montra à Bartlebooth comme l'exemple le plus accompli de ce qu'on peut faire en aquarelle, et dont l'Anglais alla faire sur place, en Cornouailles, une exacte copie.

Bien qu'il soit rarement dans son appartement parisien, partageant son temps entre un *loft* new-yorkais, un château en Dordogne et un mas non loin de Nice, Hutting est revenu à Paris pour la réception des Altamont. Il travaille présentement dans une des pièces du haut où il est bien sûr strictement interdit de le déranger.

CHAPITRE XII

Réol, 1

Pendant très longtemps, le petit appartement de deux pièces au cinquième gauche a été occupé par une dame seule, Madame Hourcade. Avant la guerre, elle travaillait dans une fabrique de cartonnages, qui faisait des emboîtages pour des livres d'art, en carton fort recouvert de soie, de cuir ou de suédine, avec des titres frappés à froid, des classeurs, des présentoirs publicitaires, des garnitures de bureau, des cartonniers en toile rouge sombre ou vert Empire avec des filets à l'or fin, et des boîtes fantaisie — à gants, à cigarettes, à chocolats, à pâtes de fruits — avec des décorations au pochoir. C'est à elle bien sûr, en mille neuf cent trente-quatre, quelques mois avant son départ, que Bartlebooth commanda les boîtes dans lesquelles Winckler devrait mettre ses puzzles au fur et à mesure de leur fabrication : cinq cents boîtes absolument identiques, longues de vingt centimètres, larges de douze, hautes de huit, en carton noir, fermant par un ruban noir que Winckler scellait à la cire, sans autre indication qu'une étiquette ovale portant les initiales P.B. suivies d'un numéro.

Pendant la guerre, la fabrique ne parvint plus à se procurer des matières premières de qualité suffisante et dut fermer. Madame Hourcade survécut difficilement jusqu'à ce qu'elle ait la chance de trouver une place dans une grande quincaillerie de l'avenue des Ternes. C'est un travail qui apparemment lui plut, car elle le garda après la Libération, même quand la fabrique rouvrit ses portes et lui offrit de la reprendre.

Elle prit sa retraite aux débuts des années soixante-dix et alla s'installer dans une petite maison qu'elle avait aux environs de Montargis. Elle y mène une vie retirée et paisible et, une fois par an, répond aux vœux que lui adresse Mademoiselle Crespi.

Les gens qui lui ont succédé dans l'appartement s'appellent les Réol. C'était alors un jeune couple, avec un petit garçon de trois ans. Quelques mois après leur installation, ils ont placardé sur la porte vitrée de la loge un faire-part annonçant leur mariage. Madame Nochère a fait une quête dans l'immeuble pour leur offrir un cadeau, mais n'a récolté que 41 francs !

Les Réol seront dans leur salle à manger et viendront de finir de dîner. Il y aura sur la table une bouteille de bière pasteurisée, les restes d'un gâteau de Savoie dans lequel sera encore planté un couteau, et un compotier de cristal taillé contenant des mendiants, c'est-à-dire un assortiment de fruits séchés, pruneaux, amandes, noix et noisettes, raisins de Smyrne et de Corinthe, figues et dattes.

La jeune femme, debout sur la pointe des pieds près d'un vaisselier genre Louis XIII, les bras tendus, prend sur l'étagère supérieure du meuble un plat de faïence décoré représentant un paysage romantique : d'immenses prairies entourées de clôtures de bois et coupées par de sombres bois de pins et par de petits ruisseaux débordés formant des lacs, avec, dans le lointain, une bâtisse étroite et haute avec un balcon et un toit tronqué sur lequel est posée une cigogne.

L'homme est vêtu d'un chandail à pois. Il tient une montre de gousset dans la main gauche et la regarde tout en remettant à l'heure de la main droite les aiguilles d'une grosse horloge à balancier de type Early American, sur laquelle est sculpté un groupe de Negro Minstrels : une dizaine de musiciens avec des hauts-de-forme, des jaquettes et de gros nœuds papillons, jouant de divers instruments à vent, de banjos et de shuffleboard.

Les murs sont tendus de toile de jute. Il n'y a aucun tableau, aucune reproduction, pas même un calendrier des postes. L'enfant — il a aujourd'hui huit ans — est à quatre pattes sur un tapis de paille très fine. Il est coiffé d'une sorte de casquette de cuir rouge. Il joue avec une petite toupie ronfleuse sur laquelle des oiseaux ont été dessinés de telle manière que lorsque la toupie ralentit on a l'impression qu'ils battent des ailes. A côté de lui sur un journal de bandes dessinées on voit un grand jeune homme à tignasse avec un chandail bleu à bandes blanches, chevauchant un âne. Dans la bulle qui sort de la bouche de l'âne — car c'est un âne qui parle — on lit ces mots : « Qui veut faire l'âne fait la bête. »

CHAPITRE XIII

Rorschash, 1

Le vestibule du grand duplex occupé par les Rorschash. La pièce est vide. Les murs sont laqués de blanc, le sol est couvert de grandes dalles de lave grise. Un seul meuble, au centre : un vaste bureau Empire, dont le fond est garni de tiroirs séparés par des colonnettes de bois formant un portique central dans lequel est encastrée une pendule dont le motif sculpté représente une femme nue couchée à côté d'une petite cascade. Au milieu du meuble, deux objets sont mis en évidence : une grappe de raisins dont chaque grain est une délicate sphère de verre soufflé, et une statuette de bronze représentant un peintre, debout devant un grand chevalet, cambrant la taille, renversant légèrement la tête en arrière ; il a de longues moustaches effilées et des cheveux qui tombent en boucles sur ses épaules. Il est vêtu d'un ample pourpoint et tient dans une main sa palette, dans l'autre un long pinceau.

Sur le mur du fond, un grand dessin à la plume représente Rémi Rorschash lui-même. C'est un vieillard de grande taille, sec, à tête d'oiseau.

La vie de Rémi Rorschash, telle qu'il l'a racontée dans un volume de souvenirs complaisamment rédigé par un écrivain spécialisé, présente un douloureux mélange d'audace et de méprises. Il commença sa carrière à la fin de la Guerre de Quatorze, en faisant des imitations de Max Linder et des comiques américains dans un music-hall de Marseille. Grand et maigre, avec des mimiques mélancoliques et désolées qui pouvaient effectivement rappeler Keaton, Lloyd ou Laurel, il aurait peut-être percé s'il n'avait été en avance de quelques années sur son temps. La mode était alors aux comiques troupiers, et tandis que la foule acclamait Fernandel, Gabin et Préjean, que le cinéma allait bientôt rendre célèbres, « Harry Cover » — c'est le nom qu'il s'était choisi — moisissait dans une morne indigence et avait de plus en plus de mal à placer ses numéros. La guerre récente, l'Union sacrée, la Chambre bleu horizon, lui donnèrent alors l'idée de fonder un groupe spécialisé dans les flonflons, quadrille des lanciers, Madelon et autres Sambre-et-Meuse. Une photo de l'époque nous le montre avec son orchestre, « Albert Préfleury et ses Joyeux Pioupious », assez crâne, le képi fantaisie penché sur l'oreille, la vareuse décorée de larges brandebourgs, les bandes molletières impeccablement tirées. Le succès fut incontestable mais ne dura que quelques semaines. L'invasion du paso doble, du fox-trot, de la biguine et autres danses exotiques de provenance des trois Amériques et d'ailleurs, lui ferma la porte des dancings et des musettes et ses louables efforts de reconversion (« Barry Jefferson and His Hot Pepper Seven », « Paco Domingo et les trois Caballeros », « Fedor Kowalski et ses Magyars de la Steppe », « Alberto Sforzi et ses Gondoliers ») se soldèrent, l'un après l'autre, par des échecs. Il est vrai, rappelle-t-il à ce propos, qu'il n'y avait que les noms et les chapeaux qui changeaient : le répertoire restait pratiquement le même, on se contentait de modifier un peu le tempo, de remplacer une guitare par une balalaïka, un banjo ou une mandoline et d'ajouter selon les cas quelques « *Baby* », « *Ole !* », « *Tovaritch* », « *mio amore* » ou « *corazón* » significatifs.

Peu après, dégoûté, décidé à renoncer à toute carrière artistique, mais ne voulant pas abandonner le monde du spectacle, Rorschash devint l'imprésario d'un acrobate, un trapéziste que deux particularités avaient rendu rapidement célèbre : la première était son extrême jeunesse — il n'avait pas douze ans lorsque Rorschash fit sa rencontre —, la seconde était son aptitude à rester sur son trapèze pendant plusieurs heures d'affilée. La foule se pressait dans les music-halls et les cirques où il se produisait pour le voir, non seulement exécuter ses tours, mais faire la sieste, se laver, s'habiller, boire une tasse de chocolat, sur l'étroite barre du trapèze, à trente ou quarante mètres du sol.

Au début leur association fut florissante et toutes les

grandes villes d'Europe, d'Afrique du Nord et du Proche-Orient applaudirent ces extraordinaires prouesses. Mais en grandissant le trapéziste devenait de plus en plus exigeant. Poussé d'abord par la seule ambition de se perfectionner, puis par une habitude devenue tyrannique, il avait organisé sa vie de telle sorte qu'il pût rester sur son trapèze nuit et jour aussi longtemps qu'il travaillait dans le même établissement. Des domestiques se relayaient pour pourvoir à tous ses besoins, qui étaient d'ailleurs très restreints ; ces gens attendaient sous le trapèze et faisaient monter ou descendre tout ce qu'il fallait à l'artiste dans des récipients fabriqués spécialement à cet effet. Cette façon de vivre n'entraînait pour l'entourage aucune véritable difficulté ; ce n'était que pendant les autres numéros du programme qu'elle devenait un peu gênante : on ne pouvait dissimuler que le trapéziste fût resté là-haut, et le public, bien que fort calme en général, laissait parfois errer un regard sur l'artiste. Mais la direction ne lui en voulait pas car c'était un acrobate extraordinaire qu'on n'eût jamais pu remplacer. On se plaisait à reconnaître d'ailleurs qu'il ne vivait pas ainsi par espièglerie, que c'était pour lui la seule façon de se tenir constamment en forme et de posséder toujours son métier dans la perfection.

Le problème devenait plus difficile à résoudre lorsque les contrats s'achevaient et que le trapéziste devait se transporter dans une autre ville. L'imprésario faisait tout pour abréger le plus possible ses souffrances : dans les agglomérations urbaines, on employait des automobiles de course, on roulait de nuit ou de grand matin à toute allure dans les rues désertes ; mais on allait toujours trop lentement pour l'impatience de l'artiste ; dans le train on faisait réserver un compartiment tout entier où il pouvait chercher à vivre un peu comme sur son trapèze, et se coucher dans le filet ; ce trapèze, à l'étape, on l'installait longtemps avant l'arrivée de l'acrobate, toutes les portes étaient tenues grandes ouvertes et tous les couloirs dégagés pour que l'acrobate pût sans perdre une seule seconde rejoindre ses hauteurs. « Quand je le voyais, écrit Rorschash, poser le pied sur l'échelle de corde, grimper rapide comme l'éclair et se percher enfin là-haut, je vivais toujours l'un des plus beaux moments de ma vie. »

Il vint un jour hélas où le trapéziste refusa de redescendre. Sa dernière représentation au Grand Théâtre de

Livourne venait de se terminer et il devait le soir même repartir en voiture pour Tarbes. Malgré les supplications de Rorschash et du directeur du music-hall, auxquelles se joignirent bientôt les appels de plus en plus exaltés du reste de la troupe, des musiciens, des employés et techniciens du théâtre, et de la foule qui avait commencé à sortir mais s'était arrêtée et était revenue en entendant toutes ces clameurs, l'acrobate coupa orgueilleusement la corde qui lui aurait permis de redescendre et se mit à exécuter sur un rythme de plus en plus rapide une succession ininterrompue de grands soleils. Cette ultime performance dura deux heures et provoqua dans la salle cinquante-trois évanouissements. La police dut intervenir. En dépit des mises en garde de Rorschash, les policiers amenèrent une grande échelle de pompiers et commencèrent à l'escalader. Ils n'arrivèrent même pas à mi-parcours : le trapéziste ouvrit les mains et avec un long hurlement alla s'écraser sur le sol au terme d'une impeccable parabole.

Quand il eut dédommagé les directeurs qui depuis des mois se disputaient l'acrobate, il resta à Rorschash quelques liquidités qu'il décida d'investir dans l'export-import. Il acheta tout un lot de machines à coudre et les convoya jusqu'à Aden, espérant les échanger contre des parfums et des épices. Il en fut dissuadé par un commerçant dont il fit la connaissance pendant la traversée et qui pour sa part trimbalait divers instruments et ustensiles en cuivre, du culbuteur de soupape aux spirales d'alambics en passant par les tamis à perles, les sauteuses et les turbotières. Le marché des épices, lui expliqua ce commerçant, et plus généralement de tout ce qui concernait les échanges entre l'Europe et le Moyen-Orient était étroitement contrôlé par des trusts anglo-arabes qui n'hésitaient pas, pour conserver leur monopole, à aller jusqu'à l'élimination physique de leurs moindres concurrents. Par contre le commerce entre l'Arabie et l'Afrique noire était beaucoup moins surveillé et offrait l'occasion d'affaires fructueuses. En particulier le trafic des cauris : ces coquillages, on le sait, servent encore de monnaie d'échange à de nombreuses populations africaines et indiennes. Mais l'on ignore, et c'est là qu'il y avait gros à gagner, qu'il existe diverses sortes de cauris, diversement appréciées selon les tribus. Ainsi les cauris de la mer Rouge (*Cyproea turdus*) sont extrêmement cotés dans les Comores où il serait facile de les échanger contre des cauris indiens (*Cyproea caput serpentis*) au taux tout à fait avantageux de quinze caput serpentis pour un turdus. Or, non loin de là, à Dar es-Salam, le cours des caput serpentis est continuellement en hausse et il n'est pas rare de voir des transactions se faire sur la base de un caput serpentis pour trois *Cyproea moneta*. Cette troisième espèce de cauri est appelée communément la monnaie-cauri : c'est assez dire qu'elle est presque partout négociable ; mais en Afrique occidentale, au Cameroun et au Gabon surtout, elle est tellement estimée que certaines peuplades vont jusqu'à la payer au poids de l'or. On pouvait espérer, tous frais compris, décupler sa mise. L'opération ne présentait aucun risque mais exigeait du temps. Rorschash, qui ne se sentait pas l'étoffe d'un grand voyageur n'était pas trop tenté, mais l'assurance du commerçant l'impressionna assez pour qu'il accepte sans hésiter l'offre d'association qu'il lui fit lorsqu'ils débarquèrent à Aden.

Les transactions se déroulèrent exactement comme le commerçant les avait prévues. A Aden, ils échangèrent sans difficulté leurs stocks de cuivre et de machines à coudre contre quarante caisses de Cyproea turdus. Ils repartirent des Comores avec huit cents caisses de caput serpentis, leur seul problème ayant été de se procurer du bois pour lesdites caisses. A Dar es-Salam, ils frétèrent une caravane de deux cent cinquante chameaux pour traverser le Tanganyka avec leurs mille neuf cent quarante caisses de monnaie-cauri, atteignirent le grand fleuve Congo et le descendirent presque jusqu'à son embouchure, en quatre cent soixante-quinze jours, dont deux cent vingt et un jours de navigation, cent trente-sept jours de transbordements par voie ferrée, vingt-quatre jours de transbordements à dos d'homme, et quatre-vingt-treize jours d'attente, de repos, d'inaction forcée, de palabres, de conflits administratifs, d'incidents et d'ennuis divers, le tout constituant d'ailleurs une performance remarquable.

Il y avait un peu plus de deux ans et demi qu'ils avaient débarqué à Aden. Ce qu'ils ignoraient — et comment Dieu auraient-ils pu le savoir ! — c'est qu'au moment même où ils arrivaient en Arabie, un autre Français, nommé Schlendrian, quittait le Cameroun après l'avoir inondé de monnaie-cauri en provenance de Zanzibar, provoquant dans toute l'Afrique occidentale et centrale une dépréciation sans appel.

Non seulement les cauris de Rorschash et de son associé n'étaient plus négociables, mais ils étaient devenus dangereux : les autorités coloniales françaises estimèrent, à juste titre, que la mise sur le marché de sept cents millions de coquillages — plus de trente pour cent de la masse globale de cauris servant aux échanges dans toute l'A.O.F. — allait déclencher une catastrophe économique sans précédent (le seul bruit qui en courut provoqua des perturbations dans le cours des denrées coloniales, perturbations dans lesquelles certains économistes s'accordent à voir l'une des causes princeps du krach de Wall Street) : les cauris furent donc mis sous séquestre ; Rorshash et son compagnon se virent courtoisement mais fermement invités à prendre le premier paquebot en partance pour la France.

Rorschash aurait tout fait pour se venger de Schlendrian, mais il ne parvint pas à retrouver sa trace. Tout ce qu'il réussit à apprendre, c'est qu'il y avait effectivement eu, pendant la guerre de 1870, un général Schlendrian. Mais il était mort depuis longtemps et n'avait apparemment pas laissé de descendants.

Dans les années qui suivirent, Rorschash survécut sans qu'on sache très exactement comment. Lui-même reste extrêmement discret sur ce point dans ses souvenirs. Aux débuts des années trente, il écrivit un roman qui s'inspirait largement de son aventure africaine. Le roman parut en mille neuf cent trente-deux, aux Editions du Tonneau, sous le titre *L'Or africain*. L'unique critique qui en rendit compte le compara au *Voyage au bout de la nuit* qui était sorti à peu près au même moment.

Le roman eut peu d'audience, mais il permit à Rorschash de s'introduire dans les milieux littéraires. Quelques mois plus tard, il fonda une revue qu'il intitula, assez bizarrement, *Préjugés*, voulant sans doute signifier par là que la revue n'en avait pas. La revue parut jusqu'à la guerre, à raison de quatre numéros par an. Elle publia plusieurs textes d'auteurs dont certains s'imposèrent par la suite. Bien que Rorschash se montre sur ce point très avare de précisions, il est plus que vraisemblable de penser qu'il s'agissait d'une publication à compte d'auteur. En tout cas, de toutes ses entreprises d'avant-guerre, c'est la seule dont il ne dise pas qu'elle a totalement échoué.

Certains racontent qu'il fit la guerre dans les Forces Françaises Libres et que plusieurs missions de caractère diplomatique lui furent confiées. D'autres affirment au contraire qu'il collabora avec les Forces de l'Axe et qu'il dut se réfugier après la guerre en Espagne. Ce qui est sûr, c'est qu'il revint en France, riche et prospère, et même marié, au début des années soixante. C'est à cette époque où, comme il le rappelle plaisamment, il suffisait de s'installer dans un des innombrables bureaux vacants de la toute nouvelle Maison de la Radio pour devenir producteur, qu'il commença à travailler pour la télévision. C'est à cette époque également qu'il racheta à Olivier Gratiolet les deux derniers appartements que celui-ci possédait encore dans l'immeuble en dehors du petit logement qu'il occupait lui-même. Il les fit réunir en un prestigieux duplex que *La Maison française, Maison et Jardin, Forum, Art et Architecture d'aujourd'hui* et autres revues spécialisées sont plusieurs fois venues photographier.

Valène se souvient encore de la première fois où il le vit. C'était un de ces jours, où, pour ne pas changer, l'ascenseur était en panne. En sortant de chez lui, il était allé voir Winckler et en descendant les escaliers était passé devant la porte du nouvel arrivant. Elle était grande ouverte. Des ouvriers allaient et venaient dans le grand vestibule et Rorschash écoutait en se grattant la tête les conseils que lui donnait son décorateur. Il avait alors le genre américain, avec des chemises à ramages, des mouchoirs en guise de foulard, et des gourmettes au poignet. Plus tard il a donné dans le type vieux lion fatigué, vieux solitaire ayant roulé sa bosse, plus à l'aise chez les Bédouins du Désert que dans les salons parisiens : pataugas, blousons de peau, chemises de lin gris.

C'est aujourd'hui un vieillard malade, presque continuellement astreint à des séjours en clinique ou à de longues convalescences. Sa misanthropie est toujours aussi proverbiale mais trouve de moins en moins à s'exercer.

BIBLIOGRAPHIE

RORSCHASH, R. *Mémoires d'un lutteur*. Paris, Gallimard, 1974.
RORSCHASH, R. *L'or africain*, roman. Paris, Ed. du Tonneau, 1932.

GÉNÉRAL A. COSTELLO. *L'offensive Schlendrian aurait-elle pu sauver Sedan?* Rev. Hist. Armées 7, 1907.

LANDÈS, D. *The Cauri System and African Banking.* Harvard. J. Econom. 48, 1965.

ZGHAL, A. *Les systèmes d'échanges inter-africains. Mythes et réalités.* Z. f. Ethnol. 194, 1971.

CHAPITRE XIV

Dinteville, 1

Le cabinet du Docteur Dinteville : une table d'examen, un bureau métallique, presque nu, avec seulement un téléphone, une lampe articulée, un bloc d'ordonnances, un stylo d'acier mat dans la rainure d'un encrier de marbre ; un petit divan tendu de cuir jaune, surmonté d'une grande reproduction de Vasarely, deux plantes grasses de chaque côté de la fenêtre, surgissant, proliférantes et larges, de deux cachepots de raphia tressé ; un meuble à étagères dont la plaque supérieure supporte quelques instruments, un stéthoscope, un distributeur de coton en métal chromé, une petite bouteille d'alcool à quatre-vingt-dix degrés ; et sur tout le mur de droite des panneaux de métal brillant dissimulant divers appareillages médicaux et les placards où le médecin range ses instruments, ses dossiers et ses produits pharmaceutiques.

Le Docteur Dinteville est à sa table et rédige avec un air de totale indifférence une ordonnance. C'est un homme d'une quarantaine d'années, presque chauve, au crane ovoïde. La patiente est une vieille femme. Elle s'apprête à descendre de la table d'auscultation où elle était allongée, en rajustant la broche qui maintient fermé son corsage, un losange de métal dans lequel s'inscrit un poisson stylisé.

Une troisième personne est assise sur le divan ; c'est un homme d'âge mûr, avec un blouson de cuir et une grande écharpe à carreaux aux bords effrangés.

Les Dinteville descendent d'un Maître de Postes qui fut anobli par Louis XIII en récompense de l'aide qu'il apporta à Luynes et à Vitry lors de l'assassinat de Concini. Cadignan

nous a laissé de ce personnage qui semble avoir été un sou-
dard peu commode un portrait saisissant :

> « D'Inteville estoit de stature moyenne, ny trop
> grand, ny trop petit, et avoit le nez un peu
> aquillin, faict à manche de rasouer, et pour lors
> estoit de l'eage de trente et cinq ans ou environ,
> fin à dorer comme une dague de plomb, bien
> galand-homme de sa personne, sinon qu'il estoit
> quelque peu paillard et subject de nature à une
> maladie qu'on appeloit en ce temps là faulte
> d'argent, c'est doleur non pareille. Toutesfoys, il
> avoit soixante et troys manières d'en trouver
> tousjours à son besoing dont la plus honorable
> et la plus commune estoit par façon de larrecin,
> furtivement faict, malfaisant, pipeur, beuveur,
> bateur de pavez, ribleur s'il en estoit à Paris ;
> et toujours machinoit quelque chose contre les
> sergeans et contre le guet. »

Ses descendants furent généralement plus sages et donnèrent à la France une bonne quinzaine d'évêques et de
cardinaux et divers autres personnages remarquables parmi
lesquels il convient plus particulièrement de citer :

Gilbert de Dinteville (1774-1796) : fervent Républicain,
il s'engagea à dix-sept ans ; trois ans plus tard il était
colonel. Il entraîna son bataillon à l'assaut de Montenotte.
Son geste héroïque lui coûta la vie, mais décida de l'heu-
reuse issue de la bataille.

Emmanuel de Dinteville (1810-1849) : ami de Liszt et
de Chopin, il est surtout connu comme l'auteur d'une valse
étourdissante justement surnommée *La Toupie*.

François de Dinteville (1814-1867) : sorti premier à
dix-sept ans de l'Ecole Polytechnique, il négligea la brillante
carrière d'ingénieur et d'industriel qui s'offrait à lui pour
se consacrer à la recherche. En 1840, il crut découvrir le
secret de la fabrication du diamant à partir du charbon. Se
fondant sur une théorie qu'il appelait « la duplication des

cristaux », il réussit à faire cristalliser par refroidissement une solution saturée de carbone. L'Académie des Sciences, à laquelle il soumit ses échantillons, déclara que son expérience était intéressante, mais peu concluante, les diamants qu'il avait obtenus étant ternes, cassants, facilement rayables avec l'ongle, et parfois même friables. Cette réfutation n'empêcha pas Dinteville de faire breveter sa méthode et de publier sur le sujet entre 1840 et sa mort 34 mémoires originaux et rapports techniques. Ernest Renan évoque son cas dans une de ses chroniques (*Mélanges*, 47, *passim*) : « *Si Dinteville avait réellement fabriqué du diamant, il eût sans doute contenté par là, dans une certaine mesure, ce matérialisme grossier avec lequel devra compter de plus en plus celui qui prétend se mêler des affaires de l'humanité ; il n'eût pas donné aux âmes éprises d'idéal cet élément d'exquise spiritualité sur lequel, après si longtemps, nous vivons encore.* »

Laurelle de Dinteville (1842-1861) fut l'une des malheureuses victimes, et vraisemblablement la responsable, de l'un des faits divers les plus horribles du Second Empire. Au cours d'une réception que donnait le duc de Crécy-Couvé, qu'elle aurait dû épouser quelques semaines plus tard, la jeune femme porta un toast à sa future belle-famille en vidant d'un trait une coupe de champagne et en la lançant en l'air. La fatalité voulut qu'elle se trouvât alors juste au-dessous d'un gigantesque lustre qui provenait du célèbre atelier Baucis de Murano. Le lustre se rompit, provoquant la mort de huit personnes, dont Laurelle et le vieux Maréchal de Crécy-Couvé, le père du duc, qui avait eu trois chevaux tués sous lui pendant la campagne de Russie. L'hypothèse d'un attentat ne put être retenue. François de Dinteville, oncle de Laurelle, qui assistait à la réception, émit l'hypothèse d'une « amplification pendulaire enclenchée par les phases vibratoires antagonistes de la coupe de cristal et du lustre » mais personne ne voulut prendre cette explication au sérieux.

CHAPITRE XV

Chambres de bonne, 5
Smautf

Sous les toits, entre l'atelier de Hutting et la chambre de Jane Sutton, la chambre de Mortimer Smautf, le vieux maître d'hôtel de Bartlebooth.

La pièce est vide. Les yeux mi-clos, les pattes de devant rapprochées en position de sphinx, un chat au pelage blanc somnole sur le couvre-lit orange. A côté du lit, sur une petite table de nuit, sont posés un cendrier de verre taillé, de forme triangulaire, sur lequel est gravé le mot « Guinness », un recueil de mots croisés, et un roman policier intitulé *Les Sept crimes d'Azincourt*.

Il y a plus de cinquante ans que Smautf est au service de Bartlebooth. Bien qu'il s'intitule lui-même maître d'hôtel, ses fonctions ont plutôt été celles d'un valet de chambre ou d'un secrétaire ; ou, plus exactement encore, des deux en même temps : en fait, il fut surtout son compagnon de voyage, son factotum et, sinon son Sancho Pança, du moins son Passepartout (car il est vrai qu'il y avait du Phileas Fogg en Bartlebooth), tour à tour porteur, brosseur, barbier, chauffeur, guide, trésorier, agent de voyages et teneur de parapluie.

Les voyages de Bartlebooth, et subséquemment de Smautf, durèrent vingt ans, de mille neuf cent trente-cinq à mille neuf cent cinquante-quatre, et les menèrent d'une façon parfois capricieuse tout autour du monde. Dès mille neuf cent trente, Smautf commença à les préparer, réunissant les papiers nécessaires à l'obtention des visas, se documentant sur les formalités d'usage dans les différents pays traversés, ouvrant en divers endroits appropriés des comptes efficacement approvisionnés, rassemblant des guides, des cartes, des indicateurs horaires et des tarifs, retenant des chambres d'hôtel et des billets de bateaux. L'idée de Bartlebooth était d'aller peindre cinq cents marines dans cinq cents ports différents. Les ports furent choisis plus ou moins au hasard par Bartlebooth qui, feuilletant des atlas, des livres de géographie, des récits de voyages et des dépliants touristiques, cochait au fur et à mesure les endroits qui lui plaisaient. Smautf étudiait ensuite les moyens de s'y rendre et les possibilités de logement.

Le premier port, dans la première quinzaine de janvier mille neuf cent trente-cinq, fut Gijon, dans le golfe de Gascogne, non loin du lieu où le malheureux Beaumont s'obstina à chercher les vestiges d'une improbable capitale arabe d'Espagne. Le dernier fut Brouwershaven, en Zélande, à l'embouchure de l'Escaut, dans la deuxième quinzaine de décembre mille neuf cent cinquante-quatre. Entre-temps, il y eut le petit port de Muckanaghederdauhaulia, non loin de Costello, dans la baie de Camus en Irlande, et l'encore plus petit port de U dans les Iles Carolines ; il y eut des ports baltes et des ports lettons, des ports chinois, des ports malgaches, des ports chiliens, des ports texans ; des ports minuscules avec deux bateaux de pêche et trois filets, et des ports immenses avec des jetées de plusieurs kilomètres, des docks et des quais, des centaines de grues et de ponts roulants ; des ports noyés dans le brouillard, des ports torrides, des ports pris dans les glaces ; des ports abandonnés, des ports ensablés, des ports de plaisance avec des plages artificielles, des palmiers transplantés, des façades de palaces et de casinos ; des chantiers infernaux fabriquant par milliers des liberty ships ; des ports dévastés par les bombes ; des ports tranquilles où des petites filles nues s'aspergeaient à côté des sampangs ; des ports à pirogues, des ports à gondoles ; des ports de guerre, des criques, des bassins de radoub, des rades, des darses, des chenaux, des môles ; des entassements de barils, de cordages et d'éponges ; des amoncellements d'arbres rouges, des montagnes d'engrais, de phosphate, de minerai ; des casiers grouillants de homards et de crabes ; des étals de grondins, de barbues, de chabots, de dorades, de merlans, de maquereaux, de raies, de thons, de seiches et de lamproies ; des ports puant le savon ou le chlore ; des ports ravagés par la tempête ; des ports déserts écrasés de chaleur ; des cuirassés éventrés réparés dans la nuit par des milliers de chalumeaux ; des paquebots en liesse entourés de bateaux citernes lançant leurs grandes eaux dans un tintamarre de sirènes et de cloches.

Bartlebooth consacrait deux semaines à chaque port, voyage compris, ce qui lui laissait généralement cinq à six jours sur place. Les deux premiers jours, il se promenait au bord de la mer, regardait les bateaux, bavardait avec les pêcheurs pour autant qu'ils parlassent une des cinq langues qu'il pratiquait — anglais, français, espagnol, arabe et portugais — et parfois partait en mer avec eux. Le troisième jour, il choisissait son emplacement et dessinait quelques brouillons qu'il déchirait aussitôt. L'avant-dernier jour, il peignait sa marine, généralement vers la fin de la matinée, à moins qu'il ne cherchât ou n'attendît quelque effet spécial, lever ou coucher de soleil, menace d'orage, grand vent, petite pluie, marée haute ou basse, passage d'oiseaux, sortie des barques, arrivée d'un navire, femmes lavant du linge, etc. Il peignait extrêmement vite, et ne recommençait jamais. A peine l'aquarelle était-elle sèche qu'il détachait la feuille de papier Whatman de son bloc et la donnait à Smautf. (Smautf pouvait aller à sa guise tout le reste du temps, visiter les souks, les temples, les bordels et les bouges, mais il devait être présent au moment où Bartlebooth peignait et se tenir derrière lui en maintenant fermement le grand parapluie qui protégeait le peintre et son fragile chevalet de la pluie, du soleil ou du vent.) Smautf emballait la marine dans du papier de soie, l'insérait dans une enveloppe semi-rigide et entourait le tout d'un kraft ficelé et cacheté. Le soir même, ou au plus tard le lendemain quand il n'y avait pas de poste sur place, le paquet était expédié à

Monsieur Gaspard Winckler
11 rue Simon-Crubellier
Paris 17 France

L'emplacement était soigneusement repéré et consigné par Smautf sur un registre ad hoc. Le lendemain, Bartlebooth rendait visite au consul d'Angleterre quand il y en avait un sur place ou dans les parages, ou à quelque autre notabilité locale. Le surlendemain, ils repartaient. La longueur des étapes modifiait parfois légèrement cet emploi du temps, mais il était généralement scrupuleusement respecté.

Ils n'allaient pas nécessairement vers le port le plus proche. Selon les commodités de transport, il leur arrivait de revenir sur leurs pas ou de faire d'assez larges détours. Par exemple, ils allèrent en chemin de fer de Bombay à Bandar, puis traversèrent le golfe du Bengale jusqu'aux Iles Andaman, revinrent sur Madras d'où ils gagnèrent Ceylan et repartirent vers Malacca, Bornéo et les Célèbes. De là, au lieu d'aller directement à Puerto Princesa, dans l'Ile Palawan, ils allèrent d'abord à Mindanao, puis à Luçon, et montèrent jusqu'à Formose avant de redescendre vers Palawan.

Cependant, on peut dire qu'ils explorèrent pratiquement les continents l'un après l'autre. Après avoir visité une grande partie de l'Europe de 1935 à 1937, ils passèrent en Afrique et en firent le tour dans le sens des aiguilles d'une montre de 1938 à 1942 ; de là ils gagnèrent l'Amérique du Sud (1943-1944), l'Amérique centrale (1945), l'Amérique du Nord (1946-1948) et enfin l'Asie (1949-1951). En 1952, ils parcoururent l'Océanie, en 1953 l'océan Indien et la mer Rouge. La dernière année, ils traversèrent la Turquie et la mer Noire, entrèrent en U.R.S.S., montèrent jusqu'à Doudinka, au delà du cercle polaire, à l'embouchure du Iénissei, traversèrent à bord d'une baleinière les mers de Kara et de Barents, et, du Cap Nord, descendirent le long des fjords scandinaves avant d'achever leur long périple à Brouwershaven.

Les circonstances historiques et politiques — la seconde guerre mondiale et tous les conflits locaux qui la précédèrent et la suivirent entre 1935 et 1954 : Ethiopie, Espagne, Inde, Corée, Palestine, Madagascar, Guatemala, Afrique du Nord, Chypre, Indonésie, Indochine, etc. — n'eurent pratiquement aucune influence sur leurs voyages, si ce n'est qu'ils durent attendre quelques jours à Hong-Kong un visa pour Canton, et qu'une bombe éclata dans leur hôtel alors qu'ils se trouvaient à Port-Saïd. La charge était faible et leurs malles n'en souffrirent pratiquement pas.

Bartlebooth revint de ses voyages les mains presque vides : il n'avait voyagé que pour peindre ses cinq cents aquarelles, et les avait expédiées au fur et à mesure à Winckler. Smautf, lui, constitua trois collections — des timbres, pour le fils de Madame Claveau, des étiquettes d'hôtel pour Winckler, et des cartes postales pour Valène — et rapporta trois objets qui sont maintenant dans sa chambre.

Le premier est un magnifique coffre de bateau, en bois de corail tendre (pterocarpe gummifer, tient-il à préciser) et à ferrures de cuivre. Il le trouva chez un shipchandler de Saint-Jean de Terre-Neuve et le confia à un chalutier qui l'emporta en France.

Le second est une curieuse sculpture, une statue en basalte de la Déesse-Mère tricéphale, haute d'environ quarante centimètres. Smautf l'échangea aux Seychelles contre une autre sculpture, également tricéphale, mais d'une conception tout à fait différente : c'était un crucifix sur lequel trois figurines de bois étaient fixées par un unique boulon : un enfant noir, un grand vieillard, et une colombe, grandeur nature, jadis blanche. Celle-là, il l'avait trouvée dans les souks d'Agadir et l'homme qui la lui avait vendue lui avait expliqué que c'était les figures mobiles de la Trinité et que chaque année l'une des trois « prenait le dessus ». Le Fils était alors en avant, le Saint-Esprit (presque invisible) contre la croix. C'était un objet encombrant, mais propre à fasciner longtemps l'esprit particulier de Smautf. Aussi l'acheta-t-il sans marchander et le trimbala-t-il avec lui de 1939 à 1953. Le lendemain de son arrivée aux Seychelles, il entra dans un bar : la première chose qu'il y vit fut la statue de la Déesse-Mère, posée sur le comptoir entre un shaker tout bosselé et un verre rempli de petits drapeaux et de batteurs à champagne en forme de crosses miniature. Sa stupéfaction fut si forte qu'il retourna immédiatement à son hôtel, en revint avec le crucifix, et entreprit avec le barman malais une longue conversation en pidgin english portant sur la quasi-impossibilité statistique de rencontrer par deux fois en quatorze ans deux statues à trois têtes, conversation au terme de laquelle Smautf et le barman se jurèrent une amitié indéfectible qu'ils concrétisèrent en échangeant leurs œuvres d'art.

Le troisième objet est une grande gravure, une sorte d'image d'Epinal. Smautf l'a trouvée à Bergen, la dernière année de leurs pérégrinations. Elle représente un jeune enfant recevant d'un vieux magister un livre de prix. Le jeune enfant a sept ou huit ans, il est vêtu d'une veste de drap bleu ciel, porte des culottes courtes et des escarpins vernis ; son front est ceint d'une couronne de lauriers ; il grimpe les trois marches d'une estrade parquetée décorée de plantes grasses. Le vieillard est en toge. Il a une longue barbe grise et des lunettes à monture d'acier. Il tient dans la main droite une règle de buis et dans la main gauche un grand folio relié en rouge sur lequel on lit *Erindringer fra en Reise i Skotland* (c'est, apprit Smautf, la relation du voyage que le pasteur danois Plenge fit en Ecosse pendant l'été de 1859). Près du maître d'école se trouve une table recouverte d'un drap vert sur laquelle sont posés d'autres volumes, une mappemonde, et une partition de musique, d'un format à l'italienne, ouverte. Une étroite plaque de cuivre gravée, fixée sur le cadre de bois de la gravure, en donne le titre, apparemment sans rapport avec la scène représentée : *Laborynthus.*

Smautf aurait aimé être ce bon élève récompensé. Son regret de n'avoir pas fait d'études s'est avec les années transformé en une passion maladive pour les quatre opérations. Au tout début de leurs voyages, il avait vu dans un grand music-hall de Londres un calculateur prodige, et pendant ses vingt ans de tour du monde, lisant et relisant un traité défraîchi de récréations mathématiques et arithmétiques qu'il avait trouvé chez un bouquiniste d'Inverness, il s'adonna au calcul mental, et il était capable, à son retour, d'extraire des racines carrées ou cubiques de nombres de neuf chiffres avec une relative rapidité. Au moment où cela commençait à devenir pour lui un peu trop facile, il fut saisi par la frénésie des factorielles : 1 ! = 1 ; 2 ! = 2 ; 3 ! = 6 ; 4 ! = 24 ; 5 ! = 120 ; 6 ! = 720 ; 7 ! = 5 040 ; 8 ! = 40 320 ; 9 ! = 362 880 ; 10 ! = 3 628 800 ; 11 ! = 39 916 800 ; 12 ! = 479 001 600 ; [...] ; 22 ! = 1 124 000 727 777 607 680 000, soit plus d'un milliard de fois sept cent soixante-dix-sept milliards !

Smautf en est aujourd'hui à 76 ! mais il ne trouve plus de papier au format suffisant et en trouverait-il, il n'y aurait pas de table assez grande pour l'étaler. Il a de moins en moins confiance en lui, ce qui fait qu'il recommence sans cesse ses calculs.

Il y a quelques années, Morellet a essayé de le décourager en lui apprenant que le nombre qui s'écrit 9^{9^9}, c'est-à-dire neuf puissance neuf à la puissance neuf, qui est le plus grand nombre que l'on puisse écrire en se servant uniquement de trois chiffres, aurait, si on l'écrivait en entier, trois cent soixante-neuf millions de chiffres, qu'à raison d'un chiffre par seconde, on en aurait pour onze ans à l'écrire, et qu'en comptant deux chiffres par centimètre, le nombre aurait mille huit cent quarante-cinq kilomètres de long ! Mais Smautf n'en continue pas moins à aligner sur des dos d'enveloppes, des marges de carnets, des papiers de bouchers, des colonnes et des colonnes de chiffres.

Smautf a maintenant près de quatre-vingts ans. Il y a longtemps que Bartlebooth lui a proposé de prendre sa retraite, mais il a chaque fois refusé. A vrai dire, il n'a plus grand-chose à faire. Le matin, il prépare les vêtements de Bartlebooth et l'aide à s'habiller. Jusqu'il y a cinq ans, il lui faisait la barbe — avec un coupe-choux qui avait appartenu à l'arrière arrière-grand-père de Bartlebooth — mais sa vue a beaucoup baissé et sa main s'est mise à trembler un peu, aussi a-t-il été remplacé par un garçon que Monsieur Pois, le coiffeur de la rue de Prony, fait monter chaque matin.

Bartlebooth ne sort plus jamais de chez lui, c'est à peine s'il quitte dans la journée son bureau. Smautf se tient dans la pièce voisine, avec les autres domestiques, qui n'ont pas beaucoup plus de travail que lui, et qui passent leur temps à jouer aux cartes et à parler du passé.

Smautf reste de longs moments chaque jour dans sa chambre. Il essaye d'avancer un petit peu dans ses multiplications ; pour se délasser, il fait des mots croisés, lit des romans policiers que lui prête Madame Orlowska, ou, pendant des heures, caresse le chat blanc qui ronronne en pétrissant de ses griffes les genoux du vieillard.

Le chat blanc n'appartient pas à Smautf, mais à tout l'étage. De temps en temps il va vivre chez Jane Sutton ou chez Madame Orlowska, ou descend chez Isabelle Gratiolet ou chez Mademoiselle Crespi. Il est arrivé, il y a trois ou quatre ans, par les toits. Il avait une large blessure au cou. Madame Orlowska l'a recueilli et l'a soigné. On s'est aperçu qu'il était vairon, il avait un œil bleu comme une porcelaine chinoise et l'autre œil couleur d'or. Un peu plus tard, on s'est rendu compte qu'il était complètement sourd.

CHAPITRE XVI

Chambres de bonne, 6
Mademoiselle Crespi

La vieille mademoiselle Crespi est dans sa chambre, au septième, entre le logement de Gratiolet et la chambre de bonne de Hutting.

Elle est couchée dans son lit, sous une couverture de laine grise. Elle rêve : un croque-mort aux yeux brillants de haine se tient en face d'elle, debout, sur le pas de la porte ; de sa main droite à demi levée il présente un bristol bordé de noir. Sa main gauche supporte un coussin rond sur lequel reposent deux médailles dont l'une est la Croix des Héros de Stalingrad.

Derrière lui, au delà de la porte, s'étend un paysage alpestre : un lac dont le disque, entouré de forêts, est gelé et couvert de neiges ; derrière sa rive la plus éloignée les plans inclinés des montagnes semblent se rencontrer et au-delà des pics couverts de neige s'étagent dans le bleu du ciel. Au premier plan, trois personnes gravissent un sentier menant à un cimetière au centre duquel une colonne surmontée d'une vasque d'onyx jaillit d'un massif de lauriers et d'aucubas.

CHAPITRE XVII

Dans l'escalier, 2

Dans les escaliers passent les ombres furtives de tous ceux qui furent là un jour.

Il se souvenait de Marguerite, de Paul Hébert et de Laetizia, et d'Emilio, et du bourrelier, et de Marcel Appenzzell (avec deux « z », contrairement au canton et au fromage) ; il se souvenait de Grégoire Simpson, et de la mystérieuse Américaine, et de la peu aimable Madame Araña ; il se souvenait du monsieur aux chaussures jaunes avec son œillet à la boutonnière et sa canne à pommeau de malachite qui, pendant dix ans, était venu tous les jours consulter le Docteur Dinteville ; il se souvenait de Monsieur Jérôme, le professeur d'histoire, qui avait écrit un *Dictionnaire de l'Eglise espagnole au XVIIe siècle* qui avait été refusé par 46 éditeurs ; il se souvenait du jeune étudiant qui avait occupé pendant quelques mois la chambre où habitait aujourd'hui Jane Sutton et qui avait été chassé du restaurant végétarien où il travaillait le soir après avoir été surpris en train de vider une grande bouteille de viandox dans la marmite où mijotait le potage aux légumes ; il se souvenait de Troyan, le libraire d'occasions dont le magasin était rue Lepic et qui avait trouvé un jour dans un lot de romans policiers trois lettres de Victor Hugo à Henri Samuel, son éditeur belge, concernant la publication des *Châtiments* ; il se souvenait de Berloux, le chef d'îlot, un crétin tatillon en blouse grise et béret, qui habitait deux numéros plus haut et qui, un matin de 1941, en vertu d'on ne sait quel arrêté de la Défense Passive, avait fait installer dans le hall d'entrée et dans la courette où l'on rangeait les poubelles des tonneaux remplis de sable qui n'avaient jamais servi à rien ; il se souvenait du temps ou le Président Danglars donnait des grandes réceptions pour ses collègues de la cour d'appel : ces jours-là, deux gardes républicains en grande tenue prenaient faction à la porte de l'immeuble, on décorait le vestibule de grands pots d'aspidistras et de philodendrons, et on installait à gauche de l'ascenseur un vestiaire, un long tube monté sur des roulettes, équipé de portemanteaux que la concierge garnissait au fur et à mesure de visons, de zibelines, de breitschwanz, d'astrakan et de grosses redingotes à col de loutre. Madame Claveau, ces jours-là, mettait sa robe noire à col de dentelle et s'asseyait sur une chaise Regency (louée au traiteur en même temps que les portemanteaux et les plantes vertes) à côté d'un guéridon à dessus de marbre sur lequel elle posait sa boîte de contremarques, une boîte en métal, carrée, décorée de petits cupidons armés d'arcs et de flèches, un cendrier jaune vantant les mérites de l'Oxygénée Cusenier (blanche ou verte) et une soucoupe garnie à l'avance de pièces de cent sous.

Il était le plus ancien habitant de l'immeuble. Plus ancien que Gratiolet, dont la famille avait jadis possédé toute la maison, mais qui n'était venu y vivre que pendant la guerre, quelques années avant d'hériter de ce qui en restait, quatre ou cinq appartements dont il s'était défait l'un après l'autre, ne gardant plus pour finir que son petit logement de deux pièces au septième ; plus ancien que Madame Marquiseaux, dont les parents avaient déjà l'appartement et qui y était pratiquement née alors que lui habitait là depuis déjà presque trente ans ; plus ancien que la vieille Mademoiselle Crespi, que la vieille Madame Moreau, que les Beaumont, les Marcia et les Altamont. Plus ancien même que Bartlebooth : il se souvenait très précisément du jour de mille neuf cent vingt-neuf où le jeune homme — car c'était un jeune homme à l'époque, il n'avait pas trente ans — lui avait dit à l'issue de sa leçon quotidienne d'aquarelle :

— Au fait, il paraît que le grand appartement du troisième est libre. Je crois que je vais l'acheter. Je perdrai moins de temps à venir vous voir.

Et il l'avait acheté, le jour même, évidemment sans discuter le prix.

Valène lui, à cette époque, vivait là depuis déjà dix ans.

Il avait loué sa chambre un jour d'octobre mille neuf cent dix-neuf, arrivant d'Etampes, sa ville natale, qu'il n'avait pratiquement jamais quittée, pour venir s'inscrire aux Beaux-Arts. Il avait tout juste dix-neuf ans. Ce ne devait être qu'un logement provisoire qu'un ami de sa famille lui fournissait pour le dépanner. Plus tard, il se marierait, deviendrait célèbre, ou retournerait à Etampes. Il ne se maria pas, ne retourna pas à Etampes. La célébrité ne vint pas, tout au plus, une quinzaine d'années plus tard, une discrète notoriété ; quelques clients fidèles, quelques illustrations pour des recueils de contes, quelques leçons, lui permirent de vivre relativement à son aise, de peindre sans se presser, de faire quelques voyages. Plus tard même quand l'occasion se présenta pour lui de trouver un logement plus grand, ou même un véritable atelier, il se rendit compte qu'il était trop attaché à sa chambre, à sa maison, à sa rue, pour les quitter.

Il y avait bien sûr des gens dont il ne savait presque rien, qu'il n'était même pas sûr d'avoir vraiment identifiés, des gens qu'il croisait de temps à autre dans les escaliers et dont il ne savait pas très bien s'ils habitaient l'immeuble ou s'ils y avaient seulement des amis ; il y avait des gens dont il n'arrivait plus du tout à se souvenir, d'autres dont il lui restait une image unique et dérisoire : le face-à-main de Madame Appenzzell, les figurines en liège découpé que Monsieur Troquet faisait entrer dans des bouteilles et qu'il allait vendre le dimanche sur les Champs-Elysées, la cafetière émaillée bleue toujours tenue chaude sur un coin de la cuisinière de Madame Fresnel.

Il essayait de ressusciter ces détails imperceptibles qui tout au long de ces cinquante-cinq ans avaient tissé la vie de cette maison et que les années avaient effacés un à un : les linoléums impeccablement cirés sur lesquels il fallait ne se déplacer qu'avec des patins de feutre, les nappes de toile cirée à rayures rouges et vertes sur lesquelles la mère et la fille écossaient des petits pois ; les dessous-de-plat en accordéon, les suspensions de porcelaine blanche qu'on remontait d'un doigt à la fin du dîner ; les soirées autour du poste de T.S.F. avec l'homme en veste de molleton, la femme en tablier à fleurs et le chat somnolent, pelotonné près de la cheminée ; les enfants en galoches qui descendaient au lait avec des bidons bosselés ; les gros poêles à bois dont on recueillait les cendres dans de vieux journaux étalés...

Où étaient-elles les boîtes de cacao Van Houten, les boîtes de Banania avec leur tirailleur hilare, les boîtes de madeleines de Commercy en bois déroulé ? Où étaient-ils les garde-manger sous les fenêtres, les paquets de Saponite la bonne lessive avec sa fameuse Madame Sans-Gêne, les paquets de ouate thermogène avec son diable cracheur de feu dessiné par Cappiello, les sachets de lithinés du bon docteur Gustin ?

Les années s'étaient écoulées, les déménageurs avaient descendu les pianos et les bahuts, les tapis roulés, les cartons de vaisselle, les lampadaires, les aquariums, les cages à oiseaux, les horloges centenaires, les cuisinières noires de suie, les tables avec leurs rallonges, les six chaises, les glacières, les grands tableaux de famille.

Les escaliers pour lui, c'était, à chaque étage, un souvenir, une émotion, quelque chose de suranné et d'impalpable, quelque chose qui palpitait quelque part, à la flamme vacillante de sa mémoire : un geste, un parfum, un bruit, un miroitement, une jeune femme qui chantait des airs d'opéra en s'accompagnant au piano, un cliquettement malhabile de machine à écrire, une odeur tenace de crésyl, une clameur, un cri, un brouhaha, un froufroutement de soies et de fourrures, un miaulement plaintif derrière une porte, des coups frappés contre des cloisons, des tangos ressassés sur des phonographes chuintants ou, au sixième droite, le ronflement obstiné de la scie sauteuse de Gaspard Winckler auquel trois étages plus bas, au troisième gauche, ne continuait à répondre qu'un insupportable silence.

CHAPITRE XVIII

Rorschash, 2

La salle à manger des Rorschash, à droite du grand vestibule. Elle est vide. C'est une pièce rectangulaire, longue d'environ cinq mètres, large de quatre. Au sol, une épaisse moquette gris cendre.

Sur le mur de gauche, peint en vert mat, est accroché un écrin de verre cerclé d'acier contenant 54 pièces anciennes portant toutes l'effigie de Sergius Sulpicius Galba, ce préteur qui fit assassiner en un seul jour trente mille Lusitaniens et qui sauva sa tête en montrant pathétiquement ses enfants au tribunal.

Sur le mur du fond, laqué de blanc comme le vestibule, au-dessus d'une desserte basse, une grande aquarelle, intitulée *Rake's Progress* et signée U. N. Owen, représente une petite station de chemin de fer, en pleine campagne. A gauche, l'employé de la gare se tient debout, appuyé à un haut pupitre faisant fonction de guichet. C'est un homme d'une cinquantaine d'années, aux tempes dégarnies, au visage rond, aux moustaches abondantes. Il est en gilet. Il feint de consulter un indicateur horaire alors qu'il achève en fait de recopier sur un petit rectangle de papier une recette de *mint-cake* prise dans un almanach à demi dissimulé sous l'indicateur. Devant lui, de l'autre côté du pupitre, un client au nez chaussé de lorgnons et dont le visage exprime une prodigieuse exaspération attend son billet en se limant les ongles. A droite, un troisième personnage, en bras de chemise avec de larges bretelles à fleurs, sort de la gare en roulant devant lui une grosse barrique. Tout autour de la gare s'étendent des champs de luzerne où des vaches sont en train de paître.

Sur le mur de droite, peint d'un vert un peu plus sombre que celui du mur de gauche, sont accrochées neuf assiettes décorées de dessins représentant :

— un prêtre donnant les cendres à un fidèle
— un homme mettant une pièce de monnaie dans une tirelire en forme de tonneau
— une femme assise dans le coin d'un wagon, le bras passé dans une brassière
— deux hommes en sabots, par temps de neige, battant la semelle pour se réchauffer les pieds
— un avocat en train de plaider, attitude véhémente
— un homme en veste d'intérieur s'apprêtant à boire une tasse de chocolat
— un violoniste en train de jouer, la sourdine mise
— un homme en chemise de nuit, un bougeoir à la main, regardant sur le mur une araignée symbole d'espoir
— un homme tendant sa carte de visite à un autre. Attitudes agressives faisant penser à un duel.

Au milieu de la pièce se trouve une table ronde modern style en bois de thuya, entourée de huit chaises recouvertes de velours frappé. Au centre de la table, il y a une statuette en argent, haute d'environ vingt-cinq centimètres. Elle représente un bœuf portant sur son dos un homme nu, casqué, qui tient dans sa main gauche un ciboire.

L'aquarelle, la statuette, les monnaies antiques et les assiettes seraient, selon Rémi Rorschash lui-même, des témoins de ce qu'il appelle « son inlassable activité de producteur ». La statuette, représentation caricaturale classique de cet arcane mineur qui s'appelle le cavalier de coupe, aurait été dénichée pendant la préparation de cette « dramatique » intitulée *La seizième lame de ce cube,* dont nous avons déjà eu l'occasion de parler et dont le thème évoque précisément une ténébreuse affaire de divination ; les assiettes auraient été décorées spécialement pour servir de fond aux génériques d'un feuilleton dans lequel un même acteur aurait joué successivement les rôles d'un prêtre, d'un banquier, d'une femme, d'un paysan, d'un avocat, d'un chroniqueur gastronomique, d'un virtuose, d'un droguiste crédule et d'un grand-duc pète-sec ; les monnaies antiques — réputées authentiques — lui auraient été offertes par un collectionneur enthousiasmé par une série d'émissions consacrée aux Douze Césars, bien que ce Sergius Sulpicius Galba n'ait absolument aucun rapport avec le Servius Sulpicius Galba qui, un siècle et demi plus tard, régna sept mois, entre Néron et Othon, avant d'être massacré sur le Champ de Mars par ses propres troupes auxquelles il avait refusé le *donativum*.

Quant à l'aquarelle, elle serait tout simplement une des maquettes des décors d'une adaptation moderne et franco-britannique de l'opéra de Stravinsky.

Il est difficile d'établir la part de vérité qu'il y a dans ces explications. De ces quatre émissions, deux ne furent jamais tournées : le feuilleton aux neuf épisodes pour lequel tous les acteurs pressentis — Belmondo, Bouise, Bourvil, Cuvelier, Haller, Hirsch et Maréchal — se récusèrent après avoir lu le scénario, et le *Rake's Progress* mis au goût du jour dont le coût fut jugé excessif par la BBC. La série des Douze Césars fut réalisée pour la télévision scolaire avec laquelle Rorschash n'avait apparemment rien à voir, et il en va de même pour *La seizième lame de ce cube* qui semble avoir été produite par une de ces sociétés prestataires de services auxquelles la télévision française fait si souvent appel.

La carrière de Rorschash à la télévision se déroula en fait exclusivement dans des bureaux. Sous le vague titre de « Chargé de Mission à la Direction générale » ou de « Délégué à la restructuration de la recherche et des moyens d'essai », ses seules activités consistèrent à assister quotidiennement aux conférences préparatoires, commissions mixtes, séminaires d'étude, conseils de gestion, colloques interdisciplinaires, assemblées générales, sessions plénières, comités de lecture et autres séances de travail qui, à ce niveau de la hiérarchie, constituent l'essentiel de la vie de cet organisme avec les communications téléphoniques, les conversations de couloir, les déjeuners d'affaires, les projections de rushes et les déplacements à l'étranger. Rien n'empêche effectivement d'imaginer qu'il ait pu lancer, au cours d'une de ces réunions, l'idée d'un opéra franco-anglais ou d'une série historique inspirée de Suétone, mais il est plus probable qu'il passa son temps à préparer ou commenter des sondages d'écoute, chipoter des budgets, rédiger des rapports concernant le taux d'utilisation des salles de montage, dicter des mémos, ou aller de salle de conférence en salle de conférence en prenant soin d'être toujours indispensable en au moins deux endroits à la fois pour, à peine assis, être appelé au téléphone et devoir impérativement repartir.

Ces activités multiformes rassasiaient la vanité de Rorschash, son goût du pouvoir, son sens des intrigues et des palabres, mais elles ne nourrissaient pas sa nostalgie de « créateur » : en quinze ans, il parvint quand même à signer deux productions, deux séries pédagogiques destinées à l'exportation ; la première, *Doudoune et Mambo*, concerne l'enseignement du français en Afrique noire ; la seconde — *Anamous et Pamplenas* — est bâtie sur un scénario rigoureusement identique, mais son but est « d'initier les élèves des lycées de l'Alliance française aux beautés et à l'harmonie de la civilisation grecque ».

Aux débuts des années soixante-dix, le projet de Bartlebooth vint aux oreilles de Rorschash. A l'époque, bien que Bartlebooth fût revenu depuis déjà quinze ans, personne n'était vraiment au courant de toute l'affaire. Ceux qui auraient pu en savoir quelque chose en parlaient peu ou pas du tout ; les autres savaient, par exemple, que Madame Hourcade lui avait livré des boîtes, ou bien qu'il avait fait installer une drôle de machine dans la chambre de Morellet, ou encore qu'il avait voyagé pendant vingt ans avec son domestique tout autour du monde et que pendant ces vingt ans Winckler avait reçu, du monde entier, environ deux paquets par mois. Mais personne ne savait vraiment comment tous ces éléments se combinaient entre eux, et personne, d'ailleurs, n'insistait tellement pour le savoir. Et Bartlebooth, s'il n'ignorait pas que les petits mystères qui entouraient son existence faisaient l'objet dans l'immeuble d'hypothèses contradictoires et souvent incohérentes, et parfois même de mimiques désobligeantes, était à mille lieues de penser qu'on pourrait un jour venir le déranger dans son projet.

Mais Rorschash s'emballa et l'évocation parcellaire de ces vingt ans de circumnavigation, de ces tableaux découpés, reconstitués, redécollés, etc., et de toutes les histoires de Winckler et de Morellet, lui donnèrent l'idée d'une émission gigantesque où l'on ne ferait rien de moins que reconstituer toute l'affaire.

Bartlebooth, bien entendu, refusa. Il reçut Rorschash un

quart d'heure et le fit reconduire. Rorschash s'accrocha, questionna Smautf et les autres domestiques, cuisina Morellet qui l'inonda d'explications plus abracadabrantes les unes que les autres, harcela Winckler qui se tut obstinément, se déplaça jusqu'à Montargis pour s'entretenir, inutilement pour lui, avec Madame Hourcade, et se rabattit sur Madame Nochère, qui ne savait pas grand-chose mais qui brodait volontiers.

Aucune loi n'interdisant de raconter l'histoire d'un homme qui fait des marines et des puzzles, Rorschash décida de passer outre au refus de Bartlebooth et déposa à la Direction des Programmes un projet qui tenait à la fois des *Chefs-d'œuvre en péril* et des *Grandes batailles du passé*.

Rorschash avait trop d'influence à la télévision pour que son idée soit refusée. Il n'en avait pas tout à fait assez pour qu'elle puisse se réaliser rapidement. Trois ans plus tard, lorsque Rorschash tomba malade au point de devoir en quelques semaines cesser pratiquement toute activité professionnelle, aucune des trois chaînes n'avait encore définitivement accepté son projet et la rédaction du scénario n'était pas terminée.

Sans vouloir trop anticiper sur la suite des événements, il n'est pas inutile de noter que l'initiative de Rorschash eut pour Bartlebooth des conséquences graves. C'est par le truchement de ces déboires télévisuels que Beyssandre, l'année dernière, eut connaissance de l'histoire de Bartlebooth. Et, curieusement, c'est Rorschash que Bartlebooth vint alors voir pour qu'il lui recommandât un cinéaste qui irait filmer la phase ultime de son entreprise. Cela ne lui servit d'ailleurs à rien, sinon à l'enfoncer davantage dans un réseau de contradictions dont, depuis plusieurs années déjà, il savait qu'il connaîtrait l'inexorable poids.

CHAPITRE XIX

Altamont, 1

Au second, chez les Altamont, on prépare la traditionnelle réception annuelle. Il y aura un buffet dans chacune des cinq pièces en façade de l'appartement. Dans celle-ci, qui est d'ordinaire un petit salon — la première des pièces sur lesquelles ouvre le grand vestibule et à laquelle font suite un fumoir-bibliothèque, un grand salon, un boudoir et une salle à manger —, les tapis ont été roulés, mettant en évidence un précieux parquet cloisonné. Presque tous les meubles ont été enlevés ; il ne reste que huit chaises en bois laqué, au dossier décoré de scènes évoquant la guerre des Boxers.

Il n'y a aucun tableau sur les murs, car les murs et les portes sont eux-mêmes décor : ils sont revêtus d'une toile peinte, un panorama somptueux dont les quelques effets de trompe-l'œil laissent penser qu'il s'agit d'une copie exécutée spécialement pour cette pièce à partir de cartons vraisemblablement plus anciens, représentant la vie aux Indes telle que l'imagination populaire pouvait la concevoir dans la deuxième moitié du dix-neuvième siècle : d'abord une jungle luxuriante peuplée de singes aux yeux énormes, puis une clairière aux bords d'un marigot dans lequel trois éléphants s'ébrouent en s'aspergeant mutuellement ; plus loin encore des paillotes sur pilotis devant lesquelles des femmes en saris jaunes, bleu ciel et vert d'eau et des hommes vêtus de pagnes font sécher des feuilles de thé et des racines de gingembre cependant que d'autres, installés devant des bâtis de bois, décorent de grands carrés de cachemire à l'aide de blocs sculptés qu'ils trempent dans des pots remplis de teintures végétales ; enfin, sur la droite, une scène classique de chasse au tigre : entre une double haie de cipayes agitant des crécelles et des cymbales, s'avance un éléphant richement caparaçonné avec, sur le front, une bannière rectangulaire à franges et à pompons, frappée d'un cheval ailé rouge ; derrière le cornac accroupi entre les oreilles du pachyderme se dresse un palanquin dans lequel ont pris place un Européen à favoris roux coiffé du casque colonial et un maharadjah dont la tunique est incrustée de pierreries et dont le turban immaculé s'orne d'une longue aigrette maintenue par un énorme diamant ; devant eux, à l'orée de la jungle, à demi sorti d'un sous-bois, un fauve aplati s'apprête à bondir.

Sur le mur de gauche, au centre, une vaste cheminée de marbre rose surmontée d'un grand miroir ; sur la tablette, un haut vase de cristal, de section rectangulaire, rempli d'immortelles, et une tirelire mille neuf cent : c'est un nègre en pied, au large sourire, vaguement contorsionné : il est vêtu d'un ample ciré écossais à dominantes rouges, porte des gants blancs, des lunettes à monture d'acier et un chapeau haut-de-forme décoré de *stars and stripes* portant en larges caractères bleus et rouges le chiffre « 75 ». Sa main gauche est tendue, la droite agrippe le pommeau d'une canne. Quand on pose une pièce de monnaie sur la paume tendue, le bras se relève et la pièce est inexorablement avalée : en guise de remerciement l'automate agite cinq ou six fois les jambes d'une manière qui évoque assez bien le jitterburg.

Une table sur tréteaux recouverte de nappes blanches occupe tout le mur du fond. Les nourritures qui garniront le buffet ne sont pas encore mises en place à l'exception de cinq homards reconstitués, aux coquilles écarlates, disposés en étoile sur un grand plat d'argent.

Assis sur un tabouret entre le buffet et la porte qui donne sur le grand vestibule, le dos appuyé au mur, les jambes tendues et légèrement écartées, se trouve le seul personnage vivant de la scène : un domestique en pantalon noir et veste blanche ; c'est un homme d'une trentaine d'années à la figure ronde et rouge ; il lit avec un air de parfait ennui le prière d'insérer d'un roman sur la couverture duquel une femme presque nue couchée dans un hamac, un long fume-cigarettes aux lèvres, pointe négligemment un petit revolver à crosse de nacre en direction du lecteur :

« Dans « *La Souricière* », le dernier roman de Paul Winther, le lecteur retrouvera avec plaisir le héros favori de l'auteur de « *Couche-la dans le sainfoin* », « *Les Ecossais sont en colère* », « *L'Homme à l'imperméable* » et tant d'autres valeurs sûres de la littérature policière d'aujourd'hui et de demain : le Capitaine Horty, qui sera cette fois aux prises avec un dangereux psychopathe semant la mort dans un port de la Baltique. »

CHAPITRE XX

Moreau, 1

Une chambre du grand appartement du premier étage. Le sol est couvert d'une moquette couleur tabac ; les murs sont tendus de panneaux de jute gris clair.

Il y a trois personnes dans la pièce. L'une est une vieille femme, Madame Moreau, la propriétaire de l'appartement. Elle est couchée dans un grand lit-bateau, sous une courte-pointe blanche semée de fleurs bleues.

Debout devant le lit, l'amie d'enfance de Madame Moreau, Madame Trévins, vêtue d'un imperméable et d'un foulard de cachemire, sort de son sac à main, pour la lui montrer, une carte postale qu'elle vient de recevoir : elle représente un singe, coiffé d'une casquette, au volant d'une camionnette. Un phylactère rose se déploie au-dessus, avec l'inscription : *Souvenir de Saint-Mouezy-sur-Eon*.

A la droite du lit, sur la table de nuit, il y a une lampe de chevet avec un abat-jour de soie jaune, une tasse de café, une boîte de petits sablés bretons sur le couvercle de laquelle on voit un paysan labourant son champ, un flacon de parfum dont le corps parfaitement hémisphérique rappelle la forme de certains encriers de jadis, une soucoupe contenant quelques figues sèches et un morceau d'Edam étuvé, et un losange de métal, serti à ses quatre coins de cabochons en pierre de lune, encadrant la photographie d'un homme d'une quarantaine d'années, portant un blouson à col de fourrure, assis en plein air à une table campagnarde surchargée de victuailles : un aloyau, des tripes, du boudin, une fricassée de poulet, du cidre mousseux, une tarte aux compotes et des prunes à l'eau-de-vie.

Sur la tablette inférieure de la table de nuit sont empilés quelques livres. Celui du dessus s'intitule *La Vie amoureuse des Stuart* et sa couverture pelliculée représente un homme en costume Louis XIII, perruque, chapeau à plume, large rabat de dentelles, tenant sur ses genoux une soubrette largement dépoitraillée et portant à ses lèvres une colossale chope sculptée : c'est une compilation suspecte, relatant avec complaisance les débauches et turpitudes attribuées à Charles Iᵉʳ, un de ces livres sans nom d'auteur, vendus scellés avec la mention « strictement réservé aux adultes » chez les bouquinistes des quais et dans les bibliothèques de gare.

Le troisième personnage est assis, légèrement en retrait, sur la gauche. C'est une infirmière. Elle feuillette avec indifférence un magazine illustré sur la couverture duquel on voit un chanteur de charme, en smoking fantaisie bleu pétrole pailleté d'argent, le visage inondé de sueur, agenouillé, jambes écartées, les bras en croix, face à des spectateurs déchaînés.

A quatre-vingt-trois ans, Madame Moreau est la doyenne de l'immeuble. Elle est venue y vivre vers mille neuf cent soixante, lorsque le développement de ses affaires la contraignit à quitter son petit village de Saint-Mouezy-sur-Eon (Indre) pour faire efficacement face à ses obligations de chef d'entreprise. Héritière d'une petite fabrique de bois tourné qui fournissait principalement les marchands de meubles du Faubourg Saint-Antoine, elle s'y révéla rapidement une remarquable femme d'affaires. Lorsque, au début des années cinquante, le marché du meuble s'effondra, n'offrant plus au bois tourné que des débouchés aussi onéreux qu'aléatoires — balustrades d'escaliers et de loggias, pieds de lampe, barrières d'autels, toupies, bilboquets et yoyos — elle se reconvertit avec audace dans la fabrication, le conditionnement et la distribution de l'outillage individuel, pressentant que la hausse des prix des services aurait pour inévitable conséquence un considérable essor du marché du bricolage. Son hypothèse se confirma bien au-delà de ses espérances et son entreprise prospéra au point d'atteindre bientôt une envergure nationale et même de menacer directement ses redoutables concurrents allemands, britanniques et suisses qui ne tardèrent pas à lui proposer de fructueux contrats d'association.

Aujourd'hui impotente, veuve depuis quarante — son mari, officier de réserve, mourut le six juin pendant la bataille de la Somme —, sans enfant, sans autre amie que cette Madame Trévins, sa camarade de classe, qu'elle a fait venir auprès d'elle pour la seconder, elle continue, du fond de son lit, à diriger d'une main de fer une société florissante dont le catalogue couvre la quasi-totalité des industries de la décoration et de l'installation d'appartements, et débouche même sur divers domaines annexes :

NÉCESSAIRE A PAPIER PEINT : mallette plastique comprenant 1 double mètre pliant, 1 paire de ciseaux, 1 roulette, 1 marteau, 1 règle métallique 2 m, 1 tournevis contrôleur de courant, 1 émargeur, 1 couteau, 1 brosse, 1 fil à plomb, 1 paire tenailles, 1 couteau de peintre, 1 sabre. Long. 45, larg. 30, haut. 8 cm. Poids 2,5 kg. Garantie totale 1 an.

AGRAFEUSE A PAPIER PEINT. Peut recevoir des agrafes de 4, 6, 8, 10, 12 et 14 mm. Livrée dans un coffret métallique contenant une boîte d'agrafes de chaque dimension, soit 6 boîtes représentant 7 000 agrafes. Brochure explicative. Accessoires : couteau à préformer, adaptateur (télévision, téléphone, fil électrique). Arrache-agrafes, lame coupe-tissu, cale aimantée. Garantie totale 1 an.

NÉCESSAIRE A PEINTURE comprenant : 1 bac plastique 9 litres, 1 grille essorage, 1 rouleau polyamide 175 mm, 1 manchon mousse, 1 manchon mohair pour laquer, 1 pinceau rond $\varnothing$ 25 mm SOIE PURE longueur 60 mm, 4 pinceaux plats largeur 60, 45, 25 et 15 mm, épaisseur 17, 15, 10 et 7 mm. SOIE PURE. Qualité extra. Longueur 55, 45, 38, 33 mm. Garantie totale 1 an.

PISTOLET A PEINTURE à buses interchangeables livré avec buses jet rond et jet plat. Compresseur à membrane, corps en fonte d'aluminium. Pression max 3 kg/cm², débit max 7 m³/h. Soufflette à gachette, gonfleur à manomètre. Moteur électrique 220 V 1/3 CV avec interrupteur marche-arrêt, câble d'alimentation 2 m avec prise de terre. Alimentation air 4 m avec raccord bronze. Poids total 12 kg. Garantie totale 1 an.

ÉCHAFAUDAGE MOBILE : 1 échelle montant de 1,6 de largeur avec roues, 1 échelle montant de 1,6 de largeur avec embouts, 2 rehausses de 60 cm, 1 plateau de 145 × 50 avec garde-corps, rembardes et croisillons, hauteur de plancher réglable de 30 en 30 cm de 50 à 220. Empattement au sol 190 × 68. Dispositif de freinage. Poids total 38 kg. Garantie totale 1 an.

ÉCHELLE MULTIPOSE. Montants en tubes d'acier ovale. 5 éléments. Verrouillage automatique (système breveté) haut.

droite 5,12 m, double 2,40 m, encombrement 145 × 65 × 20. Poids 23 kg. Accessoires : marchepied, béquille, sabots amovibles. Garantie totale 1 an.

ÉTABLI DE MÉCANICIEN. De fabrication robuste, cet établi propose, outre sa table de travail aux dimensions intéressantes 004 × 060 × 120, 2 tiroirs montés sur roulements et une tôle perforée pour rangement de l'outillage. Verrouillage conique. Possibilité de serrage à plat. Construction profil à froid 20/10°. Peinture gris martelé. Assemblage par vis. Haut. 90 cm. Poids 60 kg. Garantie totale 1 an.

PERCEUSE-PERCUTEUSE A VARIATEUR ÉLECTRONIQUE. 220 V. 250 W. Double isolation. Antiparasitage radio-télévision. Vitesse à vide 0 à 1400/3 000 tr/mn. Fréquence de percussion 0 à 14 000/35 200 coups/mn. Capacité acier : 10 mm, béton : 12 mm, bois : 20 mm. Livrée avec mandrin à clé de 10 mm. Câble 3 m. Poignée collier. Butée de profondeur. Clé de service. Poids 2,5 kg. Accessoires : adaptateur universel, poignée revolver, poignée latérale, poignée supérieure, serre-joints, double mandrin, réducteur, berceau, support, noix, petite table, petite colonne, colonnette, grande colonne, percussion, scie circulaire, scie cloche, scie ruban, ponceuse lustreuse, ponceuse souple, ponceuse vibrante, ponceuse orbitale, ponceuse à surfaçage lapidaire, rabot, scie sauteuse, mortaiseuse, dégauchisseuse, flexible, affuteuse, brosse, taille-haies, agitateur, compresseur, pistolet, rallonge, affûte-couteaux, étau, coffret 13 forets acier rapide ∅ 2 à 8, coffret 4 forets au carbure de tungstène ∅ 4, 5, 6 et 8 et 4 forets métaux au chrome vanadium ∅ 4, 5, 6 et 8, fraise 6 mm, fraise 8 mm, fraise 10 mm, chevilles, lames de rabot, tour à bois, adaptateur rabot fixe, toupie, mortaiseuse fixe, meuleuse, affleureuse, touret. Garantie totale 1 an.

COFFRET OUTILLAGE. Jeu de 12 clés à pipe 12 pans chrome vanadium 8, 9, 10, 11, 12, 13, 14, 16, 17, 19, 21, 23. Pince multiprise chromée branches isolées acétate en 250 à crans; pince universelle chromée, branches isolées acétate en 180; lime 1/2 ronde de 200 mm, taille demi-douce, avec manche; lime tiers-point de 125, taille demi-douce, avec manche; marteau rivoir laqué manche verni clair de 28; tournevis mécanicien de 175 chrome vanadium; tournevis mécanicien de 125 chrome vanadium; tournevis cruciforme n° 1 chrome vanadium; tournevis cruciforme n° 2 chrome vanadium; tournevis électricien de 125 chrome vanadium isolé; burin; clé de 18; burette; clé à molette de 20 acier forgé, tête polie; jauge épaisseur

10 lames; porte-scie à métaux qualité professionnelle; tube ovale chromé laqué rouge; chasse-goupilles cadmié; pince plate chromée. Garantie totale 1 an.

ARMOIRE A OUTILS forme valise. Livrée avec 24 plaquettes perforées et 80 clips d'accrochage. Haut. 55, larg. 45, prof. 15 cm. Jeu de 7 clés plates 6 à 9; jeu de 9 clés à pipes 4/14; porte scie; tournevis cruciforme; tournevis électricien 4 × 100; tournevis mécanicien 6 × 150; pince multiple isolée; pince universelle isolée; porte-forets à plateau 13 mm; jeu de 19 forets 1 à 10 mm; rabot n° 3; scie égoïne 3 lames; ciseau sculpteur de 10; ciseau sculpteur de 20; marteau rivoir de 25 laqué; rape demi-ronde de 200; lime demi-ronde de 175; lime trois-quarts de 150; mètre bois, chasse-goupilles cadmié; pointeau cadmié; 2 tamponnoirs; 2 vrilles; tenailles de 180; niveau d'eau. Poids total 14,5 kg. Garantie totale 1 an.

JEU DE 12 CLÉS PLATES fraisées au chrome vanadium 6-7, 8-9, 10-11, 12-13, 14-15, 16-17, 18-19, 20-22, 21-23, 24-26, 25-28, 27-32. Garantie totale 1 an.

COFFRET A TARAUDER comprenant 9 tarauds et 9 filières à pas métrique en acier au tungstène 3 × 05, 4 × 07, 5 × 08, 6 × 1, 7 × 1, 8 × 1. 25, 9 × 1.25, 10 × 1.50, 12 × 1.75, 1 porte-filière, 1 tourne à gauche. Garantie totale 1 an.

COFFRET A DOUILLES comprenant 18 douilles, 12 pans au chrome vanadium de 10 à 32, un vilbrequin, un cardan universel, 1 poignée coulissante, 1 cliquet réversible, 1 petite rallonge, 1 grande rallonge. Garantie totale 1 an.

NÉCESSAIRE A MAÇONNERIE comprenant : 1 niveau métal 3 fioles de 50, 1 truelle bout rond de 22, 1 truelle bout carré de 20; 1 truelle langue de chat de 16; 1 ciseau de maçon 300 × 16; 1 broche de maçon 300 × 16; 1 brosse métallique violon. Garantie totale 1 an.

NÉCESSAIRE ÉLECTRICIEN comprenant : 1 pince coupante de côté isolée de 160; 1 pince universelle chromée isolée de 180; 1 pince radio chromée de 140; 1 pince à dénuder chromée isolée de 180; 1 tournevis contrôleur de courant; 1 tournevis chromé vanadium manche isolant; 1 fer à souder puissance 60 W; 1 rouleau de ruban adhésif. Garantie totale 1 an.

NÉCESSAIRE MENUISERIE comprenant : 1 scie égoïne, 1 scie à dos, 1 marteau menuisier, 1 pince coupante, 1 tenaille 1/2 fine; 3 ciseaux menuisiers 8, 10 et 15, 1 bédane, 1 tournevis 7 × 150, 1 tournevis 4 × 100. Garantie totale 1 an.

NÉCESSAIRE PLOMBERIE. Coffret métallique de 440 × 210 × 100 mm comprenant : un chalumeau de brasage à pointe fine à allumage automatique (livré sans cartouche), 5 baguettes de brasure tous métaux, 1 pince étau au chrome vanadium de 250 mm, 1 coupe-tube ouverture 0/30 mm, 1 serre-tube 0/25 mm, 1 appareil à rabattre les collets pour tubes de 6, 8, 10, 12, 14 mm. Garantie totale 1 an.

NÉCESSAIRE AUTOMOBILISTE comprenant : clé en croix pliante, raclette à pare-brise, jeu de 9 clés à pipe 4/4, jeu de 6 clés plates 6 × 7 à 16 × 17, jauge épaisseur 8 lames, lampe de poche avec pile, burette à huile, pince universelle isolée, pince multiprise, clé à molette chromée, brosses à bougies, jeu de 4 tournevis, marteau chromé, clé à bougies à rotule, lime contact, jeu de clés magnéto, chasse-goupilles zingué, chamoisine, pompe à graisse, gonfleur à pied, triangle de signalisation, extincteur, cric hydraulique, contrôleur de pression 0/3 bars, pèse-acide, pèse-antigel, phare baladeuse lentille blanche fixe, lentille rouge amovible. Garantie totale 1 an.

COFFRET PREMIER SECOURS comprenant : 1 flacon pour eau oxygénée 10 volumes, 1 flacon pour alcool modifié 70°, 2 pansements adhésifs grand modèle, 4 pansements adhésifs petit modèle, 1 pince à échardes, 1 paire de ciseaux, 1 flacon pour teinture d'iode, 6 compresses hydrophiles, 2 bandes de gaze hydrophile 3 × 0,07 m, 2 bandes de crêpe 1 × 0,05 m, 1 garrot, 1 centimètre souple (1,50 m), 1 lampe de poche métallique chromée avec pile et ampoule, 1 craie indélébile, 5 pochettes tampons alcoolisés, 1 pochette serviettes rafraîchissantes, 1 tube épingles de sûreté, 1 tube vide pour cachets, 5 tampons coton hydrophile, 3 paires de gants plastique à jeter, 1 TUBE DE RÉANIMATION BOUCHE À BOUCHE EN CAOUTCHOUC avec notice d'emploi. Garantie totale 1 an.

CONTAINER DE CAMPING POUR CAMPEURS. 6 personnes « luxe » comprenant 1 seau polyéthylène avec couvercle cuvette, 1 saladier avec couvercle étanche, 6 assiettes plates, 6 assiettes creuses, 1 boîte à vivres hermétique, 1 pichet, 1 salière, 1 poivrière, 1 boîte à œufs, 6 gobelets, 6 tasses, 6 couverts (couteaux, fourchettes et grandes cuillers). Dimensions 42 × 31 × 24 cm. Poids total 4,2 kg. Garantie totale 1 an.

PORTIQUE. 3,5 m. 8 crochets avec agrès. Tube acier, peinture laquée au four, coloris vert. Poutre ⌀ 80 mm, 4 montants intérieurs ⌀ 40 mm, 2 montants extérieurs ⌀ 35 mm. Long. 3,90 m, larg. 2,90 m. Encombrement max 6 m. Crochets boulonnés par verrouillage breveté. Agrès : 2 balançoires, 1 trapèze avec cordage polypropylène ∅ 12 mm, 1 corde lisse en chanvre ∅ 22 mm, 1 échelle avec cordage polypropylène ∅ 10 mm. Accessoires spéciaux sur commande : corde à nœuds, jeu d'anneaux, balancelle simple, balancelle double. Livré avec notice de montage et broches de scellement. Garantie totale 1 an.

GARNITURE DE BUREAU en matière synthétique imitant parfaitement le cuir, grain fin, coloris marron, décoration à l'or fin 23 carats, finition très soignée, comprenant : 1 buvard sous-main 48 × 33, 1 porte-bloc éphéméride, 1 pot à crayons, 1 classeur. Garantie totale 1 an.

CHAPITRE XXI

Dans la chaufferie, 1

Un homme est couché à plat ventre sur le sommet de la chaudière qui alimente tout l'immeuble. C'est un homme d'une quarantaine d'années ; il ne ressemble pas à un ouvrier, mais plutôt à un ingénieur ou à un inspecteur du gaz ; il ne porte pas des vêtements de travail, mais un costume de ville, une cravate à pois, une chemise de tergal bleu ciel. Il s'est protégé la tête en la couvrant d'un mouchoir rouge noué aux quatre coins qui évoque vaguement une calotte de cardinal. Il essuie avec une peau de chamois une petite pièce cylindrique se terminant d'un côté par une tige filetée et de l'autre par un clapet à ressort. A côté de lui, sur une page arrachée à un journal et dont on peut lire quelques titres, placards ou fragments

Le Général Shalako, qui nettoya la poche de Vézelize, vient de mourir à Chicago	« Le molosse est angoissé », de John Whitmer (aux Editions de la Calebasse) a reçu le Grand Prix de Lit-

Qui ont détruit la paix de mon peuple et le gouvernement du pays c'est pourquoi

La Fanfare du 2ᵉ Spahis donnera cet après-midi un concert dans les jardins du

sont posés diverses autres pièces : boulons, vis, rondelles et griffes de serrage, rivets, broches, et quelques outils. Sur le devant de la chaudière est fixée une plaque ronde portant l'inscription RICHARDT & SECHER surmontant un diamant stylisé.

Le chauffage central est d'installation relativement récente. Tant que les Gratiolet demeurèrent majoritaires au sein de la copropriété, ils s'opposèrent farouchement à une dépense qu'ils jugeaient superflue, eux-mêmes se chauffant, comme presque tous les Parisiens à l'époque, avec des cheminées et des poêles à bois ou à charbon. C'est seulement au début des années soixante, lorsque Olivier Gratiolet vendit à Rorschash la quasi-totalité des parts qui lui restaient, que les travaux furent votés et exécutés, en même temps d'ailleurs qu'une complète réfection de la toiture et qu'un coûteux programme de ravalement imposé par la récente loi à laquelle André Malraux devait laisser son nom, le tout, auquel vinrent par surcroît s'ajouter les réaménagements intérieurs complets du duplex des Rorschash et de l'appartement de Madame Moreau, transformant pendant près d'un an l'immeuble en un chantier sale et bruyant.

L'histoire des Gratiolet commence à peu près comme l'histoire du Marquis de Carabas mais se termine beaucoup moins bien : ni ceux qui eurent presque tout, ni ceux qui n'eurent presque rien ne réussirent. Lorsque, en 1917, mourut Juste Gratiolet, qui s'était enrichi dans le commerce et l'industrie du bois — il est en particulier l'inventeur d'une machine à rainer encore en usage dans de nombreuses fabriques de parquets —, les quatre enfants qui lui survivaient se partagèrent sa fortune selon le testament qu'il avait laissé. Cette fortune se composait d'un immeuble — celui dont il est question ici depuis le début —, d'une exploitation agricole dans le Berry consacrée pour un tiers aux cultures céréalières, un tiers à la viande de boucherie et un tiers à la sylviculture, d'un fort paquet d'actions de la Compagnie Minière du Haut-Boubandjida (Cameroun), et de quatre grandes toiles du paysagiste et animalier breton Le Meriadech'

qui était alors extrêmement prisé. En conséquence, l'aîné, Emile, reçut l'immeuble, Gérard la ferme, Ferdinand les actions, et Hélène, la seule fille, les tableaux.

Hélène, qui avait épousé quelques années plus tôt son professeur de danse — un certain Antoine Brodin — tenta aussitôt de contester l'héritage, mais les conclusions des experts lui furent nettement défavorables. On lui représenta d'une part qu'en lui léguant des œuvres d'art, son père avait avant tout songé à lui éviter les soucis et les responsabilités qu'auraient entraînés la gérance d'un immeuble parisien, l'exploitation d'un domaine agricole ou la gestion d'un portefeuille africain, et que, d'autre part, il lui serait difficile sinon impossible de démontrer que le partage avait été injuste, quatre toiles d'un peintre en pleine renommée valant au moins autant qu'un paquet d'actions concernant des mines qui n'étaient même pas encore exploitées et ne le seraient peut-être bien jamais.

Hélène vendit les toiles pour la somme, exorbitante à l'époque si l'on songe au discrédit dans lequel Le Meriadech' tomba quelques années plus tard, et dont il émerge d'ailleurs de nos jours, de 60 000 francs. Avec ce petit capital, elle et son mari s'expatrièrent aux Etats-Unis. Ils y devinrent joueurs professionnels, organisant dans des trains de nuit et des tripots de village des parties de dés clandestines qui s'étalaient parfois sur plus d'une semaine. A l'aube du 11 septembre 1935, Antoine Brodin fut assassiné ; trois voyous, à qui il avait refusé l'entrée de sa salle de jeux deux jours auparavant, l'emmenèrent dans une carrière abandonnée de Jemima Creek, à quarante kilomètres de Pensacola (Floride) et le tuèrent à coups de canne. Hélène revint en France quelques semaines plus tard. Elle obtint de son neveu François qui, à la mort d'Emile, un an plus tôt, avait hérité de l'immeuble, la jouissance d'un petit appartement de deux pièces au sixième étage, à côté du docteur Dinteville. Elle y vécut, assagie, craintive, effacée, jusqu'à sa mort en mille neuf cent quarante-sept.

Emile, pendant les dix-sept ans où il posséda l'immeuble, le géra avec soin et compétence et entreprit même divers travaux de modernisation, et en particulier l'installation, en 1925, d'un ascenseur. Mais le sentiment qu'il avait d'avoir été le seul bénéficiaire de l'héritage et d'avoir, en faisant respecter les volontés de son père, lésé ses frères et sa sœur, l'amena à se sentir responsable d'eux au point de vouloir prendre en charge leurs affaires. Ce scrupule d'aîné fut le commencement de sa perte.

Gérard, le second fils, s'occupait avec plus ou moins de bonheur de son exploitation agricole. Mais Ferdinand, le troisième, connaissait de graves difficultés. La Compagnie Minière du Haut-Boubandjida (Cameroun), dont il était devenu un relativement gros actionnaire, avait été créée une dizaine d'années auparavant dans le but de prospecter et ultérieurement d'exploiter de riches gisements de minerai d'étain qui avaient été décelés par trois géologues hollandais attachés à la Mission Zwindeyn. Plusieurs expéditions préliminaires s'étaient depuis lors succédées mais les conclusions qu'elles avaient rapportées n'étaient, pour la plupart, pas très encourageantes : certaines confirmaient la présence d'importants filons de cassitérite mais s'inquiétaient des conditions d'exploitation et surtout de transport ; d'autres prétendaient que le minerai était trop pauvre pour justifier une extraction dont le prix de revient serait nécessairement trop onéreux ; d'autres encore affirmaient que les échantillons qui avaient été prélevés ne contenaient pas trace d'étain mais renfermaient par contre, en abondance, de la bauxite, du fer, du manganèse, du cuivre, de l'or, des diamants, et des phosphates.

Bien que généralement pessimistes, ces rapports contradictoires n'empêchèrent absolument pas la Compagnie d'être activement traitée en Bourse et de procéder d'année en année à des augmentations de capital. En mille neuf cent vingt, la Compagnie Minière du Haut-Boubandjida (Cameroun) avait rassemblé près de vingt millions de francs souscrits par près de sept mille cinq cents actionnaires et son conseil d'administration comptait trois anciens ministres, huit banquiers et onze gros industriels. Cette année-là, au cours d'une assemblée générale dont les débuts furent houleux mais la fin enthousiaste, il fut unanimement décidé d'en finir avec ces préparatifs inutiles et de procéder à la mise en exploitation immédiate des gisements, quels qu'ils fussent.

Ferdinand était ingénieur des Ponts-et-Chaussées et réussit à se faire nommer contrôleur des travaux. Le 8 mai 1923, il arriva à Garova et entreprit de remonter le cours supérieur du Boubandjida jusqu'aux hauts-plateaux de l'Adamaoua avec cinq cents ouvriers recrutés sur place, onze tonnes et demie de matériels, et vingt-sept personnels d'encadrement d'origine européenne.

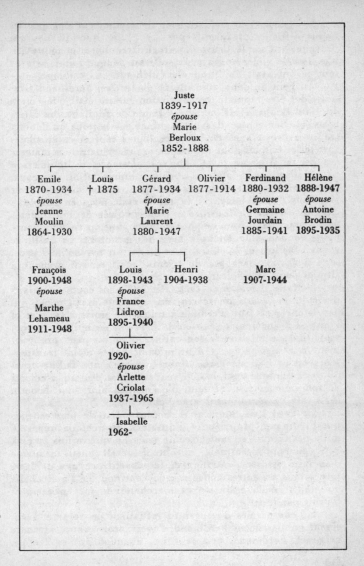

Juste
1839-1917
épouse
Marie
Berloux
1852-1888

Emile
1870-1934
épouse
Jeanne
Moulin
1864-1930

Louis
† 1875

Gérard
1877-1934
épouse
Marie
Laurent
1880-1947

Olivier
1877-1914

Ferdinand
1880-1932
épouse
Germaine
Jourdain
1885-1941

Hélène
1888-1947
épouse
Antoine
Brodin
1895-1935

François
1900-1948
épouse
Marthe
Lehameau
1911-1948

Louis
1898-1943
épouse
France
Lidron
1895-1940

Henri
1904-1938

Marc
1907-1944

Olivier
1920-
épouse
Arlette
Criolat
1937-1965

Isabelle
1962-

Les travaux de fondation et de creusement des galeries furent difficiles et ralentis par les pluies quotidiennes qui provoquaient sur le fleuve des crues irrégulières et imprévisibles dont la violence moyenne suffisait chaque fois à balayer tout ce qui avait été jusqu'alors déblayé ou remblayé.

Au bout de deux ans, atteint de fièvres, Ferdinand Gratiolet dut être rapatrié. Sa conviction intime était que l'étain du Haut-Boubandjida ne serait jamais exploitable de façon rentable. Par contre il avait vu dans les régions qu'il avait traversées abondance de bêtes de toutes espèces et de toutes variétés et cela lui donna l'idée de se lancer dans le commerce des peaux. A peine revenu de convalescence, il liquida son paquet d'actions et fonda une société d'importation de peaux, fourrures, cornes et carapaces exotiques, qui se spécialisa très vite dans l'ameublement : la mode était alors en effet aux descentes de lit en fourrure et aux meubles de rotin gainés de zorrino, d'antilope, de girafe, de léopard ou de zébu ; une petite commode de pitchpin avec des garnitures en buffle se vendait facilement 1 200 francs et un miroir psyché de Tortosi serti dans une carapace de trionix avait trouvé preneur à Drouot pour 38 295 francs !

L'affaire démarra en 1926. Dès 1927, les cours mondiaux des cuirs et peaux amorcèrent une descente vertigineuse qui devait durer six ans. Ferdinand refusa de croire à la crise et s'obstina à augmenter ses stocks. A la fin de mille neuf cent vingt-huit, la totalité de son capital était bloquée, pratiquement non négociable, et il ne pouvait payer ni les transporteurs ni les frais de garde. Pour lui éviter une faillite frauduleuse, Emile le renfloua en vendant deux des appartements de son immeuble, dont celui où s'installa alors Bartlebooth. Mais cela ne servit pas à grand-chose.

En avril 1931, alors qu'il se confirmait de plus en plus que Ferdinand, propriétaire d'un stock de quelque quarante mille peaux qui lui avaient coûté trois ou quatre fois le prix qu'il pourrait désormais en obtenir, était aussi incapable d'en faire assurer l'entretien et la surveillance que de faire face à tous ses autres engagements, l'entrepôt de La Rochelle où étaient emmagasinées ses marchandises fut entièrement détruit par le feu.

Les compagnies d'assurances refusèrent de payer et accusèrent publiquement Ferdinand d'avoir provoqué un incendie criminel. Ferdinand prit la fuite, abandonnant sa femme, son fils (qui venait de réussir brillamment l'agrégation de philosophie) et les ruines encore fumantes de son affaire. Un an plus tard, sa famille devait apprendre qu'il avait trouvé la mort en Argentine.

Mais les compagnies d'assurances continuaient à s'acharner sur sa veuve. Pour lui venir en aide, Emile et Gérard, ses deux beaux-frères, se sacrifièrent ; Emile en vendant dix-sept des trente logements dont il était encore propriétaire, Gérard en liquidant presque la moitié de son exploitation.

Emile et Gérard moururent tous les deux en mille neuf cent trente-quatre ; Emile le premier, en mars, d'une congestion pulmonaire ; Gérard en septembre, d'une attaque au cerveau. Ils ne laissaient à leurs enfants qu'un héritage précaire que les années qui suivirent n'allaient pas cesser d'amenuiser.

FIN DE LA PREMIÈRE PARTIE

DEUXIÈME PARTIE

CHAPITRE XXII

Le hall d'entrée, 1

Le hall d'entrée est un lieu relativement spacieux, presque parfaitement carré. Tout au fond à gauche, une porte mène vers les caves ; au centre, la cage de l'ascenseur ; sur la porte en fer forgé un écriteau

a été accroché ; à droite, le départ de l'escalier. Les murs sont laqués en vert clair, le sol est recouvert d'un tapis de corde d'une texture extrêmement serrée. Sur le mur de gauche, la porte vitrée de la loge de la concierge, garnie de petits rideaux de dentelle.

Debout devant la loge, une femme est en train de lire la liste des habitants de l'immeuble ; elle est vêtue d'un ample manteau de lin brun que ferme une grosse broche pisciforme sertie d'alabandines. Elle porte en bandoulière un grand sac de toile écrue et tient dans sa main droite une photographie bistrée représentant un homme en redingote noire. Il a des favoris épais et un pince-nez ; il se tient debout à côté d'une bibliothèque tournante, en acajou et cuivre, de style Napoléon III, au-dessus de laquelle se trouve un vase en pâte de verre rempli d'arums. Son haut-de-forme, ses gants et sa canne sont posés à côté de lui sur un bureau ministre à incrustations d'écaille.

Cet homme — James Sherwood — fut la victime d'une des plus célèbres escroqueries de tous les temps : deux arnaqueurs de génie lui vendirent, en mille huit cent quatre-vingt-seize, le vase dans lequel D'Arimathie avait recueilli le sang du Christ. La femme — une romancière américaine nommée Ursula Sobieski — a entrepris depuis trois ans de reconstituer cette ténébreuse affaire pour en faire la matière de son prochain livre et le terme de son enquête l'a conduite aujourd'hui à venir dans cet immeuble chercher quelque ultime renseignement.

Né en 1833 à Ulverston (Lancashire), James Sherwood s'exila très jeune et devint pharmacien à Boston. Au début des années soixante-dix il inventa une recette de pâtes pectorales à base de gingembre. La renommée de ces bonbons pour la toux s'établit en moins de cinq ans ; elle fut proclamée par un slogan devenu fameux, « *Sherwoods' put you in the mood* » et illustrée par des vignettes hexagonales représentant un chevalier en armure pourfendant de sa lance le spectre de la grippe personnifié par un vieillard grincheux à plat ventre dans un paysage nappé de brume, vignettes qui furent abondamment distribuées dans l'Amérique tout entière et imprimées sur des buvards d'écoliers, derrière les paquets d'allumettes, sur les capsules d'eaux minérales, sur le dos des boîtes de fromage, et sur des milliers de petits jouets et accessoires scolaires donnés en prime à tout acheteur d'une boîte de *Sherwoods'* à certaines époques déterminées : plumiers, petits cahiers, jeux de cubes, petits puzzles, petits tamis pour pépites (réservés à la clientèle californienne), photos faussement dédicacées des grandes vedettes du music-hall.

La fortune colossale qui accompagna cette prodigieuse

popularité ne suffit malheureusement pas à guérir le pharmacien de la maladie dont il souffrait : une neurasthénie tenace qui le maintenait dans un état quasi chronique de léthargie et de prostration. Au moins lui permit-elle de satisfaire la seule activité qui parvenait à peu près à lui faire oublier son ennui : la recherche des *unica*.

Un *unicum*, dans le jargon des libraires, des chineurs et des marchands de curiosités, est, comme son nom le laisse deviner, un objet dont il n'existe qu'un exemplaire. Cette définition un peu vague recouvre plusieurs classes d'objets ; il peut s'agir d'objets dont il a été fabriqué un seul exemplaire, comme l'octobasse, cette monstrueuse contrebasse exigeant deux instrumentistes, l'un au sommet d'une échelle s'occupant des cordes, l'autre sur un simple escabeau tenant l'archet, ou comme la Legouix-Vavassor Alsatia qui gagna le Grand Prix d'Amsterdam en 1913 et dont la commercialisation fut à jamais compromise par la guerre ; il peut s'agir d'espèces animales dont on connaît un seul individu, comme le tanrec *Dasogale fontoynanti* dont l'unique spécimen, capturé à Madagascar, se trouve au Muséum d'Histoire naturelle de Paris, comme le papillon *Troides allottei* qu'un amateur acheta 1 500 000 francs en 1966, ou comme le *Monachus tropicalis*, ce phoque à dos blanc dont on ne connaît l'existence que par une photographie prise au Yucatan en 1962 ; il peut s'agir d'objets dont il ne reste plus qu'un exemplaire, comme c'est le cas pour plusieurs timbres, livres, gravures et enregistrements phonographiques ; il peut s'agir enfin d'objets rendus uniques par telle ou telle particularité de leur histoire : le stylo avec lequel fut paraphé et signé le Traité de Versailles, le panier de son dans lequel roula la tête de Louis XVI ou celle de Danton, le reste de la craie dont Einstein se servit lors de sa mémorable conférence en 1905 ; le premier milligramme de radium pur isolé par les Curie en 1898, la Dépêche d'Ems, les gants avec lesquels Dempsey défit Carpentier le 21 juillet 1921, le premier slip de Tarzan, les gants de Rita Hayworth dans *Gilda*, sont des exemples classiques de cette dernière catégorie, la plus répandue, mais aussi la plus ambiguë, si l'on songe que n'importe quel objet peut toujours se définir d'une manière unique, et qu'il existe au Japon une manufacture fabriquant en série des chapeaux de Napoléon.

La méfiance et la passion sont les deux caractères des

amateurs d'*unica*. La méfiance les conduira à accumuler jusqu'à l'excès les preuves de l'authenticité et — surtout — de l'unicité de l'objet qu'ils recherchent ; la passion les conduira à une crédulité parfois sans bornes. C'est en ayant constamment à l'esprit ces deux éléments que les arnaqueurs parvinrent à dépouiller Sherwood du tiers de sa fortune.

Un jour d'avril 1896, un ouvrier italien nommé Longhi qu'il avait fait engager quinze jours auparavant pour repeindre les grilles de son parc, s'approcha du pharmacien au moment où il faisait faire à ses trois lévriers leur promenade quotidienne et lui expliqua, dans un anglais plutôt approximatif, qu'il avait, trois mois auparavant, loué une chambre à un compatriote, un certain Guido Mandetta qui se disait étudiant en histoire ; ce Guido était parti à l'improviste, évidemment sans le payer, laissant seulement une vieille malle pleine de livres et de papiers. Longhi aurait bien aimer rentrer un peu dans ses frais en vendant les livres, mais il avait peur de se faire rouler et il demandait à Sherwood de l'aider. Sherwood, qui n'attendait rien d'intéressant de manuels d'histoire et de notes de cours, s'apprêtait à refuser ou à envoyer un de ses domestiques lorsque Longhi précisa qu'il y avait surtout des vieux livres en latin. Sa curiosité fut mise en éveil et elle ne fut pas déçue. Longhi l'emmena chez lui, une grande bâtisse en bois, pleine de mammas et de marmaille et le fit entrer dans la petite pièce mansardée que Mandetta avait occupée ; à peine eût-il ouvert la malle que Sherwood tressaillit de joie et de surprise : au milieu d'un amoncellement de cahiers, de feuilles volantes, de carnets, de coupures de presse et de livres défraîchis, il découvrit un vieux Quarli, un de ces prestigieux livres à reliure de bois et aux tranches peintes que les Quarli imprimèrent à Venise entre 1530 et 1570 et qui sont, pour la plupart, devenus introuvables.

Sherwood examina le livre avec soin : il était en très mauvais état, mais son authenticité ne faisait aucun doute. Le pharmacien n'hésita pas : sortant deux billets de cent dollars de son portefeuille, il les tendit à Longhi et, coupant court aux remerciements confus de l'Italien, fit porter la malle chez lui et se mit à explorer systématiquement ce qu'elle contenait, se sentant envahi, au fur et à mesure que les heures tournaient et que ses découvertes se précisaient, par une excitation de plus en plus intense.

Le Quarli lui-même n'avait pas seulement une valeur bibliophilique. C'était la célèbre *Vita brevis Helenae*, d'Arnaud de Chemillé dans laquelle l'auteur après avoir retracé les principaux épisodes de la vie de la mère de Constantin le Grand, fait revivre la construction de l'église du Saint-Sépulcre et les circonstances de la découverte de la Vraie Croix. Encartés dans une sorte de poche cousue sur la garde de vélin, se trouvaient cinq feuillets manuscrits, considérablement postérieurs au livre lui-même mais néanmoins fort anciens, sans doute de la fin du dix-huitième siècle : c'était une compilation fastidieuse et minutieuse, énumérant sur d'interminables colonnes d'une écriture serrée et devenue presque indéchiffrable l'emplacement et le détail des Reliques de la Passion : les fragments de la Sainte Croix à Saint-Pierre de Rome, à Sainte-Sophie, à Worms, à Clairvaux, à la Chapelle-Lauzin, à l'Hospice des Incurables de Baugé, à Saint-Thomas de Birmingham, etc. ; les Clous à l'abbaye de Saint-Denis, à la cathédrale de Naples, à San Felice de Syracuse, aux Apostoli de Venise, à Saint-Sernin de Toulouse ; la Lance avec laquelle Longin perça le Flanc du Seigneur à Saint-Paul-hors-les-Murs, à Saint-Jean-de-Latran, à Nuremberg et à la Sainte-Chapelle de Paris ; le Calice à Jérusalem ; les Trois Dés dont les soldats se servirent pour jouer la Tunique du Christ à la cathédrale de Sofia ; l'Eponge Imbibée de Vinaigre et de Fiel à Saint-Jean-de-Latran, à Sainte-Marie-du-Transtévère, à Sainte-Marie-Majeure, à Saint-Marc, à Saint-Sylvestre-in-Capite et à la Sainte-Chapelle de Paris ; les Epines de la Couronne à Saint-Taurin d'Evreux, Chateaumeillant, Orléans, Beaugency, Notre-Dame de Reims, Abbeville, Saint-Benoît-sur-Loire, Vézelay, Palerme, Colmar, Montauban, Vienne et Padoue ; le Vase à Saint-Laurent de Gênes, le Voile de Véronique (la *vera icon*) à San Silvestro de Rome ; le Saint Suaire à Rome, Jérusalem, Turin, Cadouin en Périgord, Carcassonne, Mayence, Parme, Prague, Bayonne, York, Paris, etc.

Le reste des pièces n'était pas moins intéressant. Guido Mandetta avait rassemblé toute une documentation historique et scientifique sur les Reliques du Golgotha et plus spécialement sur la plus prestigieuse de toutes, ce vase dont l'Arimathien se serait servi pour recueillir le Sang suintant des Plaies de Jésus : une série d'articles d'un professeur d'histoire ancienne à l'Université Columbia de New York, J.P. Shaw, examinait les légendes courant sur le Saint Vase et s'efforçait de déceler les éléments réels sur lesquels on pouvait rationnellement les fonder. Les analyses du Professeur Shaw n'étaient pas encourageantes : les traditions qui affirmaient que D'Arimathie lui-même avait emporté le Vase en Angleterre, y fondant, pour l'abriter, le monastère de Glastonbury, ne reposaient, démontrait-il, que sur une contamination chrétienne (tardive ?) de la légende du Graal ; le *Sacro Catino* de la cathédrale de Gênes était une coupe d'émeraude, soi-disant découverte par les Croisés à Césarée en 1102, dont on pouvait se demander comment Joseph d'Arimathie se la serait procurée ; le Vase d'or à deux anses conservé dans l'église du Saint-Sépulcre à Jérusalem et dont Bède le Vénérable disait, sans l'avoir vu, que le Sang du Seigneur y avait été contenu, n'était évidemment qu'un simple calice, la confusion étant née de l'erreur d'un copiste qui avait lu « contenu » au lieu de « consacré ». Quant à la quatrième légende, qui racontait que les Burgondes de Gondéric, lorsque Aétius les avait fait s'allier aux Saxons, aux Alains, aux Francs et aux Wisigoths pour arrêter Attila et ses Huns, étaient arrivés sur les Champs Catalauniques précédés — comme cela se pratiquait couramment à l'époque — de leurs reliques propitiatoires, en l'occurrence le Saint Vase que les missionnaires ariens qui les avaient convertis leur avaient laissé et que, quelque trente ans plus tard, Clovis allait leur dérober à Soissons, le Professeur Shaw la rejetait comme la plus improbable de toutes, car jamais des Arianistes, refusant la Transsubstantialité de Jésus, n'auraient songé adorer ou faire adorer ses reliques.

Pourtant, concluait le Professeur Shaw, au milieu de cet intense courant d'échanges qui, du début du IV⁰ siècle à la fin du XVIII⁰, s'institua entre l'Occident chrétien et Constantinople, et dont les Croisades ne sont qu'un minuscule épisode, il n'était pas inconcevable que le Vrai Vase eût pu être conservé dans la mesure où il fut, dès le lendemain de la mise au tombeau, l'objet des plus grandes vénérations.

Quand il eut fini d'étudier dans tous les sens les documents réunis par Mandetta — dont la plupart, d'ailleurs, restaient pour lui indéchiffrables —, Sherwood était persuadé que l'Italien avait retrouvé la trace du Saint Vase. Il lança une armée de détectives à ses trousses, ce qui ne donna aucun résultat, Longhi n'ayant même pas pu lui fournir un signalement correct. Il décida alors de demander conseil au Professeur Shaw. Il trouva son adresse dans une toute récente édition du *Who's Who in America* et lui écrivit. La réponse arriva un mois plus tard : le Professeur Shaw rentrait de voyage ; entièrement pris par les examens de fin d'année, il ne pouvait se déplacer à Boston, mais il recevrait volontiers Sherwood chez lui.

L'entrevue eut donc lieu au domicile new-yorkais de J.P. Shaw, le 15 juin 1896. A peine Sherwood eut-il mentionné la découverte du Quarli que Shaw l'interrompit :

— Il s'agit, n'est-ce pas, de la *Vita brevis Helenae* ?

— Précisément, mais...

— Il y a, sur la garde de dos, une pochette contenant la liste de toutes les reliques du Golgotha ?

— Effectivement, mais...

— Eh bien, cher Monsieur, je suis bien aise de vous rencontrer enfin ! C'est mon propre exemplaire que vous avez retrouvé ! A ma connaissance il n'y en a d'ailleurs pas d'autre. On me l'a volé il y a deux ans.

Le professeur se leva, alla farfouiller dans un cartonnier et revint en tenant quelques feuillets froissés.

— Tenez, voici l'avis que j'ai fait publier dans les journaux spécialisés et que j'ai envoyé à toutes les bibliothèques du pays :

IL A ETE VOLE, le 6 avril 1893, au domicile de Monsieur le Professeur J.P. SHAW, à New York, N.Y., Etats-Unis d'Amérique, un exemplaire rarissime de la VITA BREVIS HELENAE *d'Arnaud de Chemillé. Quarli, Venise, 1549, 171 ff.ch., 11 ff. n.ch. Ais de bois fortement endommagés. Gardes de vélin. Tranches peintes. Deux fermoirs sur trois sont intacts. Nombreuses annotations ms dans les marges.* ENCART DE 5 FEUILLETS MANUSCRITS DE J.-B. ROUSSEAU.

Sherwood dut rendre à Shaw ce livre qu'il avait cru acquérir à si bon compte. Il refusa les deux cents dollars de récompense que Shaw lui proposait. En revanche il demanda à l'historien de l'aider à exploiter l'abondante documentation de l'Italien. Ce fut au tour du Professeur de refuser : son travail à l'Université l'absorbait totalement et surtout il ne croyait pas qu'il apprendrait quelque chose dans les papiers de Mandetta : cela faisait vingt ans qu'il étudiait l'histoire des reliques et il ne pensait pas qu'il fût possible qu'un document d'une quelconque importance ait pu lui échapper.

Sherwood insista et finit par proposer au Professeur une somme si fabuleuse qu'il obtint son accord. Un mois plus tard, la saison des examens s'étant achevée, Shaw vint s'installer à Boston et commença à dépouiller les innombrables liasses de notes, d'articles et de coupures de presse que Mandetta avait laissées.

La recension des Reliques du Golgotha fut faite en 1718 par le poète Jean-Baptiste Rousseau qui, banni de France à la suite de la sombre affaire des couplets du Café Laurent, était alors secrétaire du prince Eugène de Savoie. Ce prince, qui se battait pour l'Autriche, avait l'année précédente repris Belgrade aux Turcs. Cette victoire succédant à plusieurs autres mit provisoirement fin au long conflit qui opposait Venise et les Habsbourg à la Porte et la paix fut signée le 21 juillet 1718 à Passarowitz, l'Angleterre et la Hollande faisant office de médiateurs. C'est à l'occasion de ce traité que le sultan Ahmed III, croyant se concilier les bonnes grâces du prince Eugène, lui fit parvenir tout un lot de reliques majeures provenant d'une cachette pratiquée dans une des murailles de Sainte-Sophie. Le détail de cet envoi nous est connu par une lettre de Maurice de Saxe — qui s'était mis sous les ordres du prince pour apprendre le métier des armes qu'il connaissait pourtant déjà mieux que quiconque — à sa femme la comtesse de Loben : « ... *Un fer de la Sainte Lance, la Couronne d'épines, les courroies et les verges de la Flagellation, le Manteau et le Roseau dérisoires de la Passion, les Saints Clous, le Très Saint Vase, le Sindon et le Très Saint Voile.* »

Nul ne savait ce que ces reliques étaient devenues. Aucun trésor d'église d'Autriche-Hongrie ou d'ailleurs ne s'en glorifia jamais. Le culte des reliques, après avoir été florissant pendant tout le Moyen Age et la Renaissance commençait alors à sérieusement se ternir et il était vraisemblable de penser que c'était avec une intention de dérision que le prince Eugène avait demandé à Jean-Baptiste Rousseau de recenser toutes celles qui étaient alors vénérées.

Pourtant, près de cinquante ans plus tard, le Très Saint Vase faisait une nouvelle apparition : dans une lettre en italien datée de 1765, le publiciste Beccaria racontait à son protecteur Charles-Joseph de Firmian qu'il avait visité le célèbre cabinet d'antiquités que le philologue Pitiscus avait légué à sa mort, en 1727, au Collège Saint-Jérôme d'Utrecht dont il avait été recteur, et mentionnait en particulier « *certain vase en terre sigillée dont il nous fut dit qu'il était celui du Calvaire* ».

Le Professeur Shaw connaissait évidemment l'inventaire de Jean-Baptiste Rousseau, dont l'original était encarté dans son Quarli, et la lettre de Maurice de Saxe. Mais il ignorait la lettre de Beccaria : elle le fit bondir de joie, car l'observation « *vase en terre sigillée* » venait enfin étayer l'hypothèse qui avait été de tout temps la sienne, mais qu'il n'avait jamais osé écrire : le Vase dans lequel, le soir de la Passion, Joseph d'Arimathie avait recueilli le Sang du Christ, n'avait aucune raison d'être en or, en airain ou en bronze, et encore moins d'avoir été taillé dans une unique émeraude, mais était, bien évidemment, en terre : une simple poterie que Joseph avait achetée au marché avant d'aller nettoyer les Plaies de son Sauveur. Shaw, dans son enthousiasme, voulut sur-le-champ publier, en la commentant, la lettre de Beccaria et Sherwood eut toutes les peines du monde à l'en dissuader, lui promettant qu'il aurait la matière d'un article plus sensationnel encore le jour où ils auraient retrouvé le Vase !

Mais il fallait auparavant découvrir l'origine du vase d'Utrecht. La plupart des pièces du cabinet de Pitiscus provenaient de la gigantesque collection de Christine de Suède, dont le philologue avait longtemps été pensionnaire, mais les deux catalogues qui la décrivaient, le *Nummophylacium reginae Christinae* d'Havercamp et le *Musoeum Odescalcum*, ne mentionnaient aucun vase. Heureusement d'ailleurs, car les collections de la Reine Christine avaient été constituées bien avant l'envoi par Ahmed III des Saintes Reliques au Prince Eugène. Il devait donc s'agir d'une acquisition ultérieure. Dans la mesure où le Prince Eugène n'avait pas distribué les Reliques aux églises et ne les avait pas gardées pour lui — le détail de ses propres collections, précisément connu, n'en faisant pas apparaître — il n'était pas déraisonnable de penser qu'il en avait fait don à son entourage, ou, tout au moins, à ceux de son entourage, déjà nombreux à l'époque, chez qui le goût de l'archéologie était vif, et ce au moment même où il les avait reçues, c'est-à-dire pendant les négociations de la Paix de Passarowitz. Shaw vérifia ce point crucial en découvrant que le secrétaire de la Délégation hollandaise n'était autre que le littérateur Juste Van Effen, non seulement élève, mais filleul de Pitiscus, et il devenait dès lors évident que c'était lui qui avait demandé, et obtenu, ce vase pour son parrain, non pas parce que c'était un objet de piété — les Hollandais étant Réformés et par conséquent foncièrement hostiles au culte des reliques —, mais comme objet de musée.

Un intense échange de correspondance s'instaura entre Shaw et plusieurs professeurs, conservateurs et archivistes hollandais. La plupart ne purent fournir de renseignements satisfaisants. Un seul, un certain Jakob Van Deeckt, bibliothécaire aux Archives départementales de Rotterdam, put les éclairer sur l'histoire de la Collection Pitiscus.

En 1795, lors de la constitution de la République batave, le Collège Saint-Jérôme avait été fermé et transformé en caserne. La plupart des livres et des collections avaient été alors transportées « en lieu sûr ». En 1814, l'ancien Collège devint le siège de la nouvelle Académie militaire du Royaume des Pays-Bas. Ses collections, réunies à celles de plusieurs autres établissements publics et privés, dont la vieille Société Artistique et Scientifique d'Utrecht, constituèrent le premier fonds du Museum van Oudheden (Musée des Antiquités). Mais le catalogue de ce musée, s'il mentionnait plusieurs vases en terre sigillée d'époque romaine, spécifiait qu'il s'agissait de vestiges trouvés à Vechten, aux environs d'Utrecht, où s'était établi un camp romain.

Cette attribution, toutefois, était sujette à controverses et plusieurs savants estimaient qu'il avait pu y avoir confusion au moment du premier inventaire. Le Professeur Berzelius de l'Université de Lund avait étudié ces poteries et montré que l'examen des sceaux, empreintes et inscriptions permettait de conclure que l'une d'entre elles, la pièce répertoriée BC 1182, était indubitablement très antérieure aux autres et qu'il était douteux qu'elle eût été trouvée lors des fouilles de Vechten, ce campement étant, comme chacun le savait, d'implantation tardive. Ces conclusions étaient résumées dans un article, en allemand, des *Antigvarisk Tidsskrift* de Copenhague, 1855, tome 22, dont Jakob van Deeckt avait joint un tiré à part à sa lettre et dans lequel étaient reproduits plusieurs dessins, abondamment commentés, du vase en question. Or, ajoutait pour finir Jakob van Deeckt, quatre ou cinq ans auparavant, ce même vase BC 1182 avait été volé. Le bibliothécaire ne se souvenait plus très exactement des circonstances du vol, mais les responsables du Museum van Oudheden les renseigneraient certainement avec précision.

Laissant Sherwood haletant, Shaw écrivit au Conservateur du Musée. La réponse arriva sous forme d'une longue lettre accompagnée de coupures du *Nieuwe Courant*. Le vol avait eu lieu dans la nuit du 4 août 1891. Le musée, qui se trouve dans le Hoogeland Park avait été considérablement réaménagé l'année précédente et toutes les salles n'étaient pas encore rouvertes aux visiteurs. Un étudiant de l'Académie des Beaux-Arts, nommé Theo Van Schallaert, avait obtenu l'autorisation de faire quelques copies d'antiques et travaillait dans une de ces salles qui, n'étant pas visitées, n'étaient pas gardées. Le soir du 3 août, il avait réussi à se laisser enfermer dans le Musée, dont il était sorti avec le précieux Vase, en fracturant simplement une fenêtre et en se laissant descendre le long d'une gouttière. Les perquisitions faites dès le lendemain matin à son domicile attestèrent que le coup était prémédité, mais toutes les recherches entreprises pour le retrouver demeurèrent vaines. L'affaire n'était pas encore couverte par la prescription et le Conservateur finissait sa lettre en demandant à son tour tout renseignement susceptible de favoriser l'arrestation du voleur et la restitution du vase antique.

Il ne faisait aucun doute pour Sherwood que ce vase était le Très Saint Vase et que l'étudiant d'histoire Guido Mandetta et l'étudiant des Beaux-Arts Theo Van Schallaert ne faisaient qu'une seule et même personne. Mais comment le retrouver ? Il y avait maintenant plus de six mois que Mandetta avait disparu et les détectives engagés par Sherwood continuaient en vain à le chercher des deux côtés de l'Atlantique.

C'est alors que, coïncidence sublime, Longhi, l'ouvrier italien dont Mandetta-Van Schallaert avait été le frauduleux locataire, revint voir Sherwood. Il avait été travailler à New Bedford et, trois jours auparavant, il avait aperçu l'étudiant alors qu'il sortait de l'hôtel *L'Espadon*. Il avait traversé le trottoir pour aller lui parler, mais l'autre était monté dans une calèche qui était partie au galop.

Le lendemain même, Sherwood et Shaw étaient à *L'Espadon*. Une rapide enquête leur permit d'identifier Mandetta qui était descendu dans cet hôtel sous le nom de Jim Brown. Il n'avait pas quitté l'hôtel et il était même présentement dans sa chambre. Le Professeur Shaw se présenta à lui, et Jim Brown-Mandetta-Van Schallaert ne fit aucune difficulté pour le recevoir avec Sherwood et leur donner quelques explications.

Alors qu'il étudiait le droit à Utrecht, il avait découvert chez un bouquiniste un volume dépareillé de la Correspondance de Beccaria dont il connaissait évidemment le célèbre traité *Des Délits et des Peines* qui avait révolutionné le droit pénal. Il avait acheté l'ouvrage et, rentré chez lui, s'était mis à le parcourir en bâillant quelque peu, sa connaissance de l'italien étant, par surcroît, plutôt sommaire, jusqu'à ce qu'il tombe sur la lettre racontant la visite de la Collection Pitiscus. Or son arrière-grand-père avait été élevé au Collège Saint-Jérôme. Intrigué par ces coïncidences successives Schallaert décida de retrouver la trace du Vase du Calvaire et, l'ayant retrouvée, décida de le voler. Le coup réussit et à l'heure où les gardiens du musée découvraient le vol, il était déjà à bord d'un navire régulier reliant Amsterdam à New York.

Il comptait, bien sûr, vendre le vase, mais le premier antiquaire auquel il le proposa lui rit au nez, demandant de meilleures preuves d'authenticité qu'une vague lettre de juriste accompagnée de chipotis de catalogues. Or si le vase était bien celui que Berzelius avait décrit, et très certainement celui que Beccaria avait vu, sa provenance antérieure restait problématique. Schallaert, dans ses recherches, avait entendu parler du Professeur Shaw — vous êtes, lui dit-il, une sommité aussi bien dans le Vieux Monde que dans le Nouveau, — ce qui fit rougir le Professeur — et après avoir consciencieusement étudié en bibliothèque tous les éléments de la question et s'être discrètement mêlé aux cours et séminaires du Professeur, il s'introduisit chez lui à l'occasion d'une réception qu'il donnait pour fêter sa nomination au rang de Directeur du Département d'Histoire ancienne, et lui déroba le Quarli. Ainsi, bien que partant d'une autre source que Shaw et Sherwood, parvint-il à reconstituer l'histoire du Vase. Il entreprit alors, preuves à l'appui, un tour des États-Unis, en commençant par le Sud où, lui avait-on dit, il trouverait de riches clients. Effectivement, à la Nouvelle-Orléans, un libraire le présenta à un richissime cotonnier qui lui offrit 250 000 dollars, et il était revenu à New Bedford pour chercher le Vase.

— Je vous en offre le double, dit simplement Sherwood.

— C'est impossible, je me suis engagé.

— Pour deux cent cinquante mille dollars de plus vous pouvez vous dédire.

— Il n'en est pas question !

— Je vous en offre un million !

Schallaert sembla hésiter.

— Qui me dit que vous possédez un million de dollars ? Vous ne les avez pas sur vous !

— Non, mais je peux rassembler cette somme pour demain soir.

— Qui me prouve que vous ne me ferez pas arrêter d'ici là ?

— Et qui me prouve à moi que vous me remettrez bien ce vase ?

Shaw les interrompit et leur proposa l'arrangement suivant. Une fois démontrée l'authenticité du Vase, Sherwood et Schallaert le déposeraient ensemble dans le coffre-fort d'une banque. Ils s'y retrouveraient le lendemain, Sherwood remettrait un million de dollars à Schallaert et l'on procéderait à l'ouverture du coffre.

Schallaert trouva l'idée ingénieuse, mais refusa la banque, exigeant un lieu neutre et sûr. Shaw, encore une fois, leur, vint en aide : il connaissait intimement Michaël Stefensson, le Doyen de l'Université de Harvard et savait qu'il avait chez lui, dans son bureau, un coffre-fort. Pourquoi ne pas lui demander de prendre en main cette délicate opération d'échange ? On lui demanderait d'être discret et d'ailleurs il n'était même pas nécessaire qu'il sache ce qu'il y aurait dans les sacs que l'on échangerait. Sherwood et Schallaert acceptèrent. Shaw appela Stefensson au téléphone et finit par obtenir son accord.

— Ne faites rien que vous pourriez regretter ! dit alors soudain Schallaert. Il sortit un petit pistolet de sa poche, recula jusqu'au fond de la pièce et ajouta : le vase est sous le lit. Regardez-le, mais faites attention.

Shaw retira de dessous le lit une petite valise et l'ouvrit.

A l'intérieur, protégé par un épais capitonnage, se trouvait le Très Saint Vase. Il ressemblait très exactement aux dessins qu'avait fait Berzelius du vase BC 1182 et l'inscription était bien tracée à l'encre rouge au-dessous du socle.

Le soir même ils arrivèrent à Harvard où Stefensson les attendait. Les quatre hommes se rendirent dans le bureau du Doyen qui ouvrit son coffre et y déposa la valise.

Le lendemain soir, les quatre hommes se retrouvèrent. Stefensson ouvrit son coffre-fort, en sortit la valise et la remit à Sherwood. Celui-ci tendit à Schallaert un sac de voyage. Schallaert en examina rapidement le contenu — deux cent cinquante liasses de deux cents billets de vingt dollars — puis salua les trois hommes d'un bref signe de tête et sortit.

— Je crois, Messieurs, dit Shaw, que nous avons bien mérité une coupe de champagne.

Il se faisait tard et c'est avec gratitude qu'après quelques verres, Shaw et Sherwood acceptèrent l'hospitalité que leur offrit le Doyen. Mais lorsque Sherwood se réveilla, le lendemain matin, il trouva la maison absolument déserte. La valise était posée sur une table basse au chevet de son lit et le Vase était bien dans la valise. Le reste de la demeure, qu'il avait vue la veille peuplée de domestiques, abondamment éclairée, riche d'objets d'arts de toutes sortes, se révéla une suite de salles de danse et de salons vides, et le bureau du Doyen une petite pièce peu meublée, sans doute un vestiaire, totalement dépourvu de livres, de coffre-fort et de tableaux. Sherwood apprit, un peu plus tard, qu'il avait été reçu dans une de ces résidences que les nombreuses associations d'alumni — les Phi Beta Rho, les Tau Kappa Pi, etc. — louent pour leurs réceptions annuelles, et qu'elle avait été retenue deux jours auparavant par un certain Arthur King, au nom d'une soi-disant *Galahad Society* dont il fut évidemment impossible de trouver trace quelque part.

Il appela Michael Stefensson et finit par avoir au bout du fil une voix qu'il n'avait jamais entendue, et surtout pas la veille. Le Doyen Stefensson, il est vrai, connaissait de réputation le Professeur Shaw, et il s'étonna même qu'il fût déjà revenu de l'expédition qu'il dirigeait en Egypte.

Les mammas et la marmaille de la maison de Longhi, de même que les serviteurs de la demeure de Stefensson, étaient des figurants payés à l'heure. Longhi et Stefensson étaient des comparses ayant à jouer un rôle précis, mais ne connaissant que vaguement les dessous de l'affaire que Schallaert et Shaw, dont on continue d'ignorer les véritables identités, avaient entièrement manigancée. Schallaert, faussaire de talent, avait fabriqué la lettre de Beccaria, l'article de Berzelius, et les fausses coupures du *Nieuwe Courant*. De Rotterdam et d'Utrecht il avait envoyé les fausses lettres de Jakob van Deeckt et du Conservateur du Museum van Oudheden, avant de revenir à New Bedford pour la scène finale et le dénouement de l'affaire. Les autres pièces, c'est-à-dire les articles de Shaw, la *Vita brevis Helenae*, la recension de Jean-Baptiste Rousseau et la lettre de Maurice de Saxe, étaient authentiques à moins que les deux dernières n'aient été forgées pour des escroqueries bien antérieures ; le faux Shaw avait trouvé ces documents — et cela avait même été à l'origine de toute l'affaire — dans la bibliothèque du Professeur dont il était le plus régulièrement du monde locataire depuis le départ de l'autre pour la Terre des Pharaons. Quant au vase, c'était une espèce de gargoulette achetée dans un souk de Nabeul (Tunisie) et légèrement maquillée.

James Sherwood est le grand-oncle de Bartlebooth, le frère de son grand-père maternel ou, si l'on préfère, l'oncle de sa mère. Lorsqu'il mourut, quatre ans après cette affaire, en mille neuf cent — l'année même de la naissance de Bartlebooth —, le reste de sa gigantesque fortune revint à sa seule héritière, sa nièce Priscilla, qui avait épousé un homme d'affaires londonien, Jonathan Bartlebooth, un an et demi auparavant. Les propriétés, les lévriers, les chevaux, les collections, furent dispersés à Boston même et le « vase romain accompagné de descriptions par Berzelius » monta tout de même à deux mille dollars ; mais Priscilla fit venir en Angleterre quelques meubles, dont un cabinet de travail en acajou du plus pur style colonial anglais, comprenant un bureau, un cartonnier, un fauteuil de repos, un fauteuil tournant et basculant, trois chaises, et cette bibliothèque tournante à côté de laquelle Sherwood fut photographié.

Cette bibliothèque, ainsi que les autres meubles et quelques objets de même provenance, dont un de ces *unica* si passionnément recherchés par le pharmacien — le premier phonographe à cylindre construit par John Kruesi d'après les plans d'Edison — se trouvent aujourd'hui chez Bartlebooth. Ursula Sobieski espère pouvoir les examiner et y découvrir le document qui lui permettrait de mettre un terme à sa longue enquête.

En reconstituant l'affaire, en étudiant les relations qu'en firent certains des protagonistes (les « vrais » professeurs Shaw et Stefensson, le secrétaire particulier de Sherwood dont la romancière put examiner le journal intime), Ursula Sobieski fut plusieurs fois amenée à se demander si Sherwood n'avait pas, dès le début, deviné qu'il s'agissait d'une mystification : il n'aurait pas payé pour le vase, mais pour la mise en scène, se laissant appâter, répondant au programme préparé par le soi-disant Shaw avec un mélange adéquat de crédulité, de doute et d'enthousiasme, et trouvant à ce jeu un dérivatif à sa mélancolie plus efficace encore que s'il s'était agi d'un vrai trésor. Cette hypothèse est séduisante et correspondrait assez au caractère de Sherwood, mais Ursula Sobieski n'est pas encore parvenue à l'étayer solidement. Seul semble lui donner raison le fait que James Sherwood ne souffrit apparemment pas du tout d'avoir déboursé un million de dollars, chose qui s'explique peut-être par un fait divers postérieur de deux ans à la conclusion de l'affaire : l'arrestation, en Argentine, en 1898, d'un réseau de faux-monnayeurs tentant d'écouler massivement des coupures de vingt dollars.

CHAPITRE XXIII

Moreau, 2

Madame Moreau détestait Paris.

En Quarante, après la mort de son mari, elle avait pris la direction de la fabrique. C'était une toute petite affaire familiale dont son mari avait hérité après la guerre de Quatorze et qu'il avait gérée avec une nonchalance prospère, entouré de trois menuisiers débonnaires, pendant qu'elle tenait les écritures sur des grands registres quadrillés reliés de toile noire dont elle numérotait les pages à l'encre violette. Le reste du temps, elle menait une vie presque paysanne, s'occupait de la basse-cour et du potager, préparait des confitures et des pâtés.

Elle aurait mieux fait de tout liquider et de retourner dans la ferme où elle était née. Des poules, des lapins, quelques plants de tomates, quelques carrés de salades et de choux, qu'avait-elle besoin de plus ? Elle serait restée assise au coin de la cheminée, entourée de ses chats placides, écoutant le tic-tac de l'horloge, le bruit de la pluie sur les gouttières de zinc, le lointain passage du car de sept heures ; elle aurait continué à bassiner son lit avant de se coucher dedans, à prendre le soleil sur son banc de pierre, à découper dans *La Nouvelle République* des recettes qu'elle aurait insérées dans son grand livre de cuisine.

Au lieu de cela, elle avait développé, transformé, métamorphosé la petite entreprise. Elle ne savait pas pourquoi elle avait agi ainsi. Elle s'était dit que c'était par fidélité à la mémoire de son mari, mais son mari n'aurait pas reconnu ce qu'était devenu son atelier plein d'odeurs de copeaux : deux mille personnes, fraiseurs, tourneurs, ajusteurs, mécaniciens, monteurs, câbleurs, vérificateurs, dessinateurs, ébaucheurs, maquettistes, peintres, magasiniers, conditionneurs, emballeurs, chauffeurs, livreurs, contremaîtres, ingénieurs, secrétaires, publicistes, démarcheurs, V.R.P., fabriquant et distribuant chaque année plus de quarante millions d'outils de toutes sortes et de tous calibres.

Elle était tenace et dure. Levée à cinq heures, couchée à onze, elle expédiait toutes ses affaires avec une ponctualité, une précision et une détermination exemplaires. Autoritaire, paternaliste, n'ayant confiance en personne, sûre de ses intuitions comme de ses raisonnements, elle avait éliminé tous ses concurrents, s'installant sur le marché avec une aisance qui dépassait tous les pronostics, comme si elle avait été en même temps maîtresse de l'offre et de la demande, comme si elle avait su, au fur et à mesure qu'elle lançait de nouveaux produits sur le marché, trouver d'instinct les débouchés qui s'imposaient.

Jusqu'à ces dernières années, jusqu'à ce que l'âge et la maladie lui interdisent pratiquement de quitter son lit, elle avait inlassablement partagé sa vie entre ses usines de Pantin et de Romainville, ses bureaux de l'avenue de la Grande Armée et cet appartement de prestige qui lui ressemblait si peu. Elle inspectait les ateliers au pas de course, terrorisait les comptables et les dactylos, insultait les fournisseurs qui ne respectaient pas les délais, et présidait avec une énergie inflexible des conseils d'administration où tout le monde baissait la tête dès qu'elle ouvrait la bouche.

Elle détestait cela. Dès qu'elle parvenait à s'arracher, ne fut-ce que quelques heures, à ses activités, elle allait à Saint-Mouezy. Mais l'ancienne ferme de ses parents était à l'abandon. Des herbes folles envahissaient le verger et le potager ; les arbres fruitiers ne donnaient plus rien. L'humidité intérieure rongeait les murs, décollait les papiers peints, gonflait les huisseries.

Avec Madame Trévins, elles allumaient un feu dans la cheminée, ouvraient les fenêtres, aéraient les matelas. Elle, qui avait à Pantin quatre jardiniers pour entretenir les pelouses, les massifs, les plates-bandes et les haies qui entouraient l'usine, n'arrivait même plus à trouver sur place un homme qui se serait un peu occupé du jardin. Saint-Mouezy, qui avait été un gros bourg, un marché, n'était plus qu'une juxtaposition de résidences restaurées, désertes la semaine, bondées les samedis-dimanches de citadins qui, équipés de perceuses Moreau, de scies circulaires Moreau, d'établis démontables Moreau, d'échelles tous usages Moreau, faisaient apparaître les poutres et les pierres, accrochaient des lanternes de fiacre, montaient à l'assaut des étables et des remises.

Alors elle revenait à Paris, elle remettait ses tailleurs Chanel et elle donnait pour ses riches clients étrangers des dîners somptueux servis dans des vaisselles dessinées spécialement pour elle par le plus grand styliste italien.

Elle n'était ni avare ni prodigue, mais plutôt indifférente à l'argent. Pour être la femme d'affaires qu'elle avait décidé d'être, elle accepta sans efforts apparents de transformer radicalement ses manières d'être, sa garde-robe, son train de vie.

L'aménagement de son appartement répondit à cette conception. Elle se réserva une seule pièce, sa chambre, la fit soigneusement insonoriser et y fit venir de sa ferme un grand lit bateau, haut et profond, et le fauteuil à oreilles dans lequel son père écoutait la T.S.F. Le reste, elle le confia à un décorateur auquel elle expliqua en quatre phrases ce qu'il aurait à réaliser : la demeure parisienne d'un chef d'entreprise, un intérieur spacieux, cossu, opulent, distingué, et même fastueux, susceptible d'impressionner favorablement aussi bien des industriels bavarois, des banquiers suisses, des acheteurs japonais, des ingénieurs italiens, que des professeurs en Sorbonne, des sous-secrétaires d'Etat au commerce et à l'industrie ou des animateurs de réseaux de distribution par correspondance. Elle ne lui donnait aucun conseil, n'émettait aucun désir particulier, n'imposait aucune limite d'argent. Il aurait à s'occuper de tout, serait responsable de tout : du choix des verres, des éclairages, de l'équipement électroménager, des bibelots, du linge de table, des coloris, des poignées de porte, des rideaux et double-rideaux, etc.

Le décorateur, Henry Fleury, fit mieux que s'acquitter simplement de sa tâche. Il comprit qu'il tenait là une occasion unique de réaliser son chef-d'œuvre : alors que l'aménagement d'un cadre de vie résulte toujours de compromis parfois délicats entre les conceptions du maître d'œuvre et les exigences souvent contradictoires de ses clients, il pourrait, avec ce décor prestigieux et au départ anonyme, donner une image directe et fidèle de son talent, illustrant exemplairement ses théories en matière d'architecture intérieure : remodelage de l'espace, redistribution théâtralisée de la lumière, mélange des styles.

La pièce où nous nous trouvons maintenant — un fumoir bibliothèque — est assez représentative de son travail. C'était à l'origine une pièce rectangulaire d'environ six mètres sur quatre. Fleury a commencé par en faire une pièce ovale sur les murs de laquelle il a disposé huit panneaux de bois sculpté, de coloris sombre, qu'il est allé chercher en Espagne, et qui proviennent, paraît-il, du palais du Prado. Entre ces boiseries, il a installé de hauts meubles en palissandre noir incrustés de cuivre, supportant sur leurs larges rayons un grand nombre de livres uniformément reliés en cuir havane, des livres d'art pour la plupart, rangés par ordre alphabétique. De vastes divans, capitonnés de cuir marron, sont disposés sous ces bibliothèques et en suivent exactement les courbures. Entre ces divans sont placés de fragiles guéridons en bois d'amarante tandis qu'au centre se dresse une lourde table à quatre-feuilles et à piétement central, couverte de journaux et de revues. Le parquet est presque entièrement dissimulé par un épais tapis de laine rouge sombre incrusté de motifs triangulaires d'un rouge encore plus foncé. Devant une des bibliothèques se trouve un escabeau en chêne à ferrures de cuivre, permettant d'accéder aux étagères supérieures, et dont un des montants a été entièrement clouté de pièces d'or.

En plusieurs endroits, les rayonnages de la bibliothèque ont été aménagés en vitrines d'exposition. Dans la première bibliothèque, à gauche, sont ainsi présentés des vieux calendriers, des almanachs, des agendas du Second Empire, ainsi que quelques petites affiches dont le *Normandie* de Cassandre et le *Grand Prix de l'Arc de Triomphe* de Paul Colin ; dans la seconde — seul rappel des activités de la maîtresse de maison — quelques outils anciens : trois rabots, deux herminettes, une besaiguë, six ciseaux à froid, deux limes, trois marteaux, trois vrilles, deux tarières, portant tous le monogramme de la Compagnie de Suez et ayant servi lors des travaux de creusement du canal, ainsi qu'un admirable *Multum in parvo* de Sheffield, offrant l'apparence d'un couteau de poche ordinaire — en plus épais toutefois — mais contenant non seulement des lames de tailles variées mais des tournevis, des tire-bouchons, des tenailles, des plumes, des limes à ongles et des poinçons ; dans la troisième, divers objets ayant appartenu au physiologiste Flourens et, en particulier, le squelette, entièrement coloré en rouge, de ce jeune porc dont le savant avait nourri la mère, pendant les 84 derniers jours de la gestation, avec des aliments mêlés de garance, afin de vérifier expérimentalement qu'il existe une relation directe entre le fœtus et la mère ; dans la quatrième, une maison de poupée, parallélépipédique, haute d'un mètre, large de quatre-vingt-dix centimètres, profonde de soixante, datant de la fin du xix⁰ siècle et reproduisant, jusque dans ses moindres détails un typique cottage britannique : un salon avec baywindow (ogives à double lancette), y compris le thermomètre, un petit salon, quatre chambres à coucher, deux chambres de domestiques, une cuisine carrelée avec fourneau et office, un hall avec placards à linge, et un dispositif de rayons de bibliothèque en chêne teinté contenant l'*Encyclopædia Britannica* et le *New Century Dictionnary*, des panoplies d'anciennes armes médiévales et orientales, un gong, une lampe d'albâtre, une jardinière suspendue, un appareil téléphonique en ébonite avec l'annuaire à côté, un tapis de haute laine à fond crème et bordure treillissée, une table à jouer avec pied central à griffes, une cheminée avec garniture en cuivre et, sur la cheminée, une pendule de précision avec carillon de Westminster, un baromètre-hygromètre, des canapés recouverts de peluche rubis, un paravent japonais à trois panneaux, un lustre central à chandeliers avec des pendeloques en forme de prismes pyramidaux, un perchoir avec son perroquet, et plusieurs centaines d'objets usuels, bibelots, vaisselles, vêtements, restitués presque microscopiquement avec une fidélité maniaque : tabourets, chromos, bouteilles de mousseux, pèlerines pendues à un portemanteau, bas et chaussettes séchant dans une buanderie, et même deux minuscules cachepots en cuivre rouge, plus petits que des dés à coudre, d'où émergent deux touffes de plantes vertes ; dans la cinquième bibliothèque enfin, sur des présentoirs inclinés, plusieurs partitions de musique sont ouvertes, et parmi elles la page de titre de la Symphonie n° 70 en ré de Haydn telle qu'elle fut publiée à Londres par William Forster en 1782 :

A favorite

OVERTURE

in all its parts

Composed by

GIUSEPPE HAYDEN

of Vienna

and PUBLISHED by his

AUTHORITY.   Pr: 2 6

LONDON

Printed for and Sold by W. FORSTER Violin and Violoncello Maker
to his Royal Highnefs the Duke of Cumberland, the Corner of Dukes
Court S.t Martins Lane.

Where may be had the new Works of the following Authors

Cambinis Quartettos Op: 4	10. 6
Baumgarten's D.o Op: 5	10. 6
Bach's Double Orcheftre Overtures with three Single D.o . . .	1. 1. 0
Wynna Trios	7. 6
Bach's Harpfichord Concertos	1. 0. 0
also the above Overture for the Harpfichord adapted by C.F. Baumgarten	2. 0

Madame Moreau n'a jamais dit à Fleury ce qu'elle pensait de son installation. Elle reconnaît seulement qu'elle est efficace et lui sait gré du choix de ces objets dont chacun est susceptible d'alimenter sans peine une agréable conversation d'avant-dîner. La maison miniature fait le délice des Japonais ; les partitions de Haydn permettent aux professeurs de briller et les outils anciens provoquent généralement de la part des sous-secrétaires d'état au commerce et à l'industrie quelques phrases bien venues sur la pérennité du travail manuel et de l'artisanat français dont Madame Moreau reste l'infatigable garante. C'est bien sûr le squelette rouge du bébé porc de Flourens qui remporte le plus grand succès et on lui en a souvent offert des sommes importantes. Quant aux pièces d'or incrustées dans l'un des montants de l'escabeau de bibliothèque, Madame Moreau a dû se résoudre à les faire remplacer par des imitations après s'être aperçue que des mains inconnues s'acharnaient, et parfois réussissaient, à les déclouer.

Madame Trévins et l'infirmière ont pris le thé dans cette pièce avant de rejoindre Madame Moreau dans sa chambre. Sur un des petits guéridons, il y a un plateau rond en loupe d'orme avec trois tasses, une théière, un pot à eau et une soucoupe contenant encore quelques crackers. Sur le divan d'à côté, un journal est plié de telle façon que seuls les mots croisés sont visibles : la grille est presque vierge ; seuls ont été trouvés le 1 horizontal : ÉTONNEMENT, et le premier mot du 3 vertical : OIGNON.

Les deux chats de la maison, Pip et La Minouche, dorment sur le tapis, les pattes complètement étendues et détendues, les muscles de la nuque relâchés, dans cette position que l'on associe au stade dit *paradoxal* du sommeil et qui correspond, croit-on généralement, à l'état de rêve.

À côté d'eux un petit pot à lait est brisé en plusieurs morceaux. On devine que, dès que Madame Trévins et l'infirmière ont quitté la pièce, l'un des deux chats — est-ce Pip ? Est-ce La Minouche ? Ou se sont-ils associés pour cette action coupable ? — l'a attrapé d'un coup de patte preste, mais hélas inutile, car le tapis a instantanément absorbé le précieux liquide. Les taches sont encore visibles, attestant que cette scène est tout à fait récente.

CHAPITRE XXIV

Marcia, 1

L'arrière-boutique du magasin d'antiquités de Madame Marcia.

Madame Marcia habite, avec son mari et son fils, un appartement de trois pièces au rez-de-chaussée droite. Son magasin est au rez-de-chaussée également, mais à gauche, entre la loge de la concierge et l'entrée de service. Madame Marcia n'a jamais établi de distinction réelle entre les meubles qu'elle vend et ceux dans lesquels elle vit, ce qui fait qu'une part importante de ses activités consiste à transporter meubles, lustres, lampes, pièces de vaisselle et objets divers entre son appartement, son magasin, son arrière-boutique et sa cave. Ces échanges, qui sont suscités aussi bien par des occasions propices de vente ou d'achat (il s'agit alors de faire de la place) que par des inspirations subites, des lubies, des caprices ou des dégoûts, ne se font pas au hasard, et n'épuisent pas les douze possibilités de permutations qui pourraient se faire entre ces quatre lieux et que la figure 1 met bien en évidence ; ils obéissent strictement au schéma de la figure 2 : quand Madame Marcia achète quelque chose, elle le met chez elle, dans son appartement, ou dans sa cave ; de là, ledit objet peut passer dans l'arrière-boutique, et de l'arrière-boutique dans le magasin ; du magasin enfin il peut revenir — ou parvenir, s'il venait de la cave — dans l'appartement. Ce qui est exclu, c'est qu'un objet revienne dans la cave, ou arrive au magasin sans être passé par l'arrière-boutique, ou repasse du magasin dans l'arrière-boutique, ou de l'arrière-boutique dans l'appartement, ou enfin passe directement de la cave à l'appartement.

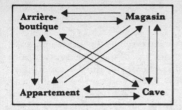

Figure 1

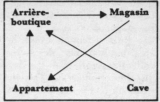

Figure 2

L'arrière-boutique est une pièce étroite et sombre, au sol recouvert de linoléum, encombrée, à la limite de l'inextricable, d'objets de toutes dimensions. Le fouillis est tel qu'on ne saurait dresser un inventaire exhaustif de ce qu'elle contient et qu'il faut se contenter de décrire ce qui émerge un peu plus précisément de cet amoncellement hétéroclite.

Contre le mur de gauche, à côté de la porte faisant communiquer l'arrière-boutique et le magasin, porte dont le battant ménage le seul espace à peu près libre de la pièce, se trouve un grand bureau Louis XVI à cylindre, de facture plutôt épaisse ; le cylindre est relevé laissant voir un plan de travail gainé de cuir vert sur lequel est posé, en partie déroulé, un *emaki* (rouleau peint) représentant une scène célèbre de la littérature japonaise : le Prince Genji s'est introduit dans le palais du gouverneur Yo No Kami et, caché derrière une tenture, regarde l'épouse de celui-ci, la belle Utsusemi, dont il est éperdument amoureux, en train de jouer au go avec son amie Nokiba No Ogi.

Plus loin, le long du mur, six chaises en bois peint, couleur vert céladon, sur lesquelles sont posés des rouleaux de toiles de Jouy. Celui du dessus représente un décor champêtre où alternent un paysan labourant son champ et un berger qui, appuyé sur sa houlette, le chapeau rejeté dans le dos, son chien en laisse, ses moutons dispersés tout autour de lui, lève les yeux vers le ciel.

Plus loin encore, au delà d'un entassement d'équipements militaires, armes, baudriers, tambours, shakos, casques à pointe, giberne, plaques de ceinturons, dolmans en drap de laine ornés de brandebourgs, buffleteries, au milieu duquel se détache plus nettement un lot de ces sabres de fantassin,

139

courts et légèrement recourbés, que l'on appelle des briquets, un canapé d'acajou en forme de S, recouvert d'un tissu à fleurs qui, dit-on, aurait été offert en 1892 à la Grisi par un prince russe.

Puis, occupant tout le coin droit de la pièce, entassés en piles instables, des livres : des in-folio rouge sombre, des collections reliées de *La Semaine théâtrale*, un bel exemplaire du *Dictionnaire de Trévoux* en deux volumes, et toute une série de livres fin de siècle, à cartonnages vert et or, parmi lesquels apparaissent les signatures de Gyp, Edgar Wallace, Octave Mirbeau, Félicien Champsaur, Max et Alex Fisher, Henri Lavedan, ainsi que le rarissime ouvrage de Florence Ballard intitulé *La Vengeance du Triangle* qui passe pour être l'un des plus surprenants précurseurs des romans d'anticipation.

Puis, en vrac, posés sur des étagères, sur des petites tables de chevet, des guéridons, des coiffeuses, des chaises d'églises, des tables à jeux, des bancs, des dizaines, des centaines de bibelots : boîtes à tabac, boîtes à fard, boîtes à pilules, boîtes à mouches, plateaux en métal argenté, bougeoirs, chandeliers et flambeaux, écritoires, encriers, loupes à manche de corne, flacons, huiliers, vases, échiquiers, miroirs, petits cadres, aumônières, lots de cannes, cependant que se dresse, au centre de la pièce, un monumental établi de boucher sur lequel se trouvent une chope à bière à couvercle d'argent sculpté et trois curiosités de naturalistes : une gigantesque mygale, un prétendu œuf de dronte fossile, monté sur un cube de marbre, et une ammonite de grande taille.

Du plafond pendent plusieurs lustres, hollandais, vénitiens, chinois. Les murs sont presque entièrement couverts de tableaux, de gravures et de reproductions diverses. La plupart, dans la pénombre de la pièce, n'offrent au regard qu'une grisaille imprécise dont se détachent parfois une signature — Pellerin —, un titre gravé sur une plaque au bas du cadre — *L'Ambition, A Day at the Races, La première Ascension du Mont-Cervin* —, ou un détail : un paysan chinois tirant une carriole, un jouvenceau à genoux adoubé par son suzerain. Cinq tableaux seulement autorisent une description plus précise.

Le premier est un portrait de femme intitulé *La Vénitienne*. Elle a une robe de velours ponceau avec une ceinture d'orfèvrerie, et sa large manche doublée d'hermine laisse voir son bras nu qui touche à la balustrade d'un escalier montant derrière elle. A sa gauche, une grande colonne va jusqu'au haut de la toile rejoindre des architectures, décrivant un arc. On aperçoit en dessous, vaguement, des massifs d'orangers presque noirs où se découpe un ciel bleu rayé de nuages blancs. Sur le balustre couvert d'un tapis il y a, dans un plat d'argent, un bouquet de fleurs, un chapelet d'ambre, un poignard et un coffret de vieil ivoire un peu jaune dégorgeant des sequins d'or ; quelques-uns même, tombés par terre çà et là forment une suite d'éclaboussures brillantes, de manière à conduire l'œil vers la pointe de son pied, car elle est posée sur l'avant-dernière marche, dans un mouvement naturel et en pleine lumière.

Le second est une gravure libertine portant pour titre *Les Domestiques* : un garçon d'une quinzaine d'années, portant un bonnet de marmiton, le pantalon aux chevilles, s'arcboutant contre une lourde table de cuisine, est sodomisé par un cuisinier obèse ; couché sur un banc devant la table, un valet en livrée a déboutonné sa braguette, faisant apparaître un sexe en pleine érection, cependant qu'une soubrette, relevant de ses deux mains ses jupes et son tablier, s'installe à califourchon sur lui. Assis à l'autre bout de la table en face d'une copieuse platée de macaronis, un cinquième personnage, un vieillard tout de noir vêtu, assiste, manifestement indifférent, à la scène.

Le troisième est une scène champêtre : une prairie rectangulaire, en pente, d'herbe verte et épaisse, avec une quantité de fleurs jaunes (apparemment de vulgaires pissenlits). Au haut de la prairie il y a un chalet devant la porte duquel se tiennent deux femmes très occupées à bavarder, une paysanne coiffée d'un foulard et une bonne d'enfants. Trois enfants jouent dans l'herbe, deux petits garçons et une petite fille qui cueillent les fleurs jaunes et en font des bouquets.

Le quatrième est une caricature signée Blanchard et intitulée *Quand les Poules auront des dents*. Elle représente le général Boulanger et le député Charles Floquet en train de se serrer la main.

Le cinquième enfin est une aquarelle ayant pour titre *Le Mouchoir*, et illustrant une scène classique de la vie parisienne : rue de Rivoli, une jeune élégante laisse tomber son mouchoir et un homme en frac — fines moustaches, monocle, souliers vernis, œillet à la boutonnière, etc. — se précipite pour le ramasser.

CHAPITRE XXV

Altamont, 2

La salle à manger des Altamont a, comme toutes les autres pièces en façade de l'appartement, été spécialement aménagée en fonction de la grande réception qui va bientôt s'y donner.

C'est une pièce octogonale dont les quatre pans, coupés dissimulent de nombreux placards. Le sol est couvert de tommettes vernissées, les murs tapissés de papier liège. Au fond, la porte conduisant aux cuisines, où s'affairent trois silhouettes blanches. A droite, la porte, ouvrant à deux battants, donnant sur les salons de réception. A gauche, le long du mur, quatre tonneaux de vin sont posés sur des chevalets de bois en X. Au centre, sous un lustre fait d'une vasque d'opaline suspendue par trois chaînes de laiton doré, une table, constituée par un fût de lave provenant de Pompéi sur lequel est posée une plaque hexagonale de verre fumé, est couverte de petites soucoupes à décors chinois remplies de divers amuse-gueule : filets de poissons marinés, crevettes, olives, noix de cajou, sprats fumés, feuilles de vigne farcies, canapés garnis de saumon, de pointes d'asperges, de rondelles d'œufs durs, de tomate, de langue écarlate, d'anchois, quiches miniatures, pizzas naines, allumettes au fromage.

Au pied des tonneaux, de crainte sans doute que le vin ne goutte, un journal du soir a été étalé. Sur une des pages apparaît un problème de mots croisés, le même que celui de l'infirmière de Madame Moreau ; ici la grille, sans être complètement remplie, a tout de même progressé.

```
E T O N N E M E N T
P R I S O N N I E R
R A G     I        
O I N D R E        
U T O     C        
V E N     I        
E M       R        
T E                
T N                
E T                
```

Avant la guerre, bien avant que les Altamont n'en fissent une salle à manger, cette pièce fut celle où vint vivre, lors de son court séjour parisien, Marcel Appenzzell.

Formé à l'école de Malinowski, Marcel Appenzzell voulut pousser jusqu'au bout l'enseignement de son maître et décida de partager la vie de la tribu qu'il voulait étudier au point de tout à fait se confondre avec elle. En 1932, il avait alors vingt-trois ans, il partit seul à Sumatra. Muni d'un bagage dérisoire qui évitait le plus possible instruments, armes et ustensiles de la civilisation occidentale et se composait surtout de cadeaux traditionnels — du tabac, du riz, du thé, des colliers —, il embaucha un guide malais nommé Soelli et entreprit de remonter en pirogue le fleuve Alritam, la rivière noire. Les premiers jours, ils croisèrent quelques récolteurs de gomme d'hévéa, quelques transporteurs de bois précieux conduisant au fil de l'eau d'immenses troncs d'arbres. Puis ils se retrouvèrent absolument seuls.

Le but de leur expédition était un peuple fantôme que les Malais appellent les Anadalams, ou encore les Orang-Kubus, ou Kubus. Orang-Kubus veut dire « ceux qui se défendent » et Anadalams « les Fils de l'Intérieur ». Alors que la quasi-totalité des habitants de Sumatra est installée près du littoral, les Kubus vivent au centre de l'île, dans une des régions les plus inhospitalières du monde, une forêt torride couverte de marécages grouillant de sangsues. Mais plusieurs légendes, plusieurs documents et vestiges semblent vouloir prouver que les Kubus avaient jadis été les maîtres de l'île avant que, vaincus par des envahisseurs venus de Java, ils n'aillent chercher au cœur de la jungle leur dernier refuge.

Soelli, un an auparavant, avait réussi à établir un contact avec une tribu Kubu dont le village était bâti non loin du fleuve. Appenzzell et lui y arrivèrent au terme de trois semaines de navigation et de marche. Mais le village — cinq maisons sur pilotis — était abandonné. Appenzzell réussit à convaincre Soelli de continuer à remonter le fleuve. Ils ne trouvèrent pas d'autre village et au bout de huit jours Soelli décida de redescendre vers le littoral. Appenzzell s'obstina et finalement, laissant à Soelli la pirogue et presque tout son chargement, s'enfonça seul, à peine équipé, dans la forêt.

Soelli, de retour sur le littoral, prévint les autorités hollandaises. Plusieurs expéditions de recherche furent organisées, mais elles ne donnèrent aucun résultat.

Appenzzell réapparut cinq ans et onze mois plus tard. Une équipe de prospection minière qui circulait en canot à moteur le découvrit sur les bords du fleuve Musi, à plus de six cents kilomètres de son point de départ. Il pesait vingt-neuf kilos et était seulement vêtu d'une espèce de pantalon fait d'innombrables petits bouts de tissus cousus ensemble, attaché avec des bretelles jaunes apparemment intactes mais ayant perdu toute leur élasticité. Il fut ramené jusqu'à Palembang et, après quelques jours d'hôpital, rapatrié, non sur Vienne, dont il était originaire, mais sur Paris où sa mère, entre-temps, était venue s'installer.

Le voyage de retour dura un mois et lui permit de se rétablir. Invalide au début, à peu près incapable de se mouvoir et de se nourrir, ayant pratiquement perdu l'usage de la parole, ramenée à des cris inarticulés ou, au cours d'accès de fièvre qui le prenaient tous les trois ou cinq jours, à de longues séquences délirantes, il parvint peu à peu à récupérer l'essentiel de ses capacités physiques et intellectuelles, réapprit à s'asseoir dans un fauteuil, à se servir d'une fourchette et d'un couteau, à se coiffer et à se raser (après que le coiffeur du bord l'eut débarrassé des neuf dixièmes de sa chevelure et de la totalité de sa barbe), à mettre une chemise, un faux-col, une cravate, et même — ce fut certainement le plus difficile car ses pieds ressemblaient à des masses de corne fissurées de profondes crevasses — des chaussures. Quand il débarqua à Marseille, sa mère, qui était venue l'attendre, put tout de même le reconnaître sans trop de peine.

Appenzzell était, avant son départ, assistant d'ethnographie à Graz (Styrie). Il n'était plus question pour lui d'y retourner. Il était Juif, et quelques mois auparavant, l'Anschluss avait été proclamé, entraînant dans toutes les universités autrichiennes l'application du numerus clausus. Même son salaire qui, pendant toutes ces années de travail sur le terrain, avait continué à lui être versé, avait été mis sous séquestre. Par l'intermédiaire de Malinowski, à qui il écrivit alors, il rencontra Marcel Mauss qui lui confia à l'Institut d'Ethnologie la responsabilité d'un séminaire sur les modes de vie des Anadalams.

De ce qui s'était passé pendant ces 71 mois, Marcel Appenzzell n'avait rien rapporté, ni objets, ni documents, ni notes, et il se refusa pratiquement à parler, prétextant la nécessité de préserver jusqu'au jour de sa première conférence l'intégrité de ses souvenirs, de ses impressions et de ses analyses. Il se donna six mois pour les mettre en ordre. Au début il travaillait vite, avec plaisir, presque avec ferveur. Mais bientôt il se mit à traîner, à hésiter, à raturer. Quand sa mère pénétrait dans sa chambre, elle le trouvait le plus souvent, non à sa table de travail, mais assis sur le bord du lit, le buste droit, les mains sur les genoux, contemplant sans la voir une guêpe qui s'affairait près de la fenêtre, ou fixant comme pour y retrouver on ne savait quel fil perdu, la serviette de lin bise à franges, à double bordure bistre, pendue à un clou derrière la porte.

A quelques jours de sa première conférence — le titre — *Les Anadalams de Sumatra. Approches préliminaires* — en avait été annoncé dans divers journaux et hebdomadaires, mais Appenzzell n'avait pas encore remis au secrétariat de l'Institut le résumé de quarante lignes destiné à *L'Année sociologique* —, le jeune ethnologue brûla tout ce qu'il avait écrit, mit quelques affaires dans une valise et partit, laissant à sa mère un mot laconique l'informant qu'il retournait à

146

Sumatra et qu'il ne se sentait pas le droit de divulguer quoi que ce soit concernant les Orang-Kubus.

Un mince cahier partiellement rempli de notes souvent incompréhensibles avait échappé au feu. Quelques étudiants de l'Institut d'Ethnologie s'acharnèrent à les déchiffrer et, s'aidant des rares lettres qu'Appenzzell avait envoyées à Malinowski et à quelques autres, d'informations provenant de Sumatra et de témoignages récents recueillis auprès de ceux auxquels il avait, en d'exceptionnelles occasions, laissé échapper quelques détails de son aventure, ils parvinrent à reconstituer dans ses grandes lignes ce qui lui était arrivé et à esquisser un portrait schématique de ces mystérieux « Fils de l'Intérieur ».

Au bout de plusieurs jours de marche, Appenzzell avait enfin découvert un village Kubu, une dizaine de huttes sur pilotis disposées en cercle sur le pourtour d'une petite clairière. Le village d'abord lui avait semblé désert puis il avait aperçu, couchés sur des nattes sous l'avant-toit de leurs cases, plusieurs vieillards immobiles qui le regardaient. Il s'était avancé, les avait salués à la manière malaise en faisant le geste d'effleurer leurs doigts avant de porter la main droite sur son cœur, et avait déposé auprès de chacun d'eux en signe d'offrande un petit sachet de thé ou de tabac. Mais ils ne répondirent pas, n'inclinèrent pas la tête ni ne touchèrent aux présents.

Un peu plus tard des chiens se mirent à aboyer et le village se peupla d'hommes, de femmes et d'enfants. Les hommes étaient armés de lances, mais ils ne le menacèrent pas. Personne ne le regarda, ne sembla s'apercevoir de sa présence.

Appenzzell passa plusieurs jours dans le village sans réussir à entrer en contact avec ses laconiques habitants. Il épuisa en pure perte sa petite provision de thé et de tabac ; aucun Kubu — pas même les enfants — ne prit jamais un seul de ces petits sachets que les orages quotidiens rendaient chaque soir inutilisables. Tout au plus put-il regarder comment vivaient les Kubus et commencer à consigner par écrit ce qu'il voyait.

Sa principale observation, telle qu'il la décrit brièvement à Malinowski, confirme que les Orang-Kubus sont bien les descendants d'une civilisation évoluée qui, chassée de ses territoires, se serait enfoncée dans les forêts intérieures et y aurait régressé. Ainsi, tout en ne sachant plus travailler les métaux, les Kubus avaient des fers à leurs lances et des bagues d'argent aux doigts. Quant à leur langue, elle était très proche de celles du littoral et Appenzzell la comprit sans difficultés majeures. Ce qui le frappa surtout, c'est qu'ils utilisaient un vocabulaire extrêmement réduit, ne dépassant pas quelques dizaines de mots, et il se demanda si, à l'instar de leurs lointains voisins les Papouas, les Kubus n'appauvrissaient pas volontairement leur vocabulaire, supprimant des mots chaque fois qu'il y avait un mort dans le village. Une des conséquences de ce fait était qu'un même mot désignait un nombre de plus en plus grand d'objets. Ainsi *Pekee,* le mot malais désignant la chasse, voulait dire indifféremment chasser, marcher, porter, la lance, la gazelle, l'antilope, le cochon noir, le *my'am*, espèce d'épice extrêmement relevée abondamment utilisée dans la préparation des aliments carnés, la forêt, le lendemain, l'aube, etc. De même *Sinuya,* mot qu'Appenzzell rapprocha des mots malais *usi*, la banane et *nuya*, la noix de coco, signifiait manger, repas, soupe, calebasse, spatule, natte, soir, maison, pot, feu, silex (les Kubus faisaient du feu en frottant l'un contre l'autre deux silex), fibule, peigne, cheveux, *hoja'* (teinture pour les cheveux fabriquée à partir du lait de coco mélangé à diverses terres et plantes), etc. Si, de toutes les caractéristiques de la vie des Kubus, ces traits linguistiques sont les mieux connus, c'est qu'Appenzzell les décrivit en détail dans une longue lettre au philologue suédois Hambo Taskerson, qu'il avait connu à Vienne, et qui travaillait alors à Copenhague avec Hjelmslev et Brøndal. Au passage, il fit remarquer que ces caractéristiques pourraient parfaitement s'appliquer à un menuisier occidental qui se servant d'instruments aux noms très précis — trusquin, bouvet, gorget, varlope, bedane, riflard, guillaume, etc. — les demanderait à son apprenti en lui disant simplement : « passe-moi le machin. »

Le matin du quatrième jour, quand Appenzzell se réveilla, le village avait été abandonné. Les cases étaient vides. Toute la population du village, les hommes, les femmes, les enfants, les chiens, et même les vieillards qui d'ordinaire ne bougeaient pas de leurs nattes, était partie, emportant leurs maigres provisions d'ignames, leurs trois chèvres, leurs *sinuya* et leurs *pekee*.

Appenzzell mit plus de deux mois à les retrouver. Cette fois-ci leurs cases avaient été hâtivement construites au bord d'un marigot infesté de moustiques. Pas plus que la première fois, les Kubus ne lui parlèrent ni ne répondirent à ses avances ; un jour, voyant deux hommes qui essayaient de soulever un gros tronc d'arbre que la foudre avait abattu, il s'approcha pour leur prêter main forte ; mais à peine eut-il posé la main sur l'arbre que les deux hommes le laissèrent retomber et s'éloignèrent. Le lendemain matin, à nouveau, le village était abandonné.

Pendant presque cinq ans, Appenzzell s'obstina à les poursuivre. A peine avait-il réussi à retrouver leurs traces qu'ils s'enfuyaient à nouveau, s'enfonçant dans des régions de plus en plus inhabitables pour reconstruire des villages de plus en plus précaires. Pendant longtemps Appenzzell s'interrogea sur la fonction de ces comportements migratoires. Les Kubus n'étaient pas nomades et ne pratiquant pas de cultures sur brûlis, ils n'avaient aucune raison de se déplacer si souvent ; ce n'était pas davantage pour des questions de chasse ou de cueillette. S'agissait-il d'un rite religieux, d'une épreuve d'initiation, d'un comportement magique lié à la naissance ou à la mort ? Rien ne permettait d'affirmer quoi que ce soit de ce genre ; les rites kubus, s'ils existaient, étaient d'une discrétion impénétrable et rien, apparemment, ne reliait entre eux ces départs qui, à chaque fois, semblaient pour Appenzzell tout à fait imprévisibles.

La vérité cependant, l'évidente et cruelle vérité, se fit enfin jour. Elle se trouve admirablement résumée dans la fin de la lettre qu'Appenzzell envoya de Rangoon à sa mère environ cinq mois après son départ :

> « *Quelque irritants que soient les déboires auxquels s'expose celui qui se voue corps et âme à la profession d'ethnographe afin de prendre par ce moyen une vue concrète de la nature profonde de l'Homme — soit, en d'autres termes, une vue du minimum social qui définit la condition humaine à travers ce que les cultures diverses peuvent présenter d'hétéroclite — et bien qu'il ne puisse*

aspirer à rien de plus que mettre au jour des vérités relatives (l'atteinte d'une vérité dernière étant un espoir illusoire), la pire des difficultés que j'ai dû affronter n'était pas du tout de cet ordre : j'avais voulu aller jusqu'à l'extrême pointe de la sauvagerie ; n'étais-je pas comblé, chez ces gracieux Indigènes que nul n'avait vus avant moi, que personne, peut-être, ne verrait plus après ? Au terme d'une exaltante recherche, je tenais mes sauvages, et je ne demandais qu'à être l'un d'eux, à partager leurs jours, leurs peines, leurs rites ! Hélas, eux ne voulaient pas de moi, eux n'étaient pas prêts du tout à m'enseigner leurs coutumes et leurs croyances ! Ils n'avaient que faire des présents que je déposais à côté d'eux, que faire de l'aide que je croyais pouvoir leur apporter ! C'était à cause de moi qu'ils abandonnaient leurs villages et c'était seulement pour me décourager moi, pour me persuader qu'il était inutile que je m'acharne, qu'ils choisissaient des terrains chaque fois plus hostiles, s'imposant des conditions de vie de plus en plus terribles pour bien me montrer qu'ils préféraient affronter les tigres et les volcans, les marécages, les brouillards suffocants, les éléphants, les araignées mortelles, plutôt que les hommes ! Je crois connaître assez la souffrance physique. Mais c'est le pire de tout, de sentir son âme mourir... »

Marcel Appenzzell n'écrivit pas d'autre lettre. Les recherches que sa mère entreprit pour le retrouver demeurèrent vaines. Très vite la guerre vint les interrompre. Madame Appenzzell s'obstina à rester à Paris, même après que son nom eût figuré sur une liste de Juifs ne portant pas l'étoile, publiée dans l'hebdomadaire *Au Pilori*. Un soir une main compatissante glissa sous sa porte un billet la prévenant qu'on viendrait l'arrêter le lendemain à l'aube. Elle réussit le soir même à gagner Le Mans et de là passa en zone libre et entra dans la Résistance. Elle fut tuée en juin mille neuf cent quarante-quatre près de Vassieux-en-Vercors.

Les Altamont — Madame Altamont est une lointaine petite-cousine de Madame Appenzzell — reprirent son appartement aux débuts des années cinquante. C'était alors un jeune couple. Elle a aujourd'hui quarante-cinq ans et lui cinquante-cinq. Ils ont une fille de dix-sept ans, Véronique, qui fait de l'aquarelle et du piano. Monsieur Altamont est un expert international, pratiquement toujours absent de Paris, et il semble même que cette grande réception se fasse à l'occasion de son retour annuel.

CHAPITRE XXVI

Bartlebooth, 1

Une antichambre, chez Bartlebooth.

C'est une pièce presque vide, meublée seulement de quelques chaises paillées, de deux tabourets à trois pieds garnis d'une galette rouge à petites franges et d'une longue banquette à dossier droit, recouverte d'une moleskine verdâtre, telle qu'il y en avait jadis dans les salles d'attente des gares.

Les murs sont peints en blanc, le sol est recouvert d'un épais revêtement plastique. Sur un grand carré de liège fixé contre le mur du fond sont épinglées plusieurs cartes postales : le champ de bataille des Pyramides, le marché aux poissons de Damiette, l'ancien quai des baleiniers de Nantucket, la promenade des Anglais à Nice, le building de la *Hudson's Bay Company* à Winnipeg, un coucher de soleil à Cape Cod, le Pavillon de Bronze du Palais d'Eté de Pékin, une reproduction d'un dessin représentant Pisanello offrant sur un écrin à Lionel d'Este quatre médailles d'or, ainsi qu'un faire-part bordé de noir :

Vous êtes prié d'assister à l'inhumation
de
Gaspard WINCKLER
*décédé à Paris le 29 octobre 1973 dans
sa 63ᵉ année*

la levée de corps aura lieu le 3 novembre 1973
à 10 heures du matin devant la morgue de
l'hôpital Bichat, 170, boulevard Ney, Paris 17ᵉ

NI FLEURS NI COURONNES

Les trois domestiques de Bartlebooth se tiennent dans cette antichambre, attendant le problématique coup de sonnette de leur maître. Smautf est debout près de la fenêtre, un bras en l'air, cependant qu'Hélène, la bonne à tout faire, refait un point à la manche droite de sa veste qui s'était légèrement décousue sous l'aisselle. Kléber, le chauffeur, est assis sur l'une des chaises. Il est vêtu, non de sa livrée, mais d'un pantalon de velours à large ceinture et d'un chandail blanc à col roulé. Il vient d'étaler sur la banquette de moleskine un jeu de cinquante-deux cartes, faces apparentes, sur quatre rangées et il s'apprête à faire une réussite consistant, après avoir retiré les quatre as, à réordonner le jeu selon ses quatre séquences de même couleur en se servant des intervalles laissés par l'élimination des as. A côté des cartes est posé un livre ouvert ; c'est un roman américain de George Bretzlee, intitulé *The Wanderers*, dont l'action se passe dans les milieux du jazz new-yorkais aux débuts des années cinquante.

Smautf, nous l'avons vu, est au service de Bartlebooth depuis cinquante ans. Kléber, le chauffeur, a été engagé en 1955 lorsque Bartlebooth et Smautf revinrent de leur tour du monde, en même temps qu'une cuisinière, Madame Adèle, une fille de cuisine, Simone, un sommelier maître d'hôtel, Léonard, une lingère, Germaine, un homme de peine, Louis, et un valet de pied, Thomas. Bartlebooth sortait alors fréquemment et recevait volontiers, donnant non seulement des dîners réputés, mais hébergeant même de lointains parents ou des personnes dont il avait fait la connaissance au cours de ses voyages.

Dès mille neuf cent soixante, ces fastes commencèrent à se ralentir et les employés qui partirent ne furent pas remplacés. C'est seulement il y a trois ans, quand Madame Adèle prit sa retraite que Smautf fit embaucher Hélène. Hélène, qui a tout juste trente ans, s'occupe de tout, du linge, des repas, du ménage, aidée pour les gros travaux par Kléber qui n'a plus guère l'occasion de se servir de la voiture.

Il y a longtemps que Bartlebooth ne reçoit plus et c'est à peine si, ces deux dernières années, il a quitté son appartement. La plupart du temps il s'enferme dans son bureau, ayant une fois pour toutes interdit qu'on le dérange tant qu'il n'appellerait pas. Il reste parfois plus de quarante-huit heures sans donner signe de vie, dormant tout habillé dans le fauteuil de repos du grand-oncle Sherwood, se nourrissant de biscottes grignotées ou de biscuits au gingembre. Il est devenu exceptionnel qu'il prenne ses repas dans sa grande et sévère salle à manger Empire. Lorsqu'il consent à le faire, Smautf enfile sa vieille queue-de-pie et lui sert, en s'efforçant de ne pas trembler, l'œuf à la coque, le peu de haddock poché et la tasse de verveine qui constituent depuis plusieurs mois, au grand désespoir d'Hélène, les seules nourritures qu'il accepte d'ingérer.

Valène mit des années à comprendre ce que cherchait exactement Bartlebooth. La première fois qu'il vint le voir, en janvier mille neuf cent vingt-cinq, Bartlebooth lui dit seulement qu'il voulait apprendre à fond l'art de l'aquarelle et qu'il souhaitait prendre une leçon quotidienne pendant dix ans. La fréquence et la durée de ces cours particuliers firent sursauter Valène qui se trouvait parfaitement heureux quand il avait décroché dix-huit leçons en un trimestre. Mais Bartlebooth semblait décidé à consacrer à cet apprentissage tout le temps qu'il faudrait et n'avait apparemment pas de soucis d'argent. Cinquante ans plus tard, Valène se disait d'ailleurs parfois que ces dix années, en fin de compte, n'avaient pas été tellement superflues, vu la totale absence de dispositions naturelles dont Bartlebooth avait d'emblée fait preuve.

Bartlebooth non seulement ne connaissait rien à cet art fragile qu'est l'aquarelle, mais n'avait jamais tenu un pinceau et à peine davantage un crayon. La première année, Valène commença donc par lui apprendre à dessiner et lui fit exécuter au fusain, à la mine de plomb, à la sanguine, des copies de modèles avec châssis quadrillé, des croquis de mise en place, des études hachurées avec rehauts de craie, des dessins ombrés, des exercices de perspective. Ensuite il lui fit faire des lavis à l'encre de Chine ou à la sépia, lui imposant de fastidieux travaux pratiques de calligraphie et lui montrant comment diluer plus ou moins ses coups de pinceau pour poser des valeurs de tons différentes et obtenir des dégradés.

Au bout de deux ans, Bartlebooth parvint à maîtriser ces techniques préliminaires. Le reste, affirma Valène, était simplement affaire de matériel et d'expérience. Ils commencèrent à travailler en extérieur, au parc Monceau, sur les bords de la Seine, au bois de Boulogne d'abord, puis bientôt dans la région parisienne. Tous les jours à deux heures, le chauffeur de Bartlebooth — ce n'était pas encore Kléber, mais Fawcett, qui était déjà au service de Priscilla, la mère de Bartlebooth — venait chercher Valène ; le peintre retrouvait dans la grosse limousine Chenard et Walker noire et blanche son élève sagement équipé de pantalons de golf, guêtres, casquette écossaise et chandail jacquard. Ils allaient dans la forêt de Fontainebleau, à Senlis, à Enghien, à Versailles, à Saint-Germain ou en vallée de Chevreuse. Ils installaient côte à côte leur pliant à trois pieds dit « pliant Pinchart », leur ombrelle à manche coudé et à pique et leur fragile chevalet articulé. Avec une précision maniaque et presque malhabile à force d'être minutieuse, Bartlebooth punaisait sur sa planchette de frêne à fils contrariés une feuille de papier Whatman à grain fin préalablement humectée à l'envers, après avoir vérifié en regardant par transparence la marque de fabrique qu'il allait travailler sur la bonne face, ouvrait sa palette de zinc dont la surface intérieure émaillée avait été soigneusement nettoyée à la fin de la séance de la veille et y disposait, dans un ordre rituel, treize petits godets de couleur — noir d'ivoire, sépia colorée, terre de Sienne brûlée, ocre jaune, jaune indien, jaune de chrome clair, vermillon, laque de garance, vert Véronèse, vert olive, outremer, cobalt, bleu de Prusse — ainsi que quelques gouttes de blanc de zinc de Madame Maubois, préparait son eau, ses éponges, ses crayons, vérifiait une fois de plus que ses pinceaux étaient correctement hampés, que la pointe en était parfaite, le ventre pas trop gros, les poils sans épi aucun, et, se lançant, esquissait avec de légères traces de crayon les grandes masses, l'horizon, les premiers plans, les lignes de fuite, avant de tenter de saisir, dans toute la splendeur de leur instantanéité, de leur imprévisibilité, les éphémères métamorphoses d'un nuage, la brise ridant la surface d'un étang, un crépuscule en Île-de-France, un envol d'étourneaux, un berger rentrant son troupeau, la lune se levant sur un village endormi, une route bordée de peupliers, un chien en arrêt au bord d'un fourré, etc.

La plupart du temps Valène secouait la tête et avec trois ou quatre phrases brèves — le ciel est trop chargé, ce n'est pas équilibré, l'effet est raté, ça manque de contraste, l'atmosphère n'est pas rendue, il n'y a pas de gradations, la mise en page est plate, etc. — ponctuées de cercles et de ratures négligemment jetés sur l'aquarelle, détruisait sans pitié le travail de Bartlebooth qui, sans dire un mot, arrachait la feuille de la planchette de frêne, en posait une autre et recommençait.

En dehors de cette pédagogie laconique, Bartlebooth et Valène ne se parlaient presque pas. Bien qu'ils eussent exactement le même âge, Bartlebooth ne semblait absolument pas curieux de Valène, et Valène, s'il était intrigué par l'excentricité du personnage, hésitait la plupart du temps à l'interroger directement. Pourtant à plusieurs reprises, sur le chemin du retour, il lui demanda pourquoi il s'obstinait tellement à vouloir apprendre l'aquarelle. « Pourquoi pas ? » répondait généralement Bartlebooth. « Parce que », répliqua un jour Valène, « à votre place, la plupart de mes élèves se seraient découragés depuis longtemps. » « Je suis donc tellement mauvais ? » demanda Bartlebooth. « En dix ans, on arrive à tout, et vous y arriverez, mais pourquoi voulez-vous posséder à fond un art qui, spontanément, vous est complètement indifférent ? » « Ce ne sont pas les aquarelles qui m'intéressent, c'est ce que je veux en faire. » « Et que voulez-vous en faire ? » « Mais des puzzles, bien sûr », répondit sans la moindre hésitation Bartlebooth.

Valène, ce jour-là, commença à se forger une idée plus précise de ce que Bartlebooth avait en tête. Mais c'est seulement après avoir fait la connaissance de Smautf, puis de Gaspard Winckler, qu'il put mesurer dans toute son ampleur ce qu'était l'ambition de l'Anglais :

Imaginons un homme dont la fortune n'aurait d'égale que l'indifférence à ce que la fortune permet généralement, et dont le désir serait, beaucoup plus orgueilleusement, de saisir, de décrire, d'épuiser, non la totalité du monde — projet que son seul énoncé suffit à ruiner — mais un fragment constitué de celui-ci : face à l'inextricable incohérence du monde, il s'agira alors d'accomplir jusqu'au bout un programme, restreint sans doute, mais entier, intact, irréductible.

Bartlebooth, en d'autres termes, décida un jour que sa vie tout entière serait organisée autour d'un projet unique dont la nécessité arbitraire n'aurait d'autre fin qu'elle-même.

Cette idée lui vint alors qu'il avait vingt ans. Ce fut d'abord une idée vague, une question qui se posait — *que faire ?* —, une réponse qui s'esquissait : *rien.* L'argent, le pouvoir, l'art, les femmes, n'intéressaient pas Bartlebooth. Ni la science, ni même le jeu. Tout au plus les cravates et les chevaux ou, si l'on préfère, imprécise mais palpitante sous ces illustrations futiles (encore que des milliers de personnes ordonnent efficacement leur vie autour de leurs cravates et un nombre bien plus grand encore autour de leurs chevaux du dimanche), une certaine idée de la perfection.

Elle se développa dans les mois, dans les années qui suivirent, s'articulant autour de trois principes directeurs :

Le premier fut d'ordre moral : il ne s'agirait pas d'un exploit ou d'un record, ni d'un pic à gravir, ni d'un fond à atteindre. Ce que ferait Bartlebooth ne serait ni spectaculaire ni héroïque ; ce serait simplement, discrètement, un projet, difficile certes, mais non irréalisable, maîtrisé d'un bout à l'autre et qui, en retour, gouvernerait, dans tous ses détails, la vie de celui qui s'y consacrerait.

Le second fut d'ordre logique : excluant tout recours au hasard, l'entreprise ferait fonctionner le temps et l'espace comme des coordonnées abstraites où viendraient s'inscrire avec une récurrence inéluctable des événements identiques se produisant inexorablement dans leur lieu, à leur date.

Le troisième, enfin, fut d'ordre esthétique : inutile, sa gratuité étant l'unique garantie de sa rigueur, le projet se détruirait lui-même au fur et à mesure qu'il s'accomplirait ; sa perfection serait circulaire : une succession d'événements qui, en s'enchaînant, s'annuleraient : parti de rien, Bartlebooth reviendrait au rien, à travers des transformations précises d'objets finis.

Ainsi s'organisa concrètement un programme que l'on peut énoncer succinctement ainsi :

Pendant dix ans, de 1925 à 1935, Bartlebooth s'initierait à l'art de l'aquarelle.

Pendant vingt ans, de 1935 à 1955, il parcourrait le monde, peignant, à raison d'une aquarelle tous les quinze jours, cinq cents marines de même format (65 × 50, ou raisin) représentant des ports de mer. Chaque fois qu'une de ces marines serait achevée, elle serait envoyée à un artisan spécialisé (Gaspard Winckler) qui la collerait sur une mince plaque de bois et la découperait en un puzzle de sept cent cinquante pièces.

Pendant vingt ans, de 1955 à 1975, Bartlebooth, revenu en France, reconstituerait, dans l'ordre, les puzzles ainsi préparés, à raison, de nouveau, d'un puzzle tous les quinze jours. A mesure que les puzzles seraient réassemblés, les marines seraient « retexturées » de manière à ce qu'on puisse les décoller de leur support, transportées à l'endroit même où — vingt ans auparavant — elles avaient été peintes, et plongées dans une solution détersive d'où ne ressortirait qu'une feuille de papier Whatman, intacte et vierge.

Aucune trace, ainsi, ne resterait de cette opération qui aurait, pendant cinquante ans, entièrement mobilisé son auteur.

CHAPITRE XXVII

Rorschash, 3

Ce sera quelque chose comme un souvenir pétrifié, comme un de ces tableaux de Magritte où l'on ne sait pas très bien si c'est la pierre qui est devenue vivante ou si c'est la vie qui s'est momifiée, quelque chose comme une image fixée une fois pour toutes, indélébile : cet homme assis, la moustache tombante, les bras croisés sur la table, son cou de taureau jaillissant d'une chemise sans col, et cette femme, près de lui, les cheveux tirés, avec sa jupe noire, et son corsage à fleurs, debout derrière lui, le bras gauche posé sur son épaule, et les deux jumeaux, debout devant la table, se tenant par la main, avec leur costume marin à culottes courtes, leur brassard de premier communiant, leurs chaussettes leur tombant sur les chevilles, et la table, avec sa nappe en toile cirée, avec la cafetière d'émail bleu et la photo du grand-père dans son cadre ovale, et la cheminée avec, entre les deux pots à pieds coniques, décorés de chevrons noirs et blancs, plantés de touffes bleuâtres de romarin, la couronne de mariée sous son oblongue cloche de verre, avec ses fausses fleurs d'oranger — gouttes de coton roulé trempées dans de la cire —, son support perlé, ses décors de guirlandes, d'oiseaux et de miroirs.

Dans les années cinquante, bien avant que Gratiolet ne vende à Rorschash les deux appartements superposés qu'il allait aménager en duplex, une famille italienne, les Grifalconi, vécut quelque temps au quatrième gauche. Emilio Grifalconi était un ébéniste de Vérone, spécialisé dans la restauration des meubles, qui était venu à Paris pour travailler à la remise en état du mobilier du château de la Muette. Il était marié à une jeune femme de quinze ans plus jeune que lui, Laetizia, avec qui il avait eu, trois ans auparavant, deux jumeaux.

Laetizia, dont la beauté sévère et presque sombre fascinait l'immeuble, la rue et le quartier, promenait tous les après-midi ses enfants au parc Monceau dans un double landau spécialement conçu à l'usage des jumeaux. C'est sans doute au cours de ces promenades quotidiennes qu'elle rencontra l'un des hommes que sa beauté avait le plus bouleversé. Il s'appelait Paul Hébert, et habitait lui aussi l'immeuble, au cinquième droite. Pris le sept octobre 1943, alors qu'il venait d'avoir dix-huit ans, dans la grande rafle du boulevard Saint-Germain après l'attentat qui avait coûté la vie au capitaine Dittersdorf et aux lieutenants Nebel et Knödelwurst, Paul Hébert avait été déporté quatre mois plus tard à Buchenwald. Libéré en quarante-cinq, soigné pendant près de sept ans dans un sanatorium des Grisons, il n'était revenu que récemment en France et était devenu professeur de physique et chimie au collège Chaptal où ses élèves, évidemment, n'avaient pas tardé à le surnommer pH.

Leur liaison qui, sans être délibérément platonique, se limitait vraisemblablement à de brèves étreintes et à des serrements de mains furtifs, durait depuis près de quatre ans lorsque, à la rentrée 1955, pH fut muté à Mazamet à la demande expresse de ses médecins qui lui ordonnaient un climat sec et semi montagneux.

Pendant plusieurs mois il écrivit à Laetizia, la suppliant de venir, elle s'y refusant chaque fois. Le hasard voulut que le brouillon d'une de ses lettres à elle tombât entre les mains de son mari :

« Je suis triste, ennuyée, horriblement agacée. Je redeviens comme il y a deux ans, d'une sensibilité douloureuse. Tout me fait mal et me déchire. Tes deux dernières lettres m'ont fait battre le cœur à me le rompre. Elles me remuent tant ! Quand dépliant leurs plis le parfum du papier me monte aux narines et que la senteur de tes phrases caressantes me pénètre le cœur. Ménage-moi ; tu me donnes le vertige avec ton amour ! Il faut bien nous persuader pourtant que nous ne pouvons vivre ensemble. Il faut se résigner à une existence

plus plate et plus pâle. Je voudrais te voir en prendre l'habitude, que mon image au lieu de te brûler te réchauffe, qu'elle te console au lieu de te désespérer. Il le faut. Nous ne pouvons être toujours dans cette convulsion de l'âme dont les abattements qui la suivent sont la mort. Travaille, pense à autre chose. Toi qui as tant d'intelligence, emploies-en un peu à être plus tranquille. Moi ma force est à bout. Je me sentais bien du courage pour moi seule, mais pour deux ! Mon métier est de soutenir tout le monde, j'en suis brisée, ne m'afflige plus par tes emportements qui me font me maudire moi-même sans que pourtant j'y voie de remèdes... »

Emilio ne savait évidemment pas à qui s'adressait ce brouillon inachevé. Sa confiance en Laetizia était telle qu'il pensa d'abord qu'elle avait simplement recopié un roman-photo, et si Laetizia avait voulu le lui faire croire, elle y serait parvenue sans aucun mal. Mais Laetizia, si elle avait été capable, pendant toutes ces années, de dissimuler la vérité, n'était pas capable de la déguiser. Interrogée par Emilio, elle lui avoua avec une tranquillité effrayante que son souhait le plus cher était de retrouver Hébert, mais qu'elle s'y refusait à cause de lui et des jumeaux.

Grifalconi la laissa partir. Il ne se suicida pas, ne sombra pas dans l'alcoolisme, mais s'occupa des jumeaux avec une attention inflexible, les amenant chaque matin à l'école avant d'aller à son travail, allant les rechercher le soir, faisant le marché, préparant la cuisine, les baignant, leur coupant leur viande, surveillant leurs devoirs, leur lisant des histoires avant qu'ils s'endorment, allant le samedi après-midi avenue des Ternes leur acheter des chaussures, des duffle-coats, des chemisettes, les envoyant au catéchisme, leur faisant faire leur communion solennelle.

En 1959, lorsque son contrat avec le Ministère des Affaires culturelles — dont dépendait la remise à neuf du château de la Muette — vint à expiration, Grifalconi repartit à Vérone avec ses enfants. Mais quelques semaines auparavant il alla trouver Valène et lui commanda un tableau. Il voulait que le peintre le représente, lui, avec sa femme et les deux jumeaux. Ils seraient tous les quatre dans leur salle à manger. Lui serait assis ; elle aurait sa jupe noire et son corsage à fleurs, elle serait debout derrière lui, sa main gauche posée sur son épaule gauche à lui dans un geste plein de confiance et de sérénité, les deux jumeaux auraient leur beau costume de marin et leur brassard de premier communiant et il y aurait sur la table la photo de son grand-père qui visita les Pyramides et sur la cheminée la couronne de mariée de Laetizia et les deux pots de romarin qu'elle aimait tant.

Valène ne fit pas un tableau mais un dessin à la plume avec des encres de couleur. Faisant poser Emilio et les jumeaux, se servant pour Laetizia de quelques photos déjà anciennes, il fignola soigneusement les détails demandés par l'ébéniste : les petites fleurs mauves et bleues du corsage de Laetizia, le casque colonial et les guêtres de l'ancêtre, les ors fastidieux de la couronne de mariée, les plis damassés des brassards des jumeaux.

Emilio fut si content du travail de Valène qu'il tint non seulement à le payer mais à lui faire cadeau de deux objets auxquels il était par-dessus tout attaché : il fit venir le peintre chez lui et posa sur la table un coffret oblong en cuir vert. Ayant allumé un projecteur accroché au plafond pour éclairer le coffret, il l'ouvrit : une arme reposait sur la doublure d'un rouge éclatant, sa poignée lisse en frêne, sa lame plate, falciforme, en or. « Savez-vous ce que c'est ? » demanda-t-il. Valène leva les sourcils en signe d'ignorance. « C'est la serpe d'or, la serpe dont les druides gaulois se servaient pour cueillir le gui. » Valène regarda Grifalconi d'un air incrédule mais l'ébéniste ne parut pas se démonter. « Le manche, c'est moi qui l'ai fabriqué, bien sûr, mais la lame est authentique ; elle a été trouvée dans une tombe aux environs d'Aix ; il paraît qu'elle est caractéristique du travail des Salyens. » Valène examina la lame de plus près ; sept minuscules gravures étaient finement ciselées sur une des faces, mais il ne parvint pas à voir ce qu'elles représentaient, même en s'aidant d'une forte loupe ; il vit seulement que sur plusieurs d'entre elles, il y avait vraisemblablement une femme aux cheveux très longs.

Le second objet était plus étrange encore. Lorsque Grifalconi le sortit de sa caisse capitonnée, Valène crut d'abord qu'il s'agissait d'un bouquet de corail. Mais Grifalconi secoua la tête : dans les combles du château de la Muette, il avait trouvé les vestiges d'une table ; le plateau, ovale, merveilleusement incrusté de nacre, était dans un état de conservation remarquable, mais le piétement central, une lourde colonne fusiforme en bois veiné, se révéla complètement vermoulu ; l'action des vers avait été souterraine, intérieure, suscitant d'innombrables canaux et canalicules remplis de bois pulvérisé. De l'extérieur rien n'apparaissait de ce travail de sape et Grifalconi vit qu'il n'était possible de conserver le pied d'origine qui, presque complètement évidé, était incapable de soutenir le poids du plateau, qu'en le renforçant intérieurement ; en conséquence, après avoir nettoyé par aspiration les canaux de toutes leurs vermoulures, il entreprit d'y injecter sous pression un mélange presque liquide de plomb, d'alun et de fibres d'amiante. L'opération réussit mais il apparut rapidement que, même ainsi consolidé, le pied restait trop fragile et Grifalconi dut se résoudre à le remplacer totalement. C'est alors qu'il eut l'idée de dissoudre le bois qui restait, faisant ainsi apparaître cette fantastique arborescence, trace exacte de ce qu'avait été la vie du ver dans ce morceau de bois, superposition immobile, minérale, de tous les mouvements qui avaient constitué son existence aveugle, cette obstination unique, cet itinéraire opiniâtre, cette matérialisation fidèle de tout ce qu'il avait mangé et digéré, arrachant à la compacité du monde alentour les imperceptibles éléments nécessaires à sa survie, image étalée, visible, incommensurablement troublante de ce cheminement sans fin qui avait réduit le bois le plus dur en un réseau impalpable de galeries pulvérulentes.

Grifalconi retourna à Vérone. Une ou deux fois, Valène lui envoya une de ces petites gravures sur linoléum qu'il tirait à l'intention de ses amis pour ses vœux de nouvel an. Mais il ne reçut jamais de réponse. En 1972, une lettre de Vittorio — c'était l'un des deux jumeaux — qui était devenu professeur de taxinomie végétale à Padoue, lui apprit que son père était mort des suites d'un trichinose. De l'autre jumeau, Alberto, la lettre disait seulement qu'il vivait en Amérique du Sud et qu'il se portait bien.

Quelques mois après le départ des Grifalconi, Gratiolet vendit l'appartement qu'ils avaient occupé à Rémi Rorschash.

C'est aujourd'hui le rez-de-chaussée du duplex. La salle à manger est devenue un salon. La cheminée sur laquelle Emilio Grifalconi avait fait mettre la couronne de mariée de sa femme et les deux pots de romarin a été modernisée et offre extérieurement l'aspect d'une structure d'acier poli ; le sol est recouvert d'une multitude de tapis de laine à dessins exotiques, empilés les uns sur les autres ; pour seuls meubles, trois fauteuils dits « de metteur en scène », en toile bise et tubes métalliques, qui ne sont en fait que des sièges de camping légèrement améliorés ; de nombreux gadgets américains traînent un peu partout, et en particulier un jeu de jacquet électronique, le *Feedback-Gammon*, dans lequel les joueurs n'ont plus qu'à lancer les dés et à appuyer sur deux touches correspondant à leurs valeurs numériques, l'avance des dames étant effectuée par des microprocesseurs incorporés dans l'appareil ; les pièces du jeu sont matérialisées par des cercles lumineux se déplaçant sur le damier translucide selon des stratégies optimisées ; chaque joueur disposant à tour de rôle de la meilleure attaque et/ou de la meilleure défense, l'issue la plus fréquente d'une partie est un blocage réciproque des pièces équivalant à un nul.

L'appartement de Paul Hébert, après d'obscures affaires de scellés et de saisies, fut récupéré par le gérant qui le loue. Geneviève Foulerot l'occupe actuellement avec son petit bébé.

Laetizia ne revint pas et plus personne n'eut jamais de ses nouvelles. Et c'est grâce au jeune Riri, qui le rencontra par hasard en mille neuf cent soixante-dix, que l'on sut, au moins partiellement, ce qu'était devenu Paul Hébert.

Le jeune Riri, qui a aujourd'hui près de vingt-cinq ans, s'appelle en réalité Valentin, Valentin Collot. C'est le plus jeune des trois enfants d'Henri Collot, le cafetier qui tient le tabac au coin de la rue Jadin et de la rue de Chazelles. Tout le monde a toujours appelé Henri Riri, sa femme Lucienne Madame Riri, leurs deux filles, Martine et Isabelle, les petites Riri, et Valentin le jeune Riri, sauf Monsieur Jérôme, l'ancien professeur d'histoire, qui disait plus volontiers « Riri le jeune » et avait même essayé pendant quelque temps d'imposer « Riri II° » mais n'avait été suivi par personne, pas même par Morellet qui était pourtant généralement favorable à ce type d'initiative.

Le jeune Riri, donc, qui avait été pendant un an au collège Chaptal le malheureux élève de pH et qui se souvenait encore avec terreur des joules, des coulombs, des ergs, des dynes, des ohms et des farads et de : acide plus base donne sel plus eau, fit son service à Bar-le-Duc. Un samedi après-midi, alors qu'il se promenait en ville avec cet ennui tenace qui n'appartient qu'aux militaires du contingent, il aperçut son ancien professeur : installé à l'entrée d'un super-marché, habillé en paysan normand avec une blouse bleue, un foulard rouge à carreaux et une casquette, Paul Hébert proposait aux passants des charcuteries régionales, du cidre bouché, des gâteaux bretons, du pain cuit au four à bois. Le jeune Riri, s'approchant de l'étalage, s'acheta quelques tranches de saucisson à l'ail en se demandant s'il allait oser adresser la parole à son ancien prof. Lorsque Paul Hébert lui rendit sa monnaie, leurs regards se croisèrent une fraction de seconde, et le jeune Riri comprit que l'autre s'était senti reconnu, et qu'il le suppliait de partir.

CHAPITRE XXVIII

Dans l'escalier, 3

C'est là, dans l'escalier, il devait bien y avoir trois ans, qu'il l'avait rencontré pour la dernière fois ; dans l'escalier, sur le palier du cinquième, en face de la porte de cet appartement où avait vécu le malheureux Hébert. L'ascenseur, une fois de plus, était en panne, et Valène, remontant péniblement chez lui, avait croisé Bartlebooth qui était peut-être allé voir Winckler. Il portait son habituel pantalon de flanelle grise, une veste à carreaux, et une de ces chemises en fil d'Ecosse qu'il affectionnait tellement. Il l'avait salué au passage d'une très brève inclinaison de la tête. Il n'avait pas beaucoup changé ; il était voûté, mais marchait sans canne ; son visage s'était légèrement creusé, ses yeux étaient devenus presque blancs : c'est cela qui avait le plus frappé Valène : ce regard qui n'était pas arrivé à rencontrer le sien, comme si Bartlebooth avait cherché à regarder derrière sa tête, avait voulu traverser sa tête pour atteindre, au delà, le refuge neutre de la cage de l'escalier avec ses peintures en trompe-l'œil imitant de vieilles marbrures et ses plinthes de staff à effets de boiseries. Il y avait dans ce regard qui l'évitait quelque chose de beaucoup plus violent que le vide, quelque chose qui n'était pas seulement de l'orgueil ou de la haine, mais presque de la panique, quelque chose comme un espoir insensé, comme un appel au secours, comme un signal de détresse.

Il y avait dix-sept ans que Bartlebooth était revenu, dix-sept ans qu'il s'était enchaîné à sa table, dix-sept ans qu'il s'acharnait à recomposer une à une les cinq cents marines que Gaspard Winckler avait découpées en sept cent cinquante morceaux chacune. Il en avait déjà reconstitué plus de quatre cents ! Au début, il allait vite, il travaillait avec plaisir, ressuscitant avec une sorte de ferveur les paysages qu'il avait peints vingt ans auparavant, regardant avec une exultation d'enfant Morellet combler finement les plus petits interstices des puzzles achevés. Puis, au fil des années, c'était comme si les puzzles se compliquaient de plus en plus, devenaient de plus en plus difficiles à résoudre. Sa technique, sa pratique, son inspiration, ses méthodes s'étaient pourtant affinées à l'extrême, mais s'il devinait le plus souvent à l'avance les pièges que lui avait préparés Winckler, il n'était plus toujours capable de découvrir la réponse qui convenait : il avait beau passer des heures sur chaque puzzle, rester assis des journées entières dans ce fauteuil tournant et basculant qui avait appartenu à son grand-oncle de Boston, il avait de plus en plus de mal à achever ses puzzles dans les délais qu'il s'était lui-même impartis.

Pour Smautf, qui les apercevait sur la grande table carrée couverte d'un drap noir lorsqu'il apportait à son maître le thé que celui-ci négligeait le plus souvent de boire, une pomme dont il grignotait un morceau avant de la laisser noircir dans sa corbeille, ou du courrier qu'il n'ouvrait plus qu'exceptionnellement, les puzzles restaient encore liés à des bouffées de souvenirs, des odeurs de varech, des bruits de vagues se fracassant le long de hautes digues, des noms lointains : Majunga, Diégo-Suarez, les Comores, les Seychelles, Socotra, Moka, Hodeida... Pour Bartlebooth, ils n'étaient plus que les pions biscornus d'un jeu sans fin dont il avait fini par oublier les règles, ne sachant même plus contre qui il jouait, quelle était la mise, quel était l'enjeu, petits bouts de bois dont les découpes capricieuses devenaient objets de cauchemars, seules matières d'un ressassement solitaire et bougon, composantes inertes, ineptes et sans pitié d'une quête sans objet. Majunga, ce n'était ni une ville ni un port, ce n'était pas un ciel lourd, une bande de lagune, un horizon hérissé de hangars et de cimenteries, c'était seulement sept cent cinquante imperceptibles variations sur le gris, bribes incompréhensibles d'une énigme sans fond, seules images d'un vide qu'aucune mémoire, aucune attente ne viendraient jamais combler, seuls supports de ses illusions piégées.

Gaspard Winckler était mort, quelques semaines après cette rencontre et Bartlebooth avait pratiquement cessé de sortir de chez lui. De temps en temps Smautf donnait à Valène des nouvelles de ce voyage absurde qu'à vingt ans de distance l'Anglais poursuivait dans le silence de son bureau capitonné : « nous avons quitté la Crète » — Smautf s'identifiait assez souvent à Bartlebooth et parlait de lui à la première personne du pluriel, il est vrai qu'ils avaient accompli tous ces voyages ensemble — « nous abordons les Cyclades : Zaforas, Anafi, Milo, Paros, Naxos, ça ne va pas aller tout seul ! »

Valène, parfois, avait l'impression que le temps s'était arrêté, suspendu, figé autour d'il ne savait quelle attente. L'idée même de ce tableau qu'il projetait de faire et dont les images étalées, éclatées, s'étaient mises à hanter le moindre de ses instants, meublant ses rêves, forçant ses souvenirs, l'idée même de cet immeuble éventré montrant à nu les fissures de son passé, l'écroulement de son présent, cet entassement sans suite d'histoires grandioses ou dérisoires, frivoles ou pitoyables, lui faisait l'effet d'un mausolée grotesque dressé à la mémoire de comparses pétrifiés dans des postures ultimes tout aussi insignifiantes dans leur solennité ou dans leur banalité, comme s'il avait voulu à la fois prévenir et retarder ces morts lentes ou vives qui, d'étage en étage, semblaient vouloir envahir la maison tout entière : Monsieur Marcia, Madame Moreau, Madame de Beaumont, Bartlebooth, Rorschash, Mademoiselle Crespi, Madame Albin, Smautf. Et lui, bien sûr, lui, Valène, le plus ancien locataire de l'immeuble.

Alors parfois un sentiment d'insupportable tristesse le pénétrait ; il pensait aux autres, à tous ceux qui étaient déjà partis, à tous ceux que la vie ou la mort avaient avalés : Madame Hourcade, dans sa petite maison près de Montargis, Morellet à Verrières-le-Buisson, Madame Fresnel avec son fils en Nouvelle-Calédonie, et Winckler, et Marguerite, et les Danglars et les Claveau, et Hélène Brodin avec son petit sourire apeuré, et Monsieur Jérôme, et la vieille dame au petit chien dont il avait oublié le nom, le nom de la vieille dame, car le petit chien, qui d'ailleurs était une chienne, il s'en souvenait très bien, s'appelait Dodéca et comme elle faisait fréquemment ses besoins sur le palier, la concierge — Madame Claveau — ne l'appelait jamais autrement que Dodécaca. La vieille dame habitait au quatrième gauche, à côté des Grifalconi, et on la voyait souvent se promener dans les escaliers vêtue seulement de sa combinaison. Son fils voulait devenir curé. Des années plus tard, après la guerre, Valène l'avait rencontré rue des Pyramides en train d'essayer de vendre à des touristes qui s'apprêtaient à visiter Paris à bord d'autocars à deux étages, des petits romans porno et il lui avait raconté une interminable histoire de trafic d'or avec l'U.R.S.S.

Encore une fois alors se mettait à courir dans sa tête la triste ronde des déménageurs et des croque-morts, les agences et leurs clients, les plombiers, les électriciens, les peintres, les tapissiers, les carreleurs, les poseurs de moquettes : il se mettait à penser à la vie tranquille des choses, aux caisses de vaisselles pleines de copeaux, aux cartons de livres, à la dure lumière des ampoules nues se balançant au bout de leur fil, à la lente mise en place des meubles et des objets, à la lente accoutumance du corps à l'espace, toute cette somme d'événements minuscules, inexistants, irracontables — choisir un pied de lampe, une reproduction, un bibelot, placer entre deux portes un haut miroir rectangulaire, disposer devant une fenêtre un jardin japonais, tendre d'un tissu à fleurs les rayons d'une armoire — tous ces gestes infimes en quoi se résumera toujours de la manière la plus fidèle la vie d'un appartement, et que viendront bouleverser, de temps à autre, imprévisibles et inéluctables, tragiques ou bénignes, éphémères ou définitives, les brusques cassures d'un quotidien sans histoire : un jour la petite Marquiseaux s'enfuira avec le jeune Réol, un jour Madame Orlowska décidera de repartir, sans raisons apparentes, sans raisons véritables ; un jour Madame Altamont tirera un coup de révolver sur Monsieur Altamont et le sang se mettra à gicler sur les tomettes vernissées de leur salle à manger octogonale ; un jour la police viendra arrêter Joseph Nieto et trouvera dans sa chambre, dissimulé dans une des boules de cuivre du grand lit Empire, le célèbre diamant dérobé jadis au prince Luigi Voudzoï.

Un jour surtout, c'est la maison entière qui disparaîtra, c'est la rue et le quartier entiers qui mourront. Cela prendra du temps. Au début cela aura l'air d'une légende, d'une rumeur à peine plausible : on aura entendu parler d'une extension possible du parc Monceau, ou d'un projet de grand hôtel, ou d'une liaison directe entre l'Elysée et Roissy empruntant pour rejoindre le périphérique le trajet de l'avenue de Courcelles.

Puis les bruits se préciseront ; on apprendra le nom des promoteurs et la nature exacte de leurs ambitions que de luxueux
dépliants en quadrichromie viendront illustrer :

« ... *Dans le cadre, prévu par le septième plan, de
l'agrandissement et de la modernisation des bâtiments
de la Poste centrale du XVIIe arrondissement, rue
de Prony, rendus nécessaires par le considérable
développement de ce service public au cours des deux
dernières décennies, une restructuration complète de la
périphérie s'est avérée possible et souhaitable...* »

et ensuite :

« ... *Fruit des efforts conjugués des pouvoirs publics
et des initiatives privées, ce vaste ensemble à vocation
multiple, respectant l'équilibre écologique de l'environnement, mais susceptible de bénéficier des équipements socio-culturels indispensables à une souhaitable
humanisation de la vie contemporaine, viendra ainsi
en son temps efficacement remplacer un tissu urbain
parvenu depuis plusieurs années à saturation...* »

et enfin :

« ... *A quelques minutes de l'Étoile-Charles-de-Gaulle
(RER) et de la gare Saint-Lazare, à quelques mètres
à peine des frondaisons du parc Monceau, HORIZON
84 vous propose sur trois millions de mètres carrés de
surfaces de planchers les TROIS MILLE CINQ
CENTS plus beaux bureaux de Paris : triple moquette,
isolation thermo-phonique par dalles flottantes, antis-
kating, cloisons auto-portantes, télex, circuit de télévision intérieure, terminaux d'ordinateurs, salles de
conférence avec traduction simultanée, restaurants d'entreprise, snacks, piscine, club-house...
HORIZON 84, c'est aussi SEPT CENTS appartements, de la studette au cinq-pièces, entièrement
équipés — du gardiennage électronique à la cuisine
préprogrammable, c'est aussi VINGT DEUX appartements de réception — trois cents mètres carrés de
salons et de terrasses, c'est encore un centre commer-*

cial groupant QUARANTE-SEPT magasins et services, c'est enfin DOUZE MILLE places de parkings en sous-sols, MILLE CENT SOIXANTE-QUINZE mètres carrés d'espaces verts paysagés, DEUX MILLE CINQ CENTS lignes téléphoniques préinstallées, un relais AM-FM, DOUZE courts de tennis, SEPT cinémas, et le plus moderne complexe hôtelier d'Europe ! HORIZON 84, 84 ANS D'EXPÉRIENCE AU SERVICE DE L'IMMOBILIER DE DEMAIN ! »

Mais avant que ne surgissent du sol ces cubes de verre, d'acier et de béton, il y aura la longue palabre des ventes et des reprises, des indemnisations, des échanges, des relogements, des expulsions. Un à un les magasins fermeront et ne seront pas remplacés, une à une les fenêtres des appartements devenus vacants seront murées et les planchers défoncés pour décourager les squatters et les clochards. La rue ne sera plus qu'une suite de façades aveugles — *fenêtres semblables à des yeux sans pensée* — alternant avec des palissades maculées d'affiches en lambeaux et de graffiti nostalgiques.

Qui, en face d'un immeuble parisien, n'a jamais pensé qu'il était indestructible ? Une bombe, un incendie, un tremblement de terre peuvent certes l'abattre, mais sinon ? Au regard d'un individu, d'une famille, ou même d'une dynastie, une ville, une rue, une maison, semblent inaltérables, inaccessibles au temps, aux accidents de la vie humaine, à tel point que l'on croit pouvoir confronter et opposer la fragilité de notre condition à l'invulnérabilité de la pierre. Mais la même fièvre qui, vers mille huit cent cinquante, aux Batignolles comme à Clichy, à Ménilmontant comme à la Butte-aux-Cailles, à Balard comme au Pré-Saint-Gervais, a fait surgir de terre ces immeubles, s'acharnera désormais à les détruire.

Les démolisseurs viendront et leurs masses feront éclater les crépis et les carrelages, défonceront les cloisons, tordront les ferrures, disloqueront les poutres et les chevrons, arracheront les moellons et les pierres : images grotesques d'un immeuble jeté à bas, ramené à ses matières premières dont des ferrailleurs à gros gants viendront se disputer les tas : le plomb des tuyauteries, le marbre des cheminées, le bois des charpentes et des parquets, des portes et des plinthes, le cuivre et le laiton des poignées et des robinets, les grands miroirs et les ors de leurs cadres, les pierres d'évier, les baignoires, le fer forgé des rampes d'escalier...

Les bulldozers infatigables des niveleurs viendront charrier le reste : des tonnes et des tonnes de gravats et de poussières.

CHAPITRE XXIX

Troisième droite, 2

Le grand salon de l'appartement du troisième droite pourrait offrir les images classiques d'un lendemain de fête.

C'est une vaste pièce aux boiseries claires, dont on a roulé ou repoussé les tapis, mettant en évidence un parquet délicatement cloisonné. Tout le mur du fond est occupé par une bibliothèque de style Regency dont la partie centrale est en réalité une porte peinte en trompe-l'œil. Par cette porte, à demi ouverte, on aperçoit un long corridor dans lequel s'avance une jeune fille d'environ seize ans qui tient dans sa main droite un verre de lait.

Dans le salon, une autre jeune fille — peut-être est-ce à elle qu'est destiné ce verre réparateur — est couchée, endormie, sur un divan recouvert de daim gris : enfouie au milieu des coussins, à demi recouverte par un châle noir brodé de fleurs et de feuillages, elle apparaît vêtue seulement d'un blouson de nylon manifestement trop grand pour elle.

Par terre, partout, les restes du raout : plusieurs chaussures dépareillées, une longue chaussette blanche, une paire de collants, un haut-de-forme, un faux nez, des assiettes de carton, empilées, froissées ou isolées, pleines de déchets, fanes de radis, têtes de sardines, morceaux de pain un peu rongés, os de poulets, croûtes de fromages, barquettes en papier plissé ayant contenu des petits fours ou des chocolats, mégots, serviettes en papier, gobelets de carton ; sur une table basse diverses bouteilles vides et une motte de beurre, à peine entamée, dans laquelle plusieurs cigarettes ont été soigneusement écrasées ; ailleurs, tout un assortiment de petits raviers triangulaires contenant encore divers amuse-gueule : olives vertes, noisettes grillées, petits biscuits salés, chips aux crevettes ; plus loin, dans un endroit un tout petit peu plus dégagé, un tonnelet de Côtes-du-Rhône, posé sur un petit chevalet, au pied duquel s'étalent plusieurs serpillières, quelques mètres de papier essuie-tout capricieusement vidé de son dérouleur et une ribambelle de verres et de gobelets parfois encore à demi pleins ; çà et là traînent des tasses à café, des sucres, des petits verres, des fourchettes, des couteaux, une pelle à gâteaux, des petites cuillers, des canettes de bière, des boîtes de coca-cola, des bouteilles presque intactes de gin, de porto, d'armagnac, de Marie-Brizard, de Cointreau, de crème de banane, des épingles à cheveux, d'innombrables récipients ayant servi de cendriers et débordant d'allumettes calcinées, de cendres, de fonds de pipes, de mégots tachés ou non de rouge à lèvres, de noyaux de dattes, de coquilles de noix, d'amandes et de cacahuètes, de trognons de pommes, d'écorces d'oranges et de mandarines ; en divers endroits gisent de grandes assiettes garnies copieusement de restes de victuailles diverses : des rouleaux de jambon pris dans une gelée désormais liquéfiée, des tranches de rôti de bœuf ornées de rondelles de cornichons, une moitié de colin froid décorée de bouquets de persil, de quartiers de tomates, de torsades de mayonnaise et de tranches de citron crénelées ; d'autres reliefs ont trouvé refuge dans des endroits parfois improbables : en équilibre sur un radiateur, un grand saladier japonais en bois laqué avec encore au fond un reste de salade de riz parsemé d'olives, de filets d'anchois, d'œufs durs, de câpres, de poivrons en lanières et de crevettes ; sous le divan, un plat d'argent, où des pilons intacts voisinent avec des os totalement ou partiellement rongés ; au fond d'un fauteuil, un bol de mayonnaise gluante ; sous un presse-papier de bronze représentant le célèbre *Arès au repos* de Scopas, une soucoupe pleine de radis ; des concombres, des aubergines et des mangues, maintenant racornis, et un restant de laitue achevant de surir, presque au sommet de la bibliothèque, au-dessus d'une édition en six volumes des romans libertins de Mirabeau, et le reste d'une pièce montée — une gigantesque meringue qui était sculptée en forme d'écureuil dangereusement coincée entre deux plis d'un des tapis.

Dispersés à travers la pièce, d'innombrables disques sortis ou non de leurs pochettes, des disques de danse pour la plupart, parmi lesquels surprennent un instant quelques autres

musiques de genre : « *Les Marches et Fanfares de la 2ᵉ D.B.* »,
« *Le Laboureur et ses Enfants* raconté en argot par Pierre
Devaux », « *Fernand Raynaud : le 22 à Asnières* », « *Mai 6ᵈ
à la Sorbonne* », « *La Tempesta di Mare*, concerto en mi bémol
majeur, op. 8, n° 5, d'Antonio Vivaldi, interprété au synthétiseur par Léonie Prouillot » ; partout enfin des cartons
éventrés, des emballages hâtivement défaits, des ficelles, des
rubans dorés aux extrémités vrillées en spirales, indiquant
que cette fête fut donnée à l'occasion de l'anniversaire de
l'une ou l'autre de ces jeunes filles, et qu'elle y fut particulièrement gâtée par ses amis : on lui a offert, entre autres
choses, et indépendamment des denrées solides et liquides
que certains ont apportées en guise de cadeau, un petit mécanisme de boîte à musique dont on peut raisonnablement supposer qu'il joue *Happy birthday to you* ; un dessin à la plume
de Thorwaldsson représentant un Norvégien dans son costume
de mariage : jaquette courte à boutons d'argent très rapprochés, chemise empesée à corolle droite, gilet à liséré soutaché
de soie, culotte étroite rattachée au genou avec des bouquets
de floches laineuses, feutre mou, bottes jaunâtres, et, à la
ceinture, dans sa gaine de cuir, le couteau scandinave, le
Dolknif, dont est toujours muni le vrai Norvégien ; une toute
petite boîte d'aquarelles anglaises — d'où l'on peut conclure
que cette jeune fille s'adonne volontiers à la peinture ; un
poster nostalgique, représentant un barman aux yeux pleins
de malice, une longue pipe en terre à la main, se servant
un petit verre de genièvre Hulstkamp, que d'ailleurs, sur une
affichette faussement « en abîme », juste derrière lui, il se
prépare déjà à déguster, cependant que la foule se prépare à
envahir l'estaminet et que trois hommes, l'un à canotier, l'autre à feutre mou, le troisième en haut-de-forme, se bous-
culent à l'entrée ; un autre dessin, d'un certain William Falsten, caricaturiste américain du début du siècle, intitulé *The
Punishment* (le Châtiment) représentant un petit garçon couché dans son lit, pensant au merveilleux gâteau que sa famille
est en train de se partager — vision matérialisée dans un
nuage flottant au-dessus de sa tête — et dont à la suite d'une
bêtise quelconque il a été privé ; et enfin, cadeaux de plai-
santins aux goûts sans doute un peu morbides, quelques spécimens de farces et attrapes, parmi lesquels un couteau à
ressort cédant à la moindre pression, et une grosse araignée
noire assez effroyablement imitée.

On peut déduire de l'apparence générale de la pièce que la fête fut somptueuse, et peut-être même grandiose, mais qu'elle ne dégénéra pas : quelques verres renversés, quelques roussissures de cigarettes sur les coussins et les tapis, pas mal de taches de graisse et de vin, mais rien de vraiment irréparable, sinon un abat-jour de parchemin qui a été crevé, un pot de moutarde forte qui a coulé sur le disque d'or d'Yvette Horner, et une bouteille de vodka qui s'est cassée dans une jardinière contenant un fragile papyrus qui ne s'en remettra sans doute jamais.

CHAPITRE XXX

Marquiseaux, 2

C'est une salle de bains. Le sol et les murs sont couverts de tommettes vernies, ocre jaune. Un homme et une femme sont agenouillés dans la baignoire qui est à moitié remplie d'eau. Ils ont tous les deux une trentaine d'années. L'homme, les mains posées sur la taille de la femme, lui lèche le sein gauche cependant qu'elle, légèrement cambrée, enserre de sa main droite le sexe de son compagnon tout en se caressant elle-même de l'autre main. Un troisième personnage assiste à cette scène : un jeune chat noir, avec des reflets mordorés et une tache blanche sous le cou, allongé sur le rebord de la baignoire, et dont le regard jaune vert semble exprimer un prodigieux étonnement. Il porte un collier de cuir tressé muni d'une plaque réglementaire indiquant son nom — Petit Pouce — son numéro d'immatriculation à la S.P.A., et le numéro de téléphone de ses propriétaires, Philippe et Caroline Marquiseaux ; non pas leur numéro parisien ; car il serait tout à fait improbable que Petit Pouce sorte de l'appartement et se perde dans Paris, mais le numéro de leur maison de campagne : le 50 à Jouy-en-Josas (Yvelines).

Caroline Marquiseaux est la fille des Echard et a repris leur appartement. En 1966, alors qu'elle venait d'avoir vingt ans, elle épousa Philippe Marquiseaux qu'elle avait rencontré quelques mois auparavant en Sorbonne où l'un et l'autre faisaient des études d'histoire. Marquiseaux était de Compiègne et vivait à Paris rue Cujas, dans une chambre minuscule. Les jeunes mariés s'installèrent donc dans la chambre où Caroline avait grandi, tandis que ses parents se réservaient leur chambre et le salon-salle à manger. Quelques semaines suffirent pour rendre intolérable la cohabitation de ces quatre personnes.

Les premières escarmouches se déclenchèrent pour des histoires de salle de bains : Philippe, hurlait Madame Echard de sa voix la plus aigre et de préférence lorsque les fenêtres étaient grandes ouvertes pour que tout l'immeuble entende bien, Philippe restait pendant des heures dans les cabinets et laissait systématiquement à ceux qui venaient après lui le soin de nettoyer la cuvette ; les Echard, rétorquait Philippe, faisaient exprès de laisser traîner leurs dentiers dans les verres à dents dont lui et Caroline étaient censés se servir. L'intervention pacificatrice de Monsieur Echard permit d'éviter que ces heurts ne dépassent le stade des insultes verbales et des allusions désobligeantes et l'on aboutit à un statu quo supportable grâce, de part et d'autre, à quelques gestes de bonne volonté et à quelques mesures destinées à faciliter la vie commune : réglementation des temps d'occupation des locaux sanitaires, strict partage de l'espace, différenciation poussée des serviettes, gants et accessoires de toilette.

Mais si Monsieur Echard — vieux bibliothécaire à la retraite dont la marotte était d'accumuler des preuves démontrant qu'Hitler était toujours vivant — était la bonhommie même, sa femme se révéla une véritable teigne dont les récriminations continuelles aux heures des repas ne tardèrent pas à rallumer sérieusement le conflit : tous les soirs la vieille femme invectivait son gendre en inventant presque chaque fois de nouveaux prétextes : il arrivait en retard, il se mettait à table sans se laver les mains, il ne gagnait pas ce qu'il y avait dans son assiette mais ça ne l'empêchait pas de faire le difficile bien au contraire, il pourrait quand même de temps en temps aider Caroline à mettre la table ou à faire la vaisselle, etc. Philippe supportait le plus souvent avec flegme ces criailleries incessantes et parfois même tentait d'en plaisanter, par exemple en offrant un soir à sa belle-mère un petit cactus, « fidèle reflet de son caractère », mais un dimanche à la fin du déjeuner, alors qu'elle avait préparé le plat qu'il abhorrait le plus — du pain perdu — et qu'elle voulait le contraindre à en manger, il perdit le contrôle de lui-même, arracha la pelle à tarte des mains de sa belle-mère et lui en asséna quelques coups sur le crâne. Ensuite il fit calmement sa valise et repartit à Compiègne.

Caroline le persuada de revenir : en restant à Compiègne. il ne faisait pas que compromettre son mariage, mais il mettait aussi en danger ses études, et la possibilité de passer les IPES, ce qui, s'il les réussissait, leur permettrait dès l'année suivante d'avoir un logement à eux.

Philippe se laissa convaincre, et Madame Echard, cédant aux instances de son mari et de sa fille, accepta de tolérer pendant quelque temps encore sous son toit la présence de son gendre. Mais très vite son naturel acariâtre reprit le dessus et brimades et interdictions se remirent à pleuvoir sur le jeune couple : défense de se servir de la salle de bains après huit heures du matin, défense d'entrer dans la cuisine sauf pour y faire la vaisselle, défense de se servir du téléphone, défense de recevoir, défense de rentrer après dix heures du soir, défense d'écouter la radio, etc.

Caroline et Philippe supportèrent héroïquement ces conditions rigoureuses. A vrai dire, ils n'avaient pas le choix : le pécule misérable que Philippe recevait de son père — riche négociant qui désapprouvait le mariage de son fils — et les quelques sous que le père de Caroline lui glissait dans la main en cachette, suffisaient à peine à payer leur transport quotidien au Quartier latin et les tickets de restaurant universitaire : s'asseoir à une terrasse de café, aller au cinéma, acheter *Le Monde*, furent pour eux, ces années-là, des événements presque luxueux et pour pouvoir payer à Caroline un manteau de laine que la rigueur d'un février rendit indispensable, Philippe dut se résoudre à vendre à un antiquaire de la rue de Lille le seul objet véritablement précieux qu'il eût jamais possédé : une mandore du XVIIe siècle sur la table de laquelle étaient gravées les silhouettes d'Arlequin et de Colombine en dominos.

Cette vie difficile dura presque deux ans. Madame Echard, selon ses humeurs, tantôt s'humanisait, allant jusqu'à offrir à sa fille une tasse de thé, tantôt accentuait sévices et vexations, par exemple en coupant l'eau chaude exactement à l'heure où Philippe allait se raser, en faisant hurler du matin au soir son poste de télévision les jours où les deux jeunes gens révisaient dans leur chambre un oral d'examen, ou bien en faisant mettre des cadenas à combinaisons sur tous les placards sous prétexte que ses réserves de sucre, de biscuits secs et de papier hygiénique, étaient systématiquement pillées.

La conclusion de ces dures années d'apprentissage fut aussi soudaine qu'inespérée. Madame Echard, un jour, s'étrangla avec une arête ; Monsieur Echard, qui n'attendait que cela depuis dix ans, se retira dans le tout petit cabanon qu'il avait fait construire à côté d'Arles ; un mois plus tard, Monsieur Marquiseaux se tua dans un accident de voiture, laissant à son fils un héritage confortable. Philippe qui, sans obtenir les IPES, avait enfin terminé sa licence et envisageait de commencer une thèse de troisième cycle — *Hortillonnage et Labourage en Picardie sous le règne de Louis XV* — y renonça volontiers et fonda avec deux de ses camarades une agence de publicité qui est aujourd'hui florissante et qui a la particularité de vendre, non des produits d'entretien, mais des vedettes de music-hall : les Trapèzes, James Charity, Arthur Rainbow, « Hortense », *The Beast*, Heptaedra Illimited, et quelques autres, sont parmi ses meilleurs poulains.

CHAPITRE XXXI

Beaumont, 3

Madame de Beaumont est dans sa chambre à coucher, assise au fond d'un lit de style Louis XV, calée dans quatre oreillers finement brodés. C'est une vieille femme de soixante-quinze ans, au visage strié de rides, aux cheveux d'un blanc neigeux, aux yeux gris. Elle est vêtue d'une liseuse de soie blanche et porte à l'auriculaire gauche une bague dont le chaton de topaze est taillé en losange. Un livre d'art de grand format, intitulé *Ars Vanitatis*, est ouvert sur ses genoux, montrant une reproduction en pleine page d'une de ces célèbres *Vanités* de l'Ecole strasbourgeoise : un crâne entouré d'attributs se rapportant aux cinq sens, ici fort peu canoniques par rapport aux modèles habituels, mais parfaitement reconnaissables : le goût est représenté, non par une oie grasse ou un lièvre fraîchement tués, mais par un jambon pendu à une solive, et par une délicate tisanière de faïence blanche remplaçant le classique verre de vin ; le toucher par des dés et par une pyramide d'albâtre surmontée d'un bouchon de cristal taillé comme un diamant ; l'audition par une petite trompette à trous — et non à pistons — telle qu'on en utilisait pour les musiques de fanfares ; la vue, qui est en même temps, selon la symbolique même de ces tableaux, perception du temps inexorable, est figurée par le crâne lui-même et, s'opposant dramatiquement à lui, par une de ces pendules ouvragées appelées cartels ; l'odorat enfin, n'est pas évoqué par les traditionnels bouquets de roses ou d'œillets, mais par une plante grasse, une sorte d'anthure naine dont les inflorescences biannuelles dégagent un fort parfum de myrrhe.

Un commissaire venu de Rethel fut chargé d'élucider les circonstances du double assassinat de Chaumont-Porcien. Son enquête dura une petite semaine et ne fit qu'épaissir le mystère qui entourait cette ténébreuse affaire. Il fut établi que l'assassin n'était pas entré par effraction dans le pavillon des Breidel, mais vraisemblablement en passant par la porte de la cuisine qui n'était presque jamais fermée à clé, pas même la nuit, et qu'il était ressorti de la même façon, mais cette fois-ci en fermant lui-même la porte à clé derrière lui. L'arme du crime était un rasoir ou, plus précisément, un bistouri à lame mobile que l'assassin avait sans doute apporté et en tout cas remporté avec lui car on n'en trouva pas trace dans la maison, pas plus qu'on ne trouva d'empreintes ni d'indices. Le crime avait eu lieu dans la nuit du dimanche au lundi ; l'heure ne put être précisée. Personne n'avait rien entendu. Pas un cri, pas un bruit. Il est plus vraisemblable que François et Elizabeth furent tués pendant leur sommeil, et si vite qu'ils n'eurent même pas à se débattre : l'assassin leur trancha la gorge avec une dextérité telle qu'une des premières conclusions de la police fut qu'il s'agissait d'un professionnel du crime, d'un boucher d'abattoir ou d'un chirurgien.

De toute évidence, tous ces éléments prouvaient que le crime avait été soigneusement prémédité. Mais personne, à Chaumont-Porcien ou ailleurs, n'arrivait à concevoir qu'on eût pu vouloir assassiner quelqu'un comme François Breidel ou sa femme. Il y avait un peu plus d'un an qu'ils étaient venus vivre au village ; on ne savait pas exactement d'où ils venaient ; du Midi peut-être, mais personne n'en était certain et il semblait qu'avant de se fixer ils avaient mené une vie plutôt errante. Les interrogatoires des parents Breidel, à Arlon, et de Véra de Beaumont, n'apportèrent aucun élément nouveau : comme Madame de Beaumont, les parents Breidel étaient depuis plusieurs années déjà sans nouvelles de leur enfant. Des demandes de renseignements accompagnées des photos des deux victimes furent abondamment diffusées en France et à l'étranger, mais ne donnèrent rien non plus.

Pendant quelques semaines, l'opinion publique se passionna pour cette énigme sur laquelle s'affairèrent plusieurs dizaines de Maigret amateurs et de journalistes en mal de copie. On fit de ce double crime un lointain prolongement de l'affaire du Bazooka, Breidel ayant été, selon certains, un homme de main de Kovacs ; on impliqua le F.L.N., la Main rouge, les Rexistes, et on évoqua même une obscure histoire de prétendants au trône de France, un certain Sosthène de Beaumont, hypothétique ancêtre d'Elizabeth, n'ayant rien été d'autre qu'un fils, naturel mais légitimé, du duc de Berry. Puis, l'enquête piétinant, policiers, échotiers, détectives en chambre et curieux se lassèrent. L'instruction, contre toute espèce de vraisemblance, conclut à un crime « commis par un de ces vagabonds ou desaxés tels qu'il s'en rencontre encore trop souvent dans les zones suburbaines et aux abords des villages ».

Indignée de ce verdict qui ne lui apprenait rien de ce qu'elle estimait avoir le droit de savoir sur le sort de sa fille, Madame de Beaumont demanda à son avocat, Léon Salini, dont elle connaissait le goût pour les affaires criminelles, de reprendre l'enquête.

Pendant plusieurs mois, Véra de Beaumont resta pratiquement sans nouvelles de Salini. De temps à autre elle recevait de lui de laconiques cartes postales l'informant qu'il continuait sans se décourager ses recherches à Hambourg, à Bruxelles, à Marseille, à Venise, etc. Enfin, le sept mai 1960, Salini revint la voir :

« Tout le monde, lui dit-il, à commencer par la police, a compris que les Breidel ont été assassinés pour quelque chose qu'ils ont fait ou qui leur est arrivé jadis. Mais jusqu'à présent, personne n'a pu découvrir quoi que ce soit qui permette d'orienter l'enquête dans une direction plutôt que dans une autre. La vie du couple Breidel est apparemment limpide, en dépit de cette bougeotte dont ils semblent avoir été affectés la première année de leur mariage. Ils se sont rencontrés en juin 1957 à Bagnols-sur-Cèze, et se sont mariés six semaines plus tard ; lui travaillait à Marcoule, elle venait de se faire embaucher comme serveuse dans le restaurant où il prenait ses repas du soir. Sa vie à lui célibataire ne laisse pas davantage de place au mystère. A Arlon, la petite ville d'où il s'était envolé quelque quatre ans auparavant, on le considérait comme un bon ouvrier, un futur contremaître, un petit patron probable ; en fait, il n'avait trouvé de travail qu'en Allemagne, en Sarre précisément, à Neuweiler, un petit village à côté de Sarrebruck ; ensuite il était allé à Château d'Oex, en Suisse, et de là à Marcoule où il bâtissait une villa pour un des ingénieurs. Dans aucun de ces endroits, il ne lui est arrivé d'événements assez graves pour qu'on puisse vouloir l'assassiner cinq ans plus tard. Apparemment, la seule affaire à laquelle il ait été mêlé est une rixe avec quelques militaires à la sortie d'un bal.

« Pour Elizabeth, c'est tout à fait différent. Entre le moment où elle est partie de chez vous en 1946 et son arrivée à Bagnols-sur-Cèze en 1957, on ne sait rien, absolument rien sur votre fille, sinon qu'elle s'est présentée à la patronne du restaurant en prétendant s'appeler Elizabeth Ledinant. Tout cela a d'ailleurs été établi par l'enquête officielle et la police a essayé désespérément de savoir ce qu'Elizabeth avait bien pu faire au cours de ces onze années. Ils ont interrogé des centaines et des centaines de fichiers. Mais il n'ont rien trouvé.

« C'est sur cette base inexistante que j'ai repris l'enquête. Mon hypothèse de travail, ou plus exactement mon scénario de départ, fut le suivant : plusieurs années avant son mariage, Elizabeth a commis une faute grave, et elle a été obligée de s'enfuir et de se cacher. Le fait qu'elle se soit finalement mariée signifie qu'elle pensait avoir alors définitivement échappé à celui ou à celle dont elle avait tout lieu de craindre la vengeance. Mais pourtant, deux ans plus tard, cette vengeance vient la frapper.

« Mon raisonnement dans son ensemble était cohérent ; encore fallait-il en combler les trous. Je supposai alors que pour que le problème ne soit pas insoluble, il fallait que cet événement grave ait laissé au moins une trace repérable, et je résolus de dépouiller systématiquement la presse quotidienne de 1946 à 1957. C'est un travail fastidieux, mais qui n'a rien d'impossible : j'engageai cinq étudiants qui recensèrent à la Bibliothèque nationale tous les articles et entrefilets dans lesquels il était question — explicitement ou implicitement — d'une femme entre quinze et trente ans. Dès qu'un fait divers répondait à ce critère initial, je faisais procéder à une enquête plus poussée. J'ai ainsi étudié plusieurs centaines de cas correspondant à la première phase de mon scénario ; par exemple, un certain Emile D., circulant à bord d'une Mercédès bleu roi avec, à ses côtés une jeune femme blonde, avait écrasé, entre Parentis et Mimizan, un campeur australien qui lui faisait signe de le prendre en stop ; ou bien au cours d'une bagarre dans un bar de Montpellier, une prostituée répondant au prénom de Véra avait tailladé à coups de tessons de bouteilles le visage d'un nommé Lucien Campen, dit Monsieur Lulu ; cette histoire me plaisait assez, surtout à cause de ce nom de Véra qui éclairait la personnalité de votre fille d'une façon tout à fait troublante. Malheureusement pour moi, Monsieur Lulu était en prison et Véra, bien vivante, gérait une mercerie à Palinsac. Quant à la première histoire, elle tournait court elle aussi : Emile D. avait été arrêté, jugé, et condamné à une forte amende et à trois mois de prison avec sursis ; l'identité de sa compagne de voyage n'avait pas été révélée à la presse par crainte du scandale car c'était l'épouse légitime d'un ministre en exercice.

« Aucun des cas que j'eus à examiner ne résista à ces vérifications complémentaires. J'étais sur le point d'abandonner cette affaire lorsque l'un des étudiants que j'avais recrutés me fit remarquer que l'événement dont nous cherchions la trace pouvait très bien avoir eu lieu à l'étranger ! La perspective de devoir dépouiller les chiens écrasés de la planète entière ne nous réjouit pas outre mesure, mais nous nous y attelâmes cependant. Si votre fille s'était enfuie en Amérique, je crois que je me serais découragé avant, mais cette fois-ci la chance fut pour nous : dans l'*Express and Echo* d'Exeter du lundi quatorze juin 1953, nous lûmes ce fait divers navrant : Ewa Ericsson, la femme d'un diplomate suédois en service à Londres passait avec son fils de cinq ans ses vacances dans une villa qu'elle avait louée pour un mois à Sticklehaven, dans le Devon. Son mari, Sven Ericsson, retenu à Londres pour les fêtes du Couronnement devait la rejoindre le dimanche treize après avoir assisté à la grande réception que le couple royal donnait le douze au soir à Buckingham Palace pour plus de deux mille invités. De santé fragile, Ewa avait engagé à Londres juste avant son départ une fille au pair d'origine française dont l'unique tâche serait de s'occuper de l'enfant, une femme de ménage recrutée sur place se chargeant de l'entretien et de la cuisine. Sven Ericsson, quand il arriva le dimanche soir, découvrit un spectacle horrible : son fils, gonflé comme une outre, flottait dans la baignoire et Ewa, les deux poignets tailladés, gisait sur le carrelage de la salle de bains ; leur mort remontait à quarante-huit heures au moins, c'est-à-dire au vendredi soir. On expliquait les faits de la manière suivante : chargée de faire prendre son bain au petit garçon tandis qu'Ewa se repose dans sa chambre, la fille au pair, intentionnellement ou non, le laisse se noyer. Prenant conscience des inexorables suites de cet acte, elle décide de fuir sur-le-champ. Un peu plus tard, Ewa découvre le cadavre de son enfant et, folle de douleur, se sentant incapable de lui survivre, se donne la mort à son tour. L'absence de la femme de ménage, qui ne devait reprendre son service que le lundi matin, empêche que ces événements soient découverts avant l'arrivée de Sven Ericsson, et donne donc à la fille au pair quarante-huit heures d'avance.

« Sven Ericsson n'avait vu la Française que quelques minutes. Ewa avait mis des petites annonces dans divers endroits : YWCA, Centre culturel danois, Lycée français, Gœthe Institut, Maison de la Suisse, Fondation Dante Alighieri, American Express, etc., et avait engagé la première fille qui s'était présentée, une jeune Française d'une vingtaine d'années, étudiante, infirmière diplômée, grande, blonde, aux yeux pâles. Elle s'appelait Véronique Lambert ; son passeport lui avait été volé un mois auparavant, mais elle avait montré à Madame Ericsson un récépissé de perte établi par le consulat français. Le témoignage de la femme de ménage apporta peu de précisions supplémentaires ; manifestement elle n'aimait pas la mise et les manières de la Française, et lui parlait le moins possible, mais elle put tout de même indiquer qu'elle avait une mouche sous la paupière droite, qu'un bateau chinois était dessiné sur son flacon de parfum et qu'elle bégayait légèrement. Ce signalement fut diffusé sans résultat en Grande-Bretagne et en France.

« Il ne me fut pas difficile, poursuivit Salini, d'établir avec certitude que cette Véronique Lambert était bien Elizabeth de Beaumont et que son assassin était Sven Ericsson, car lorsque je me rendis il y a deux semaines à Sticklehaven pour tenter de retrouver cette femme de ménage afin de lui montrer une photographie de votre fille, la première chose que j'appris fut que Sven Ericsson qui, *depuis le drame, continuait à louer à l'année la villa sans jamais y habiter*, y était revenu et s'y était donné la mort, le dix-sept septembre précédent, trois jours seulement après le double assassinat de Chaumont-Porcien. Mais si ce suicide sur les lieux même du premier drame désignait sans doute possible le meurtrier d'Elizabeth, il continuait à laisser dans l'ombre l'essentiel : comment le diplomate suédois avait-il réussi à retrouver la trace de celle qui, six ans auparavant, avait causé la mort de sa femme et de son fils ? J'espérais vaguement qu'il avait laissé une lettre expliquant son geste, mais la police fut formelle : il n'y avait pas de lettre à côté du cadavre, ni nulle part.

« Mon intuition, pourtant, était juste : lorsque je pus enfin interroger Mrs Weeds, la femme de ménage, je lui demandai si elle avait jamais entendu parler d'une Elizabeth de Beaumont qui avait été assassinée à Chaumont-Porcien. Elle se leva et alla chercher une lettre qu'elle me remit.

”Mr. Ericsson, me dit-elle en anglais, m'a dit que si quelqu'un venait un jour me parler de cette Française et de sa mort dans les Ardennes, je devrais lui donner cette lettre.

— Et si je n'étais pas venu ?

— J'aurais attendu, et au bout de six ans, je l'aurais envoyée à l'adresse indiquée. ”

« Voici cette lettre, continua Salini. Elle vous était destinée. Votre nom et votre adresse figurent sur l'enveloppe. »

Immobile, figée, silencieuse, Véra de Beaumont prit les feuillets que Salini lui tendait, les déplia et se mit à lire :

Exeter, le seize septembre 1959

Madame,

Un jour ou l'autre, que vous la découvriez après l'avoir cherchée ou fait chercher, ou que vous la receviez par la poste dans six ans — c'est le temps qu'il m'a fallu pour que ma vengeance s'assouvisse —, vous aurez dans les mains cette lettre et vous saurez enfin pourquoi et comment j'ai tué votre fille.

Il y a un peu plus de six ans, votre fille, qui se faisait alors appeler Véronique Lambert, fut engagée pour un mois comme fille au pair par ma femme qui, malade, désirait que quelqu'un s'occupe de notre fils Erik, qui avait tout juste cinq ans. Le vendredi 11 juin 1953, pour des raisons que je continue d'ignorer, volontairement ou involontairement, elle laissa notre fils se noyer. Incapable d'assumer la responsabilité de cet acte criminel, elle prit la fuite, vraisemblablement dans l'heure qui suivit. Un peu plus tard, ma femme, découvrant notre fils noyé, fut saisie de folie et se trancha les poignets avec des ciseaux. J'étais alors à Londres et c'est seulement le dimanche soir que je les vis. Je jurai alors de consacrer ma vie, ma fortune et mon intelligence à me venger.

Je n'avais vu votre fille que quelques secondes lorsqu'elle était arrivée à Paddington pour prendre le train avec ma femme et notre fils, et lorsque j'appris que le nom sous lequel on la connaissait était faux, je désespérai de jamais retrouver sa trace.

Au cours des épuisantes insomnies qui commencèrent alors à m'accabler et ne m'ont plus jamais laissé en repos, je me souvins de deux détails anodins que ma femme avait mentionnés lorsqu'elle me raconta l'entrevue qu'elle avait eue avec votre fille avant de l'engager : ma femme, apprenant qu'elle était Française, lui avait parlé d'Arles et d'Avignon où nous avions plusieurs fois séjourné, et votre fille lui avait dit qu'elle avait été élevée dans la région ; et quand ma femme l'avait félicitée pour la qualité de son anglais, elle avait précisé qu'elle vivait en Angleterre depuis déjà deux ans et qu'elle étudiait l'archéologie.

Mrs. Weeds, la femme de ménage qui travaillait dans la maison que ma femme avait louée, et qui sera la dépositaire de cette lettre ultime jusqu'à ce qu'elle parvienne entre vos mains, me fut d'un secours plus précieux encore : c'est elle qui m'apprit que votre fille avait un grain de beauté sous la paupière droite, qu'elle se parfumait avec un parfum appelé « Sampang », et qu'elle bégayait. C'est avec elle aussi que je fouillai de fond en comble la villa à la recherche d'un indice que la fausse Véronique Lambert aurait pu y laisser. A mon grand dépit, elle n'avait volé ni bijoux ni objets, mais seulement emporté le porte-monnaie de cuisine que ma femme préparait pour que Mrs. Weeds fasse les courses et qui contenait trois livres, onze shillings et sept pence. Par contre, elle n'avait pas pu prendre toutes ses affaires et en particulier avait dû laisser celles qui étaient cette semaine là au lavage : divers sous-vêtements bon marché, deux mouchoirs, un foulard imprimé aux couleurs assez criardes et surtout un chemisier blanc brodé aux initiales E. B. Le chemisier pouvait avoir été volé ou emprunté mais je retins pourtant ces initiales comme un indice possible ; je retrouvai également éparses dans la maison diverses choses qui étaient sans doute à elle et en particulier, dans le salon où elle n'avait pas osé entrer avant de s'enfuir de peur de réveiller ma femme qui dormait dans la pièce à côté, le premier volume de la série roma-nesque d'Henri Troyat intitulée *Les semailles et les moissons* qui avait été publié quelques mois aupa-ravant en France. Une étiquette précisait que cet exemplaire venait de la Librairie Rolandi, 20 Berners Street, librairie spécialisée dans le prêt des livres étrangers.

Je rapportai le livre chez Rolandi ; j'y appris que Véronique Lambert y avait un abonnement de lecture : elle était étudiante à l'Institut d'Archéologie, dépendant du British Museum, et habitait une chambre dans un *Bed and Breakfast,* 79 Keppel Street, juste derrière le musée.

C'est en pure perte que je fis irruption dans sa chambre : elle l'avait quittée quand ma femme l'avait engagée comme fille au pair. Je ne pus rien apprendre de la logeuse ni des autres pensionnaires. A l'Institut d'Archéologie, j'eus davantage de chance : non seulement je trouvai une photographie d'elle dans son dossier d'inscription, mais je pus rencontrer plusieurs de ses camarades, et parmi eux un garçon avec lequel il semble qu'elle soit sortie deux ou trois fois ; il me fournit un renseignement capital : quelques mois auparavant, il l'avait invitée à venir écouter *Didon et Enée* à Covent Garden. « Je déteste l'opéra », lui avait-elle dit et elle avait ajouté : « ce n'est pas étonnant, ma mère était cantatrice! »

Je chargeai plusieurs agences de détectives privés de retrouver, en France ou ailleurs, la trace d'une jeune femme entre vingt et trente ans, grande, blonde, aux yeux pâles, avec une petite tache sous la paupière droite, un léger bégaiement; la fiche de renseignements mentionnait également qu'elle se parfumait peut-être avec un parfum appelé « Sampang », qu'elle se faisait peut-être appeler Véronique Lambert, que ses initiales réelles pouvaient éventuellement être E. B., qu'elle avait été élevée dans le midi de la France, avait séjourné en Angleterre et parlait très bien l'anglais, avait fait des études, s'intéressait à l'archéologie, et que sa mère, enfin, était, ou avait été, cantatrice.

Ce dernier indice se révéla décisif : l'examen de la biographie — dans des *Who's who* et autres répertoires spécialisés — de toutes les chanteuses dont le nom commençait par la lettre B ne donna rien, mais lorsque nous recensâmes toutes celles qui avaient eu une fille entre 1912 et 1935, votre nom sortit parmi quelque soixante-quinze autres : Vera Orlova, née à Rostov en 1900, épouse en 1926 l'archéologue français Fernand de Beaumont; une fille, Elizabeth Natacha Victorine Marie, née en 1929. Une rapide enquête m'apprit qu'Elizabeth avait été élevée par sa grand-mère à Lédignan, dans le Gard, et qu'elle s'était enfuie de chez vous le 3 mars 1945 à l'âge de seize ans. Je compris alors que c'était pour échapper à vos recherches qu'elle dissimulait son identité véritable, mais cela voulait dire aussi, hélas, que la piste que j'avais enfin retrouvée s'arrêtait là puisque ni vous ni votre belle-mère, en dépit des innombrables appels que vous aviez lancés à la radio et dans la presse, n'aviez eu depuis sept ans de ses nouvelles!

Nous étions déjà en mille neuf cent cinquante-quatre : il m'avait fallu presque un an pour savoir qui j'allais tuer : il me fallut encore plus de trois ans pour en retrouver la trace.

Pendant ces trois années, je tiens à ce que vous

le sachiez, j'entretins des équipes de détectives qui, vingt-quatre heures sur vingt-quatre, se relayaient pour vous surveiller et vous prendre en filature dès que vous sortiez, vous à Paris et la Comtesse de Beaumont à Lédignan, au cas, de plus en plus improbable où votre fille aurait essayé de vous revoir ou serait allée chercher refuge chez sa grand-mère. Cette surveillance fut complètement inutile mais je ne voulais rien négliger. Tout ce qui avait une chance, même infime, de me mettre sur une voie, fut systématiquement essayé : c'est ainsi que je finançai une gigantesque étude de marché sur les parfums « exotiques » en général et le parfum « Sampang » en particulier ; que je me fis communiquer le nom de toutes les personnes ayant emprunté dans une bibliothèque publique un ou plusieurs volumes des *Semailles et les Moissons;* que j'adressai à tous les chirurgiens esthétiques de France une lettre personnelle leur demandant s'ils avaient eu l'occasion de procéder depuis 1953 à l'ablation d'un naevus situé sous la paupière droite d'une jeune femme d'environ vingt-cinq ans ; que je fis le tour de tous les orthophonistes et professeurs de diction à la recherche de grandes blondes s'étant fait guérir d'un léger bégaiement ; et enfin que j'organisai plusieurs expéditions archéologiques plus fictives les unes que les autres à seule fin de pouvoir recruter par petites annonces une « jeune femme parlant bien anglais pour accompagner mission scientifique nord-américaine effectuant fouilles archéologiques Pyrénées ».

Je comptais beaucoup sur ce dernier piège. Il ne donna rien. Il y eut chaque fois affluence de candidats, mais Elizabeth ne se montra pas. A la fin de l'année mille neuf cent cinquante-six, je piétinais toujours et j'avais dépensé plus des trois-quarts de ma fortune ; j'avais vendu tous mes titres, toutes mes terres, toutes mes propriétés. Il me restait ma collection de tableaux et les bijoux de ma femme. Je commençai à les disperser l'un après l'autre pour continuer à payer les armées d'enquêteurs que j'avais lancées aux trousses de votre fille.

La mort de votre belle-mère, la Comtesse de Beaumont, au début 1957, ranima mes espérances, car je savais à quel point votre fille y était attachée ; mais, pas plus que vous, elle ne vint à Lédignan pour l'enterrement, et c'est en pure perte que, pendant plusieurs semaines, je fis surveiller le cimetière en m'imaginant qu'elle tiendrait obstinément à venir fleurir sa tombe.

Ces échecs répétés m'exaspéraient de plus en plus, mais je me refusai à abandonner. Je ne pouvais pas admettre qu'Elizabeth fût morte, comme si j'avais été désormais le seul à pouvoir décider de sa vie ou de sa mort, et je voulais continuer à croire qu'elle était en France : j'avais fini par savoir comment elle avait pu quitter l'Angleterre sans que l'on retrouve la trace de son embarquement : dès le lendemain de son crime, le 12 juin 1953, elle avait pris à Torquay un bateau pour les îles Anglo-normandes : en grattant la première lettre de son nom sur son récipissé de perte de passeport, elle avait réussi à s'inscrire sous le nom de Véronique Ambert et sa fiche , classée à la lettre A, avait échappé aux recherches de la police portuaire. Cette découverte tardive ne m'avançait pas davantage, mais je m'appuyais dessus pour me persuader qu'Elizabeth continuait à se cacher en France.

Cette années-là je commençai, je crois, à perdre la raison. Je me mis à tenir des raisonnements de ce genre : je cherche Elizabeth de Beaumont, c'est-à-dire une femme grande, blonde, aux yeux pâles, parlant bien l'anglais, ayant été élevée dans le Gard, etc. Or Elizabeth de Beaumont sait que je la cherche, donc elle se cache, et se cacher, en l'occurrence, signifie effacer le plus possible les signes particuliers par lesquels elle sait que je la désigne ; par conséquent ce n'est pas une Elizabeth que je dois chercher, pas une femme grande, blonde, etc., mais une anti-Elizabeth et je me mettais à soupçonner des petites femmes noiraudes baragouinant l'espagnol.

Une autre fois, je me réveillai, trempé de sueur. Je venais de trouver en rêve l'évidente solution de mon cauchemar. Installé à côté d'un immense tableau noir couvert d'équations, un mathématicien finissait de démontrer devant une assistance houleuse que le fameux théorème dit « de Monte-Carlo » était généralisable ; cela voulait dire que non seulement un joueur de roulette misant au hasard avait au moins autant de chances de gagner qu'un joueur misant selon une martingale infaillible, mais que moi-même j'avais autant sinon davantage de chances de découvrir Elizabeth en allant prendre le thé chez Rumpelmayer le lendemain à seize heures dix-huit minutes qu'en la faisant rechercher par quatre cent treize détectives.

Je fus assez faible pour céder. A 16 h 18, j'entrai dans ce salon de thé. Une femme grande, aux cheveux roux, en sortait au même instant. Je la fis suivre, évidemment pour rien. Plus tard, je racontai mon rêve à l'un des enquêteurs qui travaillaient pour moi : tout à fait sérieusement, il me dit que j'avais seulement commis une erreur d'interprétation : le nombre des détectives aurait du me mettre la puce à l'oreille : 413 était évidemment l'inverse de 314, c'est-à-dire du nombre π : c'est à 18 h 16 qu'il se serait passé quelque chose.

Alors je me mis à faire appel aux épuisantes ressources de l'irrationnel. Si votre mystérieuse et belle voisine américaine avait encore été là, soyez sûre que j'aurais fait appel à ses troublants services ; à la place, je fis tourner les tables, je portai des anneaux incrustés de certaines pierres, je fis coudre dans les plis de mes vêtements des aimants, des ongles de pendus, ou de minuscules flacons contenant des herbes, des graines, des cailloux colorés ; je consultai des sorciers, des sourciers, des tireuses de cartes, des voyantes, des devins de toutes sortes : ils lancèrent des dés, ils firent brûler une photographie de votre fille dans une assiette de porcelaine blanche et en observèrent les cendres, ils se frottèrent le bras gauche avec des feuilles de verveine fraîche, ils se mirent des calculs de hyène sous la langue, ils répandirent de la farine sur le sol, ils firent d'innombrables anagrammes sur les noms et les pseudonymes de votre fille, ou remplacèrent les lettres de son nom par des chiffres en s'efforçant d'arriver à 253, ils examinèrent la flamme d'une bougie à travers des vases remplis d'eau, ils jetèrent dans le feu du sel dont ils écoutèrent les crépitements, des grains de jasmin ou des branches de laurier dont ils observèrent les fumées, ils versèrent dans une tasse pleine d'eau un blanc d'œuf frais pondu par une poule noire, ou bien du plomb, ou de la cire fondue, et regardèrent les figures qui se formèrent ; ils firent griller des omoplates de brebis sur des charbons ardents, suspendirent des tamis à un fil et les firent tourner, examinèrent des laitances de carpes, des têtes d'ânes morts, des cercles de grains picorés par un coq.

Le onze juillet mille neuf cent cinquante-sept il y eut un coup de théâtre : l'un des hommes que j'avais postés à Lédignan et qui continuaient leur surveillance malgré la mort de la Comtesse de Beaumont, me téléphona pour m'apprendre qu'Elizabeth venait d'écrire à la mairie pour demander un certificat d'état-civil. Elle donnait comme adresse un hôtel d'Orange.

La logique — si, en l'occurence il est encore permis d'invoquer la logique — aurait voulu que je saisisse cette occasion pour mettre un terme à cette histoire sans issue. Il me suffisait de sortir de son fourreau de cuir vert l'arme dont un peu plus de trois ans auparavant j'avais décidé qu'elle serait l'instrument de ma vengeance : un bistouri de campagne à manche de corne, analogue extérieurement à un rasoir à main mais infiniment plus tranchant, que j'avais appris à manier avec une dextérité sans égale, et de faire irruption à Orange. Au lieu de cela, je m'entendis donner l'ordre à mes hommes de simplement repérer votre fille et de ne plus relâcher leur surveillance. Ils la ratèrent à Orange d'ailleurs — l'hôtel n'existait pas ; elle était allée à la poste en disant qu'elle s'était trompée et le postier chargé du service du rebut avait récupéré la lettre de la mairie de Lédignan et la lui avait remise — mais ils retrouvèrent sa trace, quelques semaines plus tard, à Valence. C'est là qu'elle se maria, avec comme témoins deux camarades de chantier de François Breidel.

Elle quitta Valence le soir même avec son mari. Ils avaient certainement deviné qu'ils étaient suivis et pendant plus d'un an ils tentèrent de m'échapper ; ils firent tout ce qu'il leur était possible de faire, multipliant les fausses pistes, les leurres, les feintes, les faux indices, se terrant dans des meublés infâmes, acceptant pour survivre des travaux misérables : gardiens de nuit, plongeurs, vendangeurs, vidangeurs. Mais de semaine en semaine, les quatre détectives dont je pouvais encore me permettre d'utiliser les services resserraient leur étau. A plus de vingt reprises, j'eus la possibilité de tuer impunément votre fille. Mais chaque fois, sous un prétexte ou sous un autre, je laissais passer l'occasion : c'était comme si ma longue chasse m'avait fait oublier au nom de quel serment je l'avais entreprise : plus il me devenait facile d'assouvir ma vengeance, plus j'y répugnai.

Le 8 août 1958, je reçus une lettre de votre fille :

Monsieur,

J'ai toujours su que vous feriez tout pour me retrouver. A l'instant même où votre fils mourut, je compris qu'il serait inutile d'implorer de vous comme de votre femme un geste de clémence ou de pitié. La nouvelle du suicide de votre femme me parvint quelques jours plus tard et me persuada que vous consacreriez désormais votre existence à me traquer.

Ce qui ne fut d'abord qu'une intuition et une crainte se confirma au cours des mois qui suivirent ; j'étais pleinement consciente que vous ne saviez presque rien de moi, mais j'étais sûre que vous alliez tout mettre en œuvre pour vous servir au maximum des maigres éléments dont vous disposiez ; le jour où, dans une rue de Cholet, un enquêteur m'offrit un échantillon du parfum que j'avais utilisé cette année-là en Angleterre, je devinai instinctivement que c'était un piège ; quelques mois plus tard une petite annonce demandant une jeune femme parlant bien l'anglais pour accompagner des archéologues m'apprit que vous me connaissiez mieux que je ne le croyais. A partir de là ma vie est devenue un long cauchemar : je me sentais épiée par tout le monde, tout le temps, partout, je me mettais à soupçonner tout le monde, les garçons de café qui m'adressaient la parole, les caissières qui me rendaient la monnaie, les clientes d'une boucherie qui me houspillaient parce que je n'attendais pas mon tour, les passants qui me bousculaient ; j'étais suivie, traquée, surveillée par les chauffeurs de taxi, par les agents de police, les pseudo-clochards affalés sur des bancs de square, les marchands de marrons, les vendeurs de loterie, les crieurs de journaux. Un soir, à bout de nerfs, dans la salle d'attente de la gare de Brives, je me mis à frapper un homme qui me dévisageait. Je fus arrêtée, conduite au poste et ne dus qu'à un quasi-miracle de ne pas être internée sur le champ dans un asile psychiatrique : un jeune couple qui avait assisté à la scène offrit de me prendre en charge : ils vivaient dans les Cévennes, dans un village abandonné dont ils reconstruisaient les maisons effondrées. Je vécus là pendant presque deux ans. Nous étions seuls, trois être humains, une vingtaine de chèvres et de poules. Nous n'avions ni journaux ni radio.

Avec le temps mes craintes se dissipèrent. Je me persuadai que vous aviez renoncé ou que vous étiez mort. En juin 1957, je revins vivre parmi les hommes. Peu de temps après je fis la connaissance de François. Quand il me demanda de l'épouser, je lui racontai toute mon histoire et il n'eut pas de mal à me convaincre que c'était mon sentiment de culpabilité qui m'avait fait imaginer cette surveillance incessante.

Je repris peu à peu confiance, assez pour me risquer, presque sans précaution, à demander à la mairie un bulletin d'état-civil nécessaire à notre mariage. C'était, je le suppose, l'une de ces erreurs que, depuis des années, tapi dans votre coin, vous attendiez que je commette.

Notre vie n'est plus, depuis, qu'une fuite incessante. Pendant un an, j'ai cru que je pourrais vous échapper. Je sais désormais que c'est impossible.

La chance et l'argent ont été et seront toujours de votre côté; il est inutile de croire que je parviendrai un jour à passer entre les mailles des filets que vous tendez, comme il est illusoire d'espérer qu'un jour vous cesserez de me poursuivre. Vous avez le pouvoir de me tuer, et vous croyez en avoir le droit, mais vous ne m'obligerez plus à fuir : avec François mon mari, avec Anne, que je viens de mettre au monde, nous vivrons désormais sans plus bouger à Chaumont-Porcien, dans les Ardennes. Je vous y attendrai avec sérénité.

Pendant plus d'un an, je m'imposai de ne pas donner signe de vie; je licenciai tous les détectives et enquêteurs que j'avais embauchés; je me terrai au fond de mon appartement, ne sortant pratiquement plus, ne me nourrissant plus que de biscottes au gingembre et de thé en sachet, entretenant en permanence à l'aide d'alcools, de cigarettes et de comprimés de maxiton une sorte de fièvre vibrante qui faisait parfois place à des phases de complète torpeur. La certitude qu'Elizabeth m'attendait, s'endormait chaque soir en se disant qu'elle ne se réveillerait peut-être plus, embrassait sa fille chaque matin en s'étonnant presque d'être encore en vie, le sentiment que ce sursis était pour elle une torture chaque jour renouvelée, parfois m'emplissait d'une ivresse vengeresse, une sensation d'exaltation mauvaise, omnipotente, omniprésente, parfois me plongeait dans un abattement sans bornes. Pendant des semaines entières, nuit et jour, incapable de dormir pendant plus de quelques minutes d'affilée, j'arpentais les couloirs et les chambres de mon appartement désert en poussant des ricanements, ou me mettant à sangloter, m'imaginant tout à coup devant elle, me roulant sur le sol, implorant son pardon.

Vendredi dernier, le 11 septembre, Elizabeth me fit parvenir une seconde lettre :

Monsieur,
Je vous écris de la maternité de Rethel où je viens de mettre au monde ma seconde fille, Béatrice.

Anne, la première, vient d'avoir un an. Venez, je vous en supplie, c'est maintenant, ou jamais, que vous devez venir.

Je l'ai tuée deux jours plus tard. En la tuant, j'ai compris que la mort la délivrait comme, après-demain, elle me délivrera moi-même. Les maigres restes de ma fortune, déposés chez mes hommes de loi, seront, conformément à mes dernières instructions partagés entre vos deux petites-filles au jour de leur majorité.

Madame de Beaumont, même si elle avait été bouleversée en apprenant la mort de sa fille, lut sans plus frémir le dénouement de cette histoire dont la tristesse ne semblait pas plus l'atteindre que ne l'avait atteint, quelque vingt-cinq ans auparavant, le suicide de son mari. Cette apparente indifférence à la mort s'explique peut-être par sa propre histoire : un matin d'avril mille neuf cent dix-huit, alors que la famille Orlov, que la Révolution avait éparpillée aux quatre coins de la Sainte Russie, avait miraculeusement réussi à se retrouver presque intacte, un détachement de gardes rouges prit d'assaut leur résidence. Véra vit son grand-père, le vieux Serge Ilarionovitch Orlov, qu'Alexandre III avait nommé ambassadeur plénipotentiaire en Perse, son père, le colonel Orlov, qui commandait le célèbre bataillon des Lanciers de Krasnodar, et que Trotski avait surnommé « Le Boucher du Kouban », et ses cinq frères, dont le plus jeune venait tout juste d'avoir onze ans, fusillés sous ses yeux. Elle-même et sa mère réussirent à s'enfuir, protégées par un épais brouillard qui dura pendant trois jours. Au terme d'une hallucinante marche forcée de 79 jours, elles parvinrent enfin à gagner la Crimée qu'occupaient les corps francs de Denikine, et de là la Roumanie et l'Autriche.

CHAPITRE XXXII

Marcia, 2

Madame Marcia est dans sa chambre. C'est une femme d'une soixantaine d'années, robuste, carrée, osseuse. A demi déshabillée, portant encore une combinaison de nylon blanc bordée de dentelles, une gaine et des bas, des bigoudis sur la tête, elle est assise dans un fauteuil de facture moderne en bois moulé et en cuir noir. Elle tient dans la main droite un gros bocal de verre, en forme de tonnelet, rempli de cornichons au sel, et s'efforce d'en saisir un entre l'index et le médius de la main gauche. A côté d'elle, une table basse est surchargée de papiers, de livres et d'objets divers : un prospectus imprimé comme un faire-part, annonçant le mariage de la Société Delmont and Co. (architecture d'intérieur, décoration, objets d'art) et de la maison Artifoni (art floral, aménagement de jardins d'agrément, serres, terrasses, plates-bandes, plantes et fleurs en pots) ; une invitation de l'Association culturelle franco-polonaise à une rétrospective de l'œuvre d'Andrzej Wajda ; une invitation au vernissage d'une exposition du peintre Silberselber : l'œuvre reproduite sur le carton est une aquarelle intitulée *Jardin japonais, IV*, dont le tiers inférieur est occupé par une série de lignes brisées strictement parallèles, et les deux tiers supérieurs par une représentation réaliste d'un ciel lourd avec effets d'orage ; une bouteille de Schweppes ; plusieurs bracelets ; un roman, vraisemblablement policier, intitulé *Clocks and Clouds* dont la couverture représente un damier de jacquet sur lequel sont posés une paire de menottes, une petite figurine d'albâtre reproduisant *L'Indifférent* de Watteau, un pistolet, une soucoupe sans doute remplie d'une solution sucrée puisque plusieurs abeilles y butinent, et un jeton hexagonal, en fer-blanc, dans lequel le chiffre 90 a été découpé à l'emporte-pièce ; une carte postale portant en légende *Choza de Indios. Beni, Bolivia*, montrant un groupe de femmes sauvages, accroupies dans leur pagne rayé, clignotant des yeux, allaitant, plissant le front, somnolant, au milieu d'un grouillement d'enfants, sur un front de huttes d'osier ; une photographie, représentant certainement Madame Marcia elle-même, mais d'au moins quarante ans plus jeune : c'est une frêle jeune fille, avec un gilet à pois et un bibi ; elle est au volant d'une fausse voiture — un de ces panneaux peints parfois percés de trous pour les têtes tels qu'en utilisaient les photographes de fêtes foraines — en compagnie de deux jeunes hommes portant des vestes blanches finement rayées et des canotiers.

L'ameublement présente un audacieux mélange d'éléments ultra-modernes — le fauteuil, le papier japonais des murs, trois lampes sur le parquet, qui ressemblent à de gros galets luminescents — et de curiosités d'époques diverses : deux vitrines emplies de tissu copte et de papyrus au-dessus desquelles deux grands paysages sombres d'un peintre alsacien du XVIIe siècle avec des traces de villes et d'incendies dans le lointain, encadrent en place d'honneur une plaque couverte de hiéroglyphes ; une rare série de verres dits voleurs, abondamment utilisés par les aubergistes des grands ports au XIXe siècle en vue de tenter de réduire les bagarres entre matelots : ressemblant à l'extérieur à de vrais cylindres, ils diminuent à l'intérieur comme des dés à coudre, ces faux défauts étant habilement dissimulés par les grossières soufflures du verre ; des cercles parallèles, gravés de haut en bas, indiquent quelle quantité on peut boire pour telle ou telle somme ; un lit extravagant, enfin, fantaisie moscovite réputée avoir été proposée à Napoléon Ier lorsqu'il passa la nuit au palais Petrovski, mais auquel il préféra certainement son habituel lit de camp : c'est un meuble imposant, entièrement marqueté, dont les seize espèces de bois et d'écailles, appliquées en minuscules losanges, dessinent un tableau fabuleux : un univers de rosaces et de guirlandes entrelacées au milieu desquelles surgit, botticellesque, une nymphe vêtue de ses seuls cheveux.

CHAPITRE XXXIII

Caves, 1

Caves.

La cave des Altamont, propre, bien rangée, nette : du sol au plafond, des étagères et des casiers munis d'étiquettes larges et bien lisibles. Une place pour chaque chose et chaque chose à sa place ; on a pensé à tout : des stocks, des provisions, de quoi soutenir un siège, de quoi survivre en cas de crise, de quoi voir venir en cas de guerre.

Le mur de gauche est réservé aux produits alimentaires. D'abord les produits de base : farine, semoule, maïzena, fécule de pommes de terre, tapioca, flocons d'avoine, sucre en morceaux, sucre en poudre, sucre glace, sel, olives, câpres, condiments, grands bocaux de moutarde et de cornichons, bidons d'huile, paquets d'herbes séchées, paquets de poivre en grains, clous de girofles, champignons lyophilisés, petites boîtes de pelures de truffes ; vinaigre de vin et d'alcool ; amandes effilées, cerneaux de noix, noisettes et cacahouettes empaquetées sous vide, biscuits apéritifs, bonbons, chocolat à cuire et à croquer, miel, confitures, lait en boîte, lait en poudre, poudre d'œufs, levure, entremets Francorusse, thé, café, cacao, tisanes, bouillon Kub, concentrés de tomates, harrisah, noix de muscade, piments oiseaux, vanille, épices et aromates, chapelures, biscottes, raisins secs, fruits confits, angélique ; puis viennent les conserves : conserves de poisson, thon en miettes, sardines à l'huile, anchois roulés, maquereaux au vin blanc, pilchards à la tomate, colin à l'andalouse, sprats fumés, œufs de lump, foie de morue fumé ; conserves de légumes : petits pois, pointes d'asperge, champignons de Paris, haricots verts extra, épinards, cœurs d'arti-

chaut, mange-tout, salsifis, macédoines ; et aussi des paquets
de légumes secs, pois cassés, flageolets, lentilles, fèves, haricots, des sacs de riz. de pâtes alimentaires, macaronis coupés,
vermicelle, coquillettes, spaghetti, des pommes de terre
chips, des pommes de terre en flocons pour purée, des soupes
en sachets ; conserves de fruits : oreillons d'abricots, poires
au sirop, cerises, pêches, prunes, paquets de figues, caissettes
de dattes, de bananes séchées, de pruneaux ; conserves de
viande et plats cuisinés : corned-beef, jambons, terrines, rillettes, foie gras, pâté de foie, galantine, museau, choucroute,
cassoulet, saucisse aux lentilles, raviolis, navarins d'agneau,
ratatouille niçoise, couscous, poulet basquaise, paella, blan-
quette de veau à l'ancienne.

Le mur du fond et la plus grande partie du mur de
droite sont occupés par des bouteilles couchées dans des
casiers de fil de fer plastifié selon un ordre apparemment
canonique : d'abord les vins dits de table, puis les Beaujo-
lais, Côtes-du-Rhône et vins blancs de Loire de l'année, puis
les vins de courte garde, Cahors, Bourgueil, Chinon, Bergerac, puis la vraie cave enfin, la grande cave, gérée par un
livre de cave où chaque bouteille est enregistrée avec sa provenance, le nom de l'éleveur, le nom du fournisseur, le millé-
sime, la date d'entrée, le délai de garde optimal, la date éventuelle de sortie : vins d'Alsace : Riesling, Traminer, Pinot
noir, Tokay ; Bordeaux rouge : Médoc : Château-de-l'Ab-
baye-Skinner, Château-Lynch-Bages, Château-Palmer, Châ-
teau-Brane-Cantenac, Château-Gruau-Larose ; Graves : Châ-
teau-La-Garde-Martillac, Château-Larrivet-Haut-Brion ; Saint-
Emilion : Château-La-Tour-Beau-Site, Château-Canon, Châ-
teau-La-Gaffellière, Château-Trottevieille ; Pomerol : Châ-
teau-Taillefer ; Bordeaux blanc : Sauternes : Château-Sigalas-
Rabaud, Château-Caillou, Château-Nairac ; Graves : Château-
Chevalier, Château-Malartic-Lagravière ; Bourgognes rouge :
Côtes de Nuits : Chambolle-Musigny, Charmes-Chambertin,
Bonnes-Mares, Romanée-Saint-Vivant, La Tâche, Riche-
bourg ; Côtes de Beaune : Pernand-Vergelesse, Aloxe-Corton,
Santenay Gravières, Beaune Grèves « Vignes-de-l'Enfant-
Jésus », Volnay Caillerets ; Bourgognes blanc : Beaune
Clos-des-Mouches, Corton Charlemagne ; Côtes-du-Rhône :
Côte-Rôtie, Crozes-Hermitage, Cornas, Tavel, Châteauneuf-du-
Pape ; Côtes-de-Provence : Bandol, Cassis ; vins du Mâcon-
nais et du Dijonnais, vins nature de Champagne — Vertus

Bouzy, Crémant —, vins divers du Languedoc, du Béarn, du Saumurois et de Touraine, vins étrangers : Fechy, Pully, Sidi-Brahim, Château-Mattilloux, vin du Dorset, vins du Rhin et de Moselle, Asti, Koudiat, Haut-Mornag, Sang-de-Taureau, etc. ; enfin viennent quelques caisses de champagne, d'apéritifs et d'alcools divers — whisky, gin, kirsch, calvados, cognac, Grand-Marnier, Bénédictine, et, de nouveau sur des étagères, quelques cartons contenant diverses boissons non alcoolisées, gazeuses ou non, des eaux minérales, de la bière, des jus de fruits.

A l'extrême droite enfin, entre le mur et la porte — claire-voie de bois épais bardée de fer fermant par deux gros cadenas — c'est la zone des produits d'entretien, des produits de toilette et des *divers :* lots de serpillières, containers de lessive, détergents, détartrants, déboucheurs, doses d'eau de Javel, éponges, produits pour les parquets, les vitres, les cuivres, l'argenterie, le cristal, les carrelages et les linoléums, têtes de balais, sacs d'aspirateurs, bougies, réserves d'allumettes, lots de piles électriques, filtres à café, aspirine vitaminée, ampoules torsadées pour lustres, lames de rasoir, eau de Cologne bon marché en litre, savons, shampooings, cotons, bâtonnets à oreilles, limes émerisées, cartouches d'encre, encaustique, pots de peinture, pansements individuels, insecticide, allume-feu, sacs poubelles, pierres à briquets, essuie-tout.

Caves.

La cave des Gratiolet. Des générations ont empilé là des rebuts que personne n'a jamais rangés ni triés. Ils gisent, par trois mètres de fond, sous la garde inquiète d'un gros chat tigré qui accroupi tout en haut de l'autre côté du soupirail, guette à travers le grillage l'inaccessible et néanmoins pas tout à fait imperceptible trottinement d'une souris.

L'œil, s'habituant pètit à petit à l'obscurité, finirait par reconnaître sous leur fine couche de poussière grise des restes épars provenant de tous les Gratiolet : le châssis et les montants d'un lit bateau, des skis d'hickory ayant depuis longtemps perdu toute leur élasticité, un casque colonial d'une blancheur jadis immaculée, des raquettes de tennis prises dans leurs lourdes presses trapézoïdales, une vieille machine Underwood, de la célèbre série des *Quatre Millions* qui, à cause de son tabulateur automatique passa en son temps pour un des objets les plus perfectionnés jamais conçus, sur laquelle François Gratiolet se mit à dactylographier ses quittances quand il décida qu'il lui fallait moderniser sa comptabilité ; un vieux Nouveau Petit Larousse Illustré commençant avec une demi-page 71 — ASPIC n. m. (gr. *aspis*). Nom vulgaire de la vipère. *Fig. Langue d'aspic*, personne médisante — et se terminant page 1530 : MAROLLES-LES-BRAULTS, ch.-l. de c. (Sarthe), arr. de Mamers ; 2 000 hab, (950 aggl.) ; un portemanteau en fer forgé auquel est encore accrochée une capote de grosse laine brute toute rapiécée de morceaux de couleurs et parfois même d'étoffes différentes : le manteau du deuxième classe Gratiolet Olivier, fait prisonnier à Arras le vingt mai 1940, libéré dès mai 1942 grâce à l'intervention de son oncle Marc (Marc, fils de Ferdinand, n'était pas l'oncle d'Olivier, mais le cousin germain de son père Louis, mais Olivier lui disait « mon oncle », comme il disait « mon oncle » à l'autre cousin de son père, François) ; un vieux globe terrestre en carton, passablement troué ; des piles et des piles de journaux dépareillés : *L'Illustration*, *Point de Vue*, *Radar*, *Détective*, *Réalités*, *Images du Monde*, *Coemédia* ; sur une couverture de *Paris-Match*, Pierre Boulez, en frac, brandit sa baguette, lors de la première de *Wozzeck* à l'Opéra de Paris ; sur une couverture d'*Historia*, on voit deux adolescents, l'un en costume de colonel de housards — pantalon de casimir blanc, dolman bleu nuit à brandebourgs gris perle, shako à aigrette —, l'autre en redingote noire avec cravate et manchettes de dentelle, se précipitant dans les bras l'un de l'autre avec, en-dessous, cette légende : *Louis XVII et l'Aiglon se sont-ils rencontrés secrètement à Fiume le huit août 1808 ? La plus fantastique énigme de l'Histoire enfin résolue !* Un carton à chapeaux débordant de photographies racornies, de ces clichés jaunis ou bistrés dont on se demande toujours qui ils représentent et qui les a pris : trois hommes sur une petite route de campagne ; ce monsieur gracieux et brun avec une moustache noire élégamment frisée et un pantalon à carreaux clairs, c'est sans doute Juste Gratiolet, l'arrière-grand-père d'Olivier, le premier propriétaire de l'immeuble, avec des amis à lui qui sont peut-être les Bereaux,

Jacques et Emile, dont il épousa la sœur Marie ; et ces deux là, devant le monument aux morts de Beyrouth tous les deux avec leur manche droite flottante, et saluant du bras gauche les trois couleurs, la poitrine constellée de décorations, c'est Bernard Lehameau, un cousin de Marthe, la femme de François, avec son vieil ami le colonel Augustus B. Clifford, à qui il servit d'interprète au Grand Quartier Général des Forces Alliées à Péronne, et qui, comme lui perdit le bras droit lorsque ledit G.Q.G. fut bombardé par le Baron Rouge le 19 mai 1917 ; et celui-là, cet homme manifestement presbyte, en train de lire un livre posé sur un pupitre incliné, c'est Gérard, le grand-père d'Olivier.

A côté, entassés dans une boîte carrée en fer-blanc, des coquillages et des galets ramassés par Olivier Gratiolet à Gatseau, dans l'île d'Oléron, le trois septembre 1934, le jour de la mort de son grand-père, et, maintenu par un élastique, un lot d'images d'Epinal telles qu'on en distribuait à l'école primaire lorsqu'on avait obtenu un nombre suffisant de bons points : celle du dessus représente la rencontre sur un vaisseau de guerre du Czar et du Président de la République française. Partout jusqu'à l'horizon ce ne sont que navires dont la fumée se perd dans un ciel sans nuages. A grands pas, le Czar et le Président viennent de s'avancer l'un vers l'autre, et se donnent la main. Derrière le Czar, comme derrière le Président se tiennent deux messieurs ; par contraste avec la joie manifeste des visages des deux chefs, leurs visages paraissent graves. Les regards des deux escortes se concentrent sur leurs souverains respectifs. En bas — la scène a lieu visiblement sur le haut-pont du navire — à demi coupées par la marge de l'image, de longues rangées de matelots se dressent au garde-à-vous.

CHAPITRE XXXIV

Escaliers, 4

Gilbert Berger descend les escaliers à cloche-pied. Il est presque arrivé sur le palier du premier étage. Il tient dans la main droite une poubelle de matière plastique orange de laquelle émergent deux bottins périmés, une bouteille vide de sirop d'érable *Arabelle* et diverses épluchures de légumes. C'est un garçon de quinze ans à la tignasse d'un blond presque blanc. Il porte une chemise écossaise en lin et de larges bretelles noires brodées de brins de muguet. Il porte à l'annulaire gauche une bague en fer-blanc telle qu'on en trouve accompagnant généralement un bubble-gum au goût chimique dans ces cartonnages bleus intitulés *Joie d'Offrir, Plaisir de Recevoir* qui ont remplacé les classiques pochettes-surprises et qu'on obtient moyennant un franc dans les distributeurs automatiques installés à côté des papeteries et des merceries. Le chaton ovale de la bague affecte la forme d'un camée dont la tête en relief s'efforce de représenter un jeune homme aux longs cheveux évoquant lointainement un portrait de la Renaissance italienne.

Gilbert Berger s'appelle Gilbert, en dépit de l'effet peu euphonique produit par le redoublement du « ber », parce que ses parents se rencontrèrent lors d'un récital que Gilbert Bécaud — dont ils étaient tous deux fanatiques — donna en 1956 à l'*Empire* et au cours duquel 87 fauteuils furent brisés. Les Berger vivent au quatrième gauche, à côté des Rorschash, sous les Réol, au-dessus de Bartlebooth, dans un appartement de deux-pièces-cuisine où vécut jadis la dame qui sortait en petite tenue sur le palier et qui avait une petite chienne appelée Dodéca.

Gilbert est en troisième. Dans sa classe leur professeur de français leur fait rédiger un journal mural. Chaque élève ou groupe d'élèves s'occupe d'une rubrique et fournit des textes que la classe tout entière, réunie deux heures par semaine en comité de rédaction, discute et parfois même rejette. Il y a des rubriques politiques et syndicales, des pages sportives, des bandes dessinées, des nouvelles du lycée, des mots croisés, des petites annonces, des informations locales, des faits divers, de la publicité — généralement fournie par les parents d'élèves ayant un commerce à côté du lycée — et plusieurs rubriques de jeux et de bricolages (conseils pour poser le papier peint, fabriquez vous-même votre damier de jacquet, réussissez vos encadrements, etc.). Avec deux de ses camarades, Claude Coutant et Philippe Hémon, Gilbert s'est chargé d'écrire un roman-feuilleton. L'histoire s'appelle *La Piqûre mystérieuse* et ils en sont au cinquième épisode.

Dans le premier épisode, *Pour l'Amour de Constance*, un acteur célèbre, François Gormas, demande au peintre Lucero qui vient d'obtenir le grand prix de Rome de faire un portrait de lui dans la scène qui lui a valu son plus grand triomphe, celle ou, incarnant d'Artagnan, il se bat en duel contre Rochefort pour l'amour de la jeune et jolie Constance Bonacieux. Bien qu'il considère que Gormas est un cabotin bouffi de prétention et indigne de son pinceau, Lucero accepte, non sans l'espoir d'être princièrement rétribué. Au jour convenu, Gormas arrive dans le grand atelier de Lucero, revêt son costume de scène et, un fleuret à la main, prend la pose ; mais le modèle que Lucero a retenu depuis plusieurs jours déjà pour faire Rochefort n'est pas là. Pour le remplacer au pied levé, Gormas envoie chercher un nommé Félicien Michard qui est fils de sa concierge, et qui sert comme frotteur de parquet chez le comte de Châteauneuf. Fin du premier épisode.

Second épisode : *La Botte de Rochefort*. La première séance peut donc enfin commencer. Les deux adversaires prennent place, Gormas feignant de parer habilement in extremis la terrible botte secrète que lui porte Michard et qui est censée lui traverser la veine jugulaire. C'est alors qu'une abeille entre dans l'atelier et se met à voleter autour de Gormas qui, soudain, porte la main à sa nuque et s'affale.

Heureusement, un médecin habite dans l'immeuble et Michard court le chercher ; le médecin arrive quelques minutes plus tard, diagnostique un piqûre d'abeille ayant atteint le bulbe rachidien et provoqué une syncope paralysante, et emmène d'urgence l'acteur à l'hôpital. Fin du second épisode.

Troisième épisode : *Le Poison qui tue.* Gormas est mort pendant le transport à l'hôpital. Le médecin, surpris par la rapidité de l'effet de cette piqûre d'insecte, refuse le permis d'inhumer. L'autopsie démontre qu'effectivement l'abeille n'y est pour rien : Gormas a été empoisonné avec une quantité microscopique de topazine qui se trouvait sur la pointe du fleuret de Michard. Cette substance dérivée du curare utilisé par les chasseurs Indiens d'Amérique du Sud qui l'appellent *la Mort silencieuse,* possède une propriété curieuse : elle n'est active que sur des individus ayant récemment eu une hépatite virale. Or, précisément, Gormas relève d'une maladie de ce genre. Devant cet élément nouveau qui semble prouver qu'il y a eu assassinat avec préméditation, un détective, le commissaire principal Winchester, est chargé de l'enquête. Fin du troisième épisode.

Quatrième épisode : *Les Confidences à Ségesvar.* Le commissaire principal Winchester fait part à son adjoint Ségesvar des remarques que cette affaire lui inspire :

premièrement, l'assassin doit être un familier de l'acteur puisqu'il savait que celui-ci avait eu tout récemment une hépatite virale ;
deuxièmement, il faut qu'il ait pu se procurer
petit a, le poison, et surtout
petit b, l'abeille, car cette affaire se passe en décembre et il n'y a pas d'abeille en décembre ;
troisièmement, il a fallu qu'il ait accès au fleuret de Michard. Or ce fleuret, de même que celui de Gormas, a été prêté à Lucero par son marchand de tableaux, Gromeck, dont on sait que la femme a été la maîtresse de l'acteur. Cela fait donc six suspects qui ont tous un mobile :

1. le peintre Lucero, ulcéré de devoir faire le portrait d'un homme qu'il méprise ; de plus, le scandale que ne man-

quera pas de susciter cette affaire pourrait lui être commercialement très profitable ;

2. Michard : autrefois Madame Gormas mère invita le petit Félicien à passer des vacances avec son fils ; depuis, le pauvre garçon n'a jamais cessé d'être humilié par l'acteur qui dispose de lui sans aucune vergogne ;

3. Le comte de Châteauneuf, qui est apiculteur, et dont on sait qu'il a voué une haine mortelle à la famille Gormas, car Gatien Gormas, président du Comité de salut public de Beaugency, a fait guillotiner Eudes de Châteauneuf en 1793.

4. Le marchand de tableaux Gromeck, à la fois par jalousie et pour des raisons publicitaires ;

5. Lise Gromeck, qui n'a jamais pardonné à Gormas de lui avoir préféré l'actrice italienne Angelina di Castelfranco ;

6. et enfin Gormas lui-même : acteur comblé, mais producteur incompétent et malchanceux, il est en fait totalement ruiné et n'est pas parvenu à obtenir l'aval bancaire indispensable au financement de sa dernière super-production : un suicide déguisé en assassinat est le seul moyen pour lui de quitter dignement la scène tout en laissant à ses enfants, par le jeu d'une importante assurance-vie, un héritage à la hauteur de leurs ambitions. Fin du quatrième épisode.

Voici donc où en est ce roman-feuilleton dont on peut sans trop de peine identifier quelques-unes des sources immédiates : un article sur le curare dans *Science et Vie*, un autre sur les épidémies d'hépatite dans *France-Soir*, les aventures du commissaire Bougret et de son fidèle adjoint Charolles dans les *Rubriques à Brac* de Gotlib, plusieurs faits divers sur les habituels scandales financiers du cinéma français, une lecture hâtive du *Cid*, un roman policier d'Agatha Christie intitulé *La Mort dans les nuages*, un film avec Danny Kaye dont le titre anglais est *Knock on wood* et le titre français *Un grain de folie*. Les quatre premiers épisodes ont reçu de toute la classe un accueil des plus chaleureux. Mais le cinquième pose à ses trois auteurs de difficiles problèmes. On apprendra en effet dans le sixième et dernier épisode que le coupable est en réalité le médecin qui habite l'immeuble dans lequel Lucero a son atelier. Il est exact que Gormas est au bord de la ruine. Une tentative d'assassinat dont il sortirait miraculeusement indemne lui assurerait suffisamment de publicité pour que son dernier film, dont le tournage a été arrêté au bout de huit jours, puisse repartir. Avec la complicité du médecin, le docteur Borbeille, qui n'est autre que son frère de lait, il imagine donc ce scénario tortueux. Mais Jean-Paul Gormas, le fils de l'acteur, aime la fille du docteur, Isabelle. Gormas s'oppose farouchement au mariage que le médecin au contraire verrait d'un bon œil. Voilà pourquoi il profite du transport de Gormas à l'hôpital, seul avec lui à l'arrière de l'ambulance, pour l'empoisonner avec une piqûre de topazine, certain que l'on accusera le fleuret de Michard. Mais le Commissaire principal Winchester apprendra en interrogeant le figurant que Félicien Michard dut remplacer in extremis, qu'il avait en réalité été payé pour se décommander, et, à partir de cette révélation, reconstruira toute la machination. En dépit de quelques révélations de dernière minute qui contredisent une des règles d'or du roman policier, cette solution et ses rebondissements ultimes constituent un dénouement tout à fait acceptable. Mais avant d'en arriver là, les trois jeunes auteurs doivent innocenter tous les autres suspects et ils ne savent pas très bien comment s'y prendre. Philippe Hémon a suggéré que, comme dans *Le Crime de l'Orient-Express*, ils soient tous coupables, mais les deux autres ont énergiquement refusé.

CHAPITRE XXXV

La loge de la concierge

Madame Claveau fut la concierge de l'immeuble jusqu'en mille neuf cent cinquante-six. C'était une femme de taille moyenne, aux cheveux gris, à la bouche mince, toujours coiffée d'un fichu couleur tabac, toujours vêtue (sauf les soirs de réception où elle tenait le vestiaire) d'un tablier noir avec des petites fleurs bleues. Elle surveillait la propreté de son immeuble avec autant de soin que si elle en avait été propriétaire. Elle était mariée à un livreur de chez Nicolas qui parcourait Paris en tricycle, la casquette crânement penchée sur l'oreille, le mégot au coin des lèvres, et que l'on voyait parfois, sa journée terminée, ayant troqué son blouson de cuir beige tout craquelé contre une veste molletonnée que Danglars lui avait laissée, donner un coup de main à sa femme en faisant briller les cuivres de la cage de l'ascenseur ou en passant au blanc d'Espagne le grand miroir du vestibule sans cesser de siffloter le succès du jour, *La Romance de Paris*, *Ramona*, ou *Premier rendez-vous*. Ils avaient un fils, prénommé Michel, et c'est pour lui que Madame Claveau demandait à Winckler les timbres des paquets que Smautf lui envoyait deux fois par mois. Michel se tua dans un accident de moto, à dix-neuf ans, en 1955, et sa mort prématurée ne fut sans doute pas étrangère au départ de ses parents l'année suivante. Ils se retirèrent dans le Jura. Morellet prétendit longtemps qu'ils avaient ouvert un café qui avait tout de suite périclité parce que le père Claveau avait pratiquement bu son fonds au lieu de le vendre, mais c'est un bruit que personne ne confirma ni n'infirma jamais.

Ils furent remplacés par Madame Nochère. Elle avait

alors vingt-cinq ans. Elle venait de perdre son mari, un sergent-chef de carrière, de quinze ans plus âgé qu'elle. Il mourut à Alger, non pas dans un attentat, mais des suites d'une gastro-entérite consécutive à une absorption exagérée de petits morceaux de gomme, non pas de gomme à mâcher ce qui n'aurait pu avoir un effet aussi néfaste, mais de gomme à effacer. Henri Nochère était en effet adjoint au sous-chef du bureau 95, c'est-à-dire de la section « Statistiques » de la Division « Etudes et Projets » du Service des Effectifs de l'Etat-Major Général de la Xe Région Militaire. Son travail, plutôt tranquille jusqu'à 1954-1955, devint, à partir des premiers rappels de soldats du contingent, de plus en plus préoccupant et Henri Nochère, pour calmer son énervement et son surmenage, se mit à suçoter ses crayons et à mâcher ses gommes tout en recommençant pour la énième fois ses interminables additions. Ces pratiques alimentaires, inoffensives tant qu'elles restent dans des limites raisonnables, peuvent se révéler nocives en cas d'abus, car les minuscules fragments de gomme involontairement absorbés provoquent des ulcérations et des lésions de la muqueuse intestinale d'autant plus dangereuses qu'elles sont longtemps indécelables et que de ce fait il n'est pas possible de dresser suffisamment à temps un diagnostic correct. Hospitalisé pour « troubles d'estomac », Nochère mourut avant même que les médecins n'eussent vraiment compris de quoi il souffrait. En fait son cas serait resté une énigme médicale si, dans le même trimestre, et vraisemblablement pour les mêmes raisons, l'adjudant Olivetti, du bureau d'incorporations d'Oran, et le brigadier-chef Margueritte, du Centre de Transit de Constantine, n'étaient morts dans des conditions presque identiques. De là vient le nom de « Syndrome des Trois Sergents » qui n'est absolument pas correct du point de vue de la hiérarchie militaire, mais qui parle suffisamment à l'esprit pour qu'on continue à l'employer à propos de ce type d'affection.

Madame Nochère a aujourd'hui quarante-quatre ans. C'est une femme toute petite, un peu boulotte, volubile et serviable. Elle ne ressemble absolument pas à l'image que l'on se fait habituellement des concierges ; elle ne vocifère ni ne marmonne, ne vitupère pas d'une voix criarde contre les animaux domestiques, ne chasse pas les démarcheurs (ce que d'ailleurs plusieurs copropriétaires et locataires auraient plutôt tendance à lui reprocher), n'est ni servile ni cupide, ne fait pas marcher sa télévision toute la journée et ne s'emporte pas contre ceux qui descendent leur poubelle le matin ou le dimanche ou qui font pousser des fleurs en pots sur leur balcon. Il n'y a rien de mesquin en elle, et la seule chose que l'on pourrait lui reprocher serait peut-être d'être un peu trop bavarde, un peu envahissante même, voulant toujours tout savoir des histoires des uns et des autres, toujours prête à s'apitoyer, à aider, à trouver une solution. Tout le monde dans l'immeuble a eu l'occasion d'apprécier sa gentillesse et a pu, à un moment ou à un autre, partir tranquille en sachant que les poissons rouges seraient bien nourris, les chiens promenés, les fleurs arrosées, les compteurs relevés.

Une seule personne dans l'immeuble déteste vraiment Madame Nochère : c'est Madame Altamont, pour une histoire qui leur est arrivée un été. Madame Altamont partait en vacances. Avec le souci d'ordre et de propreté qui la caractérise en tout, elle vida son réfrigérateur et fit cadeau de ses restes à sa concierge : un demi-quart de beurre, une livre de haricots verts frais, deux citrons, un demi-pot de confiture de groseilles, un fond de crème fraîche, quelques cerises, un peu de lait, quelques bribes de fromage, diverses fines herbes et trois yaourts au goût bulgare. Pour des raisons mal précisées, mais vraisemblablement liées aux longues absences de son mari, Madame Altamont ne put partir à l'heure initialement prévue et dut rester chez elle vingt-quatre heures de plus ; elle retourna donc voir Madame Nochère et lui expliqua, d'un ton à vrai dire plutôt embarrassé, qu'elle n'avait rien à manger pour le soir et qu'elle aimerait bien récupérer les haricots verts frais qu'elle lui avait donnés le matin même. « C'est que, dit Madame Nochère, je les ai épluchés, ils sont sur le feu. » « Que voulez-vous que j'y fasse ? » répliqua Madame Altamont. Madame Nochère monta elle-même à Madame Altamont les haricots verts cuits et les autres denrées qu'elle lui avait laissées. Le lendemain matin, Madame Altamont partant, cette fois-ci pour de bon, redescendit à nouveau ses restes à Madame Nochère. Mais la concierge les refusa poliment.

L'histoire, racontée pour une fois sans exagération aucune, se propagea rapidement dans l'immeuble et bientôt dans tout le quartier. Depuis, Madame Altamont ne manque pas une seule réunion de copropriétaires et demande à chaque fois, sous les prétextes les plus divers que Madame Nochère soit remplacée. Elle est soutenue par le gérant et par Plassaert, le marchand d'indienneries, qui ne pardonnent pas à la concierge d'avoir pris la défense de Morellet, mais la majorité refuse régulièrement d'inscrire la question à l'ordre du jour.

Madame Nochère est dans sa loge ; elle descend d'un escabeau après avoir changé les plombs qui contrôlent une des lumières du vestibule. La loge est une pièce d'environ douze mètres carrés, peinte en vert clair, carrelée de tomettes rouges. Elle est séparée en deux par une cloison de bois à claire-voie. De l'autre côté de la cloison, à peine visible, le côté « chambre » comporte un lit avec un couvre-lit en guipure, un évier surmonté d'un petit chauffe-eau, un meuble de toilette à dessus de marbre, un réchaud deux-feux posé sur une toute petite commode rustique, et plusieurs étagères pleines de cartons et de valises. Du côté de la loge proprement dite, il y a une table avec trois plantes vertes — la bougainvillée maigrichonne et décolorée est à la concierge, les deux autres, des caoutchoucs beaucoup plus florissants, appartiennent aux propriétaires du premier droite, les Louvet, qui sont en voyage et lui en ont confié l'entretien — et le courrier du soir au milieu duquel on remarque surtout le *Jours de France* de Madame Moreau dont la couverture représente, bras dessus, bras dessous sur la Croisette, Gina Lollobrigida, Gérard Philipe et René Clair avec la légende « Il y a vingt ans *Les Belles de Nuit* triomphaient à Cannes ». Le chien de Madame Nochère, un petit ratier gras et malin répondant au nom de Boudinet, est couché sous une autre table, un petit meuble rognon sur lequel Madame Nochère a mis son couvert : une assiette plate, une assiette creuse, un couteau, une cuiller, une fourchette et un verre à pied, voisinant avec une douzaine d'œufs dans leur emballage de carton ondulé et trois sachets de verveine-menthe décorés de Niçoises en chapeaux de paille. Le long de la cloison, il y a un piano droit, le piano sur lequel la fille de la concierge, Martine, qui achève aujourd'hui ses études de médecine, martela consciencieusement pendant dix ans *La Marche turque*, *La Lettre à Elise*, *Children's Corner* et *Le Petit Ane* de Paul Dukas, et qui, enfin définitivement fermé, supporte un géranium en pot, un chapeau cloche bleu ciel, un poste de télévision et un moïse dans lequel dort à poings fermés le petit bébé de Geneviève Foulerot, la locataire du cinquième droite, qui le confie à la concierge tous les matins à sept heures et ne le reprend que vers huit heures du soir après être rentrée chez elle prendre un bain et se changer.

Contre le mur du fond, au-dessus de la table aux plantes vertes, il y a une plaque de bois garnie de pitons numérotés supportant pour la plupart des jeux de clés, un avis imprimé indiquant le mode d'emploi des dispositifs de sécurité du chauffage central, une photographie en couleurs, découpée sans doute dans un catalogue, représentant une bague avec un énorme solitaire, et une broderie sur canevas, de format carré, dont le sujet étonne par rapport aux habituelles chasses à courre et autres bals masqués sur le Grand Canal ; elle représente une parade devant la tente d'un grand cirque : à droite, deux acrobates, dont l'un, énorme, une espèce de Porthos, six pieds de haut, la tête volumineuse, les épaules à proportion, la poitrine comme un soufflet de forge, les jambes comme des baliveaux de douze ans, les bras comme des bielles de machine, les mains comme des cisailles, tient à bout de bras le second, un garçon de vingt ans, petit, fluet, maigre, ne pesant pas en livres le quart de ce que l'autre pèse en kilos ; au centre, un groupe de nains faisant diverses cabrioles autour de leur reine, une naine à faciès canin, vêtue d'une robe à paniers ; à gauche enfin, un dompteur, un petit bonhomme râpé à bandeau noir sur l'œil, avec un veston noir, mais un magnifique sombrero à longs glands lui pendant gaiement dans le dos.

CHAPITRE XXXVI

Escaliers, 5

Sur le palier du deuxième étage. La porte des Altamont, qu'encadrent deux orangers nains émergeant de cache-pots hexagonaux en marbre, est ouverte. En sort un vieil ami de la famille, arrivé manifestement trop en avance pour la réception.

C'est un industriel allemand, nommé Herman Fugger, qui a fait fortune dans l'immédiate après-guerre en vendant du matériel de camping et qui s'est depuis reconverti dans la moquette sans chutes et le papier peint. Il porte un costume croisé dont la sévérité est exagérément rattrapée par une écharpe violette à pois roses. Il a sous le bras un quotidien de Dublin — *The Free Man* — dont on peut lire la manchette

NEWBORN POP STAR WINS PIN BALL CONTEST

ainsi qu'un petit encart d'agence de voyages :

Herman Fugger a fait exprès, en fait, d'arriver très en avance : cuisinier amateur, passant son temps à regretter que ses affaires lui interdisent d'être plus souvent derrière ses fourneaux, rêvant du jour de plus en plus improbable où il pourra se consacrer à cet art, il se proposait de réaliser ce soir une recette originale de gigot de sanglier à la bière dont la souris, affirme-t-il, est la chose la plus fine au monde, mais les Altamont ont refusé avec colère.

CHAPITRE XXXVII

Louvet, 1

L'appartement des Louvet au premier étage droite. Une salle de séjour de cadres supérieurs. Murs tendus de cuir havane ; cheminée encastrée à foyer hexagonal avec un feu prêt à flamber ; ensemble audio-visuel intégré : chaîne, magnétophone, télévision, projecteur de diapositives ; divan et fauteuils assortis en cuir naturel sanglé. Tons fauve, cannelle, pain brûlé ; table basse carrelée de petites tomettes bises sur laquelle est posée une vasque contenant un jeu de poker-dice, plusieurs œufs à repriser, un petit flacon d'angustura, un bouchon de champagne qui est en réalité un briquet ; une pochette d'allumettes publicitaire provenant d'un club de San Francisco, le *Diamond's* ; bureau style bateau, avec une lampe moderne d'importation italienne, fine armature de métal noir restant stable dans presque n'importe quelle position ; alcôve tendue de rideaux rouges avec un lit entièrement recouvert de tout petits coussins multicolores ; sur le mur du fond, une aquarelle de grande dimension représente des musiciens jouant d'instruments anciens.

Les Louvet sont en voyage. Ils voyagent beaucoup, pour leurs affaires comme pour leur plaisir. Louvet ressemble — peut-être un peu trop — à l'image qu'on se fait et qu'il se fait de lui : mode anglaise, moustache à la François-Joseph. Madame Louvet est une femme très chic, frisant la quarantaine, portant volontiers des jupes-culottes, des gilets jaunes à carreaux, des ceinturons de cuir et des gros bracelets d'écaille.

Une photo les représente lors d'une chasse à l'ours dans

les Andes, dans la région de Macondo ; ils posent en compagnie d'un couple que l'on ne saurait qualifier autrement que d'ejusdem farinae : tous les quatre portent des vareuses kaki avec beaucoup de poches et des cartouchières. Au premier plan, Louvet, accroupi, un genou à terre, son fusil à la main ; derrière lui sa femme, assise dans un fauteuil pliant ; debout derrière le fauteuil, l'autre couple.

Un cinquième personnage, qui est sans doute le guide chargé de les accompagner se tient un peu à l'écart : un homme de haute taille aux cheveux coupés très ras, ressemblant à un G.I. américain ; vêtu d'un battle-dress camouflé, il semble entièrement absorbé par la lecture d'un roman policier à bon marché, à couverture illustrée, intitulé *El Crimén piramidal*.

CHAPITRE XXXVIII

Machinerie de l'ascenseur, 1

L'ascenseur est en panne, comme d'habitude. Il n'a jamais très bien marché. Quelques semaines à peine après sa mise en service, dans la nuit du quatorze au quinze juillet 1925, il est resté bloqué pendant sept heures. Il y avait quatre personnes dedans, ce qui permit à l'assurance de refuser de payer la réparation, car il n'était prévu que pour trois personnes ou deux cents kilos. Les quatre victimes étaient Madame Albin, qui s'appelait alors Flora Champigny, Raymond Albin, son fiancé, qui faisait son service militaire, Monsieur Jérôme, alors jeune professeur d'histoire, et Serge Valène. Ils étaient allés à Montmartre voir le feu d'artifice et étaient revenus à pied par Pigalle, Clichy et les Batignolles en s'arrêtant dans la plupart des bistrots pour boire des petits blancs secs et des rosés bien frais. Ils étaient donc plutôt éméchés quand la chose arriva, vers quatre heures du matin, entre le quatrième et le cinquième étage. Le premier instant de frayeur passé, ils appelèrent la concierge : ce n'était pas encore Madame Claveau, mais une vieille Espagnole qui était là depuis les tout débuts de l'immeuble ; elle s'appelait Madame Araña et ressemblait vraiment à son nom, une petite femme sèche, noire et crochue. Elle arriva, vêtue d'un peignoir orange à ramages verts et d'une espèce de bas de coton en guise de bonnet de nuit, leur ordonna de se taire, et les prévint qu'ils ne devaient pas s'attendre à ce qu'on vienne les secourir avant plusieurs heures.

Restés seuls dans le petit jour blême, les quatre jeunes gens, car tous quatre étaient jeunes à l'époque, firent l'inventaire de leurs richesses. Flora Champigny avait au fond de son sac un restant de noisettes grillées qu'il se partagèrent, ce qu'ils regrettèrent aussitôt car leur soif s'en trouva accrue. Valène avait un briquet et Monsieur Jérôme des cigarettes ; ils en allumèrent quelques-unes, mais de toute évidence ils auraient préféré boire. Raymond Albin proposa de passer le temps en faisant une belote et sortit de ses poches un jeu graisseux, mais il s'aperçut aussitôt qu'il y manquait le valet de trèfle. Ils décidèrent de remplacer ce valet perdu par un morceau de papier de format identique sur lequel ils dessineraient un bonhomme tête-bêche, un trèfle (♣), un grand V, et même le nom du valet. « Baltard », dit Valène. « Non ! Ogier », dit Monsieur Jérôme. « Non ! Lancelot ! » dit Raymond Albin. Ils se disputèrent quelques instants à voix basse puis convinrent qu'il n'était pas absolument nécessaire de mettre le nom du valet. Ils cherchèrent alors un morceau de papier. Monsieur Jérôme proposa une de ses cartes de visite, mais elles n'avaient pas le format requis. Ce qu'ils trouvèrent de mieux, ce fut un fragment d'enveloppe provenant d'une lettre que Valène avait reçue la veille au soir de Bartlebooth pour l'informer qu'en raison de la fête nationale française, il ne lui serait pas possible de venir le lendemain prendre sa leçon quotidienne d'aquarelle (il le lui avait déjà dit de vive voix quelques heures auparavant, à la fin de sa dernière séance, mais c'était là sans doute un trait caractéristique du comportement de Bartlebooth ou, plus simplement peut-être, une occasion d'utiliser le papier à lettres qu'il venait de se faire faire, un magnifique vélin *nuageux*, presque couleur bronze, avec son monogramme modern style inscrit dans un losange). Valène avait évidemment un crayon dans sa poche et quand ils eurent réussi à découper à peu près proprement avec les petits ciseaux à ongles de Flora Champigny un morceau d'enveloppe d'un format adéquat, il exécuta en quelques traits un valet de trèfle tout à fait présentable, qui déclencha de !a part de ses trois compagnons des sifflements d'admiration suscités par la ressemblance (Raymond Albin), la vitesse d'exécution (Monsieur Jérôme) et la beauté intrinsèque (Mademoiselle Flora Champigny).

Mais alors se posa un nouveau problème, car, pour éblouissant qu'il fût, ce valet se distinguait trop évidemment des autres cartes, ce qui, en soi, n'avait rien de répréhensible, sauf à la belote où le valet joue quand même un rôle primordial.

La seule solution, dit alors Monsieur Jérôme, consistait à transformer une carte inoffensive, par exemple le sept de trèfle, en valet de trèfle, et de dessiner sur un autre morceau d'enveloppe un sept de trèfle. « Il aurait fallu y penser avant » grommela Valène. En effet il n'y avait plus assez d'enveloppe. De plus, Flora Champigny, sans doute fatiguée d'attendre qu'on lui apprenne à jouer à la belote, s'était endormie et son fiancé avait fini par l'imiter. Valène et Monsieur Jérôme envisagèrent un moment de faire une belote à deux, mais aucun des deux ne semblait vraiment en avoir envie et ils y renoncèrent assez vite. La soif et la faim, plus que le sommeil, les tenaillaient ; ils se mirent à se raconter quelques-uns des meilleurs repas qu'ils avaient faits, puis à échanger des recettes de cuisine, domaine dans lequel Monsieur Jérôme se révéla imbattable. Il n'avait pas encore fini d'énumérer les ingrédients nécessaires à la préparation d'un pâté d'anguille, recette qui selon lui remontait au Moyen Age, que Valène s'endormit à son tour. Monsieur Jérôme qui avait sans doute bu plus que tous les autres et qui voulait continuer à s'amuser essaya pendant quelques instants de le réveiller. Il n'y réussit pas et pour passer le temps, il se mit à chantonner quelques succès du jour, puis, s'enhardissant, à improviser librement sur quelque chose qui, dans son esprit, devait être le thème final de *L'Enfant et les Sortilèges* dont il avait assisté, quelques semaines auparavant, à la création parisienne au Théâtre des Champs-Elysées.

Ses vociférations joyeuses ne tardèrent pas à faire sortir de leurs lits, puis de leurs appartements respectifs, les habitants des quatrième et cinquième étages : Madame Hébert, Madame Hourcade, le grand-père Echard, les joues pleines de savon à barbe, Gervaise, la gouvernante de Monsieur Colomb, avec une liseuse en zénana, un bonnet de dentelle et des mules à pompons, et enfin, la moustache en bataille, Emile Gratiolet lui-même, le propriétaire, qui habitait alors au cinquième gauche dans un des deux appartements de trois pièces que trente-cinq ans plus tard les Rorschash allaient réunir.

Emile Gratiolet n'était pas précisément un homme commode. En d'autres circonstances il aurait certainement sur-le-champ donné leur congé aux quatre fauteurs de trouble. Est-ce le quatorze juillet qui lui inspira un sentiment de clémence ? Ou l'uniforme de pioupiou de Raymond Albin ? Ou la rougeur délicieuse de Flora Champigny ? Toujours est-il qu'il fit fonctionner le dispositif manuel permettant de débloquer de l'extérieur les portes de l'ascenseur, aida les quatre fêtards à s'extirper de leur étroite cabine et les envoya se coucher sans même les menacer de poursuites ou d'amendes.

CHAPITRE XXXIX

Marcia, 3

Léon Marcia, le mari de l'antiquaire, est dans sa chambre. C'est un vieillard malade, maigre et chétif, au visage presque gris, aux mains osseuses. Il est assis dans un fauteuil de cuir noir, vêtu d'un pantalon de pyjama et d'une chemise sans col, avec une écharpe à carreaux oranges jetée sur ses épaules saillantes, les pieds nus dans des charentaises décolorées, et le crâne coiffé d'une espèce de chose en flanelle ressemblant à un bonnet phrygien.

Cet homme éteint, au regard vide, aux gestes las, est encore aujourd'hui considéré par la plupart des commissaires-priseurs et des marchands d'art comme le meilleur expert mondial dans des domaines aussi différents que les monnaies et médailles prussiennes et austro-hongroises, la céramique Ts'ing, la gravure française à l'époque de la Renaissance, les instruments de musique anciens et les tapis de prière d'Iran et du golfe Persique. Sa réputation s'établit aux débuts des années trente lorsqu'il démontra dans une série d'articles publiée dans le *Journal of the Warburg and Courtauld Institute* que la suite de petites gravures attribuée à Léonard Gaultier et vendue chez Sotheby's en 1899 sous le titre *Les Neuf Muses*, représentait en fait les neuf plus célèbres héroïnes de Shakespeare — Cressida, Desdémone, Juliette, Lady Macbeth, Ophélie, Portia, Rosalinde, Titania et Viola — et était l'œuvre de Jeanne de Chénany, attribution qui fit justement sensation puisque l'on ne connaissait alors aucune œuvre de cette artiste, identifiée seulement par son monogramme et par une notice biographique rédigée par Humbert et publiée dans son *Abrégé historique de l'origine et des progrès de la gravure et des estampes en bois et en taille douce*, Berlin, 1752, in-8°, affirmant, malheureusement sans citer ses sources, qu'elle avait travaillé à Bruxelles et à Aix-la-Chapelle entre 1647 et 1662.

Léon Marcia — et c'est sans doute là le plus étonnant — est parfaitement autodidacte. Il n'était allé à l'école que jusqu'à l'âge de neuf ans. A vingt ans, il savait à peine lire et sa seule lecture régulière était un quotidien hippique qui s'appelait *La Veine* ; il travaillait alors avenue de la Grande-Armée chez un garagiste qui construisait des voitures de course qui non seulement ne gagnaient jamais mais avaient presque chaque fois des accidents. Le garage ne tarda donc pas à fermer définitivement et, nanti d'un petit pécule, Marcia resta quelques mois sans travailler ; il habitait dans un hôtel modeste, l'Hôtel de l'Aveyron, se levait à sept heures, prenait un jus bouillant au zinc en feuilletant *La Veine* et remontait dans sa chambre dont le lit avait été retapé entre-temps, ce qui lui permettait de se rallonger pour faire une petite sieste, non sans avoir pris soin d'étaler le journal au bout du lit pour ne pas salir l'édredon avec ses chaussures.

Marcia, dont les besoins étaient des plus modiques, aurait pu vivre ainsi plusieurs années, mais il tomba malade l'hiver suivant ; les médecins diagnostiquèrent une pleurésie tuberculeuse et lui recommandèrent fortement d'aller vivre à la montagne ; ne pouvant évidemment pas supporter les frais d'un long séjour en sanatorium, Marcia résolut le problème en réussissant à se faire engager comme garçon d'étage dans le plus luxueux de tous, le Pfisterhof d'Ascona, dans le Tessin. C'est là que pour meubler les longues heures de repos forcé que, son travail terminé, il s'astreignait à scrupuleusement respecter, il se mit à lire, avec un plaisir grandissant, tout ce qui lui tombait sous la main, empruntant ouvrage sur ouvrage à la riche clientèle internationale — rois ou fils de rois du bœuf en boîte, de l'hévéa ou de l'acier trempé — qui fréquentait le sanatorium. Le premier livre qu'il lut fut un roman, *Silbermann*, de Jacques de Lacretelle, qui avait obtenu le prix Fémina l'automne précédent ; le second fut une édition critique, avec traduction en regard, du *Kublaï Khan* de Coleridge :

> « *In Xanadu did Kublaï Khan*
> *A stately pleasure-dome decree...* »

En quatre ans Léon Marcia lut un bon millier de livres et apprit six langues : l'anglais, l'allemand, l'italien, l'espagnol, le russe et le portugais, qu'il maîtrisa en onze jours, non pas à l'aide des *Lusiades* de Camoëns dans lesquelles Paganel crut apprendre l'espagnol, mais avec le quatrième et dernier volume de la *Bibliotheca Lusitana* de Diego Barbosa-Machado qu'il avait trouvé, dépareillé, dans la caisse à dix centimes d'un libraire de Lugano.

Plus il apprenait, plus il voulait apprendre. Ses capacités d'enthousiasme semblaient pratiquement illimitées et tout aussi illimitées ses facultés d'absorption. Il lui suffisait de lire quelque chose une fois pour s'en souvenir à jamais, et il avalait avec la même rapidité, la même voracité et la même intelligence des traités de grammaire grecque, des histoires de la Pologne, des poèmes épiques en vingt-cinq chants, des manuels d'escrime ou d'horticulture, des romans populaires et des dictionnaires encyclopédiques avec même, il faut bien le dire, une prédilection certaine pour ces derniers.

En mille neuf cent vingt-sept, quelques pensionnaires du Pfisterhof, sur l'initiative de Monsieur Pfister lui-même, se cotisèrent pour constituer à Marcia une rente de dix ans qui lui permettrait de se consacrer entièrement aux études qu'il souhaitait faire. Marcia, qui avait alors trente ans, hésita pendant presque un trimestre entier entre les enseignements d'Ehrenfels, de Spengler, d'Hilbert et de Wittgenstein, puis, étant allé écouter une conférence de Panofsky sur la statuaire grecque, découvrit que sa vocation véritable était l'histoire de l'art et partit aussitôt à Londres s'inscrire au Courtauld Institute. Trois ans plus tard, il faisait dans le monde de l'expertise d'art l'entrée fracassante que l'on sait.

Sa santé resta toujours chancelante et le contraignit à garder la chambre presque toute sa vie. Longtemps il vécut à l'hôtel, à Londres d'abord, puis à Washington et à New York ; il ne se déplaçait guère que pour aller vérifier dans une bibliothèque ou un musée tel ou tel détail, et c'est au fond de son lit ou de son fauteuil qu'il donnait des consultations de plus en plus recherchées. C'est lui, entre autres choses, qui démontra que les *Hadriana* d'Atri (plus connues sous leur sobriquet d'*Anges d'Hadrien*) étaient faux, et qui établit avec certitude la chronologie des miniatures de Samuel Cooper rassemblées à la collection Frick : c'est à cette dernière occasion qu'il rencontra celle qui allait devenir sa femme : Clara Lichtenfeld, fille de Juifs polonais émigrés aux Etats-Unis, qui faisait un stage dans ce musée. Bien qu'elle eût quinze ans de moins que lui, ils se marièrent, quelques semaines plus tard, et décidèrent d'aller vivre en France. Leur fils, David, naquit en mille neuf cent quarante-six, peu après leur arrivée à Paris et leur installation rue Simon-Crubellier où Madame Marcia monta, dans une ancienne bourrellerie, un magasin d'antiquités auquel, curieusement, son mari refusa toujours de s'intéresser.

Léon Marcia — comme quelques autres habitants de l'immeuble — n'a pas quitté sa chambre depuis plusieurs semaines ; il ne se nourrit plus que de lait, de petits-beurre et de biscuits aux raisins ; il écoute la radio, il lit ou fait semblant de lire des revues d'art déjà anciennes ; il y en a une sur ses genoux, l'*American Journal of Fine Arts*, et deux autres à ses pieds, une revue yougoslave, *Umetnost*, et le *Burlington Magazine* ; sur la couverture de l'*American Journal* est reproduite une ancienne et splendide estampe américaine, éblouissante d'or et de rouge, de vert et d'indigo : une locomotive à la cheminée gigantesque, avec de grosses lanternes de style baroque et un formidable chasse-bestiaux, hâlant ses wagons mauves à travers la nuit de la Prairie fouaillée par la tempête, mêlant ses volutes de fumée noire constellée d'étincelles à la sombre fourrure des nuages prêts à crever. Sur la couverture d'*Umetnost*, qui masque presque totalement celle du *Burlington*, est photographiée une œuvre du sculpteur hongrois Meglepett Egér : des plaques de métal rectangulaires fixées les unes aux autres de façon à former un solide à onze faces.

Le plus souvent Léon Marcia reste silencieux et immobile, plongé dans ses souvenirs : l'un d'eux, ressurgi du fin fond de sa mémoire prodigieuse, l'obsède depuis plusieurs jours : c'est une conférence que, peu de temps avant sa mort, Jean Richepin était venu faire au sanatorium ; le thème en était la Légende de Napoléon. Richepin raconta que, quand il était petit, on ouvrait le tombeau de Napoléon une fois l'an et l'on faisait défiler les invalides pour leur montrer le visage de l'empereur embaumé, spectacle plus propice à la terreur qu'à l'admiration, car ce visage était enflé et verdâtre ; c'est du reste pourquoi l'ouverture du tombeau fut supprimée par la suite. Mais Richepin eut exceptionnellement l'occasion de le voir, juché sur le bras de son grand-oncle qui avait servi en Afrique et pour qui le commandant des Invalides avait fait tout exprès ouvrir le tombeau.

CHAPITRE XL

Une salle de bains au sol couvert de larges carreaux carrés couleur crème. Au mur un papier à fleurs plastifié. Aucun élément décoratif n'agrémente le mobilier purement sanitaire à l'exception d'une petite table ronde à pied de fonte sculpté dont le plateau de marbre veiné, ceinturé d'une galerie de bronze de style vaguement Empire, supporte une lampe à rayons ultra-violets d'un modernisme agressivement laid.

A un portemanteau en bois tourné est accrochée une robe de chambre de satin vert sur le dos de laquelle est brodée une silhouette de chat ainsi que le symbole représentant aux cartes le *pique*. Selon Béatrice Breidel, cette robe d'intérieur dont il arrive encore à sa grand-mère de se servir parfois, aurait été le peignoir de match d'un boxeur américain nommé Cat Spade, que sa grand-mère aurait rencontré lors de sa tournée aux Etats-Unis et qui aurait été son amant. Anne Breidel est en complet désaccord avec cette version. Il est exact qu'il y eut dans les années trente un boxeur noir nommé Cat Spade. Sa carrière fut extrêmement courte. Vainqueur du tournoi de boxe interarmes en mille neuf cent vingt-neuf, il quitta l'armée pour devenir professionnel et fut successivement battu par Gene Tunney, Jack Delaney et Jack Dempsey, qui était pourtant en fin de carrière. Aussi retourna-t-il dans l'armée. Il est douteux qu'il ait fréquenté les mêmes milieux que Véra Orlova et même s'ils s'étaient rencontrés, jamais cette Russe blanche aux préjugés tenaces ne se serait donnée à un Noir, fût-il un superbe poids lourd. L'explication d'Anne Breidel est différente mais se fonde également sur les nombreuses anecdotes racontant la vie amoureuse de son aïeule : la robe de chambre serait effectivement le cadeau d'un de ses amants, un professeur d'histoire au Carson College de New York, Arnold Flexner, auteur d'une thèse remarquée sur *Les Voyages de Tavernier et de Chardin et l'image de la Perse en Europe de Scudéry à Montesquieu* et, sous divers pseudonymes — Morty Rowlands, Kex Camelot, Trim Jinemewicz, James W. London, Harvey Elliot —, de romans policiers assaisonnés de scènes sinon pornographiques du moins assez franchement libertines : *Meurtres à Pigalle, Nuit chaude à Ankara,* etc. Ils se seraient rencontrés à Cincinnati, Ohio, où Véra Orlova avait été engagée pour chanter le rôle de Blondine dans *Die Entführung aus dem Serail.* Indépendamment de leur résonance sexuelle, qu'Anne Breidel ne mentionne qu'en passant, le chat et le pique feraient directement allusion, selon elle, au plus célèbre roman de Flexner, *Le Septième Crack de Saratoga,* histoire d'un pickpocket opérant sur les champs de course, que son adresse et sa souplesse ont fait surnommer *le Chat* et qui se trouve mêlé malgré lui à une enquête criminelle qu'il résout avec malice et brio.

Madame de Beaumont n'est pas au courant de ces deux explications ; pour sa part, elle n'a jamais fait le moindre commentaire sur l'origine de son peignoir.

Sur le rebord de la baignoire dont la largeur a été prévue suffisante pour qu'il puisse servir de support sont posés quelques flacons, un bonnet de bain en caoutchouc gaufré couleur bleu ciel, une trousse de toilette en forme de bourse, taillée dans une matière spongieuse rosâtre, fermée par un cordonnet tressé, et une boîte en métal brillant, parallélépipédique, dans le couvercle de laquelle est pratiquée une longue fente d'où sort partiellement un kleenex.

Anne Breidel est étendue à plat ventre devant la baignoire, sur un drap de bain vert. Elle est vêtue d'une chemise de nuit de linon blanc relevée jusqu'au milieu du dos ; sur ses fesses striées de cellulite repose un coussin thermo-vibromasseur électrique, d'un diamètre d'environ quarante centimètres, recouvert d'un tissu plastique rouge.

Alors que Béatrice, sa cadette d'un an, est longue et mince, Anne est boulotte et bouffie de graisse. Constamment préoccupée par son poids, elle s'impose des régimes alimentaires draconiens qu'elle n'a jamais la force de suivre jusqu'au bout et s'inflige des traitements de toute nature qui vont des bains de boue aux combinaisons sudatoires, des séances de sauna suivies de flagellations aux pilules anorexiques, de l'acupuncture à l'homéopathie, et du medecine-ball, home-trainer, marches forcées, battements de pieds, extenseurs, barres parallèles et autres exercices exténuants à toutes sortes de massages possibles : au gant de crin, à la courge séchée, aux billes de buis, aux savons spéciaux, à la pierre ponce, à la poudre d'alun, à la gentiane, au ginseng, au lait de concombre, et au gros sel. Celui qu'elle subit actuellement a sur tous les autres un avantage certain : elle peut se livrer, en même temps, à d'autres occupations ; en l'occurrence elle profite de ces séances quotidiennes de soixante-dix minutes au cours desquelles le coussin électrique exercera successivement son action réputée bienfaisante sur ses épaules, son dos, ses hanches, ses fesses, ses cuisses et son ventre, pour faire le bilan de son régime alimentaire : elle a devant elle un petit carnet intitulé *Tableau complet de la valeur énergétique des aliments habituels*, dans lequel les aliments dont le nom est imprimé en caractères spéciaux sont évidemment à éviter, et elle en compare les données — chicorée 20, coing 70, aiglefin 80, *aloyau* 220, *raisin sec* 290, *noix de coco* 620 — avec celles des nourritures qu'elle a ingurgitées la veille et dont elle a noté les quantités exactes sur un agenda manifestement réservé à ce seul usage :

Thé sans sucre et sans lait	0
Un jus d'ananas	66
Un yaourt	60
Trois biscuits de seigle	60
Carottes râpées	45
Côtelettes d'agneau (deux	192
Courgettes	35
Chèvre frais	190
Coings	70

Soupe de poissons (sans croûtons ni rouille)	180
Sardines fraîches	240
Salade de cresson au citron vert	66
Saint-Nectaire	400
Sorbet aux myrtilles	110
Total	1 714

Ce décompte, en dépit du Saint-Nectaire, serait plus que raisonnable s'il ne péchait gravement par omission ; certes Anne a scrupuleusement noté ce qu'elle a mangé et bu à son petit déjeuner, son déjeuner et son dîner, mais elle n'a absolument pas tenu compte des quelque quarante ou cinquante incursions furtives qu'elle a faites entre les repas dans le réfrigérateur et le garde-manger pour tenter de calmer son insatiable appétit. Sa grand-mère, sa sœur, et Madame Lafuente, la femme de ménage qui les sert depuis plus de vingt ans, ont tout essayé pour l'en empêcher, allant même jusqu'à vider tous les soirs le réfrigérateur et à enfermer tout ce qui était comestible dans une armoire cadenassée ; mais cela ne servait à rien : privée de ses collations, Anne Breidel entrait dans des états de fureur indescriptibles et sortait satisfaire au café ou chez des amies son irrépressible boulimie. Le plus grave, en l'occurrence, n'est pas qu'Anne mange entre les repas, chose que de nombreux diététiciens considèrent même comme plutôt bénéfique c'est que, irréprochablement stricte en ce qui concerne le régime qu'elle suit à table, et que d'ailleurs elle a imposé à sa grand-mère et à sa sœur, elle se révèle, dès qu'elle sort de la salle à manger, étonnamment laxiste : alors qu'elle ne supporterait pas de voir sur la table, non seulement du pain ou du beurre, mais des aliments réputés neutres comme les olives, les crevettes grises, la moutarde ou les salsifis, elle se réveille la nuit pour aller dévorer sans vergogne des assiettées de *flocons d'avoine* (350), des *tartines de pain beurrées* (900), des *barres de chocolat* (600), des *brioches fourrées* (360), du *bleu d'Auvergne* (320), des *noix* (600), des *rillettes* (600), du *gruyère* (380), ou du *thon à l'huile* (300). En fait, elle est pratiquement toujours en train de grignoter quelque chose, et tout en faisant de la main droite son addition consolatrice, elle ronge de la main gauche une cuisse de poulet.

Anne Breidel a seulement dix-huit ans. Elle est aussi douée que sa sœur cadette pour les études. Mais alors que Béatrice est une forte en thème — premier prix de grec au Concours général — se destinant à faire de l'histoire ancienne et peut-être même de l'archéologie, Anne est une scientifique : bachelière à seize ans, elle vient d'être reçue septième au concours d'entrée à Centrale, où elle se présentait pour la première fois.

C'est à l'âge de neuf ans, en 1967, qu'Anne découvrit sa vocation d'ingénieur. Cette année-là, un pétrolier panaméen, le *Silver Glen of Alva*, fit naufrage au large de la Terre de Feu avec cent quatre personnes à bord. Ses signaux de détresse, imparfaitement reçus en raison de la tempête qui faisait rage sur l'Atlantique Sud et la mer de Weddell, ne permirent pas de le localiser précisément. Pendant deux semaines, les garde-côtes argentins et des équipes de la protection civile chilienne, avec l'aide des navires qui croisaient alors dans les parages, fouillèrent inlassablement les innombrables îlots du cap Horn et de la baie de Nassau.

Avec une fébrilité grandissante, Anne lisait tous les soirs dans le journal le compte rendu des recherches ; le mauvais temps les ralentissait considérablement et, semaine après semaine, les chances de retrouver des survivants diminuaient. Lorsque tout espoir fut perdu, la grande presse salua l'abnégation des sauveteurs qui, dans des conditions épouvantables, avaient fait l'impossible pour secourir d'éventuels rescapés ; mais plusieurs commentateurs affirmèrent, non sans raison, que le véritable responsable de la catastrophe n'était pas le mauvais temps, mais l'absence, en Terre de Feu, et d'une manière générale sur toute la planète, de récepteurs suffisamment puissants pour capter, quelles que soient les conditions atmosphériques, les appels émis par les navires en perdition.

C'est après avoir lu ces articles, qu'elle découpa et qu'elle colla dans un cahier spécial, et dont elle fit plus tard la matière d'un exposé dans sa classe (elle était alors en sixième), qu'Anne Breidel décida qu'elle fabriquerait le plus grand radiophare du monde, une antenne de huit cents mètres de haut qui s'appellerait la Tour Breidel et qui serait capable de recevoir n'importe quel message émis dans un rayon de huit mille kilomètres.

Jusque vers l'âge de quatorze ans, Anne consacra la plus grande partie de ses heures de loisir à dessiner les plans de sa tour, calculant son poids et sa résistance, vérifiant sa portée, étudiant son emplacement optimal — Tristan da Cunha, les Crozet, les Bounty, l'îlot Saint-Paul, l'archipel Margarita-Teresa, et, pour finir, les îles du Prince-Edouard, au sud de Madagascar — et se racontant dans tous leurs détails les sauvetages miraculeux qu'elle rendrait possibles. Son goût pour les sciences physiques et pour les mathématiques se développa à partir de cette image mythique, ce mât fusiforme émergeant des brouillards givrés de l'océan Indien.

Ses années d'hypotaupe et de taupe, et le développement des télécommunications par satellite vinrent à bout de son projet. Il n'en reste qu'une photographie de journal la montrant, âgée de douze ans, posant devant la maquette qu'elle passa six mois à construire, une aérienne structure de métal, faite de 2 715 aiguilles de pick-up en acier maintenues par de microscopiques points de colle, haute de deux mètres, aussi fine qu'une dentelle, aussi déliée qu'une danseuse, et portant à son sommet 366 minuscules récepteurs paraboliques.

CHAPITRE XLI

Marquiseaux, 3

En réunissant l'ancienne chambre des parents Echard et la petite salle à manger et en y annexant la portion correspondante du vestibule, devenue dès lors inutile, et un placard à balais, Philippe et Caroline Marquiseaux ont obtenu une pièce plutôt grande dont ils ont fait une salle de réunion pour leur agence : ce n'est absolument pas un bureau, mais, inspirée des plus récentes techniques en matière de brain-storming et de groupologie, une pièce que les Américains appellent une « Informal Creative Room », en abrégé I.C.R., et familièrement *I see her* ; les Marquiseaux, pour leur part, l'appellent leur gueuloir, leur cogitorium ou, mieux, en référence à la musique qu'ils ont à charge de promouvoir, leur poperie : c'est là que se définissent les grands axes de leurs campagnes dont les détails seront ensuite réglés dans les bureaux que leur agence occupe au dix-septième étage d'une des tours de la Défense.

Les murs et le plafond sont tendus de vinyle blanc ; le sol est couvert d'un tapis de caoutchouc mousse identique à celui qu'utilisent les adeptes de certains arts martiaux ; rien sur les murs ; presque aucun meuble : un buffet bas laqué de blanc sur lequel sont posées des boîtes de jus de légumes Seven-Up et de bière sans alcool (root-beer) ; une jardinière « zen », octogonale, remplie de sable finement strié d'où émergent quelques rares galets, une multitude de coussins de toutes couleurs et de toutes formes.

Quatre objets se partagent l'essentiel de l'espace : le premier est un gong de bronze à peu près de la taille de celui des génériques des films de la Rank, c'est-à-dire plus haut qu'un homme ; il ne provient pas d'Extrême-Orient, mais d'Alger : il aurait servi à rassembler les prisonniers du tristement célèbre bagne barbaresque où, entre autres, Cervantes, Régnard et saint Vincent de Paul furent emprisonnés ; en tout cas, une inscription arabe.

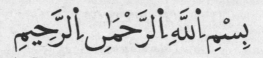

celle-là même, l'*al-Fâtiha*, qui introduit chacune des cent quatorze sourates du Coran : « Au nom du Dieu clément et miséricordieux », est gravée en son centre.

Le deuxième objet est un juke-box « elvis-presleyien » aux chromes étincelants ; le troisième est un billard électrique appartenant à un modèle particulier que l'on appelle *Flashing Bulbs* : sa caisse et sa table ne contiennent ni plots ni ressorts, ni compteurs : ce sont des miroirs percés d'innombrables petits trous derrière lesquels sont disposés autant d'ampoules connectées à un flash électronique ; le déplacement de la bille d'acier, elle-même invisible et silencieuse, déclenche des éclairs lumineux d'une intensité telle que dans l'obscurité un spectateur situé à trois mètres de l'appareil peut lire sans difficultés des caractères aussi petits que ceux d'un dictionnaire ; pour celui qui se tient devant ou juste à côté de l'appareil, et même s'il porte des verres protecteurs, l'effet est à ce point « psychédélique » qu'un poète hippy a parlé à son sujet de *coût astral*. La fabrication de cette machine a été arrêtée après qu'elle ait été reconnue responsable de six cas de cécité ; il est devenu très difficile de s'en procurer, car certains amateurs, accoutumés à ces éclairs miniature comme on peut l'être à une drogue, n'hésitent pas à s'entourer de quatre ou cinq appareils et à les faire fonctionner tous en même temps.

Le quatrième objet est un orgue électrique, abusivement baptisé synthétiseur, flanqué de deux haut-parleurs sphériques.

Les Marquiseaux, absorbés par leurs attouchements

aquatiques, ne sont pas encore arrivés dans cette pièce où les attendent deux de leurs amis qui sont en même temps deux de leurs clients.

L'un, un jeune homme en costume de toile, pieds nus, affalé dans les coussins, allumant une cigarette avec un briquet zippo, est un musicien suédois, Svend Grundtvig. Disciple de Falkenhausen et de Hazefeld, adepte de la musique post-webernienne, auteur de constructions aussi savantes que discrètes, dont la plus célèbre, *Crossed Words,* offre une partition curieusement semblable à une grille de mots croisés, la lecture horizontale ou verticale correspondant à des séquences d'accords dans lesquelles les *noirs* fonctionnent comme des silences, Svend Grundtvig est néanmoins désireux d'aborder des musiques plus populaires et vient de composer un oratorio, *Proud Angels,* dont le livret se fonde sur l'histoire de la chute des Anges. La réunion de ce soir étudiera les moyens de le promouvoir avant sa création au festival de Tabarka.

L'autre, la très célèbre « Hortense », est une personnalité beaucoup plus curieuse. C'est une femme d'une trentaine d'années, au visage dur, aux yeux inquiets ; elle est accroupie près de l'orgue électrique, et en joue pour elle seule, des écouteurs aux oreilles. Elle est pieds nus elle aussi — c'est sans doute une règle de la maison que d'enlever ses chaussures avant de pénétrer dans cette pièce — et porte un caleçon long de soie kaki serré aux mollets et aux hanches par des lacets blancs garnis de ferrets en strass, et un blouson court, une sorte de boléro plutôt, fait d'une multitude de petits morceaux de fourrure.

Jusqu'en mille neuf cent soixante-treize, « Hortense » — l'usage s'est imposé de toujours écrire son nom avec des guillemets — était un homme nommé Sam Horton. Il était guitariste et compositeur dans une petite formation new-yorkaise, les *Wasps.* Sa première chanson, *Come in, little Nemo,* resta trois semaines au Top 50 de *Variety,* mais les suivantes — *Susquehanna Mammy, Slumbering Wabash, Mississippi Sunset, Dismal Swamp, I'm homesick for being homesick* — ne remportèrent pas le succès escompté, en dépit de leur charme très « années quarante ». Le groupe végétait donc et voyait avec angoisse les engagements se raréfier et les directeurs de maisons de disque faire répondre qu'ils étaient en conférence, lorsque, au début de 1973, Sam Horton lut par hasard dans un magazine qu'il feuilletait dans la salle d'attente de son dentiste un article sur cet officier de l'armée des Indes qui était devenu(e) une respectable Lady. Ce qui sur-le-champ intéressa Sam Horton, ce n'est pas tant qu'un homme ait pu changer de sexe que le succès d'édition remporté par le récit relatant cette rare expérience. Cédant à la séduction trompeuse du raisonnement analogique, Sam Horton se persuada qu'un groupe pop constitué de transexuels devrait nécessairement connaître le succès. Il ne parvint évidemment pas à convaincre ses quatre partenaires, mais l'idée continua à le troubler. Elle répondait certainement chez lui à un besoin autre que publicitaire, car il partit seul au Maroc dans une clinique spécialisée subir les traitements chirurgicaux et endrocriniens adéquats.

Quand « Hortense » revint aux Etats-Unis, les *Wasps*, qui avaient entre-temps embauché un nouveau guitariste et qui semblaient en voie de remonter la pente, refusèrent de la reprendre, et quatorze éditeurs lui renvoyèrent son manuscrit, « simple copie, dirent-ils, d'un succès récent ». Ce fut le début d'une période de vache enragée qui dura plusieurs mois et où elle dut pour survivre faire des ménages le matin dans des agences de voyages.

Du fond de sa détresse — pour reprendre les termes des résumés biographiques imprimés au dos de ses pochettes de disques —, « Hortense » se remit à écrire des chansons, et comme personne ne voulait les chanter, elle finit par se décider à les interprèter elle-même : sa voix rauque et instable apportait incontestablement ce *new sound* que tous les gens du métier ne cessent de traquer et les chansons elle-mêmes répondaient bien à l'attente inquiète d'un public de jour en jour plus fébrile pour qui elle devint bientôt l'incomparable symbole de toute la fragilité du monde : avec *Lime Blossom Lady*, histoire nostalgique d'une herboristerie démolie pour faire place à une pizzeria, elle obtint en quelques jours le premier de ses 59 disques d'or.

Philippe Marquiseaux, en réussissant à prendre sous contrat exclusif pour l'Europe et l'Afrique du Nord cette créature craintive et vacillante a certainement réalisé la plus belle affaire de son encore courte carrière ; pas pour « Hortense » elle-même qui avec ses fugues incessantes, ses ruptures de contrat, ses suicides, ses dépressions, ses procès, ses ballets roses et bleus, ses cures, ses lubies diverses, lui coûte au moins aussi cher qu'elle ne lui rapporte, mais parce que tous ceux qui rêvent de se faire un nom au music-hall, tiennent désormais à appartenir à la même agence qu' « Hortense ».

CHAPITRE XLII

Escaliers, 6

Deux hommes se rencontrent sur le palier du quatrième étage, tous deux dans la cinquantaine, tous deux avec des lunettes à montures rectangulaires, tous deux vêtus d'un même costume noir, pantalon, veston, gilet, un peu trop grands pour eux, chaussés de souliers noirs, cravate noire sur une chemise blanche au col sans pointes, chapeau rond noir. Mais celui qui est de dos porte une écharpe imprimée de type cachemire, alors que l'autre a une écharpe rose à rayures violettes.

Ce sont deux quêteurs. Le premier propose une *Nouvelle Clé des Songes*, prétendument fondée sur l'Enseignement d'un sorcier Yaki recueilli à la fin du xviiᵉ siècle par un voyageur anglais nommé Henry Barrett, mais rédigée en fait quelques semaines auparavant par un étudiant en botanique de l'Université de Madrid. Indépendamment des anachronismes sans lesquels cette clé des songes n'ouvrirait évidemment rien, et des ornements à l'aide desquels l'imagination de cet Espagnol a cherché à embellir cette fastidieuse énumération pour en accentuer l'exotisme chronologique et géographique, plusieurs des associations proposées font preuve d'une surprenante saveur :

OURS	=	HORLOGE
PERRUQUE	=	FAUTEUIL
HARENG	=	FALAISE
MARTEAU	=	DÉSERT
NEIGE	=	CHAPEAU
LUNE	=	SOULIER

```
BROUILLARD  =  CENDRES
CUIVRE      =  TÉLÉPHONE
JAMBON      =  SOLITAIRE
```

Le second quêteur vend un petit journal intitulé *Debout !*, organe des Témoins de la Nouvelle Bible. On trouve dans chaque fascicule quelques articles de fond : « Qu'est-ce que le bonheur de l'humanité ? », « Les 67 vérités de la Bible », « Beethoven était-il vraiment sourd ? », « Mystère et Magie des chats », « Sachez apprécier les figuiers de Barbarie », quelques informations générale : « Agissez avant qu'il ne soit trop tard ! » ; « La vie est-elle apparue par hasard », « Moins de mariages en Suisse », et quelques maximes du genre de *Statura justa et aequa sint pondere*. Subrepticement glissées entre les pages se trouvent des publicités pour articles d'hygiène accompagnées d'offres d'envois discrets.

CHAPITRE XLIII

Foulerot, 2

Une chambre au cinquième droite. C'était la chambre de Paul Hébert, jusqu'à son arrestation, une chambre d'étudiant avec un tapis de laine troué de brûlures de cigarettes, un papier verdâtre sur les murs, un cosy-corner recouvert d'un tissu à rayures.

Les auteurs de l'attentat qui, le sept octobre 1943, boulevard Saint-Germain, coûta la vie à trois officiers allemands, furent arrêtés le jour même en début de soirée. C'étaient deux anciens officiers d'active appartenant à un « Groupe d'Action Davout » dont il apparut très vite qu'ils étaient les seuls membres ; ils entendaient par leur geste rendre aux Français leur Dignité perdue : on les arrêta au moment où ils s'apprêtaient à distribuer un tract qui commençait par ces mots : « Le soldat Boche est un être fort, sain, ne pensant qu'à la grandeur de son pays. *Deutschland über alles !* Tandis que nous, nous nous sommes abîmés dans le dilettantisme ! ».

Tous ceux qui avaient été pris dans la rafle effectuée dans l'heure qui suivit l'explosion furent libérés le lendemain après-midi après vérification d'identité, à l'exception de cinq étudiants dont la situation sembla irrégulière et au sujet desquels les autorités d'occupation demandèrent un supplément d'enquête. Paul Hébert était du nombre : ses papiers étaient en règle, mais le commissaire qui l'interrogea s'étonna d'avoir pu le trouver au carrefour de l'Odéon un jeudi à trois heures de l'après-midi alors qu'il aurait dû être à l'Ecole du Génie civil, 152 avenue de Wagram, en train de préparer le concours d'entrée à l'Ecole supérieure de chimie. La chose elle-même était vraiment peu importante, mais les explications que Paul Hébert donna ne furent pas du tout convaincantes.

Petit-fils d'un pharmacien installé 48, rue de Madrid, Paul Hébert profitait abondamment de ce grand-papa gâteau en lui subtilisant des flacons d'elixir parégorique qu'il revendait entre quarante et cinquante francs à de jeunes drogués du Quartier latin ; il avait ce jour-là livré sa provision mensuelle et s'apprêtait, quand il fut arrêté, à aller dépenser sur les Champs-Elysées les cinq cents francs qu'il venait de gagner. Mais au lieu de raconter bêtement qu'il avait séché ses cours pour aller au cinéma voir *Pontcarral, Colonel d'Empire* ou *Goupi-Mains rouges,* il se lança dans des justifications de plus en plus embrouillées en commençant par raconter qu'il avait été obligé d'aller chez Gibert pour acheter le *Traité de Chimie organique,* de Polonovski et Lespagnol, un fort volume de 856 pages publié chez Masson deux ans plus tôt. « Alors, où est-il, ce traité ? » demanda le commissaire. « Ils ne l'avaient pas chez Gibert » prétendit Hébert. Le commissaire qui, à ce stade de l'enquête, avait sans doute simplement envie de s'amuser un peu, envoya chez Gibert un agent qui, bien évidemment, revint quelques minutes plus tard avec le traité en question. « Oui, mais il était trop cher pour moi » murmura Hébert, s'enferrant définitivement.

Dans la mesure où les auteurs de l'attentat venaient d'être arrêtés, le commissaire ne recherchait plus à tout prix les « Terroristes ». Mais par simple acquit de conscience, il fit fouiller Hébert, trouva les cinq cents francs, et s'imaginant avoir mis la main sur un réseau de marché noir, ordonna une perquisition.

Dans le cagibi attenant à la chambre d'Hébert, au milieu d'un amoncellement de vieilles chaussures, de réserves de verveine menthe, de chaufferettes électriques en cuivre toutes cabossées, de patins à glace, de raquettes aux boyaux flasques, de magazines dépareillés, de romans illustrés, de vieux vêtements et de vieilles ficelles, on trouva un imperméable gris et dans la poche de cet imperméable une boîte en carton, plutôt plate d'environ quinze centimètres sur dix, sur laquelle était écrit :

A l'intérieur de cette boîte, il y avait un mouchoir de soie verte, vraisemblablement taillé dans une toile de parachute, un agenda couvert de notations sibyllines du genre « Debout », « gravures en losange », « X-27 », « Gault-de-Perche », etc. dont le difficile déchiffrement n'apporta aucun élément concluant ; un fragment de la carte au 1/160 000ᵉ du Jutland, initialement dressée par J. H. Mansa ; et une enveloppe vierge contenant une feuille de papier pliée en quatre : en haut et à gauche de la feuille de papier était gravée un en-tête

Anton

Tailor & Shirt-Maker

16 bis, avenue de Messine
Paris 8ᵉ

EURope 21-45

surmontant une silhouette de lion qu'en termes d'héraldique on aurait qualifié de *passant* ou de *léopardé*. Sur tout le reste de la feuille était soigneusement tracé à l'encre violette un plan du centre du Havre, du Grand-Quai à la place Gambetta : une croix rouge désignait l'hôtel *Les Armes de la Ville,* presque au coin de la rue d'Estimauville et de la rue Frédéric-Sauvage.

Or c'est dans cet hôtel, réquisitionné par les Allemands, que le 23 juin, un peu plus de trois mois auparavant, avait été abattu l'Ingénieur Général Pferdleichter, un des principaux responsables de l'Organisation Todt qui, après avoir dirigé les travaux de fortification côtière du Jutland, où il avait d'ailleurs à deux reprises échappé par miracle à des attentats, venait d'être chargé par Hitler lui-même de superviser l'Opération *Parsifal* : cette opération analogue au projet *Cyclope*, qui avait commencé un an auparavant dans la région de Dunkerque, devait aboutir à la construction, à une vingtaine de kilomètres en arrière du Mur de l'Atlantique proprement dit, entre Goderville et Saint-Romain-du-Colbosc, de trois bases de radioguidage et de huit bunkers d'où pourraient partir des V2 et des fusées à étages capables d'atteindre les Etats-Unis.

Pferdleichter fut tué par balle à dix heures moins le quart — heure allemande — dans le grand salon de l'hôtel —, alors qu'il faisait une partie d'échecs avec l'un de ses adjoints, un ingénieur japonais nommé Uchida. Le tireur s'était posté dans le grenier d'une maison située juste en face de l'hôtel et alors inhabitée, et avait profité de ce que les fenêtres du grand salon étaient ouvertes ; en dépit d'un angle de tir particulièrement défavorable, une seule balle lui suffit pour atteindre mortellement Pferdleichter en lui tranchant la carotide. On en déduisit qu'il s'agissait d'un tireur d'élite, ce qui fut confirmé le lendemain matin par la découverte dans un des bosquets du jardin public de la place de l'Hôtel de Ville de l'arme dont il s'était servi, une carabine de compétition, calibre 22, de fabrication italienne.

L'enquête s'orienta dans diverses directions dont aucune n'aboutit : on ne retrouva pas le propriétaire officiel de l'arme, un certain Monsieur Gressin, d'Aigues-Mortes ; quant au propriétaire de la maison où le tireur s'était embusqué, c'était un fonctionnaire colonial en poste à Nouméa.

Les éléments apportés par la perquisition effectuée chez Paul Hébert firent rebondir l'affaire. Mais Paul Hébert n'avait jamais vu cet imperméable ni, à plus forte raison, la boîte et son contenu ; la Gestapo eut beau le torturer, elle ne put rien apprendre de lui.

Paul Hébert, malgré son jeune âge, vivait seul dans cet appartement. Un oncle qu'il ne voyait guère plus d'une fois par semaine, et son grand-père pharmacien s'occupaient de lui. Sa mère était morte alors qu'il avait dix ans et son père, Joseph Hébert, inspecteur du matériel roulant aux Chemins de Fer de l'Etat, n'était pratiquement jamais à Paris. Les soupçons des Allemands se portèrent vers ce père dont Paul Hébert n'avait pas eu de nouvelles depuis plus de deux mois.

Il apparut rapidement qu'il avait également cessé son travail, mais toutes les recherches entreprises pour le retrouver demeurèrent vaines. Il n'existait pas de Maison Hély and Co à Bruxelles, et pas davantage de tailleur nommé Anton au numéro 16 bis de l'avenue de Messine, qui était d'ailleurs un numéro fictif, aussi fictif que le numéro de téléphone dont on comprit un peu plus tard qu'il correspondait simplement à l'heure de l'attentat. Au bout de quelques mois, les autorités allemandes, persuadées que Joseph Hébert avait été lui-même descendu ou qu'il avait réussi à passer en Angleterre, classèrent l'affaire et envoyèrent son fils à Buchenwald. Après les tortures qu'il avait subies quotidiennement, ce fut presque pour lui une libération.

Une jeune fille de dix-sept ans, Geneviève Foulerot, occupe aujourd'hui l'appartement avec son fils qui a tout juste un an. L'ancienne chambre de Paul Hébert est devenue la chambre du bébé, une chambre presque vide avec quelques meubles pour enfant : un moïse en jonc tressé blanc posé sur un support pliant, une table à langer, un parc rectangulaire aux bords garnis d'un bourrelet protecteur.

Les murs sont nus. Une photographie seulement est épinglée sur la porte. Elle représente Geneviève, le visage éclatant de joie, tenant à bout de bras son bébé ; elle est vêtue d'un maillot de bain deux-pièces en tissu écossais et pose à côté d'une piscine démontable dont la paroi métallique extérieure est décorée de grandes fleurs stylisées.

Cette photographie provient d'un catalogue de vente par correspondance dont Geneviève est l'un des six modèles féminins permanents. On l'y voit pagayant à bord d'un canoë de studio avec un gilet de sauvetage gonflable en matière plastique orange, ou assise dans un fauteuil de jardin en tube et toile rayée jaune et bleu à côté d'une tente à toit bleu, revêtue d'un peignoir de bain vert et accompagné d'un homme en peignoir de bain rose, ou bien en chemise de nuit agrémentée de dentelles, soulevant des petites haltères, et dans une multitude de vêtements de travail de toute nature : blouses d'infirmière, de vendeuse, d'institutrice, survêtements de professeur de gymnastique, tabliers de serveuse de restaurant, vestes de bouchère, cottes à bretelles, combinaisons, blousons, vareuses, etc.

En dehors de ce gagne-pain peu prestigieux, Geneviève

Foulerot suit des cours d'art dramatique et a déjà figuré dans plusieurs films et feuilletons. Elle sera peut-être bientôt la vedette féminine d'une dramatique télévisée adaptée d'une nouvelle de Pirandello qu'à l'autre bout de l'appartement elle s'apprête à lire en prenant son bain : son visage de madone, ses grands yeux limpides, ses longs cheveux noirs, l'ont fait choisir parmi une trentaine de postulantes pour être cette Gabriella Vanzi dont le regard à la fois candide et pervers précipite dans la folie Romeo Daddi.

CHAPITRE XLIV

Winckler, 2

Au départ, l'art du puzzle semble un art bref, un art mince, tout entier contenu dans un maigre enseignement de la Gestalttheorie : l'objet visé — qu'il s'agisse d'un acte perceptif, d'un apprentissage, d'un système physiologique ou, dans le cas qui nous occupe, d'un puzzle de bois — n'est pas une somme d'éléments qu'il faudrait d'abord isoler et analyser, mais un ensemble, c'est-à-dire une forme, une structure : l'élément ne préexiste pas à l'ensemble, il n'est ni plus immédiat ni plus ancien, ce ne sont pas les éléments qui déterminent l'ensemble, mais l'ensemble qui détermine les éléments : la connaissance du tout et de ses lois, de l'ensemble et de sa structure, ne saurait être déduite de la connaissance séparée des parties qui le composent : cela veut dire qu'on peut regarder une pièce d'un puzzle pendant trois jours et croire tout savoir de sa configuration et de sa couleur sans avoir le moins du monde avancé : seule compte la possibilité de relier cette pièce à d'autres pièces et, en ce sens, il y a quelque chose de commun entre l'art du puzzle et l'art du go ; seules les pièces rassemblées prendront un caractère lisible, prendront un sens : considérée isolément, une pièce d'un puzzle ne veut rien dire ; elle est seulement question impossible, défi opaque ; mais à peine a-t-on réussi, au terme de plusieurs minutes d'essais et d'erreurs, ou en une demi-seconde prodigieusement inspirée, à la connecter à l'une de ses voisines, que la pièce disparaît, cesse d'exister en tant que pièce : l'intense difficulté qui a précédé ce rapprochement, et que le mot *puzzle* — énigme — désigne si bien en anglais, non seulement n'a plus de raison d'être, mais semble n'en avoir jamais eu, tant elle est devenue évidence : les deux pièces miraculeusement réunies n'en font plus qu'une, à son tour source d'erreur, d'hésitation, de désarroi et d'attente.

Le rôle du faiseur de puzzle est difficile à définir. Dans la plupart des cas — pour tous les puzzles en carton en particulier — les puzzles sont fabriqués à la machine et leur découpage n'obéit à aucune nécessité : une presse coupante réglée selon un dessin immuable tranche les plaques de carton d'une façon toujours identique ; le véritable amateur rejette ces puzzles, pas seulement parce qu'ils sont en carton au lieu d'être en bois, ni parce qu'un modèle est reproduit sur la boîte d'emballage, mais parce que ce mode de découpage supprime la spécificité même du puzzle ; il importe peu en l'occurrence, contrairement à une idée fortement ancrée dans l'esprit du public, que l'image de départ soit réputée facile (une scène de genre à la manière de Vermeer par exemple, ou une photographie en couleurs d'un château autrichien) ou difficile (un Jackson Pollock, un Pissarro ou — paradoxe misérable — un puzzle blanc) : ce n'est pas le sujet du tableau ni la technique du peintre qui fait la difficulté du puzzle, mais la subtilité de la découpe, et une découpe aléatoire produira nécessairement une difficulté aléatoire, oscillant entre une facilité extrême pour les bords, les détails, les taches de lumière, les objets bien cernés, les traits, les transitions, et une difficulté fastidieuse pour le reste : le ciel sans nuages, le sable, la prairie, les labours, les zones d'ombre, etc.

Dans de tels puzzles les pièces se divisent en quelques grandes classes dont les plus connues sont :

les bonshommes

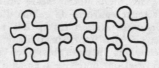

les croix de Lorraine

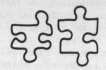

et les croix

et une fois les bords reconstitués, les détails mis en place
— la table avec son tapis rouge à franges jaunes très claires,
presque blanches, supportant un pupitre avec un livre ouvert,
la riche bordure de la glace, le luth, la robe rouge de la
femme — et les grandes masses des arrière-plans séparées
en paquets selon leur tonalité de gris, de brun, de blanc ou
de bleu ciel, la résolution du puzzle consistera simplement
à essayer à tour de rôle toutes les combinaisons plausibles.

L'art du puzzle commence avec les puzzles de bois
découpés à la main lorsque celui qui les fabrique entreprend
de se poser toutes les questions que le joueur devra résoudre,
lorsque, au lieu de laisser le hasard brouiller les pistes, il
entend lui substituer la ruse, le piège, l'illusion : d'une
façon préméditée, tous les éléments figurant sur l'image à
reconstruire — tel fauteuil de brocart d'or, tel chapeau noir
à trois cornes garni d'une plume noire un peu délabrée, telle
livrée jonquille toute couverte de galons d'argent — serviront
de départ à une information trompeuse : l'espace organisé,
cohérent, structuré, signifiant, du tableau sera découpé non
seulement en éléments inertes, amorphes, pauvres de signification et d'information, mais en éléments falsifiés, porteurs
d'informations fausses : deux fragments de corniches s'emboîtant exactement alors qu'ils appartiennent en fait à deux
portions très éloignées du plafond, la boucle de la ceinture
de l'uniforme qui se révèle in extremis être une pièce de

métal retenant une torchère, plusieurs pièces découpées de façon presque identique appartenant, les unes à un oranger nain posé sur une cheminée, les autres à son reflet à peine terni dans un miroir, sont des exemples classiques des embûches rencontrées par les amateurs.

On en déduira quelque chose qui est sans doute l'ultime vérité du puzzle : en dépit des apparences, ce n'est pas un jeu solitaire : chaque geste que fait le poseur de puzzle, le faiseur de puzzle l'a fait avant lui ; chaque pièce qu'il prend et reprend, qu'il examine, qu'il caresse, chaque combinaison qu'il essaye et essaye encore, chaque tâtonnement, chaque intuition, chaque espoir, chaque découragement, ont été décidés, calculés, étudiés par l'autre.

Pour trouver son faiseur de puzzle, Bartlebooth mit une annonce dans *Le Jouet français* et dans *Toy Trader*, demandant aux candidats de lui soumettre un échantillon de quatorze centimètres sur neuf découpé en deux cents pièces ; il reçut douze réponses ; la plupart étaient banales et sans attrait, du genre « Entrevue du Camp du Drap d'Or », ou « Soirée dans un cottage anglais » avec tous ses détails couleur locale : la vieille Lady avec sa robe de soie noire et sa broche hexagonale en quartz, le maître d'hôtel apportant le café sur un plateau, le mobilier Regency et le portrait de l'ancêtre, un gentleman à petits favoris, en habit rouge de l'époque des dernières diligences, portant culotte blanche, bottes à revers, haut-de-forme gris, et tenant une badine à la main, le guéridon couvert d'un petit tapis fait de pièces rapportées, la table près du mur avec des numéros étalés du *Times*, le grand tapis chinois à fond bleu ciel, le général en retraite — reconnaissable à ses cheveux gris coupés en brosse, sa courte moustache blanche, son teint rougeaud et sa brochette de décorations — à côté de la fenêtre, consultant d'un air rogue le baromètre, le jeune homme debout devant la cheminée plongé dans la lecture de *Punch*, etc. Un autre modèle, qui représentait simplement un magnifique paon en train de faire la roue plut suffisamment à Bartlebooth pour qu'il convoquât son auteur, mais celui-ci — un prince russe émigré qui vivait plutôt misérablement au Raincy — lui parut trop vieux pour ses projets.

Le puzzle de Gaspard Winckler répondit tout à fait à l'attente de Bartlebooth. Winckler l'avait découpé dans une sorte d'image d'Epinal, signée des initiales M. W. et intitulée *La dernière Expédition à la Recherche de Franklin* ; pendant les premières heures où il entreprit de le résoudre, Bartlebooth crut qu'il consistait seulement en variations sur le blanc ; en fait, le corps principal du dessin représentait un navire, le *Fox*, pris dans la banquise : debout près du gouvernail couvert de glace, emmitouflés dans des fourrures gris clair dont leur visage terreux émerge à peine, deux hommes, le capitaine M'Clintoch, chef de l'expédition, et son interprète d'inupik, Carl Petersen, lèvent les bras en direction d'un groupe d'Esquimaux qui sort d'un brouillard épais couvrant tout l'horizon, et vient vers eux sur des traîneaux tirés par des chiens ; aux quatre angles du dessin, quatre cartouches montraient respectivement la mort de Sir John Franklin, succombant à la fatigue le onze juin 1847 dans les bras de ses deux chirurgiens, Peddie et Stanley ; les deux navires de l'expédition, l'*Erebus*, que commandait Fitz-James, et le *Terror*, que commandait Crozier ; et la découverte le six mai 1859, sur la terre du roi Guillaume, par le lieutenant Hobson, second du *Fox*, du *cairn* contenant le dernier message laissé par les cinq cents survivants le vingt-cinq avril 1848 avant qu'ils n'abandonnent les navires écrasés par les glaces pour tenter de regagner en traîneau ou à pied la baie d'Hudson.

Gaspard Winckler venait alors d'arriver à Paris. Il avait à peine vingt-deux ans. Du contrat qu'il passa avec Bartlebooth rien ne transpira jamais ; mais quelques mois plus tard, il s'installa rue Simon-Crubellier avec sa femme Marguerite ; elle était miniaturiste : c'était elle qui avait peint la gouache dont Winckler s'était servi pour son puzzle d'essai.

Pendant près de deux ans, Winckler n'eut rien d'autre à faire qu'à aménager son atelier — il en fit capitonner la porte et tapisser les murs de liège —, commander ses instruments, préparer son matériel, procéder à des essais. Puis, dans les derniers jours de mille neuf cent trente-quatre, Bartlebooth et Smautf se mirent en voyage, et trois semaines plus tard Winckler reçut d'Espagne la première aquarelle. Dès lors elles se succédèrent sans interruption pendant vingt ans, à raison généralement de deux par mois. Aucune ne se perdit jamais, même au plus fort de la guerre, où parfois un second attaché à l'ambassade de Suède venait lui-même les apporter.

Le premier jour Winckler posait l'aquarelle sur un chevalet près de la fenêtre et la regardait sans y toucher. Le deuxième jour, il la collait sur un support — du contreplaqué de peuplier — un tout petit peu plus grand qu'elle. Il utilisait une colle spéciale, d'une jolie couleur bleue, qu'il préparait lui-même, et intercalait entre le Whatman et le bois une mince feuille de papier blanc qui devait faciliter la séparation ultérieure de l'aquarelle reconstituée et du contreplaqué, et qui allait servir de bords au futur puzzle. Puis il enduisait toute la surface d'un vernis protecteur qu'il appliquait avec un de ces pinceaux larges et plats appelés queue-de-morue. Pendant trois ou quatre jours alors, il étudiait l'aquarelle à la loupe, ou bien, la posant de nouveau sur son chevalet, il s'asseyait en face d'elle pendant des heures, se levant parfois pour aller examiner de plus près un détail, ou tournant autour comme une panthère dans sa cage.
La première semaine se passait dans cette seule observation minutieuse et inquiète. Ensuite tout se mettait à aller très vite : Winckler posait sur l'aquarelle un calque extrêmement fin et, pratiquement sans lever la main, dessinait les découpures du puzzle. Le reste n'était plus qu'affaire de technique, une technique délicate et lente, exigeant une habileté scrupuleuse, mais où n'entrait plus aucune invention : à partir du calque, l'artisan fabriquait une sorte de moule — préfiguration de la grille ajourée dont, vingt ans plus tard, Morellet se servirait pour reconstituer l'aquarelle — qui lui permettait de guider efficacement sa scie sauteuse à col de cygne. Le polissage de chaque pièce au papier de verre puis à la peau de chamois, quelques fignolages ultimes, occupaient les derniers jours de la quinzaine. Le puzzle était déposé dans une des boîtes noires à ruban gris de Madame Hourcade ; une étiquette rectangulaire, indiquant le lieu et la date où l'aquarelle avait été peinte

ou bien

était collée à l'intérieur, sous le couvercle, et la boîte, numé-
rotée et scellée, allait rejoindre les puzzles déjà prêts dans
un coffre-fort de la Société Générale ; le lendemain ou quelques jours plus tard, le courrier apportait une nouvelle aquarelle.

Gaspard Winckler n'aimait pas qu'on le regarde travailler.
Marguerite n'entrait jamais dans l'atelier où il s'enfermait
pendant des journées entières, et lorsque Valène venait le
voir, l'artisan trouvait toujours un prétexte pour s'arrêter et
pour cacher son travail. Il ne disait jamais « vous me déran-
gez » mais plutôt quelque chose du genre de « Ah, vous
tombez bien, j'allais justement m'arrêter » ou bien il se mettait à faire le ménage, à ouvrir la fenêtre pour aérer, à épous-
setter son établi avec un chiffon de lin, ou à vider son
cendrier, une vaste coquille d'huître perlière dans laquelle
s'amoncelaient des trognons de pommes et de longs mégots
de Gitanes maïs qu'il ne rallumait jamais.

CHAPITRE XLV

Plassaert, 1

L'appartement de Plassaert se compose de trois chambres mansardées au dernier étage. Une quatrième chambre, celle qu'occupait Morellet jusqu'à son internement, est en cours d'aménagement.

La pièce où nous nous trouvons actuellement est une chambre parquetée avec un canapé susceptible de se transformer en lit et une table pliante, genre table de bridge, les deux meubles étant disposés de telle façon que, compte tenu de l'exiguïté de la pièce, on ne puisse déplier le lit sans avoir auparavant replié la table, et vice versa. Sur le mur un papier peint bleu clair dont le dessin représente des étoiles à quatre branches régulièrement espacées ; sur la table, un jeu de dominos étalé, un cendrier en porcelaine figurant une tête de bull-dog avec un collier à pointes et un air extrêmement coléreux, et un bouquet de belles-de-nuit dans un vase parallélépipédique fait de cette substance particulière que l'on appelle verre d'azur ou pierre d'azur et qui doit sa coloration à un oxyde de cobalt.

Couché à plat ventre sur le divan, vêtu d'un chandail marron et de culottes courtes noires, chaussé d'espadrilles, un garçon de douze ans, Rémi, le fils des Plassaert, classe sa collection de buvards publicitaires ; ce sont pour la plupart des prospectus médicaux, encartés dans les revues spécialisées *La Presse médicale*, *La Gazette médicale*, *La Tribune médicale*, *La Semaine médicale*, *La Semaine des Hôpitaux*, *La Semaine du Médecin*, *Le Journal du Médecin*, *Le Quotidien du Médecin*, *Les Feuillets du Praticien*, *Aesculape*, *Caeduceus*, etc. — dont le Docteur Dinteville est régulièrement inondé et qu'il redescend sans même les ouvrir à Madame Nochère, laquelle les donne à des étudiants ramasseurs de vieux papiers non sans avoir auparavant réparti soigneusement les buvards entre les enfants de l'immeuble : Isabelle Gratiolet et Rémi Plassaert sont les grands bénéficiaires de l'opération, car Gilbert Berger fait collection de timbres et ne s'intéresse pas aux buvards ; Mahmoud, le fils de Madame Orlowska et Octave Réol sont encore un peu trop petits ; quant aux autres jeune filles de l'immeuble elles sont déjà trop grandes.

Selon des critères qui n'appartiennent qu'à lui, Rémi Plassaert a classé ses buvards en huit tas respectivement surmontés par :

- — un toréador chantant (dentifrice *Email Diamant*)
- — un tapis d'Orient du xviie siècle, provenant d'une basilique de Transylvanie (*Kalium-Sedaph*, soluté de propionate de potassium)
- — *Le Renard et la Cicogne* (sic), gravure de Jean-Baptiste Oudry (Papeteries Marquaize, Stencyl, Reprographie)
- — une feuille entièrement dorée (*Sargenor*, fatigues physiques, psychiques, troubles du sommeil. Laboratoires Sarget)
- — un toucan (*Ramphastos vitellinus*) (Collection Gévéor *Les Animaux du Monde*)
- — quelques pièces d'or (rixdales de Courlande et de Thorn) présentées, agrandies, sur leur côté face (Laboratoire Gémier)
- — la bouche ouverte, immense, d'un hippopotame (*Diclocil* (dicloxacilline) des Laboratoires Bristol)
- — *Les Quatre Mousquetaires du Tennis* (Cochet, Borotra, Lacoste et Brugnon) (Aspro, Série *Les Grands Champions du Passé*).

En avant de ces huit tas, seul, se trouve le plus ancien de ces buvards, celui qui fut le prétexte de la collection ; il est offert par Ricqlès — *la menthe forte qui réconforte* — et reproduit très joliment un dessin de Henry Gerbault illustrant la chanson *Papa les p'tits bateaux* : le « papa » est un petit garçon en redingote grise à col noir, haut-de-forme,

lorgnons, gants, stick, pantalons bleus, guêtres blanches ;
l'enfant est un bébé avec un grand chapeau rouge, un grand
col de dentelle, une veste à ceinture rouge et des guêtres
beiges ; il tient dans la main gauche un cerceau, dans la
droite un bâton, et désigne un petit bassin circulaire sur
lequel flottent trois petits bateaux ; un moineau est posé
sur le bord du bassin ; un autre volette à l'intérieur du
rectangle dans lequel s'inscrit le texte de la chanson.

Les Plassaert trouvèrent ce buvard, quand ils prirent
possession de la chambre, derrière le radiateur.

Le précédent occupant était Troyan, le libraire d'occasion de la rue Lepic. Dans sa mansarde il y avait effectivement un radiateur, et aussi un lit, une manière de grabat
couvert d'une cotonnade à fleurs complètement décolorée,
une chaise paillée, et un meuble de toilette dont le broc, la
cuvette et le verre étaient dépareillés et ébréchés, et sur lequel
on voyait plus souvent un restant de côtelette de porc ou une
bouteille de vin entamée qu'une serviette, une éponge ou
un savon. Mais l'essentiel de l'espace était occupé par un
amoncellement de livres et de choses diverses, montant jusqu'au plafond, dans lequel celui qui se risquait à farfouiller
avait parfois la chance de faire une découverte intéressante :
Olivier Gratiolet y trouva une plaque de carton fort, peut-être
à l'usage des oculistes, sur laquelle étaient imprimés en
gros caractères

ON EST PRIE DE FERMER LES YEUX

et

ON EST PRIE DE FERMER UN OEIL

Monsieur Troquet mit la main sur une gravure représentant un prince en armure qui, monté sur un cheval ailé, pour-
chassait de sa lance un monstre avec une tête et une crinière
de lion, un corps de chèvre et une queue de serpent ; Monsieur Cinoc dénicha une vieille carte postale, le portrait d'un
missionnaire mormon du nom de William Hitch, un homme

de haute taille, très brun, moustaches noires, bas noir, chapeau de soie noir, gilet noir, pantalon noir, cravate blanche, gants de peau de chien ; et Madame Albin découvrit une feuille de parchemin sur laquelle était imprimé, avec sa musique, un cantique allemand

> *Mensch willtu Leben seliglich*
> *Und bei Gott bliben ewiglich*
> *Sollt du halten die zehen Gebot*
> *Die uns gebent unser Gott*

dont Monsieur Jérôme lui dit que c'était un choral de Luther publié à Wittenberg en 1524 dans le célèbre *Geystliches Gesangbuchlein* de Johann Walthe .

C'est Monsieur Jérôme, précisément, qui fit la plus belle trouvaille : au fond d'un grand carton rempli de vieux rubans de machine à écrire et de crottes de souris, toute pliée, toute cassée, mais par ailleurs presque intacte, une grande carte toilée intitulée

NOUVELLE CARTE COMPLÈTE ILLUSTRÉE

ADMINISTRATIVE HISTORIQUE ET ROUTIÈRE

DE

LA FRANCE

ET DES COLONIES

D'APRÈS LES DERNIERS TRAITÉS

INDIQUANT

Les Chemins de Fer et leurs Stations, les Routes Nationales,

Les Rivières navigables, les Canaux, et les Établissements d'Eaux Thermales et Minérale.

Les Cours d'Appel, Évêchés et Archevêchés

La Traversée des Bateaux à Vapeur sur la Méditerranée et l'Océan.

DRESSÉE PAR

L. SONNET

1878

PARIS. LE BAILLY ÉDITEUR

Rue Cardinale 6.

Tout le centre de la carte représentait la France avec, dans deux encarts, un plan des environs de Paris et une carte de la Corse ; en dessous, les signes conventionnels et quatre échelles, respectivement dressées en kilomètres, milles (sic) géographiques, milles d'Angleterre et milles d'Allemagne. Aux quatre coins, les Colonies : en haut et à gauche, la Guadeloupe et la Martinique ; à droite, l'Algérie ; en bas et à gauche, plutôt rongés, le Sénégal et la Nouvelle-Calédonie et ses dépendances ; à droite, la Cochinchine française et la Réunion. En haut, les armes de vingt villes et vingts portraits d'hommes célèbres y étant nés : Marseille (Thiers), Dijon (Bossuet), Rouen (Géricault), Ajaccio (Napoléon Ier), Grenoble (Bayard), Bordeaux (Montesquieu), Pau (Henri IV), Albi (La Pérouse), Chartres (Marceau), Besançon (Victor Hugo), Paris (Béranger), Mâcon (Lamartine), Dunkerque (Jean Bart), Montpellier (Cambacérès), Bourges (Jacques Cœur), Caen (Auber), Agen (Bernard Palissy), Clermont-Ferrand (Vercingétorix), La Ferté-Milon (Racine) et Lyon (Jacquart). A droite et à gauche, vingt-quatre petits cartouches, dont douze représentant des villes, huit des scènes de l'histoire de France, et quatre des costumes régionaux ; à gauche : Paris, Rouen, Nancy, Laon, Bordeaux et Lille ; les costumes d'Auvergne, d'Arles et de Nîmes, et ceux des Normands et des Bretons ; et le siège de Paris (1871) ; Daguerre découvrant la photographie (1840) ; la Prise d'Alger (1830) ; Papin découvrant la force motrice de la vapeur (1681) ; à droite, Lyon, Marseille, Caen, Nantes, Montpellier, Rennes ; les costumes de Rochefort, de La Rochelle et de Mâcon, et ceux de Lorraine, des Vosges et d'Annecy ; et la Défense de Chateaudun (1870) ; Montgolfier inventant les ballons (1783), la prise de la Bastille (1789) et Parmentier offrant un bouquet de fleurs de pomme de terre à Louis XVI (1780).

Ancien combattant des Brigades Internationales, Troyan avait été été emprisonné pendant presque toute la guerre au camp de Lurs, dont il avait réussi à s'évader fin 1943 pour entrer dans le maquis. Il était revenu à Paris en 1944 et après quelques mois d'intense activité politique, était devenu libraire d'occasion. Son magasin de la rue Lepic n'était en fait qu'un porche d'immeuble un tout petit peu aménagé. Il y vendait surtout des livres à un franc et des petites revues déshabillées

— du genre *Sensations*, *Soirs de Paris*, *Pin-Up* — qui faisaient saliver les lycéens. A trois ou quatre reprises, il lui était passé par les mains des affaires plus intéressantes : les trois lettres de Victor Hugo, par exemple, mais aussi une édition de 1872 du *Bradshaw's Continental Railway Steam Transit and General Guide* et les *Mémoires* de Falckenskiold, précédés de ses campagnes dans l'armée russe contre les Turcs en 1769, suivis de considérations sur l'état militaire du Danemark et d'une notice de Secrétan.

FIN DE LA DEUXIÈME PARTIE

TROISIÈME PARTIE

CHAPITRE XLVI

Chambres de bonne, 7
Monsieur Jérôme

Une chambre au septième, pratiquement inoccupée ; elle appartient, comme plusieurs autres chambres de bonne, au gérant de l'immeuble qui s'en est réservé l'usage et la prête accessoirement à des amis de province venus passer quelques jours à Paris à l'occasion de tel ou tel Salon ou Foire internationale. Il l'a meublée d'une façon tout à fait impersonnelle : des panneaux de jute collés sur les murs, deux lits jumeaux séparés par une table de nuit façon Louis XV, avec un cendrier publicitaire en plastique orange sur les huit rebords duquel sont écrits alternativement, quatre fois chacun, les mots COCA et COLA, et en guise de lampe de chevet, une de ces lampes à pince dont l'ampoule s'agrémente d'un petit chapeau conique en métal peint formant abat-jour ; une carpette usée, une armoire à glace avec des cintres dépareillés provenant des divers hôtels, des poufs cubiques recouverts de fourrure synthétique, et une table basse aux trois pieds malingres terminés par des embouts de métal doré et un plateau en forme de rognon, en formica teinté, supportant un numéro de *Jours de France* dont la couverture s'orne d'un gros plan souriant du chanteur Claude François.

C'est dans cette chambre que, vers la fin des années cinquante, revint vivre et mourir Monsieur Jérôme.

Monsieur Jérôme n'avait pas toujours été le vieil homme éteint et amer qu'il fut les dix dernières années de sa vie. En octobre 1924, quand il vint pour la première fois s'installer rue Simon-Crubellier, non pas dans cette chambre de bonne mais dans l'appartement que Gaspard Winckler devait plus tard occuper — c'était un jeune agrégé d'histoire, un Normalien prestigieux et sûr de lui, plein d'enthousiasme et de projets. Mince, élégant, affectionnant à la manière américaine des cols amidonnés blancs sur des chemises à fines rayures, bon vivant, volontiers gastronome, amateur de londrès et de cocktails, fréquentant les bars anglais et se frottant volontiers au Tout-Paris, il affichait des idées avancées qu'il soutenait avec juste ce qu'il fallait de condescendance et de désinvolture pour que son interlocuteur se sentît à la fois humilié de ne pas les connaître et flatté de se les voir expliquer.

Pendant quelques années il enseigna au Lycée Pasteur à Neuilly ; puis il devint boursier de la Fondation Thiers et prépara sa thèse. Il choisit pour sujet *la Route des Epices* et analysa avec une finesse non dénuée d'humour l'évolution économique des premiers échanges entre l'Occident et l'Extrême-Orient, les mettant en relation avec les habitudes culinaires occidentales de l'époque. Désireux de démontrer que l'introduction en Europe de ces petits piments séchés que l'on appelle « piments oiseaux » avait correspondu à une véritable mutation dans l'art de préparer les venaisons, il n'hésita pas, lors de sa soutenance, à faire goûter aux trois vieux professeurs qui le jugeaient, des marinades de sa composition.

Il fut évidemment reçu avec les félicitations du jury et, quelque temps après, nommé Attaché culturel à Lahore, quitta Paris.

A deux ou trois reprises, Valène entendit parler de lui. Au moment du Front populaire, son nom apparut plusieurs fois au bas de manifestes ou d'appels émanant du Comité de Vigilance des Intellectuels antifascistes. Une autre fois, de passage en France, il fit au Musée Guimet une conférence sur *Les systèmes de castes au Panjâb et leurs conséquences socioculturelles*. Un peu plus tard, il publia dans *Vendredi* un long article sur Gandhi.

Il revint rue Simon-Crubellier en 1958 ou 1959. C'était un homme méconnaissable, élimé, éliminé, laminé. Il ne demanda pas à réoccuper son ancien logement, mais seulement une chambre de bonne s'il y en avait une vacante. Il n'était plus professeur ni Attaché culturel ; il travaillait à la bibliothèque de l'Institut d'histoire religieuse. Un « vieil érudit » qu'il avait, paraît-il, rencontré dans un train le payait cent cinquante francs par mois pour mettre en fiches le clergé espagnol. En cinq ans, il rédigea sept mille quatre cent soixante-deux biographies d'ecclésiastiques en exercice sous les règnes de Philippe III (1598-1621), Philippe IV (1621-1665) et Charles II (1665-1700) et les classa ensuite sous vingt-sept rubriques différentes (par une coïncidence admirable, ajoutait-il en ricanant, 27 est précisément, dans la classification décimale universelle — plus connue sous le nom de C.D.U. —, le chiffre réservé à l'histoire générale de l'Eglise chrétienne).

Le « vieil érudit », entre-temps, était mort. Monsieur Jérôme, après avoir vainement essayé d'intéresser l'Education Nationale, le Centre National de la Recherche scientifique (C.N.R.S.), l'Ecole pratique des Hautes Etudes (6ᵉ section), le Collège de France et quelque quinze autres institutions publiques ou privées, à l'histoire, plus mouvementée qu'on ne pourrait s'y attendre, de l'Eglise espagnole au XVIIᵉ siècle, tenta, tout aussi vainement, de trouver un éditeur. Après avoir essuyé quarante-six refus catégoriques et définitifs, Monsieur Jérôme prit son manuscrit — plus de mille deux cents pages d'une écriture incroyablement serrée — et alla le brûler dans la cour de la Sorbonne ce qui, d'ailleurs, lui valut de passer la nuit au commissariat.

Ce contact avec les éditeurs ne fut pas cependant complètement inutile. Un peu plus tard, l'un d'eux lui proposa des traductions d'anglais. Il s'agissait de livres pour enfants, de ces petits livres que l'on appelle dans les pays anglo-saxons des *primers* et dans lesquels on trouve encore assez fréquemment des choses du genre de :

Cot cot cot cot codek.
Klouc klouc klouc.
C'est notre poule la noire.
Pour nous elle pond des œufs.
Elle est si gaie quand elle a pondu.
Cot cot.
Klouc klouc klouc.
Voici le bon oncle Léo.
Il glisse sa main dessous elle et lui prend son œuf frais pondu.
Cot cot cot codek.
Klouc klouc klouc.

et il fallait évidemment les traduire en les adaptant aux caractéristiques de la vie quotidienne française.

C'est avec ce gagne-pain que Monsieur Jérôme vivota

jusqu'à sa mort. Cela ne lui donnait pas tellement de travail et il passait la plupart du temps dans sa chambre, étendu sur un vieux divan de moleskine vert bouteille, vêtu d'un même chandail jacquard ou d'un tricot de flanelle grisâtre, la tête appuyée sur la seule chose qu'il ait rapportée de ses années hindoues : un lambeau — à peine plus grand qu'un mouchoir — d'une étoffe jadis somptueuse, à fond pourpre, brodée de fils d'argent.

Tout autour de lui, le parquet était jonché de romans policiers et de Kleenex (il avait constamment la goutte au nez) ; il avalait facilement deux à trois romans policiers par jour et se flattait d'avoir lu et de se souvenir des cent quatre-vingt-trois titres de la collection *L'Empreinte* et d'au moins deux cents titres de la collection *Le Masque*. Il n'aimait que les romans policiers à énigmes, les bons vieux romans policiers classiques anglo-saxons d'avant-guerre à chambre close et alibis parfaits, avec une petite préférence pour les titres un tantinet incongrus : *L'Assassin laboureur* ou *Le Cadavre va vous jouer du piano* ou *L'Agnat va se mettre en colère*.

Il lisait extrêmement vite — une habitude et une technique qui lui étaient restées de l'Ecole normale — mais jamais très longtemps de suite. Souvent il s'arrêtait, restait allongé sans rien faire, fermait les yeux. Il relevait sur son front dégarni ses grosses lunettes à montures d'écaille ; il posait le roman policier au pied du divan après avoir marqué sa page avec une carte postale qui représentait un globe terrestre que son manche en bois tourné faisait ressembler à une toupie. C'était un des premiers globes connus, celui que Johannes Schoener, un cartographe ami de Copernic, avait exécuté en 1520 à Bamberg, et qui était conservé à la Bibliothèque de Nuremberg.

Il ne dit jamais rien à personne de ce qui lui était arrivé. Il ne parla pratiquement jamais de ses voyages. Un jour, Monsieur Riri lui demanda ce qu'il avait vu de plus étonnant dans sa vie : il répondit que c'était un Maharadjah qui était assis à une table toute incrustée d'ivoire et qui dînait avec ses trois lieutenants. Personne ne disait mot et les trois féroces hommes de guerre avaient l'air, devant leur chef, de petits enfants. Une autre fois, sans qu'on lui ait demandé quoi que ce soit, il dit que ce qu'il avait vu de plus beau au monde, de plus éblouissant, c'était un plafond divisé en compartiments octogones, rehaussés d'or et d'argent, plus ciselé qu'un bijou.

CHAPITRE XLVII

Dinteville, 2

La salle d'attente du Docteur Dinteville. Une pièce assez vaste, rectangulaire, avec un parquet à point de Hongrie, et des portes capitonnées de cuir. Contre le mur du fond, un grand divan recouvert de velours bleu ; un peu partout, des fauteuils, des chaises à dossier lyre, des tables gigogne avec divers magazines et périodiques étalés : sur la couverture de l'un d'eux, on voit une photographie en couleurs de Franco sur son lit de mort, veillé par quatre moines agenouillés qui semblent tout droit sortir d'un tableau de de La Tour ; contre le mur de droite, un bureau gainé de cuir sur lequel il y a un plumier Napoléon III en carton bouilli avec des petites incrustations d'écaille et de fines arabesques dorées, et, sous son globe de verre, une pendule vernie arrêtée à deux heures moins dix.

Il y a deux personnes dans la salle d'attente. L'une est un vieillard d'une maigreur extrême, un professeur de français retraité qui continue à donner des cours par correspondance et qui attend son tour en corrigeant avec un crayon finement taillé un paquet de copies. Sur la copie qu'il s'apprête à examiner, on peut lire le sujet de la dissertation :

> « Dans les Enfers, Raskolnikov rencontre Meursault (« L'Etranger »). Imaginez leur dialogue en prenant vos exemples dans l'œuvre des deux auteurs. »

L'autre n'est pas un malade : c'est un représentant en installations téléphoniques que le Docteur Dinteville a convoqué en fin de journée pour qu'il lui montre ses nouveaux modèles de répondeurs-enregistreurs. Il feuillette une des publications qui jonchent le petit guéridon à côté duquel il est assis : un catalogue d'horticulteur dont la couverture représente les jardins du temple Suzaku à Kyoto.

Il y a plusieurs tableaux sur les murs. L'un d'eux attire particulièrement l'attention, moins par sa facture pseudo « naïve » que par sa taille — presque trois mètres sur deux — et son sujet : l'intérieur minutieusement, presque laborieusement, traité d'un bistrot : au centre, accoudé devant un comptoir, un jeune homme à lunettes mord dans un sandwich au jambon (avec du beurre et beaucoup de moutarde) tout en buvant un demi de bière. Derrière lui se dresse un billard électrique dont le décor représente une Espagne — ou un Mexique — de pacotille avec, entre les quatre cadrans, une femme jouant de l'éventail. Par un effet abondamment utilisé dans les peintures du Moyen Age, ce même jeune homme à lunettes s'affaire sur l'appareil, victorieusement d'ailleurs, puisque son compteur marque 67 000 alors que 20 000 suffisent pour avoir droit à la partie gratuite. Quatre enfants, en rang d'oignons le long de l'appareil, les yeux à la hauteur de la bille, contemplent avec jubilation ses exploits : trois garçonnets avec des chandails chinés et des bérets, ressemblant à l'image traditionnelle des petits poulbots, et une fillette qui porte autour du cou un cordonnet de fil noir tressé sur lequel est enfilée une unique boule rouge, et qui tient dans la main gauche une pêche. Au premier plan, juste derrière la vitre du café sur laquelle de grosses lettres blanches écrivent à l'envers

deux hommes jouent au tarot : l'un d'eux abat la carte représentant un homme armé d'un bâton, portant besace et poursuivi par un chien, que l'on nomme le mat, c'est-à-dire le fou. A gauche, derrière le comptoir, le patron, un homme obèse en bras de chemise avec des bretelles écossaises, regarde avec circonspection une affiche qu'une jeune femme à l'air timide lui demande vraisemblablement de mettre en devanture : en haut, un long cornet métallique, très pointu, percé de plusieurs trous ; au centre, l'annonce de la création mondiale en l'église Saint-Saturnin de Champigny le samedi dix-neuf décembre 1960 à 20 h 45 de *Malakhitès*, opus 35, pour quinze cuivres, voix humaine et percussions, de Morris Schmetterling, par le *New Brass Ensemble of Michigan State University at East Lansing*, sous la direction du compositeur. Tout en bas, un plan de Champigny-sur-Marne précisant les itinéraires à partir des portes de Vincennes, de Picpus et de Bercy.

Le Docteur Dinteville est un médecin de quartier. Il reçoit dans son cabinet le matin et le soir et rend visite à ses malades tous les après-midi. Les gens ne l'aiment pas beaucoup, lui reprochent son manque de chaleur, mais ils apprécient son efficacité et sa ponctualité et lui restent fidèles.

Le docteur nourrit depuis longtemps une passion secrète : il voudrait associer son nom à une recette de cuisine : il hésite entre « Salade de crabe à la Dinteville », « Salade de crabe Dinteville » ou, plus énigmatiquement, « Salade Dinteville ».

Pour 6 personnes : trois crabes — ou trois maias (araignées de mer) ou six petits tourteaux — bien vivants. 250 grammes de coquillettes. Un pot de fromage de Stilton. 50 grammes de beurre, un petit verre de cognac, une bonne cuillerée de sauce au raifort, quelques gouttes de sauce Worcester. Feuilles de menthe fraîche. Trois grains d'aneth. Pour le court-bouillon : gros sel, poivre en grains, 1 oignon. Pour la mayonnaise : un jaune d'œuf, moutarde forte, sel, poivre, huile d'olive, vinaigre, paprika, une petite cuiller de double concentré de tomate.

1   Dans une grande marmite remplie

aux trois-quarts d'eau froide, préparez un court-bouillon avec du gros sel, 5 grains de poivre gris, 1 oignon épluché et coupé en deux. Faites bouillir pendant 10 minutes. Laissez refroidir. Plongez les crustacés dans le court-bouillon tiède. Faites reprendre l'ébullition. Réduisez le feu, couvrez et laissez cuire doucement pendant 15 minutes. Retirez les crustacés. Laissez-les refroidir.

2   Faites reprendre l'ébullition. Jetez en pluie les coquillettes dans le court-bouillon. Remuez et faites cuire à gros bouillons pendant 7 minutes. Il importe que les nouilles restent fermes. Égouttez les coquillettes. Passez-les vivement sous l'eau froide et réservez-les en les arrosant d'un filet d'huile d'olive pour leur éviter de coller.

3   Mélangez dans un mortier avec un pilon ou une spatule en bois le stilton mouillé d'un peu de cognac et de quelques gouttes de sauce Worcester, le beurre et le raifort. Malaxez bien jusqu'à obtenir une pâte d'une consistance onctueuse mais pas trop liquide.

4   Détachez les pattes et les pinces des crustacés refroidis. Videz-les dans un grand bol. Incisez les carapaces, retirez le cartilage central, égouttez, videz les chairs et les parties crémeuses. Hachez le tout grossièrement en y ajoutant les grains d'aneth écrasés et les feuilles de menthe fraîche hachées très finement.

5   Préparez une mayonnaise très ferme. Colorez-la avec le paprika et le double concentré de tomate.

6   Dans un grand saladier, mettez les coquillettes et incorporez-y successivement en remuant *très doucement* les crustacés hachés, le stilton, et la mayonnaise. Décorez à votre convenance de chiffonnades de laitue, radis, crevettes bouquet, concombres, tomates, œufs durs, olives, quartiers d'orange, etc. Servez *très* frais.

CHAPITRE XLVIII

Madame Albin (chambres de bonne, 8)

Une mansarde sous les toits entre l'ancienne chambre de Morellet et celle de Madame Orlowska. Elle est vide, peuplée seulement d'un poisson rouge dans son bocal sphérique. La locataire, Madame Albin, bien que sérieusement malade, est, comme tous les jours, allée se recueillir sur la tombe de son mari.

Comme Monsieur Jérôme, Madame Albin est revenue vivre rue Simon-Crubellier après en être longtemps restée éloignée. Peu après son mariage, non pas avec le Raymond Albin militaire, son premier fiancé, qu'elle quitta quelques semaines après l'incident de l'ascenseur, mais avec un René Albin, ouvrier typographe, sans autre lien qu'homonymique avec l'autre, elle quitta la France pour Damas, où son mari avait trouvé du travail dans une importante imprimerie. Leur but était de gagner le plus vite possible assez d'argent pour pouvoir revenir en France et s'y établir à leur compte.

Le protectorat français favorisa leur ambition, ou, plus exactement, l'accéléra en leur permettant, grâce à un système de prêt sans intérêt destiné à développer les investissements coloniaux, de monter une petite fabrique de livres scolaires qui ne tarda pas à prendre une certaine envergure. Lorsque la guerre éclata, les Albin jugèrent plus prudent de ne pas quitter la Syrie, où leur entreprise d'édition devint de plus en plus prospère, et en mille neuf cent quarante-cinq, ils s'apprêtaient à liquider leur affaire et à rentrer en France fortune faite, assurés de revenus plus que confortables, lorsque les émeutes antifrançaises et leur sévère répression anéantirent en un rien de temps tous leurs efforts : leur maison d'édition, devenue un des symboles de la présence française, fut incendiée par les Nationalistes, et quelques jours plus tard, le bombardement de la ville, par les troupes franco-britanniques, détruisit le grand hôtel qu'ils avaient fait construire et dans lequel ils avaient investi plus des trois quarts de leur fortune.

René Albin mourut d'un arrêt du cœur, la nuit même du bombardement. Flora, elle, fut rapatriée en 1946. Elle ramena le corps de son époux et le fit inhumer à Juvisy. Grâce à la concierge, Madame Claveau, avec qui elle était restée en contact, elle parvint à retrouver son ancienne chambre.

Alors commença pour elle une interminable ribambelle de procès qu'elle perdit l'un après l'autre et dans lesquels elle engloutit les quelques millions qui lui restaient, ses bijoux, son argenterie, ses tapis : elle perdit contre la République française, elle perdit contre Sa Gracieuse Majesté britannique, elle perdit contre la République syrienne, elle perdit contre la municipalité de Damas, elle perdit contre toutes les sociétés d'assurances et de ré-assurances qu'elle attaqua. Tout ce qu'elle obtint fut une pension de victime civile et, l'imprimerie qu'elle avait fondée avec son mari ayant été nationalisée, une indemnisation qui fut convertie en rente viagère : cela lui assure un revenu mensuel net d'impôts de quatre cent quatre-vingts francs, soit très exactement 16 francs par jour.

Madame Albin est une de ces femmes de grande taille, sèches et osseuses, que l'on dirait sorties de *Ces dames aux chapeaux verts.* Tous les jours elle va au cimetière : elle part de chez elle vers deux heures, prend le 84 à Courcelles, descend à la Gare d'Orsay, prend le train pour Juvisy-sur-Orge, et est de retour rue Simon-Crubellier vers six heures et demie ou sept heures ; le reste du temps elle reste enfermée dans sa chambre.

Son intérieur est impeccablement tenu : les petits carreaux sur le sol sont soigneusement cirés et elle demande à ses visiteurs de marcher sur des patins découpés dans de la toile à sac ; ses deux fauteuils sont recouverts de housses en nylon.

Sur sa table, sa cheminée et ses deux guéridons, des objets sont enveloppés dans de vieux numéros du seul journal qu'elle lise avec plaisir, *France-Dimanche.* C'est un grand honneur que d'être admis à les regarder ; elle ne les déballe jamais tous à la fois, et rarement plus de deux ou trois pour une personne donnée. A Valène, par exemple, elle a fait admirer un jeu d'échecs en bois de palissandre avec des marqueteries de nacre, et un *rebab*, violon arabe à deux cordes, réputé dater du XVIᵉ siècle ; à Mademoiselle Crespi elle a montré — sans lui en expliquer la provenance ni le rapport qu'elle pouvait avoir avec sa vie en Syrie — une estampe érotique chinoise représentant une femme couchée sur le dos honorée par six petits gnomes aux visages tout ridés ; à Jane Sutton, qu'elle n'aime pas parce qu'elle est Anglaise, elle a seulement fait voir quatre cartes postales également sans relation apparente avec sa biographie : un combat de coqs à Bornéo, des Samoyèdes emmitouflés parcourant dans leurs traîneaux tirés par des rennes un désert de neige au nord de l'Asie ; une jeune femme marocaine, vêtue de soie rayée, caparaçonnée de chaînes, d'anneaux et de paillettes, la poitrine pleine à moitié dénudée, les narines larges, les yeux pleins d'une vie bestiale, riant de ses dents blanches ; et un paysan grec avec une espèce de grand béret, une chemise rouge et un gilet gris, poussant sa charrue. Mais à Madame Orlowska qui, comme elle, a vécu en Islam, elle a montré ce qu'elle avait de plus précieux : une lampe en cuivre ajouré avec des petites découpures ovales dessinant des fleurs fabuleuses, provenant de la mosquée des 'Umayyades où est enterré Saladin, et une photographie coloriée à la main du palace qu'elle fit construire : une grande cour carrée, entourée sur trois faces de bâtiments peints en blanc avec de grandes bandes horizontales rouges, vertes, bleues, noires ; une énorme touffe de lauriers-roses dont toutes les fleurs épanouies font des taches rouges dans la verdure ; au milieu de la cour, sur le pavé en marbre de couleur, trottine une petite gazelle aux minces sabots et aux yeux noirs.

Madame Albin commence à perdre la mémoire et peut-être aussi un peu la raison ; les gens de l'étage s'en sont rendu compte lorsqu'elle s'est mise à frapper le soir à leurs portes pour les mettre en garde contre des dangers invisibles, qu'elle appelait les *blousons noirs*, ou encore les *harkis*, ou parfois même l'*O.A.S.* ; une autre fois, elle a commencé à ouvrir un de ses paquets pour le montrer à Smautf, et Smautf s'est aperçu qu'elle avait emballé comme si ç'avait été un de ses précieux souvenirs une petite boîte de jus d'orange. Il y a quelques mois, un matin, elle a oublié de mettre son dentier qu'elle fait tremper chaque nuit dans un verre d'eau ; elle ne l'a plus jamais remis depuis ; le dentier est dans son verre d'eau, sur la table de nuit, couvert d'une espèce de mousse aquatique d'où émergent parfois de minuscules fleurs jaunes.

CHAPITRE XLIX

Escaliers, 7

Tout en haut de l'escalier.

A droite la porte de l'appartement que Gaspard Winckler occupait ; à gauche la cage de l'ascenseur ; au fond, la porte vitrée ouvrant sur le petit escalier qui conduit aux chambres de bonne. Un carreau cassé est remplacé par une page de *Détective* sur laquelle on peut lire : « Cinq mineurs se relayaient nuit et jour pour satisfaire la directrice du camping », au-dessus d'une photographie de ladite, une femme d'une cinquantaine d'années, avec un chapeau à fleurs et un manteau blanc sous lequel il n'est pas interdit de supposer qu'elle est entièrement nue.

Au début, les deux étages de combles n'étaient occupés que par les domestiques. Ils n'avaient pas le droit d'emprunter le grand escalier ; ils devaient entrer et sortir par la porte de service à l'extrémité gauche de l'immeuble et prendre l'escalier de service qui aboutissait à chaque étage dans les cuisines ou dans les offices, et donnait, aux deux derniers étages, sur deux longs corridors qui desservaient les chambres et les mansardes. La porte vitrée en haut du grand escalier ne devait servir que dans les cas rarissimes où un maître ou une maîtresse aurait eu besoin d'aller dans la chambre de l'un des domestiques, par exemple pour « visiter ses hardes », c'est-à-dire vérifier qu'il n'emportait pas de petite cuiller en argent ou une paire de bougeoirs quand il était mis à la porte, ou pour faire porter à la vieille Victoire mourante une tasse de tisane ou l'extrême-onction.

Dès la fin de la guerre de Quatorze, cette règle sacro-sainte que maîtres ni domestiques n'auraient songé à transgresser, commença à s'assouplir, principalement du fait que les chambres et les mansardes furent de moins en moins réservées à l'usage exclusif des serviteurs. L'exemple fut donné par Monsieur Hardy un négociant marseillais en huile d'olive qui vivait au deuxième gauche, dans l'appartement que devaient plus tard occuper les Appenzzell, puis les Altamont. Il loua une de ses chambres de service à Henri Fresnel : Henri Fresnel était d'une certaine manière un domestique, puisqu'il était chef de cuisine dans le restaurant que Monsieur Hardy venait d'ouvrir à Paris pour démontrer la fraîcheur et l'excellence de ses produits (*A la Renommée de la Bouillabaisse*, 99, rue de Richelieu, à côté du *Restaurant du Grand U*, à l'époque célèbre rendez-vous d'hommes politiques et de journalistes), mais il — Monsieur Fresnel — ne servait pas dans la maison et c'est la conscience parfaitement tranquille qu'il emprunta pour descendre la porte vitrée et l'escalier des maîtres. Le second fut Valène : Monsieur Colomb, un vieil original, éditeur d'almanachs spécialisés (*L'Almanach du Turfiste, du Numismate, du Mélomane, de l'Ostréiculteur*, etc.), père du trapéziste Rodolphe qui triomphait alors au Nouveau-Cirque, et ami lointain des parents de Valène, lui loua pour quelques francs — souvent restitués sous forme d'une commande pour un almanach — sa chambre de service dont il n'avait pas faire, Gervaise, sa gouvernante, dormant depuis longtemps déjà dans une des chambres de son appartement du troisième droite, sous les Echard. Et lorsque, quelques années plus tard, cette porte vitrée qui ne devait être ouverte qu'exceptionnellement, fut quotidiennement franchie par le jeune Bartlebooth qui montait chez Valène prendre sa leçon d'aquarelle, il ne devint apparemment plus possible de fonder de façon durable une appartenance à une classe sur la position de tel ou tel par rapport à cette porte vitrée, de même qu'à la génération précédente, il était également devenu impossible de l'établir à partir de notions pourtant aussi fortement ancrées que celles de rez-de-chaussée, d'entresol, et d'étage noble.

Aujourd'hui, sur les vingt chambres initialement réservées à la domesticité de ce côté-ci de la façade, et primitivement numérotées en chiffres verts peints au pochoir de 11 à 30, vingt autres, de 1 à 10 et de 31 à 40 concernant les chambres donnant sur cour, de l'autre côté du couloir, il n'y en a plus que deux qui soient effectivement occupées par des domestiques en service dans la maison : la chambre n° 13, qui est celle de Smautf, et la 26, où dort le couple néerlando-paraguayien qui sert chez Hutting ; on peut y ajouter à la rigueur la 14, la chambre de Jane Sutton, qui la paye en allant faire deux heures de ménage chaque jour chez les Rorschash, ce qui correspond d'ailleurs à un loyer plutôt exorbitant pour une aussi petite chambre, et, à l'extrême limite, la 15, où vit Madame Orlowska qui fait parfois aussi des heures de ménage, mais généralement pas dans l'immeuble sauf exceptionnellement chez les Louvet ou les Marquiseaux, lorsque ses vacations de polonais et d'arabe au *Bulletin signalétique du C.N.R.S.* ne suffisent plus à la faire vivre avec son petit garçon. Les autres chambres et mansardes n'appartiennent même plus nécessairement aux propriétaires des appartements : le gérant en a racheté plusieurs et les loue comme « chambres individuelles » après y avoir fait mettre l'eau ; plusieurs personnes ont réuni entre elles deux ou plusieurs chambres, à commencer par Olivier Gratiolet, l'héritier des anciens propriétaires, et même, ont annexé, au mépris des règlements de co-propriété et à coups d'astuces procédurières et de pots-de-vin, des portions de « parties communes », comme Hutting qui s'est servi des anciens couloirs quand il a aménagé son grand atelier.

L'escalier de service ne sert plus guère que pour quelques livreurs et fournisseurs, et pour les ouvriers qui font des travaux dans l'immeuble. L'ascenseur — quand il marche — est utilisé librement par tous. Mais la porte vitrée reste la marque discrète et terriblement tenace d'une différence. Même s'il y a en haut des gens beaucoup plus riches qu'en bas, il n'empêche que du point de vue de ceux d'en bas, ceux d'en haut sont plutôt du côté des inférieurs : en l'occurrence, si ce ne sont pas des domestiques, ce sont des pauvres, des enfants (des *Jeunes*) ou des artistes pour qui la vie doit nécessairement avoir pour cadre ces chambres étroites où il n'y a place que pour le lit, un placard et une étagère à confitures pour les fins de mois difficiles. Il va de soi, bien sûr, que Hutting, peintre de renommée internationale, est beaucoup plus riche que les Altamont, et même il est certain que les Altamont sont flattés de recevoir chez eux Hutting et d'être ses invités dans son château de Dordogne ou dans son mas de Gattières, mais les Altamont ne manqueront jamais une occasion de rappeler qu'au XVIIᵉ siècle les peintres, les écrivains et les musiciens n'étaient que des valets spécialisés, comme au XIXᵉ siècle encore les parfumeurs, coiffeurs, couturiers et restaurateurs, aujourd'hui promis non seulement à la fortune mais parfois à la célébrité ; encore peut-on concevoir qu'un couturier ou qu'un restaurateur puisse devenir, par son seul travail, un commerçant, voire même un industriel, mais les artistes ne pourront jamais ne pas être tributaires du besoin bourgeois.

Cette vision des choses, magnifiquement exposée en 1879 par Edmond About qui, dans un ouvrage intitulé *L'A.B.C. du travailleur*, calcula sans rire que lorsque Mademoiselle Patti (1843-1919) va chanter dans le salon d'un financier, elle produit en ouvrant la bouche l'équivalent de quarante tonnes de fonte à cinquante francs les mille kilos, cette vision des choses n'est évidemment pas partagée avec la même intensité par tous les gens de l'immeuble. Pour les uns, elle est prétexte à récriminations et envies, manifestations de jalousie ou de dédain ; pour les autres elle appartient à un folklore sans conséquences véritables. Mais pour les uns et pour les autres, et aussi bien d'ailleurs pour ceux du bas que pour ceux du haut, elle fonctionne en fin de compte comme un fait acquis : les Louvet, par exemple, disent des Plassaert « ils ont aménagé des chambres de bonne mais c'est quand même pas mal » ; les Plassaert de leur côté se sentent obligés de souligner le *charme fou* de leurs trois petites mansardes, et d'ajouter qu'ils les ont eues pour trois fois rien, et d'insinuer qu'ils ne pètent pas dans du faux Louis XV comme la mère Moreau, ce qui, en l'occurrence, est parfaitement faux. A peu près de la même façon, Hutting dira volontiers, comme pour s'excuser, qu'il était fatigué de l'espèce de hangar de luxe qu'il avait à la porte d'Orléans et qu'il rêvait d'un petit atelier tranquille dans un quartier calme ; par contre, le gérant, parlant de Morellet, dira « Morellet » et, parlant de Cinoc ou de Winckler, dira « Monsieur Cinoc » ou « Monsieur Winckler », et s'il arrive à Madame Marquiseaux de prendre l'ascenseur en même temps que Madame Orlowska, elle aura, peut-être malgré elle, un geste qui signifiera que c'est son ascenseur et qu'elle condescend à en partager un instant la jouissance avec quelqu'un qui, arrivé au sixième, aura encore deux étages à gravir à pied.

A deux reprises les gens du haut et les gens du bas sont entrés en conflit ouvert : une première fois lorsque Olivier

Gratiolet a demandé à la co-propriété de voter la prolongation du tapis aux septième et huitième étages, de l'autre côté de la porte vitrée. Il a eu l'appui du gérant, pour qui un tapis dans l'escalier représentait cent francs de plus par mois et par chambre. Mais la majorité des co-propriétaires, tout en déclarant l'opération légitime, a exigé qu'elle soit supportée par les propriétaires des deux derniers étages seulement, et pas par la co-propriété tout entière. Cela ne faisait plus du tout l'affaire du gérant qui aurait presque dû payer le tapis à lui tout seul, et il s'arrangea pour enterrer l'affaire.

La deuxième fois, ce fut à propos de la distribution du courrier. La concierge actuelle, Madame Nochère, a beau être la meilleure femme du monde, elle n'en a pas moins des préjugés de classe, et la séparation marquée par la porte vitrée n'est absolument pas fictive pour elle : elle monte le courrier à ceux qui habitent en deçà de la porte ; les autres doivent aller le chercher à la loge : ce sont les instructions que Juste Gratiolet a données à Madame Araña, que Madame Araña a transmises à Madame Claveau qui les a elle-même transmises à Madame Nochère. Hutting, et avec plus de virulence encore les Plassaert, ont exigé l'abrogation de cette mesure discriminatoire et infamante, et la co-propriété a été obligée de s'incliner pour ne pas avoir l'air d'entériner une pratique héritée du XIXᵉ siècle. Mais Madame Nochère a refusé net, et sommée par le gérant de distribuer le courrier à tous les étages sans distinction, elle a produit un certificat médical, délivré par le Docteur Dinteville lui-même, attestant que l'état de ses jambes lui interdisait de monter les étages à pied. Dans cette affaire, Madame Nochère agissait surtout par haine des Plassaert et de Hutting ; car elle monte le courrier même quand il n'y a pas d'ascenseur (ce qui arrive souvent) et il est rare qu'une journée se passe sans qu'elle rende visite à Madame Orlowska, à Valène ou à Mademoiselle Crespi, profitant de l'occasion pour leur monter leur courrier.

Cela n'a évidemment pas beaucoup de conséquences pratiques, sauf pour la concierge elle-même, qui sait une fois pour toutes qu'elle ne doit pas compter sur de grosses étrennes de la part de Hutting et des Plassaert. C'est un de ces clivages à partir desquels s'organise la vie d'un immeuble, une source de toutes petites tensions, de micro-conflits, d'allusions, de sous-entendus, d'accrochages ; cela fait partie de ces controverses parfois âpres qui secouent les réunions de co-propriétaires, comme celles qui s'élèvent au sujet des pots de fleurs de Madame Réol, ou de la motocyclette de David Marcia (avait-il ou n'avait-il pas le droit de la ranger dans l'appentis qui jouxte la courette aux poubelles ? La question, aujourd'hui, ne se pose plus, mais pour tenter d'y répondre une bonne demi-douzaine de conseillers juridiques furent consultés en pure perte), ou encore des désastreuses habitudes musicales du débile qui vit au deuxième droite au fond de la cour et qui, à certaines époques indéterminées et pour des périodes d'une durée imprévisible, se sentirait en état de manque s'il n'écoutait pas trente-sept fois de suite, de préférence entre minuit et trois heures du matin, *Heili Heilo*, *Lili Marlène* et autres joyaux de la musique hitlérienne.

Il y a des clivages plus discrets encore, presque insoupçonnables : les anciens et les nouveaux, par exemple, dont le partage relève de l'impondérable : Rorschash, qui a acheté ses appartements en 1960, est un « ancien », alors que Berger, qui est arrivé moins d'un an plus tard, est un « nouveau » ; et encore Berger s'est-il installé tout de suite, alors que Rorschash a fait des travaux pendant plus d'un an et demi ; ou bien le côté des Altamont et le côté des Beaumont ; ou bien l'attitude des gens pendant la dernière guerre : des quatre qui vivent encore aujourd'hui dans l'immeuble et qui étaient alors en âge de prendre parti, un seul s'engagea activement dans la Résistance, Olivier Gratiolet, qui fit marcher dans sa cave une imprimerie clandestine et qui garda pendant presque un an sous son lit, démontée, une mitrailleuse américaine qu'il avait transportée, en pièces détachées, dans un cabas à provisions. Véra de Beaumont, par contre, afficha volontiers des opinions pro-allemandes et se montra à plusieurs occasions en compagnie de Prussiens impeccables et haut gradés ; les deux autres, Mademoiselle Crespi et Valène, furent plutôt indifférents.

Tout cela fait une histoire bien tranquille, avec ses drames de crottes de chien et ses tragédies de boîtes à ordures, la radio trop matinale des Berger et leur moulin à café qui réveille Madame Réol, le carillon de Gratiolet dont Hutting ne cesse de se plaindre, ou les insomnies de Léon Marcia que les Louvet supportent difficilement : pendant des heures et des heures, le vieil homme fait les cent pas dans sa chambre,

va dans la cuisine prendre un verre de lait dans le réfrigérateur, ou dans la salle de bains pour se passer de l'eau sur le
visage, ou met en marche la radio et écoute, tout bas mais
encore trop fort pour ses voisins, des programmes crachotants
venus du bout du monde.

Dans toute l'histoire de l'immeuble il y eut peu d'événements graves, sinon les petits accidents consécutifs aux expériences de Morellet et, bien avant, vers la Noël 1925, l'incendie du boudoir de Madame Danglars, qui est aujourd'hui la
pièce où Bartlebooth reconstruit ses puzzles.

Les Danglars dînaient en ville ; la pièce était vide, mais
un feu préparé par les domestiques flambait dans la cheminée.
On expliqua l'incendie en supposant qu'un brandon passa par-
dessus le grand pare-feu rectangulaire en métal peint placé
devant la cheminée et retomba dans un vase posé sur une
table basse : le vase, malheureusement, était plein de magnifiques fleurs artificielles qui s'enflammèrent instantanément :
le feu se communiqua au tapis cloué et à la toile de Jouy qui
était tendue sur les murs et qui représentait une scène champêtre et antique : un faune bondissant, un bras sur la hanche, l'autre joliment courbé au-dessus de sa tête, des moutons
paissant au milieu desquels se trouvait une brebis sombre,
une faucheuse ramassant de l'herbe avec une faucille.

Tout brûla, et surtout le plus précieux bijou de Madame
Danglars : un des 49 œufs de Pâques de Carl Fabergé, un
œuf de cristal de roche, contenant un buisson de roses ;
lorsque l'on ouvrait l'œuf, les roses formaient un cercle au
centre duquel apparaissait tout un groupe d'oiseaux chan-
tants.

Seul fut retrouvé un bracelet de perles que Monsieur
Danglars avait offert à son épouse pour son anniversaire. Il
l'avait acheté à la vente d'un des descendants de Madame de
la Fayette à qui elles auraient été données par Henriette
d'Angleterre. Le coffret dans lequel elles étaient renfermées
avait parfaitement résisté au feu, mais elles étaient devenues
entièrement noires.

La moitié de l'appartement des Danglars fut ravagé. Le
reste de l'immeuble ne souffrit pas.

Valène, parfois, rêvait de cataclysmes et de tempêtes, de
tourbillons qui emporteraient la maison tout entière comme

un fétu de paille et feraient découvrir à ses habitants naufragés les merveilles infinies du système solaire ; ou bien une fissure invisible la parcourerait de haut en bas, comme un frisson, et avec un craquement prolongé et profond, elle s'ouvrirait en deux, s'engloutirait lentement dans une béance innommable ; alors des hordes l'envahiraient, des monstres aux yeux glauques, des insectes géants avec des mandibules d'acier, des termites aveugles, des gros vers blancs à la bouche insatiable : le bois s'effriterait, la pierre deviendrait du sable, les armoires s'écrouleraient sous leur propre poids, tout retomberait en poussière.

Mais non. Rien que ces disputes sordides à propos de baquets, d'allumettes et d'éviers. Et, derrière cette porte à jamais close, l'ennui morbide de cette lente vengeance, cette lourde affaire de monomanes gâteux ressassant leurs histoires feintes et leurs pièges misérables.

CHAPITRE L

Foulerot, 3

La chambre, ou plutôt la future chambre, de Geneviève Foulerot.

La pièce vient d'être repeinte. Le plafond est blanc mat, les murs laqués de blanc ivoire, le parquet à chevrons laqué de noir. Une ampoule nue au bout d'un fil a été partiellement dissimulée par un abat-jour de fortune fait d'une grande feuille de papier buvard rouge, roulée en forme de cône.

La pièce est entièrement vide de meubles. Un tableau, de très grand format, est posé, non encore accroché, contre le mur de droite et se reflète partiellement dans le miroir obscur du parquet.

Le tableau lui-même représente une chambre. Sur l'appui de la fenêtre il y a un bocal de poissons rouges et un pot de réséda. Par la fenêtre grande ouverte, on aperçoit un paysage champêtre : le ciel d'un bleu tendre, arrondi comme un dôme, s'appuie à l'horizon sur la dentelure des bois ; au premier plan, sur le bord de la route, une petite fille, nu-pieds dans la poussière, fait paître une vache. Plus loin, un peintre en blouse bleue travaille au pied d'un chêne avec sa boîte de couleurs sur les genoux. Tout au fond miroite un lac sur les rives duquel se dresse une ville brumeuse avec des maisons aux vérandas entassées les unes sur les autres et des rues hautes dont les parapets à balustres dominent l'eau.

Devant la fenêtre, un peu à gauche, un homme, vêtu d'un uniforme de fantaisie — pantalon blanc, veste d'indienne surchargée d'épaulettes, de plaques, de sabretaches, de brandebourgs, grande cape noire, bottes à éperons — est assis devant

une écritoire rustique — une ancienne table d'école communale avec un trou pour l'encrier et un pupitre très légèrement
incliné — sur laquelle sont posés une carafe d'eau, un de ces
verres appelés *flûtes* et un chandelier dont le socle est un admirable œuf d'ivoire serti d'argent. L'homme vient de recevoir
une lettre et la lit avec une expression de complet abattement.

Juste à gauche de la fenêtre un téléphone mural est
accroché et, un peu plus à gauche encore, un tableau : il
représente un paysage de bord de mer avec au premier plan
une perdrix perchée sur la branche d'un arbre sec dont le
tronc tordu et tourmenté jaillit d'un amas de rochers qui
s'évase en une crique bouillonnante. Au loin, sur la mer, une
barque à voile triangulaire.

A droite de la fenêtre, il y a un grand miroir au cadre
doré dans lequel est supposée se refléter une scène qui aurait
lieu dans le dos du personnage assis. Trois personnes sont
debout, elles aussi déguisées, une femme et deux hommes. La
femme porte une longue robe sévère, en laine grise, et une
coiffe de quakeresse, et tient une jarre de pickles sous le
bras ; un des hommes, un quadragénaire maigre à l'air
anxieux, est vêtu d'un costume de bouffons du Moyen Age,
avec un pourpoint divisé en longues pièces triangulaires alternativement rouges et jaunes, une marotte et un bonnet à grelots ; l'autre homme, un jeunot à l'air fadasse, avec de rares
cheveux jaunes et un air poupin, est déguisé en gros bébé,
avec une culotte caoutchoutée gonflée de langes et de couches,
des petites chaussettes blanches, des bottines vernies, un
bavoir ; il suce cette sorte de hochet en celluloïd que les
bébés se fourrent tout le temps dans la bouche et tient dans
la main un biberon géant dont les graduations évoquent en
termes familiers ou semi-argotiques les exploits ou fiascos
amoureux censés correspondre aux quantités d'alcool absorbées
(*Viens, Poupoule, Mont' là d'sus tu verras Montmartre, le
Pont de la Rivière Kwaï, Satisfaite ou remboursée, Reviens
veux-tu, Do do l'enfant do, Extinction des feux*, etc.).

L'auteur de ce tableau est le grand-père paternel de
Geneviève, Louis Foulerot, davantage connu comme décorateur
que comme peintre. Il est le seul membre de la famille
Foulerot à ne pas avoir renié la jeune fille lorsque, voulant
garder et élever son enfant, elle s'enfuit de chez elle. Louis
Foulerot a pris à sa charge l'aménagement de l'appartement

de sa petite-fille et, apparemment, il a bien fait les choses ; les gros travaux sont terminés, la cuisine et la salle de bains sont prêtes, on en est aux peintures et aux finitions.

Le tableau lui a été inspiré par un roman policier — *L'Assassinat des poissons rouges* — dont la lecture lui procura un plaisir suffisant pour qu'il songe à en faire la matière d'un tableau qui rassemblerait en une scène unique presque tous les éléments de l'énigme.

L'action se passe dans une région qui évoque assez bien les Lacs italiens, non loin d'une ville imaginaire que l'auteur appelle Valdrade. Le narrateur est un peintre. Alors qu'il travaille dans la campagne, une petite bergère vient le trouver. Elle a entendu un grand cri provenant de la somptueuse villa récemment louée par un richissime diamantaire suisse, nommé Oswald Zeitgeber. Accompagné de la petite fille, le peintre pénètre dans la maison et découvre la victime : le joaillier, vêtu d'un uniforme de fantaisie, foudroyé, électrocuté, à côté du téléphone. Au centre de la pièce se trouve un escabeau et, accrochée à l'anneau du lustre, une corde se terminant par un nœud coulant. Les poissons rouges dans le bocal sont morts.

L'inspecteur Waldémar, auquel le peintre-narrateur sert complaisamment de confident, mène l'enquête. Il fouille consciencieusement chaque pièce de la villa, fait procéder à plusieurs examens de laboratoire. C'est à l'intérieur du pupitre d'écolier que sont rassemblés les indices les plus révélateurs : on y trouve, petit a, une tarentule vivante, petit b, la petite annonce concernant la location de la villa, petit c, un programme pour un bal masqué, donné le soir même du crime, avec la présence exceptionnelle du chanteur Mickey Malleville, et petit d, une enveloppe contenant une feuille blanche sur laquelle a simplement été collé l'entrefilet suivant, provenant d'un quotidien africain :

BAMAKO (A.A.P.). 16 juin. Un charnier humain contenant les squelettes d'au moins 49 personnes a été découvert dans la région de Fouïdra. D'après les premières études, il semble que les cadavres ont été ensevelis il y a 30 ans. Une enquête est en cours.

Trois personnes ont ce jour-là rendu visite à Oswald Zeitgeber. Elles sont arrivées à peu près en même temps — le peintre les a vu passer les unes après les autres à quelques minutes d'intervalle — et sont reparties ensemble. Toutes trois étaient déguisées à l'occasion du bal costumé. Elles furent identifiées rapidement et interrogées séparément.

La première personne qui se présente est la dame quakeresse. Elle se nomme Madame Quaston. Elle prétend être venue se proposer comme femme de ménage, mais personne ne peut le confirmer. De plus, l'enquête ne tardera pas à révéler que sa fille était la femme de chambre de Madame Zeitgeber et qu'elle est morte noyée dans des circonstances imparfaitement élucidées.

Le second visiteur est celui qui porte le costume de bouffon. Il se nomme Jarrier ; c'est le propriétaire de la villa. Il est venu, dit-il, voir si son locataire était bien installé et lui faire signer un inventaire des meubles. Madame Quaston a assisté a leur entretien et peut confirmer ses dires ; elle ajoute qu'à peine arrivé, Jarrier a manqué s'étaler sur le parquet fraîchement ciré, s'est rattrapé à la fenêtre et a à moitié renversé le bocal de poissons rouges sur une carpette posée près du téléphone mural.

Le troisième visiteur est le gros poupon : c'est le chanteur Mickey Malleville. D'emblée il avoue qu'il n'est autre que le gendre d'Oswald Zeitgeber et qu'il est venu pour lui emprunter de l'argent. Jarrier et Madame Quaston précisent tous deux qu'à peine le chanteur entré, le diamantaire les a priés de les laisser seuls. Un peu plus tard, il les a fait revenir, s'est excusé de ne pas les accompagner au bal, mais a promis de les rejoindre dès qu'il aurait donné quelques coups de téléphone urgents. Le peintre a revu passer les trois masques et même, dit-il, les voyant s'avancer de front sur toute la largeur de la petite route, n'a pu s'empêcher de ressentir une impression désagréable. Un heure plus tard environ, la petite bergère a entendu crier.

Les circonstances de la mort sont élucidées sans aucun problème : il y avait une longue plaque d'acier sous la carpette : en allant téléphoner, Zeitgeber déclencha un court-circuit qui lui fut fatal. Seul Jarrier a pu installer cette plaque d'acier et l'on comprend aussitôt que c'est pour favoriser l'électrocution qu'il s'est arrangé, à peine entré, pour inonder d'eau la carpette ; on découvre alors deux détails plus significatifs encore : d'une part, c'est lui qui a fourni à Zeitgeber son déguisement pour le bal costumé, et les fers et les éperons des bottes et toutes les plaques métalliques de la veste devaient eux aussi assurer le passage du courant ; d'autre part, et surtout, il a manipulé l'installation téléphonique pour que ce court-circuit mortel ne puisse se produire que si la victime désignée par son déguisement même — Zeitgeber devenu ultra-conducteur — composait un numéro particulier : celui du cabinet médical où Madame Jarrier exerçait !

Confronté à ces preuves accablantes, Jarrier avoue presque tout de suite : d'un jalousie maladive, il s'est aperçu qu'Oswald Zeitgeber, dont le donjuanisme est bien connu dans toute la région, tourne autour de sa femme. Voulant en avoir le cœur net, il met au point ce dispositif homicide qui ne fonctionnera que si le bijoutier est effectivement coupable, c'est-à-dire s'il tente de téléphoner au cabinet médical.

Même s'il apparaît que le mobile était sans doute imaginaire — Madame Jarrier pesant cent quarante kilos et l'expression « tourner autour » devant être ici prise au pied de la lettre — il n'empêche pas moins que Jarrier a prémédité cet assassinat : il est inculpé, arrêté et incarcéré. Mais cela ne satisfait évidemment ni le détective ni le lecteur : rien n'explique la mort des poissons rouges, ni la corde de pendu, ni la tarentule, ni l'enveloppe avec son entrefilet africain, ni l'ultime découverte de Waldémar : une longue épingle, comme une épingle à chapeau mais sans sa tête, que l'on découvre enfoncée dans le pot de réséda. Quant aux examens de laboratoire, ils apportent deux révélations : d'une part que les poissons ont été empoisonnés à l'aide d'une substance à l'action ultra-rapide, la fibrotoxine ; d'autre part qu'il y a à l'extrémité de l'épingle des traces d'un poison beaucoup plus lent, l'ergo-hydantoïne.

Au terme de quelques péripéties secondaires, et après qu'aient été envisagées et écartées plusieurs fausses pistes suggérant la culpabilité de Madame Jarrier, de Madame Zeitgeber, du peintre, de la petite bergère et d'un des organisateurs du bal costumé, la solution perverse et polymorphe de ce casse-tête complaisant est enfin trouvée et permet à l'inspecteur Waldémar, au cours d'une de ces réunions sur les lieux même du crime, en présence de tous les acteurs restés vivants. sans lesquelles un roman policier ne serait pas un roman policier, de reconstituer brillamment toute l'affaire : évidemment, tous les trois sont coupables, et chacun est animé d'un mobile différent.

Madame Quaston — dont la fille, poursuivie par le vieux débauché, fut contrainte de se jeter à l'eau pour sauvegarder son honneur — s'est présentée au diamantaire en se faisant passer pour une voyante et a entrepris de lui lire les lignes de la main : elle en a profité pour le piquer avec son épingle enduite de ce poison dont elle savait qu'il mettrait un certain temps à agir. Puis elle a dissimulé l'aiguille dans le pot de réséda et placé la tarentule, jusqu'alors cachée dans le bouchon de son bocal de pickles, dans le pupitre : elle savait que la piqûre de la tarentule provoque des réactions voisines de celles de son poison, et tout en étant consciente que ce stratagème finirait pas être dévoilé, pensait, plutôt naïvement, qu'il égarerait suffisamment longtemps les enquêteurs pour lui permettre de s'enfuir impunément.

Mickey Malleville, lui, le gendre de la victime, chanteur raté criblé de dettes, incapable de faire face aux dépenses extravagantes de la fille du joaillier, une écervelée habituée aux yachts, aux breitschwanz et au caviar, savait que seule la mort de son beau-père pouvait le sauver d'une situation de jour en jour plus inextricable : il a négligemment versé dans la carafe d'eau le contenu d'un petit flacon de fibrotoxine caché dans la tétine de son biberon géant.

Mais le fin mot de cette affaire, son rebondissement final, son renversement ultime, sa révélation dernière, sa chute, est ailleurs : la lettre que lisait Oswald Zeitgeber signait son arrêt de mort : ce charnier récemment découvert en Afrique, c'était tout ce qui restait d'un village révolté dont il avait fait tuer toute la population et qu'il avait fait raser avant d'aller piller un fabuleux cimetière d'éléphants. C'est de ce crime perpétré de sang-froid que provenait sa fortune colossale. L'homme qui lui envoyait cette lettre l'avait traqué pendant vingt ans, cherchant sans trêve les preuves de sa culpabilité : il les détenait désormais et la nouvelle paraîtrait dès le lendemain dans tous les journaux suisses. Zeitgeber en eut confirmation en téléphonant à ceux de ses collaborateurs qui avaient été ses complices dans cette vieille affaire et qui, comme lui, avaient reçu la lettre : à tous, le scandale ne laissait d'autre issue que la mort.

Zeitgeber, donc, alla chercher un escabeau et une corde pour se pendre. Mais d'abord, peut-être avec le sentiment superstitieux qu'il lui fallait accomplir une bonne action avant de mourir, il vit que les poissons rouges manquaient d'eau et vida la carafe d'eau dans le bocal que Jarrier avait volontairement renversé en arrivant. Ensuite il prépara sa corde. Mais déjà les premiers symptômes de l'empoisonnement par l'ergo-hydantoïne (nausées, sueurs froides, crampes d'estomac, palpitations) l'avaient assailli et, plié en deux de douleur, il appela la doctoresse — pas du tout parce qu'il était amoureux d'elle (en vérité, c'était plutôt la petite bergère aux pieds nus qu'il lorgnait) mais pour lui demander secours.

Un homme qui s'apprête à se suicider s'inquiète-t-il à ce point de brûlures d'estomac ? L'auteur, conscient de la question, tient à préciser dans un post-scriptum que l'ergo-hydantoïne provoque, concurremment à ses effets toxiques, des effets psychiques pseudo-hallucinatoires parmi lesquels de telles réactions ne seraient pas inconcevables.

LE CHAPITRE LI

Valène (chambres de bonne, 9)

Il serait lui-même dans le tableau, à la manière de ces peintres de la Renaissance qui se réservaient toujours une place minuscule au milieu de la foule des vassaux, des soldats, des évêques ou des marchands ; non pas une place centrale, non pas une place privilégiée et significative à une intersection choisie, le long d'un axe particulier, selon telle ou telle perspective éclairante, dans le prolongement de tel regard lourd de sens à partir duquel toute une réinterprétation du tableau pourrait se construire, mais une place apparemment inoffensive, comme si cela avait été fait comme ça, en passant, un peu par hasard, parce que l'idée en serait venue sans savoir pourquoi, comme si l'on ne désirait pas trop que cela se remarque, comme si ce ne devait être qu'une signature pour initiés, quelque chose comme une marque dont le commanditaire du tableau aurait tout juste toléré que le peintre signât son œuvre, quelque chose qui ne devrait être connu que de quelques-uns et aussitôt oublié : à peine le peintre mort, cela deviendrait une anecdote qui se transmettrait de génération en génération, d'ateliers en ateliers, une légende à laquelle personne ne croirait plus, jusqu'à ce que, un jour, on en redécouvre la preuve, grâce à des recoupements de fortune, ou en comparant le tableau avec des esquisses préparatoires retrouvées dans les greniers d'un musée, ou même d'une manière tout à fait fortuite, comme lorsque, lisant un livre, on tombe sur des phrases que l'on a déjà lues ailleurs : et peut-être alors se rendrait-on compte de ce qu'il y avait toujours eu d'un peu particulier dans ce petit personnage, pas seulement un soin plus grand apporté aux détails du visage, mais une plus grande neutralité, ou une certaine manière de pencher imperceptiblement la tête, quelque chose qui ressemblerait à de la compréhension, à une certaine douceur, à une joie peut-être teintée de nostalgie.

Il serait lui-même dans son tableau, dans sa chambre, presque tout en haut à droite, comme une petite araignée attentive tissant sa toile scintillante, debout, à côté de son tableau, sa palette à la main, avec sa longue blouse grise toute tachée de peinture et son écharpe violette.

Il serait debout à côté de son tableau presque achevé, et il serait précisément en train de se peindre lui-même, esquissant du bout de son pinceau la silhouette minuscule d'un peintre en longue blouse grise avec une écharpe violette, sa palette à la main, en train de peindre la figurine infime d'un peintre en train de peindre, encore une fois une de ces images en abyme qu'il aurait voulu continuer à l'infini comme si le pouvoir de ses yeux et de sa main ne connaissait plus de limites.

Il se peindrait en train de se peindre et autour de lui, sur la grande toile carrée, tout serait déjà en place : la cage de l'ascenseur, les escaliers, les paliers, les paillassons, les chambres et les salons, les cuisines, les salles de bains, la loge de la concierge, le hall d'entrée avec sa romancière américaine interrogeant la liste des locataires, la boutique de Madame Marcia, les caves, la chaufferie, la machinerie de l'ascenseur.

Il se peindrait en train de se peindre, et déjà l'on verrait les louches et les couteaux, les écumoires, les boutons de porte, les livres, les journaux, les carpettes, les carafes, les chenets, les porte-parapluies, les dessous-de-plat, les postes de radio, les lampes de chevets, les téléphones, les miroirs, les brosses à dents, les séchoirs à linge, les cartes à jouer, les mégots dans les cendriers, les photographies de famille dans les cadres antiparasites, les fleurs dans les vases, les tablettes de radiateurs, les presse-purée, les patins, les trousseaux de clés dans les vide-poches, les sorbetières, les caisses à chat, les casiers d'eaux minérales, les berceaux, les bouilloires, les réveille-matin, les lampes Pigeon, les pinces universelles. Et les deux cache-pots cylindriques en raphia tressé du Docteur Dinteville, les quatre calendriers de Cinoc, le paysage tonkinois des Berger, le bahut sculpté de Gaspard Winckler, le lutrin de Madame Orlowska, les babouches tunisiennes rapportées à Mademoiselle Crespi par Béatrice Breidel, la table rognon du gérant, les automates de Madame Marcia et le plan de Namur de son fils David, les feuilles couvertes d'équations d'Anne Breidel, la boîte à épices de la cuisinière de Madame Marcia, l'Amiral Nelson de Dinteville, les chaises chinoises des Altamont et leur tapisserie précieuse montrant les vieillards amoureux, le briquet de Nieto, le mackintosh de Jane Sutton, le coffre de bateau de Smautf, le papier étoilé des Plassaert, la coquille de nacre de Geneviève Foulerot, le couvre-lit imprimé de Cinoc avec ses grands feuillages triangulaires et le lit des Réol en cuir synthétique — *façon daim finition grand sellier avec ceinture et boucle chromée* —, le théorbe de Gratiolet, les curieuses boîtes à café de la salle à manger de Bartlebooth et la lumière sans ombre de son scialytique, le tapis exotique des Louvet et celui des Marquiseaux, le courrier sur la table de la loge, le grand lustre en cristal d'Olivia Rorschash, les objets soigneusement empaquetés de Madame Albin, l'antique lion de pierre trouvé par Hutting à Thuburbo Majus,

et tout autour, la longue cohorte de ses personnages, avec leur histoire, leur passé, leurs légendes :

1 Pélage vainqueur d'Alkhamah se faisant couronner à Covadonga
2 La cantatrice exilée de Russie suivant Schönberg à Amsterdam
3 Le petit chat sourd aux yeux vairons vivant au dernier étage
4 Le crétin chef d'îlot faisant préparer des tonneaux de sable
5 La femme avare écrivant ses moindres dépenses dans un cahier
6 Le faiseur de puzzles s'acharnant dans ses parties de jacquet
7 La concierge prenant soin des plantes des locataires absents
8 Les parents prénommant leur fils Gilbert en hommage à Bécaud
9 L'épouse du Comte libéré par l'Ottomane acceptant la bigamie
10 La femme d'affaires regrettant de ne plus être à la campagne

11 Le petit garçon descendant la poubelle en rêvant à son roman
12 Le neveu gandin accompagnant la globe-trotteuse australienne

13 La tribu évitiste échappant sans arrêt au doux anthropologue
14 La cuisinière refusant de se servir d'un four auto-nettoyant
15 Le PDG de l'hôtellerie internationale sacrifiant 1 % à l'art
16 L'infirmière regardant avec nonchalance un magazine illustré
17 Le poète allant en pèlerinage faisant naufrage à Arkhangelsk
18 Le violon italien faisant perdre patience à son miniaturiste
19 Le couple gras et mangeur de saucisses n'arrêtant pas la TSF
20 Le colonel manchot après l'attaque du Grand Quartier Général

21 Les tristes rêveries de la jeune fille au chevet de son père
22 Les clients autrichiens négociant un « Bain turc » plus vapo-
        reux
23 L'homme de peine du Paraguay s'apprêtant à brûler une lettre
24 Le jeune milliardaire étudiant l'aquarelle en knickerbockers
25 L'inspecteur des Eaux & Forêts fondant une réserve d'oiseaux
26 La veuve emballant ses souvenirs dans de vieux hebdomadaires
27 Le cambrioleur international passant pour un grand magistrat
28 Robinson Crusoé vivant bien à l'aise dans son îlot solitaire
29 Le hamster joueur de dominos amateur de croûtes d'Edam étuvé
30 Le douloureux « tueur de mots » traînant auprès des bouqui-
        nistes

31 L'enquêteur vêtu de noir vendant une nouvelle clé des songes
32 Le marchand d'huile ouvrant à Paris un restaurant à poissons
33 Le vieux maréchal tué par la chute d'un beau lustre vénitien
34 Le stayer défiguré se mariant avec la sœur de son pacemaker
35 La cuisinière n'ayant à faire qu'un œuf et du haddock poché
36 Le jeune couple s'endettant deux ans durant pour un lit luxe
37 La femme du marchand d'art délaissée pour une star italienne
38 L'amie d'enfance relisant les biographies de ses cinq nièces
39 Le Monsieur mettant dans des bouteilles des figures en liège
40 L'archéologue cherchant les traces des rois arabes d'Espagne

41 L'ancien clown de Varsovie menant une petite vie dans l'Oise
42 La belle-mère coupant l'eau chaude si son gendre va se raser

43 Le Hollandais disant que tout nombre est somme de K premiers

44 Scipion définissant par *du vieux avec du neuf* un nonagénaire
45 L'atomiste lisant aux lèvres de l'homme-tronc sourd et muet
46 Le brigand albanais chantant son amour à la star d'Hollywood
47 L'industriel allemand voulant cuisiner son gigot de sanglier
48 Le fils de la dame au chien préférant le porno à la prêtrise
49 Le barman malais échangeant en pidgin-english sa déesse-mère
50 Le petit garçon privé de gâteau le voyant apparaître en rêve

51 Les sept acteurs refusant le rôle après avoir lu le scénario
52 L'Américain déserteur laissant mourir sa patrouille en Corée
53 Le guitariste changeant de sexe puis devenant une super-star
54 Le maharadjah offrant une chasse au tigre à un Européen roux
55 Le grand-père libéral trouvant son inspiration dans un roman
56 Le calligraphe recopiant dans la Médina une sourate du Coran
57 Orfanik demandant l'air d'Angelica dans l'Orlando d'Arconati
58 L'acteur ourdissant sa mort avec l'aide de son frère de lait
59 La jeune Japonaise tenant à bout de bras la torche olympique
60 Aetius arrêtant les hordes d'Attila aux Champs Catalauniques

61 Le sultan Selim III atteignant huit cent quatre-vingt-huit m
62 Le sergent-chef trépassant d'une absorption massive de gomme
63 Le second du *Fox* découvrant le dernier message de Fitz-James
64 Le jeune étudiant qui resta pendant six mois dans sa chambre
65 La femme du producteur partant pour un nouveau tour du monde
66 Le monteur en chauffage central réglant l'allumage au mazout
67 Le riche amateur léguant à la bibliothèque son argus musical
68 Le petit garçon classant ses collections de buvards médicaux
69 Le cuisinier comédien embauché par une très riche Américaine
70 L'ancienne joueuse de tripot devenue une petite femme timide

71 Le préparateur frustré perdant trois doigts à la main gauche
72 La jeune fille vivant avec un maçon belge à Chaumont-Porcien
73 L'ancêtre du docteur croyant avoir percé l'énigme du diamant
74 La jeune femme faisant conclure un pacte avec Méphistophélès
75 Le fils de l'antiquaire pétaradant dans sa combinaison rouge
76 Le fondé de pouvoir jetant le secret des chimistes allemands
77 L'ancien professeur d'histoire brûlant son manuscrit renvoyé
78 Le vieil industriel japonais magnat de la montre sous-marine
79 Le diplomate criant vengeance pour sa femme et pour son fils
80 La dame ne partant que le lendemain redemandant ses haricots

81 La vedette méditant sur une recette de mousseline de fraises
82 La vieille lady faisant collection de montres et d'automates
83 Le magicien devinant tout avec des nombres choisis au hasard
84 Le boyard offrant à la Grisi un charmant vis-à-vis en acajou
85 Le chauffeur ne conduisant plus s'amusant avec des réussites
86 Le médecin rêvant de donner son nom à une recette de cuisine
87 L'ingénieur se ruinant dans le commerce des peaux africaines
88 Le Japonais initiant douloureusement les Trois Hommes Libres
89 Le vieil autodidacte remâchant mille souvenirs de sanatorium
90 L'arrière-petit-cousin devant mettre l'héritage aux enchères

91 Les douaniers déballant le samovar de la Princesse en colère
92 Le marchand d'indienneries aménageant au 8e son pied-à-terre
93 Le compositeur offrant à Hambourg l'Ouverture à la Française
94 Marguerite regardant au compte-fils la miniature à restaurer
95 Chéri-Bibi donnant son nom au chat roux du faiseur de puzzle
96 Le garçon du night-club montant sur scène présenter la revue
97 Le cadre donnant une somptueuse réception pour ses collègues
98 La femme de l'agence immobilière visitant l'appartement vide
99 La dame faisant des emboîtages pour les puzzles de l'Anglais
100 La petite fille qui mord dans un coin de son petit-beurre Lu

101 Le prêteur faisant mourir en un seul jour 30 000 Lusitaniens
102 La jeune fille en manteau zyeutant un plan du métro parisien

103   Le gérant de l'immeuble songeant à arrondir ses fins de mois
104   La petite parfumeuse choisissant les bagues du vieil artisan
105   L'éditeur de Damas ruiné par les Nationalistes anti-Français
106   Le critique commettant un crime pour une marine de l'Anglais
107   La vieille domestique rêvant de croque-mort à l'œil haineux
108   Le savant comparant les effets de la strychnine et du curare
109   L'étudiant mettant du viandox dans le potage des végétariens
110   Le troisième ouvrier lisant sa lettre en sortant du chantier

111   Le vieux maître d'hôtel recalculant sans fin une factorielle
112   L'abbé ému venant à l'aide d'un Français perdu dans New York
113   Le pharmacien enrichi retrouvant la trace du Très Saint Vase
114   Le chimiste s'inspirant de la technique d'un fondeur italien
115   L'homme en pardessus noir en train d'enfiler des gants neufs
116   Guyomard séparant dans l'épaisseur un dessin de Hans Bellmer
117   L'ami de Liszt & de Chopin composant une valse étourdissante
118   Dom Pérignon faisant goûter à Colbert son meilleur Champagne
119   Amerigo mourant apprenant qu'on donne son nom à un continent
120   Monsieur Riri somnolant après-déjeuner derrière son comptoir

121   Mark Twain découvrant dans un journal sa notice nécrologique
122   La secrétaire polissant le poignard sous lequel périt Kléber
123   Le philologue faisant un legs au collège dont il fut recteur
124   La jeune fille-mère prenant son bain en lisant du Pirandello
125   L'historien écrivant sous des noms divers des romans olé-olé
126   Le vieux bibliothécaire accumulant les preuves qu'Hitler vit
127   L'aveugle en train d'accorder le piano de la chanteuse russe
128   Le décorateur tirant parti du squelette rouge d'un bébé-porc
129   L'imprésario croyant faire fortune avec le trafic des cauris
130   La cliente abusée perdant ses cheveux en voulant les teindre

131 La sous-bib encadrant au crayon rouge les critiques d'opéras
132 Le cocher épris croyant qu'il y a un rat derrière la tenture
133 Les mitrons apportant des canapés chauds pour le grand raout
134 Pip et La Minouche renversant le pot de lait de l'infirmière
135 Le pioupiou bloqué avec sa promise dans l'ascenseur en panne
136 L'Anglaise au pair lisant enfin la missive de son boy-friend
137 Le libraire d'occasion trouvant trois lettres de Victor Hugo
138 Les amateurs de safaris posant à côté de leur guide indigène
139 La belle Polonaise revenant de Tunisie avec son petit enfant
140 L'ingénieur général tué par balle dans le salon de son hôtel

141 Le chirurgien obligé d'opérer sous la menace des armes à feu
142 Le professeur de français corrigeant des devoirs de vacances
143 L'épouse du magistrat avisant après le feu des perles noires
144 Le coureur tentant de faire homologuer son record de l'heure
145 Le militaire reconnaissant son ancien professeur de physique
146 L'ancien propriétaire rêvant de créer un vrai héros de roman
147 Le jazzman trop perfectionniste recommençant les répétitions
148 Les fans de Tasmanie offrant à leur idole 71 souris blanches
149 La matheuse rêvant de construire la plus haute tour du monde
150 Le chorégraphe fou d'amour revenant hanter la dure ballerine

151 L'ex-concierge espagnole se refusant à débloquer l'ascenseur
152 Le livreur de chez Nicolas nettoyant les glaces du vestibule
153 Le fumeur de Por Larranaga écoutant un gramophone à pavillon
154 Le vieillard *pornographique* attendant à la sortie des lycées
155 Le botaniste du Kenya espérant baptiser un épiphylle ivoirin
156 Le jeune Mozart jouant devant Louis Seize & Marie-Antoinette
157 Le Russe faisant tous les concours publiés dans les journaux
158 Le jongleur ayant avalé son couteau rendant des petits clous
159 Le fabricant d'articles de piété mourant de froid en Argonne
160 Les vieux chevaux aveugles tirant des wagonnets dans la mine

161 L'urologue rêvant de la polémique entre Asclépiade et Galien

162 Le bel aviateur cherchant sur la carte le chemin de Corbénic
163 L'ouvrier ébéniste se chauffant à un éphémère feu de copeaux
164 Les touristes s'efforçant en vain de refaire la bague turque
165 Le professeur de danse tué à coups de canne par trois voyous
166 La jeune princesse priant au chevet de son grand-père le roi
167 La locataire épisodique vérifiant la tuyauterie du sanitaire
168 Le chef de service arrivant à être absent quatre mois par an
169 L'antiquaire plongeant les doigts dans un bocal de malossols
170 Le bijoutier lisant l'entrefilet qui signe son arrêt de mort

171 Le peintre coté ajoutant son brouillard aux œuvres célèbres
172 Le Prince Eugène faisant compter toutes les Saintes Reliques
173 L'Empereur songeant à « L'Aigle » pour attaquer les Britan-
      niques
174 La dame en robe à pois faisant du tricot au bord de la plage
175 Les Mélanésiennes faisant de la gym sur un disque de Haendel
176 Le jeune acrobate ne voulant plus jamais quitter son trapèze
177 Gédéon Spilett retrouvant dans sa poche une ultime allumette
178 L'ébéniste italien matérialisant l'impalpable travail du ver
179 Le vieux peintre faisant tenir toute la maison dans sa toile

CHAPITRE LII

Plassaert, 2

Une des pièces de l'appartement des Plassaert : c'est la première qu'ils occupèrent, il y a un peu plus de treize ans, un an avant la naissance de leur enfant. Quelques années plus tard, Troyan mourut et ils achetèrent sa mansarde au gérant. Ensuite ils rachetèrent aux Marquiseaux la pièce au fond du couloir : elle était occupée par un vieil homme nommé Troquet, qui vivotait en récupérant les bouteilles vides ; il se faisait rembourser la consigne et il en gardait quelques-unes dans lesquelles il introduisait des petits bonshommes en liège représentant des buveurs, des boxeurs, des marins, Maurice Chevalier, le général de Gaulle, etc., qu'il allait vendre le dimanche aux badauds des Champs-Elysées. Les Plassaert entamèrent immédiatement une procédure d'expulsion parce que Troquet ne payait pas régulièrement son loyer, et comme Troquet était un semi-clochard, ils obtinrent très facilement gain de cause.

Dans la première de leurs chambres vécut jadis pendant environ deux ans un curieux jeune homme qui s'appelait Grégoire Simpson. Il était étudiant en histoire. Pendant quelque temps il travailla comme sous-bibliothécaire adjoint à la Bibliothèque de l'Opéra. Son travail n'était pas d'un intérêt fabuleux : un riche amateur, Henri Astrat, avait légué à la Bibliothèque une collection de documents qu'il avait constituée pendant quarante ans de sa vie. Passionné d'opéra, Henri Astrat n'avait pratiquement pas manqué une première depuis mille neuf cent dix, n'hésitant pas à traverser la Manche, et même, en deux ou trois occasions, l'Atlantique, pour aller écouter Furtwängler diriger *Le Ring*, la Tebaldi chanter Desdémone ou la Callas Norma.

A l'occasion de chaque représentation, Astrat constituait un dossier de presse auquel venaient s'ajouter le programme — abondamment dédicacé par le chef et les interprètes — et, selon les cas, divers éléments des costumes et des décors : les bretelles violettes de Mario del Monaco dans le rôle de Rodolfo (*La Bohème*, Covent Garden, Opéra de Naples, 1946), la baguette de Victor de Sabata, la partition de *Lohengrin* annotée par Heinz Tietjen pour la mise en scène historique qu'il en donna à Berlin en 1929, les maquettes d'Emil Preetorius pour les décors de cette même représentation, le moule de faux marbre que Karl Böhm fit porter à Haig Clifford pour le rôle du Commandeur dans le *Don Giovanni* qu'il monta au Mai Musical d'Urbino, etc.

Le legs d'Henri Astrat s'accompagnait d'une rente conséquente destinée à subventionner la poursuite de cet argus spécialisé qui n'avait nulle part au monde son équivalent. La Bibliothèque de l'Opéra put ainsi fonder un Fonds Astrat, consistant en trois salles d'exposition et de lecture surveillées par deux gardiens, et en deux bureaux occupés, l'un par un conservateur, l'autre par une sous-bibliothécaire et un sous-bibliothécaire adjoint à temps partiel. Le conservateur — un professeur d'histoire de l'art spécialisé dans les Fêtes de la Renaissance — recevait les personnalités habilitées à consulter le fonds — chercheurs, critiques dramatiques, historiens du spectacle, musicologues, metteurs en scène, décorateurs, musiciens, costumiers, interprètes, etc. — et organisait des expositions (Hommage au MET, Centenaire de la *Traviata*, etc.) ; la sous-bibliothécaire lisait presque tous les quotidiens parisiens et un nombre relativement important d'hebdomadaires, magazines, revues et publications diverses, et encadrait d'un trait de crayon rouge tout article traitant de l'opéra en général (*Va-t-on fermer l'Opéra ?*, *Projets pour l'Opéra*, *Où en est l'Opéra*, *Le Fantôme de l'Opéra : la réalité et la légende*, etc.) ou d'un opéra en particulier ; le sous-bibliothécaire adjoint à temps partiel découpait les articles encadrés de rouge et les mettait, sans les coller, dans des « chemises provisoires » (CP) fermées par des élastiques ; au bout d'un temps variable, mais n'excédant pas généralement six semaines, on sortait les coupures de presse (dont l'abréviation était également CP) des CP, on les collait sur des feuilles de papier blanc 21 × 27, en écrivant, en haut et à gauche, à l'encre rouge, le titre de l'œuvre, en majuscules soulignées deux fois, le genre (opéra, opéra-comique, opéra-bouffe, oratorio dramatique, vaudeville, opérette, etc.), le nom du compositeur, le nom du chef d'orchestre, le nom du metteur en scène, le nom de la salle, en majuscules soulignées une fois, et la date de la première représentation publique ; les coupures ainsi collées étaient alors remises dans leurs chemises, mais celles-ci, au lieu d'être fermées avec des élastiques, l'étaient désormais par des cordonnets en lin, ce qui en faisait des « dossiers en attente » (DEA) que l'on rangeait dans une armoire vitrée du bureau de la sous-bibliothécaire et du sous-bibliothécaire adjoint à temps partiel (SB2ATP) ; au bout de quelques semaines, lorsqu'il était devenu depuis longtemps évident que l'on ne consacrerait plus d'articles à la représentation en question, on transférait le DEA dans une des grandes armoires grillagées des salles d'exposition et de lecture où il devenait enfin un « dossier en place » (DEP) relevant du même régime que le reste du Fonds Astrat, c'est-à-dire, en l'occurrence, « consultable sur place sur présentation d'une carte permanente ou d'une autorisation particulière délivrée par le Conservateur administrateur du Fonds » (Extrait des Statuts, article XVIII, § 3, alinéa c.)

Ce poste à temps partiel ne fut malheureusement pas renouvelé. Un contrôleur financier appelé à découvrir l'origine de l'inexplicable déficit enregistré d'année en année par les bibliothèques en général et par la Bibliothèque de l'Opéra en particulier, émit dans son rapport l'opinion que deux gardiens pour trois salles c'était trop, et que cent soixante-quinze francs dix-huit centimes par mois pour découper des articles dans des journaux, c'est cent soixante-quinze francs dix-huit centimes inutilement dépensés, attendu que cet unique gardien qui n'aurait rien d'autre à faire qu'à garder, pourrait tout aussi bien découper en gardant. La sous-bibliothécaire, une dame timide de cinquante ans avec de grands yeux tristes et une prothèse auditive, tenta d'expliquer que le va-et-vient des CP et des DEA entre son bureau et les salles d'exposition et de lecture allait être une source continuelle d'ennuis risquant de porter gravement préjudice aux DEP — ce qui se vérifia par la suite — mais le conservateur, trop content de conserver ne serait-ce que son poste, abonda dans le sens du contrôleur et « résolu à endiguer l'hémorragie financière chronique » de son service décida 1) qu'il n'y aurait plus qu'un seul gardien, 2) qu'il n'y aurait plus de sous-bibliothécaire adjoint à temps partiel (SB2ATP), 3) que les salles d'exposition et de lecture ne seraient ouvertes que trois après-midi par semaine, 4) que la sous-bibliothécaire elle-même découperait les articles qu'elle jugerait « les plus importants » et donnerait les autres à découper au gardien, et enfin, 5) que par souci d'économie, les coupures seraient désormais collées recto verso.

Grégoire Simpson finit l'année scolaire en trouvant divers travaux temporaires : il fit visiter des appartements à vendre invitant les éventuels acheteurs à monter sur des tabourets de cuisine pour qu'ils puissent se rendre compte par eux-mêmes qu'en penchant un peu la tête ils avaient vue sur le Sacré-Cœur, il s'essaya au porte-à-porte, proposant dans les étages des « livres d'art » ou d'horribles encyclopédies préfacées par des sommités gâtifiantes, des sacs à main *dégriffés* qui copiaient mal des modèles médiocres, des journaux « jeunes » du style « Vous aimez les étudiants ? », des napperons brodés dans des orphelinats, des paillassons tressés par des aveugles. Et Morellet, son voisin, qui venait d'avoir l'accident qui le privait de ses trois doigts, le chargea de placer dans le quartier ses savons, ses cônes anti-odorants, ses rondelles tue-mouches et ses shampooings à cheveux et à moquette.

L'année suivante, Grégoire Simpson obtint une bourse dont le montant, bien que peu élevé, lui permettait au moins de survivre sans avoir absolument besoin de se trouver du travail. Mais au lieu de se consacrer à ses études et de finir sa licence, il tomba alors dans une sorte de neurasthénie ; une léthargie singulière dont apparemment rien ne parvint à le réveiller. Ceux qui eurent l'occasion de le rencontrer à cette époque eurent l'impression qu'il vivait en état d'apesanteur, une sorte d'absence sensorielle, une espèce d'indifférence à tout : au temps qu'il faisait, à l'heure qu'il était, aux informations que le monde extérieur continuait à lui faire parvenir mais qu'il semblait de moins en moins disposé à recevoir : il se mit à mener une sorte de vie uniforme, s'habillant toujours de la même façon, mangeant tous les jours dans la même friterie, debout au comptoir, le même repas : un *complet*, c'est-à-dire un steack-frites, un grand verre de vin rouge, un café, lisant tous les soirs au fond d'un café *Le Monde* ligne à ligne, et passant des journées entières à faire des réussites ou à laver trois de ses quatre paires de chaussettes ou une de ses trois chemises dans une bassine de matière plastique rose.

Ensuite vint l'époque des grandes promenades dans Paris. Il se laissait dériver, allait au hasard, plongeait dans la cohue des sorties de bureaux. Il longeait les devantures, entrait dans toutes les galeries d'art, traversait lentement les passages couverts du neuvième arrondissement, s'arrêtait devant tous les magasins. Il regardait avec la même application les commodes rustiques des marchands de meubles, les pieds de lit et les ressorts des matelassiers, les couronnes artificielles des pompes funèbres, les tringles à rideaux des merciers, les cartes à jouer « érotiques » avec des pin-up hypermamelues des marchands d'articles de Paris (*Mann sprich deutche, English speaken*), les photos jaunies d'un studio d'Art : un marmot à visage de pleine lune habillé d'un costume marin de confection, un petit garçon laid en casquette de cricket, un adolescent au nez épaté, un homme avec un air de bouledogue à côté d'une voiture tout battant neuf ; la cathédrale de Chartres en saindoux d'un charcutier ; les cartes de visite humoristiques des Farces et Attrapes

Adolf Hitler

Fourreur

JEAN BONNOT

charcutier

M. et Mme HOCQUARD
de Tours (I. & L.)

*ont la joie de vous annoncer
la naissance de leur fils*

ADHEMAR

les cartes de visite pâlies, les modèles d'en-tête, les faire-part des graveurs :

LE PANNEAU METALLISE
S.A.R.L. AU CAPITAL DE
6 810 000 F

Marcel-Emile Burnachs, S.A.
"Tout pour les Tapis"

ASSOCIATION
DES ANCIENS ELEVES
DU COLLEGE GEOFFROY SAINT-HILAIRE

Parfois il s'imposait des tâches ridicules, comme de dénombrer tous les restaurants russes du XVIIᵉ arrondissement et de combiner un itinéraire qui les réunirait sans jamais se croiser, mais le plus souvent il se choisissait un but dérisoire — le cent quarante-septième banc, le huit mille deux cent trente-septième pas — et il passait quelques heures assis sur un banc de lattes vertes aux pieds de fonte sculptés en forme de pattes de lion, quelque part vers Denfert-Rochereau ou Château-Landon, ou se plantait comme une statue en face d'un marchand de fournitures pour vitrines montrant dans la sienne non seulement des mannequins à taille de guêpe et des présentoirs ne présentant qu'eux-mêmes, mais toute une gamme de calicots, d'étiquettes et de panonceaux

SOLDES

fins de séries

ARTICLE EXCEPTIONNEL

NOUVEAUTE

Notre Toute Dernière Création

EXCLUSIVITE

qu'il regardait pendant des minutes entières comme s'il n'en finissait pas de ruminer sur le paradoxe logique inhérent à ce genre de vitrine.

Plus tard il se mit à rester chez lui, perdant petit à petit toute conscience du temps. Un jour son réveil s'arrêta à cinq heures et quart et il négligea de le remettre en marche : parfois sa lumière restait allumée toute la nuit ; parfois, une journée, deux journées, trois journées et jusqu'à une semaine entière pouvaient se passer sans qu'il quitte sa chambre autrement que pour aller aux waters au fond du couloir. Parfois il sortait vers dix heures du soir et revenait le lendemain matin, identique à lui-même, n'ayant apparemment pas souffert de sa nuit blanche ; il allait voir des films dans des cinémas crasseux des grands boulevards, puant le désinfectant ; il traînait dans les cafés qui ne ferment jamais la nuit, passant des heures à jouer au billard électrique ou à regarder d'un œil torve par-dessus un café perco les fêtards en goguette, les soûlots tristes, les bouchers obèses, les marins et les filles.

Les derniers six mois, il ne sortit pratiquement plus jamais de sa chambre. De temps en temps on le rencontrait chez la boulangère de la rue Léon-Jost (que presque tout le monde à cette époque appelait encore la rue Roussel) ; il posait sur la plaque de verre du comptoir une pièce de vingt centimes et si la boulangère levait vers lui un regard interrogatif — ce qui lui arriva quelques fois au début — il se contentait de désigner d'un mouvement de tête les baguettes rangées dans leurs paniers d'osier tout en faisant avec la main gauche une espèce de geste de ciseaux qui voulait dire qu'il n'en voulait qu'une demie.

Il n'adressait plus la parole à personne et quand on lui parlait il répondait seulement par une sorte de grognement sourd qui décourageait vite toute tentative de conversation. De temps en temps, on le voyait qui entrebâillait sa porte pour regarder s'il n'y avait personne au poste d'eau sur le palier avant d'aller y remplir sa bassine de matière plastique rose.

Un jour Troyan, son voisin de droite, qui rentrait chez lui vers deux heures du matin, s'aperçut qu'il y avait encore de la lumière dans la chambre du jeune étudiant ; il frappa, sans obtenir de réponse, frappa encore, attendit un instant, poussa la porte qui n'était pas vraiment fermée, et découvrit Grégoire Simpson, couché en chien de fusil sur son lit, tout habillé, les yeux grands ouverts, fumant une cigarette serrée entre son médius et son annulaire et se servant d'une vieille pantoufle comme cendrier. Il ne leva pas les yeux quand Troyan entra, il ne répondit pas quand le libraire lui demanda s'il se sentait malade, s'il voulait un verre d'eau, s'il avait besoin de quelque chose, et c'est seulement quand l'autre lui toucha légèrement l'épaule comme s'il voulait se persuader qu'il n'était pas mort, qu'il se retourna d'un seul mouvement contre la cloison en murmurant : « Foutez-moi la paix ».

Il disparut pour de bon quelques jours plus tard, et nul ne sut jamais ce qu'il était devenu. L'opinion qui prévalut dans l'immeuble fut qu'il s'était suicidé, et certains assurèrent même qu'il l'avait fait en se jetant sous un train du haut du pont Cardinet. Mais personne ne put en fournir la preuve.

Au bout d'un mois, le gérant, qui était propriétaire de la chambre, fit apposer des scellés sur la porte ; au bout d'un autre mois il fit constater par huissier que le local était vacant et il jeta les quelques misérables affaires qu'elle contenait : une banquette étroite, à peine assez longue pour servir de lit, une bassine de matière plastique rose, un miroir fêlé, quelques chemises et chaussettes sales, des piles de vieux journaux, un jeu de cinquante-deux cartes, maculées, graisseuses, déchirées, un réveil arrêté à cinq heures et quart, une tige de métal se terminant à un bout par une vis filetée et à l'autre par un clapet à ressort, la reproduction d'un portrait du Quattrocento, un homme au visage à la fois énergique et gras, avec une toute petite cicatrice au-dessus de la lèvre supérieure, une mallette-électrophone gaînée de pégamoïd grenat, un radiateur à ailettes, type soufflant, modèle *Congo*, et quelques dizaines de livres parmi lesquels les *Dix-huit leçons sur la Société industrielle*, de Raymond Aron, abandonné à la page 112, et le volume VII de la monumentale *Histoire de l'Eglise*, de Fliche et Martin, emprunté seize mois plus tôt à la Bibliothèque de l'Institut pédagogique.

En dépit de la consonance de son nom, Grégoire Simpson n'était pas le moins du monde anglais. Il venait de Thonon-les-Bains. Un jour, bien avant que cette hibernation fatale ne s'emparât de lui, il avait raconté à Morellet comment, petit garçon, il jouait du tambour avec les Matagassiers le jour de la mi-carême. Sa mère, qui était couturière, fabriquait elle-même les vêtements traditionnels : le pantalon à carreaux rouges et blancs, l'ample blouse bleue, le bonnet blanc de coton à gland, et son père lui achetait, dans une belle boîte ronde décorée d'arabesques, le masque de carton qui ressemblait à une tête de chat. Fier comme Artaban et sérieux comme un pape, il parcourait avec le cortège les rues de la vieille ville, de la place du Château à la porte des Allinges et de la porte de Rives à la rue Saint-Sébastien avant d'aller dans la ville haute, aux Belvédères, s'empiffrer de jambon cuit au genièvre en l'arrosant de grandes rasades de Ripaille, ce vin blanc clair comme de l'eau de glacier et sec comme une pierre à fusil.

CHAPITRE LIII

Winckler, 3

La troisième pièce de l'appartement de Gaspard Winckler.

C'est là, en face du lit, à côté de la fenêtre, qu'il y avait ce tableau carré que le faiseur de puzzles aimait tant et qui représentait trois hommes vêtus de noir dans une antichambre ; ce n'était pas une peinture, mais une photographie retouchée, découpée dans *La Petite Illustration* ou dans *La Semaine théâtrale*. Elle représentait la scène 1 de l'acte III des *Ambitions perdues*, mélodrame sombre d'un imitateur médiocre d'Henry Bernstein nommé Paulin-Alfort, et montrait les deux témoins du héros — interprété par Max Corneille — venant le chercher à son domicile une demi-heure avant le duel dans lequel il trouvera la mort.

C'est Marguerite qui avait découvert cette photographie au fond d'une de ces caisses de livres d'occasion qu'il y avait encore à l'époque sous les arcades du Théâtre de l'Odéon : elle l'avait collée sur une toile, arrangée, coloriée, encadrée, et en avait fait cadeau à Gaspard à l'occasion de leur installation rue Simon-Crubellier.

De toutes les pièces de l'immeuble, c'est de celle-là que Valène gardait le souvenir le plus proche, cette chambre tranquille et un peu lourde, avec ses hautes plinthes de bois sombre, le lit recouvert d'une courtepointe mauve, l'étagère en bois torsadé croulant sous des livres disparates et, devant la fenêtre, la grande table où Marguerite travaillait.

Il la revoyait en train d'examiner à la loupe les délicates arabesques d'une de ces boîtes vénitiennes en carton doré avec leurs festons en relief, ou de préparer ses peintures sur sa minuscule palette d'ivoire.

Elle était jolie, avec discrétion : un teint pâle parsemé de taches de rousseur, des joues légèrement creuses, des yeux gris bleu.

Elle était miniaturiste. Elle peignait rarement des sujets originaux : elle préférait reproduire ou s'inspirer de documents existant déjà ; par exemple, elle avait dessiné le puzzle d'essai que Gaspard Winckler avait découpé pour Bartlebooth à partir de gravures sur acier publiées dans *Le Journal des Voyages*. Elle savait merveilleusement copier dans leurs presque imperceptibles détails les toutes petites scènes peintes à l'intérieur des montres de gousset, sur les boîtes à priser ou sur les gardes de missels lilliputiens, ou restaurer des tabatières, des éventails, des bonbonnières ou des médaillons. Elle avait comme clients des collectionneurs particuliers, des marchands de curiosités, des porcelainiers désireux de rééditer des services prestigieux Retour d'Egypte ou Malmaison, des bijoutiers qui lui demandaient de représenter sur le fond d'un pendentif destiné à recevoir une unique mèche de cheveux, le portrait de l'être chéri (réalisé à partir d'une photographie le plus souvent douteuse) ou des libraires d'art pour qui elle retouchait des vignettes romantiques ou des enluminures de livres d'heures.

Sa minutie, son respect, son habileté, étaient extraordinaires. Dans un cadre long de quatre centimètres et large de trois, elle faisait entrer un paysage tout entier avec un ciel bleu pâle parsemé de petits nuages blancs, un horizon de collines mollement ondulées aux flancs couverts de vignes, un château, deux routes au croisement desquelles galopait un cavalier vêtu de rouge monté sur un cheval bai, un cimetière avec deux fossoyeurs portant des bêches, un cyprès, des oliviers, une rivière bordée de peupliers avec trois pêcheurs assis au bord des rives, et, dans une barque, deux tout petits personnages vêtus de blanc.

Ou bien, sur l'à-plat d'émail d'une chevalière, elle restituait un paysage énigmatique où, sous un ciel auroral, parmi des herbes pâles bordant un lac gelé, un âne flairait les racines d'un arbre ; sur le tronc était clouée une lanterne grise ; dans les branches un nid, vide, était posé.

Cette femme si précise et si mesurée avait paradoxalement un irrésistible attrait pour le fouillis. Sa table était

un éternel capharnaüm, toujours encombrée de tout un matériel inutile, de tout un entassement d'objets hétéroclites, de
tout un désordre dont il lui fallait sans cesse endiguer l'invasion, avant de pouvoir se mettre à travailler : lettres, verres,
bouteilles, étiquettes, porte-plumes, assiettes, boîtes d'allumettes, tasses, tubes, ciseaux, carnets, médicaments, billets de
banque, menue monnaie, compas, photographies, coupures
de presse, timbres ; et des feuilles volantes, des pages arrachées à des bloc-notes ou à des éphémérides, un pèse-lettre,
un compte-fils de laiton, l'encrier de gros verre taillé, les
boîtes de plumes, la boîte verte et noire de 100 plumes de
La République n° 705 de Gilbert et Blanzy-Poure, et la boîte
beige et bise de 144 plumes à la ronde n° 394 de Baignol et
Farjon, le coupe-papier à manche de corne, les gommes, les
boîtes de punaises et d'agrafes, les limes à ongle en carton
émerisé, et l'immortelle dans son soliflore de chez Kirby
Beard, et le paquet de cigarettes *Athletic* avec le sprinter au
maillot blanc rayé de bleu portant un dossard avec le numéro
39 écrit en rouge franchissant bien loin devant les autres la
ligne d'arrivée, et les clés reliées par une chaînette, le double-
décimètre en bois jaune, la boîte avec l'inscription
CURIOUSLY STRONG ALTOIDS PEPPERMINT OIL, le pot
de faïence bleue avec tous ses crayons, le presse-papier en
onyx, les petits godets hémisphériques un peu analogues à
ceux dont on se sert pour les bains d'yeux (ou pour cuire les
escargots), dans lesquels elle mélangeait ses couleurs, et la
coupelle en métal anglais, dont les deux compartiments étaient
toujours remplis, l'un de pistaches salées, l'autre de bonbons à
la violette.

Seul un chat pouvait se mouvoir au milieu de cette accu-
mulation sans provoquer d'écroulements, et de fait, Gaspard et
Marguerite avaient un chat, un grand matou roux qu'ils avaient
d'abord appelé Leroux, puis Gaston, puis Chéri-Bibi et enfin,
après une ultime aphérèse, Ribibi, qui n'aimait rien tant que
se promener au milieu de toutes ces affaires sans les déranger
le moins du monde, finissant par s'y accroupir tout à fait
confortablement à moins qu'il ne s'installe sur le cou de sa
maîtresse en laissant pendre indolemment ses pattes de chaque
côté.

Marguerite un jour raconta à Valène comment elle avait
rencontré Gaspard Winckler. C'était en mille neuf cent trente,
un matin de novembre, à Marseille, dans un café de la rue

Bleue, non loin de l'arsenal et de la caserne Saint-Charles. Dehors il tombait une pluie fine et froide. Elle portait un tailleur gris et un ciré noir serré à la taille par une large ceinture. Elle avait dix-neuf ans, venait de rentrer en France et debout devant le comptoir buvait un café noir en lisant les petites annonces des *Dernières Nouvelles de Marseille*. Le patron du café, un nommé La Brigue, personnage aussi peu courtelinesque que possible, surveillait d'un œil soupçonneux un militaire dont il semblait avoir décidé par avance qu'il n'aurait pas de quoi payer son grand crème et ses tartines beurrées.

C'était Gaspard Winckler et le patron du café ne se trompait pas tellement : la mort de Monsieur Gouttman avait laissé son apprenti dans une situation difficile ; âgé de dix-neuf ans à peine, connaissant à fond un grand nombre de techniques sans avoir réellement un métier, Winckler ne possédait presque aucune expérience de la vie professionnelle, et n'avait ni logement, ni ami, ni famille : car lorsque, chassé de Charny par le propriétaire de la maison que Gouttman louait, il revint à La Ferté-Milon, ce fut pour apprendre que son père était mort à Verdun, que sa mère, remariée à un employé d'assurances, vivait maintenant au Caire, et que sa sœur Anne, d'un an sa cadette, venait d'épouser un Cyrille Voltimand, ouvrier carreleur à Paris, dans le dix-neuvième arrondissement. Et c'est ainsi qu'un jour de mars 1929, Gaspard Winckler arriva, à pied, dans la capitale, qu'il découvrait pour la première fois de sa vie. Il arpenta consciencieusement les rues du dix-neuvième arrondissement et s'enquit poliment chez tous les carreleurs qu'il rencontra sur son chemin d'un Voltimand Cyrille qui serait censément son beau-frère. Mais il ne le trouva pas et ne sachant que faire finit par s'engager.

Il passa les dix-huit mois qui suivirent dans un fortin entre Bou-Jeloud et Bab-Fetouh, non loin du Maroc espagnol, où il n'eut pratiquement rien d'autre à faire que sculpter des quilles exagérément ouvragées à l'intention des trois quarts de la garnison, occupation qui en valait bien une autre et qui au moins, lui permit de ne pas perdre la main.

Il était revenu d'Afrique la veille. Il avait joué pendant la traversée et s'était fait ratisser quasiment tout son pécule. Marguerite elle-même était sans travail, mais elle put quand même lui offrir son café et ses tartines.

Ils se marièrent quelques jours plus tard et montèrent à Paris. Les premiers temps furent difficiles, mais ils eurent la chance de trouver du travail assez vite : lui chez un marchand de jouets débordé à l'approche de Noël, elle, un peu plus tard, chez un collectionneur d'instruments de musiques anciens qui lui demanda de décorer d'après des documents d'époque une merveilleuse épinette réputée avoir appartenu à Champion de Chambonnières et dont il avait dû faire refaire le couvercle : au milieu d'une abondance de feuillages, de guirlandes et d'entrelacs imitant une marqueterie, Marguerite peignit dans deux cercles de trois centimètres de diamètre, deux portraits : un jeune homme au visage un peu mièvre, vu de trois quarts, perruque poudrée, veste noire, gilet jaune, cravate de dentelle blanche, qui se tient, un coude appuyé sur une cheminée de marbre, devant un grand rideau saumon à demi tiré, dévoilant partiellement une fenêtre par laquelle se distingue une grille ; et une jeune femme, belle, un peu grasse, avec de grands yeux bruns et des joues vermeilles, une perruque poudrée avec un ruban rose et une rose, et un fichu de mousseline blanche largement décolleté.

Valène fit la connaissance des Winckler quelques jours après leur emménagement rue Simon-Crubellier, chez Bartlebooth qui les avait conviés à dîner tous les trois. Tout de suite il se sentit attiré par cette femme douce et rieuse qui posait sur le monde un regard si limpide. Il aimait le geste qu'elle faisait pour ramener ses cheveux en arrière ; il aimait la manière pleine d'assurance et en même temps de grâce dont elle prenait appui sur son coude gauche avant d'esquisser du bout de son pinceau fin comme un cheveu une microscopique ombre verte dans un œil.

De sa famille, de son enfance, de ses voyages, elle ne lui parla presque jamais. Une seule fois elle lui raconta qu'elle avait revu dans un rêve la maison des champs où elle avait passé tous ses étés d'adolescente : une grande bâtisse blanche envahie de clématites, avec un grenier qui lui faisait peur, et une petite charrette tirée par un âne qui répondait au doux prénom de Boniface.

Plusieurs fois, tandis que Winckler s'enfermait dans son atelier, ils allèrent se promener ensemble. Ils allaient au Parc Monceau, ou suivaient le chemin de fer de petite ceinture le long du boulevard Péreire, ou allaient voir des expositions boulevard Haussmann, avenue de Messine, rue du Faubourg Saint-Honoré. Parfois, Bartlebooth les emmenait tous les trois visiter les châteaux de la Loire ou les invitait quelques jours à Deauville. Une fois même, l'été mille neuf cent trente-sept, alors qu'il cabotait sur son yacht l'*Alcyon* le long des côtés adriatiques, il les convia à venir passer deux mois avec lui entre Trieste et Corfou, leur faisant découvrir les palais roses de Piran, les palaces fin-de-siècle de Portoroz, les ruines dioclétiennes de Spalato, la myriade des îles dalmates, Raguse, devenue depuis quelques années Dubrovnik, et les reliefs tourmentés des Bouches de Cattaro et de la Montagne Noire.

C'est au cours de cet inoubliable voyage qu'un soir, en face des murailles crénelées de Rovigno, Valène avoua à la jeune femme qu'il l'aimait, n'obtenant en réponse qu'un ineffable sourire.

Plusieurs fois, il rêva de s'enfuir avec elle, ou loin d'elle, mais ils restèrent comme ils étaient, proches et lointains, dans la tendresse et le désespoir d'une amitié infranchissable.

Elle mourut en novembre mille neuf cent quarante-trois, en mettant au monde un enfant mort-né.

Pendant tout l'hiver, Gaspard Winckler resta assis à la table où elle venait travailler, gardant dans ses mains un à un tous les objets qu'elle avait touchés, qu'elle avait regardés, qu'elle avait aimés, le caillou vitrifié avec ses rainures blanches, beiges et oranges, la petite licorne de jade, rescapée d'un précieux jeu d'échecs, et la broche florentine qu'il lui avait offerte parce qu'il y avait dessus, en microscopiques mosaïques, trois marguerites.

Puis un jour il jeta tout ce qu'il y avait sur cette table, et il brûla la table ; et il alla porter Ribibi chez le vétérinaire de la rue Alfred-de-Vigny et le fit piquer ; il jeta les livres et l'étagère de bois torsadé, la courte pointe mauve, le fauteuil anglais dans lequel elle s'asseyait, avec son dossier bas et sa galette de cuir noir, tout ce qui gardait sa trace, tout ce qui portait sa marque, ne conservant dans cette chambre que le lit et, en face du lit, ce tableau mélancolique aux trois hommes vêtus de noir.

Puis il retourna dans son atelier, où onze aquarelles encore intactes dans leurs enveloppes portant des timbres d'Argentine et du Chili, attendaient de devenir puzzles.

La chambre est aujourd'hui une pièce grise de poussière et de tristesse, une pièce vide et sale avec un papier terni ; par la porte ouverte sur le cabinet de toilette délabré, on découvre un lavabo maculé de tartre et de rouille sur le rebord ébréché duquel une bouteille entamée de Pschitt orange achève depuis deux ans de verdir.

CHAPITRE LIV

Plassaert, 3

Adèle et Jean Plassaert sont assis l'un à côté de l'autre à leur bureau, un meuble gris métallisé équipé de dossiers suspendus. Le plan de travail est encombré de registres comptables ouverts, aux longues colonnes couvertes d'une écriture méticuleuse. La lumière vient d'une ancienne lampe à pétrole munie d'un pied en laiton et de deux globes de verre vert. A côté, une bouteille de whisky *McAnguish's Caledonian Panacea*, dont l'étiquette représente une joviale cantinière donnant à boire à un grenadier moustachu coiffé d'un bonnet à poils.

Jean Plassaert est un homme court et plutôt gras ; il porte une chemise fantaisie, très bariolée, genre « Carnaval de Rio » et une cravate qui consiste en un lacet noir terminé par deux embouts brillants et serré par une bague de cuir tressé. Il a devant lui une boîte en bois blanc abondamment pourvue d'étiquettes, de timbres, de cachets et de sceaux de cire rouge, d'où il a sorti cinq broches en argent et strass, style art déco, représentant cinq sportives stylisées : une nageuse crawlant au milieu de vaguelettes en festons, une skieuse fonçant schuss, une gymnaste en tutu jonglant avec des torches enflammées, une joueuse de golf à la canne haute et une plongeuse exécutant un impeccable saut de l'ange. Il en a étalé quatre l'une à côté de l'autre sur son buvard sous-main et montre la cinquième — la plongeuse — à sa femme.

Adèle est une femme d'une quarantaine d'années, petite et sèche, les lèvres minces. Elle est vêtue d'un tailleur de velours rouge avec un col de fourrure. Pour regarder la broche que son mari lui montre, elle a levé les yeux du livre qu'elle était en train de consulter : c'est un volumineux guide de l'Egypte, ouvert sur une double page reproduisant un extrait d'un des premiers dictionnaires d'égyptologie connus, le *Libvre mangificque dez Merveyes que pouvent estre vuyes es La Egipte* (Lyon, 1560) :

> *Hieroglyphicques : Sacres sculptures. Ainsi estoient dictes les lettres des antiques saiges Aegyptiens, et estoient faictes des imaiges diverses de arbres, herbes, animaulx, poissons, oiseaulx, instrumens, par la nature et office desquelz estoit représenté ce qu'ils vouloient désigner.*

> *Obélisces : Grandes et longues aiguilles de pierre, larges par le bas et peu à peu finissantes en poincte par le haut. Vous en avez à Rome près le temple de Sainct Pierre une entière et ailleurs plusieurs autres. Sus icelles près le rivage de la mer l'on allumoit du feu pour luyre aux mariniers au temps de tempeste, et estoient dictes obéliscolychnies.*

> *Pyramides. Grands bastiments de pierre ou de bricque quarrez, larges par le bas et aiguz par le hault, comme est la forme d'une flambe de feu. Vous en pourrez veoir plusieurs sus le Nil, près le Caire.*

> *Catadupes du Nil. Lieu en Aetiopie onquel le Nil tombe de haultes montaignes, en si horrible bruyt que les voisins du lieu sont presque tous sours, comme escript Claud Galen. L'on oyt de bruyt à plus de troys journées loing, qui est autant que de Paris à Tours. Voyez Ptol., Cicéron in* Som. Scipionis ; *Pline*, lib. 6, cap. 9, et *Strabo.*

Marchands d'indienneries et autres fournitures exotiques, les Plassaert sont organisés, efficaces et, comme ils le disent d'eux-mêmes, « professionnels ».

Leur premier contact avec l'Extrême-Orient coïncida avec leur rencontre, il y a une vingtaine d'années. Cette année-là le comité d'entreprise de la banque où ils étaient tous deux stagiaires, lui à Aubervilliers, elle à Montrouge, organisa un voyage en Mongolie extérieure. Le pays lui-même les intéressa peu, Oulan-Bator n'étant qu'un gros bourg avec quelques bâtisses officielles typiques de l'art stalinien et le désert de Gobi n'ayant pas grand-chose à montrer en dehors de ses chevaux et de quelques Mongols rieurs avec des pommettes saillantes et des bonnets de fourrure, mais les escales qu'ils firent à l'aller en Perse et au retour en Afghanistan les emballèrent. Leur goût commun pour les voyages et les combines, une certaine imagination marginale, le sens aigu de la bohème débrouillarde, tout cela les incita à abandonner des guichets de banque où il est exact que rien de bien exaltant ne les attendait et à se mettre chineurs. Avec une camionnette retapée et un capital de départ de quelques milliers d'anciens francs, ils commencèrent à vider des caves et des greniers, à courir les ventes de campagne et à proposer le dimanche matin aux Puces de Vanves alors peu courues des clairons un peu bosselés, des encyclopédies rarement complètes, des fourchettes quelque peu désargentées et des assiettes décorées (*Une mauvaise farce* : un homme fait la sieste dans un jardin ; un autre, qui s'est approché subrepticement, lui verse un liquide dans l'oreille ; ou bien, au milieu d'un groupe d'arbres dans lesquels sont cachées deux figurines de garnements ricaneurs, un garde-champêtre à l'air furieux : *Où sont passés les deux Polichinelles ?* ; ou encore un tout jeune avaleur de sabres en costume marin, avec, en légende : *l'Avaleur n'attend pas le nombre des années*).

La concurrence était redoutable et s'ils avaient du flair, ils manquaient d'expérience ; à plusieurs reprises, ils se laissèrent refiler des lots dont il n'y avait rien à tirer et les seuls beaux coups qu'ils réussirent concernèrent des stocks de vieux vêtements, blousons d'aviateurs, chemises américaines à col boutonnant, mocassins suisses, tee-shirts, toques à la Davy Crockett, blue-jeans, grâce auxquels ils parvinrent ces années-là sinon à se développer, du moins à survivre.

Au début des années soixante, peu de temps avant qu'ils n'emménagent rue Simon-Crubellier, ils firent la connaissance, dans une pizzeria de la rue des Ciseaux, d'un singulier personnage : un avocat neurasthénique, d'origine hollandaise, installé en Indonésie, qui avait été pendant des années représentant à Djakarta de plusieurs sociétés commerciales et qui avait fini par créer sa propre compagnie d'export-import. Connaissant remarquablement toutes les productions artisanales de l'Asie du Sud-Est, n'ayant pas son pareil pour échapper aux contrôles de douane, court-circuiter les compagnies d'assurances et les transitaires, et éviter le fisc, il bourrait à longueur d'années trois navires délabrés de coquillages malais, de mouchoirs philippins, de kimonos de Formose, de chemises indiennes, de vestes népalaises, de fourrures afghanes, de laques cinghalaises, de baromètres de Macao, de jouets de Hong-Kong, et de cent autres marchandises de toutes espèces et de toutes provenances qu'il redistribuait en Allemagne avec un bénéfice de deux à trois cents pour cent.

Les Plassaert lui plurent et il décida de les commanditer. Il leur vendait sept francs une chemise qui lui en coûtait trois et qu'ils revendaient dix-sept, vingt et un, vingt-cinq ou trente francs selon les cas. Ils commencèrent dans la toute petite échoppe d'un ancien cordonnier, près de Saint-André-des-Arts. Ils possèdent aujourd'hui trois magasins à Paris, deux autres à Lille et à Cannes, et projettent d'en ouvrir une dizaine d'autres, permanents ou saisonniers, dans des villes d'eaux, des plages de l'Atlantique et des stations de sports d'hiver. Entre-temps ils ont pu tripler — et bientôt quadrupler — la superficie de leur appartement parisien et retaper entièrement une maison de campagne près de Bernay.

Leur propre sens des affaires complète admirablement celui de leur associé d'Indonésie : non seulement ils vont chercher là-bas des productions locales facilement négociables en France, mais ils y font fabriquer, d'après des modèles modern style ou art déco, des bibelots et des bijoux de facture européenne : ils ont trouvé dans les Célèbes, à Macassar, un artisan qu'ils n'hésitent pas à qualifier de génial et qui, avec une dizaine d'ouvriers, leur fournit à la demande pour quelques centimes pièce des clips, des bagues, des broches, des boutons fantaisie, des briquets, des nécessaires à fumeur, des stylos, des faux cils, des yoyos, des montures de lunettes, des peignes, des fume-cigarettes, des encriers, des coupe-papiers et toute une foule d'articles de bimbeloterie, de verroterie et de tabletterie en bakélite, celluloïd, galalite et autre matières plastiques, qu'on jurerait dater d'au moins un demi-siècle et qu'ils livrent « vieillis à l'ancienne » avec même parfois, la trace de fausses réparations.

Bien qu'ils continuent à donner dans le style copain-sympa, offrant un café à leurs clients et tutoyant leurs employés, leur rapide expansion commence à leur poser de difficiles problèmes de gestion de stock, de comptabilité, de rentabilité et d'emploi, et les oblige à essayer de diversifier leurs produits, sous-traiter une partie de leurs activités avec des magasins à grande surface ou des centres de vente par correspondance, et chercher ailleurs de nouveaux matériaux, de nouveaux objets et de nouvelles idées ; ils ont commencé à prendre des contacts en Amérique du Sud et en Afrique noire, et ont d'ores et déjà signé avec un marchand égyptien pour la fourniture de tissus, de bijoux imités des Coptes et de petits meubles peints dont ils se sont assurés l'exclusivité pour l'Europe occidentale.

Le trait marquant des Plassaert est l'avarice, une avarice méthodique et organisée, dont il leur arrive même de se glorifier : ils se vantent par exemple que chez eux ou dans leurs magasins il n'y ait jamais de fleurs — substances éminemment périssables — mais des arrangements d'immortelles, de roseaux, de chardons bleus et de monnaies-du-pape agrémentés de quelques plumes de paon. C'est une avarice de tous les instants, qui ne relâche jamais son étreinte et qui non seulement les conduit à chasser tout superflu — les seules dépenses autorisées devant être des dépenses productrices de prestige liées aux impératifs de la profession et assimilables à des investissements — mais les pousse à commettre des ladreries innommables, comme de verser du whisky belge dans des bouteilles de grandes marques lorsqu'ils ont des invités, rafler systématiquement dans les cafés des sucres pour leur sucrier, s'y faire donner *la Semaine des Spectacles* qu'ils laissent ensuite à la disposition de leurs clients à côté de la caisse, ou rogner quelques petits sous sur les dépenses alimentaires en marchandant sur chaque article et en achetant de préférence les denrées sacrifiées.

Avec une précision qui ne laisse rien au hasard, de la même manière qu'au dix-neuvième siècle la maîtresse de maison épluchait le livre de comptes de sa cuisinière et n'hésitait pas à lui redemander six sous sur le turbot, Adèle Plassaert fait, jour après jour, sur un cahier d'écolier, l'impitoyable bilan de ses dépenses quotidiennes :

pain	0,90
parisiennes	0,40
2 artichauts	1,12
jambon	3,15
petits-suisses	1,20
vin	2,15
coiffeur	16,00
pourboire	1,50
bas	3,10
réparation du	
moulin à café	15,00
lessive	2,70
lames de rasoir	4,00
ampoule électrique	2,60
prunes	1,80
café	3,00
chicorée	1,80
total	59,42

Derrière eux, sur le mur peint en blanc cassé et dont les moulures sont laquées en jaune clair, sont accrochés seize petits dessins rectangulaires, dont la facture rappelle les caricatures fin-de-siècle. Ils représentent les classiques « petits métiers de Paris » avec, en légende, pour chacun, leur cri caractéristique :

LA MARCHANDE DE COQUILLAGES

    « Ah le bigorneau, deux sous le bigorneau ! »

LE CHIFFONNIER

    « Chiffons,
Ferrailles à vendre ! »

LA MARCHANDE D'ESCARGOTS

    « Les escargots, ils sont frais, ils sont beaux,
On les vend six sous la douzaine ! »

LA POISSONNIÈRE

> « A la crevette,
> A la bonne crevette,
> J'ai de la raie tout en vie,
>   Tout en vie ! »

LE MARCHAND DE TONNEAUX

> « Tonneaux, tonneaux ! »

LE FRIPIER

> « Habits,
> Marchand d'habits,
> Ha-bits ! »

LE REPASSEUR AVEC SA CLOCHE

> « Couteaux, ciseaux, rasoirs ! »

LA MARCHANDE DES QUATRE-SAISONS

> « A la tendresse, à la verduresse,
> Artichauts tendres et beaux
> Ar-tichauts ! »

LE RÉTAMEUR

> « Tam tam tam
> C'est moi qui rétame
> Même le macadam
> C'est moi qui mets des fonds partout
> Qui bouche tous les trous
> Trou trou trou ! »

LA MARCHANDE D'OUBLIES

> « Vlà le plaisir, Mesdames, vlà le plaisir ! »

LA MARCHANDE D'ORANGES

> « La Valence, la belle Valence, la fraîche orange ! »

LE TONDEUR DE CHIENS

> « Tond les chiens
> Coupe les chats, les queues et les oreilles ! »

LE MARAÎCHER

« A la romaine! A la romaine!
On ne la vend pas
On la promène! »

LE MARCHAND DE FROMAGES

« Bon fromage à la cré, fromage à la cré, bon fromage! »

LE REPASSEUR DE SCIES

« Avez-vous des scies à repasser
Vlà le repasseur! »

LE VITRIER

« Vitri Vitri-er
Carreaux cassés
Voilà le vitrier
Vitri-er! »

CHAPITRE LV

Chambres de bonne, 10

Henri Fresnel, le cuisinier, vint vivre dans cette chambre en juin mille neuf cent dix-neuf. C'était un méridional mélancolique, âgé d'environ vingt-cinq ans, petit, sec, avec de fines moustaches noires. Il préparait d'une façon assez suave les poissons et les crustacés, et les hors-d'œuvre de légumes : artichauts poivrade, concombres à l'aneth, courgettes au curcuma, ratatouille froide à la menthe, radis à la crème et au cerfeuil, poivrons au pistou, olivette à la farigoule. En hommage à son lointain homonyme, il avait également inventé une recette de lentilles, cuites dans du cidre, servies froides arrosées d'huile d'olive et de safran sur des tranches grillées de ce pain rond utilisé pour les *pan bagnats*.

En mille neuf cent vingt-quatre, cet homme peu causant épousa la fille du directeur des ventes d'une importante charcuterie de Pithiviers, spécialisée dans ce fameux pâté d'alouettes auquel cette ville doit une partie de sa renommée, l'autre lui venant de son célèbre gâteau aux amandes. Rendu confiant par le succès que remportait sa cuisine et estimant à juste titre que Monsieur Hardy, trop exclusivement attaché à promouvoir son huile d'olive et ses barils d'anchois, ne lui donnerait pas les moyens de la développer, Henri Fresnel décida de se mettre à son compte et avec l'aide d'Alice, sa jeune épouse, qui y consacra sa dot, ouvrit un restaurant rue des Mathurins, dans le quartier de la Madeleine. Ils l'appelèrent *La belle Alouette*. Fresnel était aux fourneaux, Alice dans la salle : la maison restait ouverte tard le soir, pour profiter de la clientèle d'acteurs, de journalistes, de noctambules et de fêtards qui abondaient dans le quartier, et la modicité des prix jointe à l'extrême qualité de la cuisine fit que bientôt l'on refusa du monde et que les boiseries claires de la petite salle commencèrent à se recouvrir de photographies dédicacées de vedettes du music-hall, d'acteurs en vogue et de pugilistes vainqueurs.

Tout allait pour le mieux et les Fresnel purent bientôt faire des projets d'avenir, songèrent à avoir un enfant et à quitter leur chambrette étroite. Mais un matin d'octobre mille neuf cent vingt-neuf, alors qu'Alice était enceinte de six mois, Henri disparut, laissant à sa femme un mot laconique expliquant qu'il se mourait d'ennui dans sa cuisine et qu'il partait réaliser son rêve de toujours : être acteur !

Alice Fresnel réagit à cette nouvelle avec un flegme surprenant : elle engagea le jour même un cuisinier et prit en main, avec une énergie rare, la direction de son établissement, ne l'abandonnant que le temps de mettre au monde un garçon joufflu qu'elle baptisa Ghislain et qu'elle mit tout de suite en nourrice. Quant à son mari, elle ne fit rien pour le retrouver.

Elle le revit quarante ans plus tard. Entre-temps le restaurant avait périclité et elle l'avait vendu ; Ghislain avait grandi et était entré dans l'armée et elle, nantie de quelques rentes, continuait à vivre dans sa chambre, mijotant sur le coin de sa cuisinière émaillée des lottes à l'américaine, des daubes, des blanquettes et des ragoûts qui emplissaient l'escalier de service d'odeurs délicieuses et dont elle régalait quelques-uns de ses voisins.

Ce n'était pas pour une actrice — comme Alice le crut toujours — mais vraiment pour le théâtre qu'Henri Fresnel avait tout quitté. Comme ces Comédiens-Errants du Grand Siècle qui arrivaient sous une pluie battante dans la cour de châteaux en ruine et demandaient l'hospitalité à des nobliaux crève-la-faim qu'ils emmenaient le lendemain matin avec eux, il était parti sur les routes avec quatre compagnons d'infortune recalés au Conservatoire et désespérant de jamais jouer : deux jumeaux, Isidore et Lucas, des Jurassiens grands et forts qui faisaient les Matamore et les jeunes premiers, une ingénue native de Toulon et une duègne un peu hommasse qui était en fait la benjamine de la troupe. Isidore et Lucas conduisaient les deux camionnettes aménagées en roulottes et plantaient les tréteaux, Henri faisait la cuisine, les comptes et les mises en scène, Lucette l'ingénue dessinait, cousait et surtout reprisait les costumes, et Charlotte la duègne faisait le reste : la vaisselle, le ménage dans les roulottes, les courses, les coups de peigne et les coups de fer de dernière minute, etc. Ils avaient deux décors de toile peinte : l'un représentait un palais avec effets de perspective et servait indifféremment pour Racine, Molière, Labiche, Feydeau, Caillavet et Courteline ; l'autre, récupéré dans un patronage, représentait la crèche de Bethléem : avec deux arbres en contreplaqué et quelques fleurs artificielles, elle devenait la Forêt Enchantée où se déroulait le grand succès de la troupe, *la Force de la Destinée*, un drame post-romantique absolument sans rapport avec Verdi, qui avait fait les beaux jours de la Porte Saint-Martin et de six générations de tourneurs de spectacles : la Reine (Lucette) voyait un féroce brigand (Isidore) suspendu à un instrument de torture, sous le soleil. Elle en avait pitié, s'approchait, lui portait à boire, s'apercevait qu'il s'agissait d'un jeune homme aimable et bien tourné. Elle le libérait à la faveur de la nuit, puis l'invitait à s'enfuir en vagabond et attendre qu'elle le rejoigne sur son char royal dans l'obscurité du bois. Mais elle était alors apostrophée par une splendide guerrière (Charlotte, coiffée d'un casque de carton couleur or) qui venait vers elle à la tête d'une armée (Lucas et Fresnel) :

> — Reine de la Nuit, l'homme libéré par toi m'appartient : Prépare-toi à combattre ; la guerre contre les armées du jour va durer, au milieu des arbres du bois, jusqu'à l'aurore !
> (*Exeunt omnes*. Noir. Silence. Coup de tonnerre. Fanfares.)

Et les deux Reines réapparaissaient, avec des casques empanachés, avec des armures incrustées de pierreries, avec des gants à crispin, avec de longues lances et des boucliers de carton décorés, l'un d'un soleil flamboyant, l'autre d'un croissant de lune sur un fond constellé, montées sur deux animaux fabuleux, l'un tenant du dragon (Fresnel), l'autre du chameau (Isidore et Lucas), dont les peaux avaient été cousues par un tailleur hongrois de l'avenue du Maine.

Avec quelques autres misérables accessoires, un tabouret en X pour le trône, un vieux sommier et trois coussins, un casier à musique peint en noir, des praticables faits de vieilles caisses qu'un morceau de drap vert rapiécé transformait en ce bureau à coins de vermeil, chargé de papiers et de livres, où un cardinal songeur, qui n'est pas Richelieu mais son fantôme Mazarin (Fresnel), décide d'aller faire chercher à la Bastille un vieux prisonnier qui n'est autre que Rochefort (Isidore) et confie cette mission à un lieutenant des Mousquetaires Noirs qui n'est autre que d'Artagnan (Lucas), avec des costumes mille fois retapés, réparés, rattachés, rafistolés à coups de bouts de fil de fer, de chatterton, d'épingles de nourrice, avec deux projecteurs rouillés qu'ils se relayaient pour faire marcher et qui claquaient une fois sur deux, ils montaient des drames historiques, des comédies de mœurs, des grands classiques, des tragédies bourgeoises, des mélodrames modernes, des vaudevilles, des farces, des grand-guignolades, des adaptations hâtives de *Sans-Famille*, des *Misérables* ou de *Pinocchio*, où Fresnel faisait Jimini la Conscience avec un vieux frac peint censé représenter un corps de criquet et deux ressorts, terminés par des bouchons, collés sur son front pour figurer les antennes.

Ils jouaient dans les cours des écoles, ou sous les préaux, ou sur les places de bourgades improbables, au cœur des Cévennes ou de la Haute-Provence, réalisant chaque soir des prodiges d'invention et d'improvisation, changeant six fois de rôle et douze fois de costume dans une même pièce, avec comme public dix adultes endormis dans leurs blouses du dimanche et quinze enfants à bérets, emmitouflés dans des cache-col tricotés, les pieds chaussés de galoches, qui se poussaient du coude en pouffant de rire parce que le slip rose de la jeune première se voyait à travers les déchirures de sa robe.

La pluie interrompit leur spectacle, les camions refusèrent de démarrer, une bouteille d'huile se renversa quelques minutes avant l'entrée en scène de Monsieur Jourdain sur l'unique costume Louis XIV à peu près présentable, une veste de velours bleu ciel avec un pourpoint brodé de fleurs et des manchettes de dentelle, des furoncles obscènes se répandirent sur la gorge des héroïnes, mais pendant trois ans, ils ne se découragèrent pas. Puis, en quelques jours, tout se décomposa : Lucas et Isidore s'enfuirent en pleine nuit au volant d'une des camionnettes, emportant la recette de la semaine qui, pour une fois, n'avait pas été catastrophique ; Lucette, deux jours plus tard, se laissa enlever par un nigaud d'agent cadastral qui lui courait après en vain depuis déjà trois mois. Charlotte et Fresnel tinrent ensemble une quinzaine de jours, essayant de jouer à deux les pièces de leur répertoire et se laissant envahir par l'illusion fallacieuse qu'ils pourraient sans mal reconstituer leur troupe quand ils atteindraient une grande ville. Ils aboutirent à Lyon et s'y séparèrent d'un commun accord. Charlotte retourna dans sa famille, des banquiers suisses pour qui le théâtre était un péché ; Fresnel se joignit à une troupe de saltimbanques qui allaient en Espagne : un homme-serpent, éternellement vêtu d'un fin maillot d'écailles, qui passait en se contorsionnant sous une plaque enflammée posée à trente-cinq centimètres du sol, et un couple de naines, dont l'une était d'ailleurs un nain, qui faisait un numéro de sœurs siamoises avec banjo, claquettes et chansonnettes. Quant à Fresnel, il devint Mister Mephisto, le magicien, le devin, le guérisseur que toutes les têtes couronnées d'Europe avaient acclamé. En smoking rouge avec un œillet à la boutonnière, haut-de-forme, canne à pommeau de diamant, imperceptible accent russe, il sortait d'une étroite et haute boîte de vieux cuir au couvercle absent un grand jeu de tarots, en disposait huit en rectangle sur une table et les saupoudrait à l'aide d'une spatule d'ivoire d'une poudre gris bleuâtre qui n'était autre que de la galène concassée, mais qu'il appelait Poudre de Galien, la dotant de certaines propriétés opothérapiques susceptibles de guérir toute affection passée, présente ou future, et particulièrement recommandée en cas d'extraction dentaire, migraines et céphalées, douleurs menstruelles, arthrites et arthroses, névralgies, crampes et luxations, coliques et calculs, et de telles ou telles autres opportunément choisies selon les lieux, les saisons et les particularités de l'assistance.

Ils mirent deux ans à traverser l'Espagne, passèrent au Maroc, descendirent en Mauritanie et jusqu'au Sénégal. Vers mille neuf cent trente-sept, ils s'embarquèrent pour le Brésil, parvinrent au Vénézuela, au Nicaragua, au Honduras, et c'est ainsi, pour finir, qu'Henri Fresnel se retrouva à New York, NY, Etats-Unis d'Amérique, seul, un matin d'avril mille neuf cent quarante, avec dix-sept cents en poche, assis sur un banc en face de l'église *Saint Mark's in the Bouwerie*, devant une plaque de pierre posée obliquement près du porche de bois qui attestait que cette église, datant de 1799, était l'une des 28 constructions américaines antérieures à 1800. Il alla demander de l'aide au prêtre qui s'occupait de cette paroisse et qui, peut-être touché par son accent, accepta de l'écouter. L'ecclésiastique hocha tristement la tête en apprenant que Fresnel avait été charlatan, illusionniste et acteur, mais dès qu'il sut qu'il avait dirigé un restaurant à Paris et qu'il avait compté dans sa clientèle Mistinguett, Maurice Chevalier. Lifar, le jockey Tom Lane, Nungesser et Picasso, il eut un large sourire et, s'approchant du téléphone, affirma au Français que ses ennuis étaient terminés.

C'est ainsi qu'au terme de onze années d'errance, Henri Fresnel devint cuisinier chez une Américaine excentrique et richissime, Grace Twinker. Grace Twinker, âgée alors de soixante-dix ans, n'était autre que la célèbre *Twinkie*, celle-là même qui avait débuté à seize ans dans un burlesque vêtue en Statue de la Liberté — on venait juste de l'inaugurer — et qui fut au tournant du siècle une des plus fabuleuses Reines de Broadway avant d'épouser successivement cinq milliardaires qui eurent tous la bonne idée de mourir peu de temps après leur mariage en lui laissant toute leur fortune.

Extravagante et généreuse, Twinkie entretenait autour d'elle toute une cour de gens du spectacle, metteurs en scène, musiciens, chorégraphes et danseurs, auteurs, librettistes. décorateurs, etc., qu'elle avait engagés pour écrire une comédie musicale qui retracerait sa vie fabuleuse : son triomphe en Lady Godiva dans les rues de New York, son mariage avec le prince de Guéménolé, sa liaison orageuse avec le maire Groncz, son arrivée en Duesenberg sur le terrain d'aviation de East Knoyle lors du meeting au cours duquel l'aviateur argentin Carlos Kravchnik, fou d'amour pour elle, se jeta de son biplan après une succession de onze feuilles mortes et la plus impressionnante remontée en chandelle jamais vue, l'achat du couvent des Frères de la Miséricorde à Granbin, près de Pont-Audemer, transporté pierre par pierre dans le Connecticut et offert à l'université de Highpool qui en fit sa bibliothèque, sa baignoire géante en cristal, taillée en forme de coupe, qu'elle faisait remplir de champagne (californien), ses huit chats siamois aux yeux bleu marine, surveillés nuit et jour par deux médecins et quatre infirmières, ses participations fastueuses et somptuaires, et dont il fut plusieurs fois rapporté que les intéressés s'en seraient peut-être bien passés, aux campagnes de Harding, de Coolidge et de Hoover, le célèbre télégramme — *Shut up, you singing-buoy !* — qu'elle avait fait adresser à Caruso quelques minutes avant qu'il ne fasse pour la première fois son entrée au Metropolitan Opera, tout cela devait apparaître dans un spectacle « cent pour cent américain » auprès duquel les *Folies* les plus délirantes de l'époque feraient figure de pâles spectacles de grande banlieue.

Le nationalisme exacerbé de Grace Slaughter — c'était le nom de son cinquième mari, un fabricant de conditionnements pharmaceutiques et d'articles « prophylactiques » qui venait de mourir d'une hernie du péritoine — n'admettait que deux exceptions auxquelles son premier mari. Astolphe de Guéménolé-Longtgermain, n'était sans doute pas étranger : la cuisine devait être faite par des Français de sexe mâle, le lavage et le repassage du linge par des Anglaises de sexe femelle (et surtout pas par des Chinois). Cela permit à Henri Fresnel d'être embauché sans avoir à dissimuler sa nationalité d'origine, ce à quoi étaient constamment astreints le metteur en scène (hongrois), le décorateur (russe), le chorégraphe (lithuanien), les danseurs (italien, grec, égyptien), le scénariste (anglais), le librettiste (autrichien) et le compositeur, Finlandais d'origine bulgare, fortement mâtiné de roumain.

Le bombardement de Pearl Harbor et l'entrée en guerre des Etats-Unis à la fin de l'année 1941 mirent un terme à ces projets grandioses dont Twinkie n'était jamais satisfaite, estimant à chaque fois qu'on ne mettait pas assez en évidence le rôle galvanisant qu'elle avait joué dans la vie de la nation. Bien qu'en complet désaccord avec l'administration Roosevelt, Twinkie décida de se consacrer à l'effort de guerre en faisant envoyer à tous les militaires américains engagés dans la Bataille du Pacifique des colis contenant des échantillons des produits de grande consommation que fabriquaient les sociétés qu'elle contrôlait directement ou indirectement. Les colis étaient enveloppés dans une poche de nylon représentant un drapeau américain ; ils contenaient une brosse à dents, un tube de pâte dentifrice, trois tablettes de cachets effervescents recommandés en cas de névralgies, gastralgies et acidités, un savon, trois doses de shampooing, une bouteille de boisson gazeuse, un stylo à bille, quatre paquets de gomme à mâcher, un étui de lames de rasoir, un porte-cartes en matière synthétique destiné à recevoir une photographie — à titre d'exemple, Twinkie avait fait mettre la sienne, lors de l'inauguration de la vedette lance-torpilles *Remember the Alamo* — une petite médaille dont la découpe avait la forme de l'Etat de l'Union où le soldat était né (s'il était né à l'étranger, la médaille avait la forme des Etats-Unis tout entiers) et une paire de chaussettes. Le conseil d'administration des « Marraines de Guerre Américaines » qui avait été chargé par le Ministère de la Défense de contrôler le contenu de ces paquets-cadeaux, en avait fait retirer les échantillons de produits « prophylactiques » en en déconseillant vivement l'envoi à titre individuel.

Grace Twinker mourut en mille neuf cent cinquante et un des suites d'une maladie mal connue du pancréas. Elle laissait à tous ses serviteurs des rentes plus qu'honorables. Henry Fresnel — il écrivait désormais son prénom à l'anglaise — s'en servit pour ouvrir un restaurant qu'en hommage à ses années d'acteur ambulant il baptisa *le Capitaine Fracasse*, publier un livre orgueilleusement intitulé *Mastering the French Art of Cookery*, et fonder une école de cuisine qui prospéra rapidement. Cela ne l'empêcha pas de satisfaire sa passion profonde. Grâce à tous les gens du spectacle qui avaient goûté sa cuisine chez Twinkie et qui trouvèrent bientôt le chemin de son restaurant, il devint producteur, conseiller technique et principal interprète d'une série télévisée intitulée *I am the cookie* (aille âmeu zeu cou qui, disait-il avec son inimitable accent marseillais qui avait victorieusement résisté à toutes ces années d'exil). Le succès de ces émissions, à la fin desquelles il présentait chaque fois une recette originale, fut tel qu'à plusieurs reprises, on lui confia dans d'autres productions des rôles analogues d'aimables Français, qui lui permirent enfin d'assouvir sa vocation.

Il se retira des affaires en 1970, à soixante-seize ans, et décida de revoir Paris qu'il avait quitté plus de quarante ans auparavant.

Il fut sans doute surpris d'apprendre que sa femme vivait toujours dans la petite chambre de la rue Simon-Crubellier. Il alla la voir, lui raconta tout ce qu'il avait vécu, les nuits dans les granges, les chemins défoncés, les gamelles de pommes de terre au lard imbibées d'eau de pluie, les Touareg aux yeux étroits qui perçaient à jour tous ses tours de passe-

passe, la chaleur et la faim au Mexique, les réceptions féeriques de la vieille Américaine pour lesquelles il fabriquait des pièces montées d'où jaillissaient au moment voulu des troupes de girls emplumées d'autruche.

Elle l'écouta en silence. Quand il eut fini, après qu'il lui eut timidement proposé de lui donner une partie de l'argent qu'il avait amassé au terme de ses pérégrinations, elle lui dit seulement que cela ne l'intéressait pas, ni son histoire, ni son argent, et elle lui ouvrit la porte sans même vouloir noter son adresse à Miami.

Tout porte à croire qu'elle n'était restée dans cette chambre que pour attendre, aussi bref et décevant devrait-il être, le retour de son mari. Car quelques mois plus tard, ayant liquidé toutes ses affaires, elle alla vivre chez son fils, officier d'active en garnison à Nouméa. Un an plus tard, Mademoiselle Crespi reçut une lettre d'elle ; elle lui racontait sa vie là-bas, aux antipodes, une vie triste où elle servait de bonne à tout faire et de garde d'enfants à sa bru, dormant dans une chambre sans eau, réduite à se laver dans la cuisine.

La chambre est aujourd'hui occupée par un homme d'une trentaine d'années : il est sur son lit, entièrement nu, à plat ventre, au milieu de cinq poupées gonflables, couché de tout son long sur l'une d'entre elles, en enserrant deux autres dans ses bras, semblant éprouver sur ces simulacres instables un orgasme hors pair.

Le reste de la chambre est plus aride : des murs nus, un lino vert d'eau sur le sol jonché de vêtements épars. Une chaise, une table avec une toile cirée, des reliefs de repas — une canette, des crevettes grises sur une soucoupe — et un journal du soir ouvert sur un problème géant de mots croisés.

CHAPITRE LVI

Escaliers, 8

Au sixième gauche, devant la porte du Docteur Dinte-ville. Un client attend qu'on lui ouvre la porte ; c'est un homme d'une cinquantaine d'années, à l'allure militaire, genre baroudeur des djebels, cheveux en brosse, costume gris, cravate de soie imprimée piquée d'un diamant minus-cule, lourde montre chronomètre en or. Il tient sous le bras gauche un quotidien du matin sur lequel on peut voir une publicité pour des bas, l'annonce de la sortie prochaine du film de Gate Flanders, *Amour, Maracas et Salami*, avec Faye Dolores et Sunny Philips, et une manchette : *La Princesse de Faucigny-Lucinge est revenue !* surmontant une photogra-phie où l'on voit la princesse assise, l'air furieux, dans un fau-teuil modern style cependant que cinq douaniers sortent avec mille précautions du vaste fond d'une grande caisse bario-lée de timbres internationaux un samovar d'argent massif et un grand miroir.

A côté du paillasson est installé un porte-parapluies : un haut cylindre de plâtre peint imitant une colonne antique. A droite, une pile de journaux ficelés destinée aux étudiants qui viennent périodiquement dans l'immeuble procéder au ramassage des vieux papiers. Même après les ponctions prati-quées par la concierge distributrice de buvards illustrés, le Docteur Dinteville reste un de leurs meilleurs fournisseurs. Le journal du dessus n'est pas une publication médicale, mais une revue de linguistique dont on peut lire le sommaire :

Bulletin de l'Institut de Linguistique de Louvain

98ᵉ année   1973   Fasc. 3-4

Boris Baruq Nolt : Une lettre manus-
crite de Gunnar Erfjord *303*

Henri Bachelier : *La Characteristica
Universalis* de Leibniz *311*

Stephen Albert : The Garden of Ts'ui
Pên. *330*

Oskar Scharf-Hainisch : Sur l'usage
du fricatif dans les parlers du Parâna .   *336*

Marcel Benabou : D'un fragment
retrouvé de Mercator : Plaute et ses
maîtres *348*

Pierre Ganneval : La pharmacopée
médiévale. IV. Les insectes *375*

Robin Marr : *Die Bedeutung der Vokal-
folge* et le tétragramme sacré des
Hébreux *382*

L. Stefani : Hariri revisited. III. Cross-
words and Isograms *405*

Paul Ivanov : Note sur les variations
syntactico-rythmiques des slogans de
36 à 68 . . . .   *414*

Notes et comptes-rendus *418*
Errata *422*

CHAPITRE LVII

Madame Orlowska (Chambres de bonne, 11)

Elzbieta Orlowska — la Belle Polonaise comme tout le monde l'appelle dans le quartier — est une femme d'une trentaine d'années, grande, majestueuse et grave, avec une lourde chevelure blonde le plus souvent relevée en chignon, des yeux bleu sombre, une peau très blanche, un cou charnu s'attachant sur des épaules rondes et presque grasses. Debout, dans sa chambre, à peu près au centre de la pièce, un bras en l'air, elle essuie une petite suspension aux branches de cuivre ajouré qui semble une copie en réduction d'un lustre d'intérieur hollandais.

La chambre est toute petite et bien rangée. A gauche, collé contre la cloison, le lit, une banquette étroite garnie de quelques coussins, sous laquelle ont été aménagés des tiroirs ; puis une table en bois blanc avec une machine à écrire portative et divers papiers, et une autre table, plus petite encore, pliante, en métal, supportant un camping-gaz et plusieurs ustensiles de cuisine.

Contre le mur de droite il y a un lit à barreaux et un tabouret. Un autre tabouret, à côté de la banquette, remplissant l'espace étroit qui la sépare de la porte, sert de table de nuit : y voisinent une lampe au pied torsadé, un cendrier octogonal de faïence blanche, une petite boîte à cigarettes en bois sculpté affectant la forme d'un tonneau, un volumineux essai intitulé *The Arabian Knights. New Visions of Islamic Feudalism in the Beginnings of the Hegira*, signé d'un certain Charles Nunneley, et un roman policier de Lawrence Wargrave, *Le juge est l'assassin* : X a tué A de telle façon que la justice, qui le sait, ne peut l'inculper. Le juge d'instruction tue B de telle façon que X est suspecté, arrêté, jugé, reconnu coupable et exécuté sans avoir jamais rien pu faire pour prouver son innocence.

Le sol est couvert d'un linoléum rouge sombre. Les murs, garnis d'étagères où sont rangés les vêtements, les livres, la vaisselle, etc., sont peints en beige clair. Deux affiches aux couleurs très vives, sur le mur de droite, entre le lit d'enfant et la porte, les éclairent un peu : la première est le portrait d'un clown, avec un nez en balle de ping-pong, une mèche rouge carotte, un costume à carreaux, un gigantesque nœud papillon à pois et de longues chaussures très aplaties. La seconde représente six hommes debout les uns à côté des autres : l'un porte toute sa barbe, une barbe noire, un autre a une grosse bague au doigt, un autre a une ceinture rouge, un autre a des pantalons déchirés aux genoux, un autre n'a qu'un œil ouvert et le dernier montre les dents.

Quand on lui demande quelle est la signification de cette affiche, Elzbieta Orlowska répond qu'elle illustre une comptine très populaire en Pologne, où elle sert à endormir les petits enfants :

— *J'ai rencontré six hommes, dit la maman.*
— *Comment sont-ils donc ? demande l'enfant.*
— *Le premier a une barbe noire, dit la maman.*
— *Pourquoi ? demande l'enfant.*
— *Parce qu'il ne sait pas se raser, pardi ! dit la maman.*
— *Et le second ? demande l'enfant.*
— *Le second a une bague, dit la maman.*
— *Pourquoi ? demande l'enfant.*
— *Parce qu'il est marié, pardi ! dit la maman.*
— *Et le troisième ? demande l'enfant.*
— *Le troisième a une ceinture à son pantalon, dit la maman.*
— *Pourquoi ? demande l'enfant.*
— *Parce que sinon il tomberait, pardi ! dit la maman.*
— *Et le quatrième ? demande l'enfant.*
— *Le quatrième a déchiré ses pantalons, dit la maman.*
— *Pourquoi ? demande l'enfant.*
— *Parce qu'il a couru trop fort, pardi ! dit la maman.*
— *Et le cinquième ? demande l'enfant.*
— *Le cinquième n'a qu'un œil d'ouvert, dit la maman.*
— *Pourquoi ? demande l'enfant.*

— *Parce qu'il est en train de s'endormir, comme toi,
mon enfant,* dit la maman d'une voix très douce.

— *Et le dernier ?* demande en murmurant l'enfant.

— *Le dernier montre les dents,* dit la maman dans un
souffle.

*Il ne faut surtout pas dire que le petit enfant demande
alors quoi que ce soit, car s'il a le malheur de dire :*

— *Pourquoi ?*

— *Parce qu'il va te manger si tu ne dors pas, pardi !*
dira la mère d'une voix tonitruante.

Elzbieta Orlowska avait onze ans lorsqu'elle vint pour la
première fois en France. C'était dans une colonie de vacances
à Parçay-les-Pins, Maine-et-Loire. La colonie dépendait du
ministère des Affaires étrangères et rassemblait des enfants
dont les parents appartenaient aux personnels du ministère
et des ambassades. La petite Elzbieta y était allée parce que
son père était concierge à l'Ambassade de France à Varsovie.
La vocation de la colonie était, par principe, plutôt internationale, mais il se trouva cette année-là qu'elle comportait une
forte majorité de petits Français et que les quelques étrangers
s'y sentirent passablement dépaysés. Parmi eux se trouvait
un petit Tunisien prénommé Boubaker. Son père, musulman
traditionaliste qui vivait presque sans contact avec la culture française, n'aurait jamais songé à l'envoyer en France,
mais son oncle, archiviste au Quai d'Orsay, avait tenu à le
faire venir, persuadé que c'était la meilleure manière de
familiariser son jeune neveu avec une langue et une civilisation que les générations nouvelles de Tunisiens, désormais
indépendants, ne pouvaient plus se permettre d'ignorer.

Très vite, Elzbieta et Boubaker devinrent inséparables.
Ils restaient à l'écart des autres, ne prenaient pas part à
leurs jeux, mais marchaient en se tenant par le petit doigt,
se regardaient en souriant, se racontaient, chacun dans leur
langue de longues histoires que l'autre écoutait, ravi, sans les
comprendre. Les autres enfants ne les aimaient pas, leur
faisaient des blagues cruelles, cachaient des cadavres de mu-

lots dans leurs lits, mais les adultes qui venaient passer une journée avec leurs rejetons s'extasiaient devant ce petit couple, elle toute potelée, avec ses tresses blondes et sa peau comme un biscuit de Saxe, et lui, fluet et frisé, souple comme une liane, avec une peau mate, des cheveux noirs de jais, d'immenses yeux pleins d'une tendresse angélique. Le dernier jour de la colonie, ils se piquèrent le pouce et mélangèrent leur sang en faisant le serment de s'aimer éternellement.

Ils ne se revirent pas pendant les dix années qui suivirent, mais ils s'écrivirent deux fois par semaine des lettres de plus en plus amoureuses. Très vite, Elzbieta parvint à persuader ses parents de lui faire apprendre le français et l'arabe parce qu'elle irait vivre en Tunisie avec son mari Boubaker. Pour lui, ce fut beaucoup plus difficile et pendant des mois il s'évertua à convaincre son père, qui l'avait toujours terrorisé, qu'il ne voulait pour rien au monde lui manquer de respect, qu'il continuerait d'être fidèle à la tradition de l'Islam et à l'enseignement du Coran, et que ce n'était pas parce qu'il allait épouser une Occidentale qu'il s'habillerait pour autant à l'européenne ou irait vivre dans la ville française.

Le problème le plus ardu fut d'obtenir les autorisations nécessaires à la venue d'Elzbieta en Tunisie. Cela prit plus de dix-huit mois de tracasseries administratives tant de la part des Tunisiens que de la part des Polonais. Il existait entre la Tunisie et la Pologne des accords de coopération aux termes desquels des étudiants tunisiens pouvaient aller en Pologne faire des études d'ingénieur, cependant que des dentistes, agronomes et vétérinaires polonais pouvaient venir travailler comme fonctionnaires aux ministères de la santé publique ou de l'agriculture tunisiens. Mais Elzbieta n'était ni dentiste, ni vétérinaire, ni agronome, et pendant un an, toutes les demandes de visa qu'elle déposa, de quelque explication qu'elle les accompagnât, lui furent retournées avec la mention : « ne répond pas aux critères définis par les accords sus-visés. » Il fallut que, par une série singulièrement complexe de tractations, Elzbieta parvienne à passer par-dessus la tête des services officiels et aille raconter son histoire à un vice-secrétaire d'Etat pour que, à peine six mois plus tard, elle soit enfin embauchée comme traductrice-interprète au consulat de Pologne à Tunis — l'administration prenant enfin en compte le fait qu'elle était licenciée d'arabe et de français.

Elle débarqua à l'aéroport de Tunis-Carthage le premier

juin mille neuf cent soixante-six. Il y avait un soleil radieux. Elle était resplendissante de bonheur, de liberté et d'amour. Parmi la foule des Tunisiens qui, depuis les terrasses, faisaient de grands signes aux arrivants, elle chercha des yeux sans le voir son fiancé. A plusieurs reprises ils s'étaient envoyé des photographies, lui en train de jouer au football, ou en maillot de bain sur la plage de Salammbo, ou en djellaba et babouches brodées à côté de son père, le dépassant d'une tête, elle faisant du ski à Zakopane, ou sautant sur un cheval d'arçon. Elle était sûre de le reconnaître, mais elle hésita pourtant un instant quand elle le vit : il était dans le hall, juste derrière les guichets de la police, et la première chose qu'elle lui dit fut :

— Mais tu n'as pas grandi !

Quand ils s'étaient connus, à Parçay-les-Pins, ils avaient la même taille ; mais alors qu'il n'avait grandi que de vingt ou trente centimètres, elle en avait pris au moins soixante : elle mesurait un mètre soixante-dix-sept et lui pas tout à fait un mètre cinquante-cinq ; elle ressemblait à un tournesol au cœur de l'été, lui était sec et rabougri comme un citron oublié sur une étagère de cuisine.

La première chose que fit Boubaker fut de l'emmener voir son père. Il était écrivain public et calligraphe. Il travaillait dans une minuscule échoppe de la Médina ; il y vendait des cartables, des trousses et des crayons, mais surtout ses clients venaient lui demander d'inscrire leurs noms sur des diplômes ou des certificats ou de recopier des phrases sacrées sur des parchemins qu'ils faisaient encadrer. Elzbieta le découvrit, assis en tailleur, une planchette sur les genoux, le nez chaussé de lunettes dont les verres avaient l'épaisseur d'un fond de gobelet, taillant ses plumes d'un air important. C'était un homme petit, maigre, très pincé, le teint vert, l'œil faux avec un sourire abominable, déconcerté et silencieux avec les femmes. En deux ans, c'est à peine s'il adressa trois fois la parole à sa bru.

La première année fut la pire ; Elzbieta et Boubaker la passèrent dans la maison du père, en ville arabe. Ils avaient une chambre à eux, un espace juste assez large pour leur lit, sans lumière, séparée des chambres des beaux-frères par de minces cloisons au travers desquelles elle se sentait non seulement écoutée mais épiée. Ils ne pouvaient même pas prendre leurs repas ensemble ; lui mangeait avec son père et ses grands frères ; elle devait les servir en silence et retourner à la cuisine avec les femmes et les enfants, où sa belle-mère l'accablait de baisers, de caresses, de sucreries, d'harassantes jérémiades sur son ventre et sur ses reins et de questions presque obscènes sur la nature des caresses que son mari lui donnait ou lui demandait.

La deuxième année, après qu'elle eut mis au monde son fils, qui fut appelé Mahmoud, elle se révolta et entraîna Boubaker dans sa révolte. Ils louèrent un appartement de trois pièces dans la ville européenne, rue de Turquie, trois pièces hautes et froides, effroyablement meublées. Une ou deux fois ils furent invités par des collègues européens de Boubaker ; une ou deux fois elle donna chez elle des dîners ternes à des coopérants fades ; le reste du temps, il lui fallait insister pendant des semaines pour qu'ils aillent ensemble dans un restaurant ; il cherchait chaque fois un prétexte pour rester à la maison ou pour sortir seul.

Il était d'une jalousie tenace et tatillonne ; tous les soirs, quand elle rentrait du consulat, elle devait lui raconter sa journée dans ses moindres détails et énumérer tous les hommes qu'elle avait vus, combien de temps ils étaient restés dans son bureau, ce qu'ils lui avaient dit, ce qu'elle avait répondu, et où était-elle allée déjeuner, et pourquoi avait-elle téléphoné si longtemps à une telle, etc. Et quand il leur arrivait de marcher ensemble dans la rue et que les hommes se retournaient sur le passage de cette beauté blonde, Boubaker lui faisait, à peine rentrés, des scènes épouvantables, comme si elle avait été responsable de la blondeur de ses cheveux, de la blancheur de sa peau et du bleu de ses yeux. Elle sentait qu'il aurait voulu la séquestrer, la dérober à jamais aux yeux des autres, la garder pour son seul regard, pour sa seule adoration muette et fébrile.

Elle mit deux ans à mesurer la distance qu'il y avait entre les rêves qu'ils avaient entretenus pendant dix ans, et cette réalité mesquine qui serait désormais sa vie. Elle se mit à haïr son mari, et reportant sur son fils tout l'amour qu'elle avait éprouvé, décida de s'enfuir avec l'enfant. Avec la complicité de quelques-uns de ses compatriotes elle parvint à quitter clandestinement la Tunisie à bord d'un navire lithuanien qui la débarqua à Naples d'où, par voie de terre, elle gagna la France.

Le hasard voulu qu'elle arrivât à Paris au plus fort des

événements de Mai 68. Dans ce déferlement d'ivresses et de bonheurs, elle vécut une passion éphémère avec un jeune Américain, un chanteur de folk-song qui quitta Paris le soir où l'Odéon fut repris. Peu de temps après, elle trouva cette chambre : c'était celle de Germaine, la lingère de Bartlebooth, qui prit sa retraite cette année-là et que l'Anglais ne fit pas remplacer.

Les premiers mois elle se cacha, craignant que Boubaker ne fasse un jour irruption et lui reprenne l'enfant. Plus tard elle apprit que cédant aux exhortations de son père, il avait laissé une marieuse le remarier à une veuve mère de quatre enfants et qu'il était retourné habiter dans la Médina.

Elle se mit à vivre une vie simple et presque monastique, tout entière centrée sur son fils. Pour gagner sa vie, elle trouva une place dans une société d'export-import qui faisait du commerce avec les pays arabes et pour laquelle elle traduisait des modes d'emploi, des règlements administratifs et des descriptifs techniques. Mais l'entreprise ne tarda pas à faire faillite et elle vit depuis lors avec quelques vacations du C.N.R.S. qui lui donne à faire des analyses d'articles arabes et polonais pour le *Bulletin signalétique,* complétant ce maigre salaire avec quelques heures de ménage.

Elle fut tout de suite très aimée dans la maison. Bartlebooth lui-même, son logeur, dont l'indifférence pour ce qui se passait dans l'immeuble avait toujours semblé à chacun un fait acquis, se prit d'affection pour elle. A plusieurs reprises, avant que sa passion morbide ne le condamnât à jamais à une solitude de plus en plus stricte, il l'invita à dîner. Une fois même — chose qu'il n'avait jamais faite avec personne et qu'il ne fit jamais plus — il lui montra le puzzle qu'il reconstituait cette quinzaine-là : c'était un port de pêche de l'île de Vancouver, Hammertown, un port blanc de neige, avec quelques maisons basses et quelques pêcheurs en vestes fourrées halant sur la grève une longue barque blême.

En dehors des amis qu'elle s'est faits dans l'immeuble, Elzbieta ne connaît presque personne à Paris. Elle a perdu tout contact avec la Pologne et ne fréquente pas les Polonais exilés. Un seul vient régulièrement la voir, un homme plutôt âgé, au regard vide, avec une éternelle écharpe de flanelle blanche et une canne. De cet homme qui semble revenu de tout, elle dit qu'il fut avant la guerre le clown le plus populaire de Varsovie et que c'est lui qui est représenté sur l'affiche. Elle l'a rencontré il y a trois ans au square Anna de Noailles où elle surveillait son fils qui jouait au sable. Il vint s'asseoir sur le même banc qu'elle et elle s'aperçut qu'il lisait une édition polonaise des *Filles du feu — Sylwia i inne opowiadania.* Ils devinrent amis. Il vient deux fois par mois dîner chez elle. Comme il n'a plus une seule dent, elle le nourrit de lait chaud et de crèmes aux œufs.

Il ne vit pas à Paris, mais dans un petit village appelé Nivillers, dans l'Oise, près de Beauvais, une maison sans étage, longue et basse, avec des fenêtres à petits carreaux multicolores. C'est là que le petit Mahmoud, qui a aujourd'hui neuf ans, vient de partir pour les vacances.

CHAPITRE LVIII

Gratiolet, 1

L'avant-dernier descendant des propriétaires de l'immeuble vit au septième étage, avec sa fille, dans deux anciennes chambres de bonne aménagées en un logement exigu mais confortable.

Olivier Gratiolet est assis devant une table pliante recouverte d'un drap vert, en train de lire. Sa fille Isabelle, qui a treize ans, est agenouillée sur le parquet ; elle échafaude un château de cartes dont l'ambition n'a d'égale que la fragilité. En face d'eux, sur un écran de télévision qu'aucun des deux ne regarde, une speakerine émergeant d'un décor de science-fiction hideux — panneaux de métal brillant agrémentés de paraphes cocardiers — et moulée dans quelque chose qui voudrait donner l'idée d'une combinaison spatiale, présente sur un écriteau dont la découpe hexagonale est censée rappeler le périmètre de la République française, le programme de la soirée : à vingt heures trente, *Le fil jaune,* fantaisie policière de Stewart Venter : au début du siècle, un audacieux voleur de bijoux se réfugie sur un train de bois de flottage descendant le fleuve Jaune, et à vingt-deux heures, *Cette faucille d'or dans le champ des étoiles,* opéra de chambre de Philoxanthe Schapska, d'après le *Booz endormi* de Victor Hugo, donné en première mondiale à l'occasion de l'ouverture du Festival de Besançon.

Le livre que lit Olivier Gratiolet est une histoire de l'anatomie, un ouvrage de grand format posé bien à plat sur la table, ouvert sur la reproduction en pleine page d'une planche de Zorzi da Castelfranco, disciple de Mondino di Luzzi, accompagnée en regard de la description que, un siècle et demi plus tard, en donna François Béroalde de Verville dans son *Tableau des riches inventions couvertes du voile des feintes amoureuses qui sont représentées dans l'Hypneroto-machia Poliphili* :

> « Le cadavre n'est pas réduit au squelette mais les chairs restantes sont imprégnées de terre, formant un magma sec et comme cartonné. Ça et là cependant les os sont en partie demeurés : au sternum aux clavicules aux rotules aux tibias. la teinte générale est d'un jaune brun dans la partie anté-rieure, la face postérieure noirâtre et d'un vert foncé, plus humide, est remplie de vers. la tête est penchée sur l'épaule gauche, le crâne est cou-vert de cheveux blancs imprégnés de terre et mêlés de débris de serpillière. l'arcade sourcilière est dépouillée ; la mâchoire inférieure présente deux dents, jaunes et demi-transparentes. le cer-veau et la cervelle occupent à peu près les deux-tiers de la cavité du crâne, mais il n'est plus possible de reconnaître les divers organes qui composent l'encéphale. La dure-mère existe sous forme d'une membrane de couleur bleuâtre ; on dirait presque qu'elle est à l'état normal. Il n'y a plus de moelle épinière. les vertèbres cervicales sont visibles quoique recouvertes en partie d'une couche légère de couleur ocre. au niveau de la sixième vertèbre on trouve les parties molles internes du larynx saponifiées. Les deux côtés de la poitrine paraissent vides, si ce n'est qu'ils renferment un peu de terre et quelques petites mouches. ils sont noirâtres, enfumés et charbon-nés. l'abdomen est affaissé recouvert de terre et de chrysalides ; les organes abdominaux diminués de volume ne sont pas identifiables ; les parties génitales sont détruites au point qu'on ne peut reconnaître le sexe. les membres supérieurs sont placés sur les côtés du corps de manière à ce que les bras et les avant-bras et les mains soient

ensemble. A gauche la main paraît entière, d'un gris mêlé de brun. A droite elle est de couleur plus foncée et déjà plusieurs de ses os se sont séparés. les membres inférieurs sont entiers en apparence. Les os courts ne sont pas plus spongieux qu'à l'état normal mais ils sont plus secs à l'intérieur. »

Olivier doit son prénom au frère jumeau de son grand-père Gérard, qui fut tué le 26 septembre 1914 à Perthes-lèz-Hurlus, en Champagne, lors des arrière-combats qui succédèrent à la première bataille de la Marne.

Gérard, celui des quatre enfants Gratiolet qui avait hérité de l'exploitation berrichonne dont il vendit presque la moitié pour tenter, comme son frère Emile en morcelant l'immeuble, de venir en aide à son frère Ferdinand et un peu plus tard à sa veuve, avait eu deux fils. Henri, le cadet, resta garçon. En 1934, à la mort de son père, il prit en main la ferme. Il essaya de moderniser son équipement et ses méthodes, emprunta sur hypothèque pour acheter du matériel et à sa mort en 1938 — il mourut des suites d'un coup de pied de cheval — il laissait tellement de dettes que son frère aîné Louis, le père d'Olivier, préféra renoncer purement et simplement à l'héritage plutôt que de s'encombrer d'une exploitation qui ne redeviendrait pas rentable avant des années.

Louis avait fait des études, à Vierzon et à Tours, et était entré aux Eaux & Forêts. Dès le lendemain de la guerre, alors qu'il avait à peine vingt et un ans, il fut chargé d'organiser l'une des premières réserves naturelles de France, celle de Saint-Trojan d'Oléron où, comme sur l'archipel des Sept-Iles, au large de Perros-Guirec, que l'on avait aménagé en 1912, tout devait être mis en œuvre pour protéger et conserver faune et flore locales. Louis vint donc s'installer à Oléron où il épousa France Lidron, la fille d'un ferronnier d'art, un vieil original qui commençait à inonder l'île de grilles en fer forgé et d'ornements en bronze doré plus agressivement laids les uns que les autres mais dont le succès ne devait plus se démentir. Olivier, né en 1920, grandit sur des plages alors le plus souvent désertes et fut mis à dix ans pensionnaire au lycée de Rochefort. Détestant l'internat et les études, il se morfondait toute la semaine au fond de la classe en rêvant aux promenades à cheval qu'il ferait le dimanche. Il redoubla la troisième et échoua quatre fois au bac avant que son père ne renonce à le lui faire passer, se résignant à le voir prendre un emploi de garçon d'écurie chez un éleveur près de Saint-Jean-d'Angély. C'était un travail qui lui plaisait et dans lequel il aurait peut-être réussi à faire son chemin, mais moins de deux ans plus tard la guerre éclata : Olivier fut mobilisé. et fait prisonnier près d'Arras en mai 1940, se retrouva dans un stalag à Hof, en Franconie. Il y resta deux ans. Le 18 avril 1942, Marc, le fils de Ferdinand, qui l'année même de la banque-route et de la fuite de son père, avait réussi l'agrégation de philosophie et avait depuis animé des sections du Comité France-Allemagne, entrait dans le cabinet de Fernand de Brinon qui venait d'être nommé secrétaire d'Etat dans le second gouvernement Laval. Un mois plus tard, Louis lui ayant écrit pour lui demander d'intervenir, il obtint sans dif-ficulté le retour de captivité du fils de son oncle.

Olivier alla s'installer à Paris. François, l'autre cousin de son père qui, avec sa femme Marthe, possédait encore environ la moitié des appartements de l'immeuble et était le gérant de la copropriété, lui procura un appartement de trois pièces, au-dessous de celui qu'il occupait lui-même (celui où, plus tard, vinrent vivre les Grifalconi). Olivier y passa le reste de la guerre, allant écouter dans la cave *Des Français parlent aux Français*, et fabriquant et diffusant avec l'aide de Marthe et de François le bulletin de liaison de plusieurs groupes de résistance, une sorte de lettre quotidienne donnant des infor-mations de Londres et des messages codés.

Louis, le père d'Olivier, mourut en 1943, de brucellose. L'année suivante, Marc fut assassiné dans des circonstances qui ne furent qu'imparfaitement élucidées. Hélène Brodin, la dernière des enfants de Juste, mourut en 1947. Lorsque, en 1948, Marthe et François périrent dans l'incendie du cinéma Rueil Palace, Olivier resta le dernier survivant des Gratiolet.

UN ARBRE
GENEALOGIQUE
DE LA FAMILLE
GRATIOLET
SE TROUVE
PAGE 111

Olivier prit très au sérieux ses fonctions de propriétaire et de syndic, mais quelques années plus tard, la guerre, de nouveau, s'acharna sur lui : rappelé en Algérie en 1956, il sauta sur une mine et on dut l'amputer au-dessus du genou. Soigné à l'hôpital militaire de Chambéry, il tomba amoureux de son infirmière, Arlette Criolat, et, bien qu'elle eût dix ans de moins que lui, il l'épousa. Ils s'installèrent chez le père de la jeune femme, un marchand de chevaux, dont Olivier, retrouvant quelque chose de son ancienne vocation, prit en main la comptabilité.

Sa guérison fut longue et coûteuse. On essaya sur lui un prototype de prothèse totale, un véritable modèle anatomo-physiologique de la jambe, qui tenait compte des plus récentes découvertes en matière de neurophysiologie musculaire, et qui était équipé de systèmes asservis permettant des flexions et des extensions s'équilibrant réciproquement. Au bout de plusieurs mois d'apprentissage, Olivier parvint à maîtriser son appareil au point de pouvoir marcher sans canne et même, une fois, les larmes aux yeux, de monter à cheval.

Même s'il fut alors obligé d'abandonner un à un les appartements dont il avait hérité, ne conservant pour finir que deux chambres de bonne, ces années-là furent sans doute les plus belles de sa vie, une vie paisible où de brefs allers et retours dans la capitale alternaient avec de longs séjours dans la ferme de son beau-père, au milieu de prairies gonflées d'eau, dans une maison basse et claire pleine de fleurs et d'odeurs de cire. C'est là, en 1962, qu'Isabelle vint au monde, et son premier souvenir la fait se promener avec son père dans une carriole tirée par un petit cheval blanc à taches grises.

Le soir de Noël mille neuf cent soixante-cinq pris d'un accès de démence subite, le père d'Arlette étrangla sa fille et se pendit. Le lendemain, Olivier vint s'installer à Paris avec Isabelle. Il ne se chercha pas de travail, s'ingéniant à vivre avec sa seule pension de mutilé de guerre, se consacrant tout entier à Isabelle, lui préparant ses repas, lui recousant ses vêtements, lui apprenant lui-même à lire et à compter.

Aujourd'hui c'est au tour d'Isabelle de veiller sur son père, de plus en plus souvent malade. Elle fait les courses, bat les omelettes, récure les casseroles, tient le ménage. C'est une fillette maigre, au visage triste, aux yeux pleins de mélancolie, qui passe des heures en face de son miroir à se raconter à voix basse des histoires épouvantables.

Olivier ne bouge presque plus. Sa jambe désormais lui fait mal et il n'a plus les moyens d'en faire réviser les mécanismes complexes. Il reste la plupart du temps assis dans son fauteuil à oreilles, vêtu d'un pantalon de pyjama et d'une vieille veste d'intérieur à carreaux, sirotant à longueur de journée, malgré l'interdiction formelle du Docteur Dinteville, des petits verres de liqueur. Pour essayer d'améliorer un tout petit peu ses maigres revenus, il dessine — très mal — des rébus qu'il envoie à une espèce d'hebdomadaire consacré à ce que l'on appelle pompeusement le *sport cérébral* ; on les lui paye généreusement — quand on les lui prend — quinze francs pièce. Le dernier représente un fleuve ; sur la proue d'une barque, une femme assise somptueusement vêtue, entourée de sacs d'or, de coffres entrouverts débordant de joyaux ; sa tête est remplacée par la lettre « S » ; à la poupe, debout, un personnage masculin à couronne comtale fait office de passeur ; sur sa cape sont brodées les lettres « ENTEMENT ». Réponse : « Contentement passe richesse. »

Cet homme de cinquante-cinq ans, veuf et infirme, dont les guerres ont façonné le terne destin, est habité par deux projets grandioses et illusoires.

Le premier est de nature romanesque : Gratiolet voudrait créer un héros de roman, un vrai héros ; non pas un de ces Polonais obèses ne rêvant que d'andouille et d'extermination, mais un vrai paladin, un preux, un défenseur de la veuve et de l'orphelin, un redresseur de torts, un gentilhomme, un grand seigneur, un fin stratège, élégant, brave, riche et spirituel ; des dizaines de fois il a imaginé son visage, le menton décidé, le front large, les dents dessinant un sourire chaleureux, une petite étincelle au coin des yeux ; des dizaines de fois il l'a revêtu de costumes impeccablement coupés, de gants beurre frais, de boutons de manchette en rubis, de perles de grand prix montées en épingle de cravate, d'un monocle, d'un jonc à pommeau d'or, mais il n'a toujours pas réussi à lui trouver un nom et un prénom qui le satisfassent.

Le deuxième projet appartient au domaine de la métaphysique : dans le but de démontrer que, selon l'expression du professeur H.M. Tooten, « l'évolution est une imposture », Olivier Gratiolet a entrepris un inventaire exhaustif de toutes les imperfections et insuffisances dont souffre l'organisme humain : la position verticale, par exemple, n'assure à l'homme qu'un équilibre instable : on tient debout uniquement à cause de la tension des muscles, ce qui est une source continuelle de fatigue et de malaise pour la colonne vertébrale laquelle, bien qu'effectivement seize fois plus forte que si elle était droite, ne permet pas à l'homme de porter sur son dos une charge conséquente ; les pieds devraient être plus larges, plus étalés, plus spécifiquement adaptés à la locomotion, alors qu'ils ne sont que des mains atrophiées ayant perdu leur pouvoir de préhension ; les jambes ne sont pas assez solides pour supporter le corps dont le poids les fait ployer, et de plus elles fatiguent le cœur, qui est obligé de faire remonter le sang de près d'un mètre, d'où des pieds enflés, des varices, etc. ; les articulations de la hanche sont fragiles, et constamment sujettes à des arthroses ou à des fractures graves (col du fémur) ; les bras sont atrophiés et trop minces ; les mains sont fragiles, surtout le petit doigt qui ne sert à rien, le ventre n'est absolument pas protégé, pas plus que les parties génitales ; le cou est figé et limite la rotation de la tête, les dents ne permettent pas de prise latérale, l'odorat est presque nul, la vision nocturne plus que médiocre, l'audition très insuffisante ; la peau sans poils ni fourrure n'offre aucune défense contre le froid, bref, de tous les animaux de la création, l'homme, que l'on considère généralement comme le plus évolué de tous, est de tous l'être le plus démuni.

CHAPITRE LIX

Hutting, 2

Hutting travaille, non dans son grand atelier, mais dans une petite pièce qu'il a aménagée dans la loggia à l'intention des longues séances de pose qu'il inflige à ses clients depuis qu'il est devenu portraitiste.

C'est une pièce claire et cossue, impeccablement rangée, n'offrant absolument pas le désordre habituel des ateliers de peintres ; pas de toiles retournées contre les murs, pas de châssis entassés en piles instables, pas de bouilloire bosselée sur des réchauds d'un autre âge, mais une porte capitonnée de cuir noir, de hautes plantes vertes débordant de grands trépieds de bronze et grimpant à l'assaut de la verrière, et des murs laqués de blanc, nus, à l'exception d'un long panneau d'acier poli sur lequel trois affiches sont maintenues par des punaises aimantées affectant la forme de demi-billes : une reproduction en couleurs du *Tryptique du Jugement dernier* de Roger Van der Weyden conservé à l'Hôtel-Dieu de Beaune, l'affiche du film de Yves Allégret, *Les Orgueilleux*, avec Michèle Morgan, Gérard Philipe et Victor Manuel Mendoza, et un agrandissement photographique d'un menu fin-de-siècle s'inscrivant dans des arabesques beardsleyennes :

YE OLDE IRISH COFFEE HOUSE

47, rue Bochart-de-Saron, 47
(Tlph.148.84)

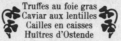

Truffes au foie gras
Caviar aux lentilles
Cailles en caisses
Huîtres d'Ostende

Vin de Tokay
Eau d'Arquebuse
Champagne Grand Crémant

Le client est un Japonais au visage couvert de rides, portant un pince-nez à monture d'or, vêtu d'un strict costume noir, chemise blanche, cravate gris perle. Il est assis sur une chaise, les mains sur les genoux, les jambes serrées, le buste bien droit, les yeux tournés, non dans la direction du peintre, mais vers une table à jeu dont la marqueterie reproduit un tablier de trictrac, sur laquelle sont posés un téléphone blanc, une cafetière en métal anglais et une corbeille d'osier pleine de fruits exotiques.

Devant son chevalet, sa palette à la main, Hutting est assis sur un lion de pierre, imposante sculpture dont l'origine assyrienne ne fait de doute pour personne, mais qui posa pourtant de difficiles problèmes aux experts, car le peintre la trouva lui-même dans un champ, enfouie à moins d'un mètre de profondeur, à l'époque où, champion du « Mineral Art », il cherchait des cailloux dans les environs de Thuburbo Majus.

Hutting est torse nu, il porte un pantalon d'indienne, des chaussettes de grosse laine blanche, un foulard de fine batiste autour du cou et une dizaine de bracelets multicolores au poignet gauche. Tout son matériel — tubes, godets, brosses, couteaux, craies, chiffons, vaporisateurs, grattoirs, plumes, éponges, etc. — est soigneusement rangé dans une longue casse d'imprimeur placée à sa droite.

La toile posée sur le chevalet est montée sur un châssis trapézoïdal, haut d'environ deux mètres, large de soixante centimètres en haut et d'un mètre vingt en bas, comme si l'œuvre était destinée à être accrochée très haut et qu'on avait voulu, par un effet d'anamorphose, en exagérer les perspectives.

Le tableau, presque achevé, représente trois personnages. Deux sont debout, de chaque côté d'un meuble haut chargé de livres, de petits instruments et de jouets divers : des kaléidoscopes astronomiques montrant les douze constellations du Zodiaque d'Ariès à Piscès, des planétariums miniature du genre Orrery, des chiffres en bonbons de gomme, des biscuits géométriques pour faire pendant aux biscuits zoologiques, des ballons mappemonde, des poupées en costumes historiques.

Le personnage de gauche est un homme corpulent dont les détails du visage sont totalement cachés par son costume, une volumineuse tenue de pêche sous-marine : combinaison de caoutchouc verni, noir avec des bandes blanches, bonnet noir, masque, bouteille d'oxygène, harpon, poignard à manche de liège, montre de plongée, palmes.

Le personnage de droite, de toute évidence le vieux Japonais en train de poser, est vêtu d'une longue robe noire à reflets rougeâtres.

Le troisième personnage se tient au premier plan, agenouillé en face des deux autres, de dos par rapport au spectateur. Il est coiffé d'une toque en forme de losange comme en portent les professeurs et les élèves dans les universités anglo-saxonnes au moment de la remise des diplômes.

Le sol, peint avec une précision extrême, est un carrelage géométrique dont les motifs reproduisent la mosaïque de marbre, apportée de Rome vers 1268 par des artisans italiens pour le chœur de l'Abbaye de Westminster dont Robert Ware était alors abbé.

Depuis les années héroïques de sa « période brouillard » et du *mineral art* — esthétique de l'entassement de la pierre dont la manifestation la plus mémorable fut la « revendication », la « signature » et, un peu plus tard, la vente — à un urbaniste d'Urbana, Illinois — d'une des barricades de la rue Gay-Lussac — Hutting nourrissait l'intention de devenir portraitiste et nombreux étaient ceux de ses acheteurs qui le suppliaient de faire leur portrait. Son problème, comme pour ses autres entreprises picturales, était de mettre au point un protocole original, de trouver, comme il le disait lui-même, une recette qui lui permettrait de bien faire sa « cuisine ».

Pendant quelques mois, Hutting utilisa une méthode que, disait-il, un mendiant mulâtre rencontré dans un bar misérable de Long Island lui avait révélée contre trois tournées de gin mais dont, malgré son insistance, il n'avait pas voulu dévoiler l'origine. Il s'agissait de choisir les couleurs d'un portrait à partir d'une séquence inamovible de onze teintes et de trois chiffres-clés fournis, le premier par la date et l'heure de la « naissance » du tableau, « naissance » voulant dire première séance de pose, le second par la phase de la lune au moment de la « conception » du tableau, « conception » se référant à la circonstance qui avait déclenché le tableau, par exemple un coup de téléphone proposant la commande, et le troisième par le prix demandé.

L'impersonnalité du système avait de quoi séduire Hutting. Mais peut-être parce qu'il l'appliqua avec une trop grande rigidité, il obtint des résultats qui déconcertèrent plus qu'ils ne séduisirent. Certes, sa *Comtesse de Berlingue aux yeux rouges* connut un succès mérité, mais plusieurs autres portraits laissèrent critiques et clients sur leur faim, et surtout Hutting vivait avec l'impression confuse et souvent désagréable d'utiliser sans génie une formule que, manifestement, quelqu'un d'autre avant lui avait su plier à ses propres exigences artistiques.

L'insuccès relatif de ces tentatives ne le découragea pas outre mesure, mais le conduisit à affiner davantage ce que le critique d'art Elzéar Nahum, son chantre attitré, appelait joliment ses « équations personnelles » : elles lui permirent de définir, à mi-chemin du tableau de genre, du portrait réel, du pur phantasme et du mythe historique, quelque chose qu'il baptisa le « portrait imaginaire » : il décida d'en réaliser vingt-quatre, à raison d'un par mois, dans un ordre précis, au cours des deux ans qui suivraient :

1   Tham Douli portant les authentiques *tracteurs métalliques* rencontre trois personnes déplacées

2   Coppélia enseigne à Noé l'art nautique

3   Septime Sévère apprend que les négociations avec le Bey n'aboutiront que s'il lui donne sa sœur Septimia Octavilla

4 Jean-Louis Girard commente le célèbre sizain d'Isaac de Bensérade

5 Le Comte de Bellerval (der Graf von Bellerval), logicien allemand disciple de Łukasiewicz, démontre en présence de son maître qu'une île est un espace clos de berges

6 Jules Barnavaux se repent de ne pas avoir tenu compte du double avis exposé dans les W.-C. du ministère

7 Nero Wolfe surprend le capitaine Fierabras forçant le coffre-fort de la Chase Manhattan Bank

8 Le basset Optimus Maximus arrive à la nage à Calvi, notant avec satisfaction que le maire l'attend avec un os

9 « Le traducteur antipodaire » révèle à Orphée que son chant berce les animaux

10 Livingstone, s'apercevant que la prime promise par Lord Ramsay lui échappe, manifeste sa mauvaise humeur

11 R. Mutt est recalé à l'oral du bac pour avoir soutenu que Rouget de l'Isle était l'auteur du *Chant du Départ*

12 Boriet-Tory boit du Château-Latour en regardant « l'Homme aux Loups » danser le fox-trot

13 Le jeune séminariste rêve de visiter Lucques et T'ien-Tsin

14 Maximilien, débarquant à Mexico, s'enfourne élégamment onze tortillas

15 « Le posteur de rimes » exige que son fermier tonde la laine de ses moutons et que sa femme la tisse

16 Narcisse Follaninio, finaliste aux Jeux Floraux d'Amsterdam, ouvre un dictionnaire de rimes et le lit au nez des surveillants de l'épreuve

17 Zénon de Didyme, corsaire des Antilles, ayant reçu de Guillaume III une forte somme d'argent, laisse Curaçao sans défense face aux Hollandais

18 La Femme du Directeur de l'Usine de Rémoulage des Lames de Rasoir autorise sa fille à sortir seule dans

les rues de Paris à condition que, quand elle descend le Boul'Mich', elle mette ailleurs que dans son corsage ses traveller's chèques

19 L'acteur Archibald Moon hésite pour son prochain spectacle entre Joseph d'Arimathie ou Zarathoustra

20 Le peintre Hutting essaye d'obtenir d'un inspecteur polyvalent des contributions une péréquation de ses impôts

21 Le docteur LaJoie est radié de l'ordre des médecins pour avoir déclaré en public que William Randolph Hearst, sortant d'une projection de *Citizen Kane,* aurait monnayé l'assassinat d'Orson Welles

22 Avant de prendre la malle de Hambourg, Javert se souvient que Valjean lui a sauvé la vie

23 Le géographe Lecomte, descendant le fleuve Hamilton, est hébergé par des Eskimos et pour les remercier offre une caroube au chef du village

24 Le critique Molinet inaugure son cours au Collège de France en esquissant avec brio les portraits de Vinteuil, d'Elstir, de Bergotte et de la Berma, riches mythes de l'art impressionniste dont les lecteurs de Marcel Proust n'ont pas fini de faire l'exégèse.

Tout tableau, explique Hutting, et surtout tout portrait, se situe au confluent d'un rêve et d'une réalité. Le concept même de « portrait imaginaire » se développa à partir de cette idée de base : l'acheteur, celui qui désire se faire faire son portrait ou celui de tel être qu'il chérit, ne constitue que l'un des éléments du tableau, et peut-être même le moins important — qui connaîtrait encore Monsieur Bertin sans Ingres ? — mais il en est l'élément initial et il semble donc juste qu'il joue un rôle déterminant, « fondateur », dans le tableau : non pas en tant que modèle esthétique qui gouvernerait les formes, les couleurs, la « ressemblance », voire même l'anecdote du tableau, mais en tant que modèle *structural* : le commanditaire, ou, mieux encore, comme pour la peinture du

Moyen Age, le *donateur*, sera *l'initiateur* de son portrait : son identité, plus que ses traits, viendra nourrir la verve créatrice et la soif d'imaginaire de l'artiste.

Un seul portrait échappa à cette loi, le vingtième, celui qui représente Hutting lui-même. La présence même d'un auto-portrait au milieu de cette série unique s'imposait comme une évidence, mais sa forme propre lui fut dictée, affirme le peintre, par six ans de tracasseries continuelles de la part de l'administration des contributions directes, au terme desquelles il parvint enfin à faire triompher son point de vue. Son problème était le suivant : Hutting vendait plus des trois quarts de sa production aux Etats-Unis, mais il tenait évidemment à payer ses impôts en France, où il était beaucoup moins taxé ; cela était en soi parfaitement licite, mais le peintre voulait par surcroît que ses revenus fussent considérés, non comme des « revenus encaissés hors de France » — ce que faisait l'inspection des impôts qui les calculait comme tels presque sans dégrèvements — mais comme des « revenus provenant de produits manufacturés exportés à l'étranger » susceptibles de bénéficier, sous forme d'abattements conséquents, du soutien accordé par l'Etat aux exportations. Or, y avait-il au monde un produit méritant davantage le nom de produit *manufacturé* qu'un tableau peint par la *main* d'un Artiste ? L'inspecteur des Contributions fut obligé d'admettre cette évidence étymologique, mais prit aussitôt sa revanche en refusant de considérer comme « produits manufacturés *français* » des tableaux qui avaient été peints à la main, certes, mais dans un atelier sis de l'autre côté de l'Atlantique, et c'est seulement après de brillants échanges de plaidoiries qu'il fut admis que la main de Hutting restait une main française même quand elle peignait à l'étranger et que par conséquent, et même en tenant compte de ce que Hutting, né de père américain et de mère française, disposait de la double nationalité, il convenait de reconnaître le bénéfice moral, intellectuel et artistique que l'exportation de l'œuvre de Franz Hutting à travers le monde procurait à la France et, de ce fait, d'appliquer à ses revenus les péréquations souhaitables, victoire que Hutting célébra en se représentant sous la figure d'un Don Quichotte pourchassant de sa longue lance de frêles et pâles fonctionnaires vêtus de noir quittant le ministère des Finances comme des rats quittent un navire en détresse.

Tous les autres tableaux furent conçus à partir du nom,

du prénom et de la profession des vingt-trois amateurs qui les commandèrent et qui s'engagèrent par écrit à ne pas contester le titre et le thème de l'œuvre, ni la place qui leur serait faite. Soumises à divers traitements linguistiques et numériques, l'identité et la profession de l'acheteur déterminaient successivement le format du tableau, le nombre de personnages, les couleurs dominantes, le « champ sémantique » [mythologie (2, 9), fiction (22), mathématiques (5), diplomatie (3), spectacles (19), voyages (13), histoire (14, 17), enquête policière (7), etc.], le thème central de l'anecdote, les détails secondaires (allusions historiques et géographiques, éléments vestimentaires, accessoires, etc.) et enfin le prix. Néanmoins ce système était soumis à deux impératifs : l'acheteur — ou celui dont l'acheteur voulait faire faire le portrait — devait *explicitement* être représenté sur la toile, et un des éléments de l'anecdote, par ailleurs déterminée rigoureusement en dehors de la personnalité du modèle, devait coïncider précisément avec lui.

Faire figurer le nom de l'acheteur dans le titre du tableau était évidemment considéré comme une facilité et Hutting ne s'y résigna que trois fois : pour le n° 4, portrait de l'auteur de romans policiers Jean-Louis Girard, pour le n° 12, portrait du chirurgien suisse Boriet-Tory, responsable du Département de Cryostasie expérimentale à l'Organisation mondiale de la Santé, et pour le n° 19, véritable tour de force inspiré de l'holographie, où l'acteur Archibald Moon est peint de telle façon que si l'on passe de gauche à droite devant le tableau, on le découvre habillé en Joseph d'Arimathie, longue barbe blanche, burnous de laine grise, bâton de pèlerin, alors qu'il apparaît en Zarathoustra, cheveux couleur de feu, torse nu, bracelets de cuir clouté aux poignets et aux chevilles, si l'on passe de droite à gauche. Par contre, si le n° 8 est effectivement le portrait d'un basset — celui du producteur de cinéma vénézuélien Melchior Aristotelès qui voit en lui le seul vrai successeur de Rin Tin Tin — ce basset ne s'appelle pas du tout Optimus Maximus mais répond au nom, beaucoup plus sonore, de Freischutz.

Parfois cette coïncidence de l'imaginaire et de la biographie fait du portrait tout entier un raccourci saisissant de la vie du modèle : ainsi, le n° 13, portrait du vieux cardinal Fringilli, qui fut abbé à Lucques avant de partir pendant de longues années comme missionnaire à T'ien-Tsin.

Parfois au contraire, seul un élément superficiel, dont le principe même pourrait facilement être jugé contestable, relie l'œuvre à son modèle : ainsi, c'est un industriel vénitien dont la jeune et ravissante sœur vit dans la terreur perpétuelle d'être enlevée, qui a fourni la triple origine de l'énigmatique portrait n° 3, où il figure sous les traits de l'empereur Septime Sévère : d'abord parce que sa firme se classe régulièrement septième de sa catégorie dans les palmarès annuels du *Financial Times* et de *Enterprise*, ensuite parce que sa sévérité est légendaire, et enfin parce qu'il est en relations suivies avec le Shah d'Iran (titre impérial s'il en fût) et qu'il ne serait pas inconcevable qu'un enlèvement de sa sœur vienne peser dans telle ou telle négociation de portée internationale. Et c'est d'une manière encore plus lointaine, encore plus diffuse et arbitraire, que le portrait n° 5 se rattache à son commanditaire, Juan Maria Salinas-Lukasiewicz, le magnat de la bière en boîte de la Colombie à la Terre de Feu : le tableau représente un épisode, de surcroît parfaitement fictif, de la vie de Jan Łukasiewicz, le logicien polonais fondateur de l'Ecole de Varsovie, sans lien de parenté aucun avec le brasseur argentin qui apparaît seulement comme une petite silhouette dans l'assistance.

Vingt de ces vingt-quatre portraits sont d'ores et déjà achevés. Le vingt-et-unième est celui qui est actuellement posé sur le chevalet : c'est le portrait d'un industriel japonais, le géant de la montre à quartz, Fujiwara Gomoku. Il est destiné à orner la salle de réunions du conseil d'administration de la firme.

L'anecdote qu'a choisi de représenter Hutting lui a été racontée par son principal protagoniste, François-Pierre LaJoie, de l'Université Laval, au Québec. En mille neuf cent quarante, alors qu'il venait juste de passer son doctorat, François-Pierre LaJoie reçut la visite d'un homme qui souffrait de brûlures d'estomac et qui lui aurait dit en substance : « c'est ce salaud de Hearst qui m'a empoisonné parce que je n'ai pas voulu faire son sale boulot. » ; sommé de s'expliquer davantage, il aurait alors déclaré que Hearst lui avait promis quinze mille dollars s'il le débarrassait d'Orson Welles. LaJoie ne put se retenir de répéter la chose le soir même à son club. Le lendemain matin, convoqué d'urgence par le Conseil de l'Ordre, il fut accusé d'avoir violé le secret professionnel en répétant publiquement une confidence qu'il avait reçue dans le cadre d'une consultation médicale. Reconnu coupable, il fut immédiatement radié. Il déclara quelques jours après avoir forgé de toute pièce cette accusation, mais il était évidemment trop tard et il dut recommencer toute sa carrière dans la recherche, devenant un des meilleurs spécialistes des problèmes circulatoires et respiratoires liés à la plongée sous-marine. Ce dernier point seul permet d'expliquer la présence de Fujiwara Gomoku dans le tableau : LaJoie, en effet, fut amené à faire des recherches sur ces tribus côtières du sud du Japon que l'on nomme les Ama, et dont l'existence est attestée depuis plus de deux mille ans puisque l'une des plus anciennes références à ce peuple se trouve dans le Gishi-Wajin-Den, présumé remonter au IIIe siècle avant Jésus-Christ. Les femmes ama sont les meilleures plongeuses sous-marines du monde : elles sont capables, quatre à cinq mois par an, de plonger jusqu'à cent cinquante fois par jour, à des profondeurs qui peuvent dépasser vingt-cinq mètres. Elles plongent nues, protégées, depuis seulement un siècle, par des lunettes qui sont pressurisées grâce à deux petits ballonnets latéraux, et elles peuvent rester chaque fois deux minutes sous l'eau, récoltant diverses sortes d'algues, en particulier l'agar-agar, des holothuries, des oursins, des concombres de mer, des coquillages, des huîtres perlières et des abalones dont la coquille était jadis très prisée. Or, la famille Gomoku descend d'un de ces villages ama, et d'ailleurs les montres de plongée sont une des spécialités de la firme.

Les Altamont ont longtemps hésité à commander leur portrait, vraisemblablement arrêtés par les prix pratiqués par Hutting, qui mettaient ces œuvres à la seule portée de très gros présidents-directeurs généraux, mais ils s'y sont finalement résignés. Ils apparaissent dans le tableau n° 1, lui en Noé, elle en Coppélia, allusion au fait qu'elle fut jadis danseuse.

Leur ami allemand, Fugger, figure également parmi les clients de Hutting. Il est concerné par le quatorzième portrait, étant, par sa mère, très lointainement apparenté aux Habsbourg, et ayant, d'un voyage au Mexique, rapporté onze recettes de tortillas !

CHAPITRE LX

Cinoc, 1

Une cuisine. Sur le sol un linoléum, mosaïque de rhomboïdes, jade, azur et vermillon. Sur les murs une peinture jadis brillante. Contre le mur du fond, à côté de l'évier, au-dessus d'un égouttoir en fil plastifié, glissés l'un au-dessous de l'autre entre le mur et la tuyauterie, quatre calendriers des postes avec des photographies en quadrichromie :

1972 : *Les Petits Amis* : un orchestre de jazz composé de bambins de six ans avec des instruments-joujoux ; le pianiste, avec ses lunettes et son air d'intense gravité, fait un peu penser à Schroeder, le jeune prodige beethovénien des *Peanuts* de Schultz ;

1973 : *Images de l'Eté* : des abeilles butinent des asters ;

1974 : *Nuit dans la Pampa* : trois *gauchos* autour d'un feu, grattent des guitares ;

1975 : *Pompon et Fifi* : un couple de singes joue aux dominos. Le mâle porte un chapeau melon et un maillot d'acrobate avec le numéro « 32 » écrit en paillettes d'argent dans le dos ; la guenon fume un cigare qu'elle tient entre le pouce et l'index de son pied droit, porte un chapeau à plumes, des gants en crochet et un sac à main.

Au-dessus, sur une feuille d'un format à peu près identique, trois œillets dans un vase de verre à corps sphérique, à col court, avec pour seule légende « PEINT AVEC LA BOUCHE ET LES PIEDS » et, entre parenthèses, « aquarelle véritable ».

Cinoc est dans sa cuisine. C'est un vieillard maigre et sec vêtu d'un gilet de flanelle d'un vert pisseux. Il est assis sur un tabouret en formica au bord d'une table couverte d'une toile cirée, sous une suspension en tôle émaillée blanche dotée d'un système de poulies équilibrées par un contrepoids en forme de poire. Il mange, à même la boîte imparfaitement ouverte, des pilchards aux aromates. Devant lui, sur la table, trois boîtes à chaussures sont remplies de fiches de bristol couvertes d'une écriture minutieuse.

Cinoc vint vivre rue Simon-Crubellier en 1947, quelques mois après la mort d'Hélène Brodin-Gratiolet dont il reprit l'appartement. D'emblée il posa aux gens de la maison, et surtout à Madame Claveau, un problème difficile : comment devait-on prononcer son nom ? Evidemment, la concierge n'osait pas l'appeler « Sinoque ». Elle interrogea Valène, qui proposa « Cinoche », Winckler, qui tenait pour « Tchinotch », Morellet, qui penchait vers « Cinots », Mademoiselle Crespi, qui suggéra « Chinosse », François Gratiolet, qui préconisa « Tsinoc », et enfin Monsieur Echard qui, bibliothécaire versé dans les graphies forestières et dans les subséquentes façons de les émettre, montra que, sans tenir compte d'une éventuelle transformation du « n » central en « gn » ou « nj », et en admettant par principe une fois pour toutes que le « i » se prononçait « i », et le « o » « o », il y avait quatre manières de prononcer le premier « c » : « s », « ts », « ch » et « tch », et cinq manières de dire le dernier : « s », « k », « tch », « ch » et « ts » et que par conséquent, compte tenu de la présence ou de l'absence de tel ou tel accent ou signe diacritique et des particularités phonétiques de telle ou telle langue ou dialecte, il y avait lieu de choisir entre les vingt prononciations suivantes :

SINOSSE	SINOK	SINOTCH	SINOCH	SINOTS
TSINOSSE	TSINOK	TSINOTCH	TSINOCH	TSINOTS
CHINOSSE	CHINOK	CHINOTCH	CHINOCH	CHINOTS
TCHINOSSE	TCHINOK	TCHINOTCH	TCHINOCH	TCHINOTS

Ensuite de quoi, une délégation alla poser la question au principal intéressé qui répondit qu'il ne savait pas lui-même qu'elle était la manière la plus correcte de prononcer son nom. Le patronyme d'origine de sa famille, celui que son arrière-grand-père, un bourrelier de Szczyrk, avait officiellement acheté au Bureau d'Etat-Civil du Palatinat de Cracovie était Kleinhof ; mais de génération en génération, de renouvellement de passeport en renouvellement de passeport soit qu'on ne graissât pas assez la patte aux chefs de bureaux allemands ou autrichiens, soit qu'on s'adressât à des employés hongrois, poldèves, moraves ou polonais qui lisaient « v » et transcrivaient « ff » ou qui notaient « c » ce qu'ils entendaient « tz », soit qu'on eût à faire à des gens qui n'avaient jamais besoin de beaucoup se forcer pour redevenir un peu illettrés et passablement durs d'oreille quand il s'agissait de donner des papiers d'identité à un Juif, le nom n'avait rien gardé de sa prononciation ni de son orthographe et Cinoc se souvenait que son père lui racontait que son père lui parlait de cousins qu'il avait et qui s'appelaient Klajnhof, Keinhof, Klinov, Szinowcz, Linhaus, etc. Comment Kleinhof était-il devenu Cinoc ? Cinoc ne le savait pas précisément ; la seule chose qui était sûre, c'est que le « f » final avait été un jour remplacé par ce signe particulier (β) avec lequel les Allemands notent le double « s » ; ensuite, sans doute, le « l » était tombé ou bien on lui avait substitué un « h » : on était arrivé à Khinoss ou Khleinhoss, et de là, peut-être, à Kinoch, Chinoc, Tsinoc, Cinoc, etc. De toute façon, il était vraiment secondaire de tenir à le prononcer de telle ou telle façon.

Cinoc, qui avait alors une cinquantaine d'années, exerçait un curieux métier. Comme il le disait lui-même, il était « tueur de mots » : il travaillait à la mise à jour des dictionnaires Larousse. Mais alors que d'autres rédacteurs étaient à la recherche de mots et de sens nouveaux, lui devait, pour leur faire de la place, éliminer tous les mots et tous les sens tombés en désuétude.

Quand il prit sa retraite, en mille neuf cent soixante-cinq, après cinquante-trois ans de scrupuleux services, il avait fait disparaître des centaines et des milliers d'outils, de techniques, de coutumes, de croyances, de dictons, de plats, de jeux, de sobriquets, de poids et de mesures ; il avait rayé de la carte des dizaines d'îles, des centaines de villes et de fleuves, des milliers de chefs-lieux de canton ; il avait renvoyé à leur anonymat taxinomique des centaines de sortes de vache, des espèces d'oiseaux, d'insectes et de serpents, des poissons un peu spéciaux, des variétés de coquillages, des plantes pas tout à fait pareilles, des types particuliers de légumes et de fruits ; il avait fait s'évanouir dans la nuit des temps des cohortes de géographes, de missionnaires, d'entomologistes, de Pères de l'Eglise, d'hommes de lettres, de généraux, de Dieux & de Démons.

Qui désormais saurait ce qu'avait été le *vigigraphe*, « espèce de télégraphe de vigies qui se correspondent » ? Qui désormais pourrait imaginer qu'il avait existé pendant peut-être des générations une « masse de bois placée au bout d'un bâton pour fouler le cresson dans les fosses inondées » et que cette masse se nommait une *schuèle* (*chu-èle*) ? Qui se souviendrait du *vélocimane ?*

> VÉLOCIMANE (n. m.)
> (du lat. *velox, ocis,* rapide, et *manus,* main).
> Appareil de locomotion, spécial pour les enfants, en forme de cheval, monté sur trois ou quatre roues, et dit aussi *cheval mécanique.*

Où étaient passés ces *abounas*, métropolitains de l'Eglise éthiopienne, ces *palatines*, fourrures que les femmes portaient sur le cou en hiver, ainsi nommées de la princesse Palatine qui en introduisit l'usage en France sous la minorité de Louis XIV, et ces *chandernagors*, ces sous-officiers tout chamarrés d'or qui précédaient les défilés sous le Second Empire ? Qu'étaient devenus Léopold-Rudolph von Schwanzenbad-Hodenthaler dont l'action d'éclat à Eisenühr avait permis à Zimmerwald de remporter la victoire de Kisàszony ? Et Uz (Jean-Pierre), 1720-1796, poète allemand, auteur de *Poésies lyriques*, de *L'art d'être toujours joyeux*, poème didactique, et d'*Odes et Chansons*, etc. ? Et Albert de Routisie (Bâle, 1834 — En mer Blanche, 1867). Poète et romancier français. Grand admirateur de Lomonossov, il décida de faire un pèlerinage à Arkhangelsk, sa ville natale, mais le navire fit naufrage juste avant d'arriver au port. Après sa mort, sa fille unique, Irène, publia son roman inachevé, *Les Cent-Jours*, un choix de poèmes, *Les Yeux de Mélusine*, et, sous le titre de *Leçons*, un admirable recueil d'aphorismes qui reste son ouvrage le plus achevé. Qui saurait désormais que François Albergati Capacelli était un dramaturge italien né à Bologne en 1728, et que c'est au maître fondeur Rondeau (1493-1543) que l'on devait la porte de bronze de la chapelle obituaire de Carennac ?

Cinoc se mit à traîner le long des quais, fouillant les

étals des bouquinistes, feuilletant des romans à deux sous, des essais démodés, des guides de voyages périmés, des vieux traités de physiologie, de mécanique ou de morale, des atlas surannés où l'Italie apparaissait encore comme un bariolage de petits royaumes. Plus tard il alla emprunter des livres à la bibliothèque municipale du XVII⁰ arrondissement, rue Jacques-Binjen, se faisant descendre des combles des in-folio poussiéreux, des manuels Roret, des livres de la Bibliothèque des Merveilles, et des vieux dictionnaires : le Lachâtre, le Vicarius, le Bescherelle aîné, le Larrive et Fleury, l'Encyclopédie de la Conversation rédigée par une Société de Gens de Lettres, le Graves et d'Esbigné, le Bouillet, le Dezobry et Bachelet. Enfin, quand il eut épuisé les ressources de sa bibliothèque de quartier, il alla, s'enhardissant, s'inscrire à Sainte-Geneviève et il se mit à lire les auteurs dont, en entrant, il voyait les noms gravés sur la façade.

Il lut Aristote, Pline, Aldrovandi, Sir Thomas Browne, Gesner, Ray, Linné, Brisson, Cuvier, Bonneterre, Owen, Scoresby, Bennett, Aronnax, Olmstead, Pierre-Joseph Macquart, Eugénie Guérin, Gastriphérès, Phutatorius, Somnolentius, Triptolème, Argalastès, Kysarchius, Egnatius, Sigonius, Bossius, Ticinenses, Baysius, Budoeus, Salmasius, Lipsius, Lazius, Isaac Casaubon, Joseph Scaliger, et même le *De re vestiaria* de Rubenius (1665, in-4°) où on lui dit dans le plus grand détail ce que c'était que la toge ou robe flottante, la chlamyde, l'éphode, la tunique ou manteau court, la synthèse, la poenula, la lacema avec son capuchon, le paludamentum, la prétexte, le sagum ou jaquette de soldat, et la trabaea dont, suivant Suétone, il y avait trois espèces.

Cinoc lisait lentement, notait les mots rares, et peu à peu son projet prit corps et il décida de rédiger un grand dictionnaire des mots oubliés, non pas pour perpétuer le souvenir des Akkas, peuple nègre nain de l'Afrique centrale, ou de Jean Gigoux, peintre d'histoire, ou d'Henri Romagnesi, compositeur de romances, 1781-1851, ni pour éterniser le scolécobrote, coléoptère tétramère de la famille des longicornes, tribu des cérambycins, mais pour sauver des mots simples qui continuaient encore à lui parler.

En dix ans il en rassembla plus de huit mille, au travers desquels vint s'inscrire une histoire aujourd'hui à peine transmissible :

RIVELETTE (s. f.)

Autre nom du myriophylle ou fenouil d'eau.

ARÉA (s. f.)

méd. anc. Alopécie, pelade, maladie qui fait tomber les poils et les cheveux.

LOQUIS (s. m.)

Sorte de verroterie dont on se sert pour commercer avec les nègres sur les côtes d'Afrique. Les loquis sont des petits cylindres de verre de couleur.

RONDELIN (s. m., rad. *rond*)

Mot burlesque dont Chapelle s'est servi pour désigner un homme fort gros :
Pour le voir le bon rondelin
Point n'est besoin de longue-vue.

CADETTE (s. f.)

Pierre de taille propre au pavage.

LOSSE (s. f.)

Techn. Outil de fer acéré et tranchant, fait en demi-cône, coupé du haut en bas dans l'axe et concave en dedans. Il s'emmanche comme une brique et sert à percer les bondes des barriques.

BEAUCÉANT (s. m.)

Etendard des Templiers.

BEAU-PARTIR (s. m.)

Manège. Beau départ du cheval. Sa vitesse en ligne droite jusqu'à son arrêt.

LOUISETTE (s. f.)

Nom qui fut donné pendant quelque temps à la guillotine, dont on attribuait l'invention au Docteur Louis. « Louisette était le nom d'amitié que Marat donnait à la guillotine » (Victor Hugo).

FRANCATU (s. m.)

Hortic. Espèce de pomme qui se conserve longtemps.

RUISSON (s. m.)

Canal pour vider un marais salant.

SPADILLE (s. f.)

(Esp. *espada,* épée.) L'as de pique au jeu d'hombre.

URSULINE (s. f.)

Petite échelle terminée par une plate-forme étroite sur laquelle les forains faisaient monter leurs chèvres savantes.

TIERÇON (s. m.)

Anc. cout. Mesure de liquide qui contenait le tiers d'une mesure entière. Le tierçon a une contenance de : à Paris 89 litres 41, à Bordeaux 150 litres 80, en Champagne 53 litres 27, à Londres 158 litres 08 et à Varsovie 151 litres 71.

LOVELY (s. m.)

(Angl. *lovely,* joli.) Oiseau indien semblable au pinson d'Europe.

GIBRALTAR (s. m.)

Entremets de pâtisserie.

PISTEUR (s. m.)

Employé d'hôtel chargé de recruter les voyageurs.

MITELLE (s. f.)

(lat. *mitella,* dim, de *mitra,* mitre). *Antiq. rom.* Petite mitre, espèce de coiffure que portaient particulièrement les femmes et qui était quelquefois ornée avec beaucoup de luxe. Les hommes en faisaient usage à la campagne. *Bot.* Genre de plantes de la famille des saxifragacées ainsi appelées à cause de la forme de leurs fruits et originaires des régions froides d'Asie et d'Amérique. *Chir.* Echarpe pour soutenir le bras. *Mol.* Synonyme de scalpelle.

TERGAL, E (adj.)

(lat. *tergum,* dos). Qui a rapport au dos des insectes.

VIRGOULEUSE (s. f.)

Poire d'hiver fondante.

HACHARD (s. m.)

Cisaille pour le fer.

FEURRE (s. m.)

Paille de toute sorte de blé. Paille longue pour rempailler les chaises.

VEAU-LAQ (s. m.)

Cuir très souple utilisé en maroquinerie.

EPULIE (s. f.)

(du gr. Επι, sur, et συλσν gencive), *Chir*. Excroissance de chair qui se forme sur ou autour des gencives.

TASSIOT (s. m.)

Techn. Croix formée de deux lattes, par laquelle le vannier commence certains ouvrages.

DOUVEBOUILLE (s. m.)

(*Arg. mil*. déformation de l'am. *dough-boy*, simple soldat, bidasse.) Soldat américain pendant la première guerre mondiale (1917-1918).

VIGNON (s. m.)

Genêt piquant.

ROQUELAURE (s. f.)

(Du nom de son inventeur, le duc de Roquelaure.) Espèce de manteau fermé sur le devant par des boutons, depuis le haut jusqu'en bas.

LOUPIAT (s. m.)

Pop. Ivrogne. « Elle était bien plantée avec un loupiat de mari. » (E. Zola.)

DODENAGE (s. m.)

Techn. Manière de polir les clous de tapissier consistant à les placer dans un sac de toile serrée ou de peau avec de l'émeri ou tout autre matière mordante.

CHAPITRE LXI

Berger, 1

La salle à manger des Berger. Une pièce parquetée, presque carrée. Au centre, une table ronde sur laquelle sont disposés deux couverts, un dessous-de-plat métallique en forme de losange, une soupière dont le couvercle échancré laisse passer le manche d'une louche en métal argenté, une assiette blanche avec un cervelas coupé en deux nappé d'une sauce moutardée et un camembert dont l'étiquette représente un Grognard. Contre le mur du fond, une desserte de style indéterminé sur laquelle sont posés une lampe dont le socle est un cube d'opaline, une bouteille de pastis 51, une unique pomme rouge sur une assiette d'étain, et un journal du soir dont on peut lire l'énorme manchette : PONIA : LE CHATIMENT SERA EXEMPLAIRE. Au-dessus de la desserte est accroché un tableau représentant un paysage asiatique, avec des arbustes bizarrement contournés, un groupe d'indigènes coiffés de grands chapeaux coniques et des jonques à l'horizon. Il aurait été peint par l'arrière-grand-père de Charles Berger, un sous-officier de carrière qui aurait fait la campagne du Tonkin.

Lise Berger est seule dans la salle à manger. C'est une femme d'une quarantaine d'années dont la corpulence tend fortement à devenir, sinon obésité, du moins embonpoint. Elle finit de mettre le couvert pour elle et pour son fils — qu'elle a envoyé descendre les ordures et acheter du pain — et pose sur la table une bouteille de jus d'orange et une boîte de bière de Munich Spatenbräu.

Son mari, Charles, est serveur de restaurant. C'est un homme jovial et rondelet, et tous deux forment un de ces couples gras, amateurs de saucisses, de choucroutes, de petit vin blanc et de canettes bien fraîches, comme on est à peu près sûr d'en rencontrer dans son compartiment dès que l'on fait un voyage en chemin de fer.

Pendant plusieurs années, Charles travailla dans une boîte de nuit pompéusement appelée *Igitur*, sorte de restaurant « poétique » où un animateur qui se donnait des airs de fils spirituel d'Antonin Artaud présentait une anthologie déprimante et laborieusement déclamée dans laquelle il refilait sans vergogne l'intégralité de ses propres productions avec, pour tenter de les faire passer, l'insuffisante complicité de Guillaume Apollinaire, Charles Baudelaire, René Descartes, Marco Polo, Gérard de Nerval, François-René de Chateaubriand et Jules Verne. Ce qui n'empêcha pas le restaurant de faire enfin faillite.

Charles Berger est maintenant à *la Villa d'Ouest*, restaurant boîte de nuit proche de la porte Maillot, d'où son nom, qui présente un spectacle de travestis et qui appartient à un ancien animateur d'un réseau de ventes au porte-à-porte qui se fait appeler Désiré, ou, plus gentiment encore, Didi. C'est un individu sans âge et sans rides, portant moumoute, affectionnant les mouches, les chevalières, les bracelets et les gourmettes, s'habillant volontiers de complets de flanelle impeccablement blancs, de pochettes à carreaux, de foulards en crêpe de Chine et de chaussures de daim mauves ou violettes.

Didi donnait dans le genre artiste, c'est-à-dire qu'il justifiait sa ladrerie et sa mesquinerie avec des remarques du genre de : « on ne peut rien accomplir de vrai sans être un brin criminel », ou encore « si on veut être à la hauteur de ses ambitions il faut savoir devenir un sale type, s'exposer, se compromettre, se parjurer, se comporter comme un artiste qui prend l'argent du ménage pour acheter des couleurs ».

Didi ne s'exposait pas tellement, sinon sur scène, et se compromettait le moins possible, mais c'était indubitablement un sale type, haï de sa troupe et de son personnel. Les garçons l'avaient surnommé « Frites-légume » depuis le jour déjà ancien où il leur avait ordonné, lorsqu'un client leur demandait une portion ou une ration supplémentaire de pommes de terre frites — ou de tout autre accompagnement — de la compter en supplément comme un légume à part.

La nourriture qu'il servait était exécrable et sous des

noms ronflants — Julienne au vieux xérès, Crêpes de crevettes en gelée, Chaud-froid d'ortolans à la Souvaroff, Homard au cumin à la Sigalas-Rabaud, Relevé de cervelle en Excellence, Salpicon d'Isard à l'Amontillado, Macédoine de cardons au paprika de Hongrie, Entremets de l'Evêque d'Exeter, Figues fraîches à la Frégoli, etc. — consistait en des portions toutes préparées, pré-découpées, livrées chaque matin par un charcutier en gros, et qu'un pseudo-cuisinier en toque faisait mine de mijoter, envoyant par exemple dans des petites casseroles de cuivre des sauces faites d'un peu d'eau chaude, d'un bouillon Kub et d'un fond de ketchup.

Ce n'était heureusement pas pour sa nourriture que les clients affluaient à *la Villa d'Ouest*. Les repas étaient servis au pas de charge avant les deux spectacles de vingt-trois heures et de deux heures du matin, et ceux qui n'en dormaient pas de la nuit ne mettaient pas leurs malaises sur le compte de la gélatine suspecte et tremblotante qui enrobait tout ce qu'ils avaient ingurgité, mais sur celui de l'intense excitation qu'ils avaient ressentie en voyant le *show*. Car si *la Villa d'Ouest* ne désemplissait pas du premier janvier au trente et un décembre, si les diplomates, les hommes d'affaires, les ténors de la politique et les vedettes de la scène et de l'écran venaient s'y presser, c'était pour l'exceptionnelle qualité de ses spectacles, et en particulier pour la présence au sein de la troupe de deux grandes stars, « Domino » et « Belle de May » : l'inégalable « Domino » qui, devant d'étincelants panneaux d'aluminium, faisait une éblouissante imitation de Marilyn Monroe, son image se reflétant à l'infini comme dans cet inoubliable plan de *Comment épouser un millionnaire ?* qui n'était lui-même qu'une copie du plus célèbre plan de *La Dame de Shanghaï* ; et la fabuleuse « Belle de May » qui, en trois battements de paupières, se métamorphosait en Charles Trenet.

Pour Charles Berger, le travail ne diffère pas tellement de celui qu'il effectuait dans le cabaret précédent, ni de celui qu'il pourrait accomplir dans n'importe quel autre restaurant ; il serait plutôt plus facile, tous les repas étant peu ou prou identiques et servis tous en même temps, et sensiblement mieux payé. La seule chose qui est vraiment différente, est qu'à la fin du deuxième service, juste avant deux heures du matin, après avoir servi le café, le champagne et les digestifs, après avoir disposé les tables et les chaises de manière à ce que le plus de monde puisse voir, les quatre garçons, avec leurs rondins, leurs tabliers longs, leurs serviettes blanches et leurs plateaux d'argent, doivent monter sur la scène, s'aligner devant le rideau rouge et, au signal du pianiste, lever bien haut la jambe en chantant le plus faux et le plus fort possible, mais ensemble :

Maint'nant qu'vous avez bien didi, bien didi, bien diné
Dites un grand merci, si, si
A l'ami Didi, à l'ami Didi, à l'ami Désiré
Qui maint'nant va vous montrer
Oui oui oui, oui oui oui
Ce qu'il a de plus joli, de plus joli, de plus joli !

ce sur quoi trois « girls » surgissant des minuscules coulisses, ouvrent le spectacle.

Les garçons prennent leur service à sept heures du soir, mangent ensemble, puis préparent les tables, mettent les nappes et les couverts, sortent les seaux à glace, disposent les verres, les cendriers, les serviettes en papier, les salières, les moulins à poivre, les cure-dents, et les petits échantillons d'eau de toilette « *Désiré* » que la maison offre à ses clients en guise de bienvenue. A quatre heures du matin, à la fin de la deuxième séance, quand les derniers spectateurs sont partis après un dernier verre, ils soupent avec la troupe, puis débarrassent, rangent les tables, plient les nappes, et partent au moment où la femme de ménage arrive pour vider les cendriers, aérer et passer l'aspirateur.

Charles est de retour chez lui vers six heures et demi. Il prépare un café à Lise, la réveille en allumant la radio, et se couche alors qu'elle se lève à son tour, fait sa toilette, s'habille, réveille Gilbert, le débarbouille, le fait manger, et le conduit à l'école avant d'aller à son travail.

Charles, lui, dort jusque vers deux heures et demi, se réchauffe une tasse de café, traînasse un peu au lit avant de se laver et de s'habiller. Puis il va chercher Gilbert à la sortie de l'école. En rentrant, il fait le marché, achète le journal. Il a tout juste le temps de le parcourir. A six heures et demi, il part à pied pour *la Villa d'Ouest*, croisant géné-ralement Lise dans l'escalier.

Lise travaille dans un dispensaire, près de la porte d'Orléans. Elle est orthophoniste et rééduque des petits enfants bègues. Elle ne travaille pas le lundi, et comme *la Villa d'Ouest* ferme le dimanche soir, Lise et Charles parviennent à être un peu ensemble du dimanche matin au lundi soir.

CHAPITRE LXII

Altamont, 3

Le boudoir de Madame Altamont. C'est une pièce intime et sombre, avec des boiseries de chêne, des tentures de soie, de lourds rideaux de velours gris. Contre le mur de gauche, entre deux portes, un canapé tabac sur lequel est couché un king-charles aux longs poils soyeux. Au-dessus du canapé est accrochée une grande toile hyper-réaliste représentant un plat de spaghetti fumants et un paquet de cacao Van Houten. Devant le canapé, une table basse supportant divers bibelots d'argent, dont une petite boîte à poids telle qu'en utilisaient les changeurs et les peseurs d'or, boîte ronde dans laquelle les mesures cylindriques entrent les unes dans les autres à la manière des poupées russes, et trois piles de livres respectivement surmontées par *Amère victoire*, de René Hardy (Livre de Poche), *Dialogues avec 33 variations de Ludwig van Beethoven sur un thème de Diabelli*, de Michel Butor (Gallimard) et *Le Cheval d'orgueil*, de Pierre Jakez-Helias (Plon, collection Terre humaine). Contre le mur du fond, sous deux tapis de prières décorés d'arabesques ocres et noires caractéristiques de la sparterie bantoue, se trouve un chiffonnier Louis XIII sur lequel est posé un grand miroir ovale cerclé de cuivre devant lequel Madame Altamont est assise cependant qu'à l'aide d'un fin bâtonnet elle se passe du khôl entre les cils et sur les paupières. C'est une femme d'environ quarante-cinq ans, encore très belle, d'un maintien impeccable, avec un visage osseux, des pommettes saillantes, des yeux sévères. Elle est seulement vêtue d'un soutien-gorge et d'une culotte de dentelle noire. Autour de sa main droite est enroulée une mince bande de gaze noire.

Monsieur Altamont est lui aussi dans la pièce. Vêtu d'un ample manteau à carreaux, il est debout près de la fenêtre et lit avec un air de profonde indifférence une lettre dactylographiée. A côté de lui se dresse une sculpture de métal qui représente vraisemblablement un bilboquet géant : une base fusoïde portant à son sommet une sphère.

Simultanément élève de Polytechnique et de l'Ecole Nationale d'Administration, Cyrille Altamont devint à trente et un ans secrétaire permanent du conseil d'administration et fondé de pouvoir de la Banque Internationale pour le Développement des Ressources Energétiques et Minières (BIDREM), organisation alimentée par diverses institutions publiques et privées, ayant ses bureaux à Genève, et chargée de financer toutes recherches et projets liés à l'exploitation des sous-sols, donnant des crédits à des laboratoires et des bourses à des chercheurs, organisant des symposiums, expertisant et, le cas échéant, diffusant de nouvelles techniques de forage, d'extraction, de traitement et de transport.

Cyrille Altamont est un monsieur haut sur jambes, âgé de cinquante-cinq ans, vêtu de tissu anglais et d'un linge d'une fraîcheur de pétales, avec des cheveux clairsemés d'un jaune presque canari, des yeux bleus placés très près l'un de l'autre, une moustache couleur paille, et des mains parfaitement soignées. Il est considéré comme un homme d'affaires très énergique, circonspect et froidement réaliste. Ce qui ne l'empêcha pas, en au moins une circonstance, de se comporter avec une légèreté qui se révéla plus tard désastreuse pour son organisation.

Aux débuts des années soixante, Altamont reçut à Genève la visite d'un certain Wehsal, un homme au cheveu rare et aux dents gâtées. Wehsal était alors professeur de chimie organique à l'université de Green River, Ohio, mais il avait pendant la deuxième guerre mondiale dirigé le Laboratoire de chimie minérale de la Chemische Akademie de Mannheim. En mille neuf cent quarante-cinq, il fut l'un de ceux que les Américains placèrent dans l'alternative suivante : ou bien accepter de travailler pour les Américains, émigrer aux Etats-Unis et se voir offrir un poste intéressant, ou bien être jugé comme complice des Criminels de Guerre et condamné à de lourdes peines de prison. Cette opération, connue sous le nom d'Opération Paperclip (Opération Trombone) ne laissait guère de choix aux intéressés et Wehsal fut l'un des quelque deux mille savants — dont le plus connu à ce jour reste Wernher von Braun — qui prirent le chemin de l'Amérique en même temps que quelques tonnes d'archives scientifiques.

Wehsal était convaincu que la science et la technologie allemandes avaient accompli, grâce à l'effort de guerre, des progrès prodigieux dans de nombreux domaines. Certaines techniques et méthodes avaient été depuis révélées au public : par exemple, on savait que le combustible employé pour les V2 était de l'alcool de pomme de terre ; on avait également divulgué comment l'emploi judicieux du cuivre et de l'étain avait permis de fabriquer des batteries que, près de vingt ans plus tard, on avait retrouvées en parfait état de marche, en plein désert, sur les tanks abandonnés de Rommel.

Mais la plupart de ces découvertes demeuraient secrètes et Wehsal, qui détestait les Américains, était persuadé qu'ils étaient incapables de les trouver et que, même si on les leur révélait, ils ne sauraient pas s'en servir efficacement. En attendant que la renaissance du Troisième Reich lui redonnât l'occasion d'utiliser ces recherches de pointe, Wehsal décida donc de récupérer le patrimoine scientifique et technologique allemand.

La propre spécialité de Wehsal concernait l'hydrogénisation du charbon, c'est-à-dire la production de pétrole synthétique ; le principe en était simple : théoriquement, il suffisait de combiner un ion hydrogène et une molécule de monoxyde de carbone (CO) pour obtenir des molécules de pétrole. L'opération pouvait s'effectuer à partir de charbon proprement dit, mais aussi à partir de lignite et de tourbe, et pour cette raison même l'industrie de guerre allemande s'était formidablement intéressée à ce problème : la machine de guerre hitlérienne exigeait en effet des ressources pétrolières qui n'existaient pas à l'état naturel dans le sous-sol du pays, et devait donc s'appuyer sur des énergies de synthèse tirées des énormes gisements prussiens de lignite et des non moins colossales réserves de tourbe polonaise.

Wehsal connaissait parfaitement les schémas expérimentaux de cette métamorphose dont il avait lui-même établi théoriquement le processus, mais il ignorait presque tout de la technologie de certaines étapes cruciales, celles qui concernaient, en particulier, le dosage et le temps d'action des catalyseurs, l'élimination des dépôts sulfureux, et les précautions de stockage.

Wehsal entreprit donc de contacter ses anciens collègues, désormais disséminés dans toute l'Amérique du Nord. Evitant les clubs d'amateurs de choucroute, les Amicales de Sudètes, les Fils d'Aachen et autres groupes dissimulant des organisations d'anciens nazis dont il savait qu'elles étaient presque toujours truffées d'indicateurs, mais mettant à profit ses périodes de congé et les discussions de couloir lors des congrès et conférences, il parvint à en retrouver 72. Beaucoup n'étaient pas de sa partie : le Professeur Thaddeus, spécialiste des orages magnétiques, et Davidoff, le spécialiste des émiettements, n'eurent rien à lui dire ; et encore moins le Docteur Kolliker, cet ingénieur atomiste qui avait perdu bras et jambes lors du bombardement de son laboratoire mais que l'on considérait comme le cerveau le plus évolué de son temps bien qu'il fût par surcroît sourd et muet : constamment entouré de quatre gardes du corps et assisté d'un ingénieur spécialisé qui avait suivi un entraînement intensif à seule fin de lire sur ses lèvres les équations qu'il transcrivait ensuite sur des tableaux noirs, Kolliker avait réalisé le prototype d'un missile balistique stratégique, ancêtre des classiques fusées Atlas de Berman. Beaucoup d'autres, à l'initiative des Américains, avaient complètement changé de discipline, et s'étaient eux-mêmes américanisés au point de ne plus vouloir se souvenir de ce qu'ils avaient fait pour le Vaterland, ou de refuser d'en parler. Quelques-uns allèrent même jusqu'à le dénoncer au F.B.I., ce qui était tout à fait inutile, car le F.B.I. n'avait pas cessé un seul instant d'exercer sa surveillance sur tous ces émigrés de fraîche date, et deux de ses agents suivaient tous les déplacements de Wehsal en se demandant ce qu'il pouvait bien chercher ; ils finirent par le convoquer, l'interrogèrent, et quand il leur avoua qu'il cherchait à retrouver le secret de la transformation de la lignite en essence, ils le relâchèrent, ne voyant décidément pas ce qu'il pouvait y avoir de fondamentalement anti-américain dans une telle démarche.

Avec le temps Wehsal parvint pourtant à ses fins. Il mit la main à Washington sur un lot d'archives que le gouvernement fédéral avait fait examiner et avait jugées inintéressantes : il y trouva la description des containers servant au transport et au stockage du pétrole synthétique. Et, sur ses soixante-douze anciens compatriotes, il y en eut trois qui lui fournirent les solutions qu'il cherchait.

Wehsal voulait revenir en Europe. Il contacta la BIDREM et en échange d'un poste d'ingénieur-conseil proposa à Cyrille Altamont de lui révéler tous les secrets relatifs à l'hydrogénisation du carbone et à la production industrielle de carburant synthétique. Avec, en guise de prime, ajouta-t-il en découvrant ses dents pourries, une méthode permettant de faire du sucre avec de la sciure de bois. Et à titre de preuves, il remit à Altamont quelques feuillets dactylographiés couverts de formules et de chiffres : les équation générales de la transformation et, seul secret véritablement dévoilé, le nom, la nature, le dosage et la durée d'emploi des oxydes minéraux servant de catalyseurs.

Les bonds en avant foudroyants que la guerre aurait fait faire à la science et les secrets de la supériorité militaire de l'Allemagne n'intéressaient pas outre mesure Cyrille Altamont qui mettait ce genre de choses sur le même plan que les histoires de trésors cachés des S.S. et autres serpents de mer de la presse à grand tirage, mais il fut néanmoins assez consciencieux pour faire expertiser les méthodes que Wehsal lui proposait. La plupart de ses conseillers scientifiques se moquèrent de ces techniques lourdes, inélégantes et dépassées : effectivement, on avait pu faire voler des fusées avec de la vodka, comme on avait pu faire marcher des voitures avec des gazogènes fonctionnant au charbon de bois ; on pouvait fabriquer de l'essence avec de la lignite ou avec de la tourbe, et même avec des feuilles mortes, des vieux chiffons ou des épluchures de pommes de terre : mais cela coûtait tellement cher et impliquait des dispositifs tellement encombrants qu'il était mille fois préférable de continuer à se servir du bon vieil or noir. Quant à la fabrication de sucre à partir de sciure de bois, elle présentait d'autant moins d'intérêt que tous les experts s'accordaient pour estimer que, à moyen terme, la sciure de bois deviendrait une denrée beaucoup plus précieuse que le sucre.

Altamont jeta au panier les documents de Wehsal et pendant plusieurs années il raconta cette anecdote comme un exemple typique de la bêtise scientifique.

Il y a deux ans, au sortir de la première grande crise du pétrole, la BIDREM décida de financer des recherches sur les énergies de synthèse « à partir des graphites, anthracites, houilles, lignites, tourbes, bitumes, résines et sels organiques » : elle y a investi depuis à peu près une centaine de fois ce que lui aurait coûté Wehsal si elle l'avait embauché. A plusieurs reprises, Altamont essaya de recontacter le chimiste ; il finit par apprendre qu'il avait été arrêté en novembre 1973, quelques jours après la réunion de l'OPEP à Koweit où il fut décidé de réduire d'au moins un quart les livraisons de brut de la plupart des pays consommateurs. Accusé d'avoir tenté de livrer des secrets « d'importance stratégique » à une puissance étrangère — en l'occurrence la Rhodésie — Wehsal s'était pendu dans sa cellule.

CHAPITRE LXIII

L'entrée de service

Un long corridor sillonné de tuyauteries, au sol carrelé, aux murs partiellement couverts d'un vieux papier plastifié représentant vaguement des groupes de palmiers. Des globes de verre laiteux, à chaque bout, l'éclairent d'une lumière froide.

Cinq livreurs entrent, apportant aux Altamont diverses victuailles pour leur fête. Le plus petit marche en tête, succombant sous le poids d'une volaille plus grosse que lui ; le second porte avec d'infinies précautions un grand plateau de cuivre martelé chargé de pâtisseries orientales — baklava, cornes de gazelles, gâteaux au miel et aux dattes — disposées en pièce-montée et entourées de fleurs artificielles ; le troisième tient dans chaque main trois bouteilles de Wachenheimer Oberstnest millésimées ; le quatrième porte sur la tête une plaque de tôle couverte de petits pâtés à la viande, entrées chaudes et canapés ; le cinquième, enfin, ferme la marche avec, sur l'épaule droite, une caisse de whisky sur laquelle est écrit en caractère peints au pochoir :

**THOMAS KYD'S
IMPERIAL MIXTURE
100% SCOTCH WHISKIES**
blended and bottled in Scotland
by
BORRELLY, JOYCE & KAHANE
91 Montgomery Lane, Dundee, Scot.

Au premier plan, masquant partiellement le dernier livreur, une femme sort de l'immeuble : une femme d'une cinquantaine d'années, vêtue d'un imperméable à la ceinture duquel est accrochée une aumônière, une bourse de cuir vert fermée par un cordonnet de cuir noir, la tête couverte d'un foulard de coton imprimé dont les motifs évoquent des mobiles de Calder. Elle tient dans ses bras une chatte grise et, entre l'index et le médius de sa main gauche, une carte postale représentant Loudun, cette ville de l'Ouest où une certaine Marie Besnard fut accusée d'avoir empoisonné toute sa famille.

Cette dame ne vit pas dans l'immeuble mais dans celui d'à côté. Sa chatte, qui répond au doux nom de Lady Piccolo, passe des heures entières dans ces escaliers-ci, rêvant peut-être d'y rencontrer un matou. Rêve illusoire hélas, car tous les chats mâles de la maison — Pip, de chez Madame Moreau, Petit Pouce, des Marquiseaux, et Poker Dice, de Gilbert Berger — sont des chats coupés.

CHAPITRE LXIV

Dans la chaufferie, 2

Dans un petit local aux murs couverts de compteurs, de manomètres et de tuyaux de tout calibre, attenant à la pièce où est installée la chaudière proprement dite, un ouvrier accroupi examine un plan sur papier calque posé à même le sol bétonné. Il porte des gants de cuir et un blouson et semble passablement en colère, sans doute parce que tenu de respecter les clauses d'un contrat d'entretien, il se rend compte que cette année-là le nettoyage de la chaudière va lui demander davantage de travail qu'il ne l'avait prévu et que son bénéfice en sera diminué d'autant.

C'est dans ce réduit que pendant la guerre Olivier Gratiolet installa son poste de radio et la machine à alcool sur laquelle il tirait son bulletin quotidien de liaison. C'était alors une cave appartenant à François. Olivier savait qu'il devrait y passer de longues heures et il l'aménagea en conséquence, calfeutrant soigneusement toutes les issues avec des vieux paillassons, des chiffons et des morceaux de liège que lui donna Gaspard Winckler. Il s'éclairait à la bougie, se protégeait du froid en s'emmitouflant dans le manteau de lapin de Marthe et dans un passe-montagne à pompon, et pour se nourrir avait descendu de l'appartement d'Hélène Brodin un petit garde-manger en treillis dans lequel il pouvait conserver quelques jours une bouteille d'eau, un peu de saucisson, du fromage de chèvre que son grand-père avait réussi à lui faire parvenir d'Oléron, et quelques-unes de ces pommes à cidre, toutes ratatinées, à la saveur aigrelette, qui étaient à peu près les seuls fruits que l'on pouvait se procurer sans trop de difficultés à l'époque.

Il s'installait dans un antique fauteuil façon Louis XV, à dossier ovale, qui n'avait plus d'accoudoirs et seulement deux pieds et demi et qu'il faisait tenir d'aplomb grâce à tout un système de cales. Sa tapisserie violette toute fanée représentait une espèce de nativité : on y voyait la Sainte-Vierge portant sur ses genoux un nouveau-né à la tête démesurément grossie et, tenant lieu à la fois de donateurs et de Rois Mages — à défaut d'âne et de bœuf —, un évêque flanqué de ses deux acolytes, le tout dans un paysage inattendu de falaises s'évasant en un port bien abrité avec des palais de marbre et des toits rosâtres estompés par une brume légère.

Pour occuper les longues heures d'attente pendant lesquelles la radio restait muette, il lisait un épais roman qu'il avait trouvé dans une caisse. Des pages entières manquaient et il s'efforçait de relier entre eux les épisodes dont il disposait. Il y était question, entre autres, d'un Chinois féroce, d'une fille courageuse aux yeux bruns, d'un grand type tranquille dont les poings blanchissaient aux jointures quand quelqu'un le contrariait pour de bon, et d'un certain Davis qui prétendait venir de Natal, en Afrique du Sud, alors qu'il n'y avait jamais mis les pieds.

Ou bien il fouillait dans les amas d'oripeaux qui s'entassaient dans des malles d'osier crevées. Il y trouva un vieux carnet datant de mille neuf cent vingt-six rempli d'anciens numéros de téléphone, une guêpière, une aquarelle défraîchie représentant des patineurs sur la Neva, des petits classiques Hachette évocateurs du souvenir pénible des

Rome n'est plus dans Rome, elle est toute où je suis

ou bien

Oui c'est Agamemnon, c'est ton roi qui t'éveille

ou le fameux

Prends un siège Cinna et assieds-toi par terre
Et si tu veux parler commence par te taire...

et autres tartines de Mithridate ou de Britannicus qu'il fallait apprendre par cœur et réciter d'une traite sans rien y comprendre. Il trouva aussi des vieux jouets qui étaient certainement ceux avec lesquels avait joué François : une toupie à ressort, et un petit nègre en plomb peint avec un trou de clé dans le côté; il n'avait pour ainsi dire aucune épaisseur, consistant en deux profils plus ou moins fondus ensemble, et sa brouette était maintenant toute tordue et cassée.

C'est dans un autre jouet qu'Olivier cachait son poste de radio : une caisse dont le dessus légèrement oblique était percé de trous jadis numérotés — seul le chiffre 03 était encore distinctement visible — où l'on essayait de lancer un palet de métal, et que l'on appelait un tonneau ou une grenouille, parce que le trou le plus difficile à atteindre figurait une grenouille à la bouche immensément ouverte. Quant au duplicateur à alcool — un de ces petits modèles qu'utilisaient les restaurateurs pour imprimer leurs menus — il se dissimulait au fond d'une malle. A la suite de l'arrestation de Paul Hébert, les Allemands, conduits par le chef d'îlot Berloux, vinrent perquisitionner dans les caves, mais ils jetèrent à peine un œil dans celle d'Olivier : c'était la plus poussiéreuse, la plus encombrée de toutes, celle où il était le plus difficile de croire qu'un « terroriste » pût se cacher.

Lors de la Libération de Paris, Olivier se serait volontiers battu sur les barricades, mais on ne lui en donna pas l'occasion. La mitrailleuse qu'il avait gardée en dépôt sous son lit fut installée aux premières heures de l'insurrection de la Capitale sur le toit d'un immeuble de la place Clichy et confiée à une batterie de tireurs expérimentés. Quant à lui, il lui fut ordonné de rester dans sa cave pour recevoir les instructions qui affluaient de Londres et d'un peu partout. Il y resta plus de trente-six heures d'affilée, sans dormir ni manger, et n'ayant rien d'autre à boire qu'un infâme ersatz de jus d'abricot, noircissant des blocs-notes et des blocs-notes d'énigmatiques messages du genre de : « le presbytère n'a rien perdu de son charme ni le jardin de son éclat », « l'archidiacre est passé maître dans l'art du billard japonais » ou « tout va très bien, Madame la Marquise », que des cohortes d'estafettes casquées venaient chercher toutes les cinq minutes. Quand il émergea, le lendemain dans la soirée, s'ébranlaient le bourdon de Notre-Dame et toutes les autres cloches pour fêter l'arrivée des troupes de la Libération.

FIN DE LA TROISIÈME PARTIE

QUATRIÈME PARTIE

CHAPITRE LXV

Moreau, 3

Au commencement des années cinquante, vécut dans l'appartement qu'acheta plus tard Madame Moreau, une Américaine énigmatique, que sa beauté, sa blondeur et le mystère qui l'entourait avaient fait surnommer la Lorelei. Elle disait s'appeler Joy Slowburn et vivait apparemment seule dans cet immense espace sous la protection silencieuse d'un chauffeur-garde du corps répondant au nom de Carlos, un Philippin petit et râblé, toujours irréprochablement vêtu de blanc. On le rencontrait parfois chez des commerçants de luxe, faisant l'acquisition de fruits confits, de chocolats ou de sucreries. Elle, on ne la voyait jamais dans la rue. Ses volets étaient toujours fermés ; elle ne recevait pas de courrier et sa porte s'ouvrait seulement pour des traiteurs qui livraient des repas tout préparés ou des fleuristes qui, chaque matin, apportaient des monceaux de lys, d'arums et de tubéreuses.

Joy Slowburn ne sortait qu'à la nuit tombée, conduite par Carlos dans une longue Pontiac noire. Les gens de l'immeuble la regardaient passer, éblouissante, dans une robe du soir en faille de soie blanche à longue traîne qui laissait son dos presque nu, une étole de vison sur le bras, avec un grand éventail de plumes noires et des cheveux d'une blondeur sans égale, torsadés d'une façon savante, coiffés d'un diadème rehaussé de diamants ; et devant son visage long d'un ovale parfait, ses yeux minces et presque cruels, sa bouche presque exsangue (alors que la mode était aux lèvres très rouges), les voisins ressentaient une fascination dont ils n'auraient su dire si elle était délicieuse ou effrayante.

Les histoires les plus fantastiques couraient sur son compte. On disait qu'elle donnait certaines nuits des réceptions fastueuses et muettes, que des hommes venaient la voir furtivement, peu avant minuit, portant maladroitement des sacs volumineux ; on racontait qu'une troisième personne, invisible, habitait elle aussi l'appartement mais n'avait pas le droit d'en sortir ni de se montrer, et que des bruits fantomatiques et abominables montaient parfois par les conduits de cheminée, faisant se dresser dans leurs lits les enfants épouvantés.

Un matin d'avril mille neuf cent cinquante-quatre, on apprit que la Lorelei et le Philippin avaient été assassinés dans la nuit. Le meurtrier s'était livré à la police : c'était le mari de la jeune femme, ce troisième locataire dont certains avaient soupçonné l'existence sans l'avoir jamais vu. Il s'appelait Blunt Stanley et les révélations qu'il fit permirent d'élucider les étranges comportements de la Lorelei et de ses deux compagnons.

Blunt Stanley était un homme de haute taille, beau comme un héros de western, avec des fossettes à la Clark Gable. Il était officier dans l'armée américaine lorsqu'un soir de mille neuf cent quarante-huit, il rencontra la Lorelei dans un music-hall de Jefferson, Missouri : de son vrai nom Ingeborg Skrifter, fille d'un pasteur danois émigré aux Etats-Unis, elle faisait, sous le pseudonyme de Florence Cook, célèbre médium du dernier quart du dix-neuvième siècle dont elle prétendait être la réincarnation, un numéro de voyante.

Ce fut entre eux le coup de foudre, mais leur bonheur fut de courte durée : en juillet cinquante, Blunt Stanley partit pour la Corée. Sa passion pour Ingeborg était telle qu'à peine débarqué, incapable de vivre loin d'elle, il déserta pour tenter de la rejoindre. L'erreur qu'il commit alors fut de déserter, non pas à l'occasion d'une permission — il est vrai qu'on ne lui en accorda pas — mais alors qu'il commandait une patrouille non loin du trente-huitième parallèle : avec son guide philippin, qui n'était autre que Carlos, de son vrai nom Aurelio Lopez, ils abandonnèrent les onze hommes de la patrouille, les condamnant à une mort certaine, et au terme d'un épouvantable périple, arrivèrent à Port-Arthur, d'où ils réussirent à gagner Formose.

Les Américains pensèrent que la patrouille était tombée dans une embuscade, que les onze soldats y avaient trouvé la mort et que le lieutenant Stanley et son guide philippin avaient été faits prisonniers. Des années plus tard, alors que toute cette affaire allait trouver sa déplorable conclusion, les services de la chancellerie de l'état-major des armées de terre cherchaient encore Madame peut-être Veuve Stanley pour lui remettre, à titre éventuellement posthume, la *Medal of Honor* de son époux disparu.

Blunt Stanley était à la merci d'Aurelio Lopez et il sut très vite qu'Aurelio Lopez entendait bien en profiter : dès qu'ils furent en lieu sûr, le Philippin prévint l'officier que tous les détails de sa désertion avaient été consignés par écrit et enfermés dans des enveloppes scellées déposées chez des hommes de loi qui avaient pour consigne d'en prendre connaissance si Lopez restait plus d'un certain temps sans leur donner signe de vie. Puis il lui demanda dix mille dollars.

Blunt réussit à entrer en contact avec Ingeborg. Sur ses instructions, elle vendit tout ce qu'elle pouvait vendre — leur voiture, leur caravane, ses quelques bijoux — et gagna Hong-Kong où les deux hommes la rejoignirent. Quand ils eurent payé Aurelio Lopez, ils se retrouvèrent seuls, riches d'une soixantaine de dollars avec lesquels ils purent quand même atteindre Ceylan où ils réussirent à décrocher un engagement miteux dans un cinéma à attractions : entre les documentaires et le grand film, un rideau à paillettes venait recouvrir l'écran et un haut-parleur annonçait Joy and Hieronymus, les célèbres devins du Nouveau Monde.

Leur premier numéro exploitait deux trucs classiques des magiciens de fête foraine : Blunt, en fakir, devinait diverses choses à partir de chiffres apparemment choisis au hasard ; quant à Ingeborg, en voyante, elle éraflait avec une plume d'acier la gélatine d'une plaque photographique représentant Blunt et une balafre sanglante identique apparaissait sur le corps de son partenaire. Le public cinghalais raffole habituellement de ce genre d'attractions, mais ils boudèrent celles-là : très vite, Ingeborg se rendit compte que son mari avait sur scène une présence indéniable mais qu'il était absolument indispensable qu'il n'ouvre jamais la bouche, sinon pour émettre deux ou trois sons inarticulés.

L'idée première de leurs prestations ultérieures naquit de cette contrainte et s'affina rapidement : après divers exercices de divination, Ingeborg, entrait en transes et, communiquant avec l'au-delà, en faisait émerger l'Illuminé lui-même, Swedenborg, « le Bouddha du Nord », vêtu d'une longue tunique blanche, la poitrine constellée d'emblèmes rosicruciens, apparition lumineuse, vacillante, fuligineuse et fulgurante, effrayante, accompagnée de craquements, d'éclairs, d'étincelles, d'effluves, d'exhalaisons, d'émanations de toutes sortes. Swedenborg se contentait de pousser quelques grognements indistincts, ou des incantations du genre de « Atcha Botatcha Sab Atcha » qu'Ingeborg traduisait en phrases sibyllines émises d'une voix sifflante et étranglée :

« J'ai franchi les mers. Je suis dans une ville centrale, au pied d'un volcan. Je vois l'homme dans sa chambre ; il écrit, il porte une large chemise flottante, noire avec des parements jaunes et blancs ; il place la lettre dans un recueil de poésies de Thomas Dekker. Il se lève ; il est une heure sur la pendule qui orne sa cheminée, etc. »

Leur numéro, fondé sur les préparations sensorielles et psychologiques habituelles dans ce genre d'attraction — jeux de miroir, jeux de fumée à base de diverses combinaisons de charbon, soufre et salpêtre, illusions d'optique, mise en scène sonore — rencontra d'emblée le succès, et quelques semaines plus tard un tourneur de spectacles leur offrit un contrat intéressant pour Bombay, l'Irak et la Turquie. C'est là, au cours d'une soirée dans une boîte de nuit d'Ankara qui s'appelait *The Gardens of Heian-Kyô* qu'eut lieu la rencontre qui allait décider de leur carrière : à la fin de leur spectacle, un homme rendit visite à Ingeborg dans sa loge et lui proposa cinq mille livres sterling si elle consentait à le mettre en présence du Diable, et plus précisément de Méphistophélès, avec lequel il souhaitait passer le pacte habituel : son salut éternel contre vingt ans d'omnipotence.

Ingeborg accepta. Faire apparaître Méphistophélès n'était pas, en soi, plus compliqué que faire apparaître Swedenborg, même si cette apparition devait se produire en présence d'un témoin unique, et non plus devant plusieurs dizaines ou centaines de spectateurs indifférents, amusés ou médusés, et, de toute façon, assis beaucoup trop loin de la chose pour venir vérifier certains détails si l'envie leur en prenait. Car si ce spectateur privilégié avait cru à l'apparition du « Bouddha du Nord » au point de risquer cinq mille livres pour voir le Diable, il n'y avait aucune raison pour que sa demande ne soit pas comblée.

Blunt et Ingeborg s'installèrent donc dans une villa louée pour la circonstance et modifièrent leur mise en scène en fonction de l'apparition demandée. Au jour fixé, à l'heure dite, l'homme se présenta à la porte de la villa. Pendant trois semaines, obéissant aux strictes recommandations d'Ingeborg, il s'était efforcé de ne jamais sortir avant la tombée de la nuit, de ne se nourrir que de légumes verts cuits à l'eau et de fruits pelés avec des instruments non métalliques, de ne boire que des décoctions de fleurs d'orangers et des infusions de menthe fraîche, de basilic et d'origan.

Un serviteur indigène fit pénétrer le candidat dans une pièce presque sans meubles, entièrement peinte en noir mat, à peine éclairée par des torchères évasées qui donnaient des flammes d'un jaune verdâtre. Au centre de la pièce pendait une boule de cristal taillé, tournant lentement sur elle-même et dont les mille minuscules facettes lançaient de façon apparemment imprévisible des éclats étincelants. Ingeborg était assise en dessous, dans un haut fauteuil peint en rouge sombre. A environ un mètre d'elle, un peu à sa droite, sur des pierres plates posées à même le sol, un feu brûlait en dégageant une fumée abondante et âcre.

Selon l'usage l'homme avait apporté dans un sac de toile bise une poule noire dont il banda les yeux et qu'il égorgea au-dessus du feu, en regardant dans la direction de l'est. Le sang de la poule n'éteignit pas le foyer ; il parut au contraire, l'aviver : de hautes flammes bleues dansèrent et la jeune femme, pendant plusieurs minutes, les observa attentivement, sans davantage se préoccuper de la présence de son client. Enfin, se levant, elle prit avec une petite pelle des cendres qu'elle jeta sur le sol, un peu en avant de son fauteuil, où, instantanément, elles dessinèrent un pentacle. Prenant alors l'homme par le bras, elle le fit s'asseoir dans le fauteuil, l'obligeant à se tenir très droit, immobile, les mains posées bien à plat sur les accoudoirs. Elle-même, s'agenouillant au centre du pentacle, se mit à déclamer d'une voix suraiguë une incantation aussi longue qu'incompréhensible :

« *Al barildim gotfano dech min brin alabo*

dordin falbroth ringuam albaras. Nin porth
zadikim almucathin milko prin al elmim
enthoth dal heben ensouim : kuthim al dum
alkatim nim broth dechoth porth min
michais im endoth, pruch dal mœisoulum
hol moth dansrilim lupaldas im voldemoth.
Nin hur diavosth mnarbotim dal goush
palfrapin duch im scoth pruch galeth dal
chinon min foulchrich al conin butathen doth
dal prim. »

Au fur et à mesure que l'incantation se déroulait, la fumée
se faisait de plus en plus opaque. Bientôt il y eut des fume-
rolles roussâtres accompagnées de crépitements et d'étincelles.
Puis tout à coup les flammes bleuâtres grandirent démesurément et presque aussitôt retombèrent : juste derrière le feu,
debout, les bras croisés, Méphistophélès souriait de toutes ses
dents.

C'était un Méphisto plutôt traditionnel, presque conventionnel même. Il n'avait ni cornes, ni longue queue four-
chue, ni pieds de bouc, mais un visage verdâtre, des yeux sombres très enfoncés dans leurs orbites, des sourcils épais et très
noir, des moustaches effilées, une barbichette à la Napoléon III. Il portait un costume assez imprécis dont étaient
surtout visibles un jabot en dentelle immaculé et un gilet
rouge sombre, tout le reste étant masqué par une grande
cape noire dont les revers de soie rouge feu luisaient dans la
demi-obscurité.

Méphistophélès ne dit pas un mot. Il se contenta d'incliner
très lentement la tête en portant sa main droite contre son
épaule gauche. Puis il tendit le bras au-dessus du foyer dont
les flammes semblaient maintenant presque immatérielles et
dégageaient une fumée très parfumée, et il fit signe au candidat
de s'approcher. L'homme se leva, et vint se placer devant
Méphistophélès, de l'autre côté du feu. Le Diable lui tendit
un parchemin plié en quatre sur lequel étaient tracés une
dizaine de signes incompréhensibles ; puis, lui saisissant la
main gauche, il lui piqua le pouce avec une aiguille d'acier,
faisant perler une goutte de sang qu'il apposa sur le pacte ;
dans le coin opposé, il traça rapidement avec son index gauche
apparemment couvert d'une suie grasse et épaisse sa propre
signature, qui ressemblait à une grosse main qui n'aurait eu

que trois doigts. Puis il déchira la feuille en deux, en mit une moitié dans la poche de son gilet et tendit l'autre à l'homme en s'inclinant profondément.

Ingeborg poussa un cri strident. Il y eut comme un bruit de papier froissé et la lueur aveuglante d'un éclair explosa dans la pièce, accompagnée d'un coup de tonnerre et d'une intense odeur de soufre. Une fumée acre et épaisse se forma tout autour du foyer. Méphistophélès avait disparu et, se retournant, l'homme vit de nouveau Ingeborg assise dans son fauteuil ; il n'y avait plus, devant elle, de trace du pentacle.

En dépit des précautions exagérées dont elle s'entoura, et de l'aspect rigide, un peu trop appuyé, de ses manifestations, il semble bien que cette apparition ait correspondu à ce qu'en attendait l'homme, car non seulement il paya sans rechigner la somme promise, mais un mois plus tard, toujours sans révéler son identité, il fit savoir à Ingeborg qu'un de ses amis, résidant en France, avait le vif-désir d'assister à une cérémonie identique à celle qu'il avait eu l'insigne honneur de voir se dérouler, et qu'il était disposé à lui donner cinq millions de francs français et à assurer de surcroît ses frais de déplacement et son séjour à Paris.

C'est ainsi qu'Ingeborg et Blunt arrivèrent en France. Mais malheureusement pour eux ils n'y arrivèrent pas seuls. Trois jours avant leur départ, Aurélio Lopez, dont les affaires avaient mal tourné, les avait rejoints à Ankara et il exigea de partir avec eux. Il ne leur était pas possible de refuser. Ils s'installèrent tous les trois dans le grand appartement du premier. Il était déjà convenu que Blunt ne se montrerait jamais. Quant à Aurelio, il fut décidé, qu'au lieu d'embaucher une femme de chambre et un maître d'hôtel, il ferait, sous le nom de Carlos, office de chauffeur, de garde du corps et de boy.

En un peu plus de deux ans, Ingeborg fit apparaître 82 fois le Diable, pour des prix qui finirent par atteindre vingt, vingt-cinq et même une fois trente millions de francs (anciens). La liste de ses clients comprend six députés (dont trois devinrent effectivement ministres, et un seulement sous-secrétaire d'Etat), sept hauts fonctionnaires, onze chefs d'entreprise, six officiers généraux et supérieurs, deux professeurs à la faculté de Médecine, divers sportifs, plusieurs grands couturiers, des restaurateurs, le directeur d'un journal et même un cardinal, le reste des candidats appartenant au monde des arts, des lettres, et surtout du spectacle. Tous étaient des hommes, à l'exception d'une chanteuse d'opéra noire, dont l'ambition était de chanter le rôle de Desdémone : peu de temps après avoir conclu son pacte avec le Diable, elle réalisa son rêve grâce à une mise en scène « en négatif » qui fit scandale, mais assura la notoriété de la cantatrice et du metteur en scène : le rôle d'Otello était chanté par un Blanc, tous les autres rôles étant tenus par des artistes noirs (ou des Blancs maquillés) dans des décors et des costumes également « inversés » où tout ce qui était clair ou blanc (le mouchoir et l'oreiller par exemple, pour ne citer que ces deux accessoires indispensables) devenait sombre ou noir, et vice versa.

Personne n'émit jamais de doute sur la « réalité » de l'apparition et l'authenticité du pacte. Une seule fois, un de leurs clients s'étonna de continuer à avoir une ombre et de se voir dans les glaces, et Ingeborg dut lui faire comprendre que c'était un privilège que Méphistophélès lui accordait pour lui éviter d'être « reconnu et brûlé vif en place publique ».

Pour autant qu'Ingeborg et Blunt purent s'en rendre compte, l'effet des pactes fut presque toujours bénéfique : la certitude de l'omnipotence suffisait généralement à faire accomplir à ceux qui avaient vendu leur âme au Diable les prodiges qu'ils attendaient d'eux-mêmes. Le couple n'eut pas, en tout cas, de problème de recrutement. Trois mois à peine après leur arrivée à Paris, Ingeborg dut commencer à refuser les offres qui affluaient et à imposer aux candidats des tarifs de plus en plus élevés, des délais d'attente de plus en plus longs et des épreuves préparatoires de plus en plus rigoureuses. Quand elle mourut, son « carnet de commandes » était rempli pour plus d'un an, plus de trente candidats attendaient leur tour, et quatre d'entre eux se suicidèrent en apprenant sa mort.

La mise en scène des apparitions ne fut jamais très différente de ce qu'elle avait été à Ankara, si ce n'est que, très vite, les séances ne commencèrent plus dans l'obscurité. Les torchères évasées furent remplacées par des cylindres noirs, lourds d'apparence qui, debout sur le plancher, étaient surmontés de grosses ampoules sphériques en verre d'où émanait une vive clarté bleue qui diminuait insensiblement, laissant le candidat se rendre compte tout à son aise que la salle était vide en dehors de la jeune femme et de lui-même et que toutes les issues étaient hermétiquement closes. Le réglage des lumières, le dosage des flammes, l'insonorisation nécessaire aux effets de tonnerre, le déclenchement des pastilles de ferrocérium produisant à distance des étincelles, le maniement de la limaille de fer et des aimants, toutes ces techniques de trucage furent perfectionnées et quelques autres introduites, en particulier l'emploi de certains insectes aphaniptères doués d'un pouvoir phosphorescent qui les nimbe d'un halo vert, et l'usage de parfums et d'encens spéciaux qui, se mêlant à l'odeur des lys et des tubéreuses dont les lieux étaient constamment imprégnés, créait une sensation propice aux manifestations surnaturelles. Ces ingrédients n'auraient jamais suffi à persuader un être un tant soit peu sceptique, mais ceux qui avaient accepté les conditions d'Ingeborg et qui avaient enduré les épreuves préliminaires arrivaient le soir du pacte prêts à être convaincus.

Cette réussite professionnelle ne libérait malheureusement pas Ingeborg et Blunt du chantage que Carlos continuait d'exercer. Ingeborg étant censée ne parler que le danois et certain dialecte haut-frison par le truchement duquel elle conversait avec Méphistophélès, c'est le Philippin qui négociait avec les candidats, et il gardait pour lui la totalité des sommes colossales qu'on lui versait. Sa surveillance était constante et lorsqu'il sortait faire des achats, il obligeait l'ex-officier et sa femme à se déshabiller et enfermait à clé leurs vêtements, n'entendant pas laisser s'échapper cette véritable poule aux œufs d'or.

En mille neuf cent cinquante-trois, l'armistice de Pan Mun Jon leur donna l'espoir d'une amnistie prochaine qui leur permettrait de se libérer de cette insupportable emprise. Mais quelques semaines plus tard, Carlos, un sourire triomphant sur les lèvres, leur tendit un numéro déjà ancien du *Louisville Courier-Journal* (Kentucky) : la mère d'un des soldats que le lieutenant Stanley avait eu sous ses ordres s'était étonnée de ne pas trouver le nom de Blunt Stanley sur la liste des prisonniers libérés par les Nord-Coréens. L'armée, alertée, avait décidé d'examiner à nouveau l'affaire. Sans encore se prononcer définitivement, les enquêteurs laissaient d'ores et déjà entendre qu'il n'était plus possible d'écarter l'éventualité que le lieutenant Stanley fût un déserteur et un traître.

Plusieurs mois plus tard, Ingeborg réussit à convaincre son mari qu'il fallait qu'il tue Carlos et qu'ils s'enfuient. Un soir d'avril mille neuf cent cinquante-quatre, Blunt parvint à tromper la vigilance du Philippin et l'étrangla avec une paire de bretelles.

Ils fouillèrent la maison et découvrirent la cachette où Carlos gardait plus de sept cents millions en espèces de toutes provenances et en bijoux. Ils remplirent hâtivement deux valises et s'apprêtèrent à partir : ils projetaient d'aller à Hambourg où plusieurs personnes avaient déjà proposé à Ingeborg de venir installer son commerce diabolique. Mais, juste avant de sortir, Blunt regarda machinalement par la fenêtre et, à travers les volets, vit que deux hommes semblaient surveiller la maison : il s'affola. Il était évidemment impossible que les menaces de Carlos aient pu être mises à exécution quelques secondes seulement après son assassinat, mais Blunt, qui n'avait pas une seule fois quitté l'appartement depuis qu'il y était entré, s'imagina que le Philippin les faisait surveiller depuis longtemps et reprocha violemment à sa femme de ne pas s'en être aperçue.

C'est au cours de cette altercation, affirma Stanley, qu'Ingeborg, qui tenait un petit pistolet à la main, avait été accidentellement tuée.

Blunt Stanley fut jugé en France pour meurtre avec préméditation, homicide par imprudence, exploitation publique du talent occulte (articles 405 et 479 du code pénal) et escroquerie. Il fut ensuite extradé, ramené aux Etats-Unis, jugé en cour martiale pour crime de haute trahison et condamné à mort. Mais la grâce présidentielle lui fut accordée et sa peine fut commuée en prison à vie.

Le bruit se répandit rapidement qu'il disposait de pouvoirs surnaturels et qu'il était capable d'entrer en communication — et en communion — avec les puissances infernales. Presque tous les gardiens et prisonniers du pénitencier d'Abigoz (Iowa), de nombreux policiers, plusieurs juges et politiciens lui demandèrent d'intercéder en leur faveur auprès de tel ou tel diable pour tel ou tel problème particulier. Un parloir spécial dut être aménagé pour qu'il puisse recevoir les individus fortunés qui lui demandaient audience de tous les coins des Etats-Unis. Faute de pouvoir le consulter, les gens moins riches pouvaient, moyennant cinquante dollars, toucher son numéro matricule, 1 758 064 176 qui est aussi le nombre des Diables de l'Enfer, puisqu'il y a 6 légions démoniaques comprenant chacun 66 cohortes comprenant chacune 666 compagnies comprenant chacune 6 666 Diables. Avec seulement dix dollars, on pouvait acquérir une de ses aiguilles fluidiques (d'anciennes aiguilles de pick-up en acier). Pour de nombreuses communautés, congrégations et confessions, Blunt Stanley est devenu aujourd'hui la réincarnation du Malin, et plusieurs fanatiques sont venus commettre des délits en Iowa à seule fin de se faire incarcérer à Abigoz pour tenter de l'assassiner ; mais il a pu, grâce à la complicité des gardiens, mettre sur pied avec d'autres prisonniers une garde personnelle qui, jusqu'à présent, l'a efficacement protégé. D'après le journal satirique *Nationwide Bilge*, il serait l'un des dix plus riches prisonniers à vie du monde.

C'est seulement en mai mille neuf cent soixante, lorsque fut élucidée l'énigme de Chaumont-Porcien, que l'on comprit que les deux hommes qui, effectivement, surveillaient l'immeuble, étaient les deux détectives engagés par Sven Ericsson pour suivre Véra de Beaumont.

De cette pièce où la Lorelei faisait apparaître Méphisto et où eut lieu ce double meurtre, Madame Moreau décida de faire sa cuisine. Le décorateur Henry Fleury conçut pour elle une installation d'avant-garde dont il proclama bien haut qu'elle serait le prototype des cuisines du XXIe siècle : un laboratoire culinaire en avance d'une génération sur son époque, doté des perfectionnements techniques les plus sophistiqués, équipé de fours à ondes, de plaques autochauffantes invisibles, de robots ménagers télécommandés susceptibles d'exécuter des programmes complexes de préparation et de cuisson. Tous ces dispositifs ultra-modernes furent habilement intégrés dans des bahuts de mère-grands, des fourneaux Second Empire en fonte émaillée et des huches d'antiquaires. Derrière les portes de chêne ciré à ferrures de cuivre se dissimulèrent des tranchoirs électriques, des moulins électroniques, des friteuses à ultra-sons, des grilloirs à infra-rouge, des broyeurs, des doseurs, des mélangeurs et des éplucheuses électro-mécaniques entièrement transistorisées ; on ne voyait pourtant en entrant que des murs couverts de carreaux de Delft à l'ancienne, des essuie-mains de coton écru, des vieilles balances de Roberval, des brocs de toilette avec des petites fleurs roses, des bocaux de pharmacie, des grosses nappes à carreaux, des étagères rustiques, frangées de toile de Mayenne, supportant des petits moules à pâtisserie, des mesures en étain, des marmites en cuivre et des cocottes en fonte, et, sur le sol, un spectaculaire carrelage, alternance de rectangles blancs, gris et ocres parfois décorés de motifs en losange, qui était la copie fidèle du sol de la chapelle d'un monastère de Bethléem.

La cuisinière de Madame Moreau, une robuste Bourguignonne native de Paray-le-Monial répondant au prénom de Gertrude, ne se laissa pas prendre à ces grossiers artifices, et prévint tout de suite sa maîtresse qu'elle ne ferait jamais rien cuire dans une cuisine pareille où rien n'était à sa place et où rien ne marchait comme elle savait. Elle réclama une fenêtre, une pierre d'évier, une vraie cuisinière à gaz avec des brûleurs, une bassine à friture, un billot, et surtout une souillarde où mettre ses bouteilles vides, ses claies à fromages, ses cageots, ses sacs de pommes de terre, ses baquets pour laver les légumes, et son panier à salade.

Madame Moreau donna raison à sa cuisinière. Fleury, ulcéré, dut faire remporter ses appareils expérimentaux, casser le carrelage, démonter les tuyauteries et les circuits électriques, déplacer les cloisons.

Des antiquailleries patinées des cuisines françaises du bon vieux temps, Gertrude a gardé celles dont elle pouvait avoir besoin — un rouleau à pâtisserie, la balance, la boîte à sel, les bouilloires, les cocottes, les poissonnières, les louches à pots et les couteaux de boucherie — et a fait descendre tout le reste à la cave. Et elle a rapporté de sa campagne quelques-uns des ustensiles et accessoires dont elle n'aurait su se passer : son moulin à café et sa boule à thé, une écumoire, un chinois, un presse-purée, un bain-marie, et la boîte dans laquelle, de tout temps, elle a rangé ses gousses de vanille, ses bâtons de cannelle, ses clous de girofle, son safran, ses petites perles et son angélique, une vieille boîte à biscuits en fer-blanc, carrée, sur le couvercle de laquelle on voit une petite fille mordre dans un coin de son petit-beurre.

CHAPITRE LXVI

Marcia, 4

De même qu'elle considère les meubles et bibelots dont elle fait commerce comme lui appartenant, Madame Marcia considère ses clients comme des amis. Indépendamment des affaires qu'elle traite avec eux, et dans lesquelles elle se révèle souvent particulièrement coriace, elle a réussi à créer avec la plupart d'entre eux des liens qui dépassent de loin ceux des strictes relations d'affaires : ils s'offrent le thé, s'invitent à dîner, jouent au bridge, vont à l'Opéra, visitent des expositions, se prêtent des livres, échangent des recettes de cuisine, et font même ensemble des croisières dans les îles grecques ou des séjours d'étude au Prado.

Son magasin n'a pas de nom particulier. Une simple inscription est apposée, au-dessus de la poignée de la porte, en petites anglaises blanches.

C. Marcia, Antiquités

Plus discrètement encore, sur les deux petites vitrines, plusieurs étiquettes autocollantes indiquent que telles et telles cartes de crédit sont acceptées et que la surveillance de nuit du magasin est assurée par une officine spécialisée.

La boutique proprement dite consiste en deux pièces communiquant par un étroit passage. La première pièce, celle par où l'on entre, est surtout consacrée à de petits objets, bibelots, curiosités, instruments scientifiques, lampes, carafes, boîtes, porcelaines, biscuits, gravures de mode, meubles d'appoint, etc., toutes choses que, même si elles sont de grande valeur, le client peut s'empresser d'emporter dès qu'il en a fait l'acquisition. C'est David Marcia, aujourd'hui agé de vingt-neuf ans, qui a la charge de cette partie du magasin depuis que son accident dans le 35e Bol d'Or, en 1971, l'a définitivement écarté de la compétition motocycliste.

Madame Marcia elle-même, tout en conservant la direction du magasin, s'occupe plus particulièrement de la deuxième pièce, celle où nous nous trouvons maintenant, la pièce du fond, communiquant directement avec l'arrière-boutique, et qui est davantage réservée aux gros mobiliers, aux salons, aux tables de ferme ou de monastère flanquées de leurs longs bancs, aux lits à baldaquin ou aux cartonniers de notaire. Elle y passe généralement ses après-midi et y a installé son bureau, une petite table en noyer à trois tiroirs, fin dix-huitième, sur laquelle elle a posé deux fichiers métalliques gris, consacrés, l'un aux clients réguliers dont elle connaît les goûts particuliers et qu'elle convie personnellement à venir voir ses dernières acquisitions, l'autre à tous les objets qui sont passés par ses mains et dont elle s'est chaque fois efforcée de décrire l'histoire, la provenance, les caractéristiques et le destin. Un téléphone noir, un bloc, un stylomine en écaille, un minuscule presse-papier conique, dont la base a moins d'un centimètre et demi de diamètre, mais que sa petitesse n'empêche pas de peser trois « onces d'apothicaire », c'est-à-dire plus de 93 grammes, et un soliflore de Gallé contenant une ipomée à fleur pourpre, variété d'immortelle également connue sous le nom d'Etoile du Nil, achèvent d'encombrer l'étroit plateau de cette table.

Par rapport à l'arrière-boutique, et même à sa chambre, il y a relativement peu de meubles dans cette pièce ; la saison est peu propice aux affaires, mais surtout Madame Marcia n'a jamais, par principe, vendu beaucoup de choses en même temps. Entre sa cave, son arrière-boutique et les propres pièces de son appartement, elle a tout le temps de renouveler son stock sans être contrainte de surcharger la pièce où elle expose les meubles qu'elle désire à ce moment-là vendre et qu'elle préfère présenter dans un cadre spécifiquement conçu pour eux. Une des raisons des incessants déménagements qu'elle fait faire à ses meubles tient précisément à cette volonté de mise en valeur qui lui fait changer ses décors bien plus souvent que si elle était étalagiste dans un grand magasin.

Sa dernière acquisition, centre de la présentation actuelle de cette pièce, est un salon fin-de-siècle trouvé dans une pension de famille de Davos où un Hongrois élève de Nietzsche aurait passé quelques années : des fauteuils aux bras tors et capitonnés groupés autour d'une table ronde incrustée de métal, derrière laquelle se trouve un canapé du même style, chargé de coussins en velours de soie. Autour de ces pâtisseries austro-hongroises un peu lourdes, louisdeux-esques, Madame Marcia a disposé quelques éléments qui y accordent leur tourment baroque, ou qui y opposent, au contraire, leur étrangeté rustique ou sauvage, ou leur perfection glacée : à gauche de la table, un guéridon en bois de rose sur lequel sont posées trois montres anciennes finement ciselées, une très jolie cuiller à thé en forme de feuille, quelques livres enluminés avec des reliures et des fermoirs de métal incrustés d'émaux, et une dent de cachalot gravée, bel exemple de ces skrimshanders que les baleiniers fabriquaient pour meubler leurs heures de loisir forcé, représentant une vigie juchée dans la mâture.

De l'autre côté, à droite des fauteuils, un strict pupitre à musique métallique, muni de deux longs bras articulés susceptibles de recevoir à leur extrémité des chandelles, supporte une étonnante gravure, vraisemblablement destinée à un ancien ouvrage de sciences naturelles, représentant à gauche un paon (*peacock*), vu de profil, épure sévère et rigide où le plumage se ramasse en une masse indistincte et presque terne et auquel seuls le grand œil bordé de blanc et l'aigrette en couronne donnent un frisson de vie, et à gauche, le même animal, vu de face, faisant la roue (*peacock in his pride*), exubérance de couleurs, chatoiements, scintillements, éclatements, flamboiements auprès desquels un vitrail gothique semble une pâle copie.

Le mur du fond est nu, mettant en valeur un panneau de boiserie en merisier clair et une tenture de soie brodée.

Dans la devanture enfin, quatre objets qui, sous la lumière discrète de spots invisibles, semblent reliés entre eux par une multitude de fils imperceptibles.

Le premier, le plus à gauche par rapport à notre regard, est une *pietà* médiévale, une sculpture en bois peint, presque grandeur nature, posée sur un socle de grès : une Madone à la bouche tordue, aux sourcils froncés et un Christ à l'anatomie presque grotesque avec des gros paquets de sang coagulé sur les stigmates. On la considère d'origine rhénane, datant du quatorzième siècle, représentative du réalisme exacerbé de cette époque et de son goût pour le macabre.

Le deuxième objet est posé sur un petit chevalet en forme de lyre. C'est une étude de Carmontelle — fusain rehaussé de pastels — pour son portrait de Mozart enfant ; elle diffère par plusieurs détails du tableau définitif conservé aujourd'hui à Carnavalet : Léopold Mozart ne se tient pas derrière la chaise de son fils, mais de l'autre côté, et tourné de trois quarts de manière à pouvoir surveiller l'enfant tout en lisant la partition ; quant à Maria-Anna, elle n'est pas de profil de l'autre côté du clavecin, mais de face, devant le clavecin, masquant partiellement la partition que le jeune prodige déchiffre ; on conçoit volontiers que Léopold ait demandé à l'artiste les modifications qui ont abouti au tableau final et qui, sans léser le fils de sa position centrale, donnent au père une place un peu moins défavorisée.

Le troisième objet est une grande feuille de parchemin, encadrée d'ébène, posée obliquement sur un support qu'on ne voit pas. La moitié supérieure de la feuille reproduit très finement une miniature persane ; alors que le jour va se lever, un jeune prince, sur les terrasses d'un palais, regarde dormir une princesse aux pieds de laquelle il est agenouillé. Sur la moitié inférieure de la feuille, six vers d'Ibn Zaydûn sont élégamment calligraphiés :

Et je vivrais dans l'anxiété de ne pas savoir
Si le Maître de ma Destinée
Moins indulgent que le Sultan Sheriar
Le matin quand j'interrompais mon récit
Voudrait bien surseoir à mon arrêt de mort
Et me permettrait de reprendre la suite le prochain soir.

Le dernier objet est une armure espagnole du quinzième siècle dont la rouille a définitivement soudé tous les éléments.

La véritable spécialité de Madame Marcia concerne cette

variété d'automates que l'on appelle les montres animées. Contrairement aux autres automates ou boîtes à musique dissimulés dans des bonbonnières, des pommeaux de cannes, des drageoirs, des flacons à parfum, etc., ce ne sont généralement pas des merveilles de technique. Mais leur rareté en fait tout le prix. Alors que les horloges animées, genre jacquemarts, et les pendules animées, genre chalets suisses à coucous, etc. ont toujours été excessivement répandues, il est extrêmement rare de trouver une montre un tant soit peu ancienne, qu'elle soit montre de gousset, oignon ou savonnette, dans laquelle l'indication des heures et des secondes soit le prétexte d'un tableau mécanique.

Les premières qui apparurent n'étaient en fait que des jacquemarts miniature avec un ou deux personnages à l'épaisseur négligeable venant frapper les heures sur un carillon presque plat.

Ensuite vinrent les montres lubriques, ainsi désignées par les horlogers qui, s'ils acceptèrent de les fabriquer, refusèrent de les vendre sur place, c'est-à-dire à Genève. Confiées à des agents de la Compagnie des Indes chargés de les négocier en Amérique ou en Orient, elles arrivèrent rarement à destination ; le plus souvent elles furent, dans les ports européens, l'objet d'un trafic clandestin si intense que, très vite, il devint pratiquement impossible de s'en procurer. On n'en fabriqua guère plus que quelques centaines et une soixantaine au maximum ont survécu. Un horloger américain en possède à lui seul plus des deux tiers. Des maigres descriptifs qu'il a donnés de sa collection — il n'a jamais autorisé personne à voir ou à photographier une seule de ses montres —, il ressort que leurs fabricants n'ont pas beaucoup cherché à faire preuve d'imagination : sur trente-neuf des quarante-deux montres qu'il possède, la scène représentée est en effet la même : un coït hétérosexuel entre deux individus appartenant au genre humain, tous deux adultes, faisant partie de la même race (blanche ou, comme on dit encore, caucasienne) ; l'homme est étendu sur le ventre de la femme qui est couchée sur le dos (position dite « du missionnaire »). L'indication des secondes est marquée par un déhanchement de l'homme dont le bassin se recule et s'avance toutes les secondes ; la femme donne l'indication des minutes avec son bras gauche (épaule visible) et celle des heures avec son bras droit (épaule masquée). La quarantième montre est identique aux trente-neuf premières, mais a été peinte après coup, faisant de la femme une femme noire. Elle appartint à un négrier nommé Silas Buckley. La quarante et unième, d'une finesse d'exécution beaucoup plus poussée, représente Léda et le Cygne : les battements d'aile de l'animal rythment chaque seconde de leur émoi amoureux. La quarante-deuxième, réputée avoir appartenu au chevalier Andréa de Nerciat, est censée illustrer une scène de son célèbre ouvrage *Lolotte ou mon noviciat* : un jeune homme, déguisé en soubrette, est troussé et sodomisé par un homme dont l'habit, en s'écartant, laisse entrevoir un sexe démesurément gros ; les deux personnages sont debout, l'homme derrière la femme de chambre qui s'appuie contre le chambranle d'une porte. Le descriptif fourni par l'horloger américain ne précise malheureusement pas comment sont indiquées les heures et les secondes.

Madame Marcia elle-même ne possède que huit montres de cette espèce, ce qui n'empêche pas sa collection d'être beaucoup plus variée : en dehors d'un jacquemart ancien représentant deux forgerons tapant à tour de rôle sur une enclume, et d'une montre « lubrique » analogue à celles du collectionneur américain, ce sont tous des jouets d'époque victorienne ou edwardienne dont les mouvements d'horlogerie sont miraculeusement restés en état de marche :

- — un boucher découpant un gigot sur un étal ;
- — deux danseuses espagnoles ; l'une donne l'heure avec ses bras agitant des castagnettes, l'autre donne les secondes en abaissant un éventail ;
- — un clown athlétique perché sur une sorte de cheval d'arçon, se contorsionnant de manière à ce que ses jambes inflexiblement tendues montrent les heures, tandis que sa tête s'agite toutes les secondes ;
- — deux soldats, l'un faisant des signaux de sémaphore (heures), l'autre, l'arme à la bretelle, saluant militairement à chaque seconde ;
- — une tête d'homme dont les longues et fines moustaches sont les aiguilles de la montre ; les yeux battent les secondes en se déplaçant de droite à gauche et de gauche à droite.

Quant à la pièce la plus curieuse de cette courte collection, elle semble sortir tout droit du *Bon petit diable* de la Comtesse de Ségur : une horrible mégère fesse un petit garçon.

S'étant toujours refusé à s'occuper de ce magasin, c'est cependant Léon Marcia qui a donné à sa femme l'idée d'une spécialisation si poussée ; alors qu'il existe, dans toutes les grandes villes du monde, des experts se consacrant aux automates, aux jouets ou aux montres, il n'y en avait pas dans ce domaine plus particulier des montres animées. En fait c'est par hasard que Madame Marcia s'est retrouvée, avec les années, en posséder huit ; elle n'est pas le moins du monde collectionneuse, et vend volontiers des objets avec lesquels elle a longtemps vécu, sûre d'en retrouver d'autres qu'elle aimera au moins autant. Son rôle consiste beaucoup plus précisément à rechercher de telles montres, à en retracer l'histoire, à les expertiser, et à mettre en contact les amateurs. Il y a une dizaine d'années, au cours d'un voyage en Écosse, elle fit étape à Newcastle-upon-Tyne, et découvrit, au Musée municipal, le tableau de Forbes, *Un rat derrière la tenture*. Elle en fit faire une photographie au format réel et, de retour en France, entreprit de l'examiner à la loupe afin de vérifier si Lady Forthright possédait dans sa collection des montres de ce type. La réponse ayant été négative, elle offrit la reproduction à Caroline Echard à l'occasion de son mariage avec Philippe Marquiseaux.

Le tableau ne correspondait pas du tout aux desiderata que les jeunes époux avaient inscrits sur leur liste de mariage. Ce cocher pendu et cette Lady hébétée donnaient à ce présent un caractère plutôt morbide dont on voyait mal comment il pouvait accompagner des vœux de bonheur. Mais peut-être était-ce précisément ce que Madame Marcia entendait souhaiter à Caroline qui, deux ans auparavant, avait rompu avec David.

Caroline avait, à deux mois près, le même âge que David ; ils avaient appris à marcher ensemble, avaient fait des pâtés dans le même square, s'étaient assis à côté l'un de l'autre à l'école maternelle, puis à l'école communale. Madame Marcia l'avait adorée et adulée tant qu'elle était petite fille, puis avait commencé à la détester dès qu'elle avait cessé d'avoir des tresses et des robes en vichy. Elle se mit à la traiter de petite dinde et à se moquer de son fils qui se laissait mener par le bout du nez. Leur rupture la soulagea plutôt, mais pour David ce fut évidemment plus douloureux.

C'était à l'époque un garçon athlétique, pétaradant de fierté dans sa combinaison de motocycliste en cuir rouge entièrement doublée de soie et dans le dos de laquelle était brodé un scarabéc d'or. Sa moto était alors une modeste Suzuki 125 et il n'est pas possible d'exclure tout à fait l'hypothèse que cette petite dinde de Caroline Echard lui ait préféré un autre garçon — non pas Philippe Marquiseaux, mais un certain Bertrand Gourguechon avec lequel elle rompit presque aussitôt — parce qu'il avait une 250 Norton.

Quoi qu'il en soit, la cicatrisation sentimentale de David Marcia peut se mesurer à l'augmentation de la cylindrée de ses machines : Yamaha 250, Kawasaki 350, Honda 450, Kawasaki Mach III 500, Honda 750 à quatre cylindres, Guzzi 750, Suzuki 750 avec radiateur à eau, BSA A75 750, Laverda SF 750, BMW 900, Kawasaki 1 000.

Il y avait déjà plusieurs années qu'il était passé professionnel lorsque, sur cette dernière moto, il dérapa sur une flaque d'huile, le 4 juin 1971, quelques minutes après le départ du 35ᵉ Bol d'Or à Montlhéry. Il eut la chance de bien tomber et de ne se casser que la clavicule et le poignet droit, mais cet accident suffit à lui interdire à jamais la compétition.

CHAPITRE LXVII

Caves, 2

Caves. la cave des Rorschash.

Des lames de parquets récupérées lors de l'aménagement du duplex, ont été fixées sur les murs, devant des étagères de fortune. On y trouve des restes de rouleaux de papier peint dont les motifs semi-abstraits évoquent des poissons, des pots de peinture de toutes teintes et tailles, quelques dizaines de classeurs gris intitulés ARCHIVES, résidus de telle ou telle fonction officielle à la Direction des Programmes de la Télévision.

Des masses imprécises — sacs de plâtre, jerricans, malles crevées ? — traînent sur le sol. Quelques objets davantage identifiables en émergent : carton de lessive, escabeau rouillé.

Un casier à bouteilles, en fil de fer, plastifié, est placé à gauche de la porte à claire-voie. L'étage inférieur est garni de cinq bouteilles d'alcools de fruits : kirsch, mirabelle, quetsch, prune, framboise. Sur un des étages intermédiaires se trouvent le livret — en russe — du *Coq d'Or* de Rimski-Korsakov d'après Pouchkine, et un roman vraisemblablement populaire intitulé *Les Epices ou la Vengeance du Ferronnier de Louvain*, et dont la couverture représente une jeune fille tendant un sac d'or à un juge. Sur l'étage supérieur, une boîte octogonale, sans couvercle, contient quelques pièces d'échec fantaisie en matière plastique, imitant grossièrement les ivoires chinois : le cheval y est une espèce de Dragon, le roi un Bouddah assis.

Caves. La cave de Dinteville.

D'un carton de déménageur débordent des piles de livres qui n'ont quitté la cave de l'ancien domicile du docteur à Lavaur, dans le Tarn, que pour cette cave-ci. Parmi eux une *Histoire de la Guerre européenne*, de Liddell Hart, dont les vingt-deux premières pages manquent, quelques feuillets du *Traité élémentaire de pathologie interne*, de Béhier et Hardy, une grammaire grecque, un numéro de la revue *Annales des maladies de l'oreille et du larynx*, daté de 1905, et un tiré à part de l'article de Meyer-Steineg, *Das medizinische System der Methodiker*, Jenaer med.-histor. Beiträge, fasc. 7/8, 1916.

Sur l'ancien divan de sa salle d'attente dont la toile de lin, jadis verte, crevée de partout, achève de pourrir, est posée une plaque de faux marbre, jadis rectangulaire, aujourd'hui brisée sur laquelle on peut lire : CABINET DE CONSULT

Quelque part sur une planche, à côté de bocaux fêlés, de cuvettes cabossées, de flacons sans étiquettes, se trouve le premier souvenir de praticien du docteur Dinteville : une boîte carrée pleine de petits clous rouillés. Il l'a conservée longtemps dans son cabinet et n'a jamais pu se résoudre à la jeter définitivement.

Quand Dinteville s'installa à Lavaur, l'un de ses premiers clients fut un jongleur qui avait avalé quelques semaines auparavant un de ses couteaux. Ne sachant pas quoi faire, n'osant l'opérer, Dinteville lui donna à tout hasard un vomitif et l'autre lui ressortit tout un tas de petits clous. Dinteville fut tellement éberlué qu'il voulut écrire une communication sur ce cas. Mais les quelques collègues à qui il raconta cette affaire le lui déconseillèrent. Même s'ils avaient eux aussi entendu parler parfois de cas semblables ou d'histoires d'épingles avalées qui se retournent toutes seules dans l'œsophage ou l'estomac pour ne pas perforer l'intestin, ils étaient persuadés qu'il s'agissait cette fois-là d'une mystification.

A un clou planté près de la porte de la cave pend lamentablement un squelette. Dinteville se l'était acheté quand il était étudiant. Il était surnommé Horatio, en hommage à l'amiral Nelson, car il lui manquait le bras droit. Il continue à être affublé d'un bandeau sur l'œil droit, d'un gilet en lambeaux, d'un caleçon rayé et d'un bicorne en papier.

Dinteville, quand il s'installa, fit le pari d'asseoir Horatio dans sa salle d'attente. Mais au jour dit il préféra perdre son pari que ses clients.

CHAPITRE LXVIII

Escaliers, 9

*Tentative d'inventaire de quelques-unes des
choses qui ont été trouvées dans les escaliers
au fil des ans.*

Plusieurs photos, dont celle d'une jeune fille de quinze
ans vêtue d'un slip de bain noir et d'un chandail blanc,
agenouillée sur une plage,

un réveil radio de toute évidence destiné à un réparateur,
dans un sac plastique des Etablissements Nicolas,

un soulier noir orné de brillants,

une mule en chevreau doré,

une boîte de pastilles Géraudel contre la toux,

une muselière,

un étui à cigarettes en cuir de Russie,

des courroies,

divers carnets et agendas,

un abat-jour cubique en papier métal couleur bronze,
dans un sac provenant d'un disquaire de la rue Jacob,

une bouteille de lait dans un sac de la Boucherie Bernard,

une gravure romantique représentant Rastignac au Père-
Lachaise, dans un sac du chausseur Weston,

un faire-part — humoristique ? — annonçant les fiancail-
les d'Eleuthère de Grandair et du Marquis de Granpré,

une feuille de papier rectangulaire, de format 21 × 27,
sur laquelle était soigneusement dessiné l'arbre généalogique
de la famille Romanov, encadré d'une frise en lignes brisées,

le roman de Jane Austen, *Pride and Prejudice*, dans la
collection Tauschnitz, ouvert à la page 86,

un carton provenant de la pâtisserie « Aux Délices de Louis XV », vide, mais ayant manifestement contenu des tartelettes aux myrtilles,

une table de logarithmes Bouvard et Ratinet, en mauvais état, avec, sur la page de garde, un cachet : Lycée de Toulouse, et un nom écrit à l'encre rouge : P. Roucher,

un couteau de cuisine,

une petite souris en métal, avec un mince lacet en guise de queue, montée sur des roulettes, pouvant se remonter avec une clé plate,

une bobine de fil bleu ciel,

un collier de pacotille,

un numéro froissé de *la Revue du Jazz*, contenant un entretien entre Hubert Damisch et le trombone Jay Jay Johnson et un texte du batteur Al Levitt évoquant son premier séjour à Paris au milieu des années cinquante,

un échiquier de voyage, en cuir synthétique, avec des pièces magnétiques,

un collant de marque « Mitoufle »,

un masque de Mardi gras représentant Mickey Mouse,

plusieurs fleurs en papier, cotillons et confetti,

une feuille de papier couverte de dessins enfantins dans les interstices desquels se glisse le brouillon laborieux d'un thème latin de classe de cinquième : *dicitur formicas offeri granas fromenti in buca Midae pueri in somno ejus. Deinde suus pater arandum, aquila se posuit in jugum et araculum oraculus nuntiavit Midam futurus esse rex. Quidam scit Midam electum esse regum Phrygiae et* (un mot illisible) *latum reges suis leonis.*

CHAPITRE LXIX

Altamont, 4

Le bureau de Cyrille Altamont : un parquet à chevrons soigneusement ciré, un papier peint décoré de grands pampres rouge et or, et quelques meubles composant un bel ensemble Regency, lourd et cossu : un bureau ministre à neuf tiroirs, en acajou, au dessus recouvert de moleskine sombre, un fauteuil basculant et pivotant, en ébène capitonné de cuir, en forme de fer à cheval, un petit siège de repos, genre Récamier, en bois de rose, avec des sabots de laiton en forme de griffes. Sur le mur de droite, une grande bibliothèque vitrée avec une corniche en col de cygne. En face, un grand portulan en papier toilé, encadré de baguettes en bois, reproduction un peu jaunie de

CARTEPARTICVLLÍERe
DE LAMER MEDITERRANEE ·
FAÍCTE PAR MOY
FRANÇOÍS OLLÍVE
·A·MARSEÍLLE·
EN LANNEE 1664

Sur le mur du fond, à gauche de la porte donnant sur le vestibule, trois tableaux d'un format à peu près identique : le premier est le portrait par Morrell d'Hoaxville, peintre anglais du siècle dernier, des frères Dunn, clergymen du Dorset, experts, l'un et l'autre en d'obscures matières, la paléopédologie et les harpes éoliennes. Herbert Dunn, le spécialiste des harpes éoliennes est à gauche : c'est un homme de haute taille, maigre, vêtu d'un costume de flanelle noire, portant un collier de barbe rousse et des lunettes ovales sans monture. Jeremie Dunn, le paléopédologue, est un petit homme rond, représenté dans son costume de travail, c'est-à-dire équipé pour une expédition sur le terrain avec un havresac de soldat, une chaîne d'arpenteur, une lime, des pinces, une boussole et trois marteaux passés dans sa ceinture, plus un bâton de marche plus haut que lui, à la longue pointe de fer, dont la main haut levée, il agrippe le pommeau.

Le second est une œuvre du peintre américain Organ Trapp, dont Hutting fit faire la connaissance aux Altamont il y a une dizaine d'années à Corfou. Elle montre dans tous ses détails une station-service de Sheridan, Wyoming : une poubelle verte, des pneus à vendre, très noirs avec des flancs très blancs, des bidons d'huile resplendissants, une glacière vermillon avec des boissons assorties.

La troisième œuvre est un dessin signé Priou et intitulé *L'ouvrier ébéniste de la rue du Champ-de-Mars :* un jeune garçon d'une vingtaine d'années, vêtu d'un chandail chiné et d'un pantalon retenu par une ficelle, se chauffe à un feu de copeaux.

Au-dessous du tableau d'Organ Trapp se trouve une petite table à deux étagères : sur la tablette inférieure est posé un échiquier dont les pièces reproduisent la situation après le dix-huitième coup noir de la partie disputée à Berlin en 1852 entre Anderssen et Dufresne, juste avant qu'Anderssen n'en-

treprenne cette brillante combinaison de mat qui a fait donner
à la partie le surnom de « Toujours jeune » :

19. Tald1 !!   DxCf3
20. TxCe7 + !!   CxTe7
21. Dxd7 + !!   RxDd7
22. Ff5 + et mat en
     deux coups

Sur la tablette supérieure sont posés un téléphone blanc
et un vase au profil trapézoïdal débordant de glaïeuls et de
chrysanthèmes.

Le bureau ne sert pratiquement plus jamais à Cyrille
Altamont qui a transporté dans l'appartement de fonction qui
lui est alloué à Genève tous les livres et tous les objets qui
lui sont nécessaires ou qui lui tiennent à cœur. Il ne reste
dans cette pièce désormais presque toujours vide que des
choses figées et mortes, des meubles aux tiroirs nets et dans
la bibliothèque fermée à clé des livres jamais ouverts : le
Grand Larousse Universel du XIXe siècle relié en maroquin
vert, les œuvres complètes de La Fontaine, de Musset, des
Poètes de la Pléiade et de Maupassant, plusieurs collections
reliées de revues de bon ton : *Preuves, Encounter, Merkur, la
Nef, Icarus, Diogène, le Mercure de France*, et quelques livres
d'art et éditions de luxe, dont un *Songe d'une nuit d'été*
romantique avec des gravures sur acier d'Helena Richmond,
La Vénus à la fourrure de Sacher Masoch, présenté dans un
coffret de vison sur lequel les lettres du titre semblent avoir été

marquées au fer rouge, et la partition manuscrite de *Incertum*, opus 74 de Pierre Block, pour voix humaines et percussions, relié dans une peau de buffle incrustée d'os et d'ivoire.

On finit d'installer la pièce pour la réception. Deux maîtres d'hôtel, tout de noir vêtus, étalent sur le bureau une grande nappe blanche. S'encadrant dans la porte, un serveur en bras de chemises s'apprête, dès qu'ils auront fini, à venir disposer sur la table le contenu de ses deux paniers : des bouteilles de jus de fruits et deux jattes octoédriques en faïence bleue remplies de salade de riz décoré d'olives, d'anchois, d'œufs durs, de crevettes et de tomates.

CHAPITRE LXX

Bartlebooth, 2

La salle à manger de Bartlebooth ne sert pratiquement plus jamais. C'est une pièce rectangulaire et sévère, au parquet sombre, avec de hauts rideaux de velours frappé et une grande table en palissandre couverte d'une nappe en lin damassé. Sur la longue desserte au fond de la pièce sont posées huit boîtes cylindriques portant toutes l'effigie du roi Farouk.

Alors qu'il séjournait près du cap Saint-Vincent, au sud du Portugal, vers la fin de l'année mille neuf cent trente-sept, peu de temps avant de commencer son long tour d'Afrique, Bartlebooth fit la connaissance d'un importateur de Lisbonne qui, apprenant que l'Anglais avait l'intention de se rendre prochainement à Alexandrie, lui confia une chaufferette électrique en le priant de bien vouloir la faire tenir à son correspondant égyptien. un certain Farîd Abu Talif. Bartlebooth nota soigneusement les références du marchand sur son agenda ; à son arrivée en Egypte vers la fin du printemps 1938, il s'enquit de ce commerçant réputé et lui fit porter le présent du Portugais. Bien que la température fût déjà beaucoup trop clémente pour que le besoin d'une chaufferette électrique se fît réellement sentir, Farîd Abu Talif fut si content de ce cadeau qu'il demanda à Bartlebooth de remettre au Portugais, à des fins d'expertise, huit boîtes de café qu'il avait soumis à un traitement appelé « ionisation », traitement destiné, expliqua-t-il, à en prolonger presque indéfiniment l'arôme. Bartlebooth eut beau préciser qu'il n'aurait sans doute pas l'occasion de revoir l'importateur avant quelque dix-sept ans, l'Egyptien insista, ajoutant que l'expérience n'en serait que plus probante si au bout de tout ce temps le café conservait encore un peu de goût.

Dans les années qui suivirent ces boîtes furent la source de tracasseries sans fin. A chaque passage de frontière, Bartlebooth et Smautf devaient ouvrir les boîtes et laisser les douaniers soupçonneux, renifler, goûter du bout de la langue et parfois même se faire un café pour bien s'assurer que ce n'était pas une nouvelle sorte de drogue. Vers la fin de l'année mille neuf cent quarante-trois, les boîtes, passablement cabossées, se retrouvèrent vides, mais Smautf insista pour que Bartlebooth ne les jette pas ; il s'en servit pour garder diverses menues monnaies ou des coquillages rares qu'il lui arrivait de trouver sur les plages, et à leur retour en France, en souvenir de leur long voyage, il les mit sur la desserte de la salle à manger où Bartlebooth les laissa.

Chaque puzzle de Winckler était pour Bartlebooth une aventure nouvelle, unique, irremplaçable. Chaque fois, il avait l'impression, après avoir brisé les sceaux qui fermaient la boîte noire de Madame Hourcade et étalé sur le drap de sa table, sous la lumière sans ombre du scialytique, les sept cent cinquante petits morceaux de bois qu'était devenue son aquarelle, que toute l'expérience qu'il accumulait depuis cinq, dix, ou quinze ans ne lui servirait à rien, qu'il aurait, comme chaque fois, affaire à des difficultés qu'il ne pouvait même pas soupçonner.

Chaque fois il se promettait de procéder avec discipline et méthode, de ne pas se précipiter sur les pièces, de ne pas tenter de retrouver tout de suite dans son aquarelle morcelée tel ou tel élément dont il croyait garder le souvenir intact : cette fois-ci il ne se laisserait pas entraîner par la passion, par le rêve ou par l'impatience, mais il bâtirait son puzzle avec une rigueur cartésienne : diviser les problèmes pour mieux les résoudre, les aborder dans l'ordre, éliminer les combinaisons improbables, poser ses pièces comme un joueur d'échecs qui construit sa stratégie inéluctable et imparable : il commencerait par mettre toutes les pièces à l'endroit, puis il sortirait toutes celles qui présenteraient une bordure rectiligne et il construirait le cadre du puzzle. Puis il examinerait toutes les autres pièces, une à une, systématiquement, les prendrait dans ses mains, les tournerait plusieurs fois dans tous les sens ; il isolerait toutes celles sur lesquelles un dessin ou un détail serait plus clairement visible, il classerait celles qui resteraient par couleurs, et à l'intérieur de chaque couleur par nuances, et avant même d'avoir commencé à juxtaposer les pièces centrales, il aurait déjà triomphé d'avance des trois quarts des embûches préparées par Winckler. Le reste serait simple affaire de patience.

Le problème principal était de rester neutre, objectif, et surtout disponible, c'est-à-dire sans préjugés. Mais c'est là précisément que Gaspard Winckler lui tendait des pièges. Au fur et à mesure que Bartlebooth se familiarisait avec les petits morceaux de bois, il se mettait à les percevoir selon un axe privilégié, comme si ces pièces se polarisaient, se vectorisaient, se figeaient dans un mode de perception qui les assimilait, avec une irrésistible séduction, à des images, des formes, des silhouettes familières : un chapeau, un poisson, un oiseau étonnamment précis, à longue queue, au long bec courbe avec une protubérance à la base, comme il se souvenait en avoir vu en Australie, ou bien, justement, la découpe de l'Australie, ou l'Afrique, l'Angleterre, la péninsule Ibérique, la botte italienne, etc. Gaspard Winckler multipliait ces pièces à plaisir et comme dans ces puzzles pour enfant en gros bois, Bartlebooth se retrouvait parfois avec toute une ménagerie, un python, une marmotte et deux éléphants parfaitement constitués, l'un d'Afrique (avec de longues oreilles) et l'autre d'Asie, ou bien un Charlot (melon, badine et jambes arquées), une tête de Cyrano, un gnome, une sorcière, une femme avec un hennin, un saxophone, une table de café, un poulet rôti, un homard, une bouteille de champagne, la danseuse des paquets de Gitanes ou le casque ailé des Gauloises, une main, un tibia, une fleur de lys, divers fruits, ou un alphabet presque complet avec des pièces en J, en K, en L, en M, en W, en Z, en X, en Y et en T.

Parfois, trois, quatre, ou cinq de ces pièces se juxtaposaient avec une facilité déconcertante ; ensuite tout se bloquait : la pièce manquante évoquait pour Bartlebooth une sorte d'Inde noire à laquelle Ceylan serait restée attachée (or, précisément, l'aquarelle représentait un petit port de la côte de Coromandel). Ce n'était que plusieurs heures plus tard, quand ce n'était pas plusieurs jours, que Bartlebooth s'apercevait que la pièce adéquate n'était pas noire mais grise plutôt claire — discontinuité de couleur qui aurait dû être prévisible si Bartlebooth ne s'était laissé pour ainsi dire emporter par son élan — et qu'elle avait exactement la forme de ce qu'il s'était obstiné depuis le début à appeler la « perfide Albion », à condition de faire accomplir à cette petite Angleterre une rotation de quatre-vingt-dix degrés dans le sens des aiguilles d'une montre. Sans doute l'espace vacant ne ressemblait-il pas plus aux Indes que la pièce qui devait venir exactement le remplir ne ressemblait à l'Angleterre ; ce qui importait, en l'occurrence, c'est que tant qu'il continuait à voir dans telle ou telle pièce un oiseau, un bonhomme, un blason. un casque à pointe, un chien voix-de-son-maître ou un Winston Churchill, il lui était impossible de découvrir comment cette même pièce se rattachait aux autres sans être précisément renversée, retournée, décentrée, désymbolisée, en un mot dé-*formée*.

L'essentiel des illusions de Gaspard Winckler reposait sur ce principe : obliger Bartlebooth à investir l'espace vacant de formes apparemment anodines, évidentes, aisément descriptibles — par exemple une pièce dont, quelle que soit par ailleurs sa configuration, deux côtés devaient obligatoirement former entre eux un angle droit — et en même temps forcer dans un sens tout à fait différent la perception des pièces destinées à venir remplir cet espace. Comme dans cette caricature de W.E. Hill qui représente *en même temps* une jeune et une vieille femme, l'oreille, la joue, le collier de la jeune étant respectivement un œil, le nez et la bouche de la vieille, la vieille étant de profil en gros plan et la jeune de trois quarts dos cadrée à mi-épaule, Bartlebooth devait, pour trouver cet angle à vrai dire presque mais pas vraiment tout à fait droit, cesser de le considérer comme la pointe d'un triangle, c'est-à-dire faire basculer sa perception, voir *autrement* ce que fallacieusement l'autre lui donnait à voir et, par exemple, découvrir que l'espèce d'Afrique à reflets jaunes qu'il tripotait sans savoir où la placer occupait exactement l'espace qu'il croyait devoir remplir avec une sorte de trèfle à quatre feuilles aux tons mauves éteints qu'il cherchait partout sans le trouver. La solution était évidente, aussi évidente que le problème avait semblé insoluble tant qu'il ne l'avait pas résolu, de même que dans une définition de mots croisés — telle la sublime « *du vieux avec du neuf* », en onze lettres, de Robert Scipion — on va chercher partout où ce n'est pas ce qui est très précisément énoncé dans la définition même, tout le travail consistant en fait à opérer ce *déplacement* qui donne à la pièce, à la définition, son *sens* et rend du même coup toute explication fastidieuse et inutile.

Dans le cas particulier de Bartlebooth, le problème se compliquait du fait qu'il était l'auteur des aquarelles initiales. Il en avait soigneusement détruit les brouillons et les esquisses et n'avait évidemment pris ni photos ni notes, mais avant de les peindre il avait regardé ces paysages de bord de mer avec une attention suffisamment intense pour que vingt ans plus tard il lui suffise de lire sur les petites notes que Gaspard Winckler collait à l'intérieur de la boîte « Ile de Skye, Ecosse, mars 1936 » ou « Hammamet, Tunisie, février 1938 » pour que s'impose aussitôt le souvenir d'un marin en chandail jaune vif avec un tam o'shanter sur la tête, ou la tache rouge et or de la robe d'une femme berbère lavant de la laine au bord de la mer, ou un nuage lointain sur une colline, léger comme un oiseau : non pas le souvenir lui-même — car il était trop évident que ces souvenirs n'avaient existé que pour être aquarelles d'abord, et puzzles plus tard et de nouveau plus rien — mais souvenirs d'images, de traits de crayons, coups de gomme, touches de pinceaux.

Presque chaque fois Bartlebooth recherchait ces signes privilégiés. Mais il était illusoire de vouloir s'appuyer sur eux : parfois, Gaspard Winckler parvenait à les faire disparaître ; cette petite tache rouge et jaune, par exemple, il la morcelait en une multitude de pièces d'où le jaune et le rouge semblaient inexplicablement absents, noyés, fondus dans ces débordements minuscules, ces éclaboussements presque microscopiques, ces petites bavures de pinceaux et de chiffons que l'œil ne pouvait absolument pas percevoir quand on regardait le tableau dans son ensemble mais que ses coups de scie patients avaient réussi à mettre exagérément en valeur ; le plus souvent, d'une façon beaucoup plus perfide, comme s'il avait deviné que cette forme précise s'était incrustée dans la mémoire de Bartlebooth, il laissait tel quel, d'une seule pièce, ce nuage, cette silhouette, cette tache colorée qui, nets de tout pourtour, devenaient inutilisables, découpes uniformes, monochromes, dont on ne voyait pas du tout ce qui venait les entourer.

Les ruses de Winckler commençaient avec les bords, bien avant ces stades déjà avancés. Comme dans les puzzles classiques, ses puzzles avaient de minces bords rectilignes et blancs, et la coutume et la raison voulaient que ce soit par les bords que, comme au jeu de go, on commence à jouer.

Il était également vrai qu'un jour, très exactement comme ce joueur de go qui plaça sa première pierre en plein centre du go-ban stupéfiant d'une manière suffisamment durable son adversaire pour emporter la victoire, Bartlebooth, saisi par une intuition subite, commença un de ses puzzles à partir du centre — les taches jaunes du soleil couchant miroitant sur le Pacifique (non loin d'Avalon, Santa Catalina Island, Californie, novembre 1948) — et le réussit cette fois-là en trois jours au lieu de deux semaines. Mais il perdit plus tard presque un mois entier quand il crut pouvoir recommencer ce stratagème.

La colle bleue dont se servait Gaspard Winckler débordait parfois un tout petit peu de la feuille blanche intercalaire qui constituait le bord du puzzle, laissant une presque imperceptible frange bleutée. Pendant plusieurs années Bartlebooth se servit de cette frange comme d'une sorte de garantie : si deux pièces qui lui semblaient parfaitement se juxtaposer présentaient des franges qui ne coïncidaient pas, il hésitait à les faire s'emboîter ; au contraire, il était tenté de rapprocher deux pièces qui, à première vue, n'auraient jamais dû se toucher, mais dont les franges bleutées offraient une parfaite continuité et souvent il s'avérait effectivement un peu plus tard qu'elles allaient très bien ensemble.

C'est seulement quand cette habitude fut prise, et suffisamment ancrée pour que s'en débarrasser devînt désagréable, que Bartlebooth se rendit compte que ces « heureux hasards » pouvaient parfaitement être piégés à leur tour, et que le faiseur de puzzles n'avait laissé, sur une centaine de jeux, cette mince trace servir d'indice — ou plutôt d'appât — que pour mieux l'égarer ensuite.

C'était, de la part de Gaspard Winckler, une ruse presque primaire, une simple entrée en matière. Deux ou trois fois elle troubla Bartlebooth quelques heures et n'eut pas d'effet plus durable. Mais elle était assez caractéristique de l'esprit dans lequel Gaspard Winckler concevait ses puzzles et entendait susciter chez Bartlebooth un désarroi chaque fois renouvelé. Les méthodes les plus rigoureuses, la mise sur fiches des sept cent cinquante pièces, l'emploi d'ordinateurs ou de tout autre système scientifique ou objectif, n'auraient, en l'occurrence, pas servi à grand-chose. Gaspard Winckler avait évidemment envisagé la fabrication de ces cinq cents puzzles comme un tout, comme un gigantesque puzzle de cinq cents pièces dont chaque pièce aurait été un puzzle de sept cent cinquante pièces, et il était clair que chacun de ces puzzles exigeait pour être résolu une attaque, un esprit, une méthode, un système différents.

Parfois Bartlebooth découvrait d'instinct la solution, comme par exemple, lorsqu'il avait, sans raison apparente, commencé par le centre ; parfois aussi il la déduisait des puzzles antérieurs ; mais, le plus souvent, il la cherchait pendant trois jours avec la sensation tenace d'être l'imbécile absolu : les bords n'étaient même pas finis, quinze petites Scandinavies rapprochées dès la première heure dessinaient la silhouette sombre d'un homme en cape montant trois marches menant à une jetée, à demi retourné dans la direction du peintre (Launceston, Tasmanie, octobre 1952) et depuis plusieurs heures il n'avait pas posé une seule pièce.

Bartlebooth retrouvait dans ce sentiment d'impasse l'essence même de sa passion : une sorte de torpeur, de ressassement, d'abrutissement opaque à la recherche de quelque chose d'informe dont il n'arrivait qu'à marmonner les contours : un bec qui irait avec la petite déchirure concave, un truc comme ça, une petite avancée jaunasse, un morceau avec une indentation un peu arrondie, des petits points orange, le petit morceau d'Afrique, le petit bout de côte Adriatique, gromellements confus, bruits de fond d'une rêverie maniaque, stérile, malheureuse.

Alors parfois, au bout de ces heures d'inertie morose, il arrivait à Bartlebooth d'entrer tout à coup dans d'épouvantables colères, aussi terribles et aussi inexplicables que pouvaient l'être celles de Gaspard Winckler quand il faisait sa partie de jacquet avec Morellet chez Riri. Cet homme qui, pour tous les gens de l'immeuble, était le symbole même du flegme britannique, de la discrétion, de la courtoisie, de la politesse, de l'exquise urbanité, cet homme que l'on n'avait jamais entendu prononcer un mot plus haut que l'autre, entrait dans ces moments-là dans des déchaînements d'une violence telle qu'il semblait l'avoir concentrée en lui pendant des années. Un soir il fendit en deux d'un seul coup de poing un guéridon à dessus de marbre. Une autre fois, Smautf ayant commis l'imprudence d'entrer, comme il le faisait chaque matin, avec le petit déjeuner — deux œufs à la coque, un jus d'orange, trois toasts, un thé au lait, quelques lettres et trois quotidiens : *Le Monde*, le *Times* et le *Herald* — Bartlebooth envoya valser le plateau avec une telle force que la théière, propulsée quasi verticalement à la vitesse d'une balle de volée, fracassa le verre épais du scialytique avant de se briser elle-même en mille morceaux qui retombèrent sur le puzzle (Okinawa, Japon, octobre 1951). Bartlebooth mit huit jours à récupérer ses sept cent cinquante pièces, que le vernis protecteur de Gaspard Winckler avait sauvées du thé bouillant, et sans doute cette colère ne fut-elle pas inutile, car en réordonnant ces pièces, il découvrit enfin comment il fallait les placer.

Plus souvent heureusement, au terme de ces heures d'attente, après être passé par tous les degrés de l'anxiété et de l'exaspération contrôlées, Bartlebooth atteignait une sorte d'état second, une stase, une espèce d'hébétude toute asiatique, peut-être analogue à celle que recherche le tireur à l'arc : un oubli profond du corps et du but à atteindre, un esprit vide, parfaitement vide, ouvert, disponible, une attention intacte mais flottant librement au-dessus des vicissitudes de l'existence, des contingences du puzzle et des embûches de l'artisan. Dans ces instants-là Bartlebooth voyait sans les regarder les fines découpes de bois s'encastrer très exactement les unes dans les autres et pouvait, prenant deux pièces auxquelles il n'avait jamais prêté attention ou dont il avait peut-être juré pendant des heures qu'elles ne pouvaient matériellement pas se réunir, les assembler d'un geste.

Cette impression de grâce durait parfois plusieurs minutes et Bartlebooth avait alors la sensation d'être un voyant : il percevait tout, il comprenait tout, il aurait pu voir l'herbe pousser, la foudre frapper l'arbre, l'érosion meuler les montagnes comme une pyramide très lentement usée par l'aile d'un oiseau qui l'effleure : il juxtaposait les pièces à toute allure, sans jamais se tromper, retrouvant sous tous les détails et artifices qui prétendaient les masquer, telle griffe minuscule, tel imperceptible fil rouge, telle encoche aux bords noirs qui lui auraient, de tout temps, désigné la solution s'il avait eu des yeux pour voir : en quelques instants, porté par cette ivresse exaltante et sûre, une situation qui n'avait pas bougé depuis des heures ou des jours et dont il ne concevait même plus le dénouement, se modifiait du tout au tout : des espaces entiers se soudaient les uns aux autres, le ciel et la mer retrouvaient leur place, des troncs redevenaient branches, des oiseaux vagues, des ombres goémon.

Ces instants privilégiés étaient aussi rares qu'ils étaient enivrants et aussi éphémères qu'ils semblaient efficaces. Très vite Bartlebooth redevenait comme un sac de sable, une masse inerte rivée à sa table de travail, un demeuré aux yeux vides, incapables de voir, attendant pendant des heures sans comprendre ce qu'il attendait.

Il n'avait ni faim ni soif, ni chaud ni froid ; il pouvait rester sans dormir plus de quarante heures, sans rien faire d'autre que prendre une à une les pièces non encore rassemblées, les regarder, les retourner et les reposer sans même essayer de les placer, comme si n'importe quelle tentative devait être inexorablement vouée à l'échec. Une fois il resta assis 62 heures d'affilée — du mercredi matin huit heures au vendredi soir dix heures — devant un puzzle inachevé qui représentait la grève d'Elseneur : frange grise entre une mer grise et un ciel gris.

Une autre fois, en mille neuf cent soixante-six, il rassembla dans les trois premières heures plus des deux tiers du puzzle de la quinzaine : la petite station balnéaire de Rippleson, en Floride. Puis, pendant les deux semaines qui suivirent, il tenta en vain de le finir : il avait devant lui un petit bout de plage presque désert, avec un restaurant à une extrémité de la promenade et des rochers de granit à l'autre extrémité ; au loin, à gauche, trois pêcheurs chargeaient une chaloupe de filets brun varech ; au centre une femme d'un certain âge vêtue d'une robe à pois et coiffée d'un chapeau de gendarme en papier tricotait assise sur les galets ; à côté d'elle, à plat ventre sur un tapis de fibres végétales, une petite fille avec un collier de coquillages mangeait des bananes séchées ; à l'extrême droite, un garçon de plage, vêtu d'un vieux battledress, ramassait des parasols et des chaises longues ; tout au fond une voile en forme de trapèze et deux îlots noirs cassaient la ligne d'horizon. Il manquait quelques ondulations de vagues et un morceau de ciel moutonnant : deux cents pièces d'un même bleu avec de minuscules variations blanches dont chacune lui demanda avant de trouver sa place plus de deux heures de travail.

Ce fut une des rares fois où il n'eut pas assez de deux semaines pour achever un puzzle. D'ordinaire, d'ivresses en abattements, d'exaltations en désespoirs, d'attentes fiévreuses en éphémères certitudes, le puzzle se complétait dans les délais prévus, s'acheminant vers cette inéluctable fin où tous les problèmes ayant été résolus, il ne restait qu'une aquarelle honnête, d'une facture toujours un peu scolaire, représentant un port de mer. A mesure qu'il l'avait assouvi, dans la frustration ou l'enthousiasme, son désir s'était éteint, ne lui laissant d'autre issue que d'ouvrir une nouvelle boîte noire.

CHAPITRE LXXI

Moreau, 4

A la cuisine à l'ancienne, initialement dotée de perfectionnements ultra-modernes que la cuisinière de Madame Moreau fit rapidement remplacer, Henry Fleury voulut opposer, pour la grande salle à manger d'apparat, un style résolument avant-gardiste, d'une rigueur géométrique, d'un formalisme impeccable, un modèle de sophistication glacée où les grands dîners de réception prendraient l'allure de cérémonies uniques.

La salle à manger était alors une pièce lourde et encombrée de meubles, avec un parquet aux dessins compliqués, un haut poêle de faïence bleue, des murs surchargés de corniches et de moulures, des plinthes imitant le marbre veiné, une suspension à neuf bras garnie de 81 pendeloques, une table en chêne, rectangulaire, accompagnée de douze chaises de velours brodé et, aux deux bouts, de deux fauteuils en acajou clair aux dos ajourés en X, un bas de vaisselier genre breton où l'on avait toujours vu voisiner un cabaret Napoléon III en papier mâché, un service à fumeurs (avec une boîte à cigarettes représentant *les Joueurs de cartes* de Cézanne, un briquet à essence ressemblant assez à une lampe à huile, et quatre cendriers respectivement décorés d'un trèfle, d'un carreau, d'un cœur et d'un pique), et un compotier d'argent rempli d'oranges, le tout surmonté d'une tapisserie représentant une fantasia ; entre les fenêtres, au-dessus d'un *coco weddelliana*, palmier d'appartement à feuillage décoratif, pendait une grande toile sombre montrant un homme en robe de juge, assis sur un trône élevé dont la dorure éclaboussait tout le tableau.

Henry Fleury partageait l'opinion abondamment répandue que la gustation est conditionnée non seulement par la couleur spécifique des nourritures ingérées, mais aussi par leur environnement. Des recherches poussées et plusieurs expériences le convainquirent que la couleur blanche, par sa neutralité, par son « vide » et par sa lumière, était celle qui ferait le mieux ressortir le goût des aliments.

C'est à partir de cette donnée qu'il réorganisa de fond en comble la salle à manger de Madame Moreau : il élimina les meubles, fit décrocher le lustre et déposer les plinthes et dissimula les moulures et les rosaces par un faux plafond fait de panneaux lamifiés d'une blancheur étincelante équipés de place en place de spots immaculés orientés de manière à converger vers le centre de la pièce. Les murs furent peints avec une laque blanche brillante et le parquet vétuste fut recouvert d'un revêtement plastique également blanc. Toutes les portes furent condamnées sauf celle qui donnait sur le hall d'entrée, une porte à deux battants, jadis vitrée, qui fut remplacée par deux plaques coulissantes commandées par une cellule photo-électrique invisible. Quant aux fenêtres, elles furent dissimulées par de hauts panneaux de contreplaqué habillés de skaï blanc.

A l'exception de la table et des chaises, aucun meuble, aucun équipement ne fut toléré dans la pièce, pas même un interrupteur ou un fil électrique. Tout le rangement de la vaisselle et du linge de table se fit dans des armoires aménagées en dehors de la pièce, dans le vestibule, où fut également installée une table de service équipée de chauffe-plats et de planches à découper.

Au centre de cet espace blanc qu'aucune tache, aucune ombre, aucune aspérité ne venait ternir, Fleury disposa sa table : une monumentale plaque de marbre, parfaitement blanche, taillée en octogone, aux bords doucement arrondis, posée sur un piétement cylindrique d'un diamètre d'environ un mètre. Huit chaises de plastique moulé, blanches, complétèrent le mobilier.

Ce parti pris de blancheur s'arrêtait là. La vaisselle, dessinée par le styliste italien Titorelli, fut réalisée dans des tons pastels — ivoire, jaune pâle, vert d'eau, rose tendre, mauve léger, saumon, gris clair, turquoise, etc. — dont l'emploi était déterminé par les caractéristiques des mets préparés qui eux-mêmes s'organisaient autour d'une couleur fondamentale, à laquelle étaient également assortis le linge de table et la tenue des serviteurs.

Pendant les dix années où sa santé fut suffisante pour lui permettre de continuer à recevoir, Madame Moreau donna environ un dîner par mois. Le premier fut un repas jaune : gougères à la bourguignonne, quenelles de brochet hollandaise, salmis de caille au safran, salade de maïs, sorbets au citron et au goyave, accompagnés de xérès, de Château-Chalon, de Châteaux-Carbonneux et de punch glacé au Sauternes. Le dernier, en mille neuf cent soixante-dix, fut un repas noir servi dans des assiettes d'ardoise polie ; il comportait évidemment du caviar, mais aussi des calmars à la tarragonaise, une selle de marcassin Cumberland, une salade de truffes et une charlotte aux myrtilles ; les boissons de cet ultime repas furent plus difficiles à choisir : le caviar fut servi avec de la vodka versée dans des gobelets de basalte et le calmar avec un vin résiné d'un rouge effectivement très sombre, mais pour la selle de marcassin le maître d'hôtel fit passer deux bouteilles de Château-Ducru-Beaucaillou 1955 transvasées pour la circonstance dans des decanters en cristal de Bohême ayant toute la noirceur requise.

Madame Moreau elle-même ne touchait presque jamais aux plats qu'elle faisait servir à ses invités. Elle suivait un régime de plus en plus sévère qui avait fini par ne plus lui autoriser que des laitances de poisson cru, du blanc de poulet, de l'Edam étuvé et des figues sèches. Généralement elle prenait son repas avant ses invités, seule ou en compagnie de Madame Trévins. Cela ne l'empêchait pas d'animer ses soirées avec la même énergie que celle dont elle faisait preuve dans son travail diurne dont ces dîners n'étaient d'ailleurs pour elle qu'un des prolongements nécessaires : elle les préparait avec un soin minutieux, dressant la liste de ses convives comme on dresse un plan de bataille ; elle réunissait invariablement sept personnes parmi lesquelles se trouvaient généralement : un individu ayant une fonction quelque peu officielle (chef de cabinet, conseiller référendaire à la Cour des comptes, auditeur au Conseil d'Etat, administrateur civil, etc.) ; un artiste ou un homme de lettres ; un ou deux membres de son équipe, mais jamais Madame

Trévins qui détestait ce genre des festivités et préférait ces soirs-là rester dans sa chambre et relire son livre ; et l'industriel français ou étranger, avec lequel elle était alors en affaires et pour lequel ce repas était donné. Deux ou trois épouses savamment choisies complétaient le tour de table.

Un de ces plus mémorables repas fut offert à un homme qui, par ailleurs, était venu plusieurs fois dans l'immeuble : Hermann Fugger, l'homme d'affaires allemand ami des Altamont et de Hutting, et dont Madame Moreau devait distribuer en France certains matériels de camping : ce soir-là, connaissant la passion rentrée de Fugger pour la cuisine, elle fit préparer un repas rose — aspic de jambon au Vertus, koulibiak de saumon sauce aurore, canard sauvage aux pêches de vigne, champagne rosé, etc. — et elle convia à sa table, outre un de ses plus proches collaborateurs qui dirigeait la branche « hypermarchés » de son affaire, un chroniqueur gastronomique, un minotier reconverti dans les plats préparés et un propriétaire-récoltant de vins de Moselle, ces deux derniers convives étant flanqués d'épouses tout aussi férues de bien manger que leurs conjoints. Négligeant pour une fois le porc de Flourens et autres curiosités d'avant-dîner, les invités firent exclusivement rouler la conversation sur les plaisirs de la table, les vieilles recettes, les chefs disparus, le beurre blanc de la mère Clémence et autres propos de gueule.

La salle à manger d'Henry Fleury ne servait évidemment que pour ces dîners de prestige. Le reste du temps, et même à l'époque où elle était encore valide et dotée d'un solide appétit, Madame Moreau dînait avec Madame Trévins dans sa chambre ou dans celle de son amie. C'était dans la journée leur seul instant de détente ; elles parlaient interminablement de Saint-Mouezy, évoquant sans s'en lasser leurs souvenirs.

Elle revoyait la venue du vieux bouilleur qui arrivait de Buzançais avec son alambic de cuivre rouge tiré par une petite jument noire qui répondait au nom de Belle ; et l'arracheur de dents avec son bonnet rouge et ses prospectus multicolores ; et le joueur de cornemuse qui l'accompagnait et qui soufflait dans ses tuyaux le plus fort possible et horriblement faux pour couvrir les cris des malheureux patients. Elle revivait la hantise qu'elle avait d'être privée de dessert et mise au pain sec et à l'eau pendant trois jours quand la maîtresse lui avait mis une mauvaise note ; elle retrouvait la frayeur qu'elle avait ressentie en découvrant sous une casserole que sa mère lui avait demandé de récurer une grosse araignée noire ; ou son intense émerveillement lorsque, un matin de 1915, elle avait vu pour la première fois de sa vie un avion, un biplan qui avait émergé du brouillard et qui s'était posé dans un champ ; il en était descendu un jeune homme beau comme un dieu, avec un blouson de cuir, de grands yeux pâles et de longues mains fines sous de gros gants doublés de mouton. C'était un aviateur gallois qui voulait rejoindre le château de Corbenic et que le brouillard avait égaré. Il y avait dans l'avion plusieurs cartes qu'il examina en vain. Elle ne put lui venir en aide et pas davantage les gens du village chez qui elle le conduisit.

Ou bien, du plus loin qu'elle pouvait se souvenir, remontait la fascination qu'elle éprouvait chaque fois que, toute petite fille, elle regardait son grand-père se faire la barbe : il s'asseyait généralement le matin, vers sept heures, après un frugal petit déjeuner, et préparait avec sérieux, dans un bol d'eau très chaude à l'aide d'un blaireau très souple une mousse de savon si dense si blanche et si compacte qu'il lui en venait encore, après plus de soixante-quinze ans, l'eau à la bouche.

CHAPITRE LXXII

Caves, 3

Caves. La cave de Bartlebooth.

Dans la cave de Bartlebooth il y a un reste de charbon sur lequel est encore posé un seau en tôle émaillée noire avec une anse en fil de fer garnie d'un manchon de bois, une bicyclette pendue à un croc de boucher, des casiers à bouteilles désormais vacants, et les quatre malles de ses voyages, quatre malles bombées, recouvertes de toile goudronnée, ceinturées de lattes de bois, avec des encoignures et des ferrures de cuivre, et entièrement doublées à l'intérieur de feuilles de zinc pour garantir leur étanchéité.

Bartlebooth les avait commandées à Londres, chez Asprey, et les avait fait remplir de tout ce qui pouvait être nécessaire, utile, réconfortant, ou simplement agréable pendant toute la durée de son périple autour du monde.

La première qui, en s'ouvrant, révélait une penderie spacieuse, avait contenu un trousseau complet adapté aussi bien à toute la gamme des conditions climatiques qu'aux diverses circonstances de la vie mondaine, comme ces collections de costumes en carton découpé dont les enfants affublent des poupées gravures de mode : cela allait des bottes de fourrure aux souliers vernis, des cirés aux fracs, des passe-montagnes aux nœuds papillons et des casques coloniaux aux huit-reflets.

La seconde avait renfermé les divers matériels de peinture et dessin nécessaires à l'exécution des aquarelles, des emballages tout préparés à l'intention de Gaspard Winckler, divers guides et cartes, des produits de toilette et d'entretien dont on pouvait supposer alors qu'il serait parfois difficile de se les procurer aux antipodes, une pharmacie de secours, les fameuses boîtes de « café ionisé », et quelques instruments : appareil de photo, jumelles, machine à écrire portative.

La troisième offrait encore tout ce qu'il aurait fallu si, ayant fait naufrage par suite de tempête, typhon, raz-de-marée, cyclone ou révolte de l'équipage, Bartlebooth et Smautf avaient eu à dériver sur une épave, aborder sur une île déserte et devoir y survivre. Son contenu reprenait, simplement modernisé, celui de la malle lestée de tonneaux vides que le capitaine Nemo fait échouer sur une plage à l'intention des braves colons de l'île Lincoln, et dont la nomenclature exacte, notée sur une feuille du carnet de Gédéon Spilett, occupe, accompagnée il est vrai de deux gravures presque pleine page, les pages 223 à 226 de *L'Ile mystérieuse* (Ed. Hetzel).

La quatrième, enfin, avait été prévue pour des catastrophes moindres et contenait — impeccablement conservée et miraculeusement emballée dans un aussi faible volume — une tente à six places avec tous ses accessoires et fournitures, depuis la classique « vache à eau » jusqu'au commode — et alors tout récent, puisqu'il avait été primé au dernier concours Lépine — gonfleur à pied, en passant par la toile de sol, le double-toit, les piquets inoxydables, les tendeurs de rechange, les duvets, les matelas pneumatiques, les lampes-tempêtes, les réchauds à pastille, les bouteilles thermos, les couverts emboîtables, un fer à repasser de voyage, un réveille-matin, un cendrier « anosmique » breveté permettant au fumeur invétéré de se livrer à son vice sans incommoder son voisin, et une table entièrement pliante qui demandait à peu près deux heures, en s'y mettant à deux, pour être montée — ou démontée — à l'aide de minuscules clés à douilles à huit pans.

Les troisième et quatrième malles ne servirent presque jamais. Le goût naturel de Bartlebooth pour le confort britannique et les moyens quasi illimités dont il disposait alors lui permettaient de choisir, presque chaque fois, des résidences convenablement équipées — grands hôtels, ambassades, résidences de riches particuliers — où son xérès lui était présenté sur un plateau d'argent et où l'eau pour sa barbe faisait quatre-vingt-six degrés fahrenheit et pas quatre-vingt-quatre.

Lorsqu'il ne trouvait vraiment pas d'installation à sa convenance dans les environs du lieu choisi pour l'aquarelle de la quinzaine, Bartlebooth se résignait à camper. Cela ne lui arriva en tout qu'une vingtaine de fois, entre autres en Angola, près de Moçamedès, au Pérou près de Lambayeque, à l'extrême-pointe de la presqu'île californienne (c'est-à-dire au Mexique) et dans diverses îles du Pacifique ou de l'Océanie où il aurait pu tout aussi bien dormir à la belle étoile sans obliger le pauvre Smautf à sortir, à installer, et surtout, quelques jours plus tard, à démonter tout le matériel, dans un ordre immuable où chaque objet devait être replié et replacé selon le mode d'emploi joint à la malle, qui, sans cela, n'aurait jamais pu être refermée.

Bartlebooth n'a jamais beaucoup parlé de ses voyages et, depuis quelques années, il n'en parle plus du tout. Smautf, lui, les évoque volontiers, mais sa mémoire lui fait de plus en plus souvent défaut. Pendant toutes ses années de pérégrinations, il a tenu une sorte de carnet où, à côté de calculs prodigieusement longs dont il ne se souvient plus ce qu'ils calculaient, il notait l'emploi de ses journées. Il avait une écriture assez curieuse où les barres de *t* avaient l'air de souligner les mots de la ligne supérieure et où les points sur les *i* semblaient interrompre les phrases de la ligne d'au-dessus ; en revanche, il intercalait dans la ligne d'au-dessous les queues et arabesques des mots qui lui étaient superposés. Le résultat aujourd'hui est loin d'être toujours clair, d'autant plus que Smautf était persuadé que la seule relecture d'un mot résumant alors parfaitement toute la scène suffirait à ressusciter le souvenir dans son intégralité, comme ces rêves qui reviennent d'un coup dès qu'on s'en remémore un élément : aussi notait-il les choses d'une façon très peu explicite. Par exemple, sous la date du 10 août 1939 — à Takaungu, au Kenya — on peut lire :

Chevaux de fiacre qui vont au commandement, sans cocher.

La monnaie de cuivre se rend dans du papier.
Les chambres ouvertes à l'auberge.
Voulez-vous... moi ?
C'est de la gelée de pied de veau (calf foot gelley)
Manière de porter les enfants.
Dîner chez M. Macklin.

Smautf ne comprend plus ce dont il a ainsi voulu se souvenir. Tout ce qui lui revient — et qu'il n'a jamais noté — est que ce Mr. Macklin était un botaniste âgé de plus de soixante ans qui, après avoir vingt ans durant catalogué des papillons et des fougères dans les sous-sols du British Museum, était parti sur le terrain faire l'inventaire systématique de la flore du Kenya. Quand Smautf arriva pour dîner chez le botaniste — Bartlebooth ce soir-là était reçu à Mombassa par le gouverneur de la province — il le trouva agenouillé dans son salon, occupé à ranger dans les petites boîtes rectangulaires des plants de basilic *(Ocumum basilicum)* et plusieurs échantillons d'épiphylles dont l'un, aux fleurs couleur d'ivoire, n'était manifestement pas un *Epiphyllum truncatum* et, lui dit-il la voix tremblante, s'appellerait peut-être un jour *Epiphyllum paucifolium* Macklin (il aurait préféré *Epiphyllum macklineum*, mais cela ne se faisait déjà plus). Ce vieil homme caressait en effet depuis vingt ans le rêve de donner son nom à une de ces cactées ou, à défaut, à un écureuil local dont il adressait des descriptions de plus en plus détaillées à ses directeurs qui persistaient à lui répondre que cette variété n'était pas suffisamment différente des autres sciurinés africains *(Xerus getelus, Xerus capensis,* etc.) pour mériter une appellation spécifique.

Le plus extraordinaire de l'histoire est que Smautf rencontra douze ans et demi plus tard, aux îles Salomon, un autre Mr. Macklin, à peine plus jeune que le premier, dont il était le neveu ; il se prénommait Corbett : c'était un missionnaire au visage en lame de couteau, au teint de cendre, qui se nourrissait exclusivement de lait et de fromage blanc ; sa femme, une pimpante petite personne répondant au prénom de Bunny, s'occupait des petites filles du village ; elle leur faisait faire de la gymnastique sur la plage et on pouvait les voir, tous les samedis matins, habillées de jupettes plissées, avec des rubans brodés dans les cheveux et des bracelets de corail, se dandiner au rythme d'un choral de

Haendel seriné par un gramophone à ressort, pour la plus grande joie de quelques tommies désœuvrés que la dame ne cessait de fusiller du regard.

CHAPITRE LXXIII

Marcia, 5

La première pièce de la boutique de Madame Marcia, celle dont s'occupe son fils David, est pleine de petits meubles : guéridons de café à dessus de marbre, tables gigogne, poufs rebondis, chaises ponteuses, tabourets Early American provenant de l'ancien relais de poste de Woods Hole, Massachussetts, prie-Dieu, pliants de toile en X aux pieds torsadés, etc. Sur les murs tendus de toile bise écrue, plusieurs étagères de profondeurs et de hauteurs différentes, recouvertes d'un tissu vert gainé d'un ruban de cuir rouge fixé par des clous de cuivre à grosse tête, supportent tout un assortiment méticuleusement rangé de bibelots : un drageoir au corps de cristal, au pied et au couvercle d'or, finement ciselé, des bagues anciennes présentées sur d'étroits cylindres de carton blanc, une balance de changeur d'or, quelques monnaies sans effigie, découvertes par l'Ingénieur Andrussov lors des travaux de déblaiement pour la voie de chemin de fer transcaspien, un livre enluminé ouvert sur une miniature représentant une Vierge à l'Enfant, un cimeterre de Chiraz, un miroir de bronze, une gravure illustrant le suicide de Jean-Marie Roland de la Platière à Bourg-Baudoin (vêtu d'une culotte couleur parme et d'une veste rayée, le Conventionnel, à genoux, griffonne la courte lettre par laquelle il explique son geste. Par la porte entrebaillée on aperçoit un homme en carmagnole et bonnet phrygien, armé d'une longue pique, qui le regarde avec un air plein de haine) ; deux tarots de Bembo représentant, l'un le diable, l'autre la Maison-Dieu ; une forteresse miniature avec quatre tours d'aluminium et sept portes à pont-levis, à ressorts, garnies de tout petits soldats de plomb ; d'autres soldats de collection, plus gros, figurant des Poilus de la Grande Guerre : un officier observe à la jumelle, un autre, assis sur un baril de poudre, examine une carte étalée sur ses genoux : une estafette remet en saluant militairement un pli cacheté à un général portant une cape ; un soldat ajuste sa baïonnette ; un autre, en bourgeron, mène à la longe un cheval ; un troisième dévide un dérouleur hypothétiquement porteur de cordon Bickford ; une glace octogonale dans un cadre en écaille ; plusieurs lampes dont deux torchères brandies par des bras humains, semblables à ceux qui, certaines nuits, s'animent dans le film *La Belle et la Bête ;* des modèles réduits de chaussures, en bois sculpté, dissimulant des boîtes à pilules ou des tabatières de priseurs ; une tête de jeune femme en cire peinte, dont la coiffure faite de vrais cheveux un à un plantés, susceptibles d'être peignés sert de publicité aux coiffeurs ; *le petit Gutenberg,* imprimerie d'enfant datant des années vingt, avec non seulement une casse pleine de caractères en caoutchouc, un composteur, une pincette et des tampons encreurs, mais aussi des images en relief taillées dans des carrés de linoléum, servant à agrémenter ces textes de vignettes diverses : guirlandes de fleurs, grappes et pampres, gondole, grande pyramide, petit sapin, crevettes, licorne, gaucho, etc.

Sur le petit bureau où David Marcia se tient pendant la journée se trouve un classique de bibliographie numismatique, le *Recueil des monnaies de la Chine, du Japon, etc.* par le baron de Chaudoir, et un carton d'invitation à la création mondiale de *Suite sérielle 94* d'Octave Coppel.

Histoire du bourrelier
de sa sœur et de son beau-frère

Le premier occupant de la boutique fut un graveur sur verre qui travaillait surtout pour des aménagements de magasins et dont, aux débuts des années cinquante, on pouvait encore admirer les délicates arabesques sur les glaces en verre dépoli du Café Riri avant que Monsieur Riri, cédant à la mode, ne les fasse remplacer par des panneaux de formica et de jute collé. Ses éphémères successeurs furent un pépiniériste, un vieil horloger qu'on retrouva un matin mort dans sa boutique au milieu de toutes ses horloges arrêtées, un serrurier, un lithographe, un fabricant de chaises longues, un marchand d'articles de pêche et enfin, vers la fin des années trente, un bourrelier nommé Albert Massy.

Fils d'un pisciculteur de Saint-Quentin, Massy n'avait pas toujours été bourrelier. A seize ans, alors qu'il était en apprentissage à Levallois, il s'était inscrit dans un club sportif et s'y était révélé d'emblée un cycliste exceptionnel : bon grimpeur, vite au sprint, merveilleux au train, récupérant admirablement, sachant d'instinct quand et qui il fallait attaquer, Massy avait l'étoffe d'un de ces géants de la route dont les exploits illustrent l'âge d'or du cyclisme ; à vingt ans, à peine passé professionnel, il le manifesta avec éclat : dans l'avant-dernière étape, Ancône-Bologne, du Tour d'Italie 1924, sa première grande épreuve, il déclencha entre Forli et Faenza une échappée, démarrant avec une telle ardeur que seuls Alfredo Binda et Enrici purent s'accrocher à sa roue : Enrici y assura sa victoire finale et Massy lui-même une très honorable cinquième place.

Un mois plus tard, dans son premier et dernier Tour de France, Massy faillit renouveler avec encore plus de bonheur sa performance et dans la dure étape Grenoble-Briançon manqua ravir à Bottecchia qui l'avait conquis dès la première journée, le maillot jaune. Avec Leduc et Magne, qui faisaient comme lui leur premier Tour de France, ils s'échappèrent au pont de l'Aveynat et dès la sortie de Rochetaillée avaient semé le peloton. Leur avance ne cessa de s'accentuer dans les cinquante kilomètres qui suivirent : trente secondes à Bourg-d'Oisans, une minute à Dauphin, deux à Villar-d'Arène, au pied du Lautaret. Galvanisés par la foule qui s'enthousiasmait de voir enfin des Français menacer l'invincible Bottecchia, les trois jeunes coureurs franchirent le col avec plus de trois minutes d'avance : il ne leur restait plus qu'à se laisser triomphalement descendre jusqu'à Briançon ; quel que soit par ailleurs le classement de l'étape, il suffisait que Massy conserve les trois minutes d'avance qu'il avait prises à Bottecchia pour passer en tête du classement général : mais à vingt kilomètres de l'arrivée, juste avant Monêtier-les-Bains, il dérapa dans un virage et fit une chute, pour lui sans gravité, mais désastreuse pour sa machine : la fourche cassa net. Le règlement interdisait alors aux coureurs de changer de vélo au cours d'une étape, et le jeune champion dut abandonner.

La fin de sa saison fut lamentable. Son directeur d'équipe, qui avait une foi quasi illimitée dans les possibilités de son poulain, parvint à le convaincre, alors qu'il parlait tout le temps d'abandonner à jamais la compétition, que sa malchance dans le Tour avait provoqué chez lui une véritable phobie de la route et le persuada de se convertir à la piste.

Massy pensa d'abord aux Six-Jours et à cet effet contacta le vieux pistard autrichien Peter Mond dont l'équipier habituel, Hans Gottlieb, venait de se retirer. Mais Mond venait juste de signer avec Arnold Augenlicht et Massy décida alors, sur les conseils de Toto Grassin, de se lancer dans le demi-fond : de toutes les disciplines cyclistes, c'était alors la plus populaire et des champions comme Brunier, Georges Wambst, Sérès, Paillard ou l'américain Walthour, étaient littéralement adulés par les foules dominicales qui emplissaient le Veld'Hiv, Buffalo, la Croix de Berny ou le Parc des Princes.

La jeunesse et l'enthousiasme de Massy firent merveille et le quinze octobre 1925, moins d'un an après ses débuts dans la spécialité, le nouveau stayer battit à Montlhéry le record du monde de l'heure en parcourant 118,75 kilomètres derrière la grosse moto de son entraîneur Barrère équipée pour la circonstance d'un coupe-vent élémentaire. Le Belge Léon Vanderstuyft, quinze jours auparavant, tiré sur la même piste par Deliège avec un coupe-vent un peu plus important, n'avait atteint que 115,098 kilomètres.

Ce record qui, en d'autres circonstances, aurait pu inaugurer une carrière prodigieuse de pistard ne fut malheureusement qu'une apothéose triste et sans lendemain. Massy était alors en effet, et depuis seulement six semaines, soldat de deuxième classe au premier régiment du Train à Vincennes, et s'il avait pu obtenir une permission spéciale pour sa tentative, il ne put réussir à la faire déplacer in extremis lorsqu'un des trois juges exigés par la Fédération Internationale de Cyclisme se décommanda deux jours avant la date prévue.

Sa performance ne fut donc pas homologuée. Massy se battit tant qu'il put, ce qui ne fut pas facile du fond de sa caserne, malgré l'appui spontané que lui apportèrent, non seulement ses camarades de chambrée pour qui il était évidemment une idole, mais ses supérieurs et jusqu'au colonel commandant la garnison, qui provoqua même une intervention à la Chambre des députés du ministre de la Guerre, lequel n'était autre que Paul Painlevé.

La Commission internationale d'Homologation resta inflexible ; tout ce que Massy put obtenir fut l'autorisation de recommencer sa tentative dans des conditions réglementaires. Il reprit son entraînement avec acharnement et confiance et en décembre, lors de sa seconde tentative, impeccablement tiré par Barrère, battit son propre record en parcourant dans l'heure 119,851 kilomètres. Mais cela ne l'empêcha pas de descendre de machine en hochant tristement la tête : une quinzaine de jours auparavant, Jean Brunier, derrière la moto de Lautier, avait fait 120,958 kilomètres, et Massy savait qu'il ne l'avait pas battu.

Cette injustice du sort qui le privait à jamais de voir son nom figurer au palmarès alors qu'il avait, en tout état de cause, été recordman du monde de l'heure du 15 octobre au 14 novembre 1925, démoralisa tellement Massy qu'il décida de renoncer complètement au cyclisme. Mais il commit alors une grave erreur : à peine libéré de son service militaire, au lieu de se chercher une occupation loin de la foule déchaînée des vélodromes, il devint *pacemaker*, c'est-à-dire entraîneur, d'un tout jeune stayer, Lino Margay, un Picard opiniâtre et increvable qui par admiration pour les prouesses de Massy avait choisi comme spécialité le demi-fond, et était venu spontanément se placer sous son égide.

Le métier de pacemaker est un métier ingrat. Bien cambré sur sa grosse moto, les jambes bien verticales, les avant-bras collés au corps pour fournir le meilleur abri possible, il tire le stayer et dirige sa course de manière à lui imposer le minimum d'efforts tout en essayant de se placer dans des conditions favorables pour attaquer tel ou tel adversaire. Dans cette position terriblement fatigante où presque tout le poids du corps porte sur l'extrémité du pied gauche, et qu'il doit conserver pendant une heure ou une heure et demie sans remuer un bras ou une jambe, le pacemaker voit à peine son stayer et ne peut pratiquement pas, à cause du rugissement des machines, recevoir des messages de lui : tout au plus peut-il lui communiquer, au moyen de brefs signes de tête dont la signification est convenue d'avance, qu'il va accélérer, ralentir, monter aux balustrades, plonger à la corde, ou passer tel adversaire. Le reste, l'état de fraîcheur du coureur, sa combativité, son moral, il doit le deviner. Le coureur et son entraîneur doivent par conséquent ne faire qu'un, raisonner et agir ensemble, procéder en même temps à la même analyse de la course et en tirer aux mêmes instants les mêmes conséquences : celui qui est surpris a perdu : l'entraîneur qui laisse une moto adverse venir se placer de manière à lui casser le vent ne pourra pas éviter que son coureur ne décroche ; le coureur qui ne suit pas son entraîneur lorsque celui-ci accélère dans un virage pour attaquer un concurrent, s'asphyxiera en essayant de coller de nouveau au rouleau ; dans les deux cas, le coureur perdra en quelques secondes toutes ses chances de gagner.

Dès le début de leur association, il fut clair pour tous que Massy et Margay formeraient un tandem modèle, une de ces équipes dont on cite encore en exemple la parfaite homogénéité, à l'instar de ces autres couples célèbres que furent dans les années vingt à trente, à la grande époque du demi-fond, Lénart et Pasquier aîné, De Wied et Bisserot, ou les Suisses Stampfli et d'Entrebois.

Pendant des années, Massy mena Margay à la victoire dans tous les grands vélodromes d'Europe. Et longtemps, quand il entendait le public des pelouses et des gradins applaudir Lino à tout rompre et se lever en scandant son nom dès qu'il apparaissait sur la piste dans son maillot blanc à bandes violettes, quand il le voyait, vainqueur, grimper sur le podium pour recevoir ses médailles et ses bouquets, il n'en éprouvait que joie et fierté.

Mais bientôt ces acclamations qui ne s'adressaient pas à lui, ces honneurs qu'il aurait dû connaître et dont un sort inique l'avait privé, provoquèrent en lui un ressentiment de plus en plus tenace. Il se mit à haïr ces foules hurlantes qui l'ignoraient et adoraient stupidement ce héros du jour qui ne devait ses victoires qu'à son expérience à lui, sa volonté, sa technique, son abnégation. Et comme s'il avait eu besoin pour se confirmer dans sa haine et dans son mépris de voir son poulain accumuler les triomphes, il en vint à lui demander de plus en plus d'efforts, prenant de plus en plus de risques, attaquant dès le départ, et menant de bout en bout la course à une moyenne d'enfer. Margay suivait, dopé par l'inflexible énergie de Massy pour qui aucune victoire, aucun exploit, aucun record ne semblaient jamais suffire. Jusqu'au jour où, ayant poussé le jeune champion à s'attaquer à son tour à ce record du monde de l'heure dont il avait été le méconnu détenteur, Massy lui imposa, sur la terrible piste du Vigorelli de Milan, un train si fort et des temps de passage tellement serrés que l'inévitable finit par se produire : mené à plus de cent kilomètres à l'heure, Margay décolla dans un virage et, pris dans un remous, perdit l'équilibre, tombant sur plus de cinquante mètres.

Il ne mourut pas, mais quand il sortit de l'hôpital, six mois plus tard, il était atrocement défiguré. Le bois de la piste lui avait arraché toute la moitié droite du visage : il n'avait plus qu'une oreille et plus qu'un œil, plus de nez, plus de dents, plus de mâchoire inférieure. Tout le bas de sa figure était un horrible magma rosâtre agité de tremblements irrépressibles ou au contraire figé dans des rictus innommables.

A la suite de l'accident, Massy avait enfin renoncé définitivement au cyclisme et repris le métier de bourrelier qu'il avait appris et exercé alors qu'il n'était encore qu'amateur. Il avait racheté la boutique de la rue Simon-Crubellier — son prédécesseur, le marchand de cannes à pêches, que le Front Populaire avait enrichi, s'installait rue Jouffroy dans un local quatre fois plus grand — et il partageait avec sa jeune sœur Josette l'appartement du rez-de-chaussée. Tous les jours à six heures il allait voir Lino Margay à Lariboisière et il le recueillit chez lui à sa sortie de l'hôpital. Son sentiment de culpabilité était inextinguible et lorsque, quelques mois plus tard, l'ancien champion lui demanda la main de Josette, il fit tant et si bien qu'il réussit à persuader sa sœur d'épouser ce monstre larvaire.

Le jeune couple s'installa à Enghien dans un pavillon au bord du lac. Margay louait aux estivants et aux curistes des chaises longues, des barques et des pédalos. Le bas du visage constamment emmitouflé dans un grand cache-col de laine blanche, il parvenait à peu près à dissimuler son insupportable hideur. Josette tenait la maison, faisait les courses et le ménage, ou cousait à la machine dans une lingerie où elle avait demandé à Margay de ne jamais entrer.

Cet état de choses ne dura pas dix-huit mois. Un soir d'avril mille neuf cent trente-neuf, Josette revint chez son frère, le suppliant de la libérer de cet homme à tête de ver qui était devenu pour elle un cauchemar de chaque seconde.

Margay n'essaya pas de retrouver, revoir ou reprendre Josette. Quelques jours plus tard, une lettre arriva chez le bourrelier : Margay comprenait trop bien ce que Josette endurait depuis qu'elle s'était sacrifiée pour lui et il implorait son pardon ; tout aussi incapable de lui demander de revenir que de pouvoir s'accoutumer à vivre sans elle, il préférait partir, s'expatrier, espérant trouver dans quelque contrée lointaine une mort qui le délivrerait.

La guerre survint. Réquisitionné par le S.T.O. Massy partit en Allemagne travailler dans une usine de chaussures et, dans la boutique de bourrellerie, Josette installa un atelier de couture. Dans ces périodes de pénurie où les almanachs recommandaient de renforcer ses chaussures de semelles taillées dans des épaisseurs de papier journal ou de vieux morceaux de feutre hors d'usage, et de détricoter les vieux pull-overs pour en tricoter de nouveaux, il était de règle de faire retailler les vieux vêtements et elle ne manqua pas de travail. On pouvait la voir, assise près de la fenêtre, récupérant des épaulettes et des doublures, retournant un manteau, taillant un caraco dans un vieux coupon de brocart ou, agenouillée aux pieds de Madame de Beaumont, marquant à la craie l'ourlet de sa jupe-culotte confectionnée dans un pantalon de tweed ayant appartenu à son défunt mari.

Marguerite et Mademoiselle Crespi venaient parfois lui tenir compagnie. Les trois femmes restaient silencieuses autour du petit poêle à bois que ne venaient alimenter que des boulettes de sciure et de papier, tirant pendant des heures leurs aiguillées de fil sous la faible lumière de la lampe bleutée.

Massy revint à la fin quarante-quatre. Le frère et la sœur reprirent leur vie commune. Ils ne prononçaient jamais le nom de l'ancien stayer. Mais un soir le bourrelier surprit sa sœur en larmes et elle finit par lui avouer que pas un seul jour depuis qu'elle avait quitté Margay elle n'avait cessé de penser à lui : ce n'était ni la pitié ni le remords qui la tenaillaient, mais l'amour, un amour mille fois plus fort que la répulsion que lui inspirait le visage de l'être aimé. Le lendemain matin on sonna à la porte et un homme merveilleusement beau apparut sur le seuil : c'était Margay, ressuscité d'entre les monstres.

Lino Margay n'était pas seulement devenu beau, il était devenu riche. Décidé à s'expatrier, il avait confié au hasard le soin de choisir sa destination ultime ; il avait ouvert un atlas et sans le regarder avait planté une épingle sur une carte du monde ; le hasard, après être plusieurs fois tombé en pleine mer, avait fini par désigner l'Amérique du Sud, et Margay s'était engagé comme soutier à bord d'un cargo grec, le *Stephanotis*, en partance pour Buenos Aires et au cours de la longue traversée s'était lié d'amitié avec un vieux matelot d'origine italienne, Mario Ferri, dit Ferri le Rital.

Avant la première guerre mondiale, Ferri le Rital dirigeait à Paris, 94 rue des Acacias, une petite boîte de nuit appelée *le Chéops*, qui dissimulait un tripot clandestin connu de ses habitués sous le nom de *l'Octogone* à cause de la forme des jetons qu'on y utilisait. Mais les véritables activités de Ferri étaient d'un tout autre ordre : il était l'un des dirigeants de ce groupe d'agitateurs politiques que l'on appelait les Panarchistes, et la police, si elle savait pertinemment que le *Chéops* cachait une boîte de jeux connue sous le nom d'*Octogone*, ignorait que cet *Octogone* n'était lui-même que la couverture d'un des quartiers généraux panarchistes. Lorsque, après la nuit du 21 janvier 1911, le mouvement fut décapité et deux cents de ses militants les plus actifs emprisonnés dont ses trois chefs historiques Purkinje, Martinotti et Barbenoire, Ferri le Rital fut un des seuls responsables à échapper au coup de filet du Préfet de Police, mais dénoncé, repéré, pourchassé, il ne put, après s'être terré quelques mois en Beauce, que commencer une vie errante qui le mena sans trêve d'un bout à l'autre de la planète, lui faisant exercer pour survivre les métiers les plus divers, de tondeur de chien à agent électoral, de guide de montagne à minotier.

Margay n'avait pas de projet précis. Ferri, bien qu'il eût depuis longtemps dépassé la cinquantaine, en avait pour deux et plaçait tous ses espoirs sur un gangster notoire qu'il connaissait à Buenos Aires, Rosendo Juarez dit « le Cogneur ». Rosendo le Cogneur était un de ceux qui tenaient le haut du pavé à Villa Santa Rita. Un gars doué comme pas deux pour le surin et c'était avec ça l'un des hommes de don Nicolas Paredès qu'était lui-même un des hommes de Morel, lequel était certainement un homme très important. A peine débarqués, Ferri et Margay allèrent voir le Cogneur et se mirent sous ses ordres. Mal leur en prit car à la première affaire qu'il leur confia — une simple livraison de drogue — ils se firent arrêter, très vraisemblablement d'ailleurs sur l'instigation du Cogneur lui-même. Ferri le Rital écopa de dix ans de prison et y mourut au bout de quelques mois. Lino Margay, qui n'avait pas d'armes sur lui, n'en prit que pour trois ans.

Lino Margay — Lino le Baveur ou Lino Tête-de-Nœud comme on l'appelait alors — se rendit compte en taule que sa laideur immonde inspirait à chacun — qu'il fût flic ou truand — pitié et confiance. En le voyant les gens voulaient connaître son histoire, et quand il la leur avait racontée, ils lui racontaient la leur. Lino Margay découvrit à cette occasion qu'il possédait une mémoire étonnante : quand il sortit de prison, en juin mille neuf cent quarante-deux, il n'ignorait plus rien du pedigree des trois quarts de la pègre sud-américaine. Non seulement il connaissait en détail leurs casiers judiciaires, mais il savait par le menu leurs goûts, leurs défauts, leurs armes préférées, leurs spécialités, leurs tarifs, leurs cachettes, la manière de les joindre, etc. Bref il était très exactement équipé pour devenir l'imprésario des bas-fonds d'Amérique latine.

Il s'installa à Mexico dans une ancienne librairie, au coin des rues Corrientes et Talcahuano. Officiellement il était prêteur sur gages, mais convaincu de l'efficacité de la double couverture telle que l'avait pratiquée Ferri le Rital, il ne chercha pas trop à dissimuler qu'il était plutôt receleur. En fait c'était rarement pour lui confier des marchandises de valeur que des gangsters de plus en plus gros bonnets venaient le consulter de toutes les Amériques : désormais connu sous le sobriquet respectueux d'*el Fichero* (le Fichier), Lino Margay était devenu le who's who des bandits du Nouveau Monde : il savait tout sur chacun, il savait qui faisait quoi, quand, où et pour qui, il savait que tel contrebandier cubain cherchait un garde du corps, que tel gang de Lima avait besoin d'un bon « souffleur », que Barrett avait engagé un tueur nommé Razza pour descendre son concurrent Ramon, ou que le coffre de l'Hôtel Sierra Bella à Port-au-Prince renfermait une rivière de diamants estimée à cinq cent mille dollars pour laquelle un Texan était prêt à verser cash trois cent mille.

Sa discrétion était exemplaire, son efficacité garantie et sa commission raisonnable : entre deux et cinq pour cent du produit final de l'opération.

Lino Margay fit rapidement fortune. A la fin de l'année 1944 il avait amassé suffisamment d'argent pour aller aux Etats-Unis tenter de se faire opérer : il avait appris qu'un chirurgien de Pasadena, Californie, venait de mettre au point une technique de greffe protéolytique qui permettait aux tissus cicatriciels de se régénérer sans laisser de trace. Le procédé n'avait malheureusement été testé de façon satisfaisante que sur de tout petits animaux ou, pour l'homme, sur des fragments de peau dépourvus d'innervation. Jamais il n'avait été appliqué à un champ aussi ravagé — et depuis déjà si longtemps — que le visage de Margay et il semblait si vain d'espérer un résultat positif que le chirurgien refusa de tenter l'entreprise. Mais Margay n'avait rien à perdre : c'est sous la menace de quatre gorilles armés de mitraillettes que le praticien dut opérer l'ancien champion.

L'opération réussit miraculeusement. Lino Margay put

enfin revenir en France et retrouver celle qu'il n'avait jamais cessé d'aimer. Quelques jours plus tard, il l'emmena dans la somptueuse propriété qu'il s'était fait construire au bord du lac de Genève, près de Coppet, où tout porte à croire qu'il continua, et sans doute sur une échelle encore plus vaste, ses lucratives activités.

Massy resta encore quelques semaines à Paris, puis il vendit la bourrellerie et retourna à Saint-Quentin finir paisiblement ses jours.

CHAPITRE LXXIV

Machinerie de l'ascenseur, 2

Parfois il imaginait que l'immeuble était comme un iceberg dont les étages et les combles auraient constitué la partie visible. Au delà du premier niveau des caves auraient commencé les masses immergées : des escaliers aux marches sonores qui descendraient en tournant sur eux-mêmes, de longs corridors carrelés avec des globes lumineux protégés par des treillis métalliques et des portes de fer marquées de têtes de mort et d'inscriptions au pochoir, des monte-charges aux parois rivetées, des bouches d'aération équipées d'hélices énormes et immobiles, des tuyaux d'incendie en toile métallisée, gros comme des troncs d'arbres, branchés sur des vannes jaunes d'un mètre de diamètre, des puits cylindriques creusés à même le roc, des galeries bétonnées percées de place en place de lucarnes en verre dépoli, des réduits, des soutes, des casemates, des salles de coffres équipées de portes blindées.

Plus bas il y aurait comme des halètements de machines et des fonds éclairés par instants de lueurs rougeoyantes. Des conduits étroits s'ouvriraient sur des salles immenses, des halls souterrains hauts comme des cathédrales, aux voûtes surchargées de chaînes, de poulies, de câbles, de tuyaux, de canalisations, de poutrelles, avec des plates-formes mobiles fixées sur des vérins d'acier luisants de graisse, et des carcasses en tubes et en profilés dessinant des échafaudages gigantesques au sommet desquels des hommes en costume d'amiante, le visage recouvert de grands masques trapézoïdaux feraient jaillir d'intenses éclairs d'arcs électriques.

Plus bas encore il y aurait des silos et des hangars, des chambres froides, des mûrisseries, des centres de tri postaux,

et des gares de triage avec des postes d'aiguillage et des loco-
motives à vapeur tirant des trucks et des plates-formes, des
wagons plombés, des containers, des wagons-citernes, et des
quais couverts de marchandises entassées, des piles de bois
tropicaux, des ballots de thé, des sacs de riz, des pyramides
de briques et de parpaings, des rouleaux de barbelés, des
tréfilés, des cornières, des lingots, des sacs de ciment, des
barils et des barriques, des cordages, des jerrycans, des bonbonnes de gaz butane.

Et plus loin encore des montagnes de sable, de gravier, de
coke, de scories, de ballast, des bétonneuses, des crassiers, et
des puits de mine éclairés par des projecteurs à la lumière
orange, des réservoirs, des usines à gaz, des centrales ther-
miques, des derricks, des pompes, des pylônes de haute tension, des transformateurs, des cuves, des chaudières hérissées
de tubulures, de manettes et de compteurs ;

et des docks grouillant de passerelles, de ponts roulants
et de grues, des treuils aux filins tendus comme des nerfs transportant des bois de placage, des moteurs d'avion, des pianos de
concerts, des sacs d'engrais, des balles de fourrage, des billards,
des moissonneuses-batteuses, des roulements à billes, des caisses de savon, des tonneaux de bitume, des meubles de bureau,
des machines à écrire, des bicyclettes ;

et plus bas encore des systèmes d'écluses et de bassins,
des canaux parcourus par des trains de péniches chargées de
blé et de coton, et des gares routières sillonnées de camions de
marchandises, des corrals pleins de chevaux noirs piaffant, des
parcs de brebis bêlantes et de vaches grasses, des montagnes
de cageots gonflés de fruits et légumes, des colonnes de meules
de gruyère et de port-salut, des enfilades de demi-bêtes aux
yeux vitreux, pendues à des crocs de bouchers, des amoncellements de vases, de poteries et de fiasques clissées, des car-
gaisons de pastèques, des bidons d'huile d'olive, des tonneaux
de saumure, et des boulangeries géantes avec des mitrons torse
nu, en pantalon blanc, sortant des fours des plaques brûlantes
garnies de milliers de pains aux raisins, et des cuisines déme-
surées avec des bassines grosses comme des machines à vapeur
débitant par centaines des portions de ragoût graisseuses ver-
sées dans des grands plats rectangulaires ;

et plus bas encore des galeries de mine avec de vieux chevaux aveugles tirant des wagonnets de minerai et les lentes processions des mineurs casqués ; et des boyaux suintants étayés de madriers gonflés d'eau qui mèneraient vers des marches luisantes au bas desquelles clapoterait une eau noirâtre ; des barques à fond plat, des bachots lestés de tonneaux vides, navigueraient sur ce lac sans lumière, surchargés de créatures phosphorescentes transportant inlassablement d'une rive à l'autre des paniers de linge sale, des lots de vaisselle, des sacs à dos, des paquets de carton fermés avec des bouts de ficelle ; des bacs emplis de plantes vertes malingres, des bas-reliefs d'albâtre, des moulages de Beethoven, des fauteuils Louis XIII, des potiches chinoises, des cartons à tapisserie représentant Henri III et ses mignons en train de jouer au bilboquet, des suspensions encore garnies de leurs papiers tue-mouches, des meubles de jardins, des couffins d'oranges, des cages à oiseaux vides, des descentes de lit, des bouteilles thermos ;

plus bas recommenceraient les enchevêtrements de conduites, de tuyaux et de gaines, les dédales des égouts, des collecteurs et des ruelles, les étroits canaux bordés de parapets de pierres noires, les escaliers sans garde-fou surplombant le vide, toute une géographie labyrinthique d'échoppes et d'arrière-cours, de porches et de trottoirs, d'impasses et de passages, toute une organisation urbaine verticale et souterraine avec ses quartiers, ses districts et ses zones : la cité des tanneurs avec leurs ateliers aux odeurs infectes, leurs machines souffreteuses aux courroies fatiguées, leurs entassements de cuirs et de peaux, leurs bacs remplis de substances brunâtres ; les entrepôts des démolisseurs avec leurs cheminées de marbre et de stuc, leurs bidets, leurs baignoires, leurs radiateurs rouillés, leurs statues de nymphes effarouchées, leurs lampadaires, leurs bancs publics ; la ville des ferrailleurs, des chiffonniers et des puciers, avec leurs amoncellements de guenilles, leurs carcasses de voitures d'enfant, leurs ballots de battle-dresses, de chemises défraîchies, de ceinturons et de rangers, leurs fauteuils de dentiste, leurs stocks de vieux journaux, de montures de lunettes, de porte-clés, de bretelles, de dessous-de-plat à musique, d'ampoules électriques, de laryngoscopes, de cornues, de flacons à tubulure latérale et de verreries variées ; la halle aux vins avec ses montagnes de bonbonnes et de bouteilles cassées, ses foudres effondrés, ses citernes, ses cuves, ses casiers ; la ville des éboueurs avec ses poubelles renversées laissant s'échapper des croûtes de fromage, des papiers gras, des arêtes de poisson, des eaux de vaisselle, des restes de spaghetti, des vieux bandages, avec ses monceaux d'immondices charriés sans fin par des bulldozers gluants, ses squelettes de machines à laver, ses pompes hydrauliques, ses tubes cathodiques, ses vieux appareils de T.S.F., ses canapés perdant leur crin ; et la ville administrative, avec ses quartiers généraux grouillant de militaires aux chemises impeccablement repassées déplaçant des petits drapeaux sur des cartes du monde ; avec ses morgues de céramique peuplées de gangsters nostalgiques et de noyées blanches aux yeux grands ouverts ; avec ses salles d'archives remplies de fonctionnaires en blouse grise compulsant à longueur de journée des fiches d'état civil ; avec ses centraux téléphoniques alignant sur des kilomètres des standardistes polyglottes, avec ses salles des machines aux téléscripteurs crépitants, aux ordinateurs débitant à la seconde des liasses de statistiques, des feuilles de paye, des fiches de stock, des bilans, des relevés, des quittances, des états néants ; avec ses mange-papier et ses incinérateurs engloutissant sans fin des monceaux de formulaires périmés, des coupures de presse entassées dans des chemises brunes, des registres reliés de toile noire couverts d'une fine écriture violette ;

et, tout en bas, un monde de cavernes aux parois couvertes de suie, un monde de cloaques et de bourbiers, un monde de larves et de bêtes, avec des êtres sans yeux traînant des carcasses d'animaux, et des monstres démoniaques à corps d'oiseau, de porc ou de poisson, et des cadavres séchés, squelettes revêtus d'une peau jaunâtre, figés dans une pose de vivants, et des forges peuplées de Cyclopes hébétés, vêtus de tabliers de cuir noir, leur œil unique protégé par un verre bleu serti dans du métal, martelant de leurs masses d'airain des boucliers étincelants.

CHAPITRE LXXV

Marcia, 6

David Marcia est dans sa chambre. C'est un homme d'une trentaine d'années, au visage un peu gras. Il est étendu tout habillé sur son lit, ayant seulement enlevé ses chaussures. Il porte un chandail de cashmere à dessins écossais, des chaussettes noires, un pantalon de gabardine bleu pétrole. Il a au poignet droit une gourmette d'argent. Il feuillette un numéro de *Pariscop* portant sur sa couverture, à l'occasion de la nouvelle sortie aux Ambassadeurs de son film *The Birds,* une photographie d'Alfred Hitchcock regardant d'un œil à peine ouvert un corbeau perché sur son épaule et qui semble éclater de rire.

La chambre est petite et meublée d'une façon sommaire : le lit, une table de chevet, un fauteuil-club. Sur la table de nuit sont posées une édition de poche de *The Daring Young Man on the Flying Trapeze*, de William Saroyan, une bouteille de jus de fruits, et une lampe dont le socle est un cylindre de gros verre à demi rempli de cailloux multicolores d'où émergent quelques touffes d'aloès. Contre le mur du fond, sur une cheminée de faïence surmontée d'un grand miroir se trouve une statuette de bronze représentant une petite fille fauchant de l'herbe. Le mur de droite est recouvert de plaques de liège destinées à isoler la pièce de la chambre voisine, occupée par Léon Marcia que ses insomnies constantes contraignent à d'interminables va-et-vient nocturnes. Le mur de gauche est tapissé de papier reliure et décoré de deux gravures encadrées : l'une est une grande carte de la ville et citadelle de Namur et de ses environs avec indication des travaux de fortification exécutés lors du siège de 1746 ; l'autre est une illustration de *Vingt ans après*, représentant l'évasion du duc de Beaufort : le duc vient de sortir du faux pâté en croûte deux poignards, une échelle de corde et une poire d'angoisse que Grimaud enfonce dans la bouche de La Ramée.

Il y a peu de temps que David Marcia est revenu habiter chez ses parents. Il les avait quittés quand il était devenu motocycliste professionnel et était allé vivre à Vincennes dans une villa de location dotée d'un grand garage où il passait ses journées à bricoler sur ses machines. C'était alors un garçon rangé, consciencieux, entièrement passionné par ses courses de moto. Mais son accident en fit un velléitaire, un songe-creux se nourrissant de projets chimériques dans lesquels il engloutit tout l'argent que les assurances lui avaient versé, soit près de cent millions.

Il commença par tenter de se reconvertir dans la compétition automobile et participa à plusieurs rallyes ; mais un jour près de Saint-Cyr il écrasa deux enfants qui sortaient en courant d'une maisonnette de garde-barrière et on lui supprima définitivement son permis de conduire.

Il devint ensuite producteur de disques : il avait rencontré lors de son séjour à l'hôpital un musicien autodidacte, Marcel Gougenheim, dit Gougou, dont l'ambition était de former un grand orchestre de jazz comme il y en avait eu en France à l'époque de Ray Ventura, d'Alix Combelle et de Jacques Hélian. David Marcia se rendait bien compte qu'il était illusoire de penser gagner sa vie avec un grand orchestre : même les toutes petites formations n'arrivaient pas à survivre et de plus en plus souvent, au Casino de Paris comme aux Folies-Bergère, on ne gardait que les solistes et on les faisait accompagner par des bandes magnétiques ; mais Marcia se persuada qu'un disque aurait du succès et il décida de financer l'opération. Gougou engagea une quarantaine de jazzmen et les répétitions commencèrent dans un théâtre de banlieue. L'orchestre avait une sonorité excellente que les arrangements très woody-hermaniens de Gougou faisaient fantastiquement sonner. Mais Gougou avait un terrible défaut : c'était un perfectionniste chronique et après chaque exécution d'un morceau il trouvait toujours un détail qui n'allait pas, un tout petit retard par-ci, une minuscule bavure par-là. Les répétitions, prévues pour trois semaines, en durèrent neuf avant que David Marcia ne se décide enfin à arrêter les frais.

Il s'intéressa alors à un village de vacances installé en Tunisie dans les îles Kerkenna. De toutes ces entreprises ce fut la seule qui aurait pu réussir : moins courues que Djerba, les îles Kerkenna offraient aux touristes le même genre d'avantages, et le village de vacances était bien équipé : on pouvait y faire aussi bien du cheval que de la voile, du ski nautique, de la chasse sous-marine, de la pêche au gros, des promenades à dos de chameau, des stages de poterie, de tissage ou de sparterie, de l'expression corporelle et du training autogène. Associé à une agence de voyages qui l'alimentait en clients près de huit mois par an, David Marcia devint directeur du village et les premiers mois tout se passa plutôt bien, jusqu'au jour où il recruta, pour animer un stage de théâtre, un comédien nommé Boris Kosciuszko.

Boris Kosciuszko était un homme d'une cinquantaine d'années, grand et maigre, avec un faciès anguleux, des pommettes saillantes, des yeux de braise. Selon sa théorie, Racine, Corneille, Molière et Shakespeare étaient des auteurs médiocres abusivement élevés au rang de génies par des metteurs en scène moutonniers et sans imagination. Le vrai théâtre, décrétait-il, avait pour titres *Venceslas* de Rotrou, *Manlius Capitolinus* de Lafosse, *Roxelane et Mustapha* de Maisonneuve, *Le Séducteur amoureux* de Longchamps ; les vrais dramaturges s'appelaient Colin d'Harleville, Dufresny, Picard, Lautier, Favart, Destouches ; il en connaissait comme ça des dizaines et des dizaines, s'extasiait imperturbablement sur les beautés cachées de l'*Iphigénie* de Guimond de la Touche, l'*Agamemnon* de Népomucène Lemercier, l'*Oreste* d'Alfieri, la *Didon* de Lefranc de Pompignan, et soulignait pesamment les lourdeurs que, sur des sujets analogues ou voisins, les soi-disant Grands Classiques avaient commises. Le public cultivé de la Révolution et de l'Empire qui, Stendhal en tête, mettait sur le même plan l'Orosmane de la *Zaïre* de Voltaire et l'*Othello* de Shakespeare, ou *Rhadamniste* de Crébillon et *Le Cid*, ne s'y était pas trompé, et jusqu'au milieu du dix-neuvième siècle, les deux Corneille furent publiés ensemble et l'œuvre de Thomas appréciée au moins autant que celle de Pierre. Mais l'instruction laïque obligatoire et le centralisme bureaucratique avaient, à partir du Second Empire et de la Troisième République, écrasé ces dramaturges généreux et sauvages et imposé l'ordre débile et étriqué pompeusement baptisé classicisme.

L'enthousiasme de Boris Kosciuszko était apparemment communicatif car quelques semaines plus tard, David Marcia annonça par voie de presse la création du Festival de Kerkennah, destiné, était-il précisé, à « sauvegarder et promouvoir les trésors retrouvés de la scène ». Quatre pièces étaient annoncées : *Jason* d'Alexandre Hardy, *Inès de Castro* de Lamotte-Houdar, une comédie en un acte et en vers de Boissy, *Le Babillard*, toutes trois montées par Boris Kosciuszko, et *Le Seigneur de Polisy*, tragédie de Raimond de Guiraud dans laquelle s'était immortalisé Talma, mis en scène par le Suisse Henri Agustoni. Diverses autres manifestations étaient prévues, dont un symposium international dont le thème — le mythe des trois unités — constituait à lui seul un éclatant manifeste.

David Marcia ne lésina pas sur les moyens, escomptant que le succès du Festival rejaillirait sur le renom du village de vacances. Avec l'appui de quelques organisations et institutions, il fit bâtir un théâtre de plein air de huit cents places, et tripla le nombre de ses bungalows afin d'assurer l'hébergement des acteurs et des spectateurs.

Les acteurs vinrent en foule — il en fallait une vingtaine rien que pour jouer *Jason* — et il y eut également affluence de décorateurs, costumiers, éclairagistes, critiques et universitaires ; par contre il y eut très peu de spectateurs payants et plusieurs représentations furent annulées ou interrompues par ces violents orages qui éclatent fréquemment dans cette région au milieu de l'été : à la clôture du Festival, David Marcia put calculer que ses recettes s'élevaient à 98 dinars, alors que l'opération lui en avait coûté près de 30 000.

En trois ans David Marcia acheva ainsi de dilapider sa petite fortune. Il revint alors vivre rue Simon-Crubellier. Ce devait être au début une solution provisoire et il se chercha mollement un métier et un appartement, jusqu'à ce que sa mère, compatissante, lui donne la charge et les bénéfices éventuels de la moitié de son magasin. C'est un travail qui ne le fatigue pas trop et dont le revenu lui sert à assouvir sa nouvelle passion, les jeux de hasard, et plus particulièrement la roulette où, à peu près chaque soir, il perd entre trois cent cinquante et mille francs.

CHAPITRE LXXVI

Caves, 4

Caves. La cave de Madame de Beaumont.

Vieux objets : lampe jadis de bureau avec un socle de cuivre et un abat-jour hémisphérique en opaline vert clair, largement ébréché, un restant de tisanière, des portemanteaux. Souvenirs rapportés de voyages ou de vacances : étoile de mer séchée, minuscules poupées habillées en couple serbe, petit vase décoré d'une vue d'Etretat ; boîtes à chaussures débordant de cartes postales, paquets de lettres d'amour serrées dans des élastiques aujourd'hui détendus, prospectus de pharmacie :

ORABASE®

ORAL PROTECTIVE PASTE

- strong adhesive properties hold the protective "bandage" at the site of application for up to two hours
- helps protect oral tissues against further irritation from chewing, swallowing, and other normal mouth activity
- easy to apply, convenient to use
- contains no antibiotic — harmless when swallowed

Dab, do not rub, Orabase onto the affected area until the paste adheres well (rubbing this preparation on may result in a granular, gritty sensation). After application, a smooth, slippery film develops. Reapply as needed, particularly after eating; or as directed by your dentist or physician.

NOTE: Orabase is not intended for use in the presence of infection. If an infection is suspected, or if any mouth irritation does not heal within 7 days, consult your dentist or physician. If irritation is from dentures that do not fit properly, consult your dentist.

Available in 0.17 oz. (5 Gram) and ½ oz. (15 Gram) tubes.
Also available as ORABASE® with Benzocaine for protection and relief of pain associated with minor irritations of the mouth and gums.

livres d'enfants aux pages manquantes, aux couvertures arrachées : *Les Contes verts de ma Mère-Grand*, *L'Histoire de France par les rébus*, ouvert sur un dessin montrant une sorte de bistouri, une salade et un rat, rébus dont la solution : l'An VII les tuera (lancette, laitue, rat) vise, est-il expliqué, le Directoire, bien qu'en fait celui-ci ait été renversé le 18 brumaire An VIII, cahiers d'écoliers, agendas, albums de photographies, en cuir repoussé, en feutrine noire, en soie verte, où, presque à chaque page, l'empreinte d'onglets triangulaires, depuis longtemps décollés, esquisse désormais des quadrilatères vides ; photographies, photographies cornées, jaunies, craquelées ; photographie d'Elizabeth à seize ans, à Lédignan, se promenant avec sa grand-mère alors âgée déjà de près de quatre-vingt-dix ans, dans une petite charrette tirée par un poney aux poils très longs ; photographie d'Elizabeth, petite et floue, se serrant contre François Breidel, au milieu d'une tablée d'hommes en bleus de chauffe ; photographies d'Anne et de Béatrice : sur l'une, Anne a huit ans, Béatrice sept ; elles sont assises dans une prairie, au pied d'un petit sapin ; Béatrice tient, serré contre elle, un petit chien noir tout frisé ; Anne, à côté d'elle, l'air sérieux, presque grave, porte un chapeau d'homme : celui de leur oncle Armand Breidel chez qui elles allèrent en vacances cette année-là ; sur une autre, de la même époque, Anne dispose des fleurs des champs dans un vase ; Béatrice est allongée dans un hamac, elle lit *Les Aventures du Roi Babar* ; on ne voit pas le petit chien ; sur une troisième, plus tardive, elles sont déguisées, avec deux autres petites filles, dans le boudoir aux belles boiseries de chêne de Madame Altamont, lors d'une fête que cette dernière donnait à l'occasion de l'anniversaire de sa fille. Madame de Beaumont et Madame Altamont se détestaient ; Madame de Beaumont traitait Cyrille Altamont de double-zéro et disait qu'il lui faisait penser à son mari et qu'il était de ces gens qui croient qu'il leur suffira d'être ambitieux pour être intelligents. Mais Véronique Altamont et Béatrice, qui avaient le même âge, s'aimaient beaucoup, et Madame Altamont avait été obligée d'inviter les petites Breidel : Anne est déguisée en Eugénie de Montijo et Béatrice en bergère ; la troisième petite fille, la plus petite des quatre, est Isabelle Gratiolet, vêtue en squaw ; la quatrième, Véronique, est adorablement habillée en petit-marquis : cheveux poudrés et queue nouée d'un ruban, cravate de dentelle, petit habit vert à basque, culotte mauve, l'épée au côté et de longues guêtres de peau blanche montant jusqu'à mi-cuisse ; photographies de mariage de Fernand de Beaumont et de Véra Orlowska, le vingt-six novembre 1926, dans les salons de l'Hôtel Crillon : foules élégantes, famille, amis — le Comte Orfanik, Ivan Bounine, Florent Schmitt, Arthur Schnabel, etc. — la pièce montée, le jeune couple, lui prenant dans sa main la main ouverte qu'elle lui tend, debout devant des jonchées de roses éparpillées sur le luxueux tapis cloué à décor bleu ; photographies des fouilles d'Oviedo : l'une d'elles, vraisemblablement prise par Fernand de Beaumont lui-même, puisqu'il en est absent, montre l'équipe à l'heure de la sieste, une dizaine d'étudiants maigres, bronzés, le visage mangé de barbe, vêtus de shorts leur tombant sur les genoux et de tricots de corps plutôt gris : ils sont installés sous un grand auvent de toile qui leur donne de l'ombre mais ne les protège pas de la chaleur ; quatre jouent au bridge, trois dorment ou somnolent, un autre écrit une lettre, un autre encore résout, avec un tout petit morceau de crayon, un problème de mots croisés, un autre encore recoud avec application un bouton à une vareuse toute rapiécée ; une autre photographie montre Fernand de Beaumont et Bartlebooth lorsque ce dernier rendit visite à l'archéologue en janvier 1935. Les deux hommes posent debout, l'un à côté de l'autre, souriants, plissant les yeux à cause du soleil. Bartlebooth porte un pantalon de golf, un chandail à carreaux, un foulard. Beaumont, tout petit à côté de lui, est vêtu d'un costume de flanelle grise, passablement fripé, avec une cravate noire et un gilet croisé orné d'une chaîne de montre en argent. Ce n'est pas Smautf qui a pris la photographie puisqu'il y figure, en arrière-plan, en train de laver avec Fawcett la grosse Chenard et Walker bicolore.

En dépit de leur différence d'âge — Bartlebooth avait alors trente-cinq ans tandis que l'archéologue approchait de la soixantaine — les deux hommes étaient très amis. Ils avaient été présentés l'un à l'autre lors d'une réception à l'Ambassade d'Angleterre et s'étaient aperçus en conversant, d'abord qu'ils habitaient le même immeuble — à vrai dire Beaumont n'y venait presque jamais et Bartlebooth ne s'y était installé que depuis quelques semaines — ensuite, et surtout, qu'ils avaient un goût commun pour la musique ancienne allemande : Heinrich Finck, Breitengasser, Agricola. Plus encore que cet attrait partagé, peut-être y avait-il dans l'assurance péremptoire avec laquelle l'archéologue affirmait une hypothèse que tous ses collègues s'accordaient à juger comme la plus improbable de toutes, quelque chose de nature à fasciner Bartlebooth et à l'encourager dans sa propre entreprise. En tout cas c'est la présence de Fernand de Beaumont à Oviedo qui détermina Bartlebooth à choisir le port proche de Gijon pour y peindre la première de ses marines.

Lorsque Fernand de Beaumont se suicida, le douze novembre 1935, Bartlebooth était en Méditerranée et venait de peindre sa vingt et unième aquarelle dans le petit port corse de Propriano. Il apprit la nouvelle à la radio, et parvint à revenir à temps sur le continent pour assister à l'enterrement de son malheureux ami, à Lédignan.

CHAPITRE LXXVII

Louvet, 2

La chambre des Louvet : un tapis de fibres rapporté des Philippines, une coiffeuse 1930 tout entière revêtue de minuscules miroirs, un grand lit recouvert d'un tissu imprimé, d'inspiration romantique, représentant une scène antique et pastorale : la nymphe Io allaitant son fils Epaphos sous la tendre protection du dieu Mercure.

Sur la table de chevet est posée une lampe dite « ananas » (le corps du fruit est un œuf de marbre — ou plutôt de faux marbre — bleu, ses feuilles et le reste du socle sont en métal argenté) ; à côté, un téléphone gris équipé d'un répondeur automatique, et une photographie de Louvet dans un cadre en bambou : pieds nus, en pantalon de toile grise, un blouson de nylon rouge vif largement ouvert sur un torse velu, harnaché à l'arrière d'un gros hors-bord, très « vieil homme et la mer », il s'arc-boute, presque couché sur le dos, pour tenter de sortir de l'eau une espèce de thon aux dimensions apparemment remarquables.

Il y a sur les murs quatre tableaux et une vitrine. La vitrine contient une collection de modèles réduits de machines de guerre antiques, à monter soi-même : des béliers, des vinéa, dont Alexandre se servit pour mettre ses travailleurs à couvert au siège de Tyr, des catapultes syriennes qui jetaient à cent pieds des pierres monstrueuses, des balistes, des pyroboles, des scorpions qui lançaient tout à la fois des milliers de javelots, des miroirs ardents — tel celui d'Archimède qui embrasait, en un clin d'œil, des flottes entières — et des tours armées de faux supportées par de fougueux éléphants.

Le premier tableau est le fac-similé d'une affiche publicitaire datant du début du siècle : trois personnes se reposent sous une tonnelle ; un jeune homme, en pantalon blanc et vareuse bleue, canotier sur la tête, stick à pommeau d'argent sous le bras, a dans les mains une boîte de cigares, une jolie cassette laquée, ornée d'une mappemonde, de beaucoup de médailles et d'un pavillon d'exposition entouré de drapeaux flottants et décorés d'or. Un autre jeune homme, habillé de la même façon, est assis sur un pouf en osier ; les mains dans les poches de son veston, ses pieds chaussés de noir étendus devant lui, il tient entre les lèvres, en le laissant pendre légèrement, un long cigare d'un gris mat qui se trouve encore dans le premier stade de la combustion, c'est-à-dire dont on n'a pas encore fait tomber la cendre ; près de lui, sur une table ronde recouverte d'un tissu à pois, se trouvent quelques journaux pliés, un gramophone avec un énorme pavillon, qu'il semble écouter religieusement, et un cabaret à liqueurs, ouvert, garni de cinq fioles aux bouchons dorés. Une jeune femme, une blonde assez énigmatique, vêtue d'une robe mince et flottante, incline la sixième fiole, pleine d'une liqueur d'un brun soutenu dont elle emplit trois verres ballons. Tout en bas à droite, en grosses lettres jaunes, creuses, de ce caractère appelé Auriol Champlevé qui fut abondamment utilisé au siècle dernier, sont écrits les mots

POR LARRANAGA 89 cts

Le deuxième tableau représente un bouquet de clématites des haies, également connues sous le nom d'herbes-aux-gueux car les mendiants s'en servaient pour se faire sur la peau des ulcères superficiels.

Les deux derniers tableaux sont des caricatures d'une facture plutôt ennuyeuse et d'un humour bien éculé. La première s'intitule *Point d'argent point de Suisse* : elle représente un alpiniste perdu dans la montagne, secouru par un saint-bernard apparemment porteur d'un tonnelet de rhum réparateur sur lequel est peint une croix rouge. Mais l'alpiniste découvre avec stupeur qu'il n'y a pas de rhum dans le tonnelet : c'est en fait un tronc sous la fente duquel est écrit : Aidez Henri Dunant !

L'autre caricature s'appelle *La bonne recette* : dans un restaurant à la Dubout un client s'indigne de découvrir dans sa soupe une espèce de lacet. Le maître d'hôtel, tout aussi furieux, a fait appeler le chef afin qu'il s'explique, mais celui-ci se contente de dire en faisant des mines : « tous les cuisiniers ont leurs petites ficelles ! »

CHAPITRE LXXVIII

Escaliers, 10

Cela fait quarante ans que l'accordeur de piano vient deux fois par an, en juin et en décembre, chez Madame de Beaumont et c'est la cinquième fois qu'il se fait accompagner par son petit-fils lequel prend très au sérieux son rôle de guide bien qu'il n'ait pas encore dix ans. Mais la dernière fois le petit garçon a renversé une jardinière de dieffenbachia et cette fois-ci Madame Lafuente lui a interdit d'entrer.

Assis sur les marches de l'escalier, le petit-fils de l'accordeur attend donc son grand-père. Il est vêtu d'une culotte courte en drap bleu marine et d'un blouson en « soie de parachute », c'est-à-dire en nylon brillant, bleu ciel, agrémenté de badges fantaisie : un pylône d'où partent quatre éclairs et des cercles concentriques, symbole de radiotélégraphie ; un compas, une boussole et un chronomètre, hypothétiques emblèmes d'un géographe, d'un arpenteur ou d'un explorateur ; le chiffre 77 écrit en lettres rouges dans un triangle jaune ; la silhouette d'un cordonnier réparant une grosse chaussure de montagne ; une main repoussant un verre plein d'alcool avec, en dessous, les mots « *Non merci, je conduis* ».

Le petit garçon lit dans *le Journal de Tintin* une biographie romancée de Carel Van Loorens, intitulée *Le Messager de l'Empereur*.

Carel Van Loorens fut l'un des esprits les plus curieux de son temps. Né en Hollande mais s'étant fait naturaliser français par amour des Philosophes, il avait vécu en Perse, en Arabie, en Chine et dans les Amériques, et parlait couramment une bonne douzaine de langues. D'une intelligence évidemment supérieure, mais très touche-à-tout, apparemment incapable de s'adonner pendant plus de deux ans à une même discipline, il exerça au cours de sa vie les activités les plus différentes, passant avec le même bonheur et la même allégresse de la profession de chirurgien à celle de géomètre, fondant des canons à Lahore et une école vétérinaire à Chiraz, enseignant la physiologie à Bologne, la mathématique à Halle et l'astronomie à Barcelone (où il osa émettre l'hypothèse que Méchain se fût trompé dans ses calculs du mètre), convoyant des fusils pour Wolfe Tone, ou, facteur d'orgues, envisageant de remplacer les registres à tirants par des touches à bascule, comme cela devait se faire un siècle plus tard. Il résulta de cette versatilité systématique que Carel Van Loorens se posa au cours de sa vie plusieurs questions intéressantes, amorça à plusieurs reprises des ébauches de solutions qui ne manquaient ni d'élégance ni parfois même de génie, mais négligea presque chaque fois de rédiger d'une façon à peu près compréhensible ses résultats. Après sa mort on retrouva dans son cabinet de travail des notes pour la plupart indéchiffrables concernant indifféremment l'archéologie, l'égyptologie, la typographie (projet d'alphabet universel), la linguistique (lettre à M. de Humboldt sur le parler des Ouarsenis : ce ne fut sans doute qu'un brouillon ; en tout cas Humboldt n'y fait nulle part allusion), la médecine, la politique (proposition de gouvernement démocratique tenant compte non seulement de la séparation des trois pouvoirs législatif, exécutif et judiciaire, mais, dans une anticipation troublante, d'un quatrième pouvoir qu'il nomme le publicitaire (de *publiciste*, journaliste), c'est-à-dire l'information, l'algèbre numérique (note sur le problème de Goldbach, proposant que tout nombre n soit la somme de K nombres premiers), la physiologie (hypothèses sur le sommeil hivernal des marmottes, sur le corps pneumatique des oiseaux, sur l'apnée volontaire des hippopotames, etc.), l'optique, la physique, la chimie (critique des théories de Lavoisier sur les acides, esquisse d'une classification des corps simples) ainsi que plusieurs projets d'inventions auxquelles le plus souvent il n'aurait pas manqué grand-chose pour être parfaitement au point : un célérifère à roue orientable, ressemblant à la draisienne mais la précédant de vingt ans ; un tissu baptisé « pellette », sorte de cuir artificiel fait d'une armure de toile forte enduite d'un mélange de liège en poudre, huile de lin, colles et résines ; ou une « forge solaire » consistant en un assemblage de plaques de métal polies comme des miroirs convergeant sur un foyer topique.

En 1805, van Loorens cherchait de l'argent pour financer une expédition qui remonterait enfin le Nil jusqu'à sa ou ses sources, projet que beaucoup avaient formé avant lui mais que nul n'avait pu mener à bien. Il s'adressa à Napoléon Ier qu'il avait déjà rencontré quelques années plus tôt alors que, général trop populaire au goût du Directoire qui cherchait à l'éloigner en l'envoyant en Egypte, le futur Empereur des Français avait rassemblé autour de lui quelques-uns des meilleurs savants de son temps pour l'accompagner dans sa campagne.

Napoléon se posait alors un difficile problème diplomatique ; l'essentiel de la flotte française venait d'être détruite à Trafalgar, et soucieux de trouver un moyen de contrecarrer la formidable hégémonie maritime des Anglais, l'Empereur avait imaginé de louer les services du plus prestigieux des corsaires barbaresques, celui que l'on surnommait Hokab el-Ouakt, l'Aigle du Moment.

Hokab el-Ouakt commandait une véritable flotte de onze galiotes dont les actions parfaitement coordonnées faisaient de lui le maître d'une bonne portion de la Méditerranée. Mais s'il n'avait aucune raison d'aimer les Anglais qui, déjà possesseurs de Gibraltar depuis près d'un siècle, détenaient Malte depuis cinq ans, menaçant de plus en plus l'activité des Barbaresques, il n'en avait pas davantage de leur préférer les Français qui, de même que les Espagnols, les Hollandais, les Gênois et les Vénitiens, ne s'étaient jamais privés de venir bombarder Alger.

De toute façon, se posait d'abord le problème de joindre l'Aigle, car, soucieux de se protéger contre les attentats, celui-ci s'entourait en permanence de dix-huit gardes du corps sourds et muets dont l'unique consigne était de tuer toute personne s'approchant de leur maître à moins de trois pas.

Or, c'est au moment où il se demandait où trouver l'oiseau rare qui pourrait mener à bien ces difficiles négociations dont les seuls préliminaires semblaient déjà décourageants, que l'Empereur donna audience à Carel van Loorens et il put se dire, en le recevant, que le hasard, une fois de plus, le favorisait ; van Loorens, il ne l'ignorait pas, parlait parfaitement l'arabe, et il avait pu en Egypte apprécier son intelligence, sa rapidité d'esprit et de décision, son sens de la diplomatie et son courage. Aussi est-ce sans hésiter que Napoléon accepta de prendre à sa charge tous les frais d'une expédition aux sources du Nil si Loorens se chargeait de porter un message à Hokab el-Ouakt en Alger.

Quelques semaines plus tard, métamorphosé en un prospère marchand du golfe Persique répondant au nom respecté de Haj Abdulaziz Abu Bakr, Carel van Loorens fit son entrée dans Alger à la tête d'une longue procession de chameaux et d'une escorte rassemblant vingt des meilleurs mameluks de la Garde Impériale. Il transportait des tapis, des armes, des perles, des éponges, des étoffes et des épices, toutes marchandises de première qualité qui trouvèrent très vite preneurs, bien qu'Alger fût à l'époque une ville riche où l'on trouvait à foison des produits provenant du monde entier que les razzias des corsaires barbaresques avaient détournés de leur destination initiale. Mais Loorens gardait par-devers lui trois grandes caisses de fer et à tous ceux qui lui demandaient ce qu'elles contenaient il répondait invariablement : « aucun de vous n'est digne de voir les trésors qui sont dans ces caisses si ce n'est Hokab el-Ouakt ».

Le quatrième jour qui suivit son arrivée, trois hommes de l'Aigle vinrent attendre Loorens à la porte de son auberge. Ils lui firent signe de les suivre. Il acquiesça et ils le firent monter dans une chaise à porteurs hermétiquement fermée par d'épais rideaux de cuir. Ils le conduisirent en dehors de la ville, dans un marabout isolé où ils l'enfermèrent après l'avoir consciencieusement fouillé. Plusieurs heures se passèrent. Enfin, à la nuit tombée, précédé de quelques-uns de ses gardes du corps, Hokab apparut :

— J'ai fait ouvrir tes caisses, dit-il, elles étaient vides.

— Je suis venu t'offrir quatre fois plus d'or que ces caisses ne sauraient en contenir !

— Qu'ai-je besoin de ton or ? Le plus petit galion espagnol m'en donne sept fois autant !

— De quand date ton dernier galion ? Les Anglais les coulent et tu n'oses t'attaquer aux Anglais. A côté de leurs grands trois-mâts, tes galiotes ne sont que des barquettes !

— Qui t'envoie ?

— Tu es un Aigle et seul un autre Aigle peut s'adresser

à toi ! Je suis venu te porter un message de Napoléon Ier, Empereur des Français !

Assurément, Hokab el-Ouakt savait qui était Napoléon Ier et sans doute le tenait-il en haute estime, car sans toutefois répondre explicitement à la proposition qui lui était faite, il considéra dès lors Carel van Loorens comme un ambassadeur et tint à le traiter avec d'infinis égards ; il l'invita à séjourner dans son palais, une immense forteresse surplombant la mer, où s'étageaient des jardins enchanteurs riches de jujubiers, de caroubiers, de lauriers-roses et de gazelles. apprivoisées, et donna pour lui des fêtes somptueuses au cours desquelles il lui fit goûter des mets rares venus d'Amérique et d'Asie. En retour, pendant les après-midi entiers, Loorens racontait ses aventures à l'Arabe et lui décrivait les villes fabuleuses où il avait séjourné : Diomira la ville aux soixante coupoles d'argent, Isaura la ville aux cent puits, Smeraldine la ville aquatique et Moriane avec ses portes d'albâtre transparentes à la lumière du soleil, ses colonnes de corail soutenant des frontons incrustés de serpentine, ses villas toutes de verre comme des aquariums où les ombres des danseuses à l'écaille argentée nageaient sous les lampadaires en forme de méduse.

Loorens était l'hôte de l'Aigle depuis près d'une semaine lorsqu'un soir, alors que resté seul dans le jardin qui s'ouvrait devant ses appartements, il achevait de boire un merveilleux moka en tirant de temps à autre sur le tuyau d'ambre de son narghilé parfumé à l'eau de rose, il entendit un chant suave s'élever dans la nuit. C'était une voix de femme aérienne et mélancolique, et l'air qu'elle chantait sembla si familier à Loorens qu'il se mit à écouter attentivement la musique et les paroles et fut à peine surpris de reconnaître la pastourelle d'Adrian Villart :

> *Quand la douce saisons fine,*
> *Que le fel yver revient,*
> *Que flors et fuelle décline,*
> *Que ces oiselez ne tient*
> *De chanter en bois n'en broil,*
> *En chantant si com je soil,*
> *Tot seus mon chemin erroie.*

Loorens se leva, se dirigea dans la direction de la voix et

de l'autre côté d'un renfoncement de la forteresse tombant à pic sur les récifs de la côte, à une dizaine de mètres au-dessus de ses propres appartements, il aperçut, sur une terrasse entièrement fermée par des grilles dorées, éclairée dans la nuit par la douce lumière de torches résineuses, une femme d'une beauté si extraordinaire qu'oubliant toute prudence, il enjamba la balustrade de sa terrasse, gagna l'autre aile de la forteresse en progressant le long d'une étroite corniche et, s'aidant des aspérités du rocher, parvint à la hauteur de la jeune femme. Il l'appela à voix basse. Elle l'entendit, faillit s'enfuir, puis, revenant, s'approchant, lui conta en quelques murmures haletants sa navrante histoire.

Elle se nommait Ursula von Littau. Fille du Comte de Littau, ancien aide-de-camp de Frédéric-Guillaume II, elle avait été mariée à quinze ans au fils de l'Ambassadeur d'Espagne à Potsdam, Alvero Sanchez del Estero. La corvette sur laquelle elle traversait la mer pour aller rejoindre son futur époux à Malaga avait été attaquée par les Barbaresques. Elle avait dû à sa seule beauté de garder la vie sauve et depuis dix ans déjà elle se languissait dans le harem de l'Aigle du Moment au milieu des quinze autres épouses.

A demi suspendu dans le vide, Carel van Loorens avait écouté, les yeux pleins de larmes, Ursula von Littau et quand elle eut fini son histoire, il lui fit le serment de la libérer dès le lendemain. Et pour gage de sa promesse, il lui passa au doigt sa chevalière, une bague au chaton ovoïdal dans lequel était serti un corindon opalin portant gravé en intaille un 8 couché. « Chez les Anciens », lui dit-il, « cette pierre était le symbole de la mémoire et une légende veut que celui qui a vu une fois cette bague plus jamais ne pourra oublier. »

En moins de vingt-quatre heures, délaissant tout à fait la mission que l'Empereur lui avait confiée, Loorens mit sur pied l'évasion d'Ursula von Littau. Le lendemain soir, s'étant procuré dans la journée le matériel nécessaire, il retourna au pied de la terrasse du harem. Sortant d'une de ses poches un lourd flacon de verre sombre, il versa en plusieurs points du grillage quelques gouttes d'un liquide fumant. Sous l'action corrosive de l'acide, les barres de fer commencèrent à se désagréger et Loorens put ménager la mince ouverture qui permettrait à la jeune Prussienne de se faufiler.

Elle arriva vers minuit. La nuit était noire. Très loin,

devant les appartements de l'Aigle, des gardes nonchalants faisaient les cent pas. Loorens déroula jusqu'au pied de la forteresse une échelle de soie tressée qu'Ursula puis lui empruntèrent pour se retrouver, vingt-cinq mètres plus bas, sur une crique sablonneuse entourée de rochers et de récifs à fleur d'eau.

Deux mameluks de son escorte les attendaient sur cette grève, porteurs de lanternes sourdes. Les guidant entre les rochers, au milieu des éboulis cailouteux amoncelés au pied de la falaise, ils les conduisirent jusqu'à l'embouchure d'un oued tari s'enfonçant profondément dans l'intérieur des terres. Là les attendait le reste de l'escorte. Ursula von Littau fut hissée sur un *atatich*, cette sorte de tente ronde que portent les chameaux et dans laquelle se tiennent ordinairement les femmes, et la caravane se mit en route.

Loorens projetait de gagner Oran, où l'influence espagnole était demeurée prépondérante. Mais il n'en eut pas l'occasion. Au petit jour, alors qu'ils n'étaient qu'à quelques heures d'Alger, les hommes de l'Aigle les rejoignirent et les attaquèrent. La bataille fut courte et pour les mameluks désastreuse. Loorens lui-même en vit peu de chose, car une sorte d'Hercule au crâne entièrement rasé l'assomma d'emblée d'un simple coup de poing.

Lorsque Carel Van Loorens se réveilla, tout endolori, il se trouvait dans une pièce qui ressemblait à une cellule : de grandes dalles, un mur sombre et nu, un anneau de fer maçonné. Le jour tombait d'une petite ouverture ronde munie de barreaux de fer forgé finement ouvragés. Loorens s'en approcha et vit que sa prison faisait partie d'un minuscule village de trois ou quatre gourbis groupés autour d'un puits, entourés d'une toute petite palmeraie. Les hommes de l'Aigle campaient en plein air, aiguisaient leurs sabres, appointaient leurs flèches, se livraient à des exercices équestres.

Tout à coup la porte s'ouvrit et trois hommes entrèrent. Ils s'emparèrent de Loorens et l'emmenèrent à quelques centaines de mètres du village, au-delà de quelques dunes, au milieu de palmiers morts que les sables du désert avaient repris à l'oasis ; là, ils le ligotèrent sur un bâti de bois qui tenait du lit de camp et de la table d'opération, avec une longue laisse de cuir passée plusieurs fois autour de son torse et de ses membres. Puis ils s'éloignèrent au grand galop.

Le soir commençait à tomber. Loorens savait que s'il ne mourrait pas de froid dans la nuit, il serait le lendemain matin brûlé par le soleil aussi sûrement que s'il s'était trouvé au centre de sa « forge solaire ». Il se souvint qu'il avait décrit ce projet à Hokab et que l'Arabe avait hoché pensivement la tête en murmurant que le soleil du désert n'avait pas besoin de miroirs et il se dit qu'en choisissant pour le faire mourir un tel supplice, l'Aigle voulait lui faire comprendre le sens de ces paroles.

Des années plus tard, lorsqu'il fut sûr que Napoléon ne pourrait plus le faire arrêter ni Roustan l'assassiner comme il s'était juré de le faire pour venger ses vingt camarades massacrés par sa faute, Carel Van Loorens écrivit un bref mémoire sur son aventure et le fit parvenir au roi de Prusse avec le secret espoir que Sa Majesté lui ferait une pension pour le récompenser d'avoir tenté de sauver la fille de l'aide-de-camp de feu son père. Il y raconte comment un hasard bénéfique décida de sa survie, un hasard qui voulut que les hommes de l'Aigle se servirent pour l'attacher d'une longe de cuir tressé. Eussent-ils utilisé une corde d'alfa ou de chanvre, ou une bande de toile, il n'aurait jamais pu se libérer. Mais le cuir, comme chacun sait, se détend sous l'effet de la sueur, et au bout de quelques heures de contorsions crispées, de halètements, d'horripilations soudaines suivies de frissons à la limite de l'agonie, Loorens sentit que la lanière qui jusqu'alors s'était enfoncée davantage dans ses chairs à chaque effort qu'il faisait, commençait à se relâcher minusculement. Il était tellement épuisé que malgré l'angoisse qui l'étreignait, il tomba dans un sommeil fiévreux entrecoupé de cauchemars qui lui faisaient voir des armées de rats l'assaillant de partout et lui arrachant de toutes leurs dents des lambeaux de chair vive. Il se réveilla haletant, trempé de sueur, et sentit que son pied enflé était enfin libre de se mouvoir.

Quelques heures plus tard, il avait défait ses liens. La nuit était glaciale et un vent violent projetait des tourbillons de sable qui lacéraient sa peau déjà toute meurtrie. Avec l'énergie du désespoir, Loorens creusa un trou dans le sable et s'y dissimula du mieux qu'il put, rabattant sur lui le lourd bâti de bois sur lequel il avait été attaché.

Il ne parvint pas à retrouver le sommeil et pendant longtemps, luttant contre le froid, contre le sable qui pénétrait dans ses yeux et dans sa bouche et s'incrustait dans les plaies ouvertes de ses poignets et de ses chevilles, il tenta de porter un regard lucide sur sa situation. Elle n'était pas brillante : certes, il était libre de ses mouvements et sans doute parviendrait-il à survivre à cette nuit épouvantable, mais il était dans un état de faiblesse critique, sans vivres et sans eau, et il ignorait où il se trouvait, sinon à quelques centaines de mètres d'une oasis où campaient ceux-là même qui l'avaient condamné.

S'il en était ainsi, il n'avait aucune chance de survie. Cette certitude le rasséréna presque : elle ne faisait plus dépendre son salut de son courage, de son intelligence ou de sa force, mais du seul destin.

Le jour se leva enfin. Loorens s'extirpa de son trou, se mit debout, réussit à faire quelques pas. Devant lui, au delà des dunes, les cimes des palmiers étaient clairement visibles. Aucun bruit ne semblait provenir de l'oasis. Loorens sentit son espoir renaître : si, leur besogne accomplie, les hommes de l'Aigle avaient quitté leur repaire occasionnel et avaient regagné Alger, cela voulait dire, d'une part que la côte était proche, d'autre part qu'il trouverait dans l'oasis de l'eau et des vivres. Cette espérance lui donna la force de se traîner jusqu'aux palmiers.

Son raisonnement était faux, ou, pour le moins, hypothétique, mais il se vérifia au moins sur un point : l'oasis était déserte. Les gourbis effondrés plus qu'à moitié semblaient avoir été abandonnés depuis des années, le puits était tari et grouillait de scorpions, les palmiers vivaient leurs dernières saisons.

Loorens se reposa quelques heures et pansa ses plaies en les entourant de palmes. Puis il partit en direction du nord. Il marcha pendant des heures et des heures, d'un pas mécanique et halluciné à travers un paysage qui n'était plus un désert de sable mais quelque chose de pierreux et de gris avec de maigres touffes d'herbes presque jaunes, aux tiges acérées, et, parfois, une carcasse d'âne, blanche et friable, ou un entassement de pierres à demi éboulées qui avait peut-être été un abri de berger. Puis, alors que de nouveau descendait le crépuscule, il crut voir très loin devant lui, tout au bout d'un plateau aride hérissé de crevasses et de boursouflures, des chameaux, des chèvres, des tentes.

C'était un campement berbère. La nuit était noire quand

il l'atteignit enfin et il s'affala devant le feu autour duquel étaient assis les hommes de la tribu.

Il resta plus d'une semaine avec eux. Ils ne connaissaient que quelques mots d'arabe, aussi ne purent-ils pas beaucoup communiquer, mais ils le soignèrent, réparèrent ses vêtements, et quand il partit ils lui donnèrent des vivres, de l'eau et un poignard dont le manche était une pierre polie ceinturée d'une lamelle de cuivre décorée de fines arabesques. Pour protéger ses pieds inhabitués à rester nus sur ces sols caillouteux, ils lui fabriquèrent des sortes de socques de bois maintenus au pied par une large lanière de cuir et il s'y habitua si bien qu'il ne put jamais par la suite revenir aux chaussures à l'européenne.

Quelques semaines plus tard, Carel van Loorens était en sécurité à Oran. Il ne savait pas ce qu'était devenue Ursula von Littau et c'est en vain qu'il essaya d'organiser une expédition punitive qui lui aurait permis de libérer la jeune femme. Ce n'est qu'en 1816, après que l'Aigle du Moment eût été tué dans le bombardement d'Alger, le vingt-sept août, par une escadre anglo-hollandaise, que l'on apprit par les femmes de son harem que la pauvre Prussienne avait subi le sort réservé aux femmes infidèles : cousue dans un sac de cuir, elle avait été jetée à la mer du haut de la forteresse.

Carel van Loorens vécut encore près de quarante ans. Sous le nom d'emprunt de John Ross, il devint bibliothécaire du Gouverneur de Ceuta et passa le restant de ses jours à transcrire les poètes de la Cour de Cordoue et à coller sur les pages de garde des ouvrages de la bibliothèque des ex-libris représentant une ammonite fossile surmontée de la fière devise : *Non frustra vixi.*

CHAPITRE LXXIX

Escaliers, 11

La porte des Rorschash est ouverte à deux battants. Deux malles ont été tirées sur le palier, deux malles de bateaux, renforcées de cuir clouté, garnies de multiples étiquettes. On en devine une troisième dans l'entrée, pièce sombrement parquetée, avec des boiseries à hauteur d'homme, des patères « rustique-éclairé » en forme de cornes de cervidés provenant d'une *Bierstube* de Ludwigshafen, et un lustre art-nouveau, vasque hémisphérique en pâte de verre, décorée de motifs triangulaires incrustés, qui donne une lumière plutôt médiocre.

Olivia Rorschash embarque ce soir à minuit à la Gare Saint-Lazare pour son 56ᵉ tour du monde. Son neveu, qui va l'accompagner pour la première fois, est venu la chercher avec pas moins de quatre commissionnaires. C'est un garçon de seize ans, très grand, aux cheveux très noirs tombant en boucles sur ses épaules, vêtu avec un raffinement qui n'est certainement pas de son âge : une chemise blanche largement ouverte, un gilet écossais, un blouson de cuir, un foulard abricot et un blue-jeans ocre pris dans de larges bottes texanes. Il est assis sur une des malles et suçote négligemment une paille plongeant dans une bouteille de coca tout en lisant le *Vademecum du Français à New York*, petit dépliant touristico-publicitaire édité par une agence de voyages.

Née en mille neuf cent trente à Sidney, Olivia Norvell devint à huit ans la plus adulée des enfants d'Australie lorsqu'elle interpréta, au Royal Theater, une adaptation de *la Mascotte du Régiment* dans laquelle elle reprenait le rôle que Shirley Temple avait créé au cinéma. Son triomphe fut tel que non seulement la pièce se joua à bureaux fermés pendant deux ans mais que, quand Olivia fit savoir, par quelques échos habilement diffusés, qu'elle avait commencé à répéter un nouveau rôle, celui d'Alice dans *Un Rêve d'Alice*, lointainement inspiré de Lewis Carroll et écrit spécialement pour elle par un dramaturge confirmé venu tout exprès de Melbourne, toutes les places des deux cents représentations initialement prévues furent achetées six mois avant la première et la direction du théâtre dut ouvrir des listes d'attente pour les éventuelles représentations ultérieures.

Tout en laissant sa fille poursuivre ainsi sa fabuleuse carrière, Eleanor Norvell, sa mère, femme d'affaires avisée, intelligemment conseillée par un agent efficace, exploitait à fond l'immense popularité de la petite fille qui devint bientôt le mannequin le plus prisé du pays. Et l'Australie entière ne tarda pas à être inondée de petits journaux et d'affiches enjôleuses montrant Olivia en train de caresser un ours en peluche, ou de consulter sous l'œil professionnel de parents attendris une encyclopédie plus grande qu'elle *(Let your Child enter the Realm of Knowledge !)* ou vêtue en petit poulbot avec une casquette à pont et un pantalon à bretelles, assise sur un bord de trottoir, jouant aux osselets avec trois sosies de Pim, Pam, Poum, pour une sorte d'ancêtre australien de la Prévention routière.

Bien que sa mère et son agent s'inquiétassent sans cesse des désastreuses conséquences que l'adolescence et plus encore la puberté ne manqueraient pas d'avoir sur la carrière de cette petite poupée vivante, Olivia atteignit l'âge de seize ans sans avoir un instant cessé d'être un objet d'adoration tel que dans certaines localités de la côte ouest des émeutes éclataient lorsque l'hebdomadaire crypto-publicitaire qui détenait l'exclusivité de ses photos n'arrivait pas au courrier prévu. Et c'est alors, triomphe suprême, qu'elle épousa Jeremy Bishop.

Comme toutes les fillettes et les jeunes filles d'Australie, Olivia avait évidemment été entre 1940 et 1945 marraine de guerre de plusieurs soldats. En fait, il s'était agi pour elle de régiments entiers auxquels elle envoyait sa photographie dédicacée ; de plus, une fois par mois, elle écrivait une petite lettre à un simple soldat ou à un sous-officier qui s'était signalé par un fait d'armes plus ou moins héroïque.

Engagé volontaire au 28ᵉ régiment d'infanterie de marine (commandé par le célèbre colonel Arnhem Palmerston, surnommé *Vieux Tonnerre* parce qu'une mince cicatrice blanche sillonnait son visage comme s'il avait été frappé par la foudre), le deuxième classe Jeremy Bishop fut l'un de ces heureux élus : pour avoir, en 1942, lors de la sanglante bataille de la mer de Corail, repêché son lieutenant qui était tombé à la mer, il reçut, en même temps que la Victoria Cross, une lettre manuscrite d'Olivia Norvell qui se terminait par « je t'embrasse de tout mon petit cœur » suivi d'une dizaine de croix équivalant chacune à un baiser.

Portant cette lettre sur lui comme un talisman, Bishop se jura d'en recevoir une autre et pour ce faire multiplia les actions d'éclat : de Guadalcanal à Okinawa, en passant par Tarawa, les Gilbert, les Marshall, Guam, Baatan, les Mariannes et Iwo-Jima, il fit tant et si bien qu'il se retrouva à la fin de la guerre le soldat de première classe le plus décoré de toute l'Océanie.

Le mariage s'imposait entre ces deux idoles des jeunes et il fut célébré avec toute la pompe indiquée le vingt-six janvier 1946, jour de la fête nationale australienne. Plus de quarante-cinq mille personnes assistèrent à la bénédiction nuptiale qui fut donnée dans le grand stade de Melbourne par le cardinal Fringilli, alors vicaire œcuménique apostolique de l'Australasie et des Terres antarctiques. Puis la foule fut admise, moyennant dix dollars australiens par tête — soit près de soixante-dix francs — à pénétrer dans la nouvelle propriété du jeune couple et à défiler devant les cadeaux venus des cinq parties du monde : le Président des Etats-Unis avait offert les œuvres complètes de Nathaniel Hawthorne reliées en buffle ; Madame Plattner, de Brisbane, dactylographe, un dessin représentant les époux, exécuté uniquement avec des caractères de machine à écrire : *The Olivia Fan Club of Tasmania*, soixante et onze souris blanches apprivoisées qui savaient se grouper de manière à former le nom d'Olivia ; et le ministre de la Défense, une corne de narval plus longue que celle que Sir Martin Frobisher offrit à la reine Elizabeth à son retour du Labrador. En payant dix dollars de plus on pouvait même entrer dans la chambre nuptiale pour y admirer le lit conjugal sculpté dans un tronc de séquoia, don conjoint de *l'Association interprofes-*

sionnelle *des Industries du Bois et Assimilés* et du *Syndicat national des Forestiers-Bûcherons*. Le soir, enfin, au cours d'une gigantesque réception, Bing Crosby, qu'un avion spécial était allé chercher à Hollywood, chanta une adaptation de *la Marche Nuptiale* composée en l'honneur des jeunes mariés par un des meilleurs élèves d'Ernst Krenek.

Ce fut son premier mariage. Il dura douze jours. Rorschash fut son cinquième mari. Entre-temps elle épousa successivement un jeune premier qu'elle avait vu dans un rôle d'officier autrichien moustachu et portant dolman à brandebourgs, qui la quitta quatre mois plus tard pour un jeune Italien venu leur vendre une rose dans un restaurant de Bruges ; un lord anglais qui ne se séparait jamais de son chien, une sorte de petit barbet à poils frisés nommé Scrambled Eggs ; et un industriel paralytique de Racine (Wisconsin, entre Chicago et Milwaukee) qui dirigeait ses fonderies depuis la terrasse de sa villa, assis dans son fauteuil roulant, les jambes couvertes d'un amas de journaux du monde entier arrivés par le courrier du matin.

C'est à Davos, en février 1958, quelques semaines après son quatrième divorce qu'elle rencontra Rémi Rorschash, dans des circonstances dignes des classiques comédies américaines. Elle cherchait dans une librairie un livre sur *Les Très Riches Heures du Duc de Berry* dont elle avait vu quelques reproductions la veille lors d'une émission de télévision. Bien évidemment l'unique exemplaire disponible venait d'être acheté et l'heureux acquéreur, un homme d'âge mûr mais manifestement ingambe, était justement en train de le payer à la caisse. Sans hésiter, Olivia se dirigea vers lui, se présenta et lui proposa de racheter l'ouvrage. L'homme, qui n'était autre que Rorschash, refusa, mais ils convinrent pour finir de se le partager.

CHAPITRE LXXX

Bartlebooth, 3

Lors du troisième congrès de l'Union internationale des Sciences historiques qui se tint à Edimbourg en octobre 1887 sous les doubles auspices de la *Royal Historical Society* et de la *British Association for the Advancement of Sciences*, deux communications secouèrent formidablement la communauté scientifique internationale et trouvèrent même pendant quelques semaines un large écho dans l'opinion publique.

La première communication fut faite en allemand par le Professeur Zapfenschuppe, de l'Université de Strasbourg. Elle avait pour titre : *Untersuchungen über dem Taufe Amerikas*. Alors qu'il examinait des archives remontées des caves de l'Evêché de Saint-Dié, l'auteur avait découvert un lot de livres anciens provenant sans aucun doute possible de la célèbre imprimerie fondée en 1495 par Germain Lud. Parmi ces livres se trouvait un atlas auquel de nombreux textes du seizième siècle faisaient référence, mais dont on ne connaissait pas d'exemplaire : c'était la fameuse *Cosmographiae introductio cum quibusdam geometriae ac astronomiae principiis ad eam rem necessariis, insuper quatuor Americii Vespucii navigationes*, de Martin Waldseemüller, dit Hylacomylus, le plus renommé des cartographes de l'Ecole de Saint-Dié. C'est dans cet atlas cordiforme que, pour la première fois, le nouveau continent que Christophe Colomb avait découvert et, quant à lui, baptisé Inde Occidentale, apparaissait sous la désignation de TERRA AMERICI VEL AMERICA, et la date figurant sur l'exemplaire — 1507 — mettait enfin un terme à l'âpre controverse qui depuis près de trois siècles s'élevait au sujet d'Améric Vespuce : pour les uns, c'était un homme sincère, un explorateur intègre et scrupuleux qui n'avait jamais pensé avoir un jour l'honneur de baptiser un continent et qui ne le sut jamais ou ne l'aurait appris que sur son lit de mort (et plusieurs gravures romantiques — dont une de Tony Johannot — montrent le vieil explorateur qui s'éteint au milieu des siens, à Séville, en 1512, la main posée sur un atlas ouvert qu'un homme en larmes agenouillé à son chevet lui tend pour qu'il voie de ses yeux une dernière fois avant de mourir le mot AMERICA se déployer en travers du nouveau continent) ; mais pour les autres, c'était un aventurier de la race des Frères Pinzón, qui, comme eux, avait tout fait pour évincer Colomb et s'attribuer le mérite de ses découvertes. Grâce au Professeur Zapfenschuppe, il était enfin démontré que c'était du vivant de Vespucci que l'usage d'appeler Amérique les terres nouvelles s'était établi. Vespuce, bien que ses journaux et correspondance n'y fissent point allusion, en avait sans doute été informé : l'absence de démenti et la persistance de la dénomination tendent en effet à prouver qu'en fin de compte il ne devait pas être mécontent de donner son nom à un continent qu'il croyait sans doute, en toute bonne foi, avoir davantage « découvert » que le Gênois, lequel s'était somme toute contenté d'explorer quelques îles et n'avait eu connaissance du continent proprement dit que bien plus tard, lors de son troisième voyage, en 1498-1500, lorsqu'il visita l'embouchure de l'Orénoque et se rendit enfin compte que l'immensité de ce système hydrographique était le signe indiscutable d'une vaste terre inconnue.

Mais la seconde communication était plus sensationnelle encore. Elle s'intitulait *New Insights into Early Denominations of America* et avait pour auteur un archiviste espagnol, Juan Mariana de Zaccaria, qui travaillait à La Havane, à la Maestranza, sur une collection de presque vingt mille cartes dont un bon nombre provenait du fort de Santa Catalina, et qui y avait trouvé un planisphère daté de 1503 sur lequel le nouveau continent était explicitement désigné sous le nom de TERRA COLUMBIA !

Lorsque le président de la séance, le vieux Lord Smighart Colquhoun of Darroch, Secrétaire perpétuel de la

Caledonian Society, dont le flegme imperturbable ne fut jamais autant apprécié, parvint enfin à faire s'éteindre les exclamations de stupeur, d'enthousiasme, d'incrédulité et de bonheur qui faisaient résonner les voûtes austères du grand amphithéâtre de l'*Old College*, et que revint dans la salle un calme relatif plus compatible avec la dignité, l'impartialité et l'objectivité dont un véritable savant ne devrait jamais se départir, Zaccaria put reprendre son exposé et faire circuler dans l'assistance survoltée des photographies montrant le planisphère en entier ainsi qu'un agrandissement du fragment — passablement détérioré — où les lettres

TE RA COI   B I A

bordaient sur quelques centimètres une représentation sommaire mais indéniablement reconnaissable d'une large portion du Nouveau Monde : l'Amérique centrale, les Antilles, les côtes du Venezuela et de la Guyane.

Zaccaria fut le héros du jour et des correspondants du *Scotsman*, du *Scottish Daily Mail*, du *Scottish Daily Express* de Glasgow et du *Press and Journal* d'Aberdeen, sans oublier bien sûr le *Times* et le *Daily Mail*, se chargèrent de répandre la nouvelle dans le monde entier. Mais quelques semaines plus tard, alors que Zaccaria, de retour à La Havane, mettait la dernière main à l'article qu'il avait promis à l'*American Journal of Cartography* dans lequel le précieux document, reproduit in extenso, serait encarté en dépliant, il reçut une lettre qui émanait d'un nommé Florentin Gilet-Burnachs, conservateur au Musée de Dieppe : le hasard lui avait fait ouvrir un numéro du *Moniteur Universel* et il y avait lu un compte rendu fourni du congrès et tout particulièrement de l'exposé de Zaccaria, accompagné d'une description du fragment endommagé sur lequel l'archiviste s'était fondé pour affirmer que le Nouveau Monde avait, en 1503, été nommé COLOMBIE.

Citant au passage un certain Monsieur de Cuverville (« l'enthousiasme n'est pas un état d'âme d'historien »), Florentin Gilet-Burnachs, tout en appréciant la brillance de la communication de Zaccaria, se demandait si la révélation, pour ne pas dire la révolution, qu'elle contenait n'aurait pas

dû être passée au crible d'une critique impitoyable. Certes,
la tentation était forte de traduire.

COI   B I A

par

COLUMB I A

et cette interprétation traduisait bien le sentiment général :
en retrouvant une carte où les Indes Occidentales étaient
baptisées COLOMBIE, géographes et historiens avaient l'impression de réparer une erreur historique ; depuis des siècles, le monde occidental faisait grief à Americ Vespuce
d'avoir usurpé le nom que Christophe Colomb aurait dû
donner aux terres qu'il avait le premier explorées : en acclamant Zaccaria, le Congrès avait cru réhabiliter le navigateur
gênois et mettre fin à près de quatre siècles d'injustice.

Mais, rappelait le conservateur, dans le dernier quart du
quinzième siècle, des dizaines de navigateurs, des Cabot
aux Cabral, de Gomes à Verrazano, cherchèrent par l'ouest
la route des Indes, et — c'est là qu'il voulait en venir — une
solide tradition dieppoise, active jusqu'à la fin du dix-huitième siècle, attribuait la découverte de « l'Amérique » à un
navigateur de Dieppe, Jean Cousin, dit Cousin le Hardy, qui
aurait visité les Antilles en 1487-1488, cinq ans avant le
Gênois. Le Musée de Dieppe, héritier d'une partie des cartes
dressées sur l'ordre de l'armateur Jean Ango, et qui firent
de l'Ecole dieppoise de cartographie, avec Desceliers et Nicolas Desliens, l'une des meilleures de son siècle, possédait précisément une carte datée de 1521, c'est-à-dire sensiblement
postérieure à la carte de la Maestranza, sur laquelle le golfe
du Honduras — le « golfe profond » de Christophe Colomb
— était appelé MARE CONSO, abréviation évidente de
MARE CONSOBRINIA, la mer de ou du Cousin (et non pas,
comme l'avait stupidement soutenu Lebrun-Brettil, MARE
CONSOLATRIX).

Ainsi, poursuivait impitoyablement Florentin Gilet-Burnachs, ce

COI   B J A

que Zaccaria lisait

COLUMB I A

pouvait mieux encore, du point de vue de l'écartement des trois dernières lettres, se lire

CONSOBRINIA

En conclusion, le conservateur suggérait à Zaccaria de s'assurer soigneusement de la provenance de la carte de 1503. Si elle était de facture portugaise, espagnole, gênoise ou vénitienne, le

COI   B J A

pouvait effectivement désigner Colomb, même si celui-ci avait imposé le mot INDIA. En tout cas, cela ne pouvait désigner Jean Cousin, dont la renommée ne s'était fortement établie qu'à Dieppe même et qui se voyait opposer dès Le Tréport, Saint-Valéry-en-Caux, Fécamp, Etretat et Honfleur des marins tout aussi hardis ayant à qui mieux mieux ouvert les routes nouvelles. Si par contre la carte provenait de l'Ecole dieppoise — cela se vérifierait aisément par la présence d'un monogramme agrémenté d'un petit *d* au centre d'une des roses des vents — c'était bien de TERRA CONSOBRINIA qu'il s'agissait.

Si, ajoutait enfin Gilet-Burnachs dans un post-scriptum,

le monogramme était fait de deux R entrelacés, cela voudrait dire que le planisphère était l'œuvre de Renaud Régnier, un des premiers cartographes de l'Ecole, qui passait pour avoir effectivement accompagné Jean Cousin dans un de ses voyages. Ce même Renaud Régnier avait, quelques années plus tard, vers 1520, dressé une carte de la côte nord-américaine, et, par une coïncidence extraordinaire, avait baptisé TERRA MARIA la terre qui, un siècle plus tard, allait, à cause d'Henriette-Marie de France, fille de Henri IV et femme de Charles Ier d'Angleterre, s'appeler MARYLAND.

Zaccaria était un géographe honnête. Il aurait pu négliger la lettre de Gilet-Burnachs, ou profiter du mauvais état général du planisphère pour détruire toute possibilité d'identifier ses origines et affirmer ensuite au conservateur de Dieppe que c'était une carte espagnole et que ses critiques ne tenaient pas. Mais il vérifia consciencieusement qu'il s'agissait bien d'une carte de Renaud Régnier, en informa son correspondant, et proposa une mise au point rédigée en commun et signée de leurs deux noms, qui mettrait un terme à cet épineux problème de toponymie. L'article parut en 1888 dans la revue *Onomastica* mais son retentissement fut infiniment moindre que celui qu'avait connu la communication au troisième congrès.

Il n'en demeurait pas moins que le planisphère de 1503 était la seule carte sur laquelle le continent aujourd'hui connu sous le nom d'Amérique était appelé la Cousinie. Cette singularité vint aux oreilles de James Sherwood qui, un an plus tard, parvint à l'acheter, on ne sait pour quelle somme, au Recteur de l'Université de La Havane. Et c'est ainsi que cette carte se trouve aujourd'hui sur un des murs de la chambre de Bartlebooth.

Ce n'est pas pour son unicité que Bartlebooth s'attacha à cette carte que, tout enfant, il voyait dans le grand hall du manoir où il fut élevé, mais parce qu'elle possède une autre caractéristique : le nord n'est pas en haut de la carte, mais en bas. Ce changement d'orientation, plus fréquent à l'époque qu'on ne le croit généralement, fascina toujours au plus haut point Bartlebooth : cette représentation renversée, pas toujours de cent quatre-vingt degrés, parfois de quatre-vingt-dix ou de quarante-cinq, détruisait chaque fois complètement la perception habituelle de l'espace et faisait par exemple que la silhouette de l'Europe, familière à tous ceux qui ont fréquenté ne serait-ce que l'école primaire, se mettait à ressembler, quand on la faisait pivoter de quatre-vingt-dix degrés vers la droite, l'ouest devenant le haut, à une espèce de Danemark. Et dans ce renversement minuscule, se dissimulait l'image même de son activité de poseur de puzzle.

Bartlebooth ne fut jamais un collectionneur au sens traditionnel du terme, mais pourtant, au début des années trente, il chercha ou fit chercher des cartes semblables. Il en a deux autres dans sa chambre. L'une, qu'il trouva à l'Hôtel Drouot, est un beau tirage de l'*Imperium Japonicum... descriptum ab Hadriano Relando*, faisant partie de l'Atlas de Reinier Otten d'Amsterdam ; les spécialistes font grand cas de cette carte, non parce que le nord est à droite, mais parce que les noms des soixante-six provinces impériales sont, pour la première fois, donnés en idéogrammes japonais et transcrits en caractères latins.

L'autre est plus curieuse encore : c'est une carte du Pacifique telle que les tribus côtières du golfe de Papouasie en utilisaient : un réseau extrêmement fin de tiges de bambou indique les courants marins et les vents dominants ; çà et là sont disposés, apparemment au hasard, des coquillages (cauris) qui représentent les îles et les écueils. Par rapport aux normes adoptées aujourd'hui par tous les cartographes, cette « carte » semble une aberration : elle n'offre à première vue ni orientation, ni échelle, ni distance, ni représentation des contours ; en fait, il paraît qu'elle se révèle à l'usage d'une efficacité incomparable, de la même manière, expliqua un jour Bartlebooth, que le plan du métro londonien n'est absolument pas superposable à un plan de la ville de Londres, tout en étant d'un emploi suffisamment simple et clair pour que l'on puisse s'en servir sans problème lorsque l'on veut se rendre en métro d'un endroit à un autre.

Cette carte du Pacifique fut rapportée par le capitaine Barton qui, à la fin du siècle dernier, étudia les périples d'une de ces tribus de Nouvelle-Guinée, les Motu de Port-Moresby, périples qui ne sont pas sans rappeler la *kula* des Trobriandais. Burton, de retour à Londres, offrit sa trouvaille à la Bank of Australia qui avait partiellement subventionné son expédition. La banque l'exposa quelque temps dans l'un des salons de réception de son siège social, puis en fit cadeau à son tour à la Fondation nationale pour le Développement de l'Hémisphère Sud, agence semi-privée destinée à recruter des émigrants pour la Nouvelle-Zélande et l'Australie. La Fondation fit faillite à la fin des années vingt et la carte du Pacifique, mise en vente par le liquidateur judiciaire, finit par être signalée à Bartlebooth qui l'acheta.

Le reste de la chambre est presque vide de meubles : une pièce claire, peinte en blanc, avec d'épais rideaux de percale, et un lit de milieu ; c'est un lit anglais, aux montants de cuivre, recouvert d'une indienne à fleurs, flanqué de deux tables de nuit Empire. Sur celle de gauche, une lampe dont le socle affecte la forme d'un artichaut, et une assiette octogonale en étain sur laquelle sont posés deux morceaux de sucre, un verre, une cuiller et une carafe d'eau en cristal avec un bouchon en forme de pomme de pin ; sur celle de droite, une pendulette rectangulaire dont le boîtier en acajou veiné est incrusté d'ébène et de métal doré, un gobelet d'argent à monogramme, et une photographie dans un cadre ovale représentant trois des grands-parents de Bartlebooth, William Sherwood, le frère de James, sa femme Emily, et James Aloysius Bartlebooth, tous trois en vêtements de cérémonie, debout derrière Priscilla et Jonathan, jeunes mariés assis l'un contre l'autre au centre d'une profusion de corbeilles fleuries et enrubannées. Sur la tablette inférieure est posé un agenda de grand format, relié en cuir noir. Sur la couverture les mots DESK DIARY 1952 et ALLIANCE BUILDING SOCIETY, en grandes capitales dorées, surmontent un blason, de gueules aux chevrons, abeilles et besants d'or, accompagné d'un phylactère portant la devise DOMUS ARX CERTISSIMA, dont la traduction anglaise est donnée juste en dessous : *The surest stronghold is the home.*

Il serait fastidieux de dresser la liste des failles et des contradictions qui se révélèrent dans le projet de Bartlebooth. Si, pour finir, comme nous le verrons désormais bientôt, le programme que l'Anglais s'était fixé succomba sous l'attaque résolue de Beyssandre et sous celle, beaucoup plus secrète et subtile, de Gaspard Winckler, c'est d'abord à la propre incapacité où se trouva alors Bartlebooth de répondre à ces attaques qu'il faut imputer cet échec.

Il ne s'agit pas ici de ces failles mineures qui ne mirent jamais en danger le système que Bartlebooth avait voulu construire, même si elles en accentuèrent parfois le côté exaspérant et trop rigidement tyrannique. Par exemple, lorsque Bartlebooth décida qu'il peindrait cinq cents aquarelles en vingt ans, il choisit ce nombre parce que cela faisait un chiffre rond ; il aurait mieux valu choisir quatre cent quatre-vingt, ce qui aurait donné deux aquarelles chaque mois, ou, à la rigueur, cinq cent vingt, c'est-à-dire une toutes les deux semaines. Mais pour arriver exactement à cinq cents aquarelles, il fut parfois obligé d'en peindre deux par mois, sauf un mois où il en peignait trois, ou une à peu près toutes les deux semaines et quart. Ceci, s'ajoutant aux contingences des voyages, compromit minusculement le déroulement temporel du programme : en fait, Gaspard Winckler reçut une aquarelle approximativement tous les quinze jours, car dans le détail, des variations de quelques jours et parfois même de quelques semaines purent se présenter ; encore une fois, cela ne mit pas en cause l'organisation générale de la tâche que Bartlebooth s'était imposé, pas plus que ne la compromirent les petits retards que l'Anglais prit parfois dans la reconstitution des puzzles et qui firent que très souvent les aquarelles, quand elles furent « effacées » sur les lieux mêmes où elles avaient été peintes, ne le furent pas exactement vingt ans après, mais à peu près vingt ans après, vingt ans et quelques jours après.

Si l'on peut parler d'un échec global, ce n'est pas à cause de ces petits décalages, mais parce que, réellement, concrètement, Bartlebooth ne parvint pas à mener à terme sa tentative en respectant les règles qu'il s'était donné : il voulait que le projet tout entier se referme sur lui-même sans laisser de traces, comme une mer d'huile qui se referme sur un homme qui se noie, il voulait que rien, absolument rien n'en subsiste, qu'il n'en sorte rien que le vide, la blancheur immaculée du rien, la perfection gratuite de l'inutile, mais s'il peignit cinq cents marines en vingt ans, et si toutes ces marines furent découpées par Gaspard Winckler en puzzles de sept cent cinquante pièces chacun, tous les puzzles ne furent pas reconstitués, et tous les puzzles reconstitués ne furent pas détruits à l'endroit même où, à peu près vingt ans plus tôt, les aquarelles avaient été peintes.

Il est difficile de dire si le projet était réalisable, si l'on pouvait en mener à bien l'accomplissement sans le faire tôt ou tard s'écrouler sous le poids de ses contradictions internes ou sous la seule usure de ses éléments constitutifs. Et même si Bartlebooth n'avait pas perdu la vue, il n'aurait quand même peut-être jamais pu achever cette aventure implacable à laquelle il avait décidé de consacrer sa vie.

C'est dans les derniers mois de l'année mille neuf cent soixante-douze que Bartlebooth se rendit compte qu'il devenait aveugle. Cela avait commencé quelques semaines auparavant par des maux de tête, des torticolis et des troubles visuels qui faisaient que, lorsqu'il avait travaillé toute une journée sur ses puzzles, il avait la sensation que sa vue se brouillait, que le contour des choses se nimbait d'une brume imprécise. Au début il lui suffisait de s'étendre quelques minutes dans l'obscurité pour que cela se passe, mais bientôt les troubles s'aggravèrent, devinrent plus fréquents et plus intenses et, même dans la pénombre, il lui semblait que les objets se dédoublaient, comme s'il avait été perpétuellement ivre.

Les médecins qu'il consulta diagnostiquèrent une double cataracte dont ils l'opérèrent avec succès. Ils lui mirent d'épais verres de contact et lui interdirent évidemment de se fatiguer les yeux. Dans leur esprit cela voulait dire ne lire que les gras titres des journaux, ne pas conduire la nuit, ne pas regarder trop longtemps la télévision. Il ne leur vint même pas à l'idée que Bartlebooth pourrait envisager un seul instant de recommencer un puzzle. Mais au bout d'un mois seulement, Bartlebooth s'assit à sa table et entreprit de rattraper le temps perdu.

Très vite les troubles revinrent. Cette fois-ci Bartlebooth croyait voir une mouche voleter sans cesse quelque part à côté de son œil gauche et il se surprenait à tout instant à vouloir lever la main pour la chasser. Puis son champ visuel commença à diminuer pour n'être plus à la fin qu'une mince fissure laissant percer un jour glauque, comme une porte entrebâillée dans le noir.

Les médecins qu'il fit venir à son chevet hochèrent négativement la tête. Les uns parlèrent d'amaurose, les autres de rétinite pigmentaire. Dans un cas comme dans l'autre ils ne pouvaient plus rien et l'évolution vers la cécité était inexorable.

Il y avait dix-huit ans que Bartlebooth prenait dans ses mains les petites pièces des puzzles et le toucher jouait pour lui un rôle presque aussi grand que la vision. Il se rendit compte avec une sorte d'ivresse qu'il pourrait continuer son travail : ce serait comme si, désormais, il devait s'astreindre à reconstituer des aquarelles incolores. En fait, il arrivait encore à cette époque à différencier les formes. Lorsque, au début 1975, il commença à ne plus rien percevoir sinon des lueurs impalpables tremblotant dans des lointains mouvants, il décida de se faire aider par quelqu'un qui trierait avec lui les pièces du puzzle en chantier selon leurs couleurs dominantes, leurs nuances et leurs formes. Winckler était mort, et de toute façon il aurait sans doute refusé, Smautf et Valène étaient trop vieux, et les essais qu'il fit faire à Kléber et à Hélène ne le satisfirent pas. Finalement il s'adressa à Véronique Altamont parce qu'il avait appris de Smautf, qui le tenait de Madame Nochère, qu'elle étudiait l'aquarelle et qu'elle était amateur de puzzles. Presque tous les jours depuis, la frêle jeune fille vient passer une heure ou deux avec le vieil Anglais et lui fait toucher un à un les morceaux de bois en lui décrivant de sa toute petite voix leurs imperceptibles variations de couleurs.

CHAPITRE LXXXI

Rorschash, 4

La chambre d'Olivia Rorschash est une pièce claire et plaisante, tendue d'un papier bleu pâle à décors japonisants, agréablement meublée de bois clair. Le lit, sur lequel est jetée une couverture indienne en patchwork est posé sur une large estrade parquetée faisant de chaque côté office de chevets : sur celui de droite un haut vase d'albâtre rempli de roses jaunes; sur l'autre une minuscule lampe veilleuse dont le support est un cube de métal noir, un exemplaire d'occasion de *La Vallée de la Lune*, de Jack London, acheté la veille quinze centimes au marché aux puces de la place d'Aligre, et une photographie d'Olivia à vingt ans : chemise à carreaux, gilet de cuir à franges, pantalon de cheval, bottes à hauts talons, chapeau de cow-boy, juchée sur une barrière de bois, une bouteille de coca-cola à la main ; derrière elle un marchand ambulant musclé brandit d'un seul geste vigoureux de l'avant-bras un lourd plateau surchargé de fruits multicolores : c'est une photographie de tournage de son avant-dernier long métrage — *Hardi les Gars !* — dont elle fut la vedette en 1949 lorsque, après sa retentissante rupture avec Jeremy Bishop, elle quitta l'Australie et tenta de faire aux Etats-Unis une audacieuse reconversion. *Hardi les Gars !* fit une courte carrière. Le film suivant qui, par une coïncidence cruelle, avait pour titre *Reste à l'affiche, mon Chéri !* — elle y jouait le rôle d'une écuyère (la belle Amandine) amoureuse d'un acrobate de dix-sept ans qui jonglait avec des torches enflammées — ne fut même pas monté, les producteurs ayant estimé à la vision des rushes qu'ils n'en tireraient rien. Olivia devint alors l'étoile d'une série touristique dans laquelle elle était la jeune Américaine de bonne famille, pleine de bonne volonté, allant faire du ski nautique aux Everglades, se bronzant aux Bahamas, aux Caraïbes ou aux Canaries, se déchaînant au Carnaval de Rio, acclamant les toreros à Barcelone, se cultivant à l'Escurial, se recueillant au Vatican, sablant le champagne au *Moulin Rouge*, buvant de la bière à l'*Oktoberfest* de Munich, etc., etc., etc. C'est ainsi que lui vint le goût des voyages et elle en était à son cinquante-huitième court métrage (*Inoubliable Vienne...*) lorsqu'elle rencontra son second mari qu'elle quitta d'ailleurs au cinquante-neuvième (*Bruges l'Enchanteresse*).

Olivia Rorschash est dans sa chambre. C'est une toute petite femme, un peu boulotte, aux cheveux frisés ; elle porte un tailleur de lin blanc, strict, impeccablement coupé, un chemisier de soie grège agrémenté d'une large cravate. Elle est assise près de son lit à côté des quelques affaires qu'elle va emporter avec elle — un sac à main, un nécessaire de toilette, un manteau léger, un béret orné de l'ancienne médaille de l'Ordre de Saint-Michel, représentant l'Archange en train de terrasser le Dragon, *Time Magazine, le Film français, What's On in London* — et elle relit la série d'instructions qu'elle laisse à Jane Sutton :

— *faire faire une livraison de coca-cola*
— *changer tous les deux jours l'eau des fleurs, y ajouter chaque fois un demi-cachet d'aspirine, les jeter quand elles seront fanées*
— *faire nettoyer le grand lustre de cristal (appeler la maison Salmon)*
— *rapporter à la bibliothèque municipale les livres qui auraient dû être rendus depuis déjà quinze jours et en particulier* Les lettres d'amour de Clara Schumann, De l'angoisse à l'extase, *de* Pierre Janet, *et* Un Pont sur la Rivière Kwaï, *de* Pierre Boulle
— *acheter de l'Edam étuvé pour Polonius et ne pas oublier de l'amener une fois par semaine chez Monsieur Lefèvre pour sa leçon de dominos* [1]

(1) Polonius est le 43ᵉ descendant d'un couple de hamsters apprivoisés que Rémi Rorschash offrit à Olivia peu de temps après avoir fait sa connaissance : ils avaient vu dans un music-hall de Stuttgart un

> — vérifier chaque jour que les Pizzicagnoli n'ont
> pas cassé la grappe de verre soufflé du vestibule.

Le prétexte de ce 56ᵉ tour du monde est une invitation à Melbourne pour la première mondiale du film *Il était une fois Olivia Norvell,* film de montage réunissant la plupart de ses meilleures prestations, y compris des séquences filmées de ses grands succès au théâtre ; le voyage commencera par une croisière maritime de Londres aux Antilles et continuera en avion jusqu'à Melbourne avec des étapes de quelques jours prévues à New York, Mexico, Lima, Tahiti et Nouméa.

---

montreur d'animaux et avaient été à ce point passionnés par les prouesses sportives du hamster Ludovic — aussi à l'aise aux anneaux qu'à la barre fixe, au trapèze ou aux barres parallèles — qu'ils avaient demandé à l'acheter. Le montreur, Lefèvre, avait refusé mais leur avait vendu un couple — Gertrude et Sigismond — auquel il avait appris à jouer aux dominos. La tradition s'était perpétuée de génération en génération, les parents apprenant chaque fois spontanément à jouer à leurs rejetons. Malheureusement, l'hiver précédent, une épidémie avait presque entièrement détruit la petite colonie : l'unique survivant, Polonius, ne pouvait jouer seul et, qui plus est, était condamné à dépérir s'il ne pouvait continuer à pratiquer son passe-temps favori. Aussi fallait-il, une fois par semaine, le mener à Meudon chez le montreur qui, aujourd'hui retiré, continuait pour son seul plaisir à élever des petits animaux savants.

CHAPITRE LXXXII

Gratiolet, 2

La chambre d'Isabelle Gratiolet : une chambre d'enfant avec un papier rayé orange et jaune, un lit étroit en tube garni d'un oreiller en forme de Snoopy, un fauteuil crapaud recouvert d'un tissu frangé et dont les bras se terminent par des glands à pompons, une petite armoire à deux portes, en bois blanc, dont les panneaux sont recouverts d'un tissu adhésif plastifié évoquant un carrelage rustique (*Façon Delft* : carreaux bleu clair, minusculement ébréchés, représentant alternativement un moulin à vent, un pressoir et un cadran solaire), et une table d'écolière avec une rainure pour les crayons, et trois casiers à livres. Il y a sur la table un plumier décoré de motifs au pochoir représentant, d'une façon plutôt stylisée, des Ecossais en costume national soufflant dans leurs cornemuses, une règle en acier, une boîte un peu bosselée, en métal émaillé, sur laquelle est écrit le mot EPICES et qui est pleine de stylos à billes et de feutres, une orange, plusieurs cahiers recouverts de papier marbré tel qu'en utilisent les relieurs, une bouteille d'encre Waterman et quatre buvards appartenant à la collection qu'Isabelle constitue, beaucoup moins sérieusement d'ailleurs que son concurrent Rémi Plassaert :

— un bébé en culotte petit-bateau poussant devant lui un cerceau (offert par les Papeteries Fleuret Fils de Corvol l'Orgueilleux) ;

— une abeille (*Apis mellifica* L.) (offert par les Laboratoires Juventia) ;

— une gravure de mode montrant un homme vêtu d'un pyjama de shantung rouge, de babouches en peau de phoque et d'une robe de chambre en cachemire bleu ciel gansée d'argent (NESQUIK : *on en prendrait bien un deuxième !*)

— et enfin le N° 24 de la série *Les grandes Dames de l'Histoire de France*, offerte par *La Semaine de Suzette* : Madame Récamier ; dans un petit salon Empire où quelques rares habits noirs écoutent assis sur un canapé, on voit à côté d'une psyché supportée par une Minerve, une chaise longue, à l'intérieur incurvé comme un berceau, où une jeune femme est étendue : la mollesse de sa pose contraste avec l'éclat merveilleux de sa robe d'épais satin nacarat.

Au-dessus du lit, présence surprenante dans cette chambre d'adolescente, est accroché un théorbe à caisse ovale, un de ces luths à double manche dont la vogue éphémère s'instaura au seizième siècle, culmina sous Louis XIV — Ninon de Lenclos, paraît-il, y excellait — et décrût ensuite au profit de la guitare basse et du violoncelle. C'est le seul objet qu'Olivier Gratiolet emporta du haras après l'assassinat de sa femme et le suicide de son beau-père. On disait qu'il avait toujours été dans la famille mais personne n'en connaissait l'origine et Olivier finit par le montrer à Léon Marcia qui l'identifia sans trop de peine : c'était vraisemblablement un des derniers théorbes que l'on ait fabriqués ; il n'avait jamais été joué et provenait de l'atelier tyrolien des Steiner ; il ne datait certainement pas de la grande période de cet atelier, celle où l'on comparait les violons de Jacques Steiner à ceux d'Amati, mais de sa fin, probablement du tout début de la seconde moitié du dix-huitième siècle, à l'époque où luths et théorbes devenaient davantage des curiosités de collectionneurs que des instruments de musique.

A l'école personne n'aime Isabelle et elle ne fait apparemment rien pour être aimée. Ses camarades de classe disent d'elle qu'elle est complètement marteau, et plusieurs fois des parents d'élèves sont venus se plaindre à Oliver Gratiolet de ce que sa fille raconte aux autres enfants de sa classe ou parfois même, dans la cour de récréation, à des élèves qui sont beaucoup plus petites qu'elles, des histoires qui leur font peur. Par exemple, pour se venger de Louisette Guerné qui lui avait renversé une bouteille d'encre de chine sur sa blouse en classe de dessin, elle lui a raconté qu'il y avait un vieillard *pornographique* qui la suivait dans la rue chaque fois qu'elle sortait du lycée et qu'un jour il allait l'attaquer et lui arracher tous ses vêtements et l'obliger à lui faire des choses dégoûtantes. Ou bien, elle a persuadé Dominique Krause, qui n'a que dix ans, que les fantômes existent vraiment et même qu'un jour elle avait vu apparaître son père vêtu d'une armure comme un chevalier du Moyen Age au milieu d'une foule de gardes terrorisés, armés de pertuisanes. Ou bien encore, alors qu'on lui avait donné comme sujet de rédaction « Racontez votre plus beau souvenir de vacances », elle avait rédigé une longue et tortueuse histoire d'amour dans laquelle, vêtue de brocarts d'or, à la poursuite d'un Prince Masqué dont elle avait juré qu'elle ne regarderait jamais le visage, elle arpentait des vestibules dallés de marbre veiné, escortée par des armées de pages porteurs de torches résineuses, et de nains qui lui versaient des vins capiteux dans des coupes de vermeil.

Son professeur de français, désemparée, montra cette rédaction à la directrice du lycée qui, après avoir pris l'avis d'une conseillère pédagogique, écrivit à Olivier Gratiolet, lui recommandant vivement de faire examiner sa fille par un psychothérapeute et suggérant de la faire entrer l'année suivante dans un institut psycho-pédagogique où son développement intellectuel et psychique pourrait être davantage suivi, mais Olivier répondit, assez sèchement que ce n'était pas parce que les écolières de l'âge de sa fille étaient dans leur quasi-totalité des brebis bêlantes tout juste capables de répéter en chœur *la fermière donne à manger aux poules* ou *le paysan laboure avec sa charrue* qu'il fallait considérer Isabelle comme anormale, ou simplement fragile, sous prétexte qu'elle avait de l'imagination.

CHAPITRE LXXXIII

Hutting, 3

La chambre de Hutting, aménagée dans la loggia de son grand atelier, correspond plus ou moins à l'ancienne chambre de bonne n° 12 où, jusqu'à la fin 1949, vécut un très vieux couple que l'on appelait les Honoré ; Honoré était en fait le prénom de l'homme, mais personne, sauf peut-être Madame Claveau et les Gratiolet, ne connaissait leur nom de famille — Marcion — ni ne se servait du prénom de la femme, Corinne, que l'on s'obstinait à appeler Madame Honoré.

Jusqu'en mille neuf cent vingt-six, les Honoré servirent chez les Danglars. Honoré était maître d'hôtel et Madame Honoré cuisinière, une cuisinière à l'ancienne, portant en toute saison un mouchoir d'indienne fixé dans le dos par une épingle, un bonnet lui cachant les cheveux, des bas gris, un jupon rouge, et par-dessus sa camisole un tablier à bavette. Une troisième domestique complétait le service des Danglars : c'était Célia Crespi, qui avait été engagée comme femme de chambre quelques mois auparavant.

Le trois janvier mille neuf cent vingt-six, une dizaine de jours après l'incendie qui avait ravagé le boudoir de Madame Danglars, Célia Crespi, venant prendre son service vers sept heures du matin, trouva l'appartement vide. Les Danglars, apparemment, avaient jeté quelques objets de première nécessité dans trois valises et étaient partis sans prévenir.

La disparition d'un deuxième président à la cour d'appel ne saurait constituer un événement anodin et dès le lendemain les bruits commencèrent à courir sur ce que tout de suite on appela l'Affaire Danglars : était-il exact que des menaces avaient été proférées contre le magistrat ? Etait-il exact qu'il était suivi depuis plus de deux mois par des policiers en civil ? Etait-il exact qu'une perquisition avait été faite dans son bureau au Palais en dépit d'une interdiction formelle notifiée au Préfet de Police par le Garde des Sceaux lui-même ? Autant de questions que, journaux satiriques en tête, la grande presse posa avec son sens habituel des scandales et des affaires à sensation.

La réponse arriva une semaine plus tard : le ministère de l'Intérieur publia un communiqué annonçant que Berthe et Maximilien Danglars avaient été arrêtés le cinq janvier alors qu'ils tentaient de passer clandestinement en Suisse. Et l'on apprit avec stupéfaction que le haut magistrat et sa femme avaient commis, depuis la fin de la guerre, une trentaine de cambriolages plus audacieux les uns que les autres.

Ce n'est pas par intérêt que les Danglars volaient mais plutôt, à l'instar de tous ces cas décrits avec abondance de détails dans la littérature psychopathologique, parce que les dangers qu'ils encouraient en commettant ces vols leur procuraient une exaltation et une excitation de nature proprement sexuelle et d'une intensité exceptionnelle. Ce couple de grands bourgeois rigides qui avait toujours eu des rapports à la Gauthier Shandy (une fois par semaine, après avoir remonté la pendule, Maximilien Danglars accomplissait son devoir conjugal) découvrit que le fait de dérober en public un objet de grande valeur déclenchait chez l'un et chez l'autre une sorte d'ivresse libidinale qui devint très vite leur raison de vivre.

Ils avaient eu la révélation de cette pulsion commune d'une manière tout à fait fortuite ; un jour, accompagnant son mari chez Cleray pour qu'il se choisisse un étui à ciga-rettes, Madame Danglars, saisie par un émoi et une frayeur irrésistibles et regardant droit dans les yeux la vendeuse qui s'occupait d'eux, avait dérobé une boucle de ceinture en écaille. Ce n'était qu'un larcin de luxe, mais lorsque le soir même elle l'avoua à son mari, qui ne s'était aperçu de rien, le récit de cet exploit illégal provoqua simultanément en eux une frénésie sensuelle habituellement absente de leurs étreintes.

Les règles de leur jeu s'élaborèrent assez vite. Ce qui importait, en l'occurrence, c'est que l'un des deux accomplisse devant l'autre tel ou tel vol qu'il avait été mis en demeure de commettre. Tout un système de *gages*, généralement érotiques, récompensait ou punissait le voleur selon qu'il avait réussi ou échoué.

Recevant beaucoup, abondamment invités, c'est dans les salons des ambassades ou dans les grands raouts du Tout-Paris que les Danglars choisissaient leurs victimes. Par exemple, Berthe Danglars défiait son mari de lui rapporter l'étole de vison que portait ce soir-là la duchesse de Beaufour et Maximilien, relevant le pari, exigeait en retour que sa femme se procure le carton de Fernand Cormon (*Chasse à l'auroch*) qui ornait un des salons de leurs hôtes. Selon la difficulté d'approche de l'objet convoité, le candidat pouvait disposer d'un certain délai et même, dans certains cas plus complexes, bénéficier de la complicité ou de la protection du conjoint.

Sur les quarante-quatre défis qu'ils se lancèrent, trente-deux furent honorés. Ils volèrent, entre autres, un grand samovar en argent chez la comtesse de Melan, une esquisse du Pérugin chez le nonce du Pape, l'épingle à cravate du directeur général de la Banque du Hainaut, et le manuscrit presque complet des *Mémoires sur la vie de Jean Racine*, par son fils Louis, chez le chef de cabinet du ministre de l'Instruction publique.

Tout autre qu'eux aurait été repéré et arrêté tout de suite, mais même lorsqu'il leur arriva d'être pris sur le fait, ils purent se disculper presque sans peine : il semblait à ce point impossible qu'un grand magistrat et son épouse pussent être suspectés de cambriolage que les témoins préféraient douter de ce qu'ils avaient de leurs yeux vu plutôt que d'admettre la culpabilité d'un juge.

Ainsi, rattrapé dans les escaliers de l'hôtel particulier du marchand d'art d'Olivet, alors qu'il emportait trois lettres de cachet signées de Louis XVI, relatives aux emprisonnements du Marquis de Sade à Vincennes et à la Bastille, Maximilien Danglars expliqua le plus calmement du monde qu'il venait de demander l'autorisation de les emprunter pour quarante-huit heures à un homme qu'il croyait être son hôte, justification parfaitement indéfendable que d'Olivet accepta cependant sans sourciller.

Cette quasi-impunité les rendit d'une audace folle, dont témoigne particulièrement l'affaire qui entraîna leur perte. Lors d'un bal masqué donné par Timothy Clawbonny — de la banque d'affaires Marcuart, Marcuart, Clawbonny et Shandon —, un vieil Anglo-Saxon glabre, précieux et pédéraste, travesti en Confucius, mandarin à lunettes et grande robe, Berthe Danglars déroba une tiare scythe. Le vol fut découvert au cours de la soirée. Appelée immédiatement, la police fouilla tous les invités et découvrit le bijou dans la cornemuse truquée de l'épouse du Président, qui s'était déguisée en Ecossaise.

Berthe Danglars avoua tranquillement qu'elle avait forcé la vitrine où était enfermée la tiare parce que son mari lui avait demandé de le faire ; tout aussi tranquillement, Maximilien confirma cet aveu en produisant sur-le-champ une lettre du directeur de la Prison de la Santé qui le priait — à titre hautement confidentiel — de ne pas perdre de vue certaine couronne d'or dont il avait appris par un de ses meilleurs indicateurs qu'elle devait être dérobée au cours de cette soirée masquée par Chalia la Rapine : on avait surnommé ainsi un audacieux cambrioleur qui avait commis son premier forfait à l'Opéra lors d'une représentation de *Boris Godounov* ; en fait Chalia la Rapine resta toujours un voleur mythique ; on s'aperçut plus tard que sur les trente-trois fric-frac qu'on lui imputait, dix-huit avaient été perpétrés par les Danglars.

Cette fois encore, l'explication, pour invraisemblable qu'elle pût paraître, fut acceptée par tous, y compris par la police. Pourtant, rentrant, songeur, Quai des Orfèvres, un jeune inspecteur, Roland Blanchet, se fit porter les dossiers de tous les vols commis à Paris lors de soirées mondaines, et non encore élucidés ; il se sentit tressaillir lorsqu'il constata que les Danglars figuraient sur vingt-neuf des trente-quatre listes d'invités. Pour lui, cela constituait la plus accablante des preuves ; mais le Préfet de Police à qui il fit part de ses soupçons en lui demandant d'être chargé de l'affaire, n'y voulut voir que simple coïncidence. Et après en avoir par prudence référé au ministère de la Justice, où l'on s'indigna qu'un policier pût douter de la parole et de l'honorabilité d'un magistrat tenu en haute estime par tous ses collègues, le préfet interdit à son inspecteur de s'occuper de cette enquête et devant son insistance menaça même de le faire muter en Algérie.

Fou de rage, Blanchet donna sa démission et se jura d'apporter la preuve de la culpabilité des Danglars.

C'est en vain que pendant plusieurs semaines Blanchet suivit ou fit suivre les Danglars et qu'il pénétra clandestinement dans le bureau dont Maximilien avait la jouissance au Palais. Les preuves qu'il cherchait, si elles existaient, ne se trouvaient certainement pas là, et la seule chance de Blanchet était que les Danglars eussent conservés chez eux quelques-uns des objets dérobés. Le soir de la Noël 1925, sachant que les Danglars dînaient en ville, que les Honoré étaient couchés et que la jeune femme de chambre réveillonnait avec trois amis (Serge Valène, François Gratiolet et Flora Champigny) dans le restaurant des Fresnel, Blanchet parvint enfin à s'introduire dans l'appartement du troisième gauche. Il n'y trouva ni l'éventail incrusté de saphirs de Fanny Mosca, ni le portrait d'Ambroise Vollard par Felix Vallotton qui avait été subtilisé à Lord Summerhill le lendemain même du jour où il l'avait enfin acquis, mais un collier de perles qui était peut-être celui qui avait été dérobé chez la Princesse Rzewuska peu de temps après l'armistice, et un œuf de Fabergé qui correspondait assez bien à celui qui avait été volé chez Madame de Guitaut. Mais Blanchet mit la main sur une pièce à conviction beaucoup plus compromettante pour les Danglars que ces preuves dont ses ex-supérieurs auraient pu persister à contester le bien-fondé : un cahier grand format, avec des rayures comptables, contenant la description succincte mais précise de chacun des larcins que les Danglars avaient commis ou tenté de commettre, accompagnée en regard de l'énumération des gages que le couple s'était en conséquence infligé.

Blanchet allait repartir avec le cahier révélateur lorsqu'il entendit, tout au bout du couloir, la porte de l'appartement s'ouvrir : c'était Célia Crespi qui avait oublié d'allumer le feu dans le boudoir de Madame comme Honoré lui avait demandé de le faire avant de monter se coucher, et qui revenait s'acquitter tardivement de sa tâche en en profitant pour offrir une petite liqueur à ses compagnons de réveillon et leur faire goûter les merveilleux marrons glacés envoyés à Monsieur par un justiciable reconnaissant. Dissimulé derrière un rideau, Blanchet regarda sa montre et vit qu'il était près d'une heure du matin. Il était sans doute prévu que les Danglars rentreraient tard, mais chaque minute qui passait augmentait les risques d'une rencontre fâcheuse et Blanchet ne pouvait sortir sans passer devant la grande porte vitrée de la salle à manger où Célia régalait ses invités. La vue du bouquet de fleurs artificielles lui donna l'idée de déclencher un incendie avant d'aller se cacher dans la chambre des Danglars. Le feu se propagea avec une rapidité folle et Blanchet commençait à se demander s'il n'allait pas être pris à son propre piège lorsque Célia Crespi et les autres s'aperçurent enfin que tout le fond de l'appartement flambait. L'alerte fut donnée et il fut dès lors facile à l'ancien policier de s'enfuir en se mêlant à la foule des sauveteurs et des voisins.

Pendant quelques jours, Blanchet fit le mort, laissant cruellement les Danglars croire que le cahier qui les condamnait — et qu'ils avaient cherché éperdument en rentrant dans leur appartement à demi consumé par le feu — avait brûlé en même temps que tous les objets qui se trouvaient dans le boudoir. Puis l'ex-policier appela Danglars : le triomphe de la justice et le rétablissement de la vérité n'étaient plus les seuls motifs qui l'animaient : si ses prétentions avaient été moins fortes, il est probable que cette affaire n'aurait jamais été rendue publique et que le second président de la cour d'appel et son épouse se seraient encore longtemps librement livrés à leurs détournements libidinaux. Mais la somme que Blanchet exigea — cinq cent mille francs — dépassait les possibilités financières des Danglars. « Volez-les » rétorqua cyniquement Blanchet avant de raccrocher : les Danglars se sentaient tout à fait incapables de voler pour de l'argent et ils préférèrent, jouant leur va-tout, prendre la fuite.

La Justice n'apprécie pas que ses défenseurs supposés la bafouent et les jurés eurent la main lourde : trente ans de réclusion criminelle pour Berthe Danglars, les travaux forcés à perpétuité pour Maximilien qui fut déporté à Saint-Laurent-du-Maroni où il ne tarda pas à mourir.

Il y a quelques années, se promenant dans Paris, Mademoiselle Crespi reconnut son ancienne maîtresse ; assise sur un banc, rue de la Folie-Régnault, c'était une clocharde édentée, vêtue d'une robe de chambre caca d'oie, poussant une voiture d'enfant pleine de hardes diverses, et répondant au sobriquet de *la Baronne*.

Les Honoré avaient tous les deux à l'époque soixante-dix ans. Lui était un Lyonnais au teint pâle ; il avait voyagé, avait eu des aventures, avait été marionnettiste chez Vuillerme et chez Laurent Josserand, assistant d'un fakir, garçon de café au bal Mabille, joueur d'orgue de barbarie avec un bonnet pointu et un petit singe sur l'épaule, avant de se placer comme domestique dans des maisons bourgeoises où son flegme plus britannique que nature l'avait vite rendu irremplaçable. Elle était une robuste paysanne normande qui savait tout faire et aurait aussi bien cuit son pain que saigné un goret si on le lui avait demandé. Placée à Paris à l'âge de quinze ans, à la fin de l'année 1871, elle était entrée comme fille de cuisine dans une pension de famille, *The Vienna School and Family Hotel*, 22 rue Darcet, près de la Place Clichy, un établissement tenu d'une main de fer par une Grecque, Madame Cissampelos, une petite femme sèche comme un coup de trique, qui apprenait les bonnes manières à de jeunes Anglaises porteuses de ces redoutables incisives en avant dont il était alors considéré comme spirituel de dire qu'on en faisait des touches de piano.

Trente ans plus tard, Corinne y était cuisinière, mais ne gagnait toujours que vingt-cinq francs par mois. C'est vers cette époque qu'elle fit la connaissance d'Honoré. Ils se rencontrèrent à l'Exposition Universelle, au spectacle des *Bonshommes Guillaumes*, un théâtre d'automates où, sur une scène minuscule, l'on voyait danser et papoter des poupées hautes de cinquante centimètres, habillées à la dernière mode, et devant son ébahissement il lui donna des explications techniques avant de lui faire visiter *le Manoir à l'Envers*, un vieux castel gothique planté sur ses cheminées avec des fenêtres renversées et des meubles accrochés au plafond, *le Palais lumineux*, cette maison féerique où tout, des meubles aux tentures, des tapis aux bouquets, était fait de verre, et dont son constructeur, le maître verrier Ponsin, était mort avant de la voir achevée ; *le Globe céleste*, *le Palais du Costume*, *le Palais de l'Optique*, avec sa grande lunette permettant de voir la LUNE à UN mètre, les *Dioramas du Club Alpin*, *le Panorama transatlantique*, *Venise à Paris* et une dizaine d'autres pavillons. Ce qui les impressionna le plus, ce fut, pour elle, l'arc-en-ciel artificiel du pavillon de la Bosnie, pour lui, l'Exposition minière souterraine, avec ses six cents mètres de boyaux parcourus par un chemin de fer électrique et débouchant tout à coup sur une mine d'or dans laquelle travaillaient de vrais Nègres, et le foudre gigantesque de Monsieur Fruhinsoliz, véritable bâtiment de quatre étages ne comportant pas moins de cinquante-quatre kiosques dans lesquels se débitaient toutes les boissons du monde.

Ils dînèrent au *Cabaret de la Belle Meunière*, à côté des pavillons coloniaux, où ils burent du Chablis en carafe et mangèrent de la soupe aux choux et du gigot que Corinne trouva mal cuit.

Honoré avait été engagé pour l'année par Monsieur Danglars Père, un viticulteur de la Gironde, président de la Section bordelaise du Comité des Vins, qui était venu s'installer à Paris pour toute la durée de l'Exposition et qui avait loué un appartement à Juste Gratiolet. Lorsqu'il quitta Paris, quelques semaines plus tard, Monsieur Danglars Père était à ce point satisfait de son maître d'hôtel qu'il en fit cadeau, en même temps que l'appartement, à son fils Maximilien qui allait se marier et qui venait d'être nommé assesseur. Peu de temps après le jeune couple, sur les conseils de leur maître d'hôtel, engagea la cuisinière.

Après l'Affaire Danglars les Honoré, trop vieux pour songer à se replacer, obtinrent d'Emile Gratiolet de conserver leur chambre. Ils y vivotèrent avec leurs toutes petites économies que venaient de temps en temps renforcer de maigres travaux d'appoint, comme de garder Ghislain Fresnel quand les nourrices ne pouvaient pas le prendre, ou aller chercher Paul Hébert à la sortie de l'école, ou préparer pour tel ou tel locataire ayant un dîner de succulents petits pâtés ou des bâtonnets d'orange confite enrobés de chocolat. Ils vécurent ainsi pendant plus de vingt ans encore, entretenant avec un soin minutieux leur mansarde, cirant leur carrelage en losanges, arrosant presque au compte-gouttes leur myrte dans son vase de cuivre rouge. Ils atteignirent l'âge de quatre-vingt-treize ans, elle de plus en plus ratatinée, lui de plus en plus long et sec. Puis un jour de novembre 1949, il tomba en se levant de table et mourut dans l'heure qui suivit. Elle-même ne lui survécut que quelques semaines.

Célia Crespi, elle, dont c'était le premier emploi, fut plus désemparée encore que les Honoré par la disparition subite de ses patrons. Elle eut la chance de pouvoir se replacer presque immédiatement dans l'immeuble chez le locataire qui, pendant un an, remplaça les Danglars, un homme d'affaires latino-américain que la concierge et quelques autres appelaient le Rastaquouère, un obèse jovial à moustaches vernies, fumant de longs havanes, se nettoyant la bouche avec un cure-dents en or, et portant un gros brillant en guise d'épingle de cravate ; puis elle fut engagée par Madame de Beaumont lorsque celle-ci vint vivre rue Simon-Crubellier après son mariage. Plus tard, lorsque la cantatrice, presque tout de suite après la naissance de sa fille, quitta la France pour une longue tournée aux Etats-Unis, Célia Crespi entra comme lingère chez Bartlebooth et y resta jusqu'à ce que l'Anglais entreprenne son long tour du monde. Un peu plus tard, elle trouva une place de vendeuse aux *Délices de Louis XV,* la pâtisserie-salon de thé la plus prisée du quartier, et y travailla jusqu'à sa retraite.

Bien qu'on l'ait toujours appelée Mademoiselle Crespi, Célia Crespi eut un fils. Elle le mit discrètement au monde en mille neuf cent trente-six. Presque personne ne s'était aperçu qu'elle avait été enceinte. Tout l'immeuble s'interrogea sur l'identité du père et tous les noms des individus de sexe mâle habitant la maison et âgés de quinze à soixante-quinze ans furent avancés. Le secret ne fut jamais dévoilé. L'enfant, déclaré né de père inconnu, fut élevé en dehors de Paris. Personne de l'immeuble ne le vit jamais.

L'on apprit, il y a quelques années seulement, qu'il avait été tué pendant les combats pour la Libération de Paris, alors qu'il aidait un officier allemand à charger sur son side-car une caisse de champagne.

Mademoiselle Crespi est née dans un village au-dessus d'Ajaccio. Elle a quitté la Corse à l'âge de douze ans et n'y est jamais retournée. Parfois elle ferme les yeux et elle revoit le paysage qu'il y avait devant la fenêtre de la pièce où tout le monde se tenait : le mur fleuri de bougainvilliers, la pente où poussaient des touffes d'euphorbe, la haie de figuiers de Barbarie, l'espalier de câpriers ; mais elle ne parvient pas à se souvenir d'autre chose.

Aujourd'hui la chambre de Hutting est une pièce qui sert rarement. Au-dessus du divan-lit recouvert d'une fourrure synthétique et garni d'une trentaine de coussins bariolés, est cloué un tapis de prière en soie provenant de Samarkand, avec un décor rose passé et de longues franges noires. A droite un fauteuil crapaud tendu de soie jaune sert de chevet : il supporte un réveil en acier brossé affectant la forme d'un court cylindre oblique, un téléphone dont le cadran est

remplacé par un dispositif de touches à effleurement, et un
numéro de la revue d'avant-garde *la Bête Noire*. Il n'y a pas
de tableau sur les murs mais, à gauche du lit, monté sur un
cadre d'acier mobile qui en fait une sorte de monstrueux
paravent, une œuvre de l'Intellectualiste italien Martiboni :
c'est un bloc de polystyrène haut de deux mètres, large d'un,
épais de dix centimètres, dans lequel sont noyés de vieux
corsets mêlés à des piles d'anciens carnets de bal, des fleurs
séchées, des robes de soie usées jusqu'à la corde, des lambeaux
de fourrures mangés aux mites, des éventails rongés ressemblant à des pattes de canard dépouillées de leurs palmes, des
souliers d'argent sans semelles ni talons, des reliefs de festin
et deux ou trois petits chiens empaillés.

FIN DE LA QUATRIEME PARTIE

CINQUIÈME PARTIE

CHAPITRE LXXXIV

Cinoc, 2

La chambre de Cinoc ; une chambre plutôt sale, donnant un peu une impression de moisi, un parquet plein de taches, une peinture écaillée sur les murs. Sur le chambranle de la porte est accrochée une *mezouza*, ce talisman d'appartement orné des trois lettres

et contenant quelques versets de la Torah. Contre le mur du fond, au-dessus d'un canapé-lit couvert d'un tissu imprimé à feuillages triangulaires, des livres reliés ou brochés sont appuyés obliquement les uns contre les autres sur une petite étagère et, près de la lucarne ouverte, haut sur pieds, se dresse un pupitre d'une construction légère avec devant lui un petit tapis de feutre juste assez large pour qu'une personne puisse s'y tenir debout. A droite de l'étagère, il y a sur le mur une gravure toute piquée, intitulée *la Culebute* : elle montre cinq bébés nus faisant des galipettes, accompagnée du sizain suivant :

> *A voir leurs soubresauts bouffons*
> *Qui ne diroit que ces Poupons*
> *Auroient bon besoin d'Ellebore ;*
> *Leur corps est pourtant bien dressé*
> *Si, selon que dit Pythagore,*
> *L'homme est un arbre renversé.*

Sous la gravure un guéridon couvert d'un tapis vert supporte une carafe d'eau surmontée d'un verre et quelques ouvrages épars parmi lesquels se détachent quelques titres :

Des Raskolniki *d'Avvakoum à l'insurrection de Stenka Razine. Contributions bibliographiques à l'étude du règne d'Alexis Ier*, par Hubert Corneylius, Lille, Imprimerie des Tilleuls, 1954 ;

La Storia dei Romani, de G. De Sanctis (tome III) ;

Travels in Baltistân, par P.O. Box, Bombay, 1894 ;

Quand j'étais petit rat. Souvenirs d'enfance et de jeunesse, par Maria Feodorovna Vychiskava, Paris 1948 ;

The Miner *et les débuts du Labour*, par Irwin Wall, tiré à part de la revue *les Annales* ;

Beitrage zur feineres Anatomie des menschlichen Ruckenmarks, de Goll, Gand, 1860 ;

trois numéros de la revue *Rustica* ;

Sur le clivage pyramidal des albâtres et des gypses, par Mr Otto Lidenbrock, Professeur au Johannaeum de Hambourg et Conservateur du Musée minéralogique de M. Struve Ambassadeur de Russie, extrait des *Zeitschrift für Mineralogie und Kristallographie, vol. XII, Suppl. 147*,

et les *Mémoires d'un Numismate*, par M. Florent Baillarger, ancien secrétaire de Préfecture du Département de la Haute-Marne, Chalindrey, Librairie Le Sommelier, s.d.

Hélène Brodin mourut dans cette chambre, en mille neuf cent quarante-sept. Elle y avait vécu, timorée et discrète, pendant près de douze ans. Après sa mort, son neveu François Gratiolet trouva une lettre dans laquelle elle racontait comment s'était terminé son séjour en Amérique.

Dans l'après-midi du onze septembre 1935, la police vint la chercher et la conduisit à Jemima Creek pour lui faire reconnaître le cadavre de son mari. Antoine Brodin, le crâne fracassé était étendu sur le dos, les bras en croix, au fond d'une carrière boueuse au sol complètement détrempé. Les policiers lui avaient mis un mouchoir vert sur la tête. On lui avait volé son pantalon et ses bottes mais il portait encore la chemise à fines rayures grises qu'Hélène lui avait achetée quelques jours plus tôt à Saint Petersburg.

Hélène n'avait jamais vu les assassins d'Antoine ; elle avait seulement entendu leur voix lorsque, deux jours auparavant, ils déclarèrent tranquillement à son mari qu'ils reviendraient lui faire la peau. Mais elle n'eut aucun mal à les identifier : c'était les deux frères Ashby, Jeremiah et Ruben, accompagnés comme à l'accoutumée par Nick Pertusano, un nain vicieux et cruel dont le front s'ornait d'une tache indélébile en forme de croix, de couleur cendre, et qui était leur âme damnée et leur souffre-douleur. En dépit de leurs doux prénoms bibliques, les Ashby étaient des petites frappes redoutées dans toute la région, qui rançonnaient les saloons et les *diner's*, ces wagons aménagés en restaurants où l'on pouvait se nourrir pour quelques nickels ; et, malheureusement pour Hélène, ils étaient les neveux du shérif du Comté. Non seulement ce shérif n'arrêta pas les assassins, mais il chargea deux de ses adjoints d'escorter Hélène jusqu'à Mobile et lui déconseilla de remettre les pieds dans la région. Hélène parvint à fausser compagnie à ses gardes, alla jusqu'à Tallahassee, la capitale de l'Etat, et déposa une plainte auprès du Gouverneur. Le soir même un caillou fit voler en éclats l'une des vitres de sa chambre d'hôtel. Un message contenant des menaces de mort y était attaché.

Sur ordre du Gouverneur, le shérif dut quand même entreprendre un simulacre d'enquête ; par prudence il recommanda à ses neveux de s'éloigner pendant quelque temps. Les deux voyous et le nain se séparèrent. Hélène le sut et comprit qu'elle tenait là sa seule chance de se venger : il lui fallait agir vite et les tuer l'un après l'autre avant même qu'ils se rendent compte de ce qui leur arrivait.

Le premier qu'elle tua fut le nain. Ce fut le plus facile. Elle apprit qu'il s'était engagé comme marmiton sur un navire à aubes qui remontait le Mississippi et sur lequel opéraient à longueur d'année plusieurs joueurs professionnels. L'un d'eux accepta d'aider Hélène : elle se déguisa en jeune garçon et il la fit monter à bord en la faisant passer pour son boy.

Dans la nuit, alors que tous ceux qui ne dormaient pas s'acharnaient à d'interminables parties de craps ou de pharaon, Hélène trouva sans peine le chemin des cuisines ; le nain, à moitié ivre, somnolait dans un hamac à côté d'un fourneau où mijotait un énorme ragoût de mouton. Elle s'approcha de lui et avant qu'il ait pu réagir elle le saisit par le cou et les bretelles et le précipita dans la marmite géante.

Elle quitta le navire le lendemain matin, à Bâton Rouge, alors que le crime n'avait pas encore été découvert. Toujours vêtue en garçon, elle redescendit le fleuve, cette fois-ci sur un train de bois, véritable ville flottante où vivaient à l'aise plusieurs dizaines d'hommes. A l'un d'eux, un forain d'origine française qui s'appelait Paul Marchal, elle raconta son histoire et il lui offrit son aide. A La Nouvelle-Orléans, ils louèrent un camion et se mirent à sillonner la Louisiane et la Floride. Ils s'arrêtaient dans les stations-service, les petites gares, les bars de bords de route. Il trimbalait une espèce d'équipement d'homme-orchestre avec grosse caisse, bandoléon, harmonica, triangle, cymbales et grelots ; elle, Orientale voilée, esquissait une danse du ventre avant de proposer aux spectateurs de leur tirer les cartes : elle étalait devant eux trois rangées de trois cartes, couvrait deux cartes qui ensemble faisaient onze points, ainsi que les trois figures : c'était une patience qu'elle avait apprise toute petite, la seule qu'elle connaissait et elle s'en servait pour prédire les choses les plus invraisemblables dans un inextricable mélange de langues.

Ils ne mirent que dix jours à retrouver une piste. Une famille Séminole qui vivait à bord d'un radeau ancré sur les rives du lac Apopka, leur parla d'un homme qui vivait depuis quelques jours dans un gigantesque puits désaffecté, près d'un lieu nommé Stone's Hill, à une trentaine de kilomètres de Tampa.

C'était Ruben. Ils le découvrirent alors qu'assis sur une caisse il essayait d'ouvrir avec ses dents une boîte de conserve. Il était tellement hanté par la faim qu'il ne les entendit pas venir. Avant de le tuer d'une balle dans la nuque, Hélène le força à révéler la cachette de Jeremiah. Ruben savait seulement qu'avant de se séparer, ils avaient tous les trois vaguement discuté du lieu où ils iraient : le nain avait dit qu'il avait envie de voir du pays, Ruben voulait un endroit pépère, et Jeremiah avait affirmé qu'il n'y avait pas mieux pour se planquer que les grandes villes.

Nick était un nain et Ruben un débile, mais Jeremiah faisait peur à Hélène. Elle le trouva presque facilement, le surlendemain : debout devant le comptoir d'une gargote proche de Hialeah, le champ de courses de Miami, il feuilletait un journal hippique tout en mastiquant mécaniquement une portion de breaded veal chops à quinze cents.

Elle le suivit pendant trois jours. Il vivait de combines minables, faisait les poches des turfistes et rabattait des clients pour le tenancier d'une maison de jeu graisseuse, orgueilleusement baptisée *The Oriental Saloon and Gambling House*, à l'instar du célèbre tripot que Wyatt Earp et Doc Halliday avaient jadis tenu à Tombstone. Arizona. C'était une grange dont les murs en planches étaient littéralement cloutés de haut en bas de panonceaux en métal émaillé, commerciaux, publicitaires ou électoraux : QUALITY ECONOMY AMOCO MOTOR OIL, GROVE'S BROMOQUININE STOPS COLD, ZENO CHEWING-GUM, ARMOUR'S CLOVERBLOOM BUTTER, RINSO SOAKS CLOTHES WHITER. THALCO PINE DEODORANT, CLABBERGIRL BAKING POWDER, TOWER'S FISH BRAND, ARCADIA, GOODYEAR TIRES, QUAKER STATE, PENNZOIL SAFE LUBRICATION, 100 % PURE PENNSYLVANIA, BASE-BALL TOURNAMENT, SELMA AMERICAN LEGION JRS VS. MOBILE, PETER'S SHOE'S, CHEW MAIL POUCH TOBACCO, BROTHER-IN-LAW BARBER SHOP, HAIRCUT 25 C, SILAS GREEN SHOW FROM NEW ORLEANS, DRINK COCA COLA DELICIOUS REFRESHING, POSTAL TELEGRAPH HERE, DID YOU KNOW ? J.W. MCDONALD FURN'CO CAN FURNISH YOUR HOME COMPLETE, CONGOLEUM RUGS, GRUNO REFRIGERATORS, PETE JARMAN FOR CONGRESS, CAPUDINE LIQUID AND TABLETS, AMERICAN ETHYL GASOLINE, GRANGER ROUGH CUT MADE FOR PIPES, JOHN DEERE FARM IMPLEMENTS, FINDLAY'S, ETC.

Le matin du quatrième jour, Hélène fit porter une enveloppe à Jeremiah. Elle contenait une photographie des deux frères — trouvée dans le portefeuille de Ruben — et un court billet où la jeune femme l'informait de ce qu'elle avait fait au Nain et à Ruben et du sort qui attendait ce fils de pute s'il avait assez de couilles pour venir la trouver dans le bungalow n° 31 du Burbank's Motel.

Toute la journée, cachée dans la cabine de douche d'un bungalow voisin Hélène attendit. Elle savait que Jeremiah avait reçu sa lettre, et qu'il ne supporterait pas l'idée d'être défié par une femme. Mais cela ne suffirait pas pour qu'il réponde à la provocation ; il fallait en plus qu'il soit sûr d'être plus fort qu'elle.

Vers sept heures du soir elle sut que son instinct ne l'avait pas trompée : accompagné de quatre malfrats armés, Jeremiah arriva à bord d'un bucket-seat modèle T cabossé et fumant. Avec toutes les précautions d'usage, ils inspectèrent les environs et encerclèrent le bungalow n° 31.

La chambre n'était pas très éclairée, juste assez pour que Jeremiah voie bien, à travers les rideaux de crochet, sagement étendu sur l'un des lits jumeaux, les bras croisés, les yeux grands ouverts, son frère Ruben. Poussant un rugissement féroce, Jeremiah Ashby se précipita dans la chambre, déclenchant l'explosion de la bombe qu'Hélène y avait disposée.

Le soir même Hélène montait à bord d'une goélette qui allait à Cuba d'où un navire régulier lui fit regagner la France. Jusqu'à sa mort, elle attendit le jour où la police viendrait l'arrêter, mais jamais la Justice américaine n'osa imaginer que cette petite femme frêle avait pu tuer de sang-froid trois voyous pour lesquels elle trouva sans peine des assassins bien plus plausibles.

CHAPITRE LXXXV

Berger, 2

La chambre des parents Berger : une pièce parquetée, peu spacieuse, presque carrée, aux murs couverts d'un papier bleu clair à fines rayures jaunes ; une carte du Tour de France 1975, grand format, offerte par Vitamix, le reconstituant des sportifs et des champions, est épinglée sur le mur du fond, à gauche de la porte ; à côté de chaque ville-étape des espaces interlignés ont été prévus pour que l'amateur puisse inscrire, au fur et à mesure, les performances des six premiers de chaque étape ainsi que les trois premiers des divers classements généraux (Maillot Jaune, Maillot Vert, Grand Prix de la Montagne).

La pièce est vide, à l'exception d'un gros chat de gouttière — Poker Dice — qui somnole en boule sur la courtepointe de peluche bleu ciel jetée sur un canapé-lit flanqué de deux tables de nuit jumelles. Sur celle de droite est posé un ancien poste de radio à lampes (celui dont l'écoute jugée excessivement matinale par Madame Réol compromet les relations par ailleurs amicales que les deux couples entretiennent) : son dessus, susceptible de se soulever pour dévoiler un pick-up sommaire, supporte une lampe de chevet dont l'abat-jour conique est décoré des quatre symboles des couleurs des cartes à jouer, et quelques pochettes de disques 45 tours : la première de la pile illustre la célèbre rengaine de Boyer et Valbonne, *Boire un petit coup c'est agréable*, interprétée par Viviane Malehaut accompagnée par Luca Dracena, son accordéon et ses rythmes ; elle représente une jeune fille d'environ seize ans trinquant avec des ouvriers charcutiers obèses et hilares qui, sur fond de moitiés de porcs pendues à des crochets, brandissent d'une main leur coupe de mousseux tout en présentant de l'autre des grands plats de faïence blanche débordants de cochonailles diverses : jambon persillé, cervelas, museau, andouille de Vire, langue écarlate, pieds de porc, hure et fromage de tête.

Sur la table de nuit de gauche, une lampe dont le socle est une fiasque de vin italien (Valpolicella) et un roman policier de la Série Noire, *La Dame du lac*, de Raymond Chandler.

C'est dans cet appartement que vécut, jusqu'en 1965, la dame au petit chien et son fils qui se destinait à la prêtrise. Le locataire précédent avait été, pendant de nombreuses années, un vieux Monsieur que tout le monde appelait le Russe, parce qu'il portait à longueur d'année une toque de fourrure. Le reste de son habillement était nettement plus occidental : un costume noir avec un pantalon qui lui montait jusqu'au sternum et qui était maintenu à la fois par des bretelles élastiques et par une ceinture sous-ventrière, une chemise d'une blancheur rarement immaculée, une grande cravate noire genre lavallière, et une canne dont le pommeau était une boule de billard.

Le Russe s'appelait en fait Abel Speiss. C'était un Alsacien sentimental, ancien vétérinaire aux armées, qui occupait ses loisirs en répondant à tous les petits concours publiés dans les journaux. Il résolvait avec une facilité déconcertante les devinettes :

Trois Russes ont un frère. Ce frère meurt sans laisser de frères. Comment est-ce possible ?

les colles historiques

Qui était l'ami de John Leland ?

Qui fut menacé par une action de chemin de fer ?

Qui était Sheraton ?

Qui rasa la barbe du vieillard ?

508

les « d'un mot à l'autre »

VIN	HOMME	POÈME
VAN	GOMME	POÈTE
VAU	GEMME	PRÊTE
EAU	FEMME	PROTE
		PROSE

les problèmes mathématiques

Prudence a 24 ans. Elle a deux fois l'âge que son mari avait quand elle avait l'âge que son mari a. Quel âge a son mari ?

Ecrivez le chiffre 120 en vous servant de quatre « 8 »

les anagrammes

MARIE = AIMER

SPARTE = TRÉPAS

NICOMÈDE = COMÉDIEN

les problèmes de logique

Qu'est-ce qui vient après U D T Q C S S H ?

Quel est l'intrus dans l'énumération suivante : français, court, polysyllabique, écrit, visible, imprimé, masculin, mot, singulier, américain, intrus ?

les mots carrés, croisés, triangulaires, à rallonges (a, ai, mai, mari, marin, marine, martine, martinet), à tiroirs, etc., et même les « questions subsidiaires », ces terreurs de tous les amateurs.

Sa grande spécialité était les cryptogrammes. Mais s'il avait triomphalement remporté le Grand Concours National doté de TROIS MILLE FRANCS de prix, organisé par *le*

Réveil de Vienne et Romans, en découvrant que le message

aeeeil	*ihnalz*	*ruiopn*
toeedt	*zaemen*	*eeuart*
odxhnp	*trvree*	*noupvg*
eedgnc	*estlev*	*artuee*
arnuro	*ennios*	*ouitse*
spesdr	*erssur*	*mtqssl*

dissimulait le premier couplet de *La Marseillaise*, il n'avait jamais pu déchiffrer l'énigme posée par la revue *le Chien français*

> *t' cea uc tsel rs*
> *n neo rt aluot*
> *ia ouna s ilel-*
> *-rc oal ei ntoi*

et sa seule consolation était qu'aucun autre concurrent n'y était arrivé et que la revue avait dû se résoudre à ne pas décerner de premier prix.

En dehors des rebus et des logogriphes, le Russe vivait une autre passion : il était amoureux à la folie de Madame Hardy, la femme du négociant marseillais en huile d'olive, une matrone au doux visage dont la lèvre supérieure s'ornait d'une ombre de moustache. Il cherchait conseil auprès de tous les gens de l'immeuble, mais en dépit des encouragements que tous lui prodiguèrent, il n'osa jamais — comme il le disait lui-même — « déclarer sa flamme ».

CHAPITRE LXXXVI

Rorschash, 5

La salle de bains des Rorschash fut en son temps une chose luxueuse. Sur tout le mur du fond, reliant entre eux les appareils sanitaires, des tuyauteries de cuivre et de plomb, aux branchements apparents complaisamment embrouillés, et pourvues d'une abondance vraisemblablement superfétatoire de manomètres, thermomètres, débit-mètres, hygromètres, clapets, volants, manettes, mitigeurs, leviers, soupapes et clefs de toutes natures, esquissent un décor de salle des machines qui contraste d'une façon impressionnante avec le raffinement de la décoration : une baignoire en marbre veiné, un bénitier médiéval faisant office de lavabo, des porte-serviettes fin de siècle, des robinets de bronze sculptés en forme de soleils flamboyants, de têtes de lion, de cols-de-cygne, et quelques objets d'art et curiosités : une boule de cristal, telle qu'on en voyait jadis dans les dancings, accrochée au plafond et réfractant la lumière par ses centaines de petits miroirs en œil de mouche, deux sabres japonais de cérémonie, un paravent fait de deux plaques de verre qui emprisonnent une profusion de fleurs d'hortensia séchées, et un guéridon Louis XV en bois peint, qui supporte trois hauts flacons pour sels de bains, parfums et laits de toilette, reproduisant, grossièrement moulées, trois statuettes peut-être antiques : un tout jeune Atlas portant sur son épaule gauche un globe en réduction, un Pan ithyphallique, une Syrinx effarouchée déjà à moitié roseaux.

Quatre œuvres d'art attirent plus particulièrement l'attention. La première est un tableau sur bois, datant sans doute de la première moitié du xixᵉ siècle. Il s'intitule *Robinson cherchant à s'installer aussi commodément que possible dans son île solitaire.* Au-dessus de ce titre écrit sur deux lignes en petites capitales blanches, on voit, assez naïvement représenté, Robinson Crusoé, bonnet pointu, camisole en poil de chèvre, assis sur une pierre ; il trace sur l'arbre qui lui sert à mesurer l'écoulement du temps, une barre de dimanche.

La seconde et la troisième sont deux gravures où deux sujets voisins ont été traités de deux façons différentes : l'une, qui s'intitule énigmatiquement *la Lettre volée*, montre un élégant salon — parquet au point de Hongrie, murs tendus de toile de Jouy — dans lequel une jeune femme assise près d'une fenêtre donnant sur un grand parc, brode un point de bourdon au coin d'un fin drap de lin blanc ; non loin d'elle, un homme déjà vieux, à l'air excessivement britannique, joue du virginal. La seconde gravure, d'inspiration surréaliste, représente une très jeune fille, de quatorze ou quinze ans peut-être, vêtue d'une courte combinaison de dentelle. Les baguettes ajourées de ses bas se terminent en fers de lance et à son cou pend une petite croix dont chaque branche est un doigt qui, sous l'ongle, saigne légèrement. Elle est assise devant une machine à coudre, près d'une fenêtre ouverte laissant apercevoir les rocs amoncelés d'un paysage rhénan, et sur la lingerie qu'elle pique se lit cette devise, brodée en caractères gothiques allemands

𝔙𝔢𝔯𝔰𝔱𝔬̈𝔯𝔲𝔫𝔤
𝔡𝔞𝔰 𝔥𝔲̈𝔟𝔰𝔠𝔥𝔢 𝔖𝔥𝔲𝔩𝔪𝔞̈𝔡𝔠𝔥𝔢𝔫

La quatrième œuvre est un moulage posé sur le large rebord de la baignoire. Il représente, en pied, une femme qui marche, à peu près au tiers de sa grandeur naturelle. C'est une vierge romaine d'environ vingt ans. Le corps est haut et svelte, les cheveux mollement ondulés et presque entièrement recouverts par un voile. La tête légèrement inclinée, elle tient ramassé dans sa main gauche un pan de sa robe extraordinairement plissée qui lui tombe de la nuque aux chevilles et découvre ainsi ses pieds chaussés de sandales. Le pied gauche est posé en avant, et le droit qui se dispose à le suivre, ne touche le sol que de la pointe de ses orteils, cependant que sa plante et son talon s'élèvent presque verticalement. Ce mouvement, exprimant à la fois l'aisance agile d'une jeune femme en marche et un repos sûr de soi-même, lui donne son charme particulier en combinant à une ferme démarche une sorte de vol suspendu.

En femme avisée, Olivia Rorschash a loué son appartement pendant les mois où elle sera absente. La location — qui inclut le service quotidien de Jane Sutton — a été faite par l'intermédiaire d'une agence spécialisée dans les logements provisoires de très riches étrangers. Le locataire est cette fois-ci un certain Giovanni Pizzicagnoli, fonctionnaire international résidant habituellement à Genève, mais venu présider pendant six semaines l'une des commissions budgétaires de la session extraordinaire de l'Unesco consacrée aux problèmes énergétiques. Ce diplomate a fait son choix en quelques minutes sur les descriptifs fournis par le correspondant suisse de l'agence. Il n'arrivera lui-même en France que le surlendemain, mais sa femme et son jeune fils sont déjà là car, persuadé que les Français sont tous des voleurs, il a chargé son épouse, une robuste Bernoise d'une quarantaine d'années, de vérifier sur place si tout correspondait bien à ce qui leur avait été promis.

Olivia Rorschash a jugé inutile d'assister à cette visite et elle s'est éclipsée dès le début avec un charmant sourire, prenant prétexte de son départ imminent ; elle s'est contentée de recommander à Madame Pizzicagnoli de veiller à ce que son petit garçon ne casse pas les assiettes décorées de la salle à manger ni la grappe en verre soufflé du vestibule.

L'employée de l'agence a continué la visite avec sa cliente, énumérant le mobilier et les fournitures et les cochant au fur et à mesure sur son inventaire. Mais il est rapidement apparu que cette visite qui ne devait être au départ qu'une formalité de routine, allait soulever de sérieuses difficultés, car la Suissesse, manifestement obsédée au dernier degré par les problèmes de sécurité domestique, a exigé qu'on lui explique le fonctionnement de tous les appareils électro-ménagers et qu'on lui montre l'emplacement des coupe-circuits, des fusibles et des disjoncteurs. L'inspection de la cuisine n'a pas posé trop de problèmes, mais dans la salle de bains, les choses ont très vite mal tourné : débordée par les événements, l'employée de l'agence a appelé à la rescousse son directeur qui, vu l'importance de l'affaire — l'appartement est loué vingt mille francs pour six semaines — n'a pas pu faire autrement que de se déplacer, mais qui, n'ayant évidemment pas eu le temps d'étudier convenablement le dossier, a dû à son tour faire appel à diverses personnes : Madame Rorschash d'abord, qui s'est récusée en alléguant que c'était son mari qui s'était occupé de l'installation ; Olivier Gratiolet, l'ancien propriétaire, qui a répondu que ça ne le regardait plus depuis bientôt quinze ans ; Romanet, le gérant, qui a suggéré de demander au décorateur, lequel s'est borné à donner le nom de l'entrepreneur, lequel, vu l'heure tardive, ne s'est manifesté que par le truchement d'un répondeur automatique.

Au bout du compte, il y a actuellement six personnes dans la salle de bains de Madame Rorschash :

Madame Pizzicagnoli qui, un tout petit dictionnaire à la main, ne cesse de s'exclamer d'une voix que la colère rend vibrante et suraiguë « Io non vi capisco ! Una stanza ammobligliata ! Ich verstehe sie nich ! I am in a hurry ! Moi, ne comprendre ! Ho fretta ! Je présée ! Ich habe Eile ! Geben sie mir eine Flasche Trinkwasser ! » ;

l'employée de l'agence, une jeune femme en tailleur d'alpaga blanc, s'éventant avec ses gants de filoselle ;

le directeur de l'agence qui cherche fébrilement partout quelque chose qui ressemblerait à un cendrier pour y abandonner un cigare aux trois quarts mâchonné ;

le gérant qui feuillette un règlement de copropriété en essayant de se souvenir s'il y est question quelque part des normes de sécurité en matière de chauffe-eau de salles de bains ;

un dépanneur en plomberie appelé en urgence on ne sait par qui ni pourquoi, et qui remonte sa montre-bracelet en attendant qu'on lui dise qu'il peut s'en aller ;

et le petit garçon de Madame Pizzicagnoli, un bambin de quatre ans en costume marin qui, indifférent au vacarme alentour, à genoux sur le carrelage de marbre, fait marcher inlassablement un lapin mécanique qui tape sur un tambour en soufflant dans une trompette l'air du *Pont de la Rivière Kwaï.*

CHAPITRE LXXXVII

Bartlebooth, 4

Dans le grand salon de l'appartement de Bartlebooth, une immense pièce carrée tendue de papier pâle, sont réunis les restes des meubles, objets et bibelots dont Priscilla avait aimé s'entourer dans son hôtel particulier du 65, boulevard Malesherbes : un canapé et quatre grands fauteuils, en bois sculpté et doré, recouverts en ancienne tapisserie des Gobelins offrant sur fond jaune à treillis des portiques à arabesques enguirlandés de feuillages, fruits et fleurs agrémentés de volatiles : colombes, perroquets, perruches, etc. ; un grand paravent à quatre feuilles, en tapisserie de Beauvais avec des compositions à arabesques et, dans la partie inférieure, des singes costumés à la manière de Gillot ; un grand chiffonnier à sept tiroirs, d'époque Louis XVI, en acajou mouluré et filets en bois de couleur ; sur son dessus de marbre blanc veiné sont posés deux chandeliers à dix branches, un tailloir d'argent, une petite écritoire de poche en galuchat munie de deux godets à bouchons en or, porte-plume, grattoir et spatule en or, cachet en cristal gravé, et une toute petite boîte à mouches, rectangulaire, en or guilloché et émaillé bleu ; sur la haute cheminée de pierre noire, une pendule en marbre blanc et bronze ciselé, dont le cadran, marqué *Hoguet, à Paris*, est soutenu par deux hommes barbus agenouillés ; de chaque côté de la pendule, deux pots de pharmacie en pâte tendre de Chantilly ; celui de droite porte l'inscription *Ther. Vieille*, celui de gauche *Gomme Gutte ;* enfin, sur une petite table de forme ovale en bois de rose à dessus de marbre blanc sont posées trois porcelaines de Saxe : l'une représente Vénus et un amour, assis dans un char décoré de fleurs, tirés par trois cygnes ; les deux autres sont les allégories figurant l'Afrique et l'Amérique : *l'Afrique* est personnifiée par un négrillon assis sur un lion couché ; *l'Amérique* par une femme parée de plumes ; chevauchant en amazone un crocodile elle serre contre son sein gauche une corne d'abondance ; un perroquet est posé sur sa main droite.

Plusieurs tableaux sont accrochés sur les murs ; le plus imposant est pendu à droite de la cheminée ; c'est une *Descente de Croix* du Groziano, sombre et sévère ; à gauche, une marine de F. H. Mans, *L'Arrivée des bateaux de pêche sur une petite plage hollandaise* ; sur le mur du fond, au-dessus du grand canapé, une étude sur carton pour *L'Enfant bleu* (« *Blue Boy* ») de Thomas Gainsborough, deux grandes gravures de Le Bas reproduisant *L'Enfant au toton* et *Le Valet d'Auberge* de Chardin, une miniature représentant un abbé au visage bouffi de contentement et d'orgueil, une scène mythologique d'Eugène Lami montrant Bacchus, Pan et Silène accompagnés de ribambelles de Satyres, hémipans, aegipans, sylvains, faunes, lémures, lares, farfadets et lutins ; un paysage intitulé *L'Ile mystérieuse* et signé L. N. Montalescot : il représente un rivage dont la partie gauche, avec sa plage et sa forêt, offre un abord agréable, mais dont la partie droite, faite de parois rocheuses découpées comme des tours et percées d'une ouverture unique, évoque l'idée d'une forteresse invulnérable ; et une aquarelle de Wainewright, cet ami de Sir Thomas Lawrence, peintre, collectionneur et critique, qui fut l'un des « Lions » les plus fameux de son temps et dont on apprit après sa mort qu'il avait, par dilettantisme, assassiné huit personnes ; l'aquarelle s'intitule *Le Roulier* (*The Carter*) : le roulier est assis sur un banc devant un mur crépi à la chaux. C'est un homme grand et fort, vêtu d'un pantalon de toile bise rentré dans des bottes toutes craquelées, d'une chemise grise au col largement ouvert et d'un foulard bariolé ; il porte au poignet droit un bracelet de force en cuir clouté ; un sac de tapisserie pend à son épaule gauche ; son fouet de corde tressée, dont la mèche terminale s'éparpille en plusieurs filaments rèches, est posé à sa droite, à côté d'une cruche et d'une boule de pain.

Divans et fauteuils sont recouverts de housses en nylon transparent. Depuis au moins dix ans déjà, cette pièce ne

sert plus qu'exceptionnellement. La dernière fois que Bartlebooth y est entré remonte à quatre mois, lorsque les déve-
loppements de l'affaire Beyssandre l'obligèrent à faire appel
à Rémi Rorschash.

Au début des années soixante-dix, deux importantes firmes de tourisme hôtelier — MARVEL HOUSES INCORPO-
RATED et INTERNATIONAL HOSTELLERIE — décidè-
rent de s'associer afin de mieux résister à la formidable poussée
des deux nouveaux géants de l'hôtellerie : Holiday Inn
et Sheraton. Marvel Houses Inc. était une société nord-américaine solidement implantée aux Caraïbes et en Amérique
du Sud ; quant à International Hostellerie, c'était un holding
gérant des capitaux provenant des Emirats arabes, et ayant
son siège à Zurich.

Les états-majors des deux sociétés se réunirent une première fois à Nassau, aux Bahamas, en février 1970. L'examen
commun qu'ils firent de la situation mondiale les persuada
que la seule chance qu'ils avaient d'endiguer l'ascension de
leurs deux concurrents était de créer un style d'hôtellerie
touristique sans équivalent dans le monde : « une conception de l'hôtellerie, déclara le président des Marvel Houses,
fondée, non plus sur l'exploitation forcenée du culte des
enfants (*applaudissements*) et pas davantage sur la soumis-
sion des responsables aux débauches vénales de la note de
frais (*applaudissements*) mais sur le respect des trois valeurs
fondamentales : loisir, repos, culture (*applaudissements prolongés*). »

Plusieurs rencontres au siège de l'une ou l'autre société
permirent, dans les mois qui suivirent, de préciser les objec-
tifs que le président des Marvel Houses avait si brillamment
tracés. Un des directeurs d'International Hostellerie ayant fait
remarquer, en manière de boutade, que les raisons sociales
des deux firmes avaient le même nombre de lettres, 24, les
services publicitaires des deux organisations s'emparèrent de
cette idée, et proposèrent, dans vingt-quatre pays différents,
un choix de vingt-quatre emplacements stratégiques où pourraient venir s'implanter vingt-quatre complexes hôteliers d'un
style entièrement nouveau ; grâce à un raffinement suprême,
l'énoncé des vingt-quatre lieux choisis faisait apparaître, verticalement et côte à côte, l'intitulé des deux firmes créatri-
ces (fig. 1).

En novembre 1970, les présidents-directeurs généraux se retrouvèrent à Kuwait et signèrent un contrat d'association aux termes duquel il fut convenu que Marvel Houses Incorporated et International Hostellerie créeraient en commun deux filiales jumelles, une société d'investissement hôtelier, qui s'appellerait Marvel Houses International, et une société bancaire de financement hôtelier, que l'on baptiserait Incorporated Hostellerie, lesquelles sociétés, dûment approvisionnées par des capitaux provenant des deux maisons mères, seraient chargées de concevoir, d'organiser et de mener à bien la construction de vingt-quatre ensembles hôteliers dans les lieux sus-désignés. Le président-directeur général d'International Hostellerie devint président-directeur général des Marvel Houses International et vice-président-directeur général d'Incorporated Hostellerie, cependant que le président-directeur général des Marvel Houses Incorporated devenait président-directeur général d'Incorporated Hostellerie et vice-président-directeur général des Marvel Houses International. Le siège social d'Incorporated Hostellerie, qui devrait assurer spécifiquement la gestion financière de l'opération, fut établi à Kuwait même ; quant à Marvel Houses International, qui prendrait à sa charge les mises en chantier et en assurerait la bonne marche, elle fut, pour des raisons fiscales, domiciliée à Porto-Rico.

Le budget total de l'opération dépassait largement le milliard de dollars — plus de cinq cent mille francs par chambre — et devait aboutir à la création de centres hôteliers dont le luxe n'aurait d'égal que l'autonomie : l'idée force des promoteurs était en effet que, s'il est bon que ce lieu privilégié de repos, de loisir et de culture que devrait toujours être un hôtel, se trouve dans une zone climatique particulière adaptée à un besoin précis (avoir chaud quand il fait froid ailleurs, air pur, neige, iode, etc.) et à proximité d'un lieu spécifiquement consacré à une activité touristique donnée (bains de mer, station de ski, villes d'eaux, villes d'art, curiosités et panoramas naturels [parc, etc.] ou artificiels [Venise, les Matmata, Disneyworld, etc.], etc.). cela ne devait, en aucun cas, être une obligation : un bon hôtel doit être celui dans lequel un client doit pouvoir sortir s'il a envie de sortir, et *ne pas sortir si sortir est pour lui une corvée*. En conséquence, ce qui caractériserait primordialement les hôtels que Marvel Houses International se proposait

MIRAJ	Inde
ANAFI	Grèce (Cyclades)
ARTIGAS	Uruguay
VENCE	France
ERBIL	Irak
ALNWICK	Angleterre
HALLE	Belgique
OTTOK	Autriche (Illyrie)
HUIXTLA	Mexique
SORIA	Espagne (Vieille Castille)
ENNIS	Irlande
SAFAD	Israël
ILION	Turquie (Troie)
INHAKEA	Mozambique
COIRE	Suisse
OSAKA	Japon
ARTESIA	Etats-Unis (Nouveau-Mexique)
PEMBA	Tanzanie
OLAND	Suède
ORLANDO	Etats-Unis (Disneyworld *)
AEROE	Danemark
TROUT	Canada
EIMEO	Archipel de Tahiti
DELFT	Pays-Bas

Figure 1. Schéma d'implantation des 24 complexes hôteliers de Marvel Houses International et Incorporated Hostellerie.

* Apparemment les Etats-Unis semblent avoir été choisis
deux fois — avec Artesia et avec Orlando — en contradic-
tion avec la décision de construire les vingt-quatre complexes
dans vingt-quatre contrées différentes ; mais, rappela fort
justement un des directeurs des Marvel Houses, Orlando
n'est que superficiellement aux Etats-Unis, dans la mesure
où Disneyworld est à soi seul un monde, un monde où
Marvel Houses et International Hostellerie se devaient d'être
représentés.

de construire, ce serait qu'ils comporteraient, *intra muros*, tout ce qu'une clientèle riche, exigeante et paresseuse, pourrait avoir envie de voir ou de faire sans sortir, ce qui ne saurait manquer d'être le cas de la majorité de ces visiteurs nord-américains, arabes ou japonais, qui se sentent obligés de parcourir à fond l'Europe et ses trésors culturels, mais n'ont pas pour autant nécessairement envie d'arpenter des kilomètres de musée ou de se faire véhiculer inconfortablement dans les embouteillages polluants de Saint-Sulpice ou de la Place Saint-Gilles.

Cette idée était depuis longtemps déjà à la base de l'hôtellerie touristique moderne : elle avait conduit à la création des plages réservées, à la privatisation de plus en plus poussée des bords de mer et des pistes de ski, et au rapide développement de clubs, villages et centres de vacances entièrement artificiels et sans relation vivante avec leur environnement géographique et humain. Mais elle fut, ici, admirablement systématisée : le client d'une des nouvelles Hostelleries Marvel, non seulement disposerait, comme dans n'importe quel quatre-étoiles, de sa plage, son court de tennis, sa piscine chauffée, son golf 18 trous, son parc équestre, son sauna, sa marina, son casino, ses night-clubs, ses boutiques, ses restaurants, ses bars, son kiosque à journaux, son bureau de tabac, son agence de voyages et sa banque, mais il aurait également son champ de ski, ses remontées mécaniques, sa patinoire, son fond sous-marin, ses vagues à surf, son safari, son aquarium géant, son musée d'art ancien, ses ruines romaines, son champ de bataille, sa pyramide, son église gothique, son souk, son bordj, sa cantina, sa Plaza de Toros, son site archéologique, sa Bierstübe, son bal-à-Jo, ses danseuses de Bali, etc., etc., etc., et etc.

Pour arriver à cette disponibilité proprement vertigineuse qui justifierait à elle seule les tarifs qu'il était prévu de pratiquer, Marvel Houses International eut recours à trois stratégies concomitantes : la première consista à rechercher des emplacements isolés ou facilement isolables, offrant d'emblée des ressources touristiques abondantes et encore largement inexploitées ; il est significatif de noter à ce sujet que sur les vingt-quatre lieux retenus, cinq étaient situés dans la proximité immédiate de parcs naturels — Alnwick, Ennis, Ottok, Soria, Vence — que cinq autres étaient des îles : Aeroe, Anafi, Eimeo, Oland et Pemba, et que l'opération prévoyait également deux îles artificielles, l'une au large d'Osaka dans la mer Intérieure, l'autre en face d'Inhakea sur la côte Mozambique, ainsi que l'aménagement complet d'un lac, le lac Trout, dans l'Ontario, où l'on envisageait la création d'une station de loisirs entièrement sub-aquatique.

La seconde approche consista à proposer aux responsables locaux, régionaux ou nationaux des zones où Marvel Houses International souhaitait s'implanter, la création de « parcs culturels » dont Marvel Houses supporterait intégralement les frais de construction en échange d'une concession de quatre-vingts ans (les premiers calculs prévisionnels avaient montré que, dans la plupart des cas, l'opération serait amortie en cinq ans et trois mois et véritablement rentable pendant les soixante-quinze années suivantes) ; ces « parcs culturels » pourraient, soit être créés de toutes pièces, soit englober des vestiges ou constructions connues, comme à Ennis, en Irlande, à quelques kilomètres de l'aéroport international de Shannon, où les ruines d'une abbaye du XIII° siècle seraient incluses dans le périmètre de l'hôtel, soit s'intégrer à des structures déjà existantes, comme à Delft, où les Marvel Houses offrirent à la municipalité de sauver tout un vieux quartier de la ville et d'y faire revivre le *Vieux Delft*, avec des potiers, des tisserands, des peintres, des ciseleurs et des ferronniers d'art installés à demeure, vêtus à l'ancienne, et s'éclairant à la bougie.

La troisième approche des Marvel Houses International consista à prévoir la rentabilisation des attractions offertes en étudiant, du moins pour l'Europe, où les promoteurs avaient concentré cinquante pour cent de leurs projets, leurs possibilités de rotation ; mais cette idée, qui ne visait au départ que les personnels (danseuses de Bali, apaches du bal-à-Jo, serveuses tyroliennes, toreros, aficionados, moniteurs sportifs, charmeurs de serpents, antipodistes, etc.) s'appliqua bientôt aux équipements mêmes et entraîna ce qui sans doute constitua la véritable originalité de toute l'entreprise : la pure et simple négation de l'espace.

Très vite en effet il fut démontré, en comparant budgets d'équipements et budgets de fonctionnement, qu'il coûterait plus cher de bâtir à vingt-quatre exemplaires des Pyramides, des fonds sous-marins, des montagnes, des châteaux forts, des canyons, des grottes rupestres, etc., que de transporter gratuitement un client désireux de faire du ski le quinze août alors qu'il se trouvait à Halle ou de chasser le tigre alors qu'il était au plein centre de l'Espagne.

Ainsi naquit l'idée d'un contrat standard : à partir d'un séjour égal ou supérieur à quatre journées de vingt-quatre heures, chaque nuitée pourrait se prendre, sans supplément de prix, dans un hôtel différent de la chaîne. A tout nouvel arrivant, il serait remis une sorte de calendrier lui proposant quelque sept cent cinquante événements touristiques et culturels, chacun comptant pour un nombre d'heures déterminé, et il lui serait permis d'en cocher autant qu'il en voudrait dans la limite du temps qu'il se proposait de passer dans les Marvel Houses, la direction s'engageant à couvrir, sans supplément de prix, quatre-vingts pour cent de ces desiderata. Si, pour prendre un exemple simplifié, un client arrivé à Safad cochait en vrac des événements tel que : ski, bains ferrugineux, visite de la Kasbah' de Ouarzazate, dégustation de fromages et vins suisses, tournoi de canasta, visite du musée de l'Ermitage, dîner alsacien, visite du château de Champs-sur-Marne, concert par l'orchestre philharmonique de Des Moines sous la direction de Lazslo Birnbaum, visite des Grottes de Bétharram (« *traversée complète d'une montagne féeriquement éclairée par 4 500 lampes électriques ! La richesse en stalactites et la variété merveilleuse des décors sont agrémentées par une promenade en gondole rappelant l'aspect irréel de Venise la Belle ! Tout ce que la Nature a fait d'Unique au Monde !* ») etc., la direction, après s'être mise en rapport avec l'ordinateur géant de la compagnie, prévoirait immédiatement un transport à Coire (Suisse) où auraient lieu les séances de ski sur glacier, la dégustation de fromages et vins suisses (vins de la Valteline), les bains ferrugineux et le tournoi de canasta, et un autre transport, de Coire à Vence, pour la visite des Grottes Reconstituées de Bétharram (« *traversée complète d'une montagne féeriquement éclairée, etc.* »). A Safad même pourraient prendre place le dîner alsacien et les visites du musée et du château assurées par des conférences audiovisuelles permettant au voyageur, confortablement installé dans un fauteuil-club, de découvrir, intelligemment présentées et mises en valeur, les merveilles artistiques de tous les temps et de tous les pays. Par contre, la Direction n'assurerait le transport à Artesia, où se dressait une réplique fabuleuse de la Kasbah' de Ouarzazate, et à Orlando-Disneyworld, où l'orchestre philharmonique de Des Moines avait été engagé pour la saison, que si le client s'inscrivait pour une semaine supplémentaire, et suggérerait en éventuel remplacement la visite des authentiques synagogues de Safad (à Safad), une soirée avec l'orchestre de chambre de Bregenz sous la direction de Hal Montgomery avec en soliste Virginia Fredericksburg (Corelli, Vivaldi, Gabriel Pierné) (à Vence) ou une conférence du Professeur Strossi, de l'université de Clermont-Ferrand, sur *Marshall McLuhan et la troisième révolution copernicienne* (à Coire).

Il va de soi que les dirigeants de Marvel Houses s'efforceraient toujours de pourvoir chacun de leurs vingt-quatre parcs de tous les équipements promis. En cas d'impossibilité majeure, ils grouperaient en un seul lieu telle ou telle attraction qu'il serait plus commode de remplacer ailleurs par une contre-façon de bon aloi : ainsi, par exemple, n'y aurait-il qu'une seule grotte de Bétharram et ailleurs des grottes comme Lascaux ou Les Eyzies, moins spectaculaires certes, mais tout aussi chargées d'enseignement et d'émotion. Mais surtout cette politique souple et adaptée permettrait des projets d'une ambition sans limites et dès la fin de l'année 1971, architectes et urbanistes avaient accompli, en tout cas sur le papier, de véritables miracles : transport pierre à pierre et reconstruction au Mozambique du monastère de Sainte Pétroine d'Oxford, reconstitution du château de Chambord à Osaka, de la Medina de Ouarzazate à Artesia, des Sept Merveilles du Monde (maquettes au 1/15ᵉ) à Pemba, du London Bridge sur le lac Trout et du Palais de Darios à Persépolis à Huixtla (Mexique) où serait restituée dans ses plus infimes détails toute la magnificence de la cour des Rois de Perse, le nombre de leurs esclaves, de leurs chars, de leurs chevaux et de leur palais, la beauté de leurs maîtresses, le luxe de leurs concerts. Il aurait été regrettable de songer à doubler ces chefs-d'œuvre, tant il apparaissait que l'originalité du système découlait de la singularité géographique de ces merveilles, jointe à la jouissance immédiate dont pouvait en disposer un client fortuné.

Les études de motivation et de marché balayèrent les hésitations et les réticences des bailleurs de fonds en démontrant d'une manière irréfutable qu'il existait une clientèle potentielle tellement importante que l'on pouvait raisonnablement espérer amortir l'opération, non pas en cinq ans et trois mois comme l'avaient fait apparaître les premiers calculs, mais en seulement quatre ans et huit mois. Les capitaux affluèrent et au début de l'année 1972 le projet devint opérationnel et les chantiers de deux complexes pilotes, Trout et Pemba, furent ouverts.

Pour satisfaire aux lois portoricaines, Marvel Houses International devait consacrer 1 % de son budget global à l'achat d'œuvres d'art contemporaines ; dans la plupart des cas, les obligations de ce genre aboutissent dans le monde hôtelier, ou bien à l'accrochage dans chaque chambre d'un dessin à l'encre de Chine rehaussé d'aquarelle et représentant Sables-d'Or-les-Pins ou Saint-Jean-de-Monts, ou bien à une sculpture petitement monumentale devant la grande entrée de l'hôtel. Mais pour les Marvel Houses International des solutions plus originales se devaient d'être inventées et après avoir jeté sur le papier trois ou quatre idées — création d'un musée international d'art contemporain dans un des complexes hôteliers, achat ou commande de vingt-quatre œuvres importantes aux vingt-quatre plus grands artistes vivants, mise sur pied d'une Marvel Houses Foundation distribuant des bourses à de jeunes créateurs, etc. — les dirigeants de Marvel Houses se débarrassèrent de ce problème pour eux secondaire en le confiant à un critique d'art.

Leur choix se porta sur Charles-Albert Beyssandre, critique suisse de langue française, publiant régulièrement ses chroniques dans *la Feuille d'Avis de Fribourg* et *la Gazette de Genève*, et correspondant à Zurich d'une demi-douzaine de quotidiens et périodiques français, belges et italiens. Le président-directeur général d'International Hostellerie — et par conséquent de Marvel Houses International — était un de ses fidèles lecteurs et l'avait plusieurs fois utilement consulté pour ses placements artistiques.

Convoqué par le conseil d'administration des Marvel Houses et mis au courant de son problème, Charles-Albert Beyssandre put sans peine convaincre les promoteurs que la solution la plus appropriée à leur politique de prestige devait consister à rassembler un tout petit nombre d'œuvres majeures : pas un musée, pas un ramassis, pas davantage un chromo au-dessus de chaque lit, mais une poignée de chefs-d'œuvre jalousement conservés en un endroit unique que les amateurs du monde entier rêveraient de contempler au moins une fois dans leur vie. Enthousiasmés par de telles perspectives, les dirigeants des Marvel Houses confièrent à Charles-Albert

Beyssandre le soin de réunir dans les cinq ans à venir ces pièces rarissimes.

Beyssandre se retrouva donc à la tête d'un budget fictif — les règlements définitifs, y compris sa propre commission de trois pour cent, ne devant intervenir qu'en 1976 — mais nonobstant colossal : plus de cinq milliards d'anciens francs, de quoi acheter les trois tableaux les plus chers du monde ou, comme il s'amusa à le calculer les premiers jours, de quoi acquérir une cinquantaine de Klee, ou presque tous les Morandi, ou presque tous les Bacon, ou pratiquement tous les Magritte, et peut-être cinq cents Dubuffet, une bonne vingtaine des meilleurs Picasso, une centaine de Stael, presque toute la production de Frank Stella, presque tous les Kline et presque tous les Klein, tous les Mark Rothko de la collection Rockefeller avec, en guise de prime, tous les Huffing de la Donation Fitchwinder et tous les Hutting de la période brouillard que Beyssandre d'ailleurs n'appréciait que très médiocrement.

L'exaltation un peu puérile que ces calculs provoquèrent tomba vite et Beyssandre ne tarda pas à découvrir que sa tâche allait être beaucoup plus difficile qu'il ne le croyait.

Beyssandre était un homme sincère, aimant la peinture et les peintres, attentif, scrupuleux et ouvert, et heureux lorsqu'au terme de plusieurs heures passées dans un atelier ou une galerie, il parvenait à se laisser silencieusement envahir par la présence inaltérable d'un tableau, son existence ténue et sereine, son évidence compacte s'imposant petit à petit, devenant chose presque vivante, chose pleine, chose là, simple et complexe, signes d'une histoire, d'un travail, d'un savoir, enfin tracés au delà de leur cheminement difficile, tortueux et peut-être même torturé. La tâche que les dirigeants des Marvel Houses lui avaient confiée était assurément mercantile ; au moins lui permettrait-elle, passant en revue l'art de son temps, de multiplier ces « moments magiques » — l'expression était de son confrère parisien Esberi — et c'est presque avec enthousiasme qu'il l'entreprit.

Mais les nouvelles se propagent vite dans le monde des arts et se déforment volontiers ; il fut bientôt connu de tous que Charles-Albert Beyssandre était devenu l'agent d'un formidable mécène qui l'avait chargé de constituer la plus riche collection particulière de peintres vivants.

Au bout de quelques semaines, Beyssandre s'aperçut qu'il disposait d'un pouvoir encore plus grand que son crédit. À la seule idée que le critique pourrait, éventuellement, dans un avenir indéterminé, envisager l'acquisition de telle ou telle œuvre pour le compte de son richissime client, les marchands s'affolèrent et les talents les moins confirmés se haussèrent du jour au lendemain au rang des Cézanne et des Murillo. Comme dans l'histoire de cet homme qui a en tout et pour tout un billet de cent mille livres sterling et qui parvient à vivre dessus sans l'entamer pendant un mois, la seule présence ou absence du critique à une manifestation artistique se mit à avoir des conséquences foudroyantes. Dès qu'il arrivait dans une vente les enchères commençaient à grimper, et s'il s'en allait après avoir seulement fait un rapide tour de salle, les cotes fléchissaient, s'affaissaient, s'effondraient. Quant à ses chroniques, elles devinrent des événements que les investisseurs attendaient avec une fébrilité grandissante. S'il parlait de la première exposition d'un peintre, le peintre vendait tout dans la journée, et s'il ne disait rien de l'accrochage d'un maître reconnu, les collectionneurs le boudaient tout à coup, revendaient à perte ou décrochaient les toiles méprisées de leur salon pour les cacher dans les coffres blindés en attendant que leur faveur remonte.

Très vite des pressions commencèrent à s'exercer sur lui. On l'inondait de champagne et de foie gras ; on envoyait des chauffeurs en livrée le chercher au volant de limousines noires ; puis des marchands se mirent à parler d'éventuels pourcentages ; plusieurs architectes de renom voulurent lui construire sa maison et plusieurs décorateurs à la mode s'offrirent pour l'aménager.

Pendant plusieurs semaines, Beyssandre s'obstina à publier ses chroniques, persuadé que les paniques et engouements qu'elles provoquaient allaient nécessairement s'atténuer. Ensuite il tenta d'user de pseudonymes divers — B. Drapier, Diedrich Knickerbocker, Fred Dannay, M. B. Lee, Sylvander, Ehrich Weiss, Guillaume Porter, etc. — mais ce fut presque pire, car les marchands crurent désormais le deviner sous toute candidature inhabituelle et des bouleversements inexplicables continuèrent à secouer le marché de l'art longtemps après que Beyssandre eut complètement cessé d'écrire et l'eut annoncé sur une page entière dans tous les journaux auxquels il avait collaboré.

Les mois qui suivirent furent pour lui les plus difficiles : il dut s'interdire de fréquenter les salles de ventes et
d'assister aux vernissages ; il s'entourait de précautions extraordinaires pour visiter les galeries, mais chaque fois que son
incognito était découvert, cela déclenchait des répercussions
désastreuses et il finit par prendre le parti de renoncer à
toute manifestation publique ; il n'allait plus que dans les
ateliers ; il demandait au peintre de lui montrer ce qu'il
estimait être ses cinq meilleures œuvres et de le laisser seul
en face d'elles pendant au moins une heure.

Deux ans plus tard, il avait visité plus de deux mille
ateliers répartis dans quatre-vingt-onze villes et dans vingt-
trois pays. Le problème était désormais pour lui de relire ses
notes et de faire son choix : dans le chalet des Grisons qu'un
des directeurs d'International Hostellerie mettait aimablement à sa disposition, il entreprit de réfléchir sur l'étrange
tâche qu'on lui avait confiée et sur les curieuses retombées
qui s'en étaient ensuivies. Et c'est à peu près vers cette époque, alors que face à ces paysages de glaciers, dans la seule
compagnie de vaches aux lourdes clarines, il s'interrogeait
sur la signification de l'art, que l'aventure de Bartlebooth lui
parvint.
Il en fut informé par hasard alors qu'il s'apprêtait à allumer un feu avec un numéro vieux déjà de deux ans des *Dernières Nouvelles de Saint-Moritz*, feuille locale qui pendant la
saison d'hiver donnait deux fois par semaine les potins de la
station : Olivia et Rémi Rorschash étaient venus passer une
dizaine de jours à *l'Engadiner* et chacun avait eu droit à une
interview :

— Rémi Rorschash, dites-nous, quels sont aujourd'hui vos
projets ?
— On m'a raconté l'histoire d'un homme qui a fait le tour
du monde pour peindre des tableaux, et qui ensuite les a
détruits scientifiquement. Je crois que j'ai assez envie d'en
faire un film...

Le résumé était mince et fautif, mais propre à éveiller
l'intérêt de Beyssandre. Et quand le critique en eut connaissance avec davantage de détails, le projet de l'Anglais suscita
son enthousiasme. Très vite, dès lors, la décision de Beyssan-

dre fut prise : ce serait ces œuvres mêmes que leur auteur souhaitait faire absolument disparaître qui constitueraient le joyau le plus précieux de la collection la plus rare du monde.

C'est au début d'avril 1974 que Bartlebooth reçut la première lettre de Beyssandre. A cette époque il ne pouvait déjà plus lire que les manchettes des journaux et c'est Smautf qui la lui lut. Le critique y racontait en détail son histoire et comment il en était arrivé à choisir pour ces aquarelles morcelées en autant de puzzles un destin d'œuvre d'art que leur auteur leur refusait : alors que depuis des mois les artistes du monde entier et leurs marchands rêvaient de faire entrer un de leurs produits dans la fabuleuse collection des Marvel Houses, ce serait au seul homme qui ne voulait ni montrer ni garder son œuvre qu'il offrait de racheter ce qui en restait pour dix millions de dollars !

Bartlebooth demanda à Smautf de déchirer la lettre, de renvoyer sans les ouvrir celles qui suivraient éventuellement, de ne pas recevoir leur signataire si d'aventure il se présentait.

Pendant trois mois, Beyssandre écrivit, téléphona, et sonna à la porte en pure perte. Puis, le onze juillet, il rendit visite à Smautf dans sa chambre et le chargea de prévenir son maître qu'il lui déclarait la guerre : si l'art, pour Bartlebooth, consistait à détruire les œuvres qu'il avait conçues, l'art, pour lui, Beyssandre, consisterait à préserver, coûte que coûte, une ou plusieurs de ces œuvres, et il défiait cet Anglais obstiné de l'en empêcher.

Bartlebooth connaissait assez, ne serait-ce que pour les avoir expérimentés sur lui-même, les ravages que la passion peut exercer sur les individus les plus sensés, pour savoir que le critique ne parlait certainement pas à la légère. La première des précautions aurait été d'éviter tout risque avec les aquarelles reconstituées, et pour cela de renoncer à vouloir continuer à les détruire sur les lieux mêmes où elles avaient jadis été peintes. Mais c'était mal connaître Bartlebooth : défié, il relèverait le défi, et les aquarelles, comme cela avait toujours été, continueraient d'être transportées sur leur lieu d'origine pour y retrouver la blancheur de leur néant premier.

Cette phase ultime du grand projet s'était toujours accomplie d'une façon beaucoup moins protocolaire que les étapes qui l'avaient précédée. Les premières années. ce fut souvent Bartlebooth lui-même qui, le temps de prendre deux trains ou deux avions, procédait à cette opération ; un peu plus tard Smautf s'en chargea puis, lorsque les lieux commencèrent à devenir de plus en plus lointains, l'habitude se prit d'expédier les aquarelles aux correspondants que Bartlebooth avait contactés sur place à l'époque ou à ceux qui les avaient depuis remplacés ; chaque aquarelle était accompagnée d'un flacon de dissolvant spécial, d'un plan détaillé indiquant précisément où la chose devait se faire, d'une notice explicative, et d'une lettre signée de Bartlebooth priant ledit correspondant de bien vouloir procéder à la destruction de l'aquarelle ci-jointe en suivant les indications portées sur la notice explicative et, l'opération terminée, de lui renvoyer la feuille de papier redevenue vierge. Jusqu'à présent l'opération s'était déroulée comme prévu et Bartlebooth avait reçu, dix ou quinze jours plus tard, sa feuille de papier blanche, et jamais il ne lui était venu à l'idée que quelqu'un aurait seulement pu faire semblant de détruire l'aquarelle et lui renvoyer une autre feuille, ce dont il s'assura pourtant en faisant vérifier que toutes ces feuilles — spécialement fabriquées pour lui — portaient bien son filigrane et les marques infimes de découpes de Winckler.

Pour faire face à l'attaque de Beyssandre, Bartlebooth envisagea plusieurs solutions. La plus efficace aurait certainement été de confier la destruction des aquarelles à un homme de confiance et de le faire escorter par des gardes du corps. Mais où trouver un homme de confiance, face à la puissance quasi illimitée dont disposait le critique ? Bartlebooth n'était sûr que de Smautf et Smautf était beaucoup trop vieux et de plus le milliardaire qui, pour la réussite de son projet, avait depuis cinquante ans abandonné peu à peu son patrimoine à ses hommes d'affaires, n'aurait même plus eu les moyens d'assurer à son vieux serviteur une protection aussi coûteuse.

Après avoir longtemps hésité, Bartlebooth demanda à voir Rorschash. Nul ne sait comment il parvint à obtenir son concours mais en tout cas c'est par l'intermédiaire du producteur qu'il put confier à des opérateurs de télévision qui partaient en tournage dans l'océan Indien, la mer Rouge ou le golfe Persique le soin de détruire ses aquarelles selon le protocole habituel et de filmer cette destruction.

Pendant plusieurs mois, ce système fonctionna sans trop de heurts. L'opérateur, la veille de son départ, recevait l'aquarelle à détruire ainsi qu'une boîte scellée contenant cent vingt mètres de pellicule inversible, c'est-à-dire dont le développement donnerait une copie originale sans passer par l'intermédiaire d'un négatif. Smautf et Kléber allaient attendre à l'aéroport le retour du cameraman qui leur remettait l'aquarelle redevenue blanche et la pellicule impressionnée qu'ils portaient aussitôt à un laboratoire. Le soir même ou au plus tard le lendemain, Bartlebooth pouvait visionner le film sur un projecteur 16 mm installé dans l'antichambre. Il le faisait ensuite brûler.

Divers incidents qui pouvaient difficilement passer pour des coïncidences montrèrent cependant que Beyssandre n'abandonnait pas. Ce fut certainement lui qui organisa le cambriolage de l'appartement de Robert Cravennat, le préparateur de chimie qui, depuis l'accident de Morellet en 1960, procédait à la ré-aquarellisation des puzzles, et le début d'incendie criminel qui faillit dévaster l'atelier de Guyomard. Bartlebooth, dont la vue baissait de plus en plus, prenait de plus en plus de retard, et Cravennat n'avait pas de puzzle chez lui cette quinzaine-là ; quant à Guyomard, il éteignit lui-même le foyer d'incendie — des chiffons imbibés de pétrole — avant que ceux qui l'avaient allumé puissent en profiter pour voler l'aquarelle qu'il venait de recevoir.

Mais il en fallait plus pour décourager Beyssandre, et il y a un peu moins de deux mois, le vingt-cinq avril 1975, dans la même semaine que celle où Bartlebooth perdit définitivement la vue, l'inévitable finit par se produire : l'équipe de reportage qui était allée en Turquie, et dont le cameraman devait se rendre à Trébizonde pour y procéder à la destruction de la quatre cent trente-huitième aquarelle de Bartlebooth (l'Anglais avait alors seize mois de retard sur son programme), ne revint pas : on apprit deux jours plus tard que les quatre hommes étaient morts dans un inexplicable accident de voiture.

Bartlebooth décida de renoncer à ses destructions rituelles ; les puzzles que désormais il achèverait ne seraient plus recollés, détachés de leur support de bois et trempés dans un dissolvant d'où la feuille de papier ressortirait totalement blanche, mais simplement remis dans la boîte noire de Madame Hourcade et jetés dans un incinérateur. Cette décision fut à la fois tardive et inutile, car Bartlebooth ne devait jamais achever le puzzle qu'il commença cette semaine-là.

Quelques jours plus tard, Smautf lut dans un journal que Marvel Houses International, filiale de Marvel Houses Incorporated et de International Hostellerie, déposait son bilan. De nouveaux calculs avaient montré que, compte tenu de l'augmentation des coûts de construction, l'amortissement des vingt-quatre parcs culturels demanderait, non pas quatre ans et huit mois, et pas même cinq ans et trois mois, mais six ans et deux mois ; les principaux commanditaires, effarouchés, avaient retiré leurs fonds pour les placer dans un gigantesque projet de remorquage d'iceberg. Le programme des Marvel Houses était suspendu *sine die*. De Beyssandre, nul n'eut plus jamais de nouvelles.

CHAPITRE LXXXVIII

Altamont, 5

Dans le grand salon des Altamont, deux serviteurs mettent la dernière main aux préparatifs de la réception. L'un, un Noir athlétique portant avec une nonchalance débraillée une livrée Louis XV — jaquette et culottes à fines rayures vertes, bas de coton vert, chaussures à boucles d'argent — soulève, sans efforts apparents, un canapé à trois places, en bois laqué rouge sombre, décoré de feuillages stylisés et d'incrustations en nacre, garni de coussins de chintz ; l'autre, un maître d'hôtel au teint jaune, à la pomme d'Adam proéminente, vêtu d'un costume noir un tout petit peu trop grand pour lui, dispose sur une longue desserte à dessus de marbre, placée contre le mur de droite, plusieurs grands plats de métal anglais couverts de petits sandwiches à la langue écarlate, aux œufs de saumon, à la viande des Grisons, à l'anguille fumée, aux pointes d'asperges, etc.

Au-dessus de la desserte se trouvent deux tableaux signés de J. T. Maston, un peintre de genre d'origine anglaise qui vécut longtemps en Amérique centrale et connut la notoriété au début du siècle : le premier, intitulé *l'Apothicaire*, représente un homme en redingote verdâtre, chauve, le nez chaussé de lorgnons, le front affligé d'une énorme loupe qui, au fond d'une boutique obscure pleine de grands bocaux cylindriques, semble déchiffrer avec une peine extrême une ordonnance ; le second, *le Naturaliste*, montre un homme maigre, sec, d'une figure énergique, avec une barbe taillée à l'américaine, c'est-à-dire foisonnant sous son menton. Debout, les bras croisés, il regarde se débattre un petit écureuil prisonnier d'une toile d'araignée à mailles serrées, tendue entre deux tulipiers gigantesques, tissée par une bête hideuse, grosse comme un œuf de pigeon et munie de pattes énormes.

Contre le mur de gauche, sur la tablette d'une cheminée de marbre veiné, deux lampes, aux socles faits de douilles d'obus en cuivre jaune, encadrent une haute cloche de verre qui protège un bouquet de fleurs dont chaque pétale est une fine feuille d'or.

Sur presque toute la longueur du mur du fond est accrochée une tapisserie très détériorée, aux couleurs complètement éteintes. Elle représente très vraisemblablement les Rois Mages : ce sont trois personnages, l'un agenouillé, les deux autres debout, dont un seul est resté à peu près intact : il porte une longue robe avec des manches à crevés ; une épée est pendue à sa taille et il tient dans la main gauche une sorte de drageoir ; il a des cheveux noirs et est coiffé d'un curieux chapeau orné d'un médaillon, tenant à la fois du béret, du tricorne, de la couronne et du bonnet.

Au premier plan, un peu à droite et en biais par rapport à la fenêtre, Véronique Altamont est assise à un bureau gainé de cuir agrémenté d'arabesques dorées sur lequel sont étalés plusieurs ouvrages : un roman de Georges Bernanos, *La Joie* ; *Le Village lilliputien*, un livre d'enfants sur la couverture duquel on voit quelques maisons miniature, un poste d'incendie, une mairie avec son horloge et des bambins ébahis aux visages couverts de taches de rousseur, à qui des nains porteurs de longues barbes servent des tartines beurrées et des grands verres de lait ; le *Dictionnaire des abréviations françaises et latines utilisées au Moyen Age*, d'Espingole, et les *Exercices de Diplomatique et de Paléographie médiévales*, de Toustin et Tassin, ouverts sur deux fac-similés de textes médiévaux : sur la page de gauche, un contrat-type de location

> *Connue chose soit à tous ceuz qui ces lettres*
> *varront et oiront que li ceuz de Menoalville doit*
> *a ceuz di Leglise Dauteri trois sols de tolois à*
> *randre chascun an a dict terme...*

sur la page de droite un extrait de la *Veridicque Histoyre de Philemo et Bauci*, de Garin de Garlande : c'est une très libre adaptation de la légende racontée par Ovide, dans laquelle l'auteur, un clerc de Valenciennes qui vécut au XIIᵉ siècle, imagine que Zeus et Mercure ne se contentèrent pas de provoquer un déluge pour inonder les Phrygiens qui leur avaient refusé l'hospitalité, mais leur envoyèrent également des légions de bêtes féroces que, de retour dans sa cabane devenue temple, Philémon décrit à Baucis :

> *J'y vy trois cens et neuf pelicans ; six mille et seize oizeaux seleucieds, marchans en ordonnance et devorans les sauterelles parmy les bleds ; des cynamolges, des argathyles, des caprimulges, des thynnuncules, des crotenotaires, voire, dis-je, des onocrotales avec leur grand gosier ; des stymphalides, harpyes, panthères, dorcades, cemades, cynocephales, satyres, cartasonnes, tarandes, ures, monopes, pephages, cepes, neares, steres, cercopiteques, bisons, musimones, bytures, ophyres, stryges, gryphes.*

Au milieu de ces livres se trouve une chemise de toile forte, de couleur bise, fermée par deux élastiques, munie d'une étiquette rectangulaire auto-adhésive sur laquelle a été très soigneusement calligraphié le titre suivant :

Mémoires
pour servir à l'Histoire de ma propre
Enfance
par Véronique Marceline Gilberte Gardel-Allamont

Véronique est une jeune fille de seize ans, trop grande pour son âge, au teint très pâle, aux cheveux extrêmement blonds, au visage ingrat, à l'air un peu morose ; elle est vêtue d'une longue robe blanche à manches de dentelle, dont le col largement ouvert laisse voir des épaules aux clavicules saillantes. Elle examine attentivement une photographie de petit format, striée et cassée, qui représente deux danseuses, dont l'une n'est autre que Madame Altamont plus jeune de vingt-cinq ans : elles font des exercices à la barre sous la direction de leur professeur, un homme maigre, à tête d'oiseau, aux yeux ardents, au cou efflanqué, aux mains osseuses, pieds nus, torse nu, vêtu seulement d'un caleçon long et d'un grand châle tricoté qui lui tombe sur les épaules, et tenant dans sa main gauche une haute canne à pommeau d'argent.

Madame Altamont — de son nom de jeune fille Blanche Gardel — était à dix-neuf ans danseuse dans une troupe qui s'appelait les Ballets Frère, fondés et animés, non par deux frères, mais par deux cousins : Jean-Jacques Frère, qui faisait office de directeur commercial, discutait les contrats, organisait les tournées, et Maximilien Riccetti, de son vrai nom Max Riquet, directeur artistique, chorégraphe et danseur étoile. La troupe, fidèle à la plus plus pure tradition classique — tutu, pointes, entrechats, jeté-battus, *Giselle*, *Lac des Cygnes*, pas de deux et suite en blanc — se produisait dans des festivals de banlieue — Nuits musicales de Chatou, Samedis artistiques de La Hacquinière, Son et Lumière d'Arpajon, Festival de Livry-Gargan, etc. — et dans les lycées où, titulaires d'une subvention dérisoire de l'Education nationale, les Ballets Frère initiaient les grandes classes à l'art de la danse en faisant dans la salle de gymnastique ou dans le réfectoire des démonstrations que Jean-Jacques Frère ponctuait au fur et à mesure de commentaires bon enfant émaillés de jeux de mots usés et de sous-entendus grivois.

Jean-Jacques Frère était un petit homme bedonnant et rigolard et se serait volontiers contenté de cette vie plutôt médiocre qui lui laissait tout loisir de pincer les fesses de ses danseuses et de reluquer les lycéennes. Mais Riccetti n'y trouvait pas son compte et brûlait de donner au monde la preuve de son exceptionnel talent. Alors, disait-il à Blanche, dont il était presque aussi passionnément amoureux qu'il l'était de lui-même, une gloire méritée rejaillirait sur eux et ils deviendraient le plus beau couple de danseurs jamais vu.

L'occasion tant espérée se présenta un jour de novembre 1949 : le comte della Marsa, un mécène vénitien passionné de ballets, décida de commanditer la création au prochain Festival international de Saint-Jean-de-Luz, des *Vertiges de Psyché*, fantaisie-bouffe dans la manière de Lulli, de René Becquerloux (le bruit courait que sous ce nom se cachait le comte lui-même) et en confia la réalisation aux Ballets Frère qu'il avait eu l'occasion d'applaudir un an auparavant aux Grandes Heures de Moret-sur-Loing.

Quelques semaines plus tard. Blanche découvrit qu'elle était enceinte et que la naissance de l'enfant coïnciderait à quelques jours près avec l'ouverture du festival. La seule solution était qu'elle se fasse avorter ; mais lorsqu'elle l'annonça à Ricetti, le danseur entra dans une indescriptible fureur, et lui interdit de sacrifier l'être irremplaçable qu'il allait lui donner au seul profit d'un soir de gloire.

Blanche hésita. Elle était violemment attachée au danseur et leur amour se nourrissait de leurs rêves communs de grandeur ; mais entre un enfant qu'elle n'avait jamais voulu et qu'il serait toujours temps de faire et le rôle qu'elle attendait depuis toujours, son choix était clair ; elle demanda l'avis de Jean-Jacques Frère pour qui elle avait, malgré sa vulgarité, une affection réelle et dont elle savait qu'il l'aimait bien : sans lui donner ni raison ni tort, le directeur de la troupe lâcha quelques propos graveleux sur les faiseuses d'anges jouant de l'aiguille à tricoter et de la queue de persil sur des tables de cuisine recouvertes de toiles cirées à carreaux, et lui recommanda d'aller au moins en Suisse, en Grande-Bretagne ou au Danemark, où certaines cliniques privées pratiquaient l'interruption volontaire de grossesse dans des conditions moins traumatisantes. Et c'est ainsi que Blanche décida d'aller chercher aide et conseil auprès d'un de ses amis d'enfance qui vivait en Angleterre. C'était Cyrille Altamont, qui récemment sorti de l'E.N.A., faisait alors un stage à l'Ambassade de France à Londres.

Cyrille avait dix ans de plus que Blanche. Leurs parents avaient leurs maisons de campagne à Neauphle-le-Château et, enfants, avant-guerre, Blanche et Cyrille y avaient passé des grandes vacances joyeuses au milieu de ribambelles de cousins et de cousines, petits Parisiens bien coiffés et bons élèves, qui réapprenaient à grimper aux arbres, à gober les œufs et à aller à la ferme chercher le lait et le fromage blanc à peine égoutté.

Blanche était l'une des plus petites et Cyrille l'un des plus grands ; à la fin de septembre quand, à la veille de se séparer pour une année scolaire, les enfants donnaient aux grandes personnes la fête qu'ils avaient préparée dans le plus grand secret pendant quinze jours, Blanche faisait un numéro de petit rat et Cyrille l'accompagnait au violon.

La guerre interrompit ces fastes enfantins. Lorsque Blanche et Cyrille se revirent, elle était devenue une magnifique jeune fille de seize ans à laquelle on n'aurait plus osé tirer les nattes, et lui un lieutenant éphémère mais auréolé de gloire : il était allé se battre dans les Ardennes et il venait de réussir en même temps les concours d'entrée à Polytechnique et à l'Ecole Nationale d'Administration. Dans les trois ans qui suivirent, il l'emmena plusieurs fois au bal et lui fit une cour assidue mais inutile, car elle ne cessa de vouer une passion muette aux trois danseurs étoiles des Ballets de Paris — Jean Babilée, Jean Guélis et Roland Petit — que pour tomber dans les bras de Maximilien Riccetti.

Cyrille Altamont reconnut sans peine que Blanche avait raison de vouloir se faire avorter et lui offrit son aide. Le surlendemain matin, après une visite de pure forme chez un médecin de Harley Street auprès duquel Cyrille se fit passer pour le mari de Blanche, le jeune haut fonctionnaire conduisit la danseuse dans une clinique de la banlieue nord, un cottage qui ressemblait à tous les cottages qui l'entouraient. Il revint la chercher, comme convenu, le lendemain dans la matinée et l'accompagna à la gare de Victoria où elle prit la Flèche d'Argent.

Elle lui téléphona dans la nuit, le suppliant de venir à son secours. En rentrant chez elle, elle avait trouvé, assis autour de la table de la salle à manger, vidant une bouteille de calvados, Jean-Jacques Frère et deux inspecteurs de police : ils lui apprirent que Maximilien s'était pendu la veille. Dans le court billet qu'il avait laissé pour expliquer son geste, il écrivait seulement qu'il n'arriverait jamais à supporter l'idée que Blanche ait refusé son enfant.

Blanche Gardel épousa Cyrille Altamont un an et demi plus tard, en avril 1951. En mai ils emménagèrent rue Simon-Crubellier. Mais Cyrille n'y habita pour ainsi dire jamais car quelques semaines après il fut nommé à Genève et s'y fixa. Il ne revient depuis lors à Paris que pour de très brefs séjours au cours desquels il descend le plus souvent à l'hôtel.

Véronique est née en 1959 et c'est d'abord pour expliquer sa propre naissance que, vers l'âge de huit ou neuf ans, elle a commencé son enquête sur ses parents. A l'âge où l'on se raconte volontiers qu'on est enfant trouvé, fils ou fille de roi échangé au berceau, bébé abandonné sous une porte cochère et recueilli par des forains ou des Gitans, elle inventa des histoires rocambolesques pour expliquer pourquoi sa mère portait perpétuellement enroulée autour de son poignet et de sa main gauche une mince bande de gaze noire, et qui était cet homme toujours absent qui se disait son père et qu'elle haïssait si fort que, pendant des années, elle raya systématiquement sur sa carte d'identité scolaire et sur tous ses cahiers le nom d'Altamont pour le remplacer par celui de sa mère.

Alors, avec un acharnement proche de la fascination, avec une minutie maniaque et douloureuse, elle voulut reconstituer l'histoire de sa famille. Sa mère, un jour, répondant enfin à sa question, lui dit qu'elle gardait cette bande d'étoffe en signe de deuil, à la mémoire d'un homme qui avait beaucoup compté pour elle. Véronique crut qu'elle était la fille de cet homme et qu'Altamont punissait sa mère d'en avoir aimé un autre avant lui. Plus tard elle découvrit, marquant la page 73 de *L'Age de Raison*, la photographie de sa mère en train de travailler à la barre avec une autre danseuse sous la direction de Maximilien et elle en conclut que c'était là son vrai père. Ce jour-là elle prit un classeur neuf et décida d'y consigner secrètement tout ce qui aurait trait à son histoire et à celle de ses parents, et elle se mit à fouiller systématiquement tous les placards et tiroirs de sa mère. Tout y était toujours trop bien rangé et aucune trace ne semblait être restée de sa vie de danseuse. Pourtant, un jour, sous des liasses bien empilées de factures et de quittances, Véronique finit par découvrir quelques lettres anciennes, de camarades de classe, de cousins, de cousines, d'amies perdues de vue depuis des années, et qui évoquaient des souvenirs de vacances, excursions à bicyclette, goûters, bains de mer, bals costumés, spectacles au Théâtre du Petit-Monde. Une autre fois, ce fut un programme des Ballets Frère, pour la Fête des Parents d'Elèves du Lycée Hoche à Versailles, annonçant un extrait de *Coppélia* dansé par Maximilien Riccetti et Blanche Gardel. Une autre fois encore, passant des vacances chez sa grand-mère maternelle, non pas à Neauphle, qui avait été depuis longtemps vendu, mais à Grimaud, sur la Côte d'Azur, elle mit la main dans le grenier sur une boîte étiquettée *La petite danseuse* : elle contenait un film de soixante mètres, tourné avec une Pathé Baby et, réussissant à se le faire projeter, Véronique vit sa mère, toute petite ballerine en tutu, accompagnée au violon par un grand dadais boutonneux dans lequel elle put toutefois reconnaître Cyrille. Puis, il y a quelques mois, un jour de novembre 1974, elle trouva dans la corbeille à papier de sa mère une lettre de Cyrille et, la lisant, comprit que Maximilien était mort dix ans avant qu'elle ne naisse, et que la vérité était l'exact contraire de ce qu'elle croyait :

« *J'étais à Londres il y a quelques jours et je n'ai pas pu m'empêcher de me faire conduire dans la lointaine banlieue où il y a vingt-cinq ans presque jour pour jour, je t'avais conduite. La clinique est toujours là, 130 Crescent Gardens, mais c'est maintenant un immeuble de trois étages, plutôt moderne. Le reste du paysage n'a pratiquement pas changé par rapport au souvenir que j'en ai gardé. J'ai revécu la journée que j'ai passée dans ce faubourg pendant que l'on t'opérait. Je ne t'ai jamais raconté cette journée : je voulais venir te voir en fin d'après-midi, lorsque tu te réveillerais, ce n'était pas la peine de retourner à Londres, mieux valait rester dans les parages, quitte à perdre quelques heures dans un pub ou au cinéma. Il était à peine dix heures du matin quand je t'ai quittée. J'ai erré pendant une bonne demi-heure dans des rues bordées de semi-detached cottages tellement identiques que l'on aurait pu croire qu'il n'y en avait qu'un seul se reflétant dans un gigantesque jeu de miroirs : les mêmes portes peintes en vert sombre, avec leurs marteaux de cuivre bien luisants et leurs gratte-pieds, les mêmes rideaux de dentelle mécanique aux bow-windows, les mêmes pots d'aspidistra à la fenêtre de l'étage. A la fin j'ai réussi à trouver ce qui était sans doute le centre commercial : quelques magasins apparemment déserts, un Woolworth's, un cinéma qui s'appelait évidemment* The Odeon *et un pub fièrement baptisé* Unicorn and Castle*, et malheureusement fermé. Je suis allé m'asseoir dans le seul endroit qui m'a paru donner des signes de vie, une sorte de milk-bar installé dans une longue roulotte en bois, et tenu par trois vieilles filles. On m'y a servi un thé infect et des toasts sans beurre — j'avais refusé la margarine — avec de la marmelade d'oranges qui sentait le fer-blanc.*

Ensuite j'ai acheté des journaux et je suis allé les lire dans un petit square à côté d'une statue représentant un monsieur à l'air ironique, assis, les jambes croisées, tenant dans sa main gauche une feuille de papier — je veux dire de pierre — s'enroulant abondamment sur elle-même à ses deux extrémités, et dans la main droite une plume d'oie ; il m'a fait penser à Voltaire et j'en ai déduit que c'était Pope ; mais il s'agissait d'un certain William Warburton, 1698-1779, littérateur et prélat, auteur, précisait l'inscription gravée sur le socle, d'une Démonstration de la Mission Divine de Moïse.

Vers midi le pub a enfin ouvert ses portes et je suis allé boire quelques bières en mangeant des sandwiches à la crème d'anchois et au chester. Je suis resté là jusqu'à deux heures, assis au bar, le nez dans mon verre, à côté de deux beaux-frères, tous deux fonctionnaires municipaux : l'un était aide-comptable à la compagnie du gaz, l'autre chef de bureau au service des retraites et pensions. Ils ingurgitaient une sorte de ragoût assez répugnant en se racontant avec un épouvantable accent cockney une interminable histoire de famille où intervenaient une sœur installée au Canada, une nièce infirmière en Egypte, une autre mariée à Nottingham, un énigmatique O'Brien prénommé Bobby et une Mrs Bridgett qui tenait une pension de famille à Margate, à l'embouchure de la Tamise.

A deux heures je suis sorti du pub pour entrer dans le cinéma ; je me souviens qu'il y avait au programme deux grands films et plusieurs documentaires, actualités et dessins animés. J'ai oublié le titre des longs métrages ; ils étaient tout aussi insipides l'un que l'autre : le premier était une énième histoire d'officiers de la R.A.F. s'évadant d'un oflag en creusant un tunnel ; le second était censé être une comédie ; cela se passait au XIX° siècle et l'on voyait au début un gros homme riche souffrant de la goutte qui refusait à un jeune-homme-mièvre la main de sa fille car ledit jeune-homme-mièvre était pauvre et sans avenir. Je ne sais toujours pas comment le jeune-homme-mièvre faisait pour s'enrichir et prouver à son futur beau-père qu'il était plus intelligent qu'il n'en avait l'air car je me suis endormi au bout d'un quart d'heure. J'ai été réveillé plutôt brutalement par deux ouvreuses. La salle était éclairée, j'étais le dernier spectateur. Complètement abruti, je ne compris pas un mot de ce que les ouvreuses me criaient et c'est seulement en arrivant dans la rue que je me rendis compte que j'avais oublié mes journaux, mon manteau, mon parapluie et mes gants. Heureusement une des ouvreuses me rattrapa et me les rendit.

La nuit était noire. Il était cinq heures et demie. Une pluie fine tombait. Je suis revenu à la clinique mais ils ne m'ont pas laissé te voir. Ils me dirent simplement que tout s'était bien passé, que tu dormais, que je devais venir te chercher le lendemain à onze heures.

J'ai repris l'autobus qui revenait à Londres, à travers ces banlieues immenses et sans âme, ces milliers et ces milliers de home sweet home où des milliers et des milliers d'hommes et de femmes à peine sortis de leurs ateliers et de leurs bureaux soulevaient en même temps le tea-cosy de leur théière, se versaient leur tasse de thé, l'arrosaient d'un nuage de lait, saisissaient du bout des doigts le toast juste jailli de leur grille-pain automatique et le tartinaient de Bovril. J'avais un sentiment d'irréalité totale, comme si j'avais été sur une autre planète, dans un autre monde, ouateux, brumeux, humide, traversé de lumières d'un jaune presque orangé. Et tout à coup je me suis mis à penser à toi, à ce qui t'arrivait, et à cette ironie cruelle qui faisait que pour t'aider à supprimer cet enfant qui n'était pas de moi, nous jouions pour quelques heures à être mari et femme en disant, non pas que tu t'appelais Madame Altamont, mais que j'étais Monsieur Gardel.

Il était sept heures et demie quand le bus arriva à Charing Cross, son terminus. Je bus un whisky dans un pub qui s'appelait The Greens.

puis je retournai au cinéma. Cette fois-ci je vis un film dont tu m'avais parlé, Les Chaussons rouges, de Michael Powell, avec Moïra Shearer et une chorégraphie de Léonide Massine ; je ne me souviens plus de ce que raconte le film, mais seulement d'un des ballets dans lequel un journal jeté à terre et emporté par le vent devient un inquiétant danseur. Je sortis du cinéma vers dix heures. Moi qui ne bois pratiquement jamais d'alcool et qu'un verre rend tout de suite malade, j'avais une envie irrésistible de me soûler.

J'entrai dans un pub qui s'appelait The Donkey in Trousers. L'enseigne représentait un âne dont les quatre pattes étaient prises dans des sortes de jambières en toile blanche avec des pois rouges. Je croyais que cela n'existait que sur l'île de Ré mais sans doute y avait-il quelque part en Angleterre une coutume analogue. La queue de l'âne était une ficelle tressée et la légende expliquait comment cette queue pouvait servir de baromètre :

If tail is dry	Fine
If tail is wet	Rain
If tail moves	Windy
If tail cannot be seen	Fog
If tail is frozen	Cold
If tail falls out	Earthquake

Le pub était bondé. J'ai fini par trouver une place à une table partiellement occupée par un couple extraordinaire : un homme, déjà vieux, d'une corpulence gigantesque, le front haut, la tête puissante nimbée d'une abondante chevelure blanche, et une femme d'une trentaine d'années, avec quelque chose de slave et d'asiatique en même temps dans la physionomie, des larges pommettes, des yeux étroits, et des cheveux d'un blond roux nattés en torsade autour de la tête. Elle était silencieuse et posait fréquemment la main sur celle de son compagnon, comme pour l'empêcher de se mettre en colère. Lui parlait sans arrêt, avec un léger accent que je ne parvenais pas à identifier ;

il ne finissait pas ses phrases, les interrompait tout le temps de « bref », « bien », « parfait », « excellent », sans cesser un seul instant d'engouffrer des masses énormes de nourritures et de boissons, se levant toutes les cinq minutes et se frayant un chemin jusqu'au bar pour en rapporter des assiettées de sandwiches, des paquets de pommes chips, des saucisses, des petits pâtés chauds, des pickles, des portions d'apple pie et des pintes de bière brune qu'il engloutissait d'un trait.

Il ne tarda pas à m'adresser la parole et nous commençâmes à boire ensemble, à deviser de tout et de rien, de la guerre, de la mort, de Londres, de Paris, de la bière, de la musique, des trains de nuit, de la beauté, de la danse, du brouillard, de la vie. Je crois aussi que je tentai de lui raconter ton histoire. Sa compagne ne disait rien. De temps en temps elle lui souriait ; le reste du temps elle laissait son regard aller et venir dans le bar enfumé, buvant à toutes petites gorgées son gin pink et allumant l'une après l'autre des cigarettes à embouts dorés qu'elle écrasait presque tout de suite dans un cendrier publicitaire offert par le whisky Antiquarian.

Très vite sans doute je perdis conscience du lieu et de l'heure. Tout devint comme un bourdonnement confus ponctué de coups sourds, d'exclamations, de rires, de chuchotis. Puis tout à coup, rouvrant les yeux, je vis que l'on m'avait mis debout, que j'avais mon manteau sur les épaules, mon parapluie à la main. Le pub s'était presque complètement vidé. Le patron fumait un cigare sur le pas de la porte. Une serveuse jetait de la sciure sur le sol. La femme avait revêtu un épais manteau de fourrure et l'homme enfilait avec l'aide d'un serveur une large houppelande à col de loutre. Et soudain, il se retourna d'un seul mouvement du corps vers moi et il me lança d'une voix presque tonitruante : « La vie, jeune homme, est une femme étendue, avec des seins rapprochés et gonflés, avec un grand ventre lisse et mou entre les hanches saillantes, avec des bras minces, des cuisses rebondies et des yeux mi-clos, qui dans sa provocation magnifique et moqueuse exige notre ferveur la plus haute. »

Comment ai-je fait pour revenir chez moi, me déshabiller, me mettre dans mon lit ? Je n'en ai aucun souvenir. Quand je me suis réveillé, quelques heures plus tard, pour venir te chercher, je me suis aperçu que toutes les lumières étaient restées allumées et que la douche avait coulé pendant toute la nuit. Mais je garde le souvenir intact de ce couple, et des dernières paroles que me dit cet homme, et chaque fois je revois l'éclat de ses yeux à ce moment, et je pense à tout ce qui s'est passé quelques heures plus tard, et au cauchemar que sont devenues nos deux existences.

Désormais tu as bâti ta vie sur la haine et sur l'illusion ressassée de ton bonheur sacrifié. Toute ta vie tu me puniras pour t'avoir aidée à faire ce que tu voulais faire et que tu aurais fait de toute façon, même sans mon aide ; toute ta vie, tu rejetteras sur moi l'échec de cet amour, l'échec de cette vie que ce danseur bouffi de prétention aurait impitoyablement gâchée au profit de sa seule minable gloriole. Toute ta vie tu me joueras la comédie du remords, de la femme pure hantée dans ses rêves par l'homme qu'elle a acculé au suicide, comme tu te joueras à toi-même la belle histoire modèle de la femme douloureuse, l'épouse abandonnée du haut fonctionnaire volage, la mère irréprochable élevant magnifiquement sa fille en la soustrayant à l'influence nocive de son père. Mais tu ne m'as donné cette enfant que pour pouvoir me reprocher davantage d'avoir contribué à tuer l'autre, et tu l'as élevée dans la haine de moi, en m'interdisant de la voir, de lui parler, de l'aimer.

Je te voulais pour femme, et je voulais un enfant avec toi. Je n'ai ni l'une ni l'autre, et cela fait si longtemps que ça dure que j'ai cessé de me demander si c'est dans la haine ou dans l'amour que nous trouvons la force de continuer cette vie mensongère, que nous puisons l'énergie formidable qui nous permet encore de souffrir, et d'espérer. »

CHAPITRE LXXXIX

Moreau, 5

Lorsque Madame Moreau commença à se sentir impotente, elle demanda à Madame Trévins de venir vivre avec elle et l'installa dans une pièce que Fleury avait décorée en boudoir rococo avec des drapés vaporeux, des soieries violettes frappées de grands feuillages, des napperons de dentelle, des candélabres tourmentés, des orangers nains, et une statuette d'albâtre représentant un petit enfant costumé en berger de pastorale, tenant dans ses mains un oiseau.

Il reste de ces splendeurs une nature morte représentant un luth sur une table : le luth est tourné vers le ciel, en pleine lumière, cependant que sous la table, presque noyé dans l'ombre, on discerne son étui noir renversé ; un lutrin en bois doré, abondamment ouvragé, portant l'estampille controversée de Hugues Sambin, architecte et ébéniste dijonnais du XVI⁰ siècle ; et trois grandes photographies, coloriées à la main, datant de la guerre russo-japonaise : la première représente le cuirassé *Pobieda*, orgueil de la flotte russe, mis hors de combat par une mine sous-marine japonaise devant Port-Arthur, le 13 avril 1904 ; en cartouche, quatre des chefs militaires de la Russie : l'amiral Makharoff, commandant en chef de la flotte russe en Extrême-Orient, le général Kouropatkine, généralissime des troupes russes en Extrême-Orient, le général Stoessel, commandant militaire de Port-Arthur, et le général Pflug, chef d'état-major général des troupes russes en Extrême-Orient ; la seconde photographie, sa jumelle, représente le croiseur cuirassé japonais *Asama*, construit par la maison Armstrong, avec, en cartouches, l'amiral Yamamoto, ministre de la marine, l'amiral Togo, le « Nelson japonais », commandant en chef de l'escadre japonaise devant Port-Arthur, le général Kodama, le « Kitchener du Japon », commandant en chef de l'armée japonaise, et le général-vicomte Tazo-Katsura, premier ministre. La troisième photographie représente un camp militaire russe aux environs de Moukden : c'est le soir ; devant chaque tente les soldats sont assis les pieds dans des bassines d'eau tiède ; au centre, dans une tente plus haute drapée en forme de kiosque et gardée par deux cosaques, un officier très certainement supérieur étudie sur des cartes d'état-major surchargées d'épingles le plan des batailles à venir.

Le reste de la chambre est meublé de façon moderne : le lit est un matelas de mousse pris dans une housse de skaï noir et posé sur une estrade ; un meuble bas à tiroirs, en bois sombre et acier poli, fait office de commode et de table de nuit ; il supporte une lampe de chevet parfaitement sphérique, une montre-bracelet à affichage digital, une bouteille d'eau de Vichy munie d'un bouchon spécial évitant au gaz de s'échapper, un polycopié de format 21 × 27 intitulé *Normes AFNOR pour les matériels d'horlogerie et de joaillerie*, un petit ouvrage de la collection « Entreprises » ayant pour titre *Patrons et Ouvriers, un dialogue toujours possible*, et un livre d'environ quatre cents pages, recouvert d'un protège-livres en papier flammé : c'est *La Vie des Sœurs Trévins*, par Célestine Durand-Taillefer [chez l'auteur, rue du Hennin, à Liège (Belgique)].

Ces sœurs Trévins seraient les cinq nièces de Madame Trévins, les filles de son frère Daniel. Le lecteur enclin à se demander ce qui dans la vie de ces cinq femmes leur a fait mériter une biographie aussi volumineuse sera, dès la première page, rassuré : les cinq sœurs sont en effet des quintuplées, nées en dix-huit minutes le 14 juillet 1943, à Abidjan, maintenues en couveuse pendant quatre mois et depuis lors jamais malades.

Mais le destin de ces quinquamelles dépasse de mille coudées le seul miracle de leur naissance : Adélaïde, après avoir battu à dix ans le record de France (catégorie minimes) du soixante mètres plat, fut saisie, dès douze ans, par le démon du cirque et entraîna ses quatre sœurs dans un numéro de voltige qui fut bientôt fameux dans toute l'Europe : *Les Filles du Feu* passaient à travers des cerceaux enflammés, changeaient de trapèze tout en jonglant avec des torches ou faisaient du houla-hoop sur un fil tendu à quatre mètres du sol. L'incendie du *Fairyland* de Hambourg ruina ces précoces carrières : les compagnies d'assurances prétendirent que *Les Filles du Feu* étaient la cause du sinistre et refusèrent de garantir les théâtres où elles se produiraient désormais, même après que les cinq filles eurent prouvé devant le tribunal qu'elles utilisaient une flamme artificielle parfaitement inoffensive, vendue chez Ruggieri sous le nom de « confiture » et spécialement destinée aux artistes de cirque et aux cascadeurs de cinéma.

Marie-Thérèse et Odile devinrent alors danseuses de cabaret ; leur plastique impeccable et leur ressemblance parfaite leur assura presque instantanément un succès foudroyant : on vit les *Crazy Sisters* au *Lido* de Paris, au *Cavalier's* de Stockholm, aux *Naughties* de Milan, au *B and A* de Las Vegas, à la *Pension Macadam* de Tanger, au *Star* de Beyrouth, aux *Ambassadors* de Londres, au *Bros d'Or* d'Acalpulco, au *Nirvana* de Berlin, au *Monkey Jungle* de Miami, aux *Twelve Tones* de Newport et aux *Caribbean's* de La Barbade où elles rencontrèrent deux grands de ce monde qui s'entichèrent assez d'elles pour les épouser séance tenante : Marie-Thérèse se maria avec l'armateur canadien Michel Wilker, arrière-arrière-petit-fils d'un concurrent malheureux de Dumont d'Urville, Odile avec un industriel américain, Faber McCork, le roi de la charcuterie diététique.

Toutes deux divorcèrent l'année suivante ; Marie-Thérèse, devenue canadienne, se lança dans les affaires et la politique fondant et animant un gigantesque Mouvement de Défense des Consommateurs, à tendances écologiques et autarciques, et en même temps fabriquant et diffusant massivement toute une gamme de produits manufacturés adaptés au retour à la Nature et à la vraie vie macrobiotique des communautés primitives : vaches à eau, yaourtières, toiles de tente, éoliennes (en kit), fours à pain, etc. Odile, elle, revint en France ; embauchée comme dactylographe à l'Institut d'Histoire des Textes, elle se découvrit, quoique tout à fait autodidacte, un goût pour le bas-latin, et pendant les dix années qui suivirent resta tous les soirs quatre heures de plus à l'Institut, afin d'établir bénévolement une édition définitive de la *Danorum Regum Heroumque Historia* de Saxo Grammaticus, qui fait depuis autorité ; elle se remaria ensuite avec un juge anglais, et entreprit une révision de l'édition latine, par Jérôme Wolf et Portus, du soi-disant *Lexique* de Suidas, sur laquelle elle travaillait encore lorsque fut rédigée l'histoire de sa vie.

Les trois autres sœurs n'ont pas connu des destinées moins impressionnantes : Noëlle devint le bras droit de Werner Angst, le magnat allemand de l'acier ; Roseline fut la première femme à faire le tour du monde en solitaire à bord de son yacht de onze mètres. le *C'est si beau* ; quant à Adélaïde, devenue chimiste, elle découvrit la méthode de fractionnement des enzymes permettant d'obtenir des catalyses « retardées » ; cette découverte donna naissance à toute une série de brevets abondamment utilisés dans l'industrie des détergents, des laques et des peintures, et depuis Adélaïde, richissime, se consacre au piano et aux handicapés physiques, ses deux dadas.

La biographie exemplaire de ces cinq sœurs Trévins ne résiste malheureusement pas à un examen plus approfondi et le lecteur à qui ces exploits proches du fabuleux mettraient la puce à l'oreille ne tarderait pas à être confirmé dans ses doutes. Car Madame Trévins (que contrairement à Mademoiselle Crespi, on appelle Madame bien qu'elle soit restée fille) n'a pas de frère et par conséquent de nièces portant son nom ; et Célestine Durand-Taillefer ne saurait habiter rue du Hennin à Liège, car il n'y a pas de rue du Hennin à Liège ; par contre, Madame Trévins avait une sœur, Arlette, qui fut mariée à un monsieur Louis Commine, et en eut une fille, Lucette, laquelle a épousé un certain Robert Hennin, lequel vend des cartes postales (de collection) rue de Liège, à Paris (8e).

Une lecture plus attentive de ces vies imaginaires permettrait sans doute d'en détecter les clés et de voir comment quelques-uns des événements qui ont marqué l'histoire de l'immeuble, quelques-unes des légendes ou semi-légendes qui y circulent à propos de tel ou tel de ses habitants, quelques-uns des fils qui les relient entre eux, ont été immergés dans le récit et en ont fourni l'armature. Ainsi, il est plus que vraisemblable que Marie-Thérèse, cette femme d'affaires aux réussites exceptionnelles représente Madame Moreau, dont c'est d'ailleurs le prénom : que Werner Angst est Herman Fugger, l'industriel allemand ami des Altamont, client de Hutting et collègue de

Madame Moreau ; et qu'au terme d'un glissement significatif. Noëlle, son bras droit, pourrait figurer Madame Trévins elle-même ; et s'il est plus difficile de déceler qui se cache derrière les trois autres sœurs, il n'est pas interdit de penser que derrière Adélaïde, cette chimiste amie des handicapés, c'est Morellet qui perdit trois doigts en faisant une expérience malheureuse, que derrière Odile l'autodidacte, c'est Léon Marcia, et que derrière la navigatrice solitaire se profilent des silhouettes pourtant aussi différentes que celles de Bartlebooth et d'Olivia Norvell.

Madame Trévins mit plusieurs années à écrire cette histoire, profitant des rares instants de répit que lui laissait Madame Moreau. Elle apporta un soin tout particulier au choix de son pseudonyme : un prénom très légèrement évocateur de quelque chose de culturel, et un nom double dont l'un est d'une banalité exemplaire et dont l'autre rappelle une personnalité célèbre. Cela ne suffit pas à convaincre les éditeurs qui ne savaient que faire d'un premier roman écrit par une vieille fille de 85 ans. En fait Madame Trévins n'avait que quatre-vingt deux ans, mais pour les éditeurs cela ne changeait pas grand-chose et Madame Trévins, découragée, finit par se faire imprimer un exemplaire unique, qu'elle se dédia.

CHAPITRE XC

Le hall d'entrée, 2

La portion droite du hall d'entrée de l'immeuble. Au fond, le départ de l'escalier ; au premier plan, à droite, la porte de l'appartement des Marcia. Au second plan, au-dessous d'une grande glace encadrée de moulures dorées dans laquelle se reflète imparfaitement la silhouette, vue de dos, d'Ursula Sobieski debout devant la loge de la concierge, un grand coffre de bois dont le couvercle capitonné de velours jaune fait office de siège. Trois femmes y sont assises : Madame Lafuente, Madame Albin, et Gertrude, l'ancienne cuisinière de Madame Moreau.

La première, la plus à droite par rapport à notre regard, est Madame Lafuente : bien qu'il soit près de huit heures du soir, la femme de ménage de Madame de Beaumont n'a pas encore fini sa journée. Elle allait partir lorsque l'accordeur est arrivé : Mademoiselle Anne faisait sa gymnastique, Mademoiselle Béatrice était en haut et Madame se reposait avant le dîner. Il a donc fallu que Madame Lafuente installe elle-même l'accordeur et aussi qu'elle envoie s'asseoir dans l'escalier avec son illustré son petit-fils pour l'empêcher de recommencer les bêtises qu'il avait commises la dernière fois. Ensuite Madame Lafuente a ouvert le réfrigérateur et s'est aperçue qu'il ne restait que trois yaourts taille-fine-goût-bulgare pour le dîner, Mademoiselle Anne ayant fait main basse sur les fruits et sur les restes de rôti et de poulet qui devaient constituer l'essentiel du repas ; malgré l'heure tardive, et bien que presque tous les commerçants du quartier soient fermés le lundi, tous ceux en particulier auxquels elle donne de préférence sa clientèle, elle est descendue en hâte acheter des œufs, des tranches de jambon et un kilo de cerises à *la Parisienne* de la rue de Chazelles. En remontant avec son filet elle a trouvé Madame Albin qui revenait de sa visite quotidienne sur la tombe de son mari, en grande conversation avec Gertrude dans le hall d'entrée, et comme elle n'avait pas vu Gertrude depuis plusieurs mois, elle s'est arrêtée pour lui dire bonjour. Car Gertrude, qui fut pendant dix ans la cuisinière redoutée de Madame Moreau, celle qui lui préparait ses repas monochromes et que tout Paris lui enviait, a fini par céder aux propositions qui lui étaient faites et Madame Moreau, qui a définitivement renoncé à ses grands dîners, l'a laissée partir. Gertrude sert maintenant en Angleterre. Son patron Lord Ashtray, s'est enrichi dans la récupération des métaux non ferreux, et dépense aujourd'hui sa fortune en menant, dans sa gigantesque propriété des environs de Londres, Hammer Hall, la vie fastueuse d'un grand seigneur.

Echotiers et visiteurs ont souvent béé devant ses meubles Regency en bois de rose, ses divans de cuir dont huit générations de gentilshommes authentiques ont assuré la patine, ses parquets cloisonnés, ses 97 laquais en livrée canari, et ses plafonds à caissons où se répète à foison le curieux emblème que, toute sa vie, il a associé à ses activités : une pomme rouge cordiforme transpercée de part en part par un long ver et entourée de petites flammes.

Les statistiques les plus déconcertantes circulent sur le compte de ce personnage : on dit qu'il emploie quarante-trois jardiniers à plein temps, qu'il y a tellement de fenêtres, portes vitrées et miroirs dans sa propriété qu'il a préposé quatre domestiques à leur entretien et que, ne parvenant pas à se faire remplacer au fur et à mesure les carreaux cassés il a résolu le problème en rachetant tout simplement la miroiterie la plus proche.

Selon certains, il possède onze mille cravates et 813 cannes, et est abonné à tous les journaux de langue anglaise du monde entier, non pour les lire, ce dont se chargent ses huit documentalistes, mais pour faire les mots croisés dont il est à ce point friand que, tous les huit jours, sa chambre à coucher est entièrement retapissée de grilles spécialement conçues pour lui par le cruciverbiste qu'il apprécie le plus, Barton O'Brien, de l'*Auckland Gazette and Hemisphere*. Il est également un fervent amateur de rugby et a constitué une équipe privée qu'il entraîne en secret depuis des mois dans l'espoir de la voir défier victorieusement le prochain vainqueur du tournoi des Cinq-Nations.

Selon d'autres, ces collections et ses manies sont en fait des leurres, destinés à protéger les trois véritables passions de Lord Ashtray : la boxe (c'est chez lui que s'entraînerait Melzack Wall, le challenger au titre mondial des mouches) ; la géométrie dans l'espace : il financerait les recherches d'un professeur attelé depuis vingt ans à un traité sur les polyèdres dont vingt-cinq volumes restent encore à écrire ; et, surtout, les couvertures de cheval indiennes : il en aurait rassemblé deux cent dix-huit et toutes auraient appartenu aux meilleurs guerriers des meilleures tribus : White-Man-Runs-Him et Rain-in-the-Face, des Crows ; Hooker Jim, des Mohocs ; Looking Glass, Yason et Alikut, des Nez-Percés ; Chief Winnemucca et Ouray-the-Arrow, des Paiute ; Black Beaver et White Horse, des Kiowas ; Cochise, le grand chef Apache ; Geronimo et Ka-e-ten-a, des Chiricachuas ; Sleeping Rabbit, Left Hand et Dull Knife, des Cheyennes ; Restroom Bomber, des Saratogas ; Big Mike, des Katchinas ; Crazy Turnpike, des Fudges ; Satch Mouth, des Grooves ; et plusieurs dizaines de couvertures Sioux, parmi lesquelles celles de Sitting Bull et de ses deux femmes, Seen-by-her-Nation et Four Times, et celles de Old-Man-afraid-of-his-Horse, Young-Man-afraid-of-his-Horse, Crazy Horse, American Horse, Iron Horse, Big Mouth, Long Hair, Roman Nose, Lone Horn et Packs-His-Drum.

On aurait pu s'attendre à ce qu'un tel personnage impressionnât Gertrude. Mais la robuste cuisinière de Madame Moreau en avait vu d'autres et n'avait pas pour rien du sang bourguignon dans les veines. Au bout de trois jours de service et en dépit du règlement très strict que le premier secrétaire de Lord Ashtray lui avait remis à son arrivée, elle alla trouver son nouveau patron. Il était dans sa salle de musique, où il assistait à une des dernières répétitions de l'opéra dont il comptait offrir la primeur à ses invités la semaine suivante, *Assuérus,* œuvre retrouvée de Monpou (Hippolyte). Esther et quinze choristes, inexplicablement habillées en alpinistes, entamaient le chœur qui clôt le deuxième acte

Quand Israël hors d'Egypte sortit

lorsque Gertrude fit irruption. Sans se soucier du trouble qu'elle provoquait, elle lança son tablier à la figure du Lord en lui disant que les produits qu'on lui fournissait étaient dégueulasses et qu'il n'était pas question qu'elle fasse sa cuisine avec.

Lord Ashtray tenait d'autant plus à sa cuisinière qu'il n'avait pratiquement jamais goûté sa cuisine. Pour la conserver, il accepta sans hésitation qu'elle aille faire son marché elle-même, où elle voulait.

C'est ainsi que Gertrude vient une fois par semaine, tous les mercredis, rue Legendre, et remplit une camionnette de beurre, d'œufs du jour, de lait, de crème fraîche, de légumes verts, de volailles et de condiments divers ; elle en profite, quand il lui reste un peu de temps, pour rendre visite à son ancienne maîtresse et prendre une tasse de thé avec Madame Trévins.

Ce n'est pas pour faire son marché qu'elle est venue en France aujourd'hui — elle n'aurait d'ailleurs pas pu le faire un lundi — mais pour assister au mariage de sa petite-fille, qui épouse à Bordeaux un sous-contrôleur des poids et mesures.

Gertrude est assise entre ses deux anciennes voisines. C'est une femme d'une cinquantaine d'années, grosse, au visage rouge, aux mains potelées ; elle est vêtue d'un corsage en soie noire moirée et d'un ensemble de tweed vert qui lui va très mal. Sur sa boutonnière gauche est épinglé un camée représentant une pure jeune fille au fin profil. Il lui fut offert par le vice-ministre du commerce extérieur de l'Union soviétique, pour la remercier d'un repas rouge spécialement conçu à son intention :

Œufs de saumon
Bortsch glacé
Timbale d'Ecrevisses
Filet de Bœuf Carpaccio
Salade de Vérone
Edam étuvé
Salade aux Trois Fruits Rouges
Charlotte au Cassis

Vodka au piment
Bouzy rouge

CHAPITRE XCI

Caves, 5

Caves. La cave des Marquiseaux.

Au premier plan, rangées dans un meuble compartimenté fait de cornières de métal, des caisses de champagne portant une étiquette bariolée sur laquelle un vieux moine tend une flûte à un gentilhomme en costume Louis XIV accompagné d'une nombreuse suite : une minuscule légende précise qu'il s'agit de Dom Pérignon, cellérier de l'abbaye d'Hautvillers près d'Epernay, ayant découvert un procédé pour rendre mousseux le vin de Champagne et faisant goûter le résultat de son invention à Colbert. Au-dessus, des caisses de whisky *Stanley's Delight* : l'étiquette représente un explorateur de race blanche, coiffé d'un casque colonial, mais vêtu du costume national des Ecossais : kilt à dominantes jaune et rouge, large tartan de cashmere, ceinture de cuir clouté d'où pend une bourse à franges, petit poignard glissé dans la chaussette à hauteur du mollet ; il avance en tête d'une colonne de 9 Noirs portant chacun sur la tête une caisse de *Stanley's Delight* dont l'étiquette reproduit la même scène.

Derrière, dans le fond, en désordre, divers meubles et objets provenant des parents Echard : une cage à oiseau rouillée, un bidet pliant, un vieux sac à main avec un fermoir ciselé dans lequel est incrustée une topaze, un guéridon, et un sac de jute d'où débordent plusieurs cahiers d'écolier, des copies quadrillées, des fiches, des feuilles de classeur, des carnets à reliure spirale, des chemises en papier kraft, des coupures de presse collées sur des feuilles volantes, des cartes postales (une d'elles représente le Consulat allemand à Melbourne), des lettres, et une soixantaine de minces fascicules ronéotypés, intitulés

BIBLIOGRAPHIE CRITIQUE
DES SOURCES RELATIVES A LA
MORT D'ADOLF HITLER
DANS SON BUNKER
LE 30 AVRIL 1945

* *

première partie : France

*

par
Marcelin ECHARD
ancien Chef Magasinier
à la Bibliothèque centrale du XVIIIe arrdt.

Du gigantesque travail accompli par Marcelin Echard dans les quinze dernières années de sa vie, seul ce fascicule fut publié. L'auteur y examine avec sévérité toutes les annonces de presse, déclarations, communiqués, ouvrages, etc. de langue française faisant état du suicide d'Hitler et démontre qu'elles se réfèrent toutes à une croyance implicite fondée sur des dépêches d'origine incertaine. Les six fascicules suivants, restés à l'état de fiches, auraient dépouillé avec le même esprit critique les sources anglaises, américaines, russes, allemandes, italiennes et autres. Après avoir ainsi prouvé qu'il n'était pas prouvé qu'Adolf Hitler (et Eva Braun) fussent morts dans leur bunker le trente avril 1945, l'auteur aurait entrepris une seconde bibliographie, tout aussi exhaustive que la première, consacrée aux documents tendant à démontrer la survie d'Hitler. Puis, dans un ouvrage ultime intitulé *Le Châtiment d'Hitler. Analyse philosophique, politique et idéologique*, l'auteur, abandonnant la stricte objectivité du Bibliographe pour la vue cavalière de l'Historien, aurait entrepris d'étudier les influences décisives de cette survie sur l'histoire internationale de 1945 à nos jours, et aurait démontré comment l'infiltration dans les hautes sphères étatiques nationales et supranationales d'individus acquis aux idéaux nazis et manipulés par Hitler (Foster Dulles, Cabot Lodge, Gromyko, Trygvie Lie, Singman Rhee, Attlee, Tito, Beria, Sir Stafford Crips, Bao Dai, McArthur, Coudé du Foresto, Schuman, Bernadotte, Evita

Perón, Gary Davis, Einstein, Humphrey et Maurice Thorez, pour n'en citer que quelques-uns) avait permis de saboter délibérément l'esprit pacifiste et conciliateur défini à la Conférence de Yalta, et de fomenter une crise internationale, prologue d'une Troisième Guerre Mondiale, que seul le sang-froid des Quatre Grands avait réussi à éviter en février 1951.

Caves. La cave de Madame Marcia.

C'est un incroyable enchevêtrement de meubles, objets et bibelots, encore plus apparemment inextricable que celui qui règne dans l'arrière-boutique.

Quelques objets plus identifiables émergent çà et là de ce bric-à-brac : un goniomètre, sorte de rapporteur en bois articulé, réputé avoir appartenu à l'astronome Nicolas Kratzer ; une *marinette* — compagne du marin — aiguille aimantée qui montrait le nord, soutenue par deux fétus de paille sur l'eau d'une fiole à demi pleine, instrument primitif ancêtre du compas véritable qui n'apparut, muni d'une rose des vents, que trois siècles plus tard ; une écritoire de bateau, de fabrication anglaise, entièrement démontable, offrant tout un assortiment de tiroirs et tirettes ; une page d'un vieil herbier avec plusieurs spécimens d'épervières (épervière auricule, *Hieracium pilosella, Hieracium aurantiacum,* etc.) protégés par une plaque de verre ; un vieux distributeur de cacahouettes, encore à moitié plein, dont le corps de verre porte l'inscription « FRIANDISE EXTRA DU RÉGAL DES GOURMETS » ; plusieurs moulins à café ; dix-sept petits poissons en or marqués d'inscriptions en sanscrit ; tout un lot de cannes et de parapluies ; des siphons ; une girouette surmontée d'un coq passablement rouillé, un drapeau métallique de lavoir, une ancienne carotte de bureau de tabac ; plusieurs boîtes à biscuits, rectangulaires, en métal peint : sur l'une, une imitation de *L'Amour et Psyché,* de Gérard ; sur une autre, une fête vénitienne : des masques en costumes de marquis et de marquises applaudissent, de la terrasse d'un palais éclairé à giorno, une gondole brillamment décorée ; au premier plan, juché sur un de ces pieux de bois peint auxquels viennent s'amarrer les embarcations. un petit singe regarde la scène ; sur une troisième, intitulée *Rêverie*, on voit, dans un paysage de grands arbres et de pelouses, un jeune couple assis sur un banc de pierre ; la jeune femme porte une robe blanche et un grand chapeau rose, et sa tête s'appuie sur l'épaule de son compagnon, un grand jeune homme mélancolique vêtu d'un habit gris souris et d'une chemise à jabot ; sur une étagère, enfin, tout un lot de petits jouets : instruments de musique pour enfants, saxophone, vibraphone, percussion composée d'un tom et d'une high-hat ; jeux de cubes, jeux des sept familles, nain jaune, petits chevaux, et une boulangerie de poupée avec un comptoir en fer-blanc et des présentoirs en laiton supportant des pains minuscules en forme de couronnes, de boules et de baguettes. La boulangère se tient derrière le comptoir et rend la monnaie à une dame accompagnée d'une petite fille qui mord dans un croissant. A gauche on voit le boulanger et le mitron enfourner des miches dans la gueule d'un four d'où sortent des flammes peintes.

Louvet, 3

La cuisine des Louvet. Sur le sol un linoléum verdâtre à marbrures, sur les murs un papier à fleurs plastifié. Contre tout le mur de droite sont installés des appareils « gain de place » séparés par des plans de travail : évier-broyeur, plaque de cuisson, rôtissoire, réfrigérateur-congélateur, machines à laver le linge et la vaisselle. Des batteries de casseroles, des étagères et des placards complètent cette installation modèle. Au centre de la pièce, une petite table ovale, rustique espagnole, ornée de ferrures, est entourée de quatre chaises paillées. Sur la table, un dessous-de-plat en faïence décorée représentant le trois-mâts *Henriette*, capitaine Louis Guion, rentrant au port de Marseille (d'après une aquarelle originale d'Antoine Roux père, 1818), et deux photographies dans un double cadre de cuir : l'une montre un vieil évêque donnant sa bague à baiser à une très belle femme vêtue comme une paysanne de Greuze et agenouillée à ses pieds ; l'autre, un petit cliché sépia, représente un jeune capitaine en uniforme de la guerre hispano-américaine avec des yeux sérieux et candides sous des sourcils hauts et fins et une bouche sensible aux lèvres pleines sous la soyeuse moustache noire.

Il y a quelques années les Louvet donnèrent chez eux une grande fête et y firent un tel tintamarre que, vers trois heures du matin, Madame Trévins, Madame Altamont, Madame de Beaumont, et même Madame Marcia pourtant habituellement indifférente à ce genre de choses, après avoir en vain frappé à la porte des fêtards, finirent par téléphoner à la police. Deux agents furent dépêchés sur les lieux, bientôt rejoints par un serrurier assermenté qui les fit entrer.

C'est dans la cuisine que l'on découvrit le gros des invités une douzaine environ, qui improvisaient un concert de musique contemporaine sous la direction du maître de maison. Celui-ci, vêtu d'un peignoir à rayures grises et vertes, les pieds dans des babouches de cuir, un abat-jour conique en guise de chapeau, était juché sur une chaise paillée et donnait la mesure, le bras gauche levé, l'index droit dressé près des lèvres, et répétant en pouffant de rire, à peu près toutes les secondes et demie : « qui va piano va sano, qui va sano va piano, qui va piano va sano, qui va sano va piano, etc. »

Affalés dans un divan qui n'avait aucune raison d'être dans ce local, ou vautrés sur des coussins, les interprètes suivaient les mimiques du chef d'orchestre, soit en frappant divers ustensiles de cuisson avec des fourchettes, des louches et des couteaux, soit en produisant avec leurs bouches des cris plus ou moins modelés. Les bruits les plus exaspérants étaient émis par Madame Louvet qui, assise au milieu d'une véritable mare, cognait l'une contre l'autre deux bouteilles de cidre bouché jusqu'à ce que l'un ou l'autre des bouchons saute tout seul. Deux invités, apparemment indifférents aux directives de Louvet, participaient à leur façon au concert ; l'un faisait fonctionner sans arrêt un de ces jouets appelés *diable*, tête de polichinelle montée sur un puissant ressort jaillissant à volonté du cube de bois dans lequel il est comprimé ; l'autre lappait le plus bruyamment possible une assiette creuse pleine de ce fromage frais que l'on appelle cervelle de canut.

Le reste de l'appartement était pratiquement vide. Il n'y avait personne dans la salle de séjour, où un disque de Françoise Hardy (*C'est à l'amour auquel je pense*) continuait à tourner sur la platine de l'électrophone. Dans l'entrée, blotti dans un amoncellement de manteaux et d'imperméables, un enfant d'une dizaine d'années dormait profondément, tenant encore dans les mains le volumineux essai de Contat et Rybalka consacré aux *Ecrits de Sartre*, ouvert, page 88, sur la création des *Mouches*, au Théâtre Sarah-Bernhardt, alors appelé Théâtre de la Cité, le 3 juin 1943. Dans la salle de bains, deux hommes s'adonnaient silencieusement à ce jeu que les écoliers appellent le morpion et les Japonais le go-moku ; ils jouaient sans papier ni crayon, à même le carrelage, posant à tour de rôle, l'un des restes de cigarettes hongroises puisées dans un cendrier débordant, l'autre des pétales flétris arrachés à un bouquet de tulipes rouges.

En dehors de ce tapage nocturne, les Louvet ont peu fait parler d'eux. Lui travaille dans une affaire de bauxite, ou de wolfram, et ils sont très souvents absents.

FIN DE LA CINQUIÈME PARTIE

SIXIÈME PARTIE

CHAPITRE XCIII

Troisième droite, 3

La troisième pièce de cet appartement fantôme est vide. Les murs, le plafond, le plancher, les plinthes et les portes sont peints en laque noire. Il n'y a aucun meuble.

Sur le mur du fond sont suspendues vingt et une gravures sur acier, d'un format identique, uniformément encadrées de baguettes métalliques d'un noir mat. Les gravures sont disposées sur trois rangées superposées de sept ; la première, en haut et à gauche, représente des fourmis transportant une grosse miette de pain d'épices ; la dernière, en bas à droite, montre une jeune femme accroupie sur une plage de galets, examinant un caillou qui porte une empreinte fossile ; les dix-neuf gravures intermédiaires représentent respectivement :

une petite fille enfilant des bouchons de liège pour en faire un rideau ;

un poseur de moquette, agenouillé sur le sol, prenant des mesures avec un mètre pliant ;

un compositeur famélique écrivant fiévreusement dans une mansarde un opéra dont le titre, *La Vague blanche*, est lisible ;

une fille de joie avec des accroche-cœur blond platine en face d'un bourgeois en macfarlane ;

trois Indiens du Pérou, assis sur leur talons, le corps presque entièrement caché par leur poncho de bure grise, la tête coiffée de feutres usagés leur tombant sur les yeux, mâchant de la coca ;

un homme avec un bonnet de nuit, tout droit sorti du

Chapeau de Paille d'Italie, en train de prendre un bain de pieds à la farine de moutarde tout en feuilletant le compte d'exploitation de la Compagnie ferroviaire du Haut-Dogon pour l'année 1969 ;

trois femmes dans un tribunal, à la barre des témoins ; la première porte une robe décolletée opale, gants ivoire douze boutons, pelisse ouatinée garnie de zibeline, peigne de brillants et touffe d'aigrettes dans les cheveux ; la seconde : toque et manteau de lapin-loutre, col relevé jusqu'au menton, regard scrutateur à travers un face-à-main d'écaille ; la troisième : costume d'amazone, tricorne, bottes à éperons, gilet, gants mousquetaire suède avec baguettes brodées, longue traîne sur le bras et fouet de chasse ;

un portrait d'Etienne Cabet, fondateur du journal *le Populaire* et auteur du *Voyage en Icarie*, qui tenta sans succès d'établir une colonie communiste en Iowa avant de mourir en 1856 ;

deux hommes en frac, assis à une table frêle, et jouant aux cartes ; un examen attentif montrerait que sur ces cartes sont reproduites les mêmes scènes que celles qui figurent sur les gravures ;

une sorte de diable à longue queue hissant au sommet d'une échelle un large plateau rond couvert de mortier ;

un brigand albanais aux pieds d'une vamp drapée dans un kimono blanc à pois noirs ;

un ouvrier juché au sommet d'un échafaudage, nettoyant un grand lustre de cristal ;

un astrologue coiffé d'un chapeau pointu, avec une longue robe noire constellée d'étoiles en papier d'argent, feignant de regarder en l'air à travers un cylindre manifestement creux ;

un corps de ballet faisant la révérence devant un souverain en uniforme de colonel de hussards, dolman blanc brodé de fils d'argent et sabretache en poils de sanglier ;

le physiologiste Claude Bernard recevant de ses élèves, à l'occasion de son quarante-septième anniversaire, une montre en or ;

un commissionnaire en blouse, avec ses sangles de cuir et sa plaque réglementaire, apportant deux malles-cabine ;

une vieille dame, vêtue à la mode des années 1880, coiffe de dentelle, mains gantées de mitaines, proposant de belles pommes grises sur une grande claie d'osier ovale ;

un aquarelliste ayant posé son chevalet sur un petit pont,

au-dessus d'un étroit chenal bordé de cabanes de boucho-
teurs ;

un mendiant mutilé proposant à l'unique consommateur
de la terrasse d'un café un horoscope de pacotille : un imprimé
en tête duquel est figuré sous le titre « Le Lilas » une branche
de lilas servant de fond à deux cercles, dont l'un circonscrit
un bélier et l'autre un croissant lunaire aux pointes tournées
vers la droite.

CHAPITRE XCIV

Escaliers, 12

*Tentative d'inventaire de quelques-unes des
choses qui ont été trouvées dans les escaliers
au fil des ans* (suite et fin)

Un jeu de « Fiches Techniques » concernant l'industrie laitière dans la région Poitou-Charentes,

un imperméable portant la marque « Caliban », fabriqué à Londres par la Maison Hemminge & Condell,

six sous-verres de liège verni représentant de hauts-lieux parisiens : le palais de l'Elysée, la Chambre des députés, le Sénat, Notre-Dame, le Palais de Justice et l'hôtel des Invalides,

un collier de vertèbres d'alose,

la photographie, faite par un professionnel médiocre, d'un bébé tout nu à plat ventre sur un coussin de nylon bleu ciel à pompons,

un rectangle de bristol, à peu près du format d'une carte de visite, portant imprimé d'un côté : *Did you ever see the devil with a night-cap on* ? et de l'autre : *No ! I never saw the devil with a night-cap on !*

un programme du cinéma *le Caméra*, 70 rue de l'Assomption, Paris 16ᵉ, pour le mois de février 1960 :

> du 3 au 9 : *La vie criminelle d'Archi-
> bald de la Cruz*, de Luis Bunuel,
> du 10 au 16 : Festival Jacques Demy :
> *Le Bel Indifférent*, d'après Jean Coc-
> teau, et *Lola*, avec Anouk Aimée,
> du 17 au 23 : *Tiens bon la barre, Jerry,*

de Gordon Douglas, avec Jerry Lewis,
du 24 au 1er mars : Présence du cinéma
hongrois : un film différent par jour,
avec, le 26, en première mondiale et
en présence de l'auteur : *Nem szükséges, hogy kilépj a házból*, de Gabor
Pelos,

un paquet d'épingles de nourrice,
un exemplaire tout à fait défraîchi de *Si tu es gai ris
donc*, recueil de trois mille calembours de Jean-Paul Grousset,
ouvert au chapitre « Dans une imprimerie » :

Salut les protes !
Un compartiment de première casse
Un cassier chargé
La corvée de lettrines
Visitez l'Italique
Un disciple de Morasse

un poisson rouge dans une poche de plastique à demi
remplie d'eau, accrochée à la poignée de la porte de Madame
de Beaumont,
une carte d'abonnement hebdomadaire valable sur la ligne
de « petite ceinture » (PC),
un petit poudrier carré, en bakélite noire à pois blancs,
avec son miroir intact, mais sans poudre ni houpette,
une carte postale instructive de la Série « *Les Grands
Ecrivains Américains* », N° 57 : Mark Twain

*Mark Twain, de son vrai nom Samuel Langhorne
Clemens, est né à Florida, dans le Missouri, en 1835.
Il perdit son père à douze ans. Apprenti dans une
imprimerie, il devint pilote sur le Mississippi et en
garda le sobriquet de Mark Twain (expression signifiant littéralement « Marque deux fois » et invitant le
matelot à mesurer le tirant d'eau au moyen d'une
ligne de sonde). Il fut successivement soldat, mineur
dans le Nevada, chercheur d'or et journaliste. Il voyagea
en Polynésie, en Europe, en Méditerranée, visita la
Terre sainte et, déguisé en Afghan, alla en pèlerinage
aux villes saintes d'Arabie. Il mourut à Redding*

(Connecticut) en 1910 et sa mort coïncida avec la réapparition de la Comète de Halley qui avait marqué sa naissance. Quelques années auparavant, il avait lu dans un journal qu'il était mort et avait aussitôt câblé au directeur le télégramme suivant : LA NOUVELLE DE MA MORT EST FORT EXAGEREE ! *Néanmoins les soucis financiers, la mort de sa femme et d'une de ses filles, et la folie de son autre fille, assombrirent les dernières années de cet humoriste et donnèrent à ses œuvre ultimes un climat de gravité inhabituel. Principales œuvres :* La célèbre grenouille sauteuse de Calaveras (1867), Innocents en voyage (1869), A la dure (1872), L'âge doré (1873), Les Aventures de Tom Sawyer (1875), Le Prince et le Pauvre (1882), Sur le Mississippi (1883), Les Aventures de Huckleberry Finn (1885), Le Yankee du Connecticut à la cour du Roi Arthur (1889), Jeanne d'Arc (1896), Ce qu'est l'Homme (1906), Le Mystérieux Etranger (1916).

sept pastilles de marbre, quatre noires et trois blanches, disposées sur le palier du troisième étage de manière à figurer la position que l'on appelle au go le *Ko* ou *Eternité* :

une boîte cylindrique, enveloppée dans un papier provenant du magasin *les Joyeux Mousquetaires*, jeux et jouets, 95 bis, avenue de Friedland, Paris ; l'emballage représentait, comme il se devait, Aramis, d'Artagnan, Athos et Porthos croisant leurs épées brandies (« Un pour tous, tous pour un ! »). Aucune indication de destinataire n'était portée sur le paquet que Madame Nochère trouva sur le paillasson de l'appartement, alors vide, qu'occupa depuis Geneviève Foulerot. Après avoir vérifié que le colis anonyme n'émettait aucun tic-tac suspect, Madame Nochère l'ouvrit et y trouva plusieurs centaines de petits morceaux de bois doré et de plastique façon écaille, lesquels, convenablement assemblés, étaient censés donner une reproduction fidèle, au tiers de sa grandeur nature, de la clepsydre offerte à Charlemagne par Haroun al-Rachid. Aucun des habitants de l'immeuble ne réclama l'objet. Madame Nochère le rapporta au magasin. Les vendeuses se souvinrent qu'elles avaient vendu ce modèle réduit rare et cher à un enfant de dix ans ; elles avaient même été très étonnées de le voir payer avec des billets de cent francs. L'enquête en resta là et l'énigme ne fut jamais résolue.

CHAPITRE XCV

Rorschash, 6

Sur la table de nuit de la chambre à coucher de Rémi Rorschash il y a une lampe ancienne dont le pied est un pique-cierge en métal argenté, un briquet cylindrique, un tout petit réveille-matin en acier poli et, dans un cadre de bois tarabiscoté, quatre photographies représentant Olivia Norvell.

Sur la première, contemporaine de son premier mariage, Olivia apparaît vêtue d'un pantalon corsaire et d'un tricot marin à rayures horizontales sans doute bleues et blanches, coiffée d'une casquette d'enseigne de vaisseau et tenant à la main un faubert dont il aurait sans doute été inutile de lui demander de se servir.

Sur la seconde, elle est vautrée dans l'herbe, à plat ventre, à côté d'une autre jeune femme ; Olivia porte une robe à fleurs et un grand chapeau de paille de riz, sa compagne des bermudas et de grosses lunettes de soleil dont la monture évoque des reines-marguerites ; au bas de la photographie sont tracés les mots *Greetings from the Appalachians* surmontant la signature : *Bea.*

La troisième photographie montre Olivia costumée en princesse de la Renaissance : robe de brocart, grand manteau fleurdelisé, diadème ; Olivia pose devant des praticables sur lesquels des machinistes fixent au moyen de grosses agrafeuses des plaques brillantes ornées d'emblèmes héraldiques ; la photographie date de l'époque où Olivia Norvell, ayant renoncé définitivement au cinéma, même crypto-publicitaire, espérait redevenir actrice de théâtre : elle décida de consacrer la pension alimentaire que lui versait son second mari à monter un spectacle dont elle serait la vedette, et son choix se porta sur *Love's Labour Lost* ; se réservant le rôle de la fille du Roi de France. elle confia la mise en scène à un jeune homme aux airs romantiques, bouillonnant d'idées et d'inventions, un certain Vivian Belt, dont elle avait fait la connaissance à Londres quelques jours auparavant. L'accueil de la critique fut maussade ; un échotier plat et perfide demanda si le claquement des sièges faisait partie du dispositif sonore. La pièce fut jouée seulement trois fois, mais Olivia se consola en épousant Vivian, dont elle avait appris entre-temps qu'il était lord et fortuné, et dont elle ne savait pas encore qu'il dormait et prenait son bain avec son barbet à poils frisés.

La quatrième photographie a été prise à Rome, en plein midi, un jour d'été, devant la *Stazione Termini* : Rémi Rorschash et Olivia passent en Vespa ; il conduit, vêtu d'une légère chemisette et d'un pantalon blanc, chaussé d'espadrilles blanches, les yeux protégés par des lunettes noires cerclées d'or comme en portaient les officiers de l'armée américaine ; elle, en short avec une chemise brodée et des nu-pieds, se tient à lui en enserrant sa taille de son bras droit, tout en saluant d'un grand geste de la main gauche des admirateurs invisibles.

La chambre de Rémi Rorschash est impeccablement rangée, comme si son occupant devait venir y dormir le soir même. Mais elle restera vide. Plus personne. jamais, n'y entrera, sinon, chaque matin, pour quelques secondes, Jane Sutton, qui viendra aérer un instant et jettera dans le grand plateau marocain de cuivre martelé le courrier du producteur, tous ces journaux professionnels auxquels il était abonné — *la Cinématographie française, le Technicien du Film, Film and Sound, TV News, le Nouveau Film Français, le Quotidien du Film, Image et Son*, etc. — tous ces journaux qu'il n'aimait rien tant que feuilleter en maugréant quand il prenait son petit déjeuner, et qui désormais s'entasseront, leurs bandes intactes, accumulant pour rien leurs box-offices périmés. C'est la chambre d'un homme déjà mort, et il semble déjà que les meubles, les objets, les bibelots attendent cette mort à venir, l'attendent avec une indifférence polie, bien rangés, bien propres, figés une fois pour toutes dans un silence impersonnel : le dessus-de-lit parfaitement tiré, la petite table

Empire aux pieds griffus, la coupe en bois d'olivier contenant encore quelques pièces étrangères, des pfennig, des groschen, des pennies, et une pochette d'allumettes offerte par Fribourg and Treyer, Tobacconists & Cigar Merchants, 34, Haymarket, London SW1, le très beau verre de cristal taillé, le peignoir en tissu éponge couleur café brûlé, accroché à une patère en bois tourné et, à droite du lit, le valet de nuit en cuivre et acajou, avec son cintre galbé, avec son système breveté assurant aux pantalons un pli éternel, son porte-ceinture, son porte-cravate escamotable, et son vide-poches alvéolé où Rémi Rorschash rangeait consciencieusement tous les soirs son trousseau de clés, sa menue monnaie, ses boutons de manchettes, son mouchoir, son portefeuille, son agenda, sa montre-chronomètre et son stylo.

Cette chambre aujourd'hui morte fut le salon-salle-à-manger de presque quatre générations de Gratiolet : Juste, Emile, François et Olivier y vécurent de la fin des années 1880 aux débuts des années cinquante.

La rue Simon-Crubellier commença à être lotie en 1875 sur des terrains qui appartenaient pour moitié à un marchand de bois nommé Samuel Simon et pour l'autre moitié à un loueur de voitures de places, Norbert Crubellier. Leurs voisins immédiats — Guyot Roussel, le peintre animalier Godefroy Jadin, et De Chazelles, neveu et héritier de Madame de Rumford, laquelle n'était autre que la veuve de Lavoisier — avaient depuis longtemps commencé à faire bâtir, profitant du lotissement des abords du Parc Monceau, qui allait faire du quartier l'un des lieux favoris des artistes et des peintres de l'époque. Mais Simon et Crubellier ne croyaient pas à l'avenir résidentiel de ce faubourg encore voué à la petite industrie et où abondaient laveries, teintureries, ateliers, hangars, dépôts de toutes sortes, fabriques et petites usines, comme la Fonderie Monduit et Béchet, 25, rue de Chazelles, où avaient été réalisés les travaux de restauration de la colonne Vendôme et où, à partir de 1883, allait s'édifier, morceau par morceau, la gigantesque Liberté de Bartholdi dont la tête et le bras dépassèrent pendant plus d'un an les toits des immeubles alentour. Simon se contenta donc de clôturer son terrain en affirmant qu'il serait toujours temps de lotir quand le besoin s'en ferait sentir, et Crubellier aménagea dans le sien quelques bâtiments de planches dans lesquels il faisait rafistoler ses plus mauvais fiacres ; le quartier était presque tout entier construit lorsque, comprenant enfin où se trouvait leur intérêt, les deux propriétaires se décidèrent à ouvrir la rue qui depuis porte leur nom.

Juste Gratiolet était depuis longtemps en affaires avec Simon et il se porta immédiatement acquéreur d'un lot. Un même architecte, Lubin Auzère, Prix de Rome, construisit tous les immeubles du côté impair, le côté pair étant confié à son fils, Noël : c'étaient tous deux des architectes honnêtes, mais sans invention, qui construisirent des immeubles à peu près identiques : façades en pierre de taille, l'arrière étant en pans de bois, balcons aux seconds et aux cinquièmes, et deux étages de combles dont un en mansardes.

Juste Gratiolet lui-même vécut fort peu dans l'immeuble. Il préférait sa ferme berrichonne ou, pour ses séjours à Paris, un pavillon qu'il louait à l'année à Levallois. Il se réserva toutefois quelques appartements pour lui et ses enfants. Il aménagea son logement avec une simplicité extrême : une chambre avec alcôve, une salle à manger avec une cheminée — ces deux pièces parquetées à l'anglaise, grâce à la machine à rainurer pour laquelle il venait de prendre un brevet — et une grande cuisine avec des carreaux hexagonaux dessinant des cubes illusoires que l'on pouvait regarder selon deux clivages différents. Il y avait l'eau dans la cuisine ; l'électricité et le gaz ne furent installés que beaucoup plus tard.

Personne dans l'immeuble ne connut Juste Gratiolet, mais plusieurs locataires — Mademoiselle Crespi, Madame Albin, Valène — gardent un souvenir très précis de son fils Emile. C'était un homme à l'aspect sévère et à la mine soucieuse, ce qui n'a rien d'étonnant si l'on songe aux ennuis que lui valut le fait d'être l'aîné des quatre enfants Gratiolet. On ne lui connaissait que deux plaisirs : celui de jouer du fifre — il avait fait partie de la Fanfare municipale de Levallois, mais il ne savait plus interpréter que *Le Gai Laboureur*, ce qui avait tendance à agacer son auditoire — et celui d'écouter la radio : le seul luxe qu'il s'autorisa de toute sa vie fut l'achat d'un appareil de T.S.F. ultra-moderne : à côté du cadran indiquant des stations aux noms exotiques ou mystérieux — Hilversum, Sottens, Allouis, Vatican, Kerguélen, Monte Ceneri, Bergen, Tromsö, Bari, Tanger, Falun, Horby, Beromünster,

Pouzzoles, Mascate, Amara, — un cercle s'allumait et quatre faisceaux orthogonaux émis par un point brillant se rétrécissaient au fur et à mesure que l'on captait de plus en plus exactement la longueur d'ondes souhaitée, jusqu'à n'être plus qu'une croix d'une minceur extrême.

Le fils d'Emile et de Jeanne, François, ne fut pas lui non plus un homme très jovial ; c'était un être longiligne, au nez étroit, à la vue basse, affligé d'une calvitie précoce et dégageant une impression de mélancolie parfois presque poignante. Ne pouvant vivre des seuls revenus que l'immeuble lui procurait, il prit un emploi de comptable chez une tripière en gros. Assis dans un bureau vitré qui surplombait le magasin, il alignait ses colonnes de chiffres sans autre diversion que le spectacle des bouchers en blouses sanguinolentes débitant des amoncellements de têtes de veau, de mou, de rates, de fraises, de langues et de gésiers. Lui-même détestait les abats et trouvait leur odeur tellement fétide qu'il manquait s'évanouir chaque matin lorsqu'il devait traverser la grande salle pour gagner son bureau. Cette épreuve quotidienne ne contribua certainement pas à égayer son humeur, mais permit pendant quelques années aux amateurs de rognons, foies et ris de veau de l'immeuble d'être supérieurement approvisionnés à des prix défiant toute concurrence.

Du mobilier des Gratiolet il ne reste rien dans le deux-pièces qu'Olivier a aménagé pour lui et sa fille au septième. Par manque de place d'abord, puis par besoin d'argent, il se sépara un à un des meubles, des tapis, des services de table et des bibelots. Les dernières choses qu'il vendit furent quatre grands dessins dont Marthe, la femme de François, avait hérité d'un lointain cousin, un Suisse entreprenant qui avait fait fortune pendant la première guerre mondiale en achetant des wagons d'ail et des péniches de lait condensé et en revendant des trains d'oignons et des cargos de crème de gruyère, de pulpe d'orange et de produits pharmaceutiques.

Le premier dessin, signé Perpignani, s'intitulait *La Danseuse aux pièces d'or* : la danseuse, une Berbère aux vêtements bariolés, un tatouage en forme de serpent sur l'avant-bras droit, danse au milieu des pièces d'or que lui jette la foule qui l'entoure ;

le second était une copie méticuleuse de *L'Entrée des*

Croisés à Constantinople, signée d'un certain Florentin Dufay dont on sait qu'il fréquenta quelque temps l'atelier de Delacroix mais ne laissa que très peu d'œuvres ;

le troisième était un grand paysage dans le goût d'Hubert Robert : au fond des ruines romaines ; au premier plan, à droite, des jeunes filles dont l'une porte sur la tête un grand panier presque plat rempli d'agrumes ;

le quatrième enfin était une étude au pastel de Joseph Ducreux pour le portrait du violoniste Beppo. Ce virtuose italien dont la popularité resta vive pendant la période révolutionnaire (« Ze zouerai du violone » répondit-il quand, sous la Terreur, on lui demanda comment il comptait servir la Nation), était arrivé en France au début du règne de Louis XVI. Il ambitionnait alors d'être nommé Violon du Roi, mais ce fut Louis Guéné qui fut choisi. Dévoré par la jalousie, Beppo rêvait d'éclipser en tout son rival : ayant appris que François Dumont venait de peindre une miniature sur ivoire représentant Guéné, Beppo se précipita chez Joseph Ducreux et lui commanda son portrait. Le peintre accepta, mais il apparut bientôt que le fougueux instrumentiste était incapable de garder la pose plus de quelques secondes ; le miniaturiste, après avoir vainement tenté de travailler en présence de ce modèle volubile et excité qui l'interrompait à tout instant, préféra bientôt renoncer, et il ne reste de la commande que cette esquisse préparatoire où Beppo, débraillé, les yeux au ciel, le violon bien en main, l'archet prêt à attaquer, s'efforce apparemment d'avoir l'air encore plus inspiré que son ennemi.

CHAPITRE XCVI

Dinteville, 3

La salle de bains attenant à la chambre du Docteur Dinteville. Au fond, par la porte entrouverte, on aperçoit un lit couvert d'un plaid écossais, une commode en bois noir laqué et un piano droit dont le pupitre porte une partition ouverte : une transcription des *Danses* de Hans Neusiedler. Au pied du lit il y a des mules à semelles de bois ; sur la commode, un ouvrage volumineux relié en cuir blanc, le *Grand Dictionnaire de Cuisine*, d'Alexandre Dumas et, dans une coupe de verre, des modèles de cristallographie, pièces de bois minutieusement taillées reproduisant quelques formes holoèdres et hémièdres des systèmes cristallins : le prisme droit à base hexagonale, le prisme oblique à base rhombe, le cube épointé, le cubo-octaèdre, le cubo-dodécaèdre, le dodécaèdre rhomboïdal, le prisme hexagonal pyramidé. Au-dessus du lit est accroché un tableau signé D. Bidou : il représente une toute jeune fille, allongée à plat ventre dans une prairie, elle écosse des petits pois ; à côté d'elle un petit chien, un briquet d'Artois aux longues oreilles et au museau allongé, est sagement assis, la langue pendante, le regard bon.

Le sol de la salle de bains est couvert de tommettes hexagonales ; les murs sont carrelés de blanc jusqu'à mi-hauteur, le reste étant tendu d'un papier lavable, jaune clair rayé de stries vert d'eau. A côté de la baignoire, partiellement masquée par un rideau de douche en nylon d'un blanc un peu sale, est disposée une jardinière de fer forgé contenant quelques touffes chétives d'une plante verte aux feuilles finement veinées de jaune. Sur la tablette du lavabo, on voit plusieurs accessoires et produits de toilette : un rasoir de type coupe-chou, gainé de galuchat, une brosse à ongles, une pierre ponce, et un flacon de lotion contre la chute des cheveux sur l'étiquette duquel une sorte de Falstaff hirsute, hilare et ventripotent étale avantageusement une barbe rousse exagérément fournie, sous l'œil, plus étonné qu'amusé, de deux joyeuses commères dont les poitrines généreuses débordent de corsages aux lacets relâchés. Sur le porte-serviette à côté du lavabo est négligemment jeté un pantalon de pyjama bleu foncé.

Le Docteur Dinteville avait reçu une formation tout à fait classique : une enfance ennuyeuse et soignée, quelque chose de sinistre et de contrit, des études à la faculté de Caen, les farces de carabin, le service militaire à l'hôpital de la Marine à Toulon, une thèse, hâtivement rédigée par des étudiants mal payés sur *Les Fréquences dyspnéiques dans la tétralogie de Fallot. Considérations étiologiques à propos de sept observations*, quelques remplacements et la reprise, vers la fin des années cinquante, d'un cabinet de généraliste que son prédécesseur avait occupé quarante-sept ans d'affilée.

Dinteville n'était pas ambitieux et il se satisfaisait amplement à l'idée qu'il deviendrait tout simplement un bon médecin de province, un homme que tout le monde dans la petite ville appellerait le bon Docteur Dinteville comme on avait appelé son prédécesseur le bon Docteur Raffin, et qui saurait rassurer ses clients rien qu'en leur faisant « Dites 33 ». Mais deux ans environ après son installation à Lavaur, une découverte fortuite modifia le cours tranquille de son existence. Un jour, montant dans son grenier quelques vieux tomes de *la Presse médicale* que le bon Docteur Raffin avait cru bon de conserver et que lui-même ne se résignait pas à jeter comme s'il pouvait y avoir encore des choses à apprendre dans ces volumes aux reliures délabrées remontant aux années vingt à trente, Dinteville trouva dans une malle qui contenait de vieux papier de famille un petit opuscule in-16°, agréablement relié, intitulé *De structura renum*, et dont l'auteur était un de ses ancêtres, Rigaud de Dinteville, chirurgien ordinaire de la Princesse Palatine, célèbre pour la dextérité avec laquelle il opérait les patients de la pierre à l'aide d'un petit couteau mousse dont il était l'inventeur. Rassemblant les quelques bribes de latin qui lui restaient du lycée, Dinteville parcourut l'ouvrage et fut suffisamment intéressé par ce qu'il y trouva pour le redescendre dans son cabinet en même temps qu'un vieux Gaffiot.

Le *De structura renum* était une description anatomo-physiologique des reins fondée sur des dissections associées à des techniques de coloration alors tout à fait nouvelles : en injectant un liquide noir — de l'esprit-de-vin mêlé d'encre de chine — dans l'*arteria emulgens* (artère rénale), Rigaud de Dinteville avait vu se colorer tout un système de ramifications, les canalicules, qu'il appela les *ductae renum*, aboutissant à ce qu'il nomma les *glandulae renales.* Ces découvertes, indépendantes de celles que faisaient, vers la même époque, Lorenzo Bellini à Florence, Marcello Malpighi à Bologne et Frederyk Ruysch à Leyden, et qui, comme elles, préfiguraient la théorie du glomérule comme base de la fonction rénale, s'accompagnaient d'une explication des mécanismes sécréteurs fondée sur la présence d'humeurs attirées ou repoussées par les organes en fonction des besoins d'assimilation et d'élimination de l'organisme. Une discussion acerbe, et parfois même violente, opposait cette théorie galéniste des « forces vitales » aux conceptions pernicieuses inspirées des « atomistes» et des « matérialistes » telles que les défendait un certain Bombastinus, sobriquet sous lequel l'actuel Dinteville finit par identifier un nommé Lazare Meyssonnier, médecin bourguignon plus ou moins alchimiste et défenseur de Paracelse. Les raisons de cette polémique étaient loin d'être claires pour ce lecteur du xx° siècle qui ne pouvait se figurer qu'approximativement ce qu'avaient représenté les théories de Galien et pour qui des termes comme « atomistes » et « matérialistes » n'avaient certainement plus le sens qu'ils avaient eu pour son lointain ancêtre. Dinteville néanmoins s'enthousiasma de sa découverte qui, stimulant son imagination, réveilla en lui une vocation cachée de chercheur. Et il décida de préparer une édition critique de ce texte qui, même s'il ne contenait rien de vraiment capital, constituait un excellent exemple de ce qu'avait été la pensée médicale à l'aube des temps modernes.

Sur le conseil d'un de ses anciens professeurs, Dinteville alla proposer son projet au Professeur LeBran-Chastel, chef de service à l'Hôtel-Dieu, membre de l'académie de médecine, du conseil de l'ordre, et du comité directeur de plusieurs revues de réputation internationale. Indépendamment de ses activités cliniques et didactiques, le professeur LeBran-Chastel était féru d'histoire des sciences, mais c'est avec un mélange de bonhomie et de scepticisme qu'il accueillit Dinteville : il ne connaissait pas le *De structura renum*, mais il doutait que son exhumation pût présenter un intérêt quelconque : de Galien à Vésale et de Barthélemy Eustache à Bowman, tout avait été abondamment publié, traduit et commenté, et Paolo Ceneri, un bibliothécaire de la faculté de médecine de Bologne, où étaient conservés les manuscrits de Malpighi, avait même fait paraître en 1901 une bibliographie de quelque quatre cents pages uniquement consacrée aux problèmes théoriques de l'uropoïèse et de l'uroscopie. Sans doute, comme cela venait d'arriver à Dinteville, était-il toujours possible de mettre la main sur des textes inédits, et sans doute aussi pouvait-on envisager d'aller plus loin dans la compréhension des anciennes théories médicales et rectifier les assertions souvent rigides des épistémologues du siècle dernier qui, du haut de leur positivisme scientiste, avaient valorisé les seules approches expérimentales, balayant avec mépris tout ce qui leur semblait, à eux, irrationnel. Mais entreprendre une telle recherche était une œuvre de longue haleine, ingrate, difficile, semée d'embûches, et le professeur se demandait si le jeune médecin, peu au fait du jargon médiévisant des anciens docteurs et des étranges aberrations que leurs commentateurs leur avaient parfois prêtées, parviendrait à en venir efficacement à bout. Il lui promit néanmoins son concours, lui donna quelques lettres d'introduction pour des collègues étrangers et se proposa pour examiner son travail avant d'en appuyer, le cas échéant, la publication.

Encouragé par cette première rencontre, Dinteville se mit à l'ouvrage, consacrant à ses recherches ses soirées, ses samedis et ses dimanches, et profitant des moindres congés qu'il pouvait se permettre sans trop délaisser sa clientèle pour se rendre dans telle ou telle bibliothèque étrangère, non seulement à Bologne, où il ne tarda pas à s'apercevoir que plus de la moitié de la bibliographie de Paolo Ceneri était fautive, mais à la Bodleian Library d'Oxford, à Aarhus, à Salamanque, à Prague, à Dresde, à Bâle, etc. Périodiquement il tenait le professeur LeBran-Chastel au courant du progrès de son enquête et, de loin en loin, le professeur lui répondait par des mots laconiques dans lesquels il semblait continuer à douter de l'intérêt que pouvaient présenter ce qu'il appelait les « petites trouvailles » de Dinteville. Mais le jeune médecin ne se laissait pas abattre pour autant : au-delà de la complexité tâtillonne de ses recherches, chacune de ses minuscules découvertes — vestige improbable, repère incertain, preuve indécise — lui paraissait venir s'insérer dans un projet unique, global, presque grandiose, et c'est avec un enthousiasme chaque fois renouvelé qu'il recommençait ses fouilles, allant à l'aveuglette entre les rayons surchargés de reliures en parchemin, suivant l'ordre alphabétique d'alphabets disparus, montant et descendant à travers des couloirs par des escaliers et des passerelles encombrées de journaux ficelés, de boîtes d'archives, de liasses que les vers avaient presque entièrement rongés.

Il mit près de quatre ans à achever son travail : un manuscrit de plus de trois cents pages dans lequel l'édition et la traduction du *De structura renum* proprement dit n'en occupaient que soixante ; l'appareil critique qui constituait le reste de l'ouvrage comportait quarante pages de notes et variantes, soixante pages de bibliographie dont un tiers d'errata concernant le Ceneri, et une introduction de presque cent cinquante pages où Dinteville décrivait avec une fougue presque romanesque le long combat de Galien et d'Asclépiade, montrant comment le médecin de Pergame avait déformé, en cherchant à les ridiculiser, les théories atomistes qu'Asclépiade avait introduites à Rome trois siècles auparavant et que ses successeurs, ceux que l'on appelait les « Méthodistes », avaient suivies d'une manière peut-être un peu trop scolaire ; mais en stigmatisant les soubassements mécanistes et sophistes de cette pensée au nom de l'expérimentation et du sacrosaint principe des « forces naturelles », Galien avait en fait inauguré un courant de pensée causaliste, diachronique, homogénéiste, dont on retrouvait tous les défauts à l'âge classique de la physiologie et de la médecine, et qui avait fini par instaurer une véritable censure, analogue, dans son fonctionnement même, au refoulement freudien. En travaillant sur des oppositions formelles du genre organique/organistique, sympathique/empathique, humeurs/fluides, hiérarchie/structure, etc., Dinteville mettait en évidence la finesse et la pertinence des conceptions d'Asclépiade, et avant lui d'Erasistrate et de Lycos de Macédoine, les rattachait aux grands courants de la médecine indo-arabe, soulignait leurs relations avec la mystique juive, l'hermétisme, l'alchimie, et montrait enfin comment la médecine officielle en avait systématiquement réprimé la diffusion jusqu'à ce que des hommes comme Goldstein, Grodeck ou King Dri puissent enfin se faire entendre et, retrouvant le courant souterrain qui, de Paracelse à Fourier, n'avait cessé de parcourir le monde scientifique, remettent définitivement en cause les fondements mêmes de la physiologie et de la sémiologie médicale.

A peine la dactylographe qu'il avait fait venir spécialement de Toulouse eût-elle achevé la frappe de ce texte touffu plein de renvois, de notes en bas de page et de caractères grecs, que Dinteville en expédia une copie à LeBran-Chastel ; le professeur la lui renvoya un mois plus tard : il avait examiné avec soin le travail du médecin, sans partialité ni malveillance, et ses conclusions étaient tout à fait défavorables : certes l'édition du texte de Rigaud de Dinteville avait-elle été établie avec un scrupule qui faisait honneur à son descendant, mais le traité du chirurgien ordinaire de la Princesse Palatine n'apportait rien de vraiment nouveau par rapport au *Tractatio de renibus* d'Eustache, au *De structura et usu renum* de Lorenzo Bellini, au *De natura renum* d'Etienne Blancard et au *De renibus* de Malpighi, et ne paraissait pas devoir mériter une publication séparée ; l'appareil critique témoignait de l'immaturité du jeune chercheur : il avait voulu trop bien faire, mais n'avait réussi qu'à alourdir exagérément le texte ; les errata concernant Ceneri étaient tout à fait à côté de la question, et l'auteur aurait mieux fait de vérifier ses propres notes et références (suivait une liste de quinze erreurs ou omissions charitablement relevées par LeBran-Chastel : Dinteville, par exemple, avait écrit *J. Clin. Invest.* au lieu de *J. clin. Invest*, dans sa citation n° 10 [Möller, McIntosh & van Slyke] ou bien avait cité l'article de H. Wirz dans *Mod. Prob. Pädiat. 6*, 86, 1960 sans faire référence au travail antérieur de Wirz, Hargitay & Kuhn paru dans *Helv. physiol. pharmacol. Acta 9*, 196, 1951) ; quant à l'introduction historico-philosophique, le professeur préférait en laisser l'entière responsabilité à Dinteville et se refusait, pour sa part, à en favoriser d'une façon quelconque la publication.

Dinteville s'attendait à tout sauf à une telle réaction. Bien que convaincu de la pertinence de ses recherches, il n'osait pas mettre en doute l'honnêteté intellectuelle et la compétence du professeur LeBran-Chastel. Après plusieurs semaines d'hésitation, il décida qu'il n'avait pas à se laisser arrêter par l'opinion hostile d'un homme qui, après tout, n'était pas son patron, et qu'il devait tenter par lui-même de faire publier son manuscrit ; il en corrigea les infimes erreurs et l'envoya à plusieurs revues spécialisées. Toutes le refusèrent et Dinteville dut renoncer à faire paraître son travail, abandonnant du même coup ses ambitions de chercheur.

L'intérêt excessif qu'il avait porté à ses enquêtes au détriment de son travail quotidien de médecin lui avait causé un tort considérable. Deux généralistes s'étaient après lui installés à Lavaur et, au fil des mois et des années, lui avaient pratiquement ravi sa clientèle. Sans appuis, délaissé, dégoûté, Dinteville finit par abandonner son cabinet et vint s'installer à Paris, résolu à n'être plus qu'un médecin de quartier dont les rêves inoffensifs n'iraient plus affronter l'univers prestigieux mais redoutable des érudits et des savants, mais se cantonneraient aux plaisirs domestiques du solfège et de la cuisine.

Dans les années qui suivirent, le professeur LeBran-Chastel, de l'Académie de Médecine, fit successivement paraître :
— un article sur la vie et l'œuvre de Rigaud de Dinteville (*Un urologue français à la cour de Louis XIV : Rigaud de Dinteville*, Arch. intern. Hist. Sci. 11, 343, 1962) ;
— une édition critique du *De structura renum*, avec reproduction en fac-similé, traduction, notes et glossaire (S. Karger, Bâle, 1963) ;
— un supplément critique à la *Bibliografia urologica* de Ceneri (*Int. Z. f. Urol Suppl. 9*, 1964) et enfin ;
— un article épistémologique intitulé *Esquisse d'une histoire des théories rénales d'Asclépiade à William Bowman*, publié dans *Aktuelle Probleme aus der Geschichte der Medizin* (Bâle, 1966), reprenant un rapport inaugural fait devant le XIXᵉ Congrès international d'Histoire de la Médecine (Bâle, 1964), et dont le retentissement fut considérable.

L'édition critique du *De structura* et le supplément à la bibliographie de Ceneri étaient purement et simplement recopiés, à la virgule près, du manuscrit de Dinteville. Les deux autres articles exploitaient, en l'affadissant par diverses précautions oratoires, l'essentiel du travail du médecin, qui n'était lui-même cité qu'une fois, dans une note en tout petits caractères où le professeur LeBran-Chastel remerciait « le docteur Bernard Dinteville d'avoir bien voulu (lui) communiquer cet ouvrage de son ancêtre ».

CHAPITRE XCVII

Hutting, 4

Il y a longtemps qu'Hutting ne se sert plus de son grand atelier, préférant, pour ses portraits, l'intimité de la petite pièce qu'il a fait aménager dans la loggia, et ayant pris l'habitude de travailler à ses autres œuvres, selon leur genre, dans tel ou tel de ses autres ateliers : les grandes toiles à Gattières, au-dessus de Nice, les sculptures monumentales en Dordogne, les dessins et gravures à New York.

Son salon parisien fut néanmoins, pendant des années, le lieu d'une activité artistique intense. C'est là que se tinrent, dans les années cinquante-cinq soixante, les célèbres « Mardis de Hutting » où s'affirmèrent des artistes aussi divers que l'affichiste Félicien Kohn, le baryton belge Léo van Derckx, l'Italien Martiboni, le « verbaliste » espagnol Tortosa, le photographe Arpad Sarafian et la saxophoniste Estelle Thierarch', et dont l'influence sur certaines tendances majeures de l'art contemporain n'a pas fini de se faire sentir.

Ce ne fut pas Hutting lui-même qui eut l'idée de ses mardis, mais son ami canadien Grillner qui en avait organisé avec succès de semblables à Winnipeg dès la fin de la seconde guerre mondiale. Le principe de ces réunions était de confronter librement des créateurs et de voir comment ils s'influençaient les uns les autres. C'est ainsi que lors du premier de ces « mardis », Grillner et Hutting, en présence d'une quinzaine de spectateurs attentifs, se relayèrent toutes les trois minutes sur une même toile, comme s'ils y disputaient une partie d'échecs. Mais très vite le protocole des séances devint beaucoup plus raffiné et l'on se mit à faire appel à des artistes œuvrant dans des domaines différents :

un peintre peignait un tableau tandis qu'un musicien de jazz improvisait, ou bien un poète, un musicien et un danseur interprétaient, chacun avec leur syntaxe propre, l'œuvre qu'un sculpteur ou un couturier leur proposait.

Les premières rencontres furent sages, consciencieuses et très légèrement ennuyeuses. Puis elles prirent une tournure beaucoup plus animée avec la venue du peintre Vladislav.

Vladislav était un peintre qui avait connu son heure de gloire à la fin des années trente. Il arriva pour la première fois aux « mardis » de Hutting habillé en moujik. Il portait sur la tête une espèce de bonnet écarlate, d'un drap extrêmement fin, avec un rebord de fourrure tout autour, excepté sur le front où était ménagé un espace d'environ dix centimètres dont le fond bleu céleste était recouvert d'une légère broderie ; et il fumait une pipe turque au long tuyau de maroquin orné de fils d'or et au fourneau d'ébène garni d'argent. Il commença par raconter comment il avait pratiqué la nécrophilie en Bretagne par un jour d'orage et comment il ne pouvait peindre que les pieds nus et reniflant un mouchoir imbibé d'absinthe et comment à la campagne après les pluies d'été il s'asseyait dans la boue tiède pour reprendre contact avec la mère nature et comment il mangeait de la viande crue qu'il mortifiait à la manière des Huns ce qui lui donne une saveur incomparable. Puis il étala sur le parquet un grand rouleau de toile vierge, la fixa avec une vingtaine de clous hâtivement plantés et invita l'assemblée à la piétiner de concert. Le résultat, dont les gris imprécis n'étaient pas sans rappeler les « diffuse grays » de la dernière période de Laurence Hapi, fut immédiatement baptisé *L'Homme aux semelles devant*. L'assistance, éblouie, décida que Vladislav serait désormais le maître attitré des cérémonies et chacun se sépara avec la conviction d'avoir contribué à enfanter un chef-d'œuvre.

Le mardi suivant il apparut que Vladislav avait bien fait les choses. Il avait rameuté le Tout-Paris et plus de cent cinquante personnes se pressaient dans l'atelier. Une immense toile avait été agrafée sur les trois murs de la grande pièce (une haute verrière constituant le quatrième mur) et plusieurs dizaines de seaux, dans lesquels trempaient de grosses brosses de peintres en bâtiment, étaient disposés au centre de la pièce. Obéissant aux instructions de Vladislav, les invités s'alignèrent le long de la verrière et, au signal qu'il leur donna, se précipitèrent sur les pots, empoignèrent les brosses et allèrent en étaler le plus rapidement possible le contenu sur la toile. L'œuvre produite fut jugée intéressante, mais n'entraîna pas vraiment l'adhésion unanime de ses créateurs improvisés et, en dépit du renouvellement dont il s'efforça de faire preuve, semaine après semaine, dans ses inventions, Vladislav ne connut qu'une vogue de courte durée.

Il fut remplacé dans les mois qui suivirent par un enfant prodige, un garçonnet d'une douzaine d'années qui ressemblait à une gravure de mode, avec des cheveux bouclés, des grands cols de dentelle et des gilets de velours noir à boutons de nacre. Il improvisait des « poésies métaphysiques » dont les titres seuls laissaient rêveurs leurs auditeurs :

Evaluation de la situation

Dénombrement des choses et des êtres perdus en cours [de route

Façon de faire le point

Cliquetis de chevaux dessellés broutant dans le noir

Lueur rouge d'un feu de camp à la belle étoile

Mais hélas on s'aperçut un jour que c'était sa mère qui composait — et plus souvent encore, recopiait — ces poèmes et qu'elle obligeait son fils à les apprendre par cœur.

Puis se succédèrent un ouvrier mystique, une vedette de strip-tease, un marchand de cravates, un sculpteur qui se qualifiait lui-même de néo-renaissant et qui mit plusieurs mois à tirer d'un bloc de marbre une œuvre intitulée *Chimère* (quelques semaines plus tard une inquiétante fissure apparut au plafond de l'appartement du dessous, et Hutting dut le faire refaire et remplacer son propre parquet), le directeur d'une revue d'art, un émule de Christo qui enveloppait dans des poches de nylon de tout petits animaux vivants ; une chanteuse de café-concert qui appelait tout le monde « mon beau brun » ; un animateur de radio-crochet, un garçon solide avec un gilet pied-de-poule, des rouflaquettes, des chevalières et des breloques fantaisie, qui stimulait de la voix et du geste, avec des accents et des mimiques dignes d'un commentateur des matches de catch, les prestations des danseurs et des musiciens ; un concepteur publicitaire amateur de yoga qui tenta en vain pendant trois semaines d'initier les autres invités à son art en leur faisant prendre la position du lotus au milieu du grand atelier ; la patronne d'une pizzeria, une Italienne à la voix moelleuse, qui chantait impeccablement des airs de Verdi tout en improvisant des spaghetti aux sauces sublimes ; et l'ancien directeur d'un petit zoo de province, qui avait dressé des fox à faire le saut périlleux en arrière et des canards à courir en rond, et qui s'installa dans l'atelier avec une otarie jongleuse qui consommait des quantités effarantes de poisson.

La mode des happenings, qui commença à envahir Paris à la fin de ces années-là, ôta petit à petit à ces réunions mondaines l'essentiel de leur intérêt. Les journalistes et les photographes, qui les avaient assidûment fréquentées, en vinrent à les trouver un tantinet vieux jeu, et leur préférèrent des noubas plus sauvages au cours desquelles Untel s'amusait à croquer des ampoules électriques tandis que Machin démontait systématiquement les tuyauteries du chauffage central et que Chose s'ouvrait les veines pour écrire un poème avec son sang. Hutting, du reste, ne fit pas grand-chose pour les retenir : il avait fini par s'apercevoir qu'il s'ennuyait abondamment à ces fêtes et qu'elles ne lui avaient jamais rien apporté. En 1961, au retour d'un séjour à New York qu'il avait davantage prolongé qu'à l'accoutumée, il prévint ses amis qu'il renonçait à ces rencontres hebdomadaires devenues lassantes à force d'être prévisibles et qu'il convenait désormais d'inventer autre chose.

Le grand atelier est, depuis, presque toujours désert. Mais, peut-être par superstition, Hutting y a laissé un abondant matériel et, sur un chevalet d'acier éclairé par quatre projecteurs tombant du plafond, une grande toile, intitulée *Eurydice*, dont il se plaît à dire qu'elle est et demeurera inachevée.

La toile représente une pièce vide, peinte en gris, pratiquement sans meubles. Au centre un bureau d'un gris métallique sur lequel sont disposés un sac à main, une bouteille de lait, un agenda et un livre ouvert sur les deux portraits de

Racine et de Shakespeare [1]. Sur le mur du fond un tableau représentant un paysage avec un coucher de soleil. A côté, une porte à demi ouverte, par laquelle on devine qu'Eurydice, il y a un instant, vient de disparaître à jamais.

---

(1) Il n'est pas inutile de rappeler à ce propos que l'arrière-grand-père maternel de Franz Hutting, Johannes Martenssen, professeur de littérature française à l'université de Copenhague, fut le traducteur danois de *Racine et Shakespeare* de Stendhal (Copenhague, Ed. Gjoerup, 1860).

CHAPITRE XCVIII

Réol, 2

Peu de temps après leur installation rue Simon-Crubellier, les Réol s'entichèrent d'une chambre à coucher moderne qu'ils virent dans le grand magasin où Louise Réol était facturière. Le lit à lui seul coûtait 3 234 francs. Avec le couvre-lit, les chevets, la coiffeuse, le pouf assorti et l'armoire à glace, l'ensemble dépassait onze mille francs. La direction du magasin accorda à son employée un crédit préférentiel de vingt-quatre mois sans apport initial ; l'intérêt du prêt fixé à 13,65 %, mais compte tenu des frais de constitution du dossier, des primes d'assurance vie et des calculs d'amortissement, les Réol se retrouvèrent avec des versements mensuels de neuf cent quarante et un francs trente-deux centimes, qui furent automatiquement déduits du salaire de Louise Réol. Cela représentait près du tiers de leur revenu et il apparut bientôt qu'ils ne parviendraient pas à survivre décemment dans de telles conditions. Maurice Réol, qui était aide-rédacteur à la CATMA (Compagnie des Assurances des Transports Maritimes) résolut donc de demander une augmentation à son chef de service.

La CATMA était une société atteinte de gigantisme dont l'acronyme ne correspondait que très partiellement à des activités de plus en plus multiples et multiformes. Réol, pour sa part, était chargé de préparer chaque mois un rapport comparatif sur le nombre et le montant des polices souscrites auprès des collectivités de la région Nord. Ces rapports, et ceux que les collègues de même rang que Réol rédigeaient sur l'activité d'autres secteurs économiques ou géographiques (assurances souscrites auprès des agriculteurs, des commerçants, des professions libérales, etc, dans le Centre-Ouest, dans la région Rhône-Alpes, en Bretagne, etc.) étaient incorporés aux dossiers trimestriels de la Section « Statistique et Prévisions » que le chef de service de Réol, un nommé Armand Faucillon, présentait à la direction les deuxièmes jeudis de mars, juin, septembre et décembre.

Réol voyait en principe son chef de service tous les jours entre onze heures et onze heures et demie au cours de ce que l'on appelait la Conférence des Rédacteurs. mais ce n'était évidemment pas dans ce cadre qu'il pouvait espérer l'aborder pour lui parler de son problème. D'ailleurs le chef de service se faisait le plus souvent représenter par son sous-chef de service et ne venait diriger en personne la Conférence des Rédacteurs que lorsque commençait à se faire sentir l'urgence de rédiger les dossiers trimestriels, c'est-à-dire à partir des deuxièmes lundis de mars, juin, septembre et décembre.

Un matin où, exceptionnellement, Armand Faucillon assistait à la Conférence des Rédacteurs, Maurice Réol se décida donc à lui demander un rendez-vous. « Voyez cela avec Mademoiselle Yolande » répondit, très aimablement, le chef de service. Mademoiselle Yolande avait la garde des deux carnets de rendez-vous du chef de service, l'un, un agenda petit format, pour ses rendez-vous personnels, l'autre, un semainier de bureau, pour ses rendez-vous professionnels, et l'une des tâches les plus délicates de Mademoiselle Yolande consistait précisément à ne pas se tromper de carnet et à ne pas prendre deux rendez-vous en même temps.

Assurément Armand Faucillon était un homme très pris, car Mademoiselle Yolande ne put donner de rendez-vous à Réol avant six semaines : entre-temps le chef de service devait se rendre à Marly-le-Roi pour participer à la réunion annuelle des chefs de service de la Zone Nord et dès son retour il aurait à s'occuper de la correction et de la révision du dossier de mars. Ensuite, comme il le faisait chaque année, dès le lendemain de la réunion directoriale du deuxième jeudi de mars, il partirait dix jours à la montagne. Rendez-vous fut donc pris pour le mardi 30 mars à onze heures trente, après la Conférence des Rédacteurs. C'était un bon jour et une bonne heure, car tout le monde savait dans le service que Faucillon avait ses heures et ses jours : le lundi, comme tout le monde, il était de mauvaise humeur, le vendredi, comme tout le monde, il était distrait ; le jeudi, enfin, il devait participer à un séminaire organisé par un des ingénieurs du Centre de calcul sur « Ordinateurs et Gestica de l'Entreprise » et il avait besoin de toute sa journée pour relire les notes qu'il avait essayé de prendre au séminaire précédent. De plus, bien entendu, il était exclu de lui parler de quoi que ce soit le matin avant dix heures et l'après-midi avant quatre.

Malheureusement pour Réol, le chef de service se cassa la jambe aux sports d'hiver et il ne revint que le huit avril. Entre-temps la Direction l'avait nommé membre de la Commission paritaire qui devait se rendre en Afrique du Nord pour examiner le contentieux qui subsistait entre la Société et ses anciens partenaires algériens. A son retour, le vingt-huit avril, le chef de service annula tous les rendez-vous qu'il pouvait se permettre d'annuler et s'enferma pendant trois jours avec Mademoiselle Yolande pour préparer le texte qui accompagnerait la projection des diapositives qu'il avait rapportées du Sahara (« Mzab aux mille couleurs : Ouargla, Touggourt, Ghardaïa »). Puis il partit en week-end, week-end qui se prolongea, car la Fête du Travail tombait un samedi et comme il était d'usage dans des cas de ce genre, les cadres de l'entreprise avaient la possibilité de prendre le vendredi ou le lundi. Le chef de service revint donc le mardi quatre mai et fit une courte apparition à la Conférence des Rédacteurs pour inviter les employés de son service et leurs conjoints à la projection commentée qu'il organisait le lendemain soir à huit heures dans la salle 42. Il eut un mot aimable pour Réol en lui rappelant qu'ils devaient se voir. Réol alla immédiatement chez Mademoiselle Yolande et obtint un rendez-vous pour le surlendemain jeudi (l'ingénieur du centre de calcul effectuant un stage à Manchester, le séminaire d'informatique était provisoirement suspendu).

La séance de projection ne fut pas vraiment une réussite. L'assistance était clairsemée et le bruit du projecteur couvrait la voix du conférencier qui s'embrouillait dans ses périodes. Puis, alors que le chef de service, après avoir montré une palmeraie, annonçait des dunes et des chameaux, on vit apparaître sur l'écran une photographie de Robert Lamoureux dans *Faisons un rêve* de Sacha Guitry, que suivirent Héléna Bossis lors de la création de *La P… respectueuse*, et Jules Berry, Yves Deniaud et Saturnin Fabre, en grandes tenues d'académiciens, dans une comédie de boulevard des années vingt-cinq, intitulée *Les Immortels* et s'inspirant assez servilement de *L'Habit vert.* Furieux le chef de service fit rallumer la salle et l'on s'aperçut que le projectionniste qui avait préparé les chargeurs de diapositives s'était occupé en même temps de la conférence de Faucillon et de celle que devait faire le lendemain un célèbre critique de théâtre sur « Splendeurs et misères de la scène française ». L'incident fut rapidement réparé, mais le seul gros bonnet de la Société qui ait consenti à se déplacer, le Directeur du Département « Etranger », en profita pour s'éclipser en prétextant un dîner d'affaires. En tout cas, le chef de service fut le lendemain d'un humeur plutôt maussade et lorsque Réol vint le trouver et lui exposa son problème, il lui rappela presque sèchement que les propositions concernant les augmentations de salaire étaient examinées en novembre par la Direction du Personnel et qu'il était hors de question de les prendre en considération avant cette date.

Après avoir tourné et retourné le problème dans tous les sens, Réol arriva à la conclusion qu'il avait commis une grossière erreur : au lieu de postuler de front une augmentation de salaire, il aurait dû demander à bénéficier de l'aide aux jeunes couples que le service social de l'entreprise accordait aux ménages afin de favoriser leur accession à la propriété, la réfection ou la modernisation de leur habitation principale ou l'acquisition de biens d'équipement. Le responsable du service social, que Réol put rencontrer dès le douze mai, lui répondit que cette aide était tout à fait envisageable dans son cas à condition bien sûr que les Réol fussent effectivement mariés. Or, s'ils vivaient ensemble depuis déjà plus de quatre ans, ils n'avaient jamais, comme on dit, régularisé la situation et n'avaient jamais eu, même après la naissance de leur fils, l'intention de le faire.

Ils se marièrent donc, au début du mois de juin, le plus simplement possible car, entre-temps, leurs conditions matérielles n'avaient pas cessé de se dégrader : leur repas de noce, avec les deux témoins pour seuls invités, eut pour cadre un self-service des Grands Boulevards, et ils utilisèrent des bagues de laiton en guise d'alliances.

La préparation de la réunion directoriale du deuxième jeudi de juin mobilisa trop Réol pour qu'il trouve le temps de rassembler les nombreux documents nécessaires à la constitution de son dossier de demande d'aide sociale. Celui-ci ne fut complet que le mercredi 7 juillet. Et du vendredi 16 juillet à midi au lundi 16 août à 8 heures 45, la CATMA ferma ses portes sans que, pour Réol, rien n'ait été décidé.

Il n'était pas question pour les Réol de partir en vacances ; tandis que leur petit garçon passait tout l'été à Laval chez ses grands-parents maternels, les Réol, grâce à leur voisin Berger qui les recommanda à un de ses confrères, furent engagés pour un mois, lui comme plongeur, elle comme marchande de cigarettes et d'articles de Paris (cendriers, foulards avec la tour Eiffel et le Moulin-Rouge, petites poupées french-cancan, briquets lampadaires marqués « Rue de la Paix », Sacré-Cœur enneigés, etc.) dans un établissement qui s'intitulait *La Renaissance* : c'était un restaurant bulgaro-chinois, sis entre Pigalle et Montmartre, où débarquaient trois fois par soirée des arrivages de Paris by Night qui pour soixante-quinze francs tout compris faisaient le tour de Paris illuminé, dînaient à *La Renaissance* (« son charme bohème, ses recettes exotiques ») et passaient au pas de charge dans quatre cabarets, *Les deux hémisphères* (« Strip-tease et Chansonniers ; tout l'esprit gaulois de Paris »), *The Tangerine Dream* (où officiaient deux danseuses du ventre, Zazoua et Aziza), *Le Roi Venceslas* (« ses caves voûtées, son ambiance médiévale, ses ménestrels, ses vieilles chansons paillardes ») et enfin *La Villa d'Ouest* (« a show-place of elegant depravity. Spanish nobles, Russian tycoons and fancy sports of every land crossed the world to ride in ») avant d'être ramenés à leur hôtel, barbouillés de champagne doucereux, d'alcools suspects et de zakouskis grisâtres.

A son retour à la CATMA une mauvaise surprise attendait Réol : la commission d'aide sociale, surchargée de demandes, venait de décider qu'elle n'examinerait désormais que les dossiers lui parvenant par la voie hiérarchique et ayant obtenu l'aval du chef de service et du Directeur du Département dont l'intéressé dépendait. Réol déposa son dossier sur le bureau de Mademoiselle Yolande en la suppliant de tout faire pour que le chef de service griffonne trois lignes d'appréciations mesurées et y ajoute son paraphe.

Mais le chef de service ne donnait jamais sa signature à la légère et même, disait-il de lui-même en manière de plaisanterie, il avait souvent des crampes dans le stylo. Pour l'instant, ce qui comptait, c'était la préparation du compte rendu trimestriel de septembre auquel, pour des raisons qu'il était le seul à connaître, il semblait attacher une importance particulière. Et il fit refaire trois fois son rapport à Réol en lui reprochant chaque fois d'interpréter les statistiques dans un sens pessimiste au lieu de faire ressortir les progrès accomplis.

Réol, la rage au cœur, se résigna à attendre deux ou trois semaines de plus ; leur situation était de plus en plus précaire, ils avaient six mois de loyer en retard et une dette de quatre cents francs chez l'épicier. Par bonheur Louise réussit enfin, après deux ans d'attente, à inscrire son fils à la crèche municipale, les libérant des quelques trente ou quarante francs que leur coûtait quotidiennement sa garde.

Le chef de service fut absent tout le mois d'octobre : il participait à un voyage d'études en Allemagne fédérale, Suède, Danemark et Pays-Bas. En novembre une otite virale le contraignit à un arrêt de trois semaines.

Réol, désespéré, renonça à voir un jour ses démarches aboutir. Entre le premier mars et le trente novembre, le chef de service avait réussi à être absent quatre mois pleins et Réol calcula qu'entre les week-ends prolongés, les ponts, les tunnels, les jours de remplacement, les missions et retours de missions, les stages, les séminaires et autres déplacements, il n'était pas venu cent fois en neuf mois à son bureau. Sans parler des trois heures qu'il prenait pour déjeuner ni de ses départs à six heures moins vingt pour ne pas rater le train de six heures trois. Il n'y avait aucune raison pour que cela cesse. Mais, le lundi six décembre, le chef de service fut nommé Sous-Directeur du Service Etranger et dans l'ivresse de sa promotion renvoya enfin le dossier avec un avis favorable. Quinze jours plus tard l'aide sociale était accordée aux Réol.

C'est alors que le service financier de la Société s'aperçut que le montant des remboursements effectués par le couple Réol pour l'achat de leur chambre à coucher dépassait le plafond autorisé pour les prêts aux ménages : vingt-cinq pour cent des ressources après déduction des frais afférents à l'habitation principale. Le crédit qui avait été accordé aux Réol était donc illégal et l'Entreprise n'avait pas le droit de le cautionner !

A la fin de la première année, Réol n'avait donc obtenu ni augmentation ni aide sociale et tout était à recommencer avec un nouveau chef de service.

Ce nouveau, frais émoulu d'une grande école, féru d'informatique et de prospective, réunit le jour de son arrivée tous ses collaborateurs et leur fit savoir que le travail de la section « Statistique et Prévisions » reposait sur des méthodes désuètes, pour ne pas dire surannées, qu'il était inopérant de prétendre vouloir élaborer une politique à moyen terme ou à long terme valable à partir d'informations recueillies seulement tous les trimestres, et que désormais, sous sa direction, l'on procéderait à des estimations quotidiennes sur échantillons socio-économiques ponctuels de manière à pouvoir à tout instant se baser sur un modèle évolutif des activités de l'entreprise. Deux programmateurs du Centre de calcul firent ce qu'il fallait faire et Réol et ses collègues se retrouvèrent au bout de quelques semaines inondés de liasses mécanographiques où il apparaissait plus ou moins clairement que dix-sept pour cent des cultivateurs normands optaient pour la formule A alors que quarante-huit virgule quatre pour cent des commerçants de la région Midi-Pyrénées se disaient satisfaits de la formule B. La section « Statistique et Prévisions » habituée à des méthodes plus classiques où l'on comptait les assurances souscrites ou résiliées en traçant des bâtons (quatre bâtons verticaux et le cinquième horizontal barrant les quatre premiers) comprit rapidement qu'elle devait prendre des mesures si elle ne voulait pas être complètement submergée, et entreprit une grève du zèle qui consista à assaillir de questions plus ou moins pertinentes le nouveau chef de service, les deux informaticiens et les ordinateurs. Les ordinateurs résistèrent, les deux informaticiens aussi mais le nouveau chef de service finit par craquer et, au bout de sept semaines, demanda sa mutation.

Cet épisode, resté célèbre dans l'entreprise sous le nom de La Querelle des Anciens et des Modernes, n'arrangeait absolument pas les affaires de Réol. Il avait réussi à emprunter deux mille francs à ses beaux-parents pour combler ses retards de loyer, mais de tous côtés ses dettes s'amoncelaient et il était de plus en plus à court de solutions. Ils avaient beau, Louise et lui, accumuler les heures supplémentaires, assurer des permanences de dimanches et jours fériés ou se charger de travaux à domicile (rédaction d'enveloppes, recopiage de fichiers commerciaux, confection de tricots, etc.), l'écart entre leurs ressources et leurs besoins ne cessait de s'accroître. En février et mars, ils commencèrent à porter au Mont-de-Piété leurs montres, les bijoux de Louise, leur poste de télévision, et l'appareil photo de Maurice, un Konika autoreflex éyuipé d'un télé-objectif et d'un flash électronique, auquel il tenait comme à la prunelle de ses yeux. En avril, de nouvelles menaces d'expulsion de la part du gérant les obligèrent à refaire appel à un emprunt privé. Leurs parents et leurs meilleurs amis se récusèrent et ils furent sauvés in extremis par Mademoiselle Crespi qui retira pour eux de la Caisse d'Epargne les trois mille francs qu'elle avait mis de côté pour payer ses frais d'enterrement.

Sans recours contre la décision du service social, sans chef de service pour appuyer une nouvelle demande d'augmentation, car l'ancien sous-chef de service, qui assurait l'intérim, avait bien trop peur de perdre sa place s'il prenait la moindre initiative, Réol n'avait plus rien à attendre. Le quinze juillet, Louise et lui décidèrent qu'ils en avaient assez, qu'ils ne paieraient plus rien, qu'on les saisirait tant qu'on voudrait, qu'ils ne feraient rien pour se défendre. Et ils partirent en vacances en Yougoslavie.

A leur retour les avis d'huissiers et les derniers avertissements s'entassaient sous leur paillasson. On leur coupa le gaz et l'électricité et, à la demande du gérant, des commissaires-priseurs commencèrent à préparer la vente forcée de leurs meubles.

C'est alors que l'incroyable se produisit : au moment même où était apposé sur la porte de l'immeuble un avis jaune qui annonçait que la vente aux enchères du mobilier Réol (belle chambre à coucher moderne, grosse horloge à balancier, vaisselier style Louis XIII, etc.) aurait lieu dans les quatre jours, Réol, arrivant à son bureau, y apprit qu'il venait d'être nommé sous-chef de service et que son traitement passait de mille neuf cents à deux mille sept cents francs par mois. Du coup, le montant des remboursements mensuels du couple Réol devenait pratiquement inférieur au quart de ses revenus, et les services financiers de la CATMA purent, le jour même, débloquer en toute légalité une aide exceptionnelle d'un montant de cinq mille francs. Même si Réol dut, pour éviter la saisie, payer les lourdes commissions des huissiers et des commissaires-priseurs, il put, dans les deux jours qui suivirent, régulariser sa situation vis-à-vis du gérant et de l'E.D.F.-G.D.F.

Trois mois plus tard, ils payaient la dernière mensualité de la chambre à coucher et c'est presque sans peine que, dans l'année suivante, ils remboursèrent les parents de Louise et Mademoiselle Crespi et récupérèrent montres, bijoux, poste de télévision et appareil photo.

Aujourd'hui, trois ans après, Réol est chef de service et la chambre à coucher si durement acquise n'a rien perdu de sa splendeur. Sur la moquette de nylon violet, le lit, au milieu du mur du fond, est une coquille surbaissée gainée d'un tissu imitant le daim, couleur ambre, finition « grand sellier » avec ceinture et boucle de cuivre et un couvre-lit en fourrure acrylique, de couleur blanche. Deux chevets assortis, avec dessus de métal brossé, spots amovibles et une radio-réveil PO-GO incorporée, le flanquent de part et d'autre. Contre le mur de droite se trouve une commode-coiffeuse posée sur un piètement hémi-elliptique de métal, habillée de suédine façon daim, avec deux tiroirs et une case pour le rangement des flacons, un grand miroir de soixante-dix-huit centimètres, et un pouf apparié. Contre le mur de gauche, se trouve une grande armoire à glace à quatre portes, avec un socle recouvert d'aluminium anodisé mat, un fronton lumineux, et des bandeaux recouverts, de même que les côtés, d'un tissu coordonné au reste de la chambre.

Quatre objets plus récents ont été incorporés à ce mobilier initial. Le premier est un téléphone blanc posé sur l'un des chevets. Le second, au-dessus du lit, est une grande gravure rectangulaire dans un cadre de cuir vert bouteille : elle représente une petite place au bord de la mer : deux enfants sont assis sur le mur du quai et jouent aux dés. Un homme lit son journal sur les marches d'un monument, dans l'ombre du héros qui brandit son sabre. Une jeune fille remplit son seau à la fontaine. Un marchand de fruits est couché près de sa balance. Au fond d'un cabaret, par la porte béante et les fenêtres grandes ouvertes, on voit deux hommes attablés devant une bouteille de vin.

Le troisième objet, entre la coiffeuse et la porte de la chambre, est un berceau dans lequel dort à poings fermés, couché sur le ventre, un nouveau-né ;

et le quatrième est un agrandissement photographique, fixé par quatre punaises sur le bois de la porte : il représente les quatre Réol : Louise, en robe à fleurs, tient par la main leur fils aîné, et Maurice, les manches de sa chemise blanche relevées au-dessus des coudes, tend à bout de bras en direction de l'objectif le bébé tout nu, comme s'il voulait montrer qu'il est bien conformé.

CHAPITRE XCIX

Bartlebooth, 5

*Je cherche en même temps
l'éternel et l'éphémère.*

Le bureau de Bartlebooth est une pièce rectangulaire aux
murs couverts d'étagères de bois sombre ; la plupart d'entre
elles sont aujourd'hui vides, mais il reste encore 61 boîtes
noires, identiquement fermées avec des rubans gris cachetés à
la cire, groupées sur les trois derniers rayonnages du mur du
fond, à droite de la porte capitonnée donnant sur le grand
vestibule, et dans le chambranle de laquelle est accrochée
depuis des années et des années, une marionnette indienne à
grosse tête de bois qui avec ses grands yeux effilés semble veiller sur cet espace strict et neutre comme un gardien énigmatique et presque inquiétant.

Au centre de la pièce, un scialytique, suspendu par tout
un jeu de filins et de poulies qui répartissent sa masse énorme
sur toute la surface du plafond, éclaire de sa lumière infaillible une grande table carrée recouverte d'un drap noir, au
milieu de laquelle s'étale un puzzle presque achevé. Il représente un petit port des Dardanelles près de l'embouchure de
ce fleuve que les Anciens appelaient Maiandros, le Méandre.

La côte est une bande de sable, crayeuse, aride, plantée de
genêts rares et d'arbres nains ; au premier plan, à gauche,
elle s'évase en une crique encombrée de dizaines et de dizaines
de barques aux coques noires dont les mâtures grêles s'enche-
vêtrent en un inextricable réseau de verticales et d'obliques.
Derrière, comme autant de taches colorées, des vignes, des

pépinières, des jaunes champs de moutarde, de noirs jardins de magnolias, de rouges carrières de pierre s'étagent au flanc de côteaux peu abrupts. Au delà, sur toute la partie droite de l'aquarelle, loin déjà à l'intérieur des terres, les ruines d'une cité antique apparaissent avec une précision surprenante : miraculeusement conservé pendant des siècles et des siècles sous les couches d'alluvions charriées par le fleuve sinueux, le dallage de marbre et de pierre taillée des rues, des demeures et des temples, récemment mis à jour, dessine sur le sol même une exacte empreinte de la ville : c'est un entrecroisement de ruelles d'une étroitesse extrême, plan, à l'échelle, d'un labyrinthe exemplaire fait d'impasses, d'arrière-cours, de carrefours, de chemins de traverse, enserrant les vestiges d'une acropole vaste et somptueuse bordée de restes de colonnes, d'arcades effondrées, d'escaliers béants ouvrant sur des terrasses affaissées, comme si, au cœur de ce dédale presque déjà fossile, cette esplanade insoupçonnable avait été dissimulée exprès, à l'image de ces palais des contes orientaux où l'on mène la nuit un personnage qui, reconduit chez lui avant le jour, ne doit pas pouvoir retrouver la demeure magique où il finit par croire qu'il n'est allé qu'en rêve. Un ciel violent, crépusculaire, traversé de nuages rouge sombre, surplombe ce paysage immobile et écrasé d'où toute vie semble avoir été bannie.

Bartlebooth est assis devant la table, dans le fauteuil de son grand-oncle Sherwood, un fauteuil Napoléon III, basculant et tournant, en acajou et cuir lie-de-vin. A sa droite, sur le dessus d'un petit meuble à tiroirs, un plateau laqué de vert sombre supporte une théière de porcelaine craquelée, une tasse et sa soucoupe, un pot de lait, un coquetier d'argent à l'œuf intact et une serviette blanche roulée dans un rond de serviette à la forme tourmentée, réputé avoir été dessiné par Gaudi pour le réfectoire du Collège de Sainte-Thérèse de Jésus ; à sa gauche, dans la bibliothèque tournante près de laquelle James Sherwood se fit jadis photographier, s'entassent, indifféremment rangés, des ouvrages et des objets divers : le grand Atlas de Berghaus, le Dictionnaire de Géographie de Meissas et Michelot, une photographie représentant Bartlebooth âgé d'une trentaine d'années, faisant de l'alpinisme en Suisse, avec lunettes de glacier ventilées, avec alpenstock, moufles et bonnet de laine enfoncé jusqu'aux oreilles, un roman policier intitulé *Dog Days*, un miroir octogonal au cadre incrusté de nacre, un casse-tête chinois en bois ayant la forme d'un dodécaèdre à faces étoilées, *La Montagne magique*, dans une édition en deux volumes reliés de fine toile grise, avec les titres imprimés en doré sur des étiquettes noires, un pommeau de canne à secret révélant une montre sertie de brillants, un tout petit portrait en pied d'un homme de la Renaissance, au visage en lame de couteau, portant un chapeau à larges bords et un long manteau de fourrure, une boule de billard en ivoire, quelques volumes dépareillés d'une grande édition en anglais des œuvres de Walter Scott, dans des reliures magnifiques marquées aux armes du clan des Chisholm, et deux images d'Epinal, représentant, l'une Napoléon Ier visitant en 1806 la manufacture d'Oberkampf et détachant sa propre croix de la Légion d'honneur pour l'épingler sur la poitrine du filateur, l'autre une version peu scrupuleuse de *La Dépêche d'Ems* où l'artiste, rassemblant dans un même décor, au mépris de toute vraisemblance, les principaux protagonistes de l'affaire, montre Bismarck, ses molosses couchés à ses pieds, tailladant à coups de ciseaux le message que lui a remis le conseiller Abeken, cependant qu'à l'autre bout de la pièce l'Empereur Guillaume Ier, un sourire insolent aux lèvres, signifie à l'Ambassadeur Benedetti, lequel baisse la tête sous l'affront, que l'audience qu'il lui a accordée vient de prendre fin.

Bartlebooth est assis devant son puzzle. C'est un vieillard maigre, presque décharné, au crâne chauve, au teint cireux, aux yeux éteints, vêtu d'une robe de chambre de laine bleu passé serrée à la taille par une cordelière grise. Ses pieds chaussés de mules de chevreau reposent sur un tapis de soie aux bords effrangés ; la tête très légèrement renversée en arrière, la bouche entrouverte, il agrippe de la main droite l'accoudoir du fauteuil cependant que sa main gauche, posée sur la table dans une posture peu naturelle, presque à la limite de la contorsion, tient entre le pouce et l'index l'ultime pièce du puzzle.

C'est le vingt-trois juin mille neuf cent soixante-quinze et il n'est pas loin de huit heures du soir. Madame Berger revenue de son dispensaire prépare le repas et le chat Poker Dice somnole sur un couvre-lit de peluche bleu ciel ; Madame Altamont se maquille devant son mari qui vient d'arriver de Genève ; les Réol viennent juste de finir de dîner et Olivia

Norvell s'apprête à partir pour son cinquante-sixième tour du monde ; Kléber fait une réussite, et Hélène recoud la manche droite de la veste de Smautf, et Véronique Altamont regarde une ancienne photographie de sa mère, et Madame Trévins montre à madame Moreau une carte postale qui vient de leur village natal.

C'est le vingt-trois juin mille neuf cent soixante-quinze et il sera bientôt huit heures du soir. Dans sa cuisine Cinoc ouvre une boîte de pilchards aux aromates en consultant les fiches de ses mots périmés ; le Docteur Dinteville termine l'examen d'une vieille femme ; sur le bureau déserté de Cyrille Altamont deux maîtres d'hôtel étalent une nappe blanche ; dans le couloir de l'entrée de service, cinq livreurs croisent une dame qui est partie à la recherche de son chat ; Isabelle Gratiolet construit un fragile château de cartes à côté de son père qui consulte un traité d'anatomie humaine.

C'est le vingt-trois juin mille neuf cent soixante-quinze et il est près de huit heures du soir. Mademoiselle Crespi dort ; dans le salon du Docteur Dinteville deux clients attendent encore ; la concierge dans sa loge remplace un des fusibles qui commandent les lumières du vestibule ; un inspecteur du gaz et un ouvrier vérifient l'installation du chauffage central ; dans sa loggia, tout en haut de l'immeuble, Hutting travaille au portrait d'un homme d'affaires japonais ; un chat tout blanc aux yeux vairons dort dans la chambre de Smautf ; Jane Sutton relit une lettre qu'elle attendait avec impatience et Madame Orlowska nettoie la suspension de cuivre de sa chambre minuscule.

C'est le vingt-trois juin mille neuf cent soixante-quinze et il est presque huit heures du soir. Joseph Nieto et Ethel Rogers se préparent à descendre chez les Altamont ; dans les escaliers, des commissionnaires sont venus chercher les malles d'Olivia Norvell, et une employée d'agence immobilière vient visiter tardivement l'appartement qu'occupa Gaspard Winckler, et Hermann Fugger mécontent ressort de chez les Altamont, et deux démarcheurs pareillement vêtus se croisent sur le palier du quatrième étage, et le petits-fils de l'accordeur aveugle attend son grand-père sur les marches en lisant les aventures de Carel van Loorens, et Gilbert Berger descend la poubelle en se demandant comment résoudre l'énigme embrouillée de son roman-feuilleton ; dans le hall Ursula Sobieski cherche le nom de Bartlebooth sur la liste des locataires, et Gertrude, revenue faire une visite à son ancienne patronne, s'arrête un instant pour saluer Madame Albin et la femme de ménage de Madame de Beaumont ; tout en haut les Plassaert font leurs comptes, et leur fils classe encore une fois sa collection de buvards illustrés, et Geneviève Foulerot prend un bain avant d'aller chercher son bébé en garde chez la concierge, et « Hortense » écoute de la musique au casque en attendant les Marquiseaux, et Madame Marcia dans sa chambre ouvre un pot de cornichons à la russe, et Béatrice Breidel reçoit ses camarades de classe, et sa sœur Anne essaye un autre de ses régimes amaigrissants.

C'est le vingt-trois juin mille neuf cent soixante-quinze et il sera dans un instant huit heures du soir ; les ouvriers qui aménagent l'ancienne chambre de Morellet ont fini leur journée ; Madame de Beaumont se repose sur son lit avant de dîner ; Léon Marcia se souvient de la conférence que Jean Richepin vint donner dans son sanatorium ; dans le salon de Madame Moreau, deux chatons repus dorment profondément.

C'est le vingt-trois juin mille neuf cent soixante-quinze et il va être huit heures du soir. Assis devant son puzzle, Bartlebooth vient de mourir. Sur le drap de la table, quelque part dans le ciel crépusculaire du quatre cent trente-neuvième puzzle, le trou noir de la seule pièce non encore posée dessine la silhouette presque parfaite d'un X. Mais la pièce que le mort tient entre ses doigts a la forme, depuis longtemps prévisible dans son ironie même, d'un W.

FIN DE LA SIXIÈME ET DERNIÈRE PARTIE

ÉPILOGUE

Serge Valène mourut quelques semaines plus tard, pendant les fêtes du quinze août. Cela faisait près d'un mois qu'il n'avait pratiquement plus quitté sa chambre. La mort de son ancien élève et la disparition de Smautf, qui avait quitté l'immeuble le lendemain même, l'avaient terriblement affecté. Il ne se nourrissait presque plus, perdait ses mots, laissait en suspens ses phrases. Madame Nochère, Elzbieta Orlowska, Mademoiselle Crespi se relayaient pour prendre soin de lui, passaient le voir deux ou trois fois par jour, lui préparaient un bol de bouillon, retapaient ses couvertures et ses oreillers, lavaient son linge, l'aidaient à faire sa toilette, à changer de vêtements, l'accompagnaient jusqu'aux cabinets au bout du couloir.

L'immeuble était presque vide. Plusieurs de ceux qui ne prenaient pas ou ne prenaient plus de vacances étaient cette année-là partis : Madame de Beaumont avait été invitée comme présidente d'honneur au festival Alban Berg donné à Berlin pour commémorer tout à la fois le 90ᵉ anniversaire de la naissance du compositeur, le 40ᵉ de sa mort (et du *Concerto à la mémoire d'un ange*) et le 50ᵉ de la première mondiale de *Wozzeck* ; Cinoc, surmontant sa hantise des avions et des services américains d'immigration qu'il croyait encore installés à Ellis Island, avait enfin répondu aux invitations que lui lançaient depuis des années deux lointains cousins, un Nick Linhaus qui possédait une boîte de nuit (le *Club Nemo*) à Dempledorf, Nebraska, et un Bobby Hallowell, médecin légiste à Santa Monica, Californie ; Léon Marcia s'était laissé entraîner par sa femme et son fils dans une villa louée près de

Divonne-les-Bains ; et Olivier Gratiolet, malgré le très mauvais état de sa jambe, avait tenu à aller passer trois semaines avec sa fille dans l'île d'Oléron. Même ceux qui étaient restés au mois d'août rue Simon-Crubellier profitèrent du pont du quinze août pour quitter Paris trois jours : les Pizzicagnoli allèrent à Deauville et y emmenèrent Jane Sutton ; Elzbieta Orlowska alla retrouver son fils à Nivillers et Madame Nochère partit à Amiens assister au mariage de sa fille.

Le jeudi quatorze août au soir il ne resta dans l'immeuble que Madame Moreau, nuit et jour veillée par son infirmière et par Madame Trévins, Mademoiselle Crespi, Madame Albin et Valène. Et lorsque, le lendemain en fin de matinée, Mademoiselle Crespi alla porter au vieux peintre deux œufs à la coque et une tasse de thé, elle le trouva mort.

Il reposait sur son lit, tout habillé, placide et boursouflé, les mains croisées sur la poitrine. Une grande toile carrée de plus de deux mètres de côté était posée à côté de la fenêtre, réduisant de moitié l'espace étroit de la chambre de bonne où il avait passé la plus grande partie de sa vie. La toile était pratiquement vierge : quelques traits au fusain, soigneusement tracés, la divisaient en carrés réguliers, esquisse d'un plan en coupe d'un immeuble qu'aucune figure, désormais, ne viendrait habiter.

FIN

Paris, 1969-1978

					Morellet	Simpson Troyan Troquet		
Honoré	SMAUTF	SUTTON	ORLOW-SKA	ALBIN		PLASSAERT		
HUTTING	GRATIOLET		CRESPI	NIETO & ROGERS	*Jérôme*	*Fresnel*		
							BREIDEL	VALENE
Brodin-Gratiolet						*Jérôme*		
CINOC	Docteur DINTEVILLE					WINCKLER		
Hourcade	*Gratiotel*					*Hébert*		
REOL	RORSCHASH					FOULEROT		
Speiss						*Echard*		
BERGER	*Grifalconi*					MARQUISEAUX		
	Danglars			ESCALIERS		*Colomb*		
BARTLEBOOTH						FOUREAU		
	Appenzzell					DE BEAUMONT		
ALTAMONT								
MOREAU						LOUVET		
ENTRÉE DE SERVICE	MARCIA	ANTIQUITÉS	*Claveau* LOGE NOCHERE	HALL D'ENTRÉE		*Massy* MARCIA		
CAVES	CAVES	CHAUFFERIE	CAVES	MACHINERIE DE L'ASCENSEUR		CAVES	CAVES	CAVES

Plan de l'immeuble
les noms en italique sont ceux des anciens occupants.

PIÈCES ANNEXES

INDEX

Aachen, voir Aix-la-Chapelle, 375.

Aarhus, 577.

Abbaye d'Hautvillers, 554.

Abbeville, 119.

ABC du travailleur, L', Edmond About, 278.

ABEKEN, conseiller de Bismarck, 598.

Aberdeen, 475.

Abidjan, 546.

Abigoz (Iowa), 392, 393.

Abrégé historique de l'origine et des progrès de la gravure..., de Humbert, 224.

Académie de médecine, 576.

Acapulco, 54, 547.

Adamaoua, hauts plateaux du Cameroun, 110.

ADÈLE, cuisinière de Bartlebooth, 153.

Aden (Arabie), 72, 73.

Aeroe (Danemark), 519, 520.

Aesculape, revue médicale, 255.

AETIUS, général romain, v. 390-454, 120, 294.

Afghanistan, 317.

Afrique, L', porcelaine de Saxe, 516.

Afrique, 73, 83, 228, 288, 311, 363, 364, 381, 412, 414, 415, 418, 516.

Afrique du Nord, 71, 83, 238, 589.

Afrique noire, 72, 319.

Agadir, 84.

AGAMEMNON, personnage de l'*Iphigénie* de Racine, 381.

Agamemnon, tragédie de Népomucène Lemercier, 450.

Age de raison, L', de Jean-Paul Sartre, 538.

Age doré, L', de Mark Twain, 566.

Agen, 260.

Agnat va se mettre en colère, L', roman policier, 266.

AGRICOLA (Martin Sore, dit Martin), compositeur allemand, Schiebus, 1486, - Magdebourg, 1556, 454.

AGUSTONI (Henri), metteur en scène suisse, 451.

AHMED III, sultan, 122, 123.

607

Aiglon, L', (François-Charles-Joseph-Napoléon Bonaparte, duc de Reichstadt, dit), Paris 1811 - Schönbrunn, 1832, 204.
Aigues-Mortes, 245.
Aix-en-Provence, 162.
Aix-la-Chapelle, 225, 375.
Ajaccio, 260, 498.
Akkas, peuple nain d'Afrique, 363.
Aktuelle Probleme aus der Geschichte der Medizin, 580.
A la dure, de Mark Twain, 566.
Alamo, 330.
A la renommée de la bouillabaisse, restaurant parisien, 276.
ALBERT (Stephen), 333.
Albi, 260.
ALBIN (Flora, née Champigny), 168, 220, 258, XLVIII, **271-273**, 292, 550, 551, 571, 600, 602.
ALBIN (Raymond), **220-222**, 271.
ALBIN (René), 271, 272.
Album d'images de la villa Harris, Emmanuel Hocquard, 703.
Alcyon, L', yacht de Bartlebooth, 313.
ALDROVANDI (Ulysse), naturaliste, Bologne, 1527-1605, 363.
ALEXANDRE LE GRAND, roi de Macédoine, v. 356-v. 323, 456.
ALEXANDRE III (Alexandrovitch), 1845-1894, empereur de Russie, 198.
Alexandrie (Egypte), 412.
ALEXIS Ier MIKHAILOVITCH, 1629-1676, empereur de Russie, 502.
ALFIERI (Vittorio), 1749-1803, 450.

Alger, 219, 236, 260, 461, 462, 465, 467, 468.
Algérie, 259, 346, 493.
Algésiras, 54.
Alice, personnage de Lewis Carroll, 470.
ALKHAMAH, émir, 26, 292.
ALIKUT, chef indien, 552.
ALLÉGRET (Yves), 349.
Allemagne, 43, 184, 259, 318, 376, 439, 592.
Alliance Building Society, Compagnie d'assurances, 480.
Alliance française, 95.
Almanach du turfiste, etc., 276.
Almanach Vermot, 53.
Alnwick (Grande-Bretagne), 519, 520.
Allouis, 571.
Alritam, fleuve de Sumatra, 144.
ALTAMONT (Blanche, née Gardel), 58, 65, 89, XIX, 97, XXV, 143, 144, 150, 169, 201, 213, 216, 217, 276, 277, 280, 292, 358, LXII, 372, 378, LXIX, 409, 425, 453, LXXXVIII, **532-538**, 541, 548, 558, 598, 599.
ALTAMONT (Cyrille), 151, 169, 373, 376, 377, 408, 410, 453, **536-539**, 548, 598, 599.
ALTAMONT (Véronique), 51, 151, 453, 483, 533, 534, 537, 538, 541, 599.
Ama, tribus de plongeuses japonaises, 358.
AMANDINE, écuyère, 484.
AMARA (Iraq), 571.
AMATI, famille de luthiers de Crémone, 488.

Ambassadeurs, Les, cinéma parisien, 448.

Ambassadors, The, night-club londonien, 547.

AMBERT Véronique (Elizabeth de Beaumont), 192.

Ambitions perdues, Les, pièce de Paulin-Alfort, 308.

Amère victoire, roman de René Hardy, 372.

AMERICAN HORSE, chef indien, 552.

American Journal of Cartography, 475.

American Journal of Fine Arts, 227.

Amérique, L', porcelaine de Saxe, 516.

Amérique, 70, 116, 185, 365, 374, 399, 442, 459, 463, **473-476,** 478, 502, 516.

Amérique centrale, 83, 475, 532.

Amérique du Nord, 83, 375.

Amérique du Sud, 83, 163, 208, 319, 440, 517.

Amour et Psyché, de Gérard, 556.

Amour, Maracas et Salami, film hispano-marocain de Gate Flanders, 332.

Amsterdam, 39, 117, 126, 292, 353, 479.

ANACLET II ; antipape (1130-1138), 25.

Anadalams (Kubus, Orang-Kubus), peuple de Sumatra, 144, 146.

Anafi (Cyclades), 168, 519, 520.

Anamous et Pamplenas, émission de télévision de R. Rorschash, 95.

Ancône, 434.

Andalousie, 25.

Andaman (îles du golfe du Bengale), 83.

ANDERSSEN, joueur d'échecs, 409.

Andes, 219.

ANDRUSSOV, ingénieur russe, 432.

Angelica, héroïne de l'*Orlando* d'Arconati, 40, 294.

Angelus, L', de Millet, 63.

Angkhor-Vat, 60.

Angleterre, 59, 83, 120, 122, 129, 188, 190, 192, 195, 246, 259, 414, 415, 454, 519, 536, 542, 551.

ANGO ou ANGOT (Jean), armateur dieppois, v. 1480-1551, 476.

Angola, 429.

ANGST (Werner), 548.

Ankara, 50, 386, 389, 390.

Annales, Les, 502.

Annales des maladies de l'oreille et du larynx, 404.

Anneaux du Diable, jeu turc, 50.

Annecy, 260.

Année sociologique, L', 146.

Antikvarisk Tidsskrift, 124.

Antilles, 353, 475, 476, 486.

Antiquarian, marque de whisky, 543.

ANTON, tailleur parisien, 244, 246.

Apaches, tribu indienne, 552.

Apis mellifica L., 487.

APOLLINAIRE (Wilhelm Apollinaris de Kostrowitsky, dit Guillaume), poète français, Rome, 1880-Paris, 1918, 368.

Apopka (lac), 504.

Apothicaire, L', tableau de J.-T. Maston, 532.

Appalaches, 568.

APPENZZEL (Marcel), ethnologue autrichien, 88, **144-150**, 276.

APPENZZEL (Mᵐᵉ), sa mère, 90, 150.

Arabian Knights, The, de C. Nunneley, 333.

Arabie, 72, 73, 459, 565.

Aramis, personnage d'Alexandre Dumas, 566.

ARANA (Mᵐᵉ), première concierge de l'immeuble, 88, 220, 279.

Arches (Vosges).

ARCHIMÈDE, savant grec de Syracuse, v. 287-v. 212, 456.

Archives internationales d'Histoire des Sciences, 580.

ARCONATI (Julio), compositeur italien, 1828-1905, 40, 294.

Ardennes, 40, 187, 197, 537.

Arès au repos, sculpture de Scopas, 174.

Argalastès, 363.

Argentine, 113, 130, 313.

Arkhangelsk, 293, 362.

Argonne, 56, 297.

ARISTOTE, philosophe grec, v. 384-v. 322, 363.

ARISTOTELÈS (Melchior), producteur de cinéma, 356.

Arlequin, personnage de la comédie italienne, 179.

Arles, 180, 188, 260.

Arlon (Belgique), 182, 184.

Arminius, personnage de la mythologie allemande, 58.

ARMSTRONG, constructions navales, 545.

ARNAUD DE CHEMILLÉ, historien

et hagiographe français, 1407 ?-1448 ?, 119, 121.

ARON (Raymond), idéologue français, 307.

ARONNAX (Pierre), naturaliste français, 1828-1905, 363.

Arpajon, 535.

Arras, 345.

Arrivée des bateaux de pêche, de F.H. Mans, 516.

Ars vanitatis, 181.

Artaban, 307.

ARTAGNAN, D', personnage de Alexandre Dumas, 207, 326, 566.

ARTAUD (Antonin), écrivain français, 1896-1948, 368.

Art d'être toujours joyeux, L', de J.-P. Uz, 362.

Arte brutta, 64.

Artesia (New Mexico, Etats-Unis), 519, 522, 523.

Art et Architecture d'aujourd'hui, 75.

Artigas (Uruguay), 519.

Asama, croiseur japonais, 545.

ASCLÉPIADE, médecin grec, v. 124-v. 40, 297, 578, 580.

Ascona, 225.

ASHBY (Jeremiah), **503-506**.

ASHBY (Ruben), **503-506**.

ASHTRAY (Anthony Corktip, Lord), **551-553**.

Asie, 83, 273, 318, 365, 414, 463.

Asnières, 175.

ASPREY, maroquinier londonien, 427.

Assassinat des poissons rouges, L', roman policier, 285.

Assassin laboureur, L', roman policier, 266.

Association interprofessionnelle des Industries du Bois et Assimilés (Australie), 471.

Assuerus, opéra de H. Monpou (1837), 552.

ASTRAT (Henri), **299-301**.

Asturies, 26, 27.

Athletic, marque de cigarettes, 310.

Athos, personnage d'Alexandre Dumas, 566.

Atlas, personnage de la mythologie grecque, 375, 511.

ATTILA, roi des Huns, v. 395-453, 120, 294.

ATTLEE (Clément-Richard), homme politique anglais, 1883-1967, 555.

Atri, 226.

AUBER (Daniel-François-Esprit), compositeur français, 1782-1871, 260.

Aubervilliers, 317.

Auckland's Gazette and Hemisphere, 551.

AUGENLICHT (Arnold), coureur cycliste autrichien, 435.

Au pilori, 150.

Aurore, L', 53.

AUSTEN (Jane), romancière anglaise, 1775-1817, 406.

Australasie, 471.

Australie, 414, 469, 470, 480, 484.

Autery, 533.

Autriche, 122, 198, 519.

Autriche-Hongrie, 122.

Auvergne, 233, 260.

AUZÈRE (Lubin et Noël), architectes, 571.

Avaleur n'attend pas le nombre des années, L', assiette décorée, 317.

Avalon (Californie, U.S.A.), 417.

Aventures de Babar, Les, de Jean de Brunhoff, 453.

Aventures de Huckleberry Finn, Les, de Mark Twain, 566.

Aventures de Tom Sawyer, Les, de Mark Twain, 566.

Aveynat (pont de l'), 435.

Avignon, 188.

Avvakoum, 502.

Ayrton, personnage de Jules Verne, 47.

AZIZA, danseuse du ventre, 591.

Azincourt, 80.

Baatan (Philippines), 471.

Babar, personnage de Jean et Laurent de Brunhoff, 453.

BABILÉE (Jean Gutmann, dit Jean), danseur français, 537.

Bab Fetouh (Maroc), 311.

Babillard, Le, pièce de Boissy, 451.

BACH (Johan-Sebastian), compositeur allemand, 1685-1750, 136.

BACHELET (Th.), lexicographe français, 363.

BACHELIER (Henri), 333.

BACON (Francis), peintre irlandais, 525.

Bagnols-sur-Cèze, 183, 184.

Bahamas, 485, 517.

Baie d'Hudson, 252.

Baignol et Farjon, marque de plumes, 310.

BAILLARGER (Florent), 502.

Bain turc, Le, de Ingres, 64, 293.

Bâle, 362, 577, 580.

Bali, 520, 521.

611

BALLARD (Florence), 140.

Ballets Frère, 535, 538.

Ballets de Paris, 537.

BALTARD (Victor), architecte français, 1805-1874, 221.

Baltique, 99.

Baltistân, 502.

Bamako, 286.

Bamberg, 266.

Banania, 91.

B and A, cabaret de Las Vegas, 547.

Bandar (Masulipatam, Inde), 83.

Bank of Australia, 479.

Banque du Hainaut, 492.

Bao-Dai, 555.

BARBENOIRE, agitateur politique, 441.

BARBOSA-MACHADO (Diego), littérateur portugais, 1682-1770, 226.

Barcelone, 460, 485.
Collège de Sainte-Thérèse-de-Jésus, 597.

Bari, 571.

Bar-le-Duc, 165.

BARNAVAUX (Jules), 353.

Baronne, La, sobriquet de Berthe Danglars, 495.

Baron Rouge, Le, aviateur allemand de la Première Guerre mondiale, 205.

BARRETT (Henry), 240.

BARRETT, gangster américain, 442.

BART (Jean), marin français, 1650-1702, 260.

BARTHOLDI (Frédéric-Auguste), sculpteur français, 1834-1904, 570.

BARTLEBOOTH (James Aloysius), 480.

BARTLEBOOTH (Jonathan), 129, 480.

BARTLEBOOTH (Percival), 1900-1975, 21, 27, 36, **41-45**, **48-50**, 56, 58, 59, 65, 66, **80-84**, 86 89, 95, 96, 112, 129, XXVI, **152-158**, **166-168**, 206, 221, **251-253**, 276, 281, 292, 309, 312, 313, 340, LXX, **412-420**, **427-430**, 454, 455, LXXX, **478-482**, 498, LXXXVII, 515, 517, **527-531**, 549, XCIX, **596-598**, 600.

BARTLEBOOTH (Priscilla, née Sherwood), 129, 155, 480, 515.

BARTON (F.), explorateur anglais, 479.

Bataille de la mer de Corail, La, 471.

Baton Rouge (Louisiane, U.S.A.), 504.

Baucis (voir Philémon), atelier de verrerie, 79, 533, 534.

BAUDELAIRE (Charles), écrivain français, 1821-1867, 368.

BAUGÉ, Hospice des Incurables, 119.

BAUMGARTEN (C.F.), musicien allemand, 136.

BAYARD (Pierre du Terrail, seigneur de), 1475-1524, 260.

Beast (Julien Etcheverry, dit *The*), chanteur pop, 180.

Beauce, plaine française, 441.

BEAUFORT (François de Bourbon-Vendôme, duc de), 1616-1669, 449.

BEAUFOUR, duchesse de, 492.

BEAUGENCY, 119, 209.

BEAUMONT (Adelaïde de), mère

de Fernand, 40, 89, 191, 192, 194.

BEAUMONT (Elizabeth de, épouse Breidel), 39, 40, 183, 186, 187, **190-194**, 197, 453, 498, 558, 565, 600.

BEAUMONT (Fernand de), archéologue français, **24-27**, 39, 40, 81, 190, 280, 454, 455.

BEAUMONT (Sosthène de), 183.

BEAUMONT (Vera de, née Orlova), 21, II, 23, **38-41**, 168, XXXI, **181-183**, 187, 190, 197, XL, 230, 280, 393, 440, 452, 453, 459, 550, 601.

Beaune, 202, 349.

Beauvais, 341, 515.

BÉCAUD (François Silly, dit Gilbert), 206, 292.

BECCARIA (Cesare Bonesana, marquis de), juriste italien, 1738-1794, 123, 126, 129.

BECQUERLOUX (René), 535.

BÈDE (dit le Vénérable, saint), érudit et historien anglo-saxon, 673-735, 120.

BEETHOVEN (Ludwig Van), compositeur allemand, 1770-1827, 241, 372.

BEHIER (Louis-Jules), médecin français, 1813-1876, 404.

Beitrage zur feineres Anatomie, de Goll, 502.

Belaï el Roumi, nom arabe de Pelage, 26.

Belgique, 519.

Belgrade, 122.

Bel Indifférent, Le, film de Jacques Demy d'après J. Cocteau, 564.

Belle, jument, 425.

Belle Alouette, La, restaurant parisien, 323.

« Belle de May » (Olivier-Jérôme Nicolin, dit), 369.

Belle et la Bête, La, film de René Clément et Jean Cocteau (1946), 433.

BELLERVAL, comte de, 353.

Belles de nuit, Les, film de René Clair, 214.

BELLETO (René), 695, 703.

BELLINI (Lorenzo), anatomiste florentin, 1643-1704, 576, 579.

BELLMER (Hans), graveur allemand, 1902-1975, 45, 296, 695.

BELMONDO (Jean-Paul), 94.

BELT (Vivian), 569.

BEMBO (Bonifacio), miniaturiste italien (xvᵉ siècle), 432.

BENABOU (Marcel), 333.

BENEDETTI (Vincent), diplomate français, 1817-1900, 598.

Bengale, 83.

Beni (Bolivie), 200.

BENNETT (James Gordon), journaliste américain, 1795-1872, 363.

BENSERADE (Isaac de), poète français, v. 1613-1691, 353.

BEPPO, violoniste italien du xviiiᵉ siècle, 573.

BERANGER (Pierre-Jean de), poète français, 1780-1857, 260.

BEREAUX (Emile), 205.

BEREAUX (Jacques), 205.

BEREAUX (Marie, épouse de Juste Gratiolet), 1852-1888, 205.

BERG (Alban), compositeur autrichien, 1885-1935, 601.

BERGEN, 85, 571.

BERGER (Charles), 280, **367-371**, LXXXV, 507.

BERGER (Gilbert), 206, 207, 256, 292, LXI, 367, 370, 379, 591, 599.

BERGER (Lise), 292, 367, 370, 371, 598.

BERGOTTE, écrivain français, personnage de Marcel Proust, 354.

BERIA (Lavrenti Pavlovitch), homme politique soviétique, 1899-1953, 555.

Berlin, 39, 300, 409, 547, 601.

BERLINGUE (comtesse de), 352.

BERLOUX, chef d'îlot, 88, 382.

Berma (La), tragédienne, personnage de Marcel Proust, 354.

BERMAN (Irving T.), ingénieur américain, 375.

BERNADOTTE (comte), médiateur suédois de l'O.N.U., 555.

BERNANOS (Georges), écrivain français, 1888-1948, 533.

Bernard, boucherie à succursales multiples, 406.

BERNARD (Claude), physiologiste français, 1813-1878, 562.

Bernay, 318.

BERNSTEIN (Henry), auteur dramatique français, 1876-1953, 308.

BÉROALDE DE VERVILLE (François), écrivain français, 1558-1612, 343.

Beromünster, 571.

Berry, 108.

BERRY (Charles-Ferdinand, duc de), 1778-1820, 183.

BERRY (Jules Paufichet, dit Jules), acteur français, 1889-1951, 589.

BERTIN (François, dit l'Aîné),

journaliste français, 1766-1841, 354.

BERYL, princesse, 60.

BERZELIUS (Ernst), érudit suédois, 124, 126, 128, 129.

Besançon, 260, 342.

BESCHERELLE (Louis-Nicolas, dit l'Aîné), lexicographe français, 1802-1884, 363.

BESNARD (Marie), 379.

Bête noire, La, revue d'avant-garde, 499.

Bêtes de la nuit, Les, sculpture monumentale de Franz Hutting, 58.

Betharram (grottes de), 522, 523.

Bethléem, 325, 394.

BEYSSANDRE (Charles-Albert), critique d'art, 64, 96, 481, 517, 524-531.

Beyrouth, 63, 205, 547.

Bibliografia urologica, de Ceneri, 580.

Bibliographie critique des sources relatives à la mort d'Adolf Hitler..., de M. Echard, 555.

Bibliotheca Lusitania, de Diego Barbosa-Machado, 226.

Bibliothèque centrale du 18e arrondissement, 555.

Bibliothèque de l'Institut pédagogique, 307.

Bibliothèque nationale, 184.

Bibliothèque de l'Opéra, 299-301.

Bibliothèque Sainte-Geneviève, 363.

BIDOU (D.), peintre, 574.

BIG MIKE, chef indien, 552.

BIG MOUTH, chef indien, 552.

BINDA (Alfredo), coureur cycliste italien, 435.

Birds, The (les Oiseaux), film d'Alfred Hitchcock, 448.

Birmingham, 119.

BIRNBAUM (Laszlo), chef d'orchestre, 522.

BISHOP (Jeremy), 470, 471, 484.

BISSEROT (Pierre), pacemaker, 438.

BLACK BEAVER, chef indien, 552.

BLANCHARD (Jacques-Emile), caricaturiste français, 141.

BLANCHET (Roland), **493-495**.

BLOCK (Pierre), musicien français, 411.

Blondine, personnage de *l'Enlèvement au Sérail* de Mozart, 230.

Bohême, 424.

Bohême, La, opéra de Puccini, 300.

BÖHM (Karl), chef d'orchestre, 300.

Boire un petit coup c'est agréable, chanson de Boyer et Valbonne, 507.

BOISSY (Louis de), auteur dramatique français, 1694-1758, 451.

Bois de Boulogne, 155.

BOLIVAR (Simon-José-Antonio), général sud-américain, 1783-1830, 57.

Bolivie, 200.

Bologne, 362, 434, 460, 576, 577.

Bombastinus, sobriquet de Lazare Meyssonnier, 576.

Bombay, 83, 386, 502.

BONACIEUX (Constance) personnage des *Trois Mousquetaires,* 207.

BONAPARTE (Napoléon) voir Napoléon Ier, 64.

Bonhommes Guillaumes, Les, spectacle d'automates, 496.

Boniface, âne, 312.

BONNAT (Léon), peintre français, 1833-1922, 35.

Bonne recette, La, caricature, 458.

BONNETERRE (François-Marie), marin canadien, v. 1787-1830 ?, 363.

BONNOT (Jean), 303.

Booz endormi, poème de Victor Hugo, 342.

Borbeille, médecin, personnage de G. Berger, 210.

BORBEILLE (Isabelle), sa fille, 210.

Bordeaux, 202, 260, 365, 553, 704.

BORGES (Jorge Luis), 695.

BORIET-TORY (J.), chirurgien suisse, 353, 356.

Boris Godounov, opéra de Moussorgsky, 493.

Bornéo, 83, 273.

BOROTRA (Jean), champion de tennis, 256.

Borrelly, Joyce and Kahane, distillateurs de whisky, 378.

BOSH (Hieronymus van Aeken, dit Jérôme), peintre flamand, 1450-1516, 39.

Bosnie, 496.

BOSSEUR (J.), critique d'art, 58.

BOSSIS (Héléna), actrice française, 586.

BOSSUET (Jacques-Bénigne), écrivain français, 1626-1704, 260.

Boston, 116, 121, 122, 129, 167.

BOTTECCHIA (Ottavio), champion cycliste italien, 1894-1927, 435.

BOUBAKER, **336-340**.

Boudinet, chien de Madame Nochère, 214.

Bougret, commissaire, personnage de Marcel Gotlib, 209.

BOUILLET (Marie-Nicolas), lexicographe français, 1798-1864,
363.

BOUISE (Jean), acteur français,
94.

Bou Jeloud (Maroc), 311.

BOULANGER (Georges), général
français, 1837-1891, 141.

BOULEZ (Pierre), chef d'orchestre français, 204.

BOULLE (Pierre), écrivain français, 485.

BOUNINE (Ivan Alexeïevitch), romancier russe, 1870-1953, 454.

Bounty (archipel des), 234.

BOURG-BAUDOIN, 432.

Bourg-d'Oisans (Le), 435.

Bourges, 260.

BOURVIL (André Raimbourg,
dit), acteur français, 1917-
1970, 94.

BOUVARD, voir Ratinet, 407.

Bouzy, 553.

Bovril, 541.

BOWMAN (William), anatomiste
anglais, 577, 580.

Box (Patrick Oliver), explorateur anglais, 502.

Boxers, 97.

BOYER, compositeur de chansons, 507.

Bradshaw's Continental... Guide,
261.

Bras d'or, Le, cabaret d'Acapulco, 547.

BRAUN (Eva), 555.

BRAUN (Wernher von), 374.

Bregenz, 523.

BREIDEL (Anne), 38, 40, 51, 197,
198, 229, 230, **232-234**, 292,
453, 550, 600.

BREIDEL (Armand), 453.

BREIDEL (Béatrice), 38, 40, 51,
197, 229, 230, 233, 292, 453,
590, 600.

BREIDEL (Elizabeth, née de
Beaumont), voir Beaumont,
182-184, 197.

BREIDEL (François), 40, 182,
183, 194, 196, 197, 453.

BREIDEL (les parents), 182.

Brésil, 327.

BRETENGASSER, musicien allemand du XVIe siècle, 454.

Bretagne, 583, 588.

BRETZLEE (George), romancier
américain, 153.

Briançon, 435.

BRIDGETT (Mrs), hôtelière anglaise, 540.

BRINON (Fernand de), homme
politique, 1885-1947, 345.

Brisbane (Australie), 471.

BRISSON (Mathieu-Jacques), naturaliste français, 1723-1806,
363.

Britannicus, tragédie de Jean
Racine, 381.

*British Association for the Ad-
vancement of Sciences*, 473.

Brive, 196.

BRIZARD (Marie), 21, 174.

BRODIN (Antoine), 109, 111,
502, 503.

BRODIN (Hélène, née Gratiolet),
168, 345, 380, **502-506**.

BRONDAL (Viggo), linguiste danois, 148.

Brouwershaven (Pays-Bas), 81, 83.

BROWN (Jim), voir Mandetta (Guido), 126.

BROWNE (Sir Thomas), écrivain anglais, 1605-1682, 363.

Bruges (Belgique), 472.

Bruges l'enchanteresse, film touristique avec Olivia Norvell, 485.

BRUGNON (Jacques), tennisman français, 256.

BRUNIER, pistard français, 435, 436.

Bruxelles (Belgique), 58, 183, 225, 244, 246.
Place St-Gilles, 520.

Buchenwald, 160, 246.

BUCKLEY (Silas), négrier, 400.

Buenos Aires, 440, 441.

Bulles secrètes et la Question des antipapes, Les, 25.

Bulletin de l'institut de Linguistique de Louvain, 333.

Bureau central des P. & T. du XVII⁰ arrondissement, 170.

Burlington Magazine, 227.

BURNACHS (Marcel-Emile), 304.

BUTOR (Michel), 372, 695.

Buzançais, 425.

BYRON (George Gordon Noël, 6⁰ baron, dit Lord), poète anglais, 1788-1824, 59.

Cabaret de la Belle-Meunière, restaurant de l'Exposition universelle, 497.

CABET (Etienne), socialiste français, 1788-1856, 562.

CABOT (Jean), en it. Giovanni

Caboto, navigateur italien, v 1450-1498, 476.

CABRAL (Gonsalvo Velho), navigateur portugais, du XVᵉ siècle, 476.

CABRAL (Dom Pedro Alvarez), navigateur portugais, v. 1460-1526, 476.

Cadavre va vous jouer du piano, Le, roman policier, 266.

CADIGNAN (Marc-Antoine Cadenet, seigneur de), mémorialiste français, 1595-1637, 77.

Cadouin, chef-lieu de c. de la Dordogne, 119.

Caeduceus, revue médicale, 255.

Caen, 31, 260, 575.

Café Laurent, café littéraire parisien du XVIIIᵉ siècle, 122.

Cahors, 202.

CAILLAVET (Gaston Arman de), auteur dramatique français, 1869-1915, 325.

Caisse d'épargne, 594.

CALDER (Alexander), artiste franco-américain, 379.

Caledonian Society, 475.

Caliban, marque d'imperméable, 564.

Californie, 417, 429, 442, 601.

CALLAS (Maria Kalogeropoulos, dite La), cantatrice internationale, 1923-1977, 300.

COLQUHOUN OF DARROCH (Smighart), secrétaire de la *Caledonian Society,* 474.

Calvi (Corse), 353.

CALVINO (Italo), 695.

CAMBACÉRÈS (Jean-Jacques Régis, de, duc de Parme), homme politique, 1753-1824, 260.

CAMBINI (Giuseppe), compositeur italien, 1740-1817, 136.

CAMELOT (Kex), pseudonyme d'Arnold Flexner, 230.

Caméra, Le, cinéma parisien, 564.

Cameroun, 73, 108, 110.

CAMPEN (Lucien, dit Monsieur Lulu), 185.

Camus (baie de, Irlande), 81.

Canada (hôtel), 54, 519, 540.

Canaries (Iles), 485.

Cannes, 214, 318.

Canton (Chine), 83.

CAPACELLI (F.A.), dramaturge italien, 362.

Cap Horn, 233.

Capitaine Fracasse, Le, restaurant français de New York, 330.

Cap Nord, 83.

CAPPIELLO (Leonetto), affichiste français, 1875-1942, 91.

Cap Saint-Vincent (Portugal), 412.

Caraïbes, 485, 517.

Carcassonne, 119.

Carennac (Lot), 362.

Caribean's, night-club de la Barbade, 547.

CARLOS, voir Lopez Aurelio, 383, 384, 389, 391, 392.

CARMONTELLE (Louis Carrogis, dit), peintre français, 1717-1806, 398.

Carolines (Iles), 81.

CARPACCIO (Vittore), peintre vénitien, v. 1460-v. 1526, 553.

CARPENTIER (Georges), boxeur français, 117.

Carré blanc sur fond blanc, Un, de Malevich, 64.

CARROLL (Lewis), pseudonyme de Charles Lutnidge Dodgson, écrivain anglais, 1832-1898, 470.

Carte particulière de la mer Méditerranée..., de François Ollive, 408.

CARUSO (Enrico), ténor napolitain, 1873-1921, 328.

Case de l'Oncle Tom, La, roman d'Harriett Beecher Stowe (1852), 52.

CASSANDRE (Adolphe Mouron, dit), affichiste français, 134.

CASTELFRANCO (Angelina, di), actrice italienne, personnage de G. Berger, 209.

Cavalier de coupe, le, lame de tarot, 93.

Cavalier's, cabaret de Stockholm, 547.

Célèbre Grenouille sauteuse de Calavéras, La, de Mark Twain, 566.

Célèbes (Ile), 83, 318.

CENERI (Paolo), bibliographe italien, **577-580**.

Cent-Jours, Les, roman inachevé d'A. de Routisie, 362.

Centre national de la recherche scientifique (C.N.R.S.), 265, 277, 340.

Ce qu'est l'Homme, de Mark Twain, 566.

Cercle polaire, 83.

CERVANTES Y SAAVEDRA (Miguel de), écrivain espagnol, 1547-1616, 236.

Césarée, 120.

Ces dames aux chapeaux verts, de Germaine Acremant, 272.

C'est à l'amour auquel je pen-

se, chanson de Françoise Hardy, 559.

C'est si beau, yacht de Roseline Trévins, 548.

Cette faucille d'or dans le champ des étoiles, opéra de chambre de P. Schapska d'après le *Booz endormi* de Victor Hugo, 342.

Ceuta (Espagne), **24-26**, 468.

Cévennes, 196, 326.

Ceylan, 83, 385, 414.

CÉZANNE (Paul), peintre français, 1839-1906, 422, 526.

Chalia-la-Rapine, cambrioleur mythique, 493.

Chalindrey (Haute-Marne), 502.

Chambéry, 346.

Chambord, 523.

Chambre des députés (Palais-Bourbon), 564.

CHAMPIGNY (Flora), voir Albin, **220-222**, 494.

Champigny-sur-Marne, église St-Saturnin, 269.

CHAMPION DE CHAMBONNIÈRES, (Jacques), claveciniste français, 1601-1672, 319.

CHAMPSAUR (Félicien), romancier français, 140.

Champs Catalauniques, 120, 294.

Champs-sur-Marne, 522.

CHANDLER (Raymond Thornton), romancier américain, 1888-1959, 508.

Chanel, 133.

Chant du Départ, Le, hymne patriotique de M.-J. Chénier et Méhul, 353.

Chantilly, 515.

Chapeau de paille d'Italie, Le, pièce d'Eugène Labiche, 562.

CHAPELLE (Claude-Emmanuel Lhuillier dit), poète français, 1626-1686, 364.

Chapelle-Lauzin, La, 119.

Characteristica universalis, de Leibniz, 333.

CHARDIN (Jean), voyageur français, 1643-1713, 230.

CHARDIN (Jean-Baptiste Siméon), peintre français, 1699-1779, 516.

CHARITY (Jacques L'Aumône, dit James), chanteur pop., 180.

CHARLEMAGNE, 742-814, 567.

CHARLES Iᵉʳ STUART, roi d'Angleterre, 1600-1649, 101, 478.

CHARLES II, roi d'Espagne, 1661-1700, 265.

CHARLOT (Charles Spencer, dit Charlie Chaplin, dit), acteur américain, 1889-1977, 414.

CHARLOTTE, partenaire d'Henri Fresnel, 325, 327.

Charny, 55, 311.

Chartres, 260, 303.

Chasse à l'auroch, carton de Fernand Cormon, 492.

Chat, Le, personnage d'un roman policier d'A. Flexner, 230.

CHATEAUBRIAND (François-René, vicomte de), écrivain français, 1768-1848, 368.

Châteaux de la Loire, 313.

Château de la Muette (Paris), 159, 161, 163.

Château d'Oex (Suisse), 184.

Châteaudun, 260.

Châteaumeillant, 119.

CHATEAUNEUF (comte de), personnage de G. Berger, 207, 209.

CHATEAUNEUF (Eudes de), son ancêtre, personnage de G. Berger, 209.

Châtiments, Les, poèmes de Victor Hugo, 88.

Châtiment d'Hitler, Le, essai (inachevé) de M. Echard, 555.

Chatou, 535.

CHAUDOIR (baron de), numismate français, 433.

Chaumont-Porcien (Ardennes), 40, 41, 182, 186, 197, 295, 393.

Chaussons rouges, Les, film de Michael Powell, 542.

Chavignolles, 31.

CHAZELLES (DE), propriétaire foncier, 570.

Chefs-d'œuvre en péril, émission de télévision, 96.

CHENANY (Jeanne de), graveur français du XVIIe siècle, 224.

CHENARD et WALKER, marque d'automobile, 155, 454.

Cheops, Le, boîte de nuit parisienne, 440, 441.

Cheval d'Orgueil, Le, récit de P.-J. Hélias, 372.

CHEVALIER (Maurice), chanteur français, 1888-1972, 299, 328.

Chevreuse (vallée de), 155.

Cheyennes, tribu indienne, 552.

« Chez Riri », café-tabac, 47, 437.

« Chez Rumpelmayer », salon de thé, 193.

Chicago (Illinois, U.S.A.), 107, 472.

CHIEF WINNEMUCCA, chef indien, 552.

Chien français, Le, revue cynéphilique, 510.

Children's Corner, de Claude Debussy (1908), 215.

Chili, 313.

Chimène, sculpture, 584.

Chine, 368, 433, 459, 489, 524, 576.

Chirâz (Iran), 432, 460.

Chiricachuas, tribu indienne, 552.

Chisholm, clan écossais, 598.

Cholet (Maine-et-Loire), 195.

CHOPIN (Frédéric), musicien français, 1810-1849, 78, 296.

CHRISTIE (Agatha-Mary-Clarissa Miller, dite Agatha) romancière anglaise, 1891-1976, 209, 695.

CHRISTINE, reine de Suède, 1626-1689, 123.

CHRISTO, artiste-peintre, 584.

CHURCHILL (Sir Winston Leonard Spencer), homme d'Etat, 1874-1965, 415.

Chypre, 83.

CICÉRON (Marcus Tullius Cicero), orateur latin, v. 106-v. 43, 316.

Cid, Le, tragi-comédie de Pierre Corneille, 209, 450.

Cimetière du Père-Lachaise, 406.

Cincinnati (Ohio, U.S.A.), 230.

Cinémathèque du palais de Chaillot, 52.

Cinématographie française, La, revue professionnelle, 569.

Cinna, 381.

CINOC (Albert), 257, 278, 292, LX, 359-363, LXXXIV, 501, 599, 601.

CISSAMPELOS (Mme), gérante d'une pension de famille, 496.

Citizen Kane, film d'O. Welles, 354.

CLAIR (René Chomette, dit René), cinéaste français, 214.

Clairvaux, 119.

Classification décimale universelle (C.D.U.), 27, 265.

CLAVEAU (Madame), ancienne concierge de l'immeuble, 36, 89, 168, 211, 220, 272, 279, 360, 490.

CLAVEAU (Michel), son fils, 36, 84, 211.

CLAWBONNY (T.), banquier, 493.

CLÉMENCE, cuisinière, inventeur du beurre blanc, 425.

CLERAY, maroquinier parisien, 491.

Clermont (Meuse), 56.

Clermont-Ferrand, 260, 523.

CLIFFORD (Augustus Brian), 205.

CLIFFORD (Haig Douglas), baryton anglais, 300.

Clocks and Clouds, roman policier, 199.

CLOVIS, roi des Francs, 120.

Club-Nemo, cabaret de Dempledorf, U.S.A., 601.

COCHET (Henri), tennisman français, 256.

Cochinchine, 259.

COCHISE, chef indien, 552.

Cocos weddelliana, 422.

Code des impôts, Le, 64.

CŒUR (Jacques), 260.

COLBERT (Jean-Baptiste), homme politique, 1619-1683, 296, 554.

COLERIDGE (Samuel Taylor), poète anglais, 1772-1834, 225.

COLIN (Paul), affichiste français, 134.

Collège Chaptal, 160, 165.

Collège de France, 265, 354.

COLLIN D'HARLEVILLE (Jean-François), auteur dramatique français, 1735-1806, 450.

COLLOT (Henri, dit « Monsieur Riri »), cafetier, 164.

COLLOT (Isabelle et Martine, dites « les petites Riri »), 164.

COLLOT (Lucienne, dite « Madame Riri »), **51-53**, 164.

COLLOT (Valentin, dit « le jeune Riri »), 164, 165.

Colmar, 119.

COLOMB (Christophe), navigateur, 1451-1506, **473-475**, 477.

COLOMB (M.), éditeur d'almanachs, 222, 276.

Colombine, personnage de la comédie italienne, 179.

Colombie, 357, **475-477**.

Colonne Vendôme, 570.

COMBELLE (Alix), saxophone-ténor, 449.

Come in, Little Nemo, chanson de Sam Horton, 237.

Comment épouser un millionnaire, film de Jean Négulesco, 369.

Commercy (Meuse), 91.

COMMINE (Louis), beau-frère de Mme Trévins, 548.

Comoedia, revue théâtrale, 204.

Comores (Iles), 72, 73, 167.

Compagnie des assurances et transports maritimes (CATMA), 587, 591, 594.

Compagnie ferroviaire du Haut-Dogon, 562.

Compagnie minière du Haut-Boubandjida, 108, 110.

Compana mejicana de Aviacion, 54.

Compiègne, 177-179.

Comte de Gleichen, Le, tragédie de Yorick, 60.

Comtesse de Berlingue aux yeux rouges, portrait de F. Hutting, 352.

Concerto à la mémoire d'un Ange, d'Alban Berg, 601.

CONCINI (Concino Concini, dit le maréchal d'Ancre), 1575-1617, 77.

CONFUCIUS (K'ung Tzu, dit), philosophe chinois, 555-479, 493.

Congo (fleuve), 73, 307.

Connecticut (U.S.A.), 328, 566.

CONSTANTIN Ier LE GRAND (Flavius Valerius Aurelius Claudius Constantinus), empereur romain, v. 280-337, 119.

Constantine (Algérie), 212.

Constantinople, 120, 573.
Sainte-Sophie, 119, 122.

Contes verts de ma Mère-Grand, de Charles-Robert Dumas, 453.

COOK (Florence) pseudonyme de Ingeborg Stanley, 384.

COOLIDGE (John Calvin), 30e président des Etats-Unis d'Amérique, 1872-1933, 329.

COOPER (Samuel, dit *le petit Van Dyck*), peintre anglais, 1609-1670, 226.

Copenhague, 124, 125, 148, 586.

COPERNIC (Nicolas), astronome polonais, 1473-1543, 266.

COPPEL (Octave), compositeur français, 433.

Coppélia, ballet de Léo Delibes (1870), 352, 358, 538.

Coppet (Suisse), 443.

Coptes, 319.

Coq d'or, Le, opéra de Rimsky-Korsakov d'après Pouchkine, 403.

Coran, Le, 236, 294, 337.

Corbénic (château de), 298, 426.

Cordoue (Espagne), 468.

Corée, 83, 294, 384.

CORELLI (Arcangelo), compositeur italien, 1653-1713, 523.

Corfou (Grèce), 313, 409.

CORMON (Fernand Anne Piestre, dit), peintre français, 1845-1925, 492.

CORNEILLE (Max), acteur français, 308.

CORNEILLE (Pierre), poète dramatique français, 1606-1684, 450.

CORNEILLE (Thomas), poète dramatique français, 1625-1709, 450.

CORNEYLIUS (Hubert), 502.

Coromandel (côte de), 414.

Corse, 259, 455, 498.

Corvol l'Orgueilleux (Nièvre), 487.

Cosi fan tutte, opéra de W.-A. Mozart, 63.

Cosmographiae..., de Martin Waldseemüller, 473.

COSTELLO (A.), général français, 76.

Costello (Irlande), 81.

Couche-la dans le sainfoin, roman policier de P. Winther, 99.

Coudé du Foresto (Yves), 555.
Courlande, 256.
Courrier arverne, Le, 53.
Courteline (Georges Moinaux, dit Georges), écrivain français, 1858-1929, 325.
Cousin (Jean, dit Cousin le Hardy), navigateur dieppois du xve s., **476-478.**
Cousin (Mer du), 476.
Cousinie (Terra Consobrinia), 478.
Cousser, voir Kusser, 43.
Coutant (Claude), camarade de classe de Gilbert Berger, 207.
Covadonga (Espagne), 26, 292.
Cover (Harry), pseudonyme de Remi Rorschash, 70.
Cracovie (Pologne), 360.
Cravennat (Robert), préparateur de chimie, remplaçant de Morellet, 530.
Crazy Horse, chef indien, 552.
Crazy Sisters, Les, voir Marie-Thérèse et Odile Trévins, 547.
Crazy Turnpike, chef indien, 552.
Crébillon (Prosper Jolyot, sieur de Crais-Billon, dit), auteur dramatique français, 1674-1762, 450.
Crécy (bataille), 25.
Crécy-Couvé (duc de), 79.
Crécy-Couvé (maréchal de), 79.
Crespi (Celia), 67, 86, XVI, 87, 89, 168, 273, 279, 280, 292, 331, 360, 440, 490, 494, 495, 497, 498, 548, 571, 594, 599, 601, 602.
Cressida, héroïne de Shakespeare, 224.

Crète (île de), 168.
Crime de l'Orient-Express, Le, roman policier d'Agatha Christie, 210.
Crimée, 198.
Crimen piramidal, El, roman policier, 219.
Cripps (Sir Richard Stafford), homme d'Etat, 1889-1952, 555.
Crockett (David, dit Davy), héros américain, 317.
Croix des Héros de Stalingrad, 87.
Crosby (Bing), chanteur américain, 1904-1977, 472.
Crossed Words, œuvre musicale de Svend Grundtvig, 237.
Crows, tribu indienne, 552.
Crozet (archipel des), 234.
Crozier, commandant du *Terror,* 252.
Crubellier (Norbert), propriétaire foncier, 570.
Cuba, 506.
Culebute, La, gravure, 501.
Cumberland (William Augustus, duc de), 1721-1765, 136.
Cumberland (sauce), 424.
Curaçao, 353.
Curie (Pierre et Marie), physiciens français, 117.
Curiously strong Altoids Peppermint Oil, 310.
Cuvelier (Marcel), acteur français, 94.
Cuverville (de), moraliste français, 475.
Cuvier (Georges, baron), zoologiste français, 1769-1832, 363.
Cyclades (Les), 168, 519.
Cyclope (projet), 245, 447.

Cyproea caput serpentis, 73.

Cyproea moneta, 73.

Cyproea turdus, 72, 73.

CYRANO DE BERGERAC (Savinien de), 414.

D. (Emile), 185.

DAC (Pierre), humoriste français, 1893-1976, 64.

Daddi (Roméo), personnage de Luigi Pirandello, 37, 247.

DAGUERRE (Jacques), inventeur français, 1787-1851, 260.

Daily Mail, quotidien de langue anglaise, 475.

Dalmatie, 313.

Damas, 271, 272, 296.
  Mosquée des Umayyades, 273.

Dame de Shanghaï, La, film d'O. Welles, 369.

Dame du Lac, La, roman de Raymond Chandler, 508.

Damiette, 152.

DAMISCH (Hubert), 407.

Danemark, 261, 479, 519, 536, 592.

DANGLARS (Berthe), 281, **490-495**.

DANGLARS (Maximilien), 89, 168, 211, 281, **490-495**.

DANGLARS (Père), 497.

DANNAY (Fred), pseudonyme de Beyssandre, 526.

Danorum Regum..., de Saxo Grammaticus, 547.

Danses, de Hans Neusiedler, 574.

Danseuse aux pièces d'or, de Perpignani, 572.

Dans le gouffre, nouvelle de Pirandello, 37.

Dardanelles (Les), 596.

Dar es-Salam (Tanzanie), 73.

Dasogale fontoynanti, 117.

DARIOS, roi de Perse, 523.

DAVIDOFF, physicien américain d'origine allemande, 375.

DAVIS (Gary), citoyen du monde, 556.

Davis, personnage de roman, 381.

Davos (Suisse), 397, 472.

DAVOUT (Louis-Nicolas, duc d'Auerstœdt, prince d'Eckmühl), maréchal de France, 1770-1823, 242.

Deauville, 313, 602.

Debout !, organe des Témoins de la Nouvelle Bible, 241.

DEERE (John), quincaillier en gros, 505.

Déesse-mère tricéphale, statue de basalte, 84, 294.

Déjeuner sur l'herbe, Le, de Manet, 63.

DEKKER (Thomas), écrivain anglais, 1572-1632, 386.

DELACROIX (Eugène), peintre français, 1798-1863, 573.

DELANAY (Jack), boxeur américain, 229.

De l'angoisse à l'extase, de Pierre Janet, 485.

Delft (Pays-Bas), 393, 487, 519, 521.

Délices de Louis XV, Aux, pâtisserie, 49, 407, 498.

DELIÈGE, pacemaker de Vanderstuyft, 436.

Délits et des Peines, Des, essai de Beccaria, 126.

DELLA MARSA (R.), comte et mécène vénitien, 535.

DÉMOCRITE, philosophe grec, 460-370, 33.

Démonstration de la mission divine de Moïse, de W. Warburton, 540.

Dempledorf (Nebraska, U.S.A.), 601.

DEMPSEY (William Harrison, dit Jack), boxeur américain, 117, 229.

DENIAUD (Yves), acteur français, 1901-1959, 589.

DENIKINE (Anton Ivanovich), général russe, 1872-1947, 198.

Dépêche d'Ems, La, image d'Epinal, 598.

Dernière Expédition à la recherche de Franklin, puzzle, 252.

Dernières Nouvelles de Marseille, quotidien marseillais, 311.

Dernières Nouvelles de Saint-Moritz, périodique suisse, 527.

DESCARTES (René), philosophe français, 1596-1650, 368.

DESCELIERS (Pierre), cartographe dieppois, v. 1500-v. 1558, 476.

Descente de Croix, de Vecellio Groziano, 516.

Desdémone, héroïne de Shakespeare, 224.

Desdémone, héroïne de Verdi, 300, 390.

Désiré, voir Didi, 368, 370.

DESLIENS (Nicolas), cartographe dieppois du xvie siècle, 476.

Des Moines (Iowa), 522, 523.

Des Raskolniki d'Avvakoum à l'insurrection de Stenka Razine, par H. Corneylius, 502.

DESTOUCHES (Philippe Néri-cault, dit), auteur dramatique, 1680-1754, 450.

Détective, périodique de langue française, 204, 275.

Deux-Hémisphères, Les, cabaret montmartrois, 591.

Devon, 185.

DE WIED, stayer belge, 438.

Diable, le, lame de tarot, 432.

Dialogue avec 33 variations de Beethoven sur un thème de Diabelli, de Michel Butor, 372.

Diamond's, club de San Francisco, 218.

Dictionnaire des abréviations françaises..., d'Espingole, 533.

Dictionnaire de l'Eglise espagnole au xviie siècle, par A. Jérôme, 88.

Dictionnaire de géographie, de Meissas et Michelot, 597.

Dictionnaire de Trévoux, 140.

DIDI (Didier Colonna, dit Désiré, dit), gérant de boîte de nuit, 368, 370.

Didon, de Lefranc de Pompignan, 450.

Didon et Enée, opéra de Purcell (1689), 189.

Didyme (Liban), 353.

Diego-Suarez (Madagascar), 167.

Dieppe, **475-478**.

Dijon, 260.

DINTEVILLE (Dr Bernard), 21, XIV, 77, 88, 109, 255, XLVII, 267, 269, 279, 291, 292, 332, 347, 404, 405, XCVI, **574-581**, 599.

DINTEVILLE (Emmanuel de), 78.

DINTEVILLE (François de), 78, 79.

DINTEVILLE (Gilbert de), 78.

DINTEVILLE (Laurelle, de), 79.

DINTEVILLE (Rigaud de), 77, 78, 575, 576, 579, 580.

Diogène, revue littéraire, 410.

Diomira, 463.

Dioramas du Club Alpin, attraction de l'Exposition universelle, 496.

Disneyworld (U.S.A.), 518, 519, 522.

DITTERSDORF, officier allemand, 160.

Divonne-les-Bains, 602.

Dix-huit leçons sur la société industrielle, essai de R. Aron, 307.

Djakarta (ex Batavia, Indonésie), 318.

Djerba (Ile de, Tunisie), 450.

Dodéca, dite Dodécaca, chienne d'une ancienne locataire, 168, 206.

Dog Days, roman (policier ?), 597.

DOLORÈS (Dolorès Bellardo, dite Faye), actrice espagnole, 332.

Domestiques, Les, gravure libertine, 141.

DOMINGO (Paco), pseudonyme de Rémi Rorschash, 70.

DOMINO, vedette d'un spectacle de travestis, 369.

Don Giovanni, opéra de Mozart, 300.

Don Quichotte, héros de Cervantès, 355.

Dordogne, 65, 277, 582.

Dorset, 409.

Doudinka, 83.

Doudoune et Mambo, production télévisée de R. Rorschash, 95.

Douli (Tham), 352.

DRACENA (Luca), accordéoniste, 507.

Dragon, animal fabuleux, 325, 485.

DRAPIER (B.), pseudonyme de Beyssandre, 526.

Dresde, 577.

Dublin, 43, 216.

DUBOUT (Albert), caricaturiste français, 1905-1977, 458.

DUBUFFET (Jean), artiste peintre, 525.

DUCREUX (Joseph), peintre français, 1737-1820, 573.

Duesenberg, marque d'automobiles, 328.

Dubrovnik (Yougoslavie), 313.

DUFAY (Florentin), élève de Delacroix, 573.

DUFRESNE, joueur d'échecs, 409.

DUFRESNY (Charles-Rivière), auteur dramatique, 1684-1724, 450.

DUKAS (Paul), compositeur français, 1865-1935, 215.

DULL KNIFE, chef indien, 552.

DULLES (John Foster), homme politique, 1888-1959, 555.

DUMONT (François), miniaturiste français du XVIIIe siècle, 573.

DUMONT D'URVILLE (Jules-Sébastien - César), navigateur français, 1790-1841, 547.

DUNANT (Henri), philanthrope suisse, 1828-1910, 457.

Dundee (Ecosse), 378.

Dunkerque, 245, 260.

DUNN (Herbert et Jeremie), 409.

DURAND-TAILLEFER (Célestine), pseudonyme de Mme Trévins, 546, 548.

EARP (Wyatt), héros semi-légendaire de western, 505.

East Knoyle, aéroport, 328.

East Lansing (Michigan), 269.

ECHARD (Caroline), voir Caroline Marquiseaux, 51, **178-180**, 401, 402.

ECHARD (grand-père), **178-180**, 222, 276, 360.

ECHARD (Marcelin), chef magasinier, 235, 554, 555.

ECHARD (Mme), **178-180**, 235, 554.

Echo des Limonadiers, L', 53.

Ecole des Beaux-Arts, 90.

Ecole du Génie civil, 242.

Ecole nationale d'Administration, 373, 536, 537.

Ecole normale supérieure (de Sèvres, 38), 266.

Ecole polytechnique, 42, 44, 45, 78, 373, 537.

Ecole pratique des Hautes-Etudes (6e section), 265.

Ecole pyrotechnique (sic), 45.

Ecossais sont en colère, Les, roman policier de P. Winther, 99.

Ecosse, 85, 166, 378, 401, 416.

Ecrits de Sartre, Les, de Contat et Rybalka, 559.

Edimbourg (Ecosse), 473.
Old College, 475.

EDISON (Thomas Alva), inventeur américain, 1847-1931, 129.

EGER (Meglepett), sculpteur

hongrois, 227.

Egypte, 64, 128, 129, 216, 254, 309, 316, 412, 461, 462, 540, 552.

EHRENFELS (Christian, baron von), philosophe autrichien, 1859-1932, 226.

Eimeo (Tahiti), 519, 520.

Eisenühr (Autriche-Hongrie), 362.

EINSTEIN (Albert), physicien américain, 1879-1955, 117, 556.

ELISABETH Ire, reine d'Angleterre, 1533-1603, 471.

ELLIOTT (Harvey), pseudonyme d'A. Flexner, 230.

Elstir, personnage de Marcel Proust, 354.

Emirats arabes, 517.

Empreinte, L', collection de romans policiers, 266.

Ems (Allemagne), 117, 598.

Encounter, revue littéraire de langue anglaise, 410.

Encyclopedia britannica, 135.

Encyclopédie de la conversation, 363.

Enfant au toton, L', gravure de Le Bas, d'après Chardin, 516.

Enfant bleu, L', (Blue boy), de Gainsborough, 516.

Enfant et les Sortilèges, L', de Maurice Ravel, 222.

Enfants du Capitaine Grant, Les, de Jules Verne, 47.

Engadiner, L', Hôtel de Saint-Moritz, 527.

Enghien, 155, 439.

Ennis (Irlande), **519-521**.

Enrichissez votre vocabulaire, 53.

ENRICI, coureur cycliste italien, 435.

Enterprise, journal d'affaires américain, 357.

Entführung aus dem Serail, Die, opéra de W.A. Mozart, 230.

ENTREBOIS (D'), pacemaker suisse, 438.

Entrée des Croisés à Constantinople, de F. Dufay d'après Delacroix, 572.

Entreprises, collection spécialisée, 546.

Entrevue du camp du Drap d'or, puzzle, 251.

EPAPHOS, fils de la nymphe Io, 456.

Epernay, 554.

Epices ou la Vengeance d'un ferronier de Louvain, Les, 403.

Epinal, 50, 85, 205, 252, 598.

Epiphyllum truncatum, 430.

Epiphyllum paucifolium, Macklin, 430.

ERASISTRATE, anatomiste grec du IIIe siècle, av. J.-C., 578.

Erbil (Irak), 519.

Ebreus, navire, 252.

ERFJORD (Gunnar), 333.

ERICSSON (Erik), 188.

ERICSSON (Ewa), 185, 186.

ERICSSON (Sven), **185-187**, 393.

Erindringer fra en Reise i Skotland, de Plenge, 85.

Erindo, opéra de Kusser, 43.

ESBERI, critique d'art parisien, 525.

ESBIGNÉ (Jules-Servais d'), lexicographe français, 1840-1902, 363.

Escamoteur, L', tableau de Jérome Bosch, 39.

Escaut (fleuve), 81.

Escurial, L', 485.

Espagne, 24, 75, 81, 83, 134, 253, 268, 293, 327, 519, 522.

ESPINGOLE (Barnabé-Vincent d'), médiéviste français, 1732-1807, 533.

ESTHER, personnage de l'*Assuérus* de Monpou, 552.

Etampes, 90.

Etats-Unis d'Amérique, 109, 121, 126, 227, 229, 238, 245, 327, 329, 330, 355, 373, 384, 392, 442, 471, 484, 498, 519.

Ethiopie, 83, 316.

Etranger, L', d'Albert Camus, 267.

Etranger mystérieux, L', de Mark Twain, 566.

Etretat, 452, 477.

EUGÈNE DE SAVOIE-CARIGNAN (dit le Prince Eugène), militaire autrichien, 1663-1736, 122, 123, 298.

Europe, 32, 71, 72, 238, 319, 327, 365, 479, 520, 521, 546, 565.

Eurydice, tableau de Franz Hutting, 585, 586 (personnage et non tableau).

EUSTACHE (Barthélémy), anatomiste italien, 1510-1574, 577, 579.

Everglades, 485.

Evreux, Eglise Saint-Taurin, 119.

Exercices de diplomatique..., de Toustin et Tassin, 533.

Exeter, 187, 369.

Exposition Universelle de 1900, 496.

Express and Echo, quotidien d'Exeter, 185.

Extrême-Orient, 236, 264, 317, 545.

Fabergé (Carl), joaillier de la cour de Russie, 1846-1920, 281, 494.
Fabre (Saturnin), acteur français, 1883-1961, 589.
Faenza (Italie), 434.
Fairyland, music-hall de Hambourg, 547.
Faisons un rêve, pièce de Sacha Guitry, 589.
Falaise, 31.
Falckenskjold (Seneca Otto), général danois, 1738-1803, 261.
Falkenhausen (Max), musicien allemand, 1879-1947, 237.
Fallot (Etienne-Louis-Arthur), médecin français, 1850-1911, 575.
Falstaff, personnage de William Shakespeare, 575.
Falsten (William), dessinateur américain, 1873-1907, 175.
Falun (Suède), 571.
Farîd abu-Talif, négociant égyptien, 412.
Farouk (Fârûq), roi d'Egypte, 1920-1965, 412.
Faucigny-Lucinge (princesse de), 332.
Faucillon (Armand), chef de service, 588, 590.
Favart (Charles-Simon), auteur dramatique, 1710-1792, 450.
Faure (Félix), président de la République française, 1841-1899, 205.
Fawcett, ancien chauffeur de Bartlebooth, 155, 454.

Fécamp, 477.
Fernandel (Fernand Contandin, dit), acteur français, 1903-1971, 70.
Ferri (Mario, dit Ferri le Rital), **440-442**.
Feuille d'Avis de Fribourg, journal suisse, 524.
Feydeau (Georges), auteur dramatique, 1862-1921, 325.
Fichero, El, voir Margay (Lino), 442.
Fierabras, héros légendaire, 353.
Fifi, guenon, 359.
Figaro, Le, quotidien parisien, 53.
Fil jaune, Le, émission de télévision de S. Venter, 342.
Filles du feu, Les, de Gérard de Nerval, 341.
Filles du feu, Les, voir Trévins, 546, 547.
Film and Sound, 569.
Film français, Le, 485.
Financial Times, journal d'affaires américain, 357.
Finck (Heinrich), compositeur allemand, 1445-1527, 454.
Firmian (Charles-Joseph, Comte de), homme d'Etat italien, 1718-1782, 123.
Fischer (Max et Alex), romanciers comiques, 140.
Fitchwinder (Donald O.), collectionneur et mécène américain, 525.
Fitz-James, commandant de l'*Erebus,* 252, 294.
Fiume (Italie), 204.
Flanders (Gaëtan, dit Gate), metteur en scène, 332.

Flashing bulbs, marque de billards électriques, 236.

FLAUBERT (Gustave), romancier français, 1821-1880, 695.

Flèche d'argent, La, train, 537.

FLEURET, papetier, 487.

FLEURY (Henry), décorateur, 133, 134, 137, 393, 394, 422, 423, 425, 545.

FLEURY, lexicographe français du XIXᵉ siècle, 363.

Fleuve jaune (Huang Ho, dit Le), 342.

FLEXNER (Arnold), historien et écrivain américain, 230.

FLICHE, historien français, 307.

FLOQUET (Charles), homme politique français, 1828-1896, 141.

Florence (Italie), 576.

Florida (Missouri), 565.

Floride, 109, 420, 504.

FLOURENS (Pierre), physiologiste français, 1794-1867, 135, 137, 425.

FOD (Béatrice), amie d'Olivia Norvell, 568.

FOGG (Phileas), personnage de Jules Verne, 80.

FOLLANINIO (Narcisse), poète, 353.

Fondation nationale pour le développement de l'Hémisphère Sud, 480.

Fontainebleau, 155.

FORBES (Stanhope Alexander), peintre anglais, 33, 35, 401.

Force de la Destinée, La, mélodrame, 325.

Forli (Italie), 434.

Formose, 83, 318, 384.

FORSTER (William), éditeur de musique, 135, 136.

FORTHRIGHT (Lady), 34, 35, 401.

Forum, revue d'art, 75.

Fouïdra (Mali), 285.

FOULEROT (Geneviève), V, 164, 215, 246, 247, L, 283, 284, 292, 566, 600.

FOULEROT (Louis), 284.

FOUREAU, propriétaire de l'appartement du troisième droite, 31, XLIII.

FOURIER (Charles), philosophe français, 1772-1837, 579.

FOUR TIMES, femme du chef indien Sitting Bull, 552.

Fox, navire, 252, 294.

Français par les textes, Le, livre scolaire, 57.

France, 27, 29, 43, 74, 75, 109, 122, 158, 160, 183, 186, 189, 190, 192, 227, 259, 260, 271, 311, 318, 336, 339, 355, 362, 389, 401, 413, 425, 435, 443, 449, 453, 498, 506, 507, 513, 519, 536, 546, 547, 555, 573.

France-Dimanche, 272.

France-Soir, 209.

FRANCO BAHAMONDE (Francesco), dictateur espagnol, 1892-1976, 267.

FRANÇOIS (Claude), chanteur, 1939-1978, 263.

FRANÇOIS - JOSEPH, Empereur d'Autriche, 1830-1916, 218.

FRANKLIN (Sir John), explorateur anglais, 1786-1847, 252.

FRÉDÉRIC-GUILLAUME II, roi de Prusse, 1744-1797, 464.

FREDERICKSBURG (Viriginia), pianiste américaine, 523.

Free Man, The, journal de Dublin, 216.

FREGOLI (Léopoldo), acteur italien, 1867-1936, 369.

FREISCHÜTZ, basset de Melchior Aristotelès, 356.

Fréquences dyspnéiques dans la tétralogie de Fallot, thèse de médecine de B. Dinteville, 575.

FRÈRE (Jean-Jacques), **535-537**.

FRESNEL (Alice), 90, 168, 323, 324, 494.

FRESNEL (Henri), 168, 276, **323-330**, 494.

FRESNEL (Ghislain), 324, 497.

FREUD (Sigmund), psychanalyste viennois, 1856-1939, 695.

Fribourg (Suisse), 524.

Fribourg and Treyer, marchands de tabac anglais, 570.

Frick (Collection), musée new yorkais d'art ancien, 226.

FRINGILLI (Cardinal), 356, 471.

Frites-légume, voir Didi, 368.

FROBISHER (Sir Martin) ; navigateur anglais, 1535-1594, 471.

FRUHINSOLIZ, tonnelier alsacien, 497.

Fudge, tribu indienne, 552.

FUGGER (Hermann), homme d'affaires allemand, 216, 217, 358, 425, 548, 599.

FURTWANGLER (Wilhelm), chef d'orchestre allemand, 1886-1954, 300.

GABIN (Jean Moncorgé, dit Jean), acteur français, 1904-1975, **70**.

Gabon, 73.

Gai Laboureur, Le, air traditionnel, 571.

GAINSBOROUGH (Thomas), peintre anglais, 1727-1788, 516.

Galahad Society, 128.

Galerie Maillard, 58.

Galerie 22, 63.

GALIEN (Claude), médecin grec de Pergame v. 131-v. 201, 297, 316, 327, **576-578**.

GALILÉE (Galileo Galilei, dit), astronome italien, 1564-1642.

GALLÉ (Emile), verrier français, 1846-1904, 394.

GALLIMARD, éditeur parisien, 37, 75, 372.

Gand, 502.

GANDHI (Mohandas Karamchand), homme d'Etat indien, 1869-1948, 264.

GANNEVAL (Pierre), 333.

Gard, 190, 192.

Gardens of Heian-Kyô, boîte de nuit d'Ankara, 386.

Garigliano, fleuve italien, 21.

GARIN DE GARLANDE, écrivain français du XIIe siècle, 533.

Garoua (Cameroun), 110.

Gascogne, 81.

Gastriphérès, 363.

Gatseau (Ile d'Oléron), 205.

GAUDI Y CORNET (Antonio), architecte espagnol, 1852-1926, 597.

GAULLE (Charles-André-Joseph-Marie de), homme d'Etat, 1890-1970, 299.

Gault-du-Perche.

GAULTIER (Léonard), graveur français du XVIIe siècle, 224.

Gazette de Genève, La, 524.

Gazette médicale, La.

Gélon-le-Sarmate, 33.

GÉMAT-LALLÈS (Thomas), gastro-entérologue, 304.

Gênes, Eglise Saint-Laurent, 119, 120.

Genève, 373, 399, 410, 443, 513, 524, 537, 598.

GENJI, personnage central du Genji-monogatari de Murasaki Shikibu, 139.

GEOFFROY-SAINT-HILAIRE, naturaliste français, 1772-1844, 304.

Gérant de l'immeuble, voir Romanet, 514.

GÉRARD (François, baron), peintre français, 1770-1837, 556.

GERBAULT (Henry), dessinateur français du début du siècle, 256.

GÉRAUDEL, fabricant de pastilles, 406.

GÉRICAULT (Théodore), peintre français, 1791-1824, 260.

GERMAINE, lingère de Bartlebooth, 153, 340.

GÉRONIMO, chef indien, 552.

Gerry Mulligan Far East Tour, disque, 61.

Gertrude, hamster, 486.

GERTRUDE, ancienne cuisinière de Madame Moreau, 394, 550-553, 600.

Gertrude of Wyoming, de A.S. Jefferson, 23.

GERVAISE, gouvernante de M. Colomb, 222, 276.

GESNER (Conrad), naturaliste suisse, 1516-1565, 363.

Gestalttheorie, 248.

Geystliches Gesangbuchlein, de Johann Walther, 258.

Ghardaïa (Algérie), 589.

Gibraltar, 25, 54, 461.

GIGOUX (Jean), peintre d'histoire, 363.

Gijon (Espagne), 27, 81, 455.

Gilbert (Iles), 471.

Gilbert & Blanzy-Poure, marque de plumes, 310.

Gilda, film de Charles Walters, 117.

GILET - BURNACHS (Florentin), 475, 477, 478.

GILLOT (Claude), peintre français, 1673-1722, 515.

GIRARD (Jean-Louis), auteur de romans policiers, 353, 356.

Gironde, 497.

Giselle, ballet d'Adam, 535.

Gitanes, marque de cigarettes, 414.

Gjoerup, maison d'édition danoise, 586.

Glasgow (Ecosse), 475.

Glastonbury, monastère anglais, 120.

GLEICHEN (Comte de), personnage de Yorick, 60, 292.

Globe céleste, Le, attraction de l'Exposition Universelle, 496.

Gobelins, Les, manufacture de tapisserie, 515.

Gobi (désert de), 317.

Goderville (Seine - Maritime), 245.

GODIVA (Lady), 328.

GOGOLAK (S.), critique d'art, 58.

GOLDBACH (Christian), mathématicien allemand, 1690-1764, 460.

GOLDSTEIN (Kurt), philosophe américain d'origine allemande, 1878-1965, 579.

Golfe persique, 224, 530.

Goll, anatomiste allemand, 502.

Gomes (Estevao), navigateur portugais du XVIᵉ siècle, 476.

Gomoku (Fujiwara), homme d'affaires japonais, 357, 358.

Gonderic, roi des Burgondes, 120.

Gormas (François), acteur, personnage de G. Berger, 207-210.

Gormas (Gatien), son ancêtre, 209.

Gormas (Madame), sa mère, 209.

Gormas (Jean-Paul), son fils, 210.

Gotlib, artiste peintre, 209.

Gottlieb (Hans), six-day man autrichien, 435.

Gougenheim (Marcel, dit Gougou), jazzman, 449.

Goupi mains rouges, film de Jacques Becker, 243.

Gourguechon (Bertrand), 402.

Gouttman, maître de Gaspard Winckler, 55, 311.

Granbin, 328.

Grandair (Eleuthère de), 406.

Grand Atlas, de Berghaus, 597.

Grand Défilé de la Fête du Carroussel, gravure d'Israël Sylvestre, 48.

Grand Dictionnaire de cuisine, Le, d'Alexandre Dumas, 574.

Grande-Bretagne, 186, 536.

Grande Carte de la ville et citadelle de Namur, 448.

Grandes Batailles du Passé, Les, émission de télévision, 96.

Grandes Dames de l'histoire de France, buvard illustré, 488.

Grand Larousse universel du XIXᵉ siècle, de Pierre Larousse, 410.

Grand Prix de l'Arc-de-Triomphe, affiche de Paul Colin, 134.

Granpré (Marquis de), 406.

Grassin (Robert, dit Toto), coureur cycliste, 435.

Gratiolet (Arlette, née Criolat), 346.

Gratiolet (Emile), 109, 111, 112, 113, 203, 222, 344, 490, 497, **570-572.**

Gratiolet (Ferdinand), **109-112,** 204, 344, 345.

Gratiolet (François), 109, 111, 204, 205, 345, 360, 380, 382, 494, 502, 570, 572.

Gratiolet (Gérard), 109, 110, 111, 113, 205, 344.

Gratiolet (Hélène), voir Brodin, 109, 111, 345, 360, 380.

Gratiolet (Henri), 111, 344.

Gratiolet (Isabelle), 51, 86, 111, 256, 342, 346, 453, 487, 489, 490, 599.

Gratiolet (Jeanne), 572.

Gratiolet (Juste), 108, 111, 204, 279, 345, 497, 570, 571.

Gratiolet (Louis), 111, 204, 344, 345.

Gratiolet (Marc), 111, 204, 345.

Gratiolet (Marthe), 111, 205, 345, 380, 572.

Gratiolet (Olivier), 75, 87, 89, 108, 111, 159, 163, 204, 205, 257, 277, 279, 280, 292, LVIII, 342, **344-347,** 380, 382, LXXXII, 488, 489, 514, 570, 572, 602.

GRAVES (Ernest), lexicographe français, 1832-1891, 363.

GRAZ (Styrie), 146.

Grèce, 519.

GREEN (Silas), producteur de spectacles de music-hall, 505.

Greenhill, école anglaise, 59.

Green River, université américaine, 373.

GRÉGOIRE IX, (Ugolino de Segni), pape, 1145-1251, 60.

Grenade (Espagne) (Granada), 54.

Grenoble (Isère), 260, 435.

GRESSIN, 245.

GREUZE (Jean-Baptiste), peintre français, 1725-1805, 558.

GRIFALCONI (Emilio), ébéniste italien, 159, **161-164**, 168.

GRIFALCONI (Laetizia), sa femme, **160-162**, 164.

GRIFALCONI (Alberto), 162, 163.

GRIFALCONI (Vittorio), 162, 163, 345.

GRILLNER, artiste canadien, 58, 582.

GRIMAUD, valet d'Athos, personnage d'A. Dumas, 449.

Grimaud (Var), 538.

GRISI (Carlotta, dite La), danseuse italienne, 1810-1899, 140, 295.

Grisons (Suisse), 160, 527, 532.

GRODECK (Georg), psychosomaticien autrichien, 1866-1934, 579.

GROMECK, marchand de tableaux, personnage de G. Berger, 208, 209.

GROMECK (Lise), sa femme, 209.

GROMYKO (Andrei Andreievitch), diplomate soviétique, 555.

GRONCZ, maire de New York, 328.

Grooves, tribu indienne, 552.

Groupe d'Action Davout, 242.

GRUNDTVIG (Svend), musicien suédois, 237.

Guadalcanal, 471.

Guadeloupe, 259.

Guam (Ile de), 471.

Guatemala, 83.

GUÉLIS (Jean), danseur français, 537.

GUEMÉNOLÉ-LONGTGERMAIN (Astolphe, duc de), 328, 329.

GUÉNÉ (Louis), violon du roi Louis XVI, 573.

GUÉRIN (Eugénie de), écrivain français, 1805-1848, 363.

GUERNÉ (Louisette), 489.

Guignol, 52.

GUILLAUME Ier, empereur d'Allemagne, 1797-1888, 598.

GUILLAUME III D'ORANGE-NASSAU, Stathouder de Hollande, 1650-1702, 353.

GUIMOND DE LA TOUCHE (Claude), auteur dramatique, 1723-1760, 450.

GUION (Louis), capitaine de vaisseau, 558.

GUIRAUD (Raimond de), auteur dramatique, 1783-1803, 451.

GUITAUT (Madame de), 494.

GUTENBERG (Johann Gensfleisch, dit), imprimeur allemand, 1400-1468, 433.

Guyane, 475.

GUYOMARD (Gérard), peintre et restaurateur, 44, 296, 530.

GUYOT, propriétaire foncier.

GYP (Sybille Gabrielle Marie-Antoinette de Riquetti de Mirabeau, comtesse de Martel de Janville, dite), 1850-1932, 140.

Habit vert, L', comédie de Flers et Caillavet, 590.

Hachette, éditeur, 7, 8, 381.

Hadriana, collection de monnaies conservées au musée d'Atri, 226.

HÆNDEL (Georg-Friedrich), compositeur anglais, 1685-1759, 43, 298, 431.

HAGIWARA, artiste peintre, 58.

HAJ ABDULAZIZ ABU BAKR, voir Loorens (Carl van), 462.

Halle (Allemagne), 460.

Halle (Belgique), 519, 522.

HALLER (Bernard), acteur français, 94.

HALLEY (Edmond), astronome anglais, 1656-1742, 566.

HALLOWELL (Bobby), médecin légiste, 601.

Hambourg, 43, 183, 295, 354, 392, 502, 547.

Hamilton (fleuve du Labrador), 354.

Hammamet (Tunisie), 416.

Hammertown (Ile de Vancouver, Canada), 340.

HAPI (Laurence), peintre américain, 583.

Harbourg near Tintagel, aquarelle de Turner, 65.

Hardi, les gars !, film avec Olivia Norvell, 484.

HARDING (Warren Gamaliel), 29ᵉ président des Etats-Unis, 1865-1923, 329.

HARDY (Alexandre), auteur dramatique, 1570-1632, 451.

HARDY (Alfred), médecin français, 1811-1893, 404.

HARDY (Françoise), chanteuse, 559.

HARDY (Oliver Norvell), acteur comique américain, 1892-1957, 42.

HARDY (René), romancier français, 372.

HARDY (Thomas), romancier anglais, 1840-1928, 39.

HARDY, négociant en huile d'olive, 276, 323.

HARDY (Mᵐᵉ), sa femme, 510.

HARGITAY, urologue, 579.

HARÎRÎ (Abû Muhammad al Qâsim al-), poète arabe, 1054-1122, 333.

HAROUM AL-RACHID (Hârûn al-Rashîd), calife 'abbâsside, 766-809, 566.

Harrow, 59.

HART (Liddell), historien anglais, 404.

Harvard (Massachussets), 76, 127, 128.

Haut-Boubandj'da, 108, 110, 112.

Haut-Dogon, 562.

Haute-Marne, 502.

Haute-Provence, 326.

HAVERCAMP (Sigebert), philologue et numismate hollandais, 1683-1742, 123.

HAWTHORNE (Nathaniel), romancier américain, 1804-1864, 471.

HAYDN (Joseph), compositeur autrichien, 1732-1809, 135, 136, 137.

HAYWORTH (Rita Consino, dite), actrice américaine, 117.

Hazefeld (Anton), musicien danois, 1873-1942, 237.

Hearst (William Randolph), journaliste américain, 1863-1951, 354, 357.

Hébert (Joseph), 245, 246.

Hébert (Mme), 222.

Hébert (Paul, surnommé P.H.), 88, 160, 161, **164-166**, 242, 243, 245, 246, 382, 497.

Heian-Kyô (Kyoto), 386.

Heili Heilo, chanson allemande, 280.

Hélène, bonne de Bartlebooth, 153, 154, 483, 599.

Hélian (Jacques), chef d'orchestre, 449.

Héliaz (Pierre-Jakez), écrivain breton, 372.

Héliopolis, 64.

Helvetica physiologica et pharmacologica Acta, 579.

Hemminge & Condell, maison londonienne de vêtements imperméables, 564.

Hémon (Philippe), camarade de Gilbert Berger, 207, 210.

Hennin (Lucette, née Commine), 548.

Hennin (Robert), marchand de cartes postales, 548.

Henri III, roi de France, 1551-1589, 48, 446.

Henri IV, roi de France et de Navarre, 1553-1610, 260, 478.

Henriette d'Angleterre, duchesse d'Orléans, 1644-1670, 281.

Henriette-Marie de France, reine d'Angleterre, fille de Henri IV, épouse de Charles Ier et mère de la précédente, 1609-1669, 478.

Henriette, L', trois-mâts, 558.

Heptaedra Illimited, groupe pop, 180.

Herman (Woody), chef d'orchestre.

Hetzel, éditeur, 428.

Hieracium aurantiacium, 556.

Hieracium pilosella, 556.

Hieronymus, pseudonyme de Stanley Blunt, 385.

Hilbert (David), mathématicien allemand, 1862-1943, 226.

Hill (W.E.), caricaturiste anglais, 415.

Hilversum (Pays-Bas), 571.

Hirsch (Robert), acteur français, 94.

Histoire cent, de Jacques Estager, 703.

Histoire de France par les rébus, 453.

Histoire de la guerre européenne, de Liddell Hart, 404.

Histoire de l'Eglise, de Fliche & Martin, 307.

Historia, mensuel illustré, 204.

Hitch (William), missionnaire mormon, 257.

Hitchcock (Alfred), cinéaste américain d'origine anglaise, 448.

Hitler (Adolf), homme d'Etat Allemand, 1889-1945, 178, 245, 296, 303, 555.

Hjelmslev (Louis), linguiste danois, 1899-1965, 148.

Hobson, second du *Fox*, 252.

Hocquard (Adhémar), 303.

Hodeida (Yemen), 167.

Hof (Franconie), 345.

Hoguet, horloger, 515.

Hokab el-Ouakt (l'Aigle du Moment), corsaire barbaresque, 298, **461-468**.

Hollande, 122, 459.

Holliday (Doc), personnage semi-légendaire de l'ouest américain, 505.

Hollywood (Californie), 294, 472.

Homme à l'imperméable, L', roman policier de P. Winther, 99.

Homme aux loups, L', célèbre cas psychanalytique, 353.

Homme aux semelles devant, L', œuvre collective de Vladislav, 583.

Honduras, 327, 476.

Honfleur, 477.

Hong-Kong, 83, 318, 385.

Honolulu, 54.

Honoré (Corinne Marcion, dite Madame), 490, **494-497**.

Honoré (Honoré Marcion, dit), 490, **494-497**.

Hooker Jim, chef indien, 552.

Hoover (Herbert Clark), 31e président des Etats-Unis, 1874-1964, 329.

Hôpital Bichat, 152.

Horatio, squelette appartenant au Dr Dinteville, 405.

Horby (station de radio), 571.

Horner (Yvette), accordéoniste, 176.

« Hortense » (Samuel Horton, devenu), chanteuse pop, 180, **237-239**, 600.

Hortillonnage et Labourage en Picardie sous le règne de Louis XV, diplôme de 3e cycle (inachevé) de P. Marquiseaux, 180.

Horton (Samuel, dit Sam), guitariste et compositeur, voir « Hortense », 237, 238.

Horty (Fletcher Thaddeus, dit Le Capitaine), personnage central des romans de Paul Winther, 99.

Hôtel de l'Aveyron, 225.

Hôtel Crillon, 454.

Hôtel-Dieu (de Beaune), 349, (de Paris), 576.

Hôtel des Invalides, 228, 564.

Hôtel des Ventes (salle Drouot), 49, 112, 479.

Hourcade (Mme), 66, 95, 96. 168, 222, 253, 413, 531.

Huffing, peintre américain, maître de l'*Arte Brutta*, 64, 525.

Hugo (Victor), écrivain français, 1802-1885, 88, 260, 261, 297, 342, 364.

Huixtla (Mexique), 519, 523.

Hulstkamp, marque de genièvre, 175.

Humanité, L', quotidien parisien, 53.

Humbert, historien d'art du xviiie siècle, 224.

Humboldt (Guillaume de), érudit allemand, 1767-1835, 460.

Humphrey (Hubert Horatio), homme politique américain, 556.

Huns, 120, 583.

Hutting (Franz), peintre franco-américain, 57, 58, **62-65**, 87, **277-280**, 292, LIX, 349, 350, 352, **354-358**, 409, 425, LXXXIII, 490, 498, 525, 548, XCVII, **582-586**, 599.

Hypnerotomachia Poliphili, (*le Songe de Poliphyle*), de F. Colonna, 343.

I<small>BN</small> Z<small>AYDUN</small> (Abû al-Walid Ahmad), poète arabe d'Espagne, 1003-1071, 398.
Icarie, 562.
Icarus, revue littéraire, 410.
Iénissei, fleuve russe, 83.
Igitur, boîte de nuit, 368.
Ile-de-France, 155.
Ile-de-France, paquebot, 54.
Ile Lincoln (« l'Ile mystérieuse »), 428.
Ile mystérieuse, L', roman de Jules Verne, 47, 428.
Ile mystérieuse, L', paysage de L.N. Montalescot, 516.
Iles anglo-normandes, 192.
Il était une fois Olivia Norvell, (*the Olivia Norvell Story*), film, 486.
Ilion (Troie, Turquie), 519.
Illustration, L', 49, 204.
Image et Son, revue professionnelle, 569.
Image du Monde, 204.
Images de l'Eté, calendrier, 359.
I'M homesick for being homesick, chanson de Sam Horton, 237.
Immortels, Les, comédie de boulevard, 589.
Imperium Japonicum... Descriptum, carte d'Hadrien Roland, 479.
I'm the Cookie, série de télévision américaine, 330.
Incertum, œuvre de P. Block, 411.

Incorporated Hostellerie, 518, 519.
Inde, 33, 83, 97, 399, 414, 415, 476, 477, 519.
Inde occidentale, 473, 476.
Indifférent, L', tableau de Watteau, 199.
Indochine, 83.
Indonésie, 83, 318.
Indre, 101.
Infirmière de M<small>me</small> Moreau, 101, 137.
Inès de Castro, de Lamotte-Houdar, 451.
I<small>NGRES</small> (Jean-Auguste-Dominique), peintre français, 1780-1867, 354.
Inhakea (Mozambique), 519, 521.
I<small>NNOCENT</small> II, pape (Grégoire Papareschi), 1130-1143, 25.
Innocents en voyage, de Mark Twain, 566.
Inoubliable Vienne, film touristique avec Olivia Norvell, 485.
Institut d'ethnologie, 146, 147.
International Hostellerie, 517-519, 521, 527, 531.
International Zeitschrift für Urologie, 580.
Io, 456.
Iowa, 392, 393, 562.
Iphigénie, de Guimond de la Touche, 450.
Iran, 224, 357.
Irlande, 81, 519, 521.
I<small>RON</small> H<small>ORSE</small>, chef indien, 552.
Isaura, 463.
I<small>SIDORE</small>, acteur de la troupe de Fresnel, **324-326**.
Italie, 363, 434, 562, 565.

IVANOV (Paul), comparatiste lillois, 333.

Iwo-Jima, 471.

JACQUARD (Joseph-Marie), mécanicien lyonnais, 1752-1834, 260.

JACQUET (B.), critique d'art, 58.

JADIN (Godefroy), peintre animalier, 570.

Jaèn (Espagne), 25, 26.

JANET (Pierre), neurologue, 1859-1947, 485.

Japon, 117, 358, 419, 433, 519.

Jardins Marigny, 52.

Jardin japonais IV, aquarelle de Silberselber, 199.

JARMAN (Pete), politicien américain, 505.

JARRIER, propriétaire, personnage de G. Berger, 286, 287, 289.

JARRIER (Mme), sa femme, médecin, 287.

JARRY (Alfred), écrivain français, 1873-1907, 695.

Jason, pièce d'Alexandre Hardy, 451.

Jason, opéra de Kusser, 43.

Java, 145.

Javert, personnage des *Misérables* de Victor Hugo, 354.

JEFFERSON (Arthur Stanley), compositeur de chansons, 23.

JEFFERSON (Barry), voir Rorschash, 70.

Jefferson (Missouri, U.S.A.), 384.

Je me souviens, de Georges Perec, 6.

Jemima Creek (Floride), 109, 502.

JÉRÔME (Adrien), 88, 164, 168, **220**-**222**, 258, XLVI, 263, 265.

Jérusalem, église du Saint-Sépulcre, 119, 120.

JÉSUS-CHRIST, 116, 119, 120, 358.

Jimini-la-Conscience, personnage du Pinocchio de Collodi, 326.

Jinemewicz (Trim), personnage d'A. Flexner, 230.

Joconde, La, portrait de Léonard de Vinci, 63.

JOHANNOT (Tony), graveur romantique, 1803-1852, 474.

JOHNSON (James Louis, dit Jay Jay), trombone américain, 407.

Joie, La, roman de Georges Bernanos, 533.

Joseph d'ARIMATHIE, 116, 123, 354, 356.

JOSSERAND (Laurent), marionnettiste lyonnais, 496.

Jouet français, Le, revue professionnelle, 49, 251.

Joueurs de cartes, Les, tableau de Paul Cézanne, 422.

Journal, I, de Charles Juliet, 703.

Journal de Tintin, Le, publication pour enfants, 459.

Journal des voyages, Le, 309.

Journal du médecin, quotidien médical, 255.

Journal d'un prêtre, de Paul Jury, 37.

Journal of clinical investigation, The, 579.

Journal of the Warburg and Courtauld Institute, The, 224.

Jours de France, 214, 263.

Jouy-en-Josas, 32, 139, 177, 281, 512.

Joyce (James Augustine Aloysius), romancier irlandais, 1882-1941, 695.

Joyeux Mousquetaires, Aux, magasin de jouets, 566.

Juarez (Rosendo, dit le Cogneur), gangster argentin, 441.

Juge est l'assassin, Le, roman policier de L. Wargrave, 334.

Jugement dernier, Le, tryptique de Roger van der Weyden, 349.

Juliette, héroïne de Shakespeare, 224.

Jura, 211.

Jury (Paul), écrivain français, 37.

Jutland, 244.

Juventia, laboratoire de produits de toilette, 487.

Juvisy-sur-Orge, 272.

Ka-e-ten-a, chef indien, 552.

Kafka (Franz), 1883-1924, 695.

Karger (S.), éditeur suisse, 580.

Katchinas, tribu indienne, 552.

Kaye (Daniel David, dit Danny), acteur comique américain, 209.

Keaton (Buster), cinéaste américain, 1895-1966, 69.

Keith (George Elphinstone, Lord), amiral anglais, 1746-1823, 64.

Kerguelen (Iles), 571.

Kerkennah (Tunisie), 450, 451.

King (Arthur), 128.

King Dri, médecin indien, 579.

Kirby Beard, 310.

Kisàszony (Hongrie), 362.

Kitchener (Horatio Herbert, 1er comte Kitchener de Kartoum et d'Aspell), maréchal britannique, 1850-1916, 546.

Klajnhoff, voir Cinoc, 361.

Kléber (Jean-Baptiste), général français, 1753-1800, 64, 296.

Kléber, chauffeur de Bartlebooth, 41, 153, 155, 483, 599.

Klee (Paul), peintre allemand, 1879-1940, 15, 525.

Klein (Yves), artiste, 1928-1962, 525.

Kleinhof, voir Cinoc, 361.

Kline (Franz), peintre américain, 1910-1962, 525.

Klinov, voir Cinoc, 361.

Knickerbocker (Diedrich), pseudonyme de Beyssandre, 526.

Knock on wood (Un grain de folie), film de N. Panama et M. Frank, 209.

Knodelwurst, officier allemand, 160.

Kodama, commandant en chef de l'armée japonaise, 546.

Kohn (Félicien), affichiste, 582.

Kolliker, ingénieur américain d'origine allemande, 375.

Konica, marque d'appareils photographiques, 594.

Kosciuszko (Boris), metteur en scène de théâtre, 450, 451.

Kouban (vallée du, U.R.S.S.), 198.

Kouropatkine (Alexeï Nikolaïevitch), général russe, 1848-1925, 545.

Kovacs, 183.

Kowalski (Fedor), voir Rémi Rorschash, 70.

Kratzer (Nicolas), astronome du xvie siècle, 556.

Krasnodar, 198.

Krause (Dominique), camarade de classe d'Isabelle Gratiolet, 489.

Kravchnik (Carlos), aviateur argentin, 328.

Krenek (Ernst), compositeur américain d'origine autrichienne, 472.

Kruesi (John), mécanicien américain, collaborateur d'Edison, 129.

Kub (bouillon), 369.

Kublaï Khan, poème de Coleridge, 225.

Kubus, voir Anadalams, 144, 145, 147-149.

Kuhn, urologue, 579.

Kula, expéditions rituelles des Trobriandais, 479.

Kusser (Johann Sigismond), compositeur allemand, 1660-1727, 43.

Kusser, chimiste d'origine allemande, 43.

Kuwait, 518.

Kyd (Thomas), auteur dramatique anglais, 1558-1594, 378.

Kyoto, le temple Suzaku, 268.

Kysarchius, philologue islandais du xvie siècle, 363.

La Barbade, île des Petites-Antilles, 547.

Labiche (Eugène), auteur dramatique, 1815-1888, 325.

Laborynthus, gravure, 85.

Laboureur et ses enfants, fable en argot de Pierre Devaux, 175.

La Brigue, personnage de Courteline, 311.

La Brigue, patron d'un café marseillais, 311.

Lac des cygnes, ballet de Tchaïkovski, 535.

Lacs italiens, 285.

Lachatre (Maurice), lexicographe du xixe siècle, 363.

Lacoste (Jean-René), joueur de tennis, 256.

Lacretelle (Jacques de), écrivain français, 225.

Lady Piccolo, chatte, 379.

La Fayette (Marie-Madeleine Pioche de la Vergne, Comtesse de), 281.

La Ferté-Milon, 55, 260, 311.

La Fontaine (Jean de), fabuliste français, 1621-1695, 410.

Lafosse (Antoine), auteur dramatique, 1653-1708, 450.

Lafuente (Mme), femme de ménage de Mme de Beaumont, 232, 459, 550.

La Hacquinière, station de la ligne de Sceaux, 535.

La Havane (Cuba), 475, 478.

La Maestranza, 474, 476.

Lahore, 264, 460.

Lajoie (François-Pierre), physiologiste canadien, 354, 357, 358.

Lamartine (Alphonse de), écrivain français, 1790-1869, 260.

Lambayeque (Pérou), 429.

Lambert (Véronique - Elizabeth de Beaumont), 186-190.

Lami (Eugène), peintre français, 1800-1890, 516.

La Minouche, chatte de Mme Moreau, 137, 297.

La Motte-Houdar (Antoine Houdar de la Motte, dit), auteur dramatique, 1672-1731, 451.

Lamoureux (Robert Lamouroux, dit R.), acteur comique français, 589.

Lancelot, valet de trèfle, 221.

Landès (David), historien américain, 76.

Lane (Tom), jockey, 328.

La Norma, opéra de Bellini, 300.

Laon, 260.

La Pérouse (Jean-François de Galaup, comte de), navigateur, 1741-1788, 260.

La Ramée, exempt, personnage de *Vingt ans après,* d'A. Dumas, 449.

Larive, lexicographe français du XIXe siècle, 363.

La Rochelle, 112, 260.

Larousse (Pierre), encyclopédiste français, 1817-1875, 204.

Lascaux, 523.

Las Vegas (Nevada, U.S.A.), 547.

La Tour (Georges Dumesnil de), peintre français, 1593-1652, 267.

Launceston (Australie), 418.

Laurel (Arthur Stanley Jefferson, dit Stan), acteur, 1890-1965, 42, 69.

Lautaret (col du), 435.

Lautier (Etienne-François de), littérateur français, surnommé l'Anacharsis des boudoirs, 1736-1826, 450.

Lautier, pacemaker de Jean Brunier, 436.

Laval (Mayenne), 591.

Laval (Pierre), homme politique, 1883-1945, 345.

Lavaur (Tarn), 404, 575, 580.

Lavedan (Henri), écrivain français, 1859-1940, 140.

Lavoisier (Antoine-Laurent de), chimiste, 1743-1794, 460, 570.

Lawrence (Sir Thomas), portraitiste anglais, 1769-1830, 516.

Le Bailly, éditeur, 259.

Le Bas (Jacques-Philippe), graveur français, 1707-1784, 516.

LeBran-Chastel, professeur à la faculté de Médecine, 576, 577, **579-581**.

Lebrun-Brettil, archiviste, 476.

Lebtit, capitale arabe en Espagne, **24-26**.

Le Caire, 64, 311, 316.

Lecomte, explorateur du Labrador, 354.

Leçon d'anatomie, La, de Rembrandt, 63.

Leçons, recueil d'aphorismes d'A. de Routisie, 362.

Léda, 400.

Léderer (Jacques), 37.

Ledignan, 40, **190-192**, 194, 453, 454.

Ledinant (Elizabeth), voir Elizabeth de Beaumont, 184.

Leduc (André), coureur cycliste, 435.

Lee (M.B.), pseudonyme de Beyssandre, 526.

Lefèvre, dresseur d'animaux, 485, 486.

Lefranc de Pompignan (Jean-Jacques Lefranc, marquis de Pompignan, dit), poète dramatique français, 1709-1784, 450.

Left Hand, chef indien, 552.

Lehameau (Bernard), 205.

Le Havre, 244.

Leibniz (Wilhelm Gottfried), philosophe allemand, 1646-1716, 333.

Leiris (Michel), écrivain français, 695.

Leland (John), érudit anglais du XVIe siècle, ami de Thomas Wyatt, 508.

Léman (lac), 443.

Le Mans, 150.

Lemercier (Népomucène), auteur dramatique, 1771-1840, 450.

Le Meriadech' (Richard), paysagiste breton, 108, 109.

Lenart, stayer, 438.

Lenclos (Anne, dite Ninon de), 1616-1706, 488.

Leningrad, musée de l'Ermitage, 522.

Léo, 265.

Léonard, sommelier de Bartlebooth, 153.

Le Raincy, 252.

Les Eyzies, 523.

Les Islettes (Meuse), 56.

Le Sommelier, éditeur à Chalindrey, 502.

Lespagnol, chimiste, 243.

Le Tréport, 477.

Lettre à Elise, La, de L. van Beethoven, 215.

Lettres d'amour de Clara Schumann, 485.

Lettres nouvelles, Les, revue littéraire, 37.

Lettre volée, La, gravure, 512.

Levallois, 49, 434, 571.

Levitt (Al), drummer, 407.

Lewis (Jerry), réalisateur américain, 565.

Lexique, de Suidas, 548.

Leyden (Pays-Bas), 576.

Libération, quotidien parisien, 53.

Liberté, La, statue de Bartholdi, 570.

Librairie Joseph Gibert, 243.

Libvre mangificque dez Merveyes..., 316.

Lidenbrock (Otto), naturaliste, 502.

Lido, Le, music-hall parisien, 547.

Lie (Trygvee), diplomate norvégien, 552.

Liège (Belgique), 546, 548.

Lifar (Serge), 328.

Ligne Gustav, 21.

Lili Marlene, chanson allemande, 280.

Lille, 260, 318, 502.

Lima (Pérou), 442, 486.

Linder (Gabriel Neuvielle, dit Max), acteur français, 1883-1925, 69.

Lineblossom Lady, chanson d'« Hortense », 238.

Linhaus, voir Cinoc, 361.

Linhaus (Nicolas, dit Nick), 601.

Linné (Carl von), naturaliste suédois, 1707-1778, 363.

Lionel d'Este (Lionello), seigneur de Ferrare et de Modène, 152.

Lisbonne (Portugal), 412.

Liszt (Franz), compositeur hongrois, 1811-1886, 78, 296.

Lithinés du docteur Gustin, 91.

Littau (comte de), aide de

camp de Frédéric-Guillaume II, 464.

LITTAU (Ursula von), sa fille, 464, 465, 468.

LIVINGSTONE (David), missionnaire et explorateur anglais, 1813-1873, 353.

Livourne, 72.

Livre d'histoire (*extraits*), de René Belletto, 703.

Livry-Gargan, 535.

LLOYD (Harold), acteur américain, 1893-1971, 69.

LOBEN (comtesse de), épouse de Maurice de Saxe, 122.

LODGE (Henry Cabot), diplomate américain, 555.

Lohengrin, opéra de Richard Wagner, 300.

Lola, film de Jacques Demy, 564.

LOLLOBRIGIDA (Gina), actrice italienne, 214.

Lolotte ou mon noviciat, roman libertin d'Andréa de Nerciat, 400.

LOMONOSSOV (Mikhail Vassilievitch) écrivain russe, 1711-1765, 362.

LONDON (John Griffith, dit Jack), romancier américain, 1876-1916, 484.

Londres, 54, 85, 135, 136, 188, 226, 345, 365, 382, 479, 485, 486, 536, 539, 541, 543, 547, 551, 564, 569.
Abbaye de Westminster, 135, 351.
Ambassadors, 547.
British Museum, 189, 430.
Buckingham Palace, 185.
Charing Cross, 541.
Court St. Martins' Lane, 136.
Courtauld Institute, 226.
Covent garden, 189, 300.
Crescent gardens, 539.
Hammer Hall, 551.
Harley Street, 537.
Haymarket, 570.
Keppel Street, 189.
Librairie Rolandi, Berner's Street, 189.
London Bridge, 523.
Paddington Station, 188.
Sotheby's, 224.
Victoria Station, 539.

LONE HORN, chef indien, 552.

LONGCHAMPS (Charles de), auteur dramatique, 1768-1832, 451.

Longford Castle, 30.

LONG HAIR, chef indien, 552.

LONGHI, peintre en bâtiment, 118, 120, 125, 128.

LONGIN (saint), centurion converti, 119.

LOOKING GLASS, chef indien, 552.

LOORENS (Carel van), **459-468**, 599.

LOPEZ (Aurelio), 384, 385, 389.

LORELEÏ, La, voir Ingeborg Stanley, 383, 384, 393.

Lorraine, 17, 260.

Los Angeles (Californie), 54, 58.

Loudun (Vienne), 379.

LOUIS, homme de peine chez les Bartlebooth, 153.

LOUIS (docteur), inventeur supposé de la guillotine (« louisette »), 364.

LOUIS XIII, 28, 67, 77, 101, 372, 446, 594.

Louis XIV, 326, 362, 488, 554, 580.

Louis XV, 181, 263, 278, 381, 407, 498, 511, 532.

Louis XVI, 117, 139, 260, 297, 492, 515, 573.

Louis XVII, 204.

Louisville Courrier-Journal, 391.

Louvain, 333.

Louvet, 214, 218, 219, 277, 278, 280, 292, LXXVII, 456, XCII, **558-560**.

Love's labour lost, de William Shakespeare, 569.

Lowry (Malcolm), 1909-1957, 695.

Lucas, acteur de la troupe de Fresnel, **324-326**.

Lucero, peintre, personnage de G. Berger, **207-209**.

Lucette, actrice dans la troupe de Fresnel, **324-326**.

Lud (Germain), fondateur de l'imprimerie de Saint-Dié, 473.

Luçon (Philippines), 83.

Lucques (Italie), 353, 356.

Lucus Asturum, ancien nom d'Oviedo, 26.

Ludwigshafen (Allemagne), 469.

Ludovic, hamster, 486.

Lugano (Suisse), 226.

Lukasiewicz (Jan), logicien polonais, 1878-1956, 353, 357.

Lully (Jean-Baptiste), compositeur français, 1632-1687, 535.

Lund (Suède), 124.

Lurs (Pyrénées-Orientales), 260.

Lusiades, Les, de Camoens, 226.

Lusitanie, 226.

Luther (Martin), réformateur allemand, 1483-1546, 258.

Luynes (Charles d'Albert de), connétable de France, 1578-1621, 77.

Lycos de Macédoine, médecin grec, 578.

Lyon, 260, 327.

Mabille (bal), 496.

Macassar (Indonésie), 318.

Macbeth (Lady), héroïne de Shakespeare, 224.

Macédoine, 578.

Macklin (botaniste), 430.

Macklin (Corbett et Bunny), missionnaires, 430.

Mâcon, 260.

Macondo (Colombie), 219.

Macquart (Pierre-Joseph), botaniste français, 1743-1805, 363.

Madagascar, 83, 117, 234, 254.

Madame Sans-Gêne (Catherine Hubscher, maréchale Lefebvre, dite), 91.

Madras, 83.

Madrid, 240.
  Le Prado, 134, 395.

Magne (Antonin), coureur cycliste, 435.

Magritte (René), peintre belge, 1898-1967, 159, 525.

Magron (Martin), physiologiste, 33.

Mahomet, 60.

Mai 68 à la Sorbonne, disque, 175.

Maigret, héros des romans de Simenon, 183.

Maison de la Radio.

Maison-Dieu, la, lame de tarot, 432.

Maison et Jardin, revue de décoration, 75.

Maison française, La, revue de décoration, 75.

MAISONNEUVE (L.J.B. Simonnet de), auteur dramatique, 1745-1819, 451.

Majunga (Madagascar), 167.

MAKHAROFF, amiral russe, 545.

Malacca (presqu'île de), 83.

Malaga (Espagne), 464.

Malakhitês, œuvre de Morriss Schmetterling, 269.

MALEHAUT (Viviane), chanteuse, 507.

MALEVICH (Kazimir Serevinovitch), peintre russe, 1878-1935, 64.

MALINOWSKI (Bronislaw Kaspar), ethnologue anglais, 1884-1942, 144, 146, 147.

Malleville (Mickey), personnage de L'Assassinat des Poissons rouges, 285, 286, 288.

MALMAISON (La), 309.

MALPIGHI (Marcello), anatomiste italien, 1628-1694, 576, 577, 579.

MALRAUX (André), écrivain français, 1901-1976, 108.

Malte, 461.

Mamers (Sarthe), 204.

Manche (La), 299.

Manchester (Angleterre), 589.

MANDETTA (Guido, alias Theo Van Schallaert, alias, Jim Brown, alias ?), 118-120, 122, 125, 126.

Manille (Philippines), 28.

Manlius Capitolinus, de Lafosse, 450.

MANN (Thomas), 1875-1955.

Mannheim (Allemagne), 373.

Manoir à l'envers, Le, attraction de l'Exposition Universelle, 496.

MANS (F.H.), paysagiste hollandais, 516.

MANSA (J.H.), cartographe danois, 244.

MARAT (Jean-Paul), révolutionnaire français, 1743-1793, 364.

MARCEAU (François-Séverin Marceau-Desgraviers, dit François), général français, 1769-1796, 260.

MARCHAL (Paul), 504.

Marche nuptiale, La, 472.

Marche turque, La, de W.-A. Mozart, 215.

Marches et Fanfares de la 2ᵉ D.B., disque, 175.

Marché aux puces, 51.

MARCIA (Clara, née Lichtenfeld), antiquaire, 51, 89, XXIV, 138, XXXIII, 199, 200, XXXIX, 227, 291, 292, LVI, 395-398, 400, 401, LXXIII, 432, LXXV, 550, 556, 558, 600.

MARCIA (David), 168, 227, 280, 292, 396, 401, 402, 432, 433, 448-451.

MARCIA (Léon), historien d'art, 224-227, 280, 401, 448, 488, 549, 600, 601.

MARCION, voir Honoré, 490.

MARCO POLO, voyageur italien, 1254-1324, 368.

Marcoule, 183, 184.

MARCUART, banquier, 493.

MARÉCHAL (Maurice), acteur français, 94.

Margarita-Térésa (archipel), 234.

Margate (Angleterre), 540.

MARGAY (Lino, dit Lino le Baveur ou Lino Tête-de-Nœud), **437-442**.

Mari de Prudence, le, jeune homme de 18 ans, 509.

Marly-le-Roi, 588.

Mariannes (Iles), 471.

MARGUERITTE, brigadier - chef, 212.

Maroc, 238, 311, 327.

Marolles - les - Barults (Sarthe), 204.

MARQUAIZE, papetier, 256.

MARQUEZ (Gabriel-Garcia), 695.

Marquis de Carabas, Le, personnage de Perrault, 108.

MARQUISEAUX (Caroline, née Echard), IV, 89, 169, **177-179**, XLI, 235, 236, 278, 554, 600.

MARQUISEAUX (Père), 180.

MARQUISEAUX (Philippe), XXX, **177-180**, 235, 236, 238, 277, 292, 299, 379, 401, 402, 554, 600.

MARR (Robin), 333.

Marraines de Guerre australiennes, Les, 470.

Marseille, 69, 146, 184, 260, 310, 408, 558.

Marseillaise, La, chant patriotique, 510.

Marshall (Iles), 471.

Marshall McLuhan et la 3ᵉ révolution copernicienne, conférence du professeur Strossi, 523.

MARTENSEN (Johannes), littérateur danois, 586.

MARTIN, historien, 307.

MARTIBONI, artiste italien contemporain, 499, 582.

Martinique, 259.

MARTINOTTI, agitateur panarchiste, 441.

Marvel Houses Incorporated, 517, 518, 528, 531.

Marvel Houses International, **518-524**, 528, 531.

Maryland, 478.

Mascate (Arabie), 571.

Mascotte du Régiment, La, film avec Shirley Temple, 469.

Masque, Le, collection de romans policiers, 265.

MASSINE (Léonide), chorégraphe américain, 542.

MASSY (Albert), **434-440**, 443.

MASSY (Josette), 439.

Mastering the Franch Art of Cookery, par Henry Fresnel, 330.

MASTON (J.T.), peintre anglais du début du siècle, 532.

Mat, le, lame de tarot, 269.

Matagassiers, 307.

Matamore, 324.

MATHEWS (Harry), 6, 695.

Matmata (Tunisie), 518.

MAUPASSANT (Guy De), écrivain français, 1850-1893, 410.

MAURICE DE SAXE (Maurice, Comte de Saxe), maréchal de France, 1696-1750, 122, 123, 129.

Mauritanie, 327.

MAUSS (Marcel), sociologue et ethnologue français, 1873-1950, 146.

MAXIMILIEN, empereur du Mexique, 1832-1867, 353.

Mayence, 119.

Mayenne, 394.

Mazamet, 160.

MAZARIN (Jules), homme d'Etat, 1602-1661, 326.

McAnguish Caledonian Panacea, marque de whisky, 315.

MACARTHUR (Douglas), général américain, 1880-1964, 555.

McCORK (Faber), industriel américain, 547.

McDONALD (J.W.), fabricant de meubles, 505.

McINTOSH, urologue, 579.

M'CLINTOCH (Sir Francis Leopold), navigateur irlandais, 1829-1907, 252.

McLUHAN (Marshall), penseur canadien, 523.

Méandre (Maiandros), fleuve de Turquie, 596.

MÉCHAIN (Pierre), astronome français, 1744-1804, 460.

Medal of Honor, 385.

Medizinische System der Methodiker, Das, de Meyer-Steineg, 404.

MELAN (Comtesse de), 492.

Mélanges, d'Ernest Renan, 79.

Melbourne (Australie), 470, 471, 486, 554.

Mélusine, 362.

MELVILLE (Herman), écrivain américain, 1819-1891, 695.

Mémoires, de Falckenskjold, 261.

Mémoires d'un lutteur, de Rémi Rorschash, 75.

Mémoires d'un numismate, de F. Baillarger, 502.

Mémoire sur la vie de Jean Racine, par Louis Racine, 492.

MENDOZA (Victor-Manuel), acteur mexicain, 349.

Menoalville, 533.

Méphistophélès, 295, 327, 386, **388-391**, 393.

Mer Blanche, 362.

Mercator, pièce de Plaute, 333.

Mercure, dieu, 456, 526.

Mercure de France, Le, revue littéraire, 410.

Mer de Barents, 83.

Mer de Corail, 471.

Mer de Kara, 83.

Mer de Weddell, 233.

Merkur, revue littéraire allemande, 410.

Mer Noire, 83.

Mer Rouge, 72, 83, 529.

Meursault, personnage d'Albert Camus, 267.

Meuse (fleuve) (dépt), 55.

Meurtres à Pigalle, de Kex Camelot, 230.

Mexico, 54, 353, 442, 486.

Mexique, 268, 331, 358, 429, 519, 523.

MEYER-STEINEG, historien de la médecine, 404.

MEYSSONNIER (Lazare), médecin et alchimiste mâconnais, 1602-1672, 576.

Miami, 331.
 Hialeah, 505.
 Burbank's Motel, 505.
 Monkey Jungle, 547.

MICHARD (Félicien), frotteur de parquets, personnage de G. Berger, **207-210**.

Michel Strogoff, roman de Jules Verne, 13.

Michigan, 269.

MIDAS, roi de Phrygie, 407.

Milan (Italie), 438, 547.

Milo (Cyclades), 168.

Milwaukee (Wisconsin), 472.

Mimizan (Landes), 185.

Mindanao (Philippines), 83.

Mineral art, 58.

Minerve, 488.

Mint cake, 92.

MIRABEAU (Honoré Gabriel Riqueti, comte de), 1749-1791, 174.

Miraj (Indes), 519.

MIRBEAU (Octave), 1848-1917, 140.

Miroirs de sorcières, 51.

Misérables, Les, pièce de théâtre d'après le roman de Victor Hugo, 326.

Mississipi, 503, 565.

Mississipi Sunset, chanson de Sam Horton, 237.

MISTER MEPHISTO, pseudonyme d'Henri Fresnel, 327.

MISTINGUETT (Jeanne Bourgeois, dite), chanteuse, 1875-1956, 328.

Mithridate, tragédie de Jean Racine (1673), 381.

Mobile (Texas), 503.

Moçamédès (Angola), 430.

Moderne Probleme im Pädiatrie, 579.

Mohocs, tribu indienne, 552.

Moka (Yémen du Nord), 167.

MOLIÈRE (Jean-Baptiste Poquelin, dit), 1622-1673, 325, 450.

MOLINET, professeur au Collège de France, 354.

MÖLLER, urologue, 579.

Molosse est angoissé, Le, roman policier de John Whitmer, 107.

Mombassa (Kenya), 430.

Monachus tropiçalis, 117.

MONACO (Mario del), ténor italien, 300.

MOND (Peter), six-day man, 435.

Monde, Le, quotidien français, 179, 302, 419.

MONDINO DI LUIZI, anatomiste milanais, mort en 1326, 342.

MONDUIT et BÉCHET, fondeurs 570.

Monêtier-les-Bains (Hautes-Alpes), 435.

Mongolie extérieure, 317.

Moniteur universel, Le, 475.

Monkey Jungle, night-club de Miami, 547.

MONPOU (Hippolyte), compositeur français, 1804-1841, 552.

MONROE (Norma Jean Baker, dite Marylin), actrice américaine, 1926-1962, 369.

M. Jourdain, personnage du *Bourgeois gentilhomme,* 326.

Montagne magique, La, roman de Thomas Mann, 598.

MONTALESCOT (L.N.), peintre français, 1877-1933, 516.

Montargis, 67, 96, 168.

Montauban, 119.

Mont Cervin, 140.

Monte-Carlo, 193.

Montenotte, 78.

MONTGOLFIER (Joseph et Etienne), inventeurs, 260.

MONTGOMERY (Al), chef d'orchestre, 523.

MONTESQUIEU (Charles de Secondat, seigneur de la Brède et de), philosophe français, 1689-1755, 260.

MONTIJO (Eugénie de), 453.

Montlhéry, 402, 436.

Montpellier, 185, 260.

Montrouge, 317.

Monument à F.B., de Roger-Jean Ségalat.

Moon (Archibald), acteur américain, 354, 356.

Morandi (Giorgio), peintre italien, 1890-1964, 525.

Moreau (Marie-Thérèse), 89, XX, 100, 101, 108, XXIII, 131, 132, 137, 143, 168, 214, 278, 379, LXV, 383, 393, 394, 396, LXXI, **422-425**, LXXXIX, 545, **549-552**, 599, 600, 602.

Morel, 441.

Morellet (Benjamin), préparateur de chimie, VII, **42-46**, 49, 53, 54, 86, 95, 96, 164, 167, 168, 211, 214, 253, 255, 271, 278, 281, 302, 307, 360, 418, 530, 549, 600.

Moret-sur-Loing, 535.

Morgan (Simone Roussel, dite Michèle), actrice française, 349.

Moriane, 463.

Morrel d'Hoaxville (Arthur), portraitiste anglais du XIXᵉ siècle, 409.

Mort dans les nuages, La, roman d'Agatha Christie, 209.

Mosca (Fanny), soprano, 494.

Moscou, 200.

Motu, tribu de Nouvelle-Guinée, 479.

Moselle, 203, 425.

Mouches, Les, pièce de Jean-Paul Sartre, 559.

Mouchoir, Le, gravure, 142.

Moukden, 546.

Moulin rouge, Le, cabaret parisien, 485, 591.

Mousseline aux fraises, 30.

Moussorgsky (Modeste), compositeur russe, 1839-1891, 40.

Moyen-Orient, 72.

Mozart (Johann Chrysostomus Wolfgang Gottlieb, dit Wolfgang Amadeus), compositeur autrichien, 1756-1791, 297.

Mozart (Léopold), compositeur allemand, 1719-1787, 398.

Mozart (Maria - Anna), chanteuse autrichienne, 1751-1829, 398.

Muckanaghederanhaulia (Irlande), 81.

Mulligan (Gerald Joseph, dit Gerry), musicien de jazz, 61.

Munich, 367, 485.

Murano, 79.

Musée Carnavalet, 398.

Musée Guimet, 264.

Museum d'histoire naturelle, 117.

Musoeum Odescalcum, 123.

Musi, fleuve de Sumatra, 145.

Musset (Alfred . de), écrivain français, 1810-1857, 410.

Mutt (R.), 353.

Mzab aux mille couleurs, conférence d'A. Faucillon, 589.

Nabeul (Tunisie), 129.

Nabokov (Vladimir Vladimirovitch Nabokov-Sirine, dit Vladimir), écrivain américain d'origine russe, 1899-1976, 695.

Nahum (E.), critique d'art, 58, 352.

Namur (Belgique), 292, 448.

Nancy, 260.

Nantes, 260.

Nantucket (Massachussets), 152.

Naples, 300, 339.
Cathédrale, 119.

NAPOLÉON Ier, empereur des Français (voir aussi Bonaparte), 117, 200, 227, 260, 298, **461-463**, 466, 598.

NAPOLÉON III, 61, 116, 267, 388, 422, 597.

Nassau (Bahamas), 517.

Natal (Afrique du Sud), 381.

Nationwide Bilge, journal satirique américain, 393.

Natura Renum, De, de Blancard, 579.

Naturiste, Le, tableau de J.T. Maston, 532.

Naughties, night-club de Milan, 547.

Naxos (Cyclades), 168.

Nazareth (Israël), 54.

Neauphle-le-Château, 536, 538.

NEBEL, officier allemand, 160.

NELSON (Horatio, vicomte), amiral anglais (1758-1805), 292, 405, 545.

Némo (Prince Dakkar, dit le Capitaine), personnage de J. Verne, 47, 428.

Nem szükséges, hogy kilepj a hàzbol, film de Gabor Pelos, 565.

NERCIAT (André-Robert Andréa, chevalier de), écrivain français, 1739-1801, 400.

NÉRON (Lucius Dominique Claudius Nero), empereur romain, 37-68, 63, 94.

NERVAL (Gérard Labrunie, dit Gérard de), écrivain français, 1808-1855, 368.

Nesquik, 488.

Neuf Muses, Les, suite de gravures attribuée à L. Gaultier, 224.

Neuilly-sur-Seine, Lycée Pasteur, 264.

NEUSIEDLER (Hans), musicien allemand, **574.**

Neuweiler (Sarre), 184.

Nevada (États-Unis), 565.

New Bedford (Massachussets), 125, 127, 129.

Newcastle (Australie), 35.

Newcastle-upon-Tyne (Northumberland), 33, 35, 401.

New Century Dictionary, 135.

New Insights in the early denominations of America, communication de J.M. de Zaccaria au 3e Congrès de l'Union internationale des Sciences historiques (Edinburgh, 1887), 474.

Newport (Rhode Island, U.S.A.), 547.

New York (NY, U.S.A.), 54, 119, 121, 126, 226, 230, 296, 327, 328, 469, 486, 582, 585.
Bouwerie, 327.
Carson College, 230.
Collection Frick, 226.
Collection Rockefeller, 525.
Ellis Island, 601.
Manhattan, 54, 353.
Metropolitan Opera, 329.
St Marks in the Bouwerie, 327.
Wall Street, 74.

New York Herald Tribune, 419.

Nez-percés, tribu indienne, 552.

Nice, 65, 152, 582.

NICOLAS, marchand de vins parisien, 211, 297, 406.

NICOLAS II (Alexandrovitch), dernier empereur de Russie, 1868-1918, 205.

NICOMÈDE, roi de Bithynie, 509.

NIÉTO (Joseph), chauffeur de Franz Hutting, 57, 169, 292, 599.

NIETZSCHE (Friedrich), écrivain allemand, 1844-1900, 397.

Nieuwe Courant, quotidien d'Utrecht, 125, 129.

Nil, 316, 396, 461, 462.

Nîmes, 260.

Nirvana, night-club de Berlin, 547.

Nivillers (Oise), 341, 602.

NOCHÈRE (Emilie), concierge de l'immeuble, 20, 36, 46, 51, 52, 54, 55, 67, 96, **211-214**, 256, 279, 483, 566, 567, 601, 602.

NOCHÈRE (Henri), sergent-chef, 212.

NOCHÈRE (Martine), 51, 214.

Noë, 352, 358.

NOLT (Boris Barûq), kabbaliste anversois, 333.

Nokiba No Ogi, personnage du *Genji-monogatari,* 139.

Normandie, Le, affiche de Cassandre, 134.

Normes AFNOR pour les matériels d'horlogerie..., 546.

NORVELL (Eleanor), 470.

NORVELL (Olivia), (Mme Rémi Rorschash), **469-472, 484-486**, 549, 568, 569, 598, 599.

Notre-Dame de Paris, 382, 564.

Nottingham (Angleterre), 540.

Nouméa (Nouvelle-Calédonie), 245, 331, 486.

Nouveau Cirque, Le, cirque parisien, 276.

Nouveau Film français, revue professionnelle, 569.

Nouvelle-Calédonie, 168, 259.

Nouvelle Carte... de la France..., par L. Sonnet, 259.

Nouvelle Clé des songes, La, attribuée à Henry Barrett, 240.

Nouvelle-Galles du Sud, 35.

Nouvelle-Guinée, 479.

Nouvelle-Orléans (Louisiane), 127, 504, 505.

Nouvelle République, La, quotidien du centre, 131.

Nouvelle-Zélande, 480.

Nuits chaudes à Ankara, roman policier de H. Elliott (A. Flexner), 230.

Nuit dans la pampa, calendrier, 359.

Nummophylacium Reginae Christinae..., d'Havercamp, 123.

NUNGESSER (Charles), aviateur français, 1892-1927, 328.

NUNNELEY (Charles), islamiste irlandais, 334.

Nuremberg, 119, 266.

OBERKAMPF (Christophe-Philippe), industriel français, 1738-1815, 598.

O'BRIEN (Barton), cruciverbiste néo-zélandais, 551.

O'BRIEN (Bobby), 540.

Océan Atlantique, 233, 259, 299, 318, 355.

Océan Indien, 83, 234, 529.

Océan Pacifique, 329, 417, 429, 479, 480.

Océanie, 83, 429, 471.

Octogone, L', tripot clandestin, 440, 441.

Ocymum basilicum, 430.

Odeon, The, cinéma de la banlieue de Londres, 539.

Odes et Chansons, de J.-P. Uz, 362.

Ogier, valet de cœur (?), 221.

Okinawa (Japon), 419, 471.

Oktoberfest (Fête de la bière à Munich), 485.

Oland (Suède), 519, 520.

OLD MAN AFRAID OF HIS HORSE (chef indien), 552.

Oléron (Ile), 205, 344, 380, 602.

OLIVET (Bertrand d'), marchand d'art, 492.

OLIVETTI, adjudant, 212.

Olivia Fan Club of Tasmania, 471.

OLLIVE (François), cartographe marseillais du XVIIe siècle, 408.

OLMSTEAD (Olav), géographe norvégien du XVIIe siècle, 363.

Onomastica, revue d'onomastique, 478.

Ophélie, personnage de Shakespeare, 224.

Optimus Maximus, basset, 353, 356.

Or africain, L', roman de Rémi Rorschash, 74, 76.

Oran, 212, 465, 468.

Orange (Vaucluse), 194.

Orang-Kubus, voir Anadalams, 144, 147.

Ordre de Saint-Michel, 485.

Orénoque, 474.

Oreste, d'Alfieri, 450.

ORFANIK (comte), 40, 294, 454.

Orgueilleux, Les, film d'Yves Allégret, 349.

Oriental Sallon and Gambling House, maison de jeux, 505.

Orient-Express, train, 210.

Orlando, opéra d'Arconati, 40, 294.

Orlando (Disneyworld, U.S.A.), 519, 522.

Orléans, 119.

ORLOV (Serge Ilarionovitch), ambassadeur de Russie, 198.

ORLOV (Stepan Sergueïevitch), le « Boucher du Kouban », 198.

ORLOVA (Véra), voir Vera de Beaumont, 39, 40, 190, 229, 230, 453.

ORLOWSKA (Elzbieta), 51, 86, 169, 257, 271, 273, 276, 278, 279, 292, LVII, **334-338**, 340, 599, 601, 602.

ORLOWSKI (Mahmoud), 257, 339, 341.

Orosmane, personnage de la *Zaïre* de Voltaire, 450.

Orphée, 353.

Osaka (Japon), 519, 521, 523.

Ostende (Belgique), 350.

OTCHAKOVSKY-LAURENS (Paul), 3.

Otello, personnage de Verdi, 390.

Othello, personnage de Shakespeare, 450.

OTHON, empereur romain, 94.

OTTEN (Reiner), cartographe, 479.

Ottok (Illyrie), 519, 520.

Ouargla (Algérie), 589.

Ouarsenis (Algérie), 460.

Ouarzazate (Maroc), 522, 523.

OUDRY (Jean-Baptiste), peintre et graveur, 1686-1755, 256.

Oulan-Bator (Mongolie), 317.

OURAY THE ARROW, chef indien, 552.

Ourcq (canal de l'), 55.

Où sont passés les deux polichinelles ?, assiette décorée, 317.

Ouvrier ébéniste de la rue du Champ-de-Mars, L', dessin de Priou, 409.

Ovetum, ancien nom d'Oviedo, 26.

Oviedo (Espagne), 26, 454, 455.

Owen (U.N.), peintre anglais, 92.

Owen (H.), théologien anglais, 1719-1795, 363.

Oxford,
Monastère de Saint-Pétroine, 523.
Bodleian Library, 577.

Oxygénée Cusenier, boisson forte, 89.

Packs his drum, chef indien, 552.

Pädagogisches Skizzenbuch, de Paul Klee, 15.

Padoue, 119, 163.

Paganel (Jacques), géographe français, personnage de Jules Verne, 226.

Paillard (Georges), champion de demi-fond, 435.

Painlevé (Paul), mathématicien et homme d'État, 1863-1933, 436.

Paiute, tribu indienne, 552.

Palais du Costume, pavillon de l'Exposition Universelle, 496.

Palais de l'Elysée, 169, 564.

Palais de Justice, 494, 564.

Palais lumineux, Le, attraction de l'Exposition Universelle, 496.

Palais de l'Optique, pavillon de l'Exposition Universelle, 496.

Palawan (Philippines), 83.

Palembang (Sumatra), 145.

Palerme, 119.

Palestine, 83.

Palinsac, 185.

Palissy (Bernard), céramiste, 1510-1590, 260.

Palmerston (Henry Temple, troisième vicomte), 1784-1865, 59.

Palmerston (Arnhem) colonel australien, surnommé « Vieux-Tonnerre », 471.

Pan, dieu grec, 511, 516.

Panama, 233.

Panjab, 264.

Pan Mun Jon, 391.

Panofsky (Irving), historien d'art et esthéticien, 226.

Panorama transatlantique, Le, attraction de l'Exposition Universelle, 496.

Pantin, 132.

Papa, les p'tits bâteaux, d'Henry Gerbault, 256.

Papin (Denis), inventeur, 1647-1714, 260.

Papouasie, 479.

Paracelse (Philippus Aureolus Theophrastus Bombastus von Hohenheim, dit), médecin et alchimiste suisse, v. 1493-1541, 576, 579.

Paraguay, 293.

Parana, 333.

Paray-le-Monial (Saône-et-Loire), 394.

Parc des Princes, stade parisien, 436.

Parçay-les-Pins (Indre-et-Loire), 336, 338.
PAREDÈS (Nicolas), gangster argentin, 441.
Parentis (Landes), 185.
Paris, 39, 40, 58, 75, 117, 119, 131, 133, 145, 151, 152, 159, 169, 177, 191, 201, 204, 211, 226, 245, 252, 259, 260, 263, 276, 293, 303, 312, 316, 318, 328, 330, 339-341, 345, 346, 354, 365, 382, 389, 390, 443, 492, 495, 497, 498, 502, 537, 543, 547, 551, 571, 580, 583, 585, 591, 602.
Ambassade d'Angleterre, 492.
Avenue de Courcelles, 169.
Avenue Franklin-Roosevelt, 52.
Avenue de Friedland, 566.
Avenue de la Grande-Armée, 132, 225.
Avenue du Maine, 325.
Avenue de Messine, 244, 246, 313.
Avenue des Ternes, 66, 161.
Balard, 171.
Batignolles, 171, 220.
Boulevard Haussmann, 313.
Boulevard Malesherbes, 515.
Boulevard Péreire, 313.
Boulevard Saint-Germain, 160, 242.
Boulevard Saint-Michel, 354.
Butte-aux-Cailles, 171.
Carrefour de l'Odéon, 242.
Champs-Elysées, 52, 90, 222, 243, 299.
Château-Landon, 304.
Clichy, 171, 220.
Denfert-Rochereau, 304.
Dix-neuvième arrondissement.
Etoile-Charles-de-Gaulle, 170.
Faubourg Saint-Antoine, 101.
Gare d'Orsay, 272.
Gare Saint-Lazare, 170, 469.
Grands Boulevards, 590.
Hôpital Lariboisière, 439.
Jardins de Marigny, 52.
Ménilmontant, 171.
Montmartre, 220, 591.
Neuvième arrondissement.
Parc Monceau, 52, 155, 160, 169, 170, 312, 570.
Pigalle, 220, 591.
Place d'Aligre, 484.
Place Clichy, 382, 496.
Place Saint-Sulpice, 520.
Pont Cardinet, 306.
Porte de Bercy, 269.
Porte Maillot, 368.
Porte d'Orléans, 278, 370.
Porte de Picpus, 269.
Porte de Vincennes, 269.
Quais de la Seine.
Quai des Orfèvres, 493.
Quartier de la Défense, 235.
Quartier Latin, 179, 243.
Rue des Acacias, 440.
Rue Alfred-de-Vigny, 313.
Rue de l'Assomption, 564.
Rue Bochart-de-Saron, 350.
Rue Cardinale, 259.
Rue du Champ-de-Mars.
Rue de Chazelles, 20, 47, 164, 551, 570.
Rue des Ciseaux, 317.
Rue de Courcelles, 52, 272.
Rue Cujas, 177.
Rue Dorcet, 496.
Rue de la Folie-Regnault, 495.
Rue de Galliera, 3.
Rue Gay-Lussac, 351.
Rue Guyot, voir Médéric.

Rue Jacques-Bingen, 363.
Rue Jacob, 406.
Rue Jadin, 20, 47, 164.
Rue Jouffroy, 439.
Rue Legendre, 553.
Rue Léon-Jost, 20, 305.
Rue Lepic, 88, 257, 260.
Rue de Liège, 548.
Rue de Lille, 179.
Rue Logelbach, 48.
Rue de Madrid, 243.
Rue des Mathurins, 323.
Rue Médéric, 20.
Rue de la Paix, 591.
Rue de Prony, 86, 170.
Rue des Pyramides.
Rue de Richelieu, 276.
Rue Roussel, voir Léon Jost, 305.
Rue Saint - André - des - Arts, 318.
Rue Simon-Crubellier, 20, 226, 252, 263, 264, 271, 272, 308, 312, 317, 330, 360, 439, 451, 498, 537, 570, 602.
Sacré-Cœur de Montmartre, 302, 591.
Square Anna de Noailles, 341.
Pariscop, hebdomadaire de spectacles, 448.
Parisienne, La, magasin d'alimentation à succursales multiples, 551.
Parisien libéré, Le, quotidien du matin, 53.
Paris-Match, hebdomadaire, 204.
Paros (Cyclades), 168.
PARMENTIER (Antoine-Augustin), agronome, 1737-1813, 260.
PASQUIER aîné, pacemaker de Lenart, 438.

Passarowitz (Yougoslavie), 122, 124.
Passepartout, personnage du *Tour du monde en 80 jours,* de J. Verne, 80.
Pastourelle, d'Adrian Villart, 463.
Pathé Baby, caméra, 538.
Patrons et Ouvriers, 546.
PATTI (Adeline, dite La), cantatrice, 1843-1919, 278.
Pau (Pyrénées-Atlantiques), 260.
PAULIN-ALFORT (Paul Labourde, dit), auteur dramatique, 1886-1962, 308.
Peanuts, bande dessinée de Charles M. Schulz, 359.
Pearl Harbour (Hawaï), 329.
PEDDIE, chirurgien de Sir John Franklin, 252.
PEEL (Sir Robert), homme d'Etat anglais, 1788-1850, 59.
PELAGE (Pelayo), roi des Asturies, mort en 737, 26, 292.
PELLERIN, peintre romantique (1821-1880), 140.
Pemba (Tanzanie), 519, 520, 523, 524.
Pennsylvania, paquebot, 54.
Pennsylvanie, 505.
Pensacola (Floride, U.S.A.), 109.
Pension Macadam, night-club de Tanger, 547.
PERCEVAL (John, comte d'Egmont), publiciste et homme d'État, 1683-1748, 59.
PEREC (Georges), 7, 695, 703.
Pergame (Asie Mineure), 578.
PÉRIGNON (dom Pierre), bénédictin, 1638-1715, 296, 554.
PERON (Eva, dite Evita), 556.
Péronne (Somme), 205.

Pérou, 429, 561.

Perpignani, dessinateur, 572.

Perros-Guirec (Côtes-du-Nord), 344.

Perse, 198, 317, 459, 523.

Persepolis, 523.

Perthes-lès-Hurlus (Champagne), 344.

Pertusano (Nicholas, dit Nick), **503-505**.

Pérugin (Pietro di Cristoforo Vannucci, dit le), peintre italien, 1445-1523, 492.

Petersen (Carl), interprète, 252.

Petit (Roland), danseur et chorégraphe, 537.

Petit Ane, Le, pièce pour piano de Paul Dukas, 215.

Petite Danseuse, La, film amateur, 538.

Petit Gutenberg, Le, imprimerie pour enfants, 433.

Petite Illustration, La, périodique illustré, 308.

Petit Larousse illustré, Le, dictionnaire, 204.

Petit-Pouce, chat des Marquiseaux, 177, 379.

Petit Robert des noms propres, Le, dictionnaire, 49.

Petits Amis, Les, Calendrier, 359.

Pferdleichter, ingénieur général appartenant à l'organisation Todt, 244, 245.

Pfister, directeur du Sanatorium le Pfisterhof, 226.

Pflug, chef d'état-major général des troupes russes en Extrême-Orient, 545.

Philémon et Baucis, personnages légendaires, 533, 534.

Philipe (Gérard), acteur français, 1922-1959, 214, 349.

Philippe III, roi d'Espagne, 1598-1621, 265.

Philippe IV, roi d'Espagne, 1621-1665, 265.

Philippines (Iles), 456.

Phillips (Felipe Solario, dit Sunny), acteur portugais, 332.

Phrygie, 407, 534.

Phutatorius (Fredryk), astronome danois, 1547-1602, 363.

Picardie, 180.

Picasso (Pablo Ruiz y Picasso, dit Pablo), peintre espagnol, 1881-1973, 328, 525.

Pierné (Gabriel), compositeur français, 1863-1937, 523.

Pigeon (lampe), 291.

Pim, Pam, Poum, personnages de bandes dessinées, 470.

Pinchart, fabricant de pliants, 155.

Pinocchio, d'après Collodi, 326.

Pin-Up, revue déshabillée, 261.

Pinzon (les Frères, Martin Alonso, Francisco Martin et Vincente Yanez), navigateurs espagnols de la fin du xve siècle, 474.

Pip, chat de Mme Moreau, 137. 297, 379.

Piqûre mystérieuse, La, roman-feuilleton de G. Berger, C. Coutant et P. Hémon, 207.

Piran (Yougoslavie), 313.

Pirandello (Luigi), écrivain italien, 1867-1936, 37, 247, 296.

Pisanello (Antonio di Puccio di Cerreto, dit), peintre italien, 1395-1455, 152.

Pissarro (Camille), peintre français, 1830-1903, 16, 249.

Pithiviers (Loiret), 323.

Pitiscus (Samuel), philologue hollandais, 1637-1717, 122, 124, 126.

Pizzicagnoli, 486, 513, 514, 602.

Planetarium Orrery, 351.

Plassaert (Les), marchands d'indienneries, 45, 46, XLV, 257, 278, 279, 292, LII, 299, LIV, 315, 316, 318, 319.

Plassaert (Rémi) 214, 255, 256, 487, 600.

Plattner (Mme), dactylographe de Brisbane (Australie), 471.

Plaute (Titus Maccius Plautus), auteur latin, 254-184, 333.

Plenge, pasteur danois, 85.

Pline (Caius Plinius Secondus, dit l'Ancien), naturaliste romain, 23-79, 316, 363.

Plon, éditeur, 372.

Pobieda, cuirassé russe, 545.

Poe (Edgar Allan), écrivain américain, 1809-1849.

Poésies lyriques, de J.-P. Uz, 362.

Point d'argent point de Suisse, caricature, 457.

Point de vue, hebdomadaire, 204.

Pois, coiffeur, 86.

Poitou, 564.

Poker Dice, chat de Gilbert Berger, 379, 507, 598.

Pollock. (Paul Jackson), peintre américain, 1912-1956, 16, 249.

Pologne, 226, 335, 337, 340.

Polonius, hamster, 485, 486.

Polonovski, chimiste, 243.

Polynésie, 565.

Pompéi, 63, 143.

Pompon et Fifi, calendrier, 359.

Poniatowski (Michel, dit Ponia), homme politique, 367.

Ponsin, maître verrier, auteur du *Palais lumineux,* 496.

Pontarlier, 58.

Pont-Audemer (Eure), 328.

Pontcarral, colonel d'Empire, film de J. Delannoy, 243.

Pontiac, marque d'automobile, 383.

Pont sur la rivière Kwaï, Le, roman de Pierre Boulle, 284, 485, 514.

Pope (Alexander), poète anglais, 1688-1744, 540.

Populaire, Le, journal fondé par Etienne Cabet, 562.

Portia, héroïne de Shakespeare, 224.

Port-Arthur (Lû-Shun), 384, 545, 546.

Port-aux-Princes, Hôtel Sierra-Bella, 442.

Porter (Guillaume), pseudonyme de Beyssandre, 526.

Porthos, personnage d'Alexandre Dumas, 215, 566.

Port-Moresby (Nouvelle-Guinée), 479.

Porto-Rico, 518.

Portorosa (Yougoslavie), 313.

Port-Saïd, 83, 254.

Portugal, 412.

Portus, éditeur latin du *Lexique* de Suidas, 548.

Porus, opéra de Kusser, 43.

Postdam, 464.

Pouchkine (Alexandre Sergueievitch), poète russe, 1799-1837, 403.

Pouzzoles (Italie), 571.

Powell (Michael), cinéaste anglais, 542.

Pozsony (Hongrie), 43.

Prague (Tchécoslovaquie), 119, 577.

Preetorius (Emil), peintre et décorateur allemand, 300.

Préfleury (Albert), pseudonyme de Rémi Rorschash, 70.

Préjean (Albert), acteur français, 70.

Préjugés, revue littéraire fondée par Rémi Rorschash, 74.

Premier rendez-vous, 211.

Pré-Saint-Gervais, 171.

Press and Journal, quotidien d'Aberdeen (Ecosse), 475.

Presse médicale, La, 575.

Preuves, revue littéraire, 410.

Price (Roger), 695.

Pride and prejudice, roman de Jane Austen, 406.

Prince et le Pauvre, Le, de Mark Twain, 566.

Prince Edouard (îles du), 234.

Prince Masqué, Le, 489.

Princesse Palatine (Anne de Gonzague, dite la), 1616-1684, 575, 579.

Princesse Palatine (Charlotte-Elizabeth de Bavière, dite la), 1652-1722, 362.

Priou, dessinateur, 409.

Prison de la Bastille, 326, 492.

Propriano (Corse), 455.

Proud Angels, oratorio de Svend Grundtvig, 237.

Prouillot (Léonie), 175.

Proust (Madeleine), 304.

Proust (Marcel), 1871-1922, 354, 695.

Prudence, jeune femme de 24 ans, 509.

Prusse, 155.

Ptolémée (Claude), astronome grec, 90-168, 316.

Puerto Princesa (Philippines), 83.

Punch, The, hebdomadaire satirique anglais, 251.

Punishment, The, caricature de William Falsten, 175.

Purkinje, agitateur panarchiste, 441.

P... respectueuse, La, pièce de J.-P. Sartre, 589.

Pyrame et Thisbé, opéra de Kusser, 43.

Pyramides, Les (Egypte), 152, 162, 169, 521.

Pyrénées, 191, 593.

Pythagore, mathématicien grec du VIe siècle av. J.-C., 501.

Quand j'étais petit rat, de M.F. Vychiskaya, 502.

Quand les poules auront des dents, caricature de Blanchard, 141.

Quarli, famille d'imprimeurs vénitiens, 118, 119, 121, 123, 126.

Quaston (Mme), personnage de L'assassinat des Poissons rouges, 286, 288.

Québec (Canada), 357.

Queneau (Raymond), 1903-1976, 9, 695.

Qui boit en mangeant sa soupe..., 39.

Quotidien du film, Le, 569.

Quotidien du médecin, Le, 255.

Rabelais (François), écrivain français, 1494-1553, 695.

Racine (Jean), poète dramatique, 1639-1699, 260, 325, 450, 586.

Racine (Louis), écrivain français, 1692-1763, 492.

Racine (Wisconsin, U.S.A.), 472.

Racine et Shakespeare, de Stendhal, 586.

Radar, magazine illustré, 204.

Radnor (Edward Llowarch Bouverie, 5ᵉ comte de), 30.

Raffin, docteur en médecine, 575.

Raguse, voir Dubrovnik, 313.

Rainbow (Armand Fieschi, dit Arthur), chanteur pop, 180.

Rain in the face, chef indien, 552.

Rake's progress, aquarelle de U.N. Owen, 92.

Rake's progress, opéra de Stravinsky d'après Hogarth, 94.

Rameau (Antoine), 21.

Ramon, gangster, 442.

Ramona, succès de Tino Rossi, 211.

Ramphastos vitellinus, 256.

Ramsay (Lord), 353.

Rangoon (Birmanie), 149.

Raskolnikov, personnage de Dostoïevski, 267.

Rastaquouère, Le, surnom d'un locataire de l'immeuble, 498.

Rastignac, personnage d'Honoré de Balzac, 406.

Rat derrière la tenture, Un, tableau de Forbes, 33, 401.

Ratinet, voir Bouvard, 407.

Ray (John), naturaliste anglais, 1627-1705, 363.

Raynaud (Fernand), artiste de music-hall, 1926-1973, 175.

Razine (Stepan Timofeïevitch, dit Stenka), chef cosaque, v. 1630-1671, 502.

Razza, tueur à gages, 442.

Reader's Digest, 53.

Reading (Connecticut), 565.

Réalités, périodique illustré, 204.

Récamier (Jeanne-Françoise-Julie-Adélaïde Bernard, dame), 1777-1849, 408, 488.

Reconquista, La, 26.

Recueil des monnaies de la Chine..., du baron de Chaudoir, 433.

Règlements concernant la sécurité dans les mines..., 24.

Régnard (Jean-François), auteur dramatique, 1655-1709, 236.

Régnier (Renaud), cartographe de l'Ecole Dieppoise, 478.

Reims, la cathédrale, 119.

Remember the Alamo, vedette lance-torpilles, 330.

Renaissance, restaurant parisien, 591.

Renan (Ernest), écrivain français, 1823-1892, 79.

Renard et la Cigogne (sic), Le, gravure d'Oudry, 256.

Renibus, De, traité de Malpighi, 579.

Rennes, 260.

Réol (Louise), XII, 67, 206, 280, 292, 507, XCVIII, 587, **591-595**, 598.

Réol (Maurice), 169, **587-595**, 598.

Réol (Octave), 256.

Restaurant du grand U, restaurant parisien, 276.

Reste à l'affiche mon chéri, film avec Olivia Norvell, 484.

RESTROOM BOMBER, chef indien, 552.

Rethel, 182, 197.

Retraite de Russie, La, (*1814*), tableau de Meissonier, 63.

Réunion (île de la), 260.

Rêve d'Alice, Un, adaptation théâtrale d'*Alice au pays des merveilles*, 470.

Réveil de Vienne et Romans, quotidien régional, 510.

Rêverie, boîte à biscuits, 557.

Re Vestiaria, De, de Rubenius, 363.

Revue du Jazz, La, 407.

Reyes de Taifas, 26.

Rhadamniste, de Crébillon, 450.

RHEE (Syngman), homme politique coréen, 1875-1965, 552.

Rhin, fleuve, 50, 203.

Ribibi, chat de Marguerite Winckler, 310-313.

RICCETTI (Max Riquet, dit Maximilien), danseur et chorégraphe, **535-539**.

RICHELIEU (Armand Jean du Plessis, cardinal, duc de), 1585-1642, 326.

RICHEPIN (Jean), écrivain français, 1849-1926, 227, 228, 600.

Richmond (Virginie, U.S.A.), 47.

RICHMOND (Héléna), graveur romantique, 410.

RIMSKY-KORSAKOV (Nicolaï Andreïevitch), compositeur russe, 1844-1908, 403.

Ring der Nibelungen, Der, tétralogie de Richard Wagner, 300.

Rintintin, chien, 356.

Rio de Janeiro, 315, 485.

Rippleson (Floride, U.S.A.), 420.

RIRI (Henri Collot, dit Monsieur), cafetier, voir Collot (Henri), 47, 52, 53, 266, 296, 418, 434.

ROBERT (Hubert), peintre français, 1733-1808, 573.

Robinson Crusoë, personnage de Daniel de Foe, 293, 512.

Rochefort (Charente-Maritime), 260, 344.

Rochefort, personnage d'Alexandre Dumas, 207, 326.

Rockefeller, 525.

Rodolfo, personnage de *La Bohème*, 300.

RODOLPHE, trapéziste, 276.

RODRIGUE, roi d'Espagne, 26.

ROGERS (Ethel), domestique de Franz Hutting, 57, 599.

Rois mages, Les, tapisserie, 381, 533.

Roi Venceslas, Le, cabaret montmartrois, 591.

Roissy-en-France, 169.

ROLAND DE LA PLATIÈRE (Jean-Maris), homme politique, 1734-1793, 432.

ROLANDI, libraire de Londres, 189.

ROMAGNESI (Henri), compositeur de romances, 1781-1851, 363.

Romainville, 132.

Romance de Paris, La, 211.

ROMAN NOSE, chef indien, 552.

ROMANET, gérant de l'immeuble, 514.

ROMANOV, famille régnante de Russie (1613-1917), 406.

Romans (Drôme), 510.

Rome, 60, 316, 351, 381, 578.
Champ de Mars, 94.
Saint-Marc, 119.
Sainte-Marie Majeure, 119.
Sainte-Marie-du-Transtevere, 119.
Saint-Paul-hors-les-murs, 119.
Saint-Pierre, 119, 316.
Saint-Sylvestre-in-Capite, 119.
Saint-Jean-de-Latran, 119.
Stazione termini, 569.
Vatican, 485, 571.

ROMMEL (Erwin), maréchal allemand, 1891-1944, 374.

RONDEAU, maître fondeur, 1493-1543, 362.

ROOSEVELT (Franklin Delano), 32ᵉ président des Etats-Unis, 1882-1945, 329.

ROQUELAURE (Antoine-Gaston, duc de), maréchal de France, 1656-1738, 366.

RORET, éditeurs de manuels, 363.

RORSCHASH (Olivia, née Norvell), voir Olivia Norvell, 403, **469-472**, **484-486**, 513, 514, 527, 568, 569.

RORSCHASH (Rémi), producteur de télévision, 21, 31, 59, XIII, **69-76**, XVIII, **92-96**, 108, XXVII, 159, 163, 168, 206, 222, 276, 280, 292, 469, 472, LXXI, 485, LXXXVI, 511, 517, 527, 529, XCV, **568-570**.

Rosalinde, héroïne de Shakespeare, 224.

Ross (John), nom d'emprunt de Carel van Loorens, 468.

Rostov, 190.

ROTHKO (Mark), peintre américain, 1903-1970, 525.

ROTROU (Jean), auteur dramatique, 1603-1650, 450.

Rotterdam, 124, 129.

ROUBAUD (Jacques), 695.

Rouen, 260.

ROUGET DE L'ISLE (Claude-Joseph), compositeur, 1760-1836, 353.

Roulier, Le (*The Carter*), aquarelle de Wainewright, 516.

Roumanie, 198.

ROUSSEAU (Jean-Baptiste), poète français, 1671-1741, 121, 122, 123, 129.

Roussel, lotisseur, 570.

ROUSSEL (Raymond), 1877-1933, 695.

Roustan, mameluk de l'Empereur, 466.

Route des Epices, La, thèse d'Adrien Jérôme, 264.

ROUTISIE (Albert de), écrivain français, 1834-1867, 362.

ROUTISIE (Irène de), sa fille, 362.

ROUX (Antoine), aquarelliste du début du XIXᵉ siècle, 558.

Rovigno, 313.

ROWLANDS (Marty), pseudonyme d'A. Flexner, 230.

Roxelane et Mustapha, de Maisonneuve, 451.

Royal Historical Society, 473.

RUBENIUS, historien de l'Antiquité, 363.

Rubriques à brac, bande dessinée de Gotlib, 209.

Rueil (Hauts-de-Seine), 345.

RUGGIERI, pyrotechnicien, 547.

RUMFORD (Madame de), 570.

« Russe » Le, voir Speiss (Abel), 508.

Russie, 39, 79, 198, 292, 406, 502, 545.

Rustica, périodique agricole, 502.

Ruysch (Frederyk), anatomiste hollandais, 1638-1731, 576.

Rzewuska (Princesse), 494.

Sabata (Victor de), chef d'orchestre, 300.

Sables-d'Or-les-Pins (Côtes-du-Nord), 524.

Sacher-Masoch (Leopold, chevalier von), écrivain autrichien, 1836-1895, 410.

Sade (Donatien-Alphonse-François, marquis de), écrivain français, 1740-1814, 492.

Safad (Israël), 519, 522, 523.

Sahara, 589.

Saint-Benoît-sur-Loire, 119.

Sainte-Chapelle de Paris, 119.

Saint-Cyr, 449.

Saint-Denis, 119.

Saint-Dié, 473.

Saint-Germain-en-Laye, 39, 155.

Sainte-Hélène, 119. 121, 129.

Saint-Jean-de-Luz, 535.

Saint-Jean-de-Monts, 524.

Saint-Jean-de-Terre-Neuve, 84.

Saint-Laurent-du-Maroni, 495.

Saint-Louis (Missouri), 562.

Saint-Michel, archange, 485.

Saint-Moritz, 527.

Saint-Mouezy-sur-Eon, 100, 101, 132, 425.

Saint-Paul (île), 234.

Saint-Petersbourg (Russie), 60.

Saint-Petersburg (Floride), 503.

Saint-Quentin, 434, 443.

Saint-Romain-du-Colbosc, 245.

Saint-Trojan-d'Oléron, 344.

Saint-Valéry-en-Caux, 477.

Saint-Vincent (Cap, Portugal), 412.

Saint-Vincent-de-Paul, 1581-1660, 236.

Salamanque (Espagne), 577.

Salinas-Lukasiewicz (Juan Maria), 357.

Salini (Léon), avocat de Madame de Beaumont, 183, 186, 187.

Salle Erard, 39.

Salmon, entreprise de nettoyage, 485.

Salomon (îles), 430.

Samarkhande (Ouzbekistân), 498.

Sambin (Hugues), architecte du xvie siècle, 545.

Sampang, marque de parfum, 188, 190, 191.

Samuel (Henri), éditeur de Victor Hugo, 88.

Sanchez del Estero (Alvaro), 464.

Sancho Pança, personnage de Cervantès, 80.

Sanctis (G. de), historien italien, 502.

San Francisco (Californie), 218.

Sans famille, adaptation théâtrale du roman d'Hector Malot, 326.

Santa Catalina Island (Californie), 417, 474.

Santa Monica (Californie), 601.

Saponite, la bonne lessive, 91.

Sarafian (Arpad), photographe, 582.

Saratoga (NY, U.S.A.), 230.

Saratogas, tribu indienne, 552.

Saroyan (William), écrivain américain, 448.

Sarre, 184.

Sartre (Jean-Paul), 559.

Satch Mouth, chef indien (?), 552.

Savoie, 67.

Saxe, 337, 515.

Saxo Grammaticus, historien danois, v. 1150-v. 1206, 547.

Schapska (Philoxanthe), compositeur, 342.

Scharf-Hainisch (Oskar), philologue, 333.

Schlendrian, général français, 76.

Schlendrian, trafiquant de cauris, 73, 74.

Schliemann (Heinrich), archéologue allemand, 1822-1890, 24.

Schmetterling (Morris), compositeur américain, 269.

Schmitt (Florent), compositeur français, 1870-1958, 454.

Schnabel (Arthur), pianiste autrichien, 1882-1951, 454.

Schoener (Johannes), astronome allemand du xvie siècle, 266.

Schönberg (Arnold), compositeur autrichien, 1874-1951, 39, 292.

Schroeder, personnage des Peanuts de Schulz, 359.

Schulz (Charles M.), dessinateur américain, 359.

Schuman (Robert), homme politique, 1886-1953, 555.

Schumann (Clara, née Wieck), 485.

Schumann (Robert), compositeur allemand, 1810-1856, 40.

Schwann (Madame), 45.

Schwanzenbad - Hodenthaler (Leopold-Rudolph), général autrichien, 362.

Science et Vie, revue de vulgarisation scientifique, 209.

Scipion (Robert), cruciverbiste, 294, 416.

Scipion l'Africain, opéra de Kusser, 43.

Scopas, sculpteur grec de la fin du ve siècle av. J.-C., 174.

Scoresby (William), navigateur anglais, 1760-1829, 363.

Scotsman, The, quotidien écossais, 475.

Scott (Walter), écrivain écossais, 1771-1832, 598.

Scottish Daily Mail, quotidien écossais, 475.

Scottish Daily Express, quotidien écossais, 475.

Scrambled Eggs, barbet, 472.

Scudéry (Madeleine de), romancière française, 1607-1701, 230.

Scytie, 33.

Secrétan (Charles), philosophe suisse, 1815-1895, 261.

Séducteur amoureux, Le, de Longchamps, 451.

Seen py her Nation, femme du chef indien Sitting Bull, 552.

Ségesvar, personnage du roman feuilleton de Gilbert Berger, 208.

Ségur (Sophie Rostopchine, comtesse de), écrivain français, 1799-1874, 401.

Seigneur de Polisy, Le, de Raimond de Guiraud, 451.

Seizième lame de ce cube, La, émission de télévision, 31, 93, 94.

Selim III, recordman du monde du tir à l'arc, 25, 294.

Selma (Alabama), 505.

Semailles et les Moissons, Les, cycle romanesque d'Henri Troyat, 189, 191.

Semaine des Hôpitaux, La, 255.

Semaine du Médecin, La, 255.

Semaine des Spectacles, La, 319.

Semaine de Suzette, La, 488.

Semaine médicale, La, 255.

Semaine théâtrale, La, 140, 308.

Séminoles, tribu indienne de Floride, 504.

Sénat (palais du Luxembourg), 564.

Sénégal, 259, 327.

Senlis, 155.

Sensations, revue déshabillée, 261.

Sept Crimes d'Azincourt, Les, roman policier, 80.

Sept Merveilles du Monde, Les, 523.

Septième crack de Saratoga, Le, roman policier de J.W. London (Flexner), 230.

Septime Sévère (Lucius Septimius Severus Aurelius Antoninus), empereur romain, 146-211, 352, 357.

Septimia Octavilla, sœur du précédent, 352.

Sérès (Georges), coureur cycliste, 435.

Sergius Sulpicius Galba, prêteur, 92, 94.

Série noire, La, collection de romans policiers, 508.

Servius Sulpicius Galba, empereur romain, 94.

Séville (Espagne), 474.

Sèvres, école normale supérieure, 38.

Seychelles (archipel des), 84, 167.

Sforzi (Alberto), voir Rémi Rorschash, 70.

Shah d'Iran, 357.

Shakespeare (William), poète dramatique anglais, 1564-1616, 224, 450, 586.

Shalako, général américain, 107.

Shandon, banquier anglais, 493.

Shandy (Gauthier), personnage de Laurence Sterne, 491.

Shanghaï, 369.

Shannon (Irlande), 521.

Shaw (J.P.), professeur d'histoire ancienne à l'université Columbia, 119, **120-130**, 154.

Shériar, sultan, 398.

Sheridan (Richard Brinsley Butler), dramaturge anglais, 1751-1816, 59.

Sheridan (Wyoming), 409.

Shearer (Moira), danseuse anglaise, 542.

Sheraton (Thomas), ébéniste anglais, 1750-1805, 508, 517 ?

Sherwood (Emily), 480.

Sherwood (James), 116, 118, **120-123**, **125-130**, 478, 480, 497.

Sherwood (William), 480.

Sherwood (Priscilla) voir Priscilla Bartlebooth, 129, 480.

Shira Nami (*La Vague blanche*),

voir « Les Trois Hommes Libres », 28.

Sidney (Australie), 469.

Sierra de Magina (Espagne), 25.

Sigimer, personnage de la mythologie allemande, 58.

Sigismond, hamster, 486.

Silbermann, de Jacques de Lacretelle, 225.

Silberselber, peintre américain, 199.

Silver Glen of Alva, navire, 233.

Silvestre (Israël), dessinateur français, 1621-1691, 49.

Simon (Samuel), marchand de bois et lotisseur, 570, 571.

Simone, fille de cuisine chez Bartlebooth, 153.

Simpson (Grégoire), 88, 299, 302, 306, 307.

Sioux, tribu indienne, 552.

Sitting Bull, chef indien, 552.

Si tu es gai, ris donc, recueil de calembours de J.P. Grousset, 565.

Skrifter (Ingeborg, épouse Stanley), voir Ingeborg Stanley, 384.

Skye (Ile de, Ecosse), 416.

Slaughter (Grace), voir Grace Twinker, 329.

Sleeping Rabbit, chef indien, 552.

Slowburn (Joy), voir Ingeborg Stanley, 283.

Slumbering Wabash, chanson de Sam Horton, 237.

Smautf (Mortimer), serviteur de Bartlebooth, 30, 35, 36, **43-45**, 49, 54, XV, **80-86**, 96, 153, 154, 156, 167, 168, 211, 253, 273, 277, 292, 413, 419, **428-430**, 454, 483, **528-531**, 599, 601.

Smeraldine, 463.

Smith (Cyrus), personnage de *L'Ile mystérieuse* de Jules Verne, 47.

Snark (le), personnage (?) de *La Chasse au Snark* de Lewis Carroll, 508.

Snoopy, chien des *Peanuts* de Schulz, 487.

Sobieski (Ursula), romancière américaine, 116, 130, 550, 600.

Société Générale, banque, 254.

Socotra, 167.

Soelli, guide malais, 144, 145.

Sofia, 119.

Soirée dans un cottage anglais, Une, puzzle, 251.

Soirs de Paris, revue légère, 261.

Soissons, 120.

Soleymann, assassin de Kléber, 64.

Somme, 102.

Somnolentius, théologien bavarois du XIVe siècle, 363.

Songe d'une nuit d'été, Le, pièce de William Shakespeare, 410.

Sonnet (L.), cartographe, 259.

Sorbonne, 133, 177, 265.

Soria (Vieille Castille), 519, 520.

Sottens, 571.

Souricière, La, roman policier de Paul Winther, 99.

Souvenir de Saint-Mouézy-sur-Eon, carte postale, 100.

Souvaroff, chef de cuisine, 369.

Spade (Jeffrey Ornette, dit Cat), boxeur américain, 229.

Spalato (Split, Yougoslavie), 313.

Sparte, 509.

Spatenbraü, marque de bière, 367.

SPEISS (Abel, dit « le Russe »), vétérinaire en retraite, 508. 510.

SPENCER (Herbert), philosophe anglais, 1820-1903, 59.

SPENGLER (Oswald), penseur allemand, 1880-1936, 226.

Spilett (Gédéon), personnage de *L'Ile mystérieuse* de Jules Verne, 47, 297, 428.

Splendeurs et Misères de la scène française, conférence,

Stade Buffalo, 436.

Stade de la Croix-de-Berny, 436.

STAEL (Nicolas de), peintre, 1914-1955, 525.

Stalingrad (auj. Volvograd, U.R.S.S.), 87.

STAMPFLI, stayer suisse, 438.

STANLEY, chirurgien de Sir John Franklin, 252.

STANLEY (Blunt), 384, 385, 387, **389-393**.

STANLEY (Ingeborg, née Skrifter), **384-387**, 389, 392.

Stanley's Delight, marque de whisky, 554.

STEFANI (L.), 333.

STEFENSSON (Michael), doyen de l'Université de Harvard, 127, 128, 130.

STEINER, famille de luthiers tyroliens, 488.

STELLA (Frank), artiste américain, 525.

STENDHAL (Henri Beyle, dit),

écrivain français, 1783-1842, 450, 586, 695.

Stephanotis, navire grec, 440.

STERNE (Laurence), romancier anglais, 1713-1768, 695.

STICKLEHAVEN (Devon, Grande-Bretagne), 185, 186.

Stockholm (Suède), 547.

Stone's Hill (Floride, U.S.A.), 504.

Storia dei Romani, La, de G. de Sanctis, 502.

STRABON, géographe grec du Ier siècle av. J.-C., 316.

Strasbourg, 473.

STRAVINSKI (Igor Feodorovitch), compositeur américain, 1882-1971, 94.

STROSSI, professeur à l'université de Clermont-Ferrand, 523.

Structura Renum, De, de Rigaud de Dinteville, **575-578**, 580.

Structura et Usu Renum, De, de Bellini, 579.

STRUVE, ambassadeur de Russie, 502.

STURGEON (Théodore), romancier américain, 695.

Stuttgart (Allemagne), 29, 485.

Sudètes, 375.

Suède, 253, 519, 592.

SUÉTONE (Caius Suetonius), Tranquillus), biographe latin, v. 70-v. 128, 94, 363.

Suez, 134.

SUIDAS, hypothétique lexicographe grec du Xe siècle, 548.

Suisse, 184, 241, 491, 519, 522, 536, 597.

Suite sérielle 94, d'Octave Coppel, 433.

Summerhill (Christopher Wil-
loughby), 494.
Sumatra, 144, 147.
Sur le clivage pyramidal des
albatres et des gypses, d'O.
Lidenbrock, 502.
Sur le Mississipi, de Mark
Twain, 566.
Susquehanna Mammy. chanson
de Sam Horton, 237.
Sutton (Jane), 59, 60, 86, 88,
273, 292, 485, 513, 569, 599,
602.
Swedenborg (Emmanuel), théo-
sophe suédois, 1688-1772,
386.
Swetham (Massachusetts) (Fon-
dation Fitchwinder), 525.
Sylvander, pseudonyme de Beys-
sandre, 526.
Sylwia i inne opowiadania, tra-
duction polonaise des Filles
du Feu, 341.
Symphonie inachevée, La, ro-
man, 32.
Symphonie n° 70 en ré, de
Haydn, 135.
Syndicat national des forestiers-
bûcherons d'Australie, 472.
« Syndrome des Trois Ser-
gents », 212.
Syracuse, 119.
Syrie, 271, 273.
Syrinx, nymphe, 511.
Szczyrk (Palatinat de Cracovie,
Pologne), 360.
Szinowcz, voir Cinoc, 361.

Tabarka (Tunisie), 237.
Table de logarithmes, de Bou-
vard et Ratinet, 407.
Tableau complet de la valeur

énergétique des aliments...,
231.
Tableau des riches inventions...,
de F. Béroalde de Verville,
343.
Tahiti, 486, 519.
Takaungu (Kenya), 429.
Tallahassee (Floride), 503.
Talma (François-Joseph), acteur,
1763-1826, 451.
Tamise, 540.
Tampa (Floride), 504.
Tanganyka, 73.
Tanger, 547, 571.
Tangerine Dream, cabaret pari-
sien, 591.
Tarawa, 471.
Tarbes, 72.
Tarragone.
Tarzan, personnage d'E.R. Bur-
roughs, 117.
Taskerson (Hambo), philologue
suédois, 148.
Tasmanie, 297, 418, 471.
Tassin (René-Prosper), érudit
bénédictin, 1697-1777, 533.
Tauschnitz, éditeur anglais,
406.
Tavernier (Jean-Baptiste), voya-
geur français, 1605-1689, 230.
Tazo-Katsura (Général-Vicom-
te), premier ministre du Ja-
pon, 546.
Tebaldi (Renata), cantatrice,
300.
Technicien du film, Le, revue
professionnelle, 569.
Témoins de la Nouvelle Bible,
Les, secte religieuse, 241.
Tempesta di Mare, La, concerto
en mi bémol maj. op. 8, n° 5,
de Vivaldi, 175.

TEMPLE (Shirley), actrice américaine, 470.

Terre de Feu, 233, 234, 357.

Terre du Roi Guillaume, 252.

Terres antarctiques, 471.

Tessin, 225.

Terror, navire, 252.

THADDEUS (Ludwig), physicien américain d'origine allemande, 375.

Théâtre des Champs-Elysées, 222.

Théâtre de l'Empire, 206.

Théâtre de la Cité, voir *Théâtre Sarah-Bernhardt*, 559.

Théâtre de l'Odéon, 308, 340.

Théâtre de l'Opéra, 395, 493.

Théâtre du Petit-Monde, 538.

Théâtre de la Porte-Saint-Martin, 325.

Théâtre Sarah-Bernhardt, 559.

The Donkey in Trousers, pub londonien, 542.

The Greens, pub londonien, 542.

The Miner et les Débuts du Labour, par Irwin Wall, 502.

The Star, night-club de Beyrouth, 63.

THIERARCH' (Estelle), saxophoniste, 582.

THIERS (Louis-Adolphe), homme politique, 1797-1877, 260, 264.

THOMAS, valet de pied chez Bartlebooth, 153.

Thomas Kyd's Imperial Mixture, marque de whisky, 378.

Thonon-les-Bains, 307.

THORDWALDSSON, peintre norvégien, 175.

THOREZ (Maurice), homme politique, 1900-1964, 556.

Thorn (Torun, Pologne), 256.

Three Free Men, The, voir Trois Hommes Libres, Les, 28.

Thuburbo Majus (Tunisie), 292, 350.

Tiens bon la barre, Jerry, film de Gordon Douglas, 564.

Tien-t'sin, 353, 356.

TIETJEN (Heinz), metteur en scène d'opéras, 300.

Times, The, quotidien londonien, 251, 419, 475.

Time Magazine, hebdomadaire américain, 485.

Tintagel (Cornouailles), 816.

Tintin, personnage d'Hergé, 459.

Titania, héroïne de Shakespeare, 224.

TITO (Josip Broz, dit), homme d'État yougoslave, 555.

TITORELLI, styliste italien, 423.

Todt (Organisation), 244.

TOGO, amiral japonais, 545.

Tokay, 350.

TONE (Theobald Wolfe), révolutionnaire irlandais, 1763-1798, 460.

Tonkin, 367.

TOOTEN (H.M.), anthropologue américain, 347.

Torah, La, 501.

Torquay (Devon), 192.

TORTOSA (Diego), peintre espagnol de l'école verbaliste, 582.

TORTOSI (Fabricio), styliste italien des années 1920, 112.

Touggourt (Algérie), 589.

Toulon, 324.
  Hôpital de la Marine, 575.

Toulouse, 407, 579.
  Eglise Saint-Sernin, 119.

Toupie, La, valse d'E. de Dinteville, 78.

Tour Breidel, La, 234.

Tour Eiffel, La, 591.

Tournoi des Cinq-Nations, 552.

TOUSTAIN (Charles - François), érudit bénédictin, 1700-1754, 533.

Tractatio de Renibus, d'Eustache, 579.

Trafalgar, 461.

Traité de chimie organique, de Polonovski et Lespagnol, 243.

Traité élémentaire de Pathologie interne, de Béhier et Hardy, 404.

Trapèzes, Les, groupe pop, 180.

Transylvanie, 256.

TRAPP (Organ), peintre américain hyperréaliste, 409.

Travels in Baltistân, de P.O. Box, 502.

Travers, de Renaud Camus et Tony Duparc, 703.

Traviata, La, opéra de Verdi, 300.

Trebizonde (Turquie), 530.

TRÉNET (Charles), 369.

Très Riches Heures du Duc de Berry, Les, émission de télévision, 472.

TRÉVINS (Madame), 100, 102, 132, 137, 424, 425, 545, 546, 548, 549, 553, 558, 599, 602.

TRÉVINS (Adélaïde), nièce imaginaire de Mme Trévins, 546, 548, 549.

TRÉVINS (Arlette, épouse Commine), sœur de Mme Trévins, 548.

TRÉVINS (Daniel), frère imaginaire de Mme Trévins, 546.

TRÉVINS (Marie-Thérèse), nièce

imaginaire de Mme Trévins, 547, 548.

TRÉVINS (Noëlle), nièce imaginaire de Mme Trévins, 548, 549.

TRÉVINS (Odile), nièce imaginaire de Mme Trévins, 547, 549.

TRÉVINS (Roseline), nièce imaginaire de Mme Trévins, 548.

TRÉVOUX (Ain), 140.

Tribune médicale, La, 255.

Trieste, 313.

TRIPTOLÈME, grammairien grec du VIIe siècle, 363.

TRISTAN DA CUNHA, 234.

Troides allotei, 117.

Trois Hommes Libres, secte, 28, 29, 30, 295.

Trömsö (Norvège), 571.

TROQUET, fabricant de petits bonshommes en liège, 90, 257, 299.

TROTSKI (Lev Davidovitch Bronstein, dit Léon), 1879-1940, 198.

Trout (Canada), 519, 521, 523, 524.

TROYAN, libraire, 88, 257, 260, 299, 306.

TROYAT (Henri), romancier français, 189.

Ts'ing, dynastie chinoise, 224.

Ts'UI PÊN, philosophe chinois, 333.

Tunis, 337.

Rue de Turquie, 339.

Tunisie, 129, 297, 337, 339, 416, 450.

TUNNEY (James Joseph, dit Gene), boxeur américain, 229.

Turin, 119.

Turner (Joseph Mallord William), peintre anglais, 1775-1851, 65.
Turquie, 83, 386, 519, 530.
TV News, périodique américain de télévision, 569.
Twain (Samuel Langhorne Clemens, dit Mark), écrivain américain, 1835-1910, 296, 565.
Twelve Tones, club de Newport, 547.
Twinker (Grace, dite Twinkie), **328-330.**
Tyr, 456.

U (Iles Carolines), 81.
Uchida, ingénieur japonais, 245.
Ulverston (Lancashire), 116.
Umetnost, revue d'art yougoslave, 227.
Un bon petit diable, roman de la Comtesse de Ségur, 401.
Une mauvaise farce, assiette décorée, 317.
UNESCO, 513.
Unicorn and Castle, pub des environs de Londres, 539.
Union soviétique, 553.
Untersuchungen über des Taufes Amerikas, conférence de Zapfenschuppe, 473.
Utherpandragon, roi, 60.
Urbana (Illinois), 58, 351.
Urbino, 300.
U.R.S.S., voir Union soviétique, 169.
Utrecht, 124, 126, 129.
   Collège Saint-Jérôme, 122, 124, 126.
   Museum van Oudheden, 124, 125, 129.
Utsusemi, personnage du *Genji-*
monogatari, 139.
Uz (J.-P.), poète allemand, 1720-1796, 362.

Vademecum du Français à New York, 469.
Vague blanche, La, opéra, 561.
Valbonne, compositeur de chansons, 507.
Valdrade, 285.
Valence, 194, 321.
Valenciennes, 533.
Valène (Serge), 35, 36, 38, 45, **48-52, 54-56,** 65, 75, 84, 89, **154-156, 161-163,** 164, 168, 169, **220-222,** 254, 264, 273, 276, 279, 280, 282, LI, 308, 310, 312, 313, 360, 483, 494, 571, 601, 602.
Valet d'auberge, Le, gravure de Le Bas d'après Chardin, 516.
Valjean (Jean), héros des *Misérables* de Victor Hugo, 354.
Vallée de la lune, La, roman de Jack London, 484.
Valloton (Félix), peintre français, 1865-1925, 494.
Valpolicella, vin italien, 508.
Valteline, vallée suisse, 522.
Van Deekt (Jakob), voir Guido Mandetta, 124, 125, 129.
Van Derckx (Leo), baryton, 582.
Vanderstuyft (Léon), coureur cycliste, 436.
Van der Weyden (Rogier de la Pasture), peintre flamand, 1400-1464, 349.
Van Effen (Juste), 124.
Van Houten, 91.
Van Schallaert (Théo), voir

Guido Mandetta, 125, **127-129**.

VAN SLYKE, urologue, 579.

Vanzi (Gabriella), personnage de Pirandello, 247.

Variety, revue américaine, 237.

Varsovie, 293, 336, 340, 357, 365.

VASARELY (Victor), peintre français, 77.

Vassieux-en-Vercors, 150.

Vechten (Pays-Bas), 124.

Veine, La, journal hippique, 224.

VELLA, physiologiste turinois du XIXe siècle, 34.

Vélodrome d'Hiver, 435.

Vence, 519, 520, 522, 523.

Venceslas, tragédie de Rotrou, 450.

Vendredi, hebdomadaire, 264.

Venezuela, 327, 475.

Vengeance du Triangle, La, roman policier de Florence Ballard, 140.

Venise, 30, 60, 121, 122, 183, 518, 522.
Apostoli, 119.
Grand Canal, 215.

Venise à Paris, attraction de l'Exposition Universelle, 496.

Vénitienne, La, tableau, 140.

VENTER (Stewart), réalisateur de télévision, 342.

VENTURA (Ray), chef d'orchestre, 449.

Vénus, déesse, 515.

Vénus à la fourrure, La, de Sacher-Masoch, 410.

Vera, prostituée, 185.

VERCINGÉTORIX, chef gaulois, v. 72-46, 260.

VERDI (Giuseppe), 1813-1901, 325, 585.

Verdun, 311.

Verein für musikalische Privataufführung, 39.

Veridicque Hystoire de Philemo et Bauci, de Garin de Garlande, 533.

VERMEER (Jan, dit Vermeer de Delft), peintre hollandais, 1632-1675, 16, 249.

VERMOT, auteur d'almanach, 53, 64.

VERNE (Jules), 1828-1905, 13, 368, 695.

Vérone (Italie), 159, 161, 163, 553.

VERRAZANO (Giovanni da), navigateur italien, 1495-1528, 476.

Verrières - le - Buisson (Essonne), 168.

Versailles, 61, 117, 155.
Lycée Hoche, 538.

Vertiges de Psyché, Les, fantaisie-bouffe de R. Becquerloux, 535.

Verts Pâturages, Les, film, 52.

VÉSALE (André), anatomiste flamand, 1514-1564, 577.

Vespa, marque de scooter, 569.

Vézelay, 119.

Vezelize, 107.

Viandox, 88.

Vicarius, 363.

Vichy, 546.

VICTOR IV, antipape (1138), 25.

Victoire, 275.

Victoria Cross, 471.

Vie amoureuse des Stuart, La, 101.

Vie criminelle d'Archibald de la Cruz, film de Luis Buñuel, 564.

Vie des Sœurs Trévins, par C. Durand-Taillefer (Mᵐᵉ Trévins), 546.

Vieille dame au petit chien, 168.

Vienna School and Family Hôtel, 496.

Vienne (Autriche), 39, 119, 136, 145, 148.

Vienne (Isère), 510.

Vieux-Tonnerre, voir Palmerston, 471.

Vierzon, 344.

Villa d'Ouest, La, cabaret parisien, **368-371,** 591.

VILLART (Adrien), 463.

Vincennes, 436, 449.
    Fort, 492.

Vingt ans après, roman d'Alexandre Dumas, 449.

Vingt-deux à Asnières, Le, disque de Fernand Raynaud, 175.

Vingt mille lieues sous les mers, roman de Jules Verne, 48.

Vinteuil, personnage d'*A la recherche du temps perdu,* 354.

Viola, héroïne de Shakespeare, 224.

Vire, 508.

Vita brevis Helenae, d'Arnaud de Chemillé, 119, 121, 129.

VITRY (Nicolas de l'Hospital, marquis de), maréchal de France, 1581-1644, 77.

Vitamix, 507.

VIVALDI (Antonio), compositeur italien, 1678-1741, 175, 523.

VLADISLAV, artiste, 583, 584.

VOLLARD (Ambroise), marchand de tableaux, 1868-1939, 494.

VOLTAIRE (François-M a r i e Arouet, dit), 1694-1778, 450, 540.

VOLTIMAND (Anne, née Winckler), 21, 311.

VOLTIMAND (Cyrille), 311.

VOLTIMAND (Grégoire), 21.

Vosges, 260.

VOUDZOÏ (Luigi, prince de Poldévie), 169.

Voyage au bout de la nuit, 74.

Voyages de Tavernier et de Chardin..., thèse d'Arnold Flexner, 230.

Voyage en Icarie, d'Etienne Cabet, 562.

VUILLERME, marionnettiste, 495.

VYCHISKAYA (Maria Feodorovna), danseuse américaine d'origine russe, 502.

Wachenheimer Oberstnest, vin du Rhin, 378.

WAINEWRIGHT, peintre et collectionneur du XVIIIᵉ siècle, 516.

WAJDA (Andrzej), cinéaste polonais, 199.

Waldemar, inspecteur de police, personnage de *L'Assassinat des poissons rouges,* 285, 287, 288.

WALDSEEMÜLLER (Martin, dit Hylacomylus), cartographe allemand, 473.

WALL (Irwin), historien américain, 502.

WALL (Melzack), champion de boxe, 552.

WALLACE (Edgar), romancier anglais, 1875-1932, 140.

WALTHER (Johann), compositeur

allemand réformé, 1496-1570, 258.

WALTHOUR, coureur cycliste américain du début du siècle, 435.

WAMBST (Georges), coureur cycliste, 435.

Wanderers, The, roman de George Bretzlee, 153.

WARE (Robert), abbé de Westminster, 351.

WARBURTON (William), littérateur et prélat anglais, 1698-1779, 540.

WARGRAVE (Lawrence), auteur de romans policiers, 334.

WASHINGTON (DC, U.S.A.), 226, 375.

Wasps, The, groupe pop, 237, 238.

WATTEAU (Antoine), peintre français, 1684-1721, 199.

WEEDS, femme de ménage des Ericsson, **187-189**.

WEISS (Ehrich), voir Beyssandre, **526.**

WEHSAL, chimiste américain d'origine allemande, **373-377.**

WELLES (Orson), cinéaste, 354, 357.

Whatman, marque de papier, 44, 82, 155, 158, 253.

What's on in London, hebdomadaire de spectacles, 485.

WHITE HORSE, chef indien, 552.

WHITE MAN RUNS HIM, chef indien, 552.

WHITMER (John), auteur de romans policiers, 107.

Who's who in America, 121.

Who's who in France, 190.

WILKER (Michel), armateur canadien, 547.

Winchester (commissaire), personnage de G. Berger, 208, 210.

WINCKLER (Gaspard), 21, 22, 36, 44, 45, VIII, **47-51**, 53, 54, 56, 66, 75, 84, 91, 95, 96, 152, 156, 158, **166-168**, 211, XLIV, **252-254**, 264, 275, 278, 292, LIII, **308-313**, 360, 380, **414-419**, 427, **481-483**, 529, 599.

WINCKLER (Marguerite), 168, 252, 254, 295, 308, **310-313**, 413, 440.

Winnipeg (Canada), 152, 582.

WINTHER (Paul), auteur de romans policiers, 99.

WIRZ (H.), urologue, 579.

Wittenberg, 258.

WITTGENSTEIN (Ludwig Josef), logicien anglais, 1889-1951, 226.

WOLF (Hugo), compositeur autrichien, 1860-1903, 40.

WOLF (Jérôme), érudit allemand, 1516-1581, 548.

WOLFE (Néro), héros des romans de Rex Stout, 353.

Woods Hole (Massachussets), 432.

Worms, 119.

Wozzeck, opéra d'Alban Berg, 204, 601.

WYATT (Thomas), poète et diplomate anglais, ami de John Leland, 1503-1542, 508.

WYNNE, musicien, 136.

Wyoming (U.S.A.), 409.

XANADU, 225.

XERTIGNY (A. de), critique d'art, 58.
XÉRÈS, 26, 369.
Xerus capensis, 430.
Xerus getelus, 430.

Yalta, 556.
YAMAMOTO, amiral japonais, 545.
Yankee du Connecticut à la cour du roi Arthur, Le, de Mark Twain, 566.
Yaki, sorcier, 240.
YASON, chef indien, 552.
Ye Olde Irish Coffee House, restaurant parisien, 350.
Yeux de Mélusine, Les, poèmes d'A. de Routisie, 362.
Yo No Kami, personnage du *Roman de Genji*, 139.
Yolande, secrétaire d'Armand Faucillon, 588, 589, 591.
Yorick, dramaturge anglais, 60.
YOSHIMITSU (Ashikage), 28, 29, 30.
Yougoslavie, 594.
YOUNG MAN AFRAID OF HIS HORSE, chef indien, 552.
Yucatan, 117.

ZACCARIA (Juan Maria de), archiviste espagnol, **474-478**.

Zaforas (Cyclades), 168.
Zaïre, de Voltaire, 450.
Zanzibar, 73.
ZAPFENSCHUPPE, professeur à l'Université de Strasbourg, 473, 474.
Zarathoustra, 354, 356.
ZAZOUA, danseuse du ventre, 591.
ZEITGEBER (Oswald), personnage de *L'Assassinat des poissons rouges*, **285-289**.
ZEITGEBER (Mme), sa femme, 286, 288.
Zeitschrift für Mineralogie une Kristallographie, 502.
Zélande, 81.
Zénon de Didyme, 353.
Zeus, 534.
ZGHAL (Abd el-Kader), ethnologue tunisien, 76.
ZIMMERWALD, général autrichien, 362.
ZOLA (Emile), écrivain français, 1840-1902, 366.
ZORZI DE CASTELFRANCO, anatomiste italien du Moyen Age, 342.
Zurich, 517, 524.
ZÜRN (Unica), peintre et écrivain allemand, 695.
ZWINDEYN, explorateur, 110.

REPÈRES CHRONOLOGIQUES

1833

Naissance de James Sherwood.

1856

Naissance de la comtesse de Beaumont.
Naissance de Corinne Marcion.

1870

Naissance de Grace Twinker.
Boom sur les pâtes pectorales Sherwoods'.

1871

Corinne Marcion est placée à Paris.

1875

Début du lotissement de la rue Simon-Crubellier.

1876

Naissance de Fernand de Beaumont.

1885

Lubin Auzère achève la construction de l'immeuble.

1887

Troisième Congrès de l'Union internationale des Sciences historiques.

1891

Vol du « Vase de la Passion » au musée des Antiquités d'Utrecht.

1892

Naissance de Marie-Thérèse Moreau.

1896

James Sherwood achète le « Vase de la Passion ».

1898

Arrestation d'un réseau de faux-monnayeurs en Argentine.

1900

Rencontre de Corinne et d'Honoré Marcion à l'Exposition univer-
selle.
Mort de James Sherwood.
Naissance de Vera Orlova.
Naissance de Cinoc.
Naissance de Percival Bartlebooth.

1902

Naissance de Léon Marcia.

1903

Caruso fait ses débuts au Metropolitan Opera.

1904

16 juin : Bloom's Day.
Naissance d'Albert Massy.

1909

Naissance de Marcel Appenzzell.

1910

Naissance de Gaspard Winckler.

1911

Naissance de Marguerite.
21 janvier : arrestation des dirigeants panarchistes.

1914

26 septembre : Mort d'Olivier Gratiolet à Perthès-lez-Hurlus.

1916

Naissance d'Hervé Nochère.

1917

Naissance de Clara Lichtenfeld.
Mort de Juste Gratiolet.
19 mai : Augustus B. Clifford et Bernard Lehameau perdent le bras droit dans le bombardement de leur Q.G.

1918

Exécution sommaire de tous les mâles de la famille Orlov ; Vera Orlova et sa mère s'enfuient en Crimée et ensuite à Vienne.

1919

Rémi Rorschash tente, sous divers noms, de faire carrière au music-hall.

Monsieur Hardy ouvre un restaurant à Paris et embauche comme cuisinier Henri Fresnel.

Octobre : Serge Valène s'installe rue Simon-Crubellier.

1920

Naissance d'Olivier Gratiolet.

Naissance de Cyrille Altamont.

Mise en exploitation des gisements du Haut-Boubandjida.

1922

Gaspard Winckler entre en apprentissage chez M. Gouttman.

1923

8 mai : Ferdinand Gratiolet arrive à Garoua.

Léon Marcia tombe malade.

1924

Henri Fresnel épouse Alice.

Albert Massy participe au tour d'Italie, puis au tour de France.

Juillet : Adrien Jérôme passe l'agrégation d'histoire ; nommé au lycée Pasteur, il s'installe en octobre rue Simon-Crubellier.

1925

Naissance de Paul Hébert.

Installation de l'ascenseur.

Bartlebooth commence à prendre des leçons d'aquarelle.

15 octobre : Massy bat le record du monde de l'heure derrière moto, mais sa performance n'est pas homologuée ; le 14 novembre, il échoue dans sa deuxième tentative.

24 décembre : incendie chez les Danglars.

1926

3 janvier : disparition subite des Danglars. Une semaine plus tard, ils sont arrêtés à la frontière suisse.

Fernand Gratiolet, de retour d'Afrique, fonde une société de peausseries exotiques.

Conférence de Jean Richepin au Pfisterhof.
26 novembre : Fernand de Beaumont épouse Vera Orlova.

1927

Les pensionnaires du Pfisterhof se cotisent pour permettre à Léon
Marcia de faire des études.

1928

Rémi Rorschash entreprend son périple africain.

1929

Mort de Gouttman.
Naissance de Blanche Gardel.
Naissance d'Elizabeth de Beaumont ; tournée de Vera Orlova en
Amérique du Nord.
Cat Spade vainqueur d'un tournoi de boxe interarmes.
Bartlebooth achète un appartement rue Simon-Crubellier.
Mars : Gaspard Winckler arrive à Paris ; en mai, il s'engage et
part pour le Maroc.
Octobre : Henri Fresnel abandonne son restaurant.

1930

Début des fouilles de Fernand de Beaumont à Oviedo.
Premières publications de Léon Marcia.
Janvier : naissance de Ghislain Fresnel.
Naissance de Mme Nochère.
Naissance d'Olivia Norvell.
Novembre : Gaspard Winckler, libéré de son service militaire, ren-
contre Marguerite à Marseille.

1931

Avril : incendie du dépôt de fourrures exotiques de Ferdinand Gratiolet.
Mai : Marc Gratiolet est reçu à l'agrégation de philosophie.

1932

Marcel Appenzzell part à Sumatra.
Parution du roman de Rémi Rorschash, *l'Or africain.*
Mort de Ferdinand Gratiolet en Argentine.
Gaspard et Marguerite Winckler s'installent rue Simon-Crubellier.
Dislocation de la troupe d'Henri Fresnel.

1934

Mme Hourcade fabrique 500 boîtes noires pour les futurs puzzles de
   Bartlebooth.
Naissance de Joseph Nieto.
Mars : mort d'Emile Gratiolet.
3 septembre : mort de Gérard Gratiolet.

1935

Mort de Madame Hébert.
Janvier : Bartlebooth peint sa première aquarelle à Gijon.
Août : Fin des fouilles à Oviedo.
11 septembre : assassinat d'Antoine Brodin en Floride ; dans les
   semaines qui suivent, Hélène Brodin-Gratiolet retrouve et exécute
   les trois meurtriers.
12 novembre : suicide de Fernand de Beaumont ; le 16, il est
   inhumé à Lédignan, en présence de Bartlebooth revenu spécialement de Corse.

1936

Bartlebooth en Europe ; en mars il est en Ecosse (île de Skye).
Naissance de Michel Claveau.
Naissance du fils de Celia Crespi.

1937

Bartlebooth en Europe ; en juillet, il longe les côtes yougoslaves
   entre Trieste et Doubrovnik à bord de son yacht l'*Alcyon* avec
   pour invités Serge Valène, Marguerite et Gaspard Winckler ; en
   décembre, il est au cap Saint-Vincent (Portugal).
Avril : Henri Fresnel embarque pour le Brésil.
Lino Margay épouse Josette Massy.

1938

Bartlebooth en Afrique ; en février il est à Hammamet : en juin il
  est à Alexandrie.
15 mars : Anschluss.
Mort d'Henri Gratiolet.
Arrivée de Marcel Appenzzell à Paris.

1939

Janvier : Smautf achète un crucifix tricéphale dans les souks
  d'Agadir.
Mars : Marcel Appenzzell repart à Sumatra.
Avril : Josette Margay revient vivre chez son frère ; en route pour
  l'Amérique du Sud, Lino Margay fait la connaissance de Ferri
  le Rital.
Août : Bartlebooth au Kenya ; le 10, Smautf dîne chez M. Macklin.

1940

Bartlebooth en Afrique.
François-Pierre LaJoie est radié de l'ordre des Médecins.
Avril : arrivée d'Henri Fresnel à New York où il est embauché
  comme cuisinier par Grace Twinker.
20 mai : Olivier Gratiolet est fait prisonnier.
6 juin : mort du mari de Marie-Thérèse Moreau.

1941

Bartlebooth en Afrique.
7 décembre : bombardement de Pearl Harbour.

1942

Bartlebooth en Afrique.
Opération « Cyclope » en Normandie.
Bataille de la mer de Corail.
Mort de la sœur de Gaspard Winckler, Anne Voltimand.
18 avril : Marc Gratiolet est nommé chargé de mission dans le
  cabinet de Fernand de Brinon ; en mai il intervient pour faire
  libérer Olivier.
Juin : Lino Margay sort de prison.

Bartlebooth en Amérique du Sud.
Mort de Louis Gratiolet.
23 juin : attentat contre l'ingénieur général Pferdleichter.
14 juillet : naissance imaginaire des cinq sœurs Trévins.
7 octobre : arrestation de Paul Hébert.
Novembre : mort de Marguerite Winckler.

Bartlebooth en Amérique du Sud.
Mai : mort de Grégoire Voltimand sur le Garigliano.
Juin : Mme Appenzzell est tuée près de Vassieux-en-Vercors.
Juin : assassinat de Marc Gratiolet à Lyon.
Juillet : Albert Massy revient du S.T.O.
Août : Libération de Paris ; mort du fils de Célia Crespi.
Septembre : retour de Troyan à Paris.

Bartlebooth en Amérique centrale.
Elizabeth de Beaumont s'enfuit de chez sa mère.
Naissance de Elzbieta Orlowska.
Libération de Paul Hébert.
Emeutes anti-françaises à Damas ; mort de René Albin.
Le chimiste Wehsal est récupéré par les Américains dans le cadre
    de l'opération « Paperclip ».
Lino Margay, transfiguré, revient chercher Josette.
Léon et Clara Marcia s'installent rue Simon-Crubellier ; Clara
    rachète la bourrellerie de Massy et en fait un magasin d'antiquités.

Bartlebooth en Amérique du Nord.
Naissance de David Marcia.
Naissance de Caroline Echard.
Flora Albin est rapatriée.
26 janvier : Olivia Norvell épouse Jeremy Bishop ; le 7 février, elle
    le quitte et part pour les Etats-Unis.

1947

Mort d'Hélène Brodin.
Cinoc s'installe rue Simon-Crubellier.

1948

Bartlebooth en Amérique du Nord ; en novembre il est en Californie (Santa Catalina Island).
Incendie du Rueil-Palace : François et Marthe Gratiolet sont parmi les victimes.
Rencontre d'Ingeborg Skrifter et de Blunt Stanley.

1949

Bartlebooth en Asie.
Naissance d'Ethel Rogers.
Novembre : mort des Honoré.
Novembre : le comte Della Marsa commandite les Ballets Frère ; en décembre, Blanche Gardel va à Londres pour se faire avorter ; suicide de Maximilien Riccetti.

1950

Bartlebooth en Asie.
Naissance de Valentin Collot, dit le jeune Riri.
Olivia Norvell tourne ses deux derniers longs métrages.
Juillet : Blunt Stanley part en Corée, quelques semaines plus tard, il déserte.

1951

Bartlebooth en Asie ; en octobre il est à Okinawa.
Mort de Grace Twinker.
Avril : mariage de Cyrille Altamont et de Blanche Gardel ; en mai, ils s'installent rue Simon-Crubellier ; presque aussitôt Cyrille Altamont entre à la BIDREM et part pour Genève.

1952

Bartlebooth en Océanie ; en février il est aux îles Salomon ; en octobre en Tasmanie.

Ingeborg, Blunt et Carlos arrivent à Paris,
Revenu rue Simon-Crubellier après avoir été soigné dans un sanatorium, Paul Hébert fait la rencontre de Laetizia Grifalconi.

1953

Bartlebooth sur l'océan Indien ; aux Seychelles, Smautf échange son
crucifix contre une statue de la déesse-mère tricéphale.
11 juin : mort (accidentelle ou provoquée) d'Eric Ericsson ; fuite
d'Elizabeth de Beaumont ; suicide d'Ewa Ericsson ; le 13 juin,
Sven Ericsson découvre les deux corps ; à la même époque, François Breidel quitte Arlon.
27 juillet : armistice de Pan Mun Jon.

1954

Bartlebooth et Smautf traversent la Turquie, la mer Noire, l'URSS,
remontent jusqu'au cercle polaire, longent les côtes de Norvège ;
le 21 décembre, Bartlebooth peint sa dernière marine à Brouwershaven ; le 24 il est de retour à Paris.
Sven Ericsson identifie Elizabeth de Beaumont.
Avril : assassinat d'Ingeborg Stanley et d'Aurelio Lopez.

1955

Bartlebooth commence à reconstituer les puzzles de Gaspard
Winckler.
Mort de Michel Claveau.
Kléber entre au service de Bartlebooth.
Elizabeth de Beaumont se cache dans les Cévennes.
Mort d'Hervé Nochère à Alger.
Octobre : Paul Hébert est muté à Mazamet.

1956

Les Claveau abandonnent la loge qui est reprise par Mme Nochère.
Rencontre de Lise et Charles Berger lors d'un récital Gilbert Bécaud.
Olivier Gratiolet est rappelé en Algérie et saute sur une mine.
Juillet : parution de *Dans le gouffre* de Luigi Pirandello dans le n° 40
des *Lettres nouvelles*.
Juillet : rencontre d'Elzbieta Orlowska et de Boubaker dans la
colonie de vacances de Parçay-les-Pins.

1957

Février : la comtesse de Beaumont meurt à 101 ans.
Juin : rencontre d'Elizabeth de Beaumont et de François Breidel ;
ils se marient en août à Valence.

1958

Rencontre d'Olivia Norvell et de Rémi Rorschash à Davos.
Début des recherches de Bernard Dinteville.
27 juillet : naissance d'Anne Breidel ; 8 août : première lettre d'Elisabeth Breidel à Sven Ericsson.

1959

7 septembre : naissance de Béatrice Breidel ; deuxième lettre d'Elisabeth à Sven Ericsson ; 14 septembre : assassinat de François
et Elisabeth Breidel ; 17 septembre : suicide de Sven Ericsson.
Octobre : naissance de Véronique Altamont.

1960

Fondation de la secte des Trois Hommes Libres.
Rémi Rorschash achète à Olivier Gratiolet les deux derniers appartements que la famille Gratiolet possédait encore dans l'immeuble.
Naissance de Gilbert Berger.
Olivier Gratiolet épouse son infirmière, Arlette Criolat.
Février : Morellet perd trois doigts à la main gauche.
Mai : Grégoire Simpson perd son emploi à la bibliothèque de
l'Opéra.
Mai : vernissage des « Brouillards » de Hutting à la Galerie 22.
7 mai : Léon Salini termine son enquête sur la mort des époux
Breidel.
19 décembre : création de *Malakhitès* de Schmetterling.

1961

Disparition de Grégoire Simpson.
Les Berger viennent s'installer rue Simon-Crubellier.

Fin des recherches de Dinteville.

1962

Les Plassaert s'installent rue Simon-Crubellier.
Naissance d'Isabelle Gratiolet.
Début des publications « volées » du professeur LeBran-Chastel.

1963

Naissance de Rémi Plassaert.

1964

Caroline Echard rompt avec David Marcia.

1965

Winckler commence à fabriquer des miroirs de sorcière.
24 décembre : le père d'Arlette Criolat l'étrangle puis se suicide.

1966

Caroline Echard épouse Philippe Marquiseaux.
Elzbieta Orlowska arrive enfin à Tunis.

1967

Naufrage du *Silver Glen of Alva*.
Naissance de Mahmoud Orlowski.

1968

Mort de Mme Echard.
Mort de M. Marquiseaux.
Mai : Elzbieta Orlowska s'enfuit de Tunisie et arrive à Paris ; la lingère de Bartlebooth, Germaine, part à la retraite ; Elzbieta reprend sa chambre.

1969

Hutting vend à un collectionneur américain une « Barricade » de la rue Gay-Lussac.

1970

« Le jeune Riri » rencontre par hasard Paul Hébert à Bar-le-Duc.
Mme Hourcade prend sa retraite ; les Réol s'installent dans l'appartement qu'elle quitte ; l'achat inconsidéré d'une chambre à coucher luxueuse les amène, quelques mois plus tard, à se marier.
Henri Fresnel revient voir Alice qui, presque tout de suite après, va rejoindre son fils en Nouvelle-Calédonie.
Février : première réunion commune de Marvel Houses Incorporated et de International Hostellerie ; en novembre, fondation de Marvel Houses International et de Incorporated Hostellerie.

1971

Lettre d'Alice Fresnel à Mlle Crespi.
4 juin : accident de moto de David Marcia dans le 35e Bol d'Or.
Décembre : séjour des Rorschash à Saint-Moritz.

1972

Beyssandre est engagé par Marvel Houses International.
Mme Adèle prend sa retraite.
Mort d'Emilio Grifalconi.
Serge Valène rencontre Bartlebooth pour la dernière fois.

1973

Bartlebooth est opéré d'une double cataracte.
Sam Horton change de sexe.
Beyssandre découvre le projet de Bartlebooth.
29 octobre : mort de Gaspard Winckler.

1974

Parution des *Mémoires d'un lutteur*, de Rémi Rorschash.
Avril : première lettre de Beyssandre à Bartlebooth ; 11 juillet : Beyssandre rend visite à Smautf et lance un défi à Bartlebooth.
Août : ruiné par le Festival de Kerkennah, David Marcia revient vivre rue Simon-Crubellier.
Novembre : Morellet est interné.

25 avril : Bartlebooth apprend la mort du caméraman chargé de filmer la destruction du 438ᵉ puzzle.

Mai : les Marvel Houses abandonnent leur projet.

23 juin : mort de Percival Bartlebooth.

15 août : mort de Serge Valène.

RAPPEL DE QUELQUES-UNES DES HISTOIRES
RACONTÉES DANS CET OUVRAGE

*(Le chiffre renvoie au chapitre où cette histoire
apparaît, généralement pour la première fois, mais
pas forcément dans sa totalité.)*

Histoire de l'acrobate qui ne voulut plus descendre de son tra-
pèze, 13.
Histoire de l'acteur qui simula sa mort, 34.
Histoire de l'actrice australienne, 79.
Histoire de l'admirateur de Lomonossov, 60.
Histoire de l'Américaine excentrique, 55.
Histoire de l'ancien combattant des Brigades internationales, 45.
Histoire de l'ancien vétérinaire amoureux d'une marseillaise mousta-
chue, 85.
Histoire des anciens concierges, 35.
Histoire de l'anthropologue incompris, 25.
Histoire de l'antiquaire et de ses montres, 66.
Histoire de l'archéologue trop confiant dans les légendes, 2.
Histoire de l'archiviste espagnol, 80.
Histoire de l'aviateur argentin, 55.
Histoire de l'avocat neurasthénique installé en Indonésie, 54.

Histoire du basset Freischutz, 59.
Histoire de la belle Italienne et du professeur de physique-chimie, 27.
Histoire de la belle Polonaise, 57.
Histoire du bijoutier qui fut assassiné trois fois, 50.
Histoire du botaniste frustré, 72.
Histoire du bourrelier, de sa sœur et de son beau-frère, 73.
Histoire du bourrelier de Szczyrk, 60.
Histoire du boxeur noir qui ne gagna pas un seul match, 40.

Histoire de la cantatrice russe, 5.

Histoire du capitaine qui explora la Nouvelle-Guinée, 80.

Histoire du « Chef de Travaux » qui eut la main arrachée, 7.

Histoire du chef-magasinier qui rassembla les preuves de la survie d'Hitler, 91.

Histoire du chimiste allemand, 62.

Histoire des cinq sœurs qui toutes réussirent, 89.

Histoire du clown de Varsovie, 57.

Histoire du Comte de Gleichen, 10.

Histoire du couple de serviteurs qui se rencontra à l'Exposition Universelle, 83.

Histoire du critique d'art qui chercha le chef-d'œuvre, 87.

Histoire du cuisinier amoureux du théâtre, 55.

Histoire de la cuisinière bourguignonne, 90.

Histoire de la dame avec ses haricots verts, 35.

Histoire de la dame qui s'inventa des nièces, 89.

Histoire de la danseuse qui se fit avorter, 88.

Histoire du décorateur qui dut démolir la cuisine dont il était si fier, 65.

Histoire de la dernière expédition à la recherche de Franklin, 44.

Histoire des deux géants de l'industrie hôtelière, 87.

Histoire des deux marchands avares, 54.

Histoire du diplomate suédois, 31.

Histoire de la doyenne de l'immeuble, 20.

Histoire de l'expert autodidacte, 39.

Histoire du faiseur de puzzle, 8.

Histoire de la famille Gratiolet, 21.

Histoire de la femme de chambre qui eut un fils dont on ne connut jamais le père, 83.

Histoire de la femme du faiseur de puzzle, 53.

Histoire de la femme qui fit apparaître quatre-vingt-trois fois le diable, 65.

Histoire de la femme qui fonda une imprimerie en Syrie, 48.

Histoire de la femme qui tint un tripot, 21.

Histoire des fêtards qui donnèrent un concert matinal, 92.

Histoire de la fiancée capturée par les Barbaresques, 78.

Histoire de la fille du banquier qui voulait faire du théâtre, 55.

Histoire de la fille trop grosse et de sa tour, 40.

Histoire du garçon de café, 61.

Histoire du grand-père qui se faisait la barbe, 71.

Histoire du hamster privé de son jeu favori, 81.

Histoire du haut fonctionnaire méfiant et de sa femme vindicative, 86.

Histoire de l'homme qui acheta le Vase de la Passion, 22.

Histoire de l'homme qui crut découvrir la synthèse du diamant, 14.

Histoire de l'homme qui peignit des aquarelles et en fit faire des puzzles, 26.

Histoire de l'homme qui rayait les mots, 60.

Histoire de l'homme qui sauta sur une mine en Algérie, 58.

Histoire de l'homme qui voulut faire fortune en important des peaux, 21.

Histoire d'« Hortense », 41.

Histoire de l'importateur de Lisbonne et de son correspondant égyptien, 70.

Histoire de l'industriel allemand amateur de cuisine, 36.

Histoire du jazzman jamais content, 75.

Histoire du jeune couple qui acheta une chambre à coucher, 98.

Histoire du jeune couple qui était logé par les beaux-parents, 30.

Histoire de la jeune fille-mère que seul son grand-père ne renia pas, 50.

Histoire de la jeune fille qui s'enfuit de chez elle, 31.

Histoire du jeune homme de Thonon qui un jour ne fit plus rien, 52.

Histoire de Johann Sigismond Küsser, 7.

Histoire de Lady Forthright et de son cocher, 4.

Histoire du Lord qui cachait ses passions secrètes sous des manies factices, 90.

Histoire du lycéen déporté, 43.

Histoire du magistrat et de son épouse qui devinrent cambrioleurs, 83.

Histoire de Mark Twain, 94.

Histoire du médecin dont un patient avait été empoisonné sur l'ordre de William Randolph Hearst, 59.

Histoire du médecin qui fut dupé, 96.

Histoire de Messager de l'Empereur, 78.

Histoire du metteur en scène qui méprisait les grands classiques, 75.

Histoire du missionnaire dont la femme enseignait la gymnastique, 72.

Histoire du motocycliste malchanceux, 75.
Histoire de l'officier qui abandonna sa patrouille, 65.

Histoire du Panarchiste rescapé, 73.
Histoire du patron pingre, 61.
Histoire du peintre qui peignit l'immeuble, 17.
Histoire du peintre qui pratiquait la nécrophilie, 97.
Histoire de la petite fille à l'imagination inquiétante, 82.
Histoire du petit Tunisien, 58.
Histoire du poète Jean-Baptiste Rousseau, 22.
Histoire du portraitiste et de ses systèmes, 59.
Histoire du producteur de télévision, 13.
Histoire du professeur d'histoire qui fut attaché culturel aux Indes,
    46.
Histoire du propriétaire qui jouait du fifre et écoutait la T.S.F., 95.

Histoire des quatre jeunes gens bloqués dans l'ascenseur, 38.

Histoire du riche amateur d'opéra, 52.

Histoire de la secte des Trois Hommes Libres, 3.
Histoire du sergent-chef qui mourut en Algérie, 35.
Histoire du soldat de première classe le plus décoré d'Océanie, 79.
Histoire du squelette manchot, 67.

Histoire des trois voyous assassinés, 84.

Histoire du violoniste jaloux, 95.
Histoire du vieux domestique qui accompagna son maître autour
    du monde, 15.

POST-SCRIPTUM

(Ce livre comprend des citations, parfois légèrement modifiées, de : René Belletto, Hans Bellmer, Jorge Luis Borges, Michel Butor, Italo Calvino, Agatha Christie, Gustave Flaubert, Sigmund Freud, Alfred Jarry, James Joyce, Franz Kafka, Michel Leiris, Malcolm Lowry, Thomas Mann, Gabriel Garcia Marquez, Harry Mathews, Herman Melville, Vladimir Nabokov, Georges Perec, Roger Price, Marcel Proust, Raymond Queneau, François Rabelais, Jacques Roubaud, Raymond Roussel, Stendhal, Laurence Sterne, Théodore Sturgeon, Jules Verne, Unica Zürn.)

TABLE DES MATIÈRES

Préambule

Première partie

    I Escaliers, 1,   19
    II Beaumont, 1,   23
    III Troisième droite, 1,   28
    IV Marquiseaux, 1,   32
    V Foulerot, 1,   36
    VI Breidel (chambres de bonne, 1),   38
    VII Morellet (chambres de bonne, 2),   42
    VIII Winckler, 1,   47
    IX Nieto et Rogers (chambres de bonne, 3),   57
    X Jane Sutton (chambres de bonne, 4),   59
    XI Hutting, 1,   62
    XII Réol, 1,   66
    XIII Rorschash, 1,   69
    XIV Dinteville, 1,   77
    XV Smautf (chambres de bonne, 5),   80
    XVI Celia Crespi (chambres de bonne, 6),   87
    XVII Escaliers, 2,   88
    XVIII Rorschash, 2,   92
    XIX Altamont, 1,   97
    XX Moreau, 1,   100
    XXI Dans la chaufferie, 1,   107

Deuxième partie

    XXII Le hall d'entrée, 1,   115

XXIII Moreau, 2,   131
XXIV Marcia, 1,   138
XXV Altamont, 2,   143
XXVI Bartlebooth, 1,   152
XXVII Rorschash, 3,   159
XXVIII Escaliers, 3,   166
XXIX Troisième droite, 2,   173
XXX Marquiseaux, 2,   177
XXXI Beaumont, 3,   181
XXXII Marcia, 2,   199
XXXIII Caves, 1,   201
XXXIV Escaliers, 4,   206
XXXV La loge de la concierge,   211
XXXVI Escaliers, 5,   216
XXXVII Louvet, 1,   218
XXXVIII Machinerie de l'ascenseur, 1,   220
XXXIX Marcia, 3,   224
XL Beaumont, 4,   229
XLI Marquiseaux, 3,   235
XLII Escaliers, 6,   240
XLIII Foulerot, 2,   242
XLIV Winckler, 2,   248
XLV Plassaert, 1,   255

TROISIÈME PARTIE

XLVI Monsieur Jérôme (chambres de bonne, 7),   263
XLVII Dinteville, 2,   267
XLVIII Madame Albin (chambres de bonne, 8),   271
XLIX Escaliers, 7,   275
L Foulerot, 3,   283
LI Valène (chambres de bonne, 9),   290
LII Plassaert, 2,   299
LIII Winckler, 3,   308
LIV Plassaert, 3,   315
LV Fresnel (chambres de bonne, 10),   323
LVI Escaliers, 8,   332
LVII Madame Orlowska (chambres de bonne, 11),   334
LVIII Gratiolet, 1,   342
LIX Hutting, 2,   349
LX Cinoc, 1,   359
LXI Berger, 1,   367

LXII Altamont, 3,   372
LXIII L'entrée de service,   378
LXIV Dans la chaufferie, 2,   380

QUATRIÈME PARTIE

LXV Moreau, 3,   383
LXVI Marcia, 4,   395
LXVII Caves, 2,   403
LXVIII Escaliers, 9,   406
LXIX Altamont, 4,   408
LXX Bartlebooth, 2,   412
LXXI Moreau, 4,   422
LXXII Caves, 3,   427
LXXIII Marcia, 5,   432
LXXIV Machinerie de l'ascenseur, 2,   444
LXXV Marcia, 6,   448
LXXVI Caves, 4,   452
LXXVII Louvet, 2,   456
LXXVIII Escaliers, 10,   459
LXXIX Escaliers, 11,   469
LXXX Bartlebooth, 3,   473
LXXXI Rorschash, 4,   484
LXXXII Gratiolet, 2,   487
LXXXIII Hutting, 3,   490

CINQUIÈME PARTIE

LXXXIV Cinoc, 2,   501
LXXXV Berger, 2,   507
LXXXVI Rorschash, 5,   511
LXXXVII Bartlebooth, 4,   515
LXXXVIII Altamont, 5,   532
LXXXIX Moreau, 5,   545
XC Le hall d'entrée, 2,   550
XCI Caves, 5,   554
XCII Louvet, 3,   558

SIXIÈME PARTIE

XCIII Troisième droite, 3,   561
XCIV Escaliers, 12,   564

699

    XCV Rorschash, 6,   568
    XCVI Dinteville, 3,   574
    XCVII Hutting, 4,   582
    XCVIII Réol, 2,   587
    XCIX Bartlebooth, 5,   596

ÉPILOGUE,   601

PLAN DE L'IMMEUBLE,   603

ANNEXES,   605

    Index,   607
    Repères chronologiques,   677
    Rappel des principales histoires racontées dans cet
       ouvrage,   691
    Post-scriptum,   695
    Table des matières,   697

DU MÊME AUTEUR

Dans la collection Les Lettres Nouvelles *dirigée par Maurice Nadeau :*

LES CHOSES, Prix Renaudot 1965, (Julliard).
QUEL PETIT VÉLO A GUIDON CHROMÉ AU FOND DE
LA COUR? (Denoël.
UN HOMME QUI DORT (Denoël).
LA DISPARITION (Denoël).
W OU LE SOUVENIR D'ENFANCE (Denoël).

Chez Hachette-Littérature, collection P.O.L. :

JE ME SOUVIENS (*Les Choses communes I*).
LA VIE MODE D'EMPLOI (Prix Médicis, 1978).

Chez d'autres éditeurs :

LES REVENENTES (Julliard, collection *Idée fixe*).
LA BOUTIQUE OBSCURE (Gonthier, collection *Cause commune*).
ESPÈCES D'ESPACES (Galilée, collection *L'Espace critique*).
ALPHABETS (Galilée, collection *Écritures/figures*).
MOTS CROISÉS (Mazarine).
UN CABINET D'AMATEUR (Balland, collection *L'Instant romanesque*).

Ouvrages en collaboration :

PETIT TRAITÉ INVITANT A L'ART SUBTIL DU GO (Christian Bourgois).
OULIPO : CRÉATIONS, RE-CRÉATIONS, RÉCRÉATIONS
(Gallimard, collection *Idées*).

Traductions :

Harry Mathews : LES VERTS CHAMPS DE MOUTARDE DE L'AFGHANISTAN
(*Les Lettres Nouvelles*, Denoël).
Harry Mathews : LE NAUFRAGE DU STADE ODRADEK
(à paraître).

IMPRIMÉ EN FRANCE PAR BRODARD ET TAUPIN
Usine de La Flèche (Sarthe).
LIBRAIRIE GÉNÉRALE FRANÇAISE - 6, rue Pierre-Sarrazin - 75006 Paris.
ISBN : 2 - 253 - 02390 - 6